笑って人類!
太田光
WARATTE JINRUI
HIKARI OOTA
幻冬舎

笑って人類！

この世界に存在する全ての物質・生命は、
永遠に分裂と結合を繰り返し続けている。

——青井徳治郎『連続性球体理論』

目次

［主要登場人物］

ピースランド

富士見幸太郎　首相
桜春夫　首相政務秘書・首席秘書
五代拓造　首相第二秘書
末松幹治　首相第三秘書
川上才蔵　官房長官
富士見洋子　幸太郎の妻

浅間大五郎　前進党党首
久保田源一郎　国防隊航空部隊所属パイロット
田辺健一　報業タイムス政治部デスク

篠崎新一・早苗夫妻　天山大噴火被災者
篠崎翼　篠崎家の長男（アンドロイド。本人は天山噴火で死去）
篠崎翔　篠崎家の次男

青井徳治郎　政治学者、アンの祖父

フロンティア合衆国

ロック・ホワイト　大統領
マシュー・クロフォード　副大統領
アン・アオイ　大統領首席補佐官
ローレンス・ウルフ　国防長官
ダイアナ　国務長官
アンドリュー　安全保障長官
サディアス・ヘイリー　情報分析官
バード　SP
キャット　SP

テロ国家共同体ティグロ

ブルタウ　代表
アフマル　外相
アドム　外相

第一部

混乱

前夜

嵐の夜。薄暗い部屋ではキキ！　キーキー！　という耳をつんざくような奇声と、ガチャガチャという金属音が聞こえる。叩きつけるような雨と猛烈な風。壁が時々ギシギシと音をたて、部屋全体が歪む。天井から吊るされたランタンが揺れている。

部屋の中央に白い手袋をした人の姿がある。

前時代的なブラウン管小型テレビの画面が薄青く発光している。風が強くなるたびにザーッと映像が乱れ砂嵐になり、また持ちなおす。何かの拍子に画面が整うと、派手な音楽とともに映し出されたのは宇宙に浮かぶモノクロの地球だ。後ろから土星の輪のように回り込んでくる〝ＷＯＲＬＤ ＮＥＷＳ〟の文字。

ニュース番組のタイトル映像だ。

キキキ！　キキ！　という奇声と、ガチャガチャという金属音の中で人影が「ククク」と笑いを噛み殺す。

白手袋の手が伸び、両手でハートの形を作ると、テレビ画面に浮かぶ地球をその中心に入れた。

画面が切り替わると、風に舞う旗が映し出された。

＊

青い惑星をハートが包み込むシンボリックなデザイン。惑星の下に小さく〝ＳＡＦＥＴＹ ＢＡＬＬ〟と記されている旗が、強い雨と風を受けはためいているのは、銀色に光るドームの天井だ。

南海に浮かぶ小島ハンプティダンプティ島。

進歩から取り残され、うっかりすると世界地図に記載されることすら忘れ去られてしまいがちなおとぎ話の島が、今は世界中から注目されている。小さい島には入り切れないほどの人々が溢れかえり、方々から興奮した声が聞こえてくる。

一斉にライトが点灯し、島中央のドームがライトアップされると、周りから歓声があがる。そこだけ未来の宇宙船が浮かび上がったようで、場違いに見える。それもそのはずだった。ドームは、海上に出現してから何千年、あるいは何万年もの間、文明とはほど遠かったこの島に、突如建造された世界最新鋭の国際会議場なのだ。

ドームの周りにはカラフルな世界中の国旗を掲げた何百本ものポールが立っていた。

各国から歴史的瞬間を伝えようと押し寄せてきたテレビクルーが各々手持ちの照明をつけると、光の中に雨のしずくが反射して霧状に舞い、銀の球体はより幻想的な建物に見えた。

レインコート姿のレポーターが、ドームをバックに風に吹き飛ばされそうになりながら、半ば半狂乱でカメラに向かって絶叫している。

「いよいよこの惑星から全ての争いが消滅する時が訪れたのです！」

レポーターは、喋るたびに口から飛ぶ飛沫が風に煽られ再び自分の顔にかかるのも構わず叫び続ける。迎えうつカメラマンも風に耐え前傾姿勢で撮影しながら、5秒に一度レンズに付着する雨粒をハンカチで拭いている。

「私の後ろにある建物をごらんいただけますでしょうか！」

カメラを向けズームすると一瞬にしてレンズに大量の水滴が付着し、何も見えなくなる。レポーターはすぐにカメラを自分へ引き戻し、カメラマンがレンズを拭く。

「通称シルバードーム、明日の歴史的な瞬間の為に造られた国際会議場です！　まさに私は今、その前に立ち万感の思いを禁じ得ずにいるのです！」

レポーターは徐々に朗々と歌い上げるような口調になっていく。その目には涙さえ浮かんでいる。

「ああ……テレビをごらんの皆さん。あなた達はまさに歴史の証人となるのです。有史以来、人類にとって最も重要で誇るべき瞬間が刻一刻と迫っています！……明日！　あの場所で！　全世界！　全ての主要国のリーダーが集結する、マスターズ和平会議が開かれるのです！」

レポーターがオーバーアクションで手を広げた瞬間、レインコートが風を受けて脱げ、アッという間にきりもみしながら彼方へ消えていった。「空撮いけるか？」ハンドマイクを下げ聞くとカメラマンは首を横に振る。

「だめだ。さっき無人機を飛ばしたがこの風で墜落したよ……」無理もない。暴風雨だ。どこの国のクルーも似たようなものだった。この日飛ばした、カメラを搭載したドローンは既に200機以上が墜落していた。

「ちっ、何の役にも立ちゃしない」レポーターが悪態をつく。カメラマンはやれやれと首を振った。「……画を世界地図に変えろ」レポーターは局本部に繋がるマイクに指示を出した。

*

画面が世界地図に変わる。

シルバードームの近くに新設されたホテルのスイートルームで大型テレビを見つめているのは、フロンティア合衆国のロック・ホワイト大統領65歳と、側近達だった。ワイシャツ姿で赤のネクタイをゆるめたホワイトはテレビの向かいのソファーに深く腰を落としていたが、その姿勢でも上背があるのは充分わかった。曇りのない白髪をきっちり七三に分け後ろへ流している。年齢を感じさせない潑剌とした生気がみなぎっている。

両サイドのソファーにはそれぞれ、右に副大統領マシュー、国防長官ローレンス、左に国務長官ダイアナ、安全保障長官アンドリューが座っている。低いテーブルに置かれたグラスには氷とスコッチが入っていたが、誰も手をつけてはいなかった。彼らはテレビが伝える暴風雨やレポーターの絶叫とは裏腹に穏やかな静けさに包まれ、部屋にはリラックスしたムードと張り詰めた空気が拮抗し、微妙なバランスを保つ形で同時に存在していた。レポーターの演技過剰な声が響く。

「人類が誕生してから現在に到るまで、この星に争いが絶えることはありませんでした。大国間同士の戦争を経て、世界中に分散したテロリストと我々〝安全な球連合〟との殲滅戦争は50年あまりの期間続いたのです！」

画面の世界地図が赤と黒に色分けされていく。赤く染められているのは〝安全な球連合〟と呼ばれる同盟に参加している国々である。大陸の大半は赤だが、所々に黒く塗られた塊がある。俗に〝テロ国家共同体ティグロ〟と呼ばれる組織同盟だ。黒い塊は世界中に点在している。元々は国家を解体されるか、あるいはそこから追放された思想も人種も違う人々が分散し、それぞれ武装した集まりに過ぎなかったものが、デジタル端末を通して繋がり、破壊という共通の目的のもと〝ティグロ〟という名を掲げ、自らが拒否したはずの共同体としてまとまりつつあるのは皮肉でもあった。

「この半世紀、幾つかの和平交渉は行われましたがことごとく失敗してきました」

地図上の各所に爆音とともにキノコ雲が上がるアニメーションが表示される。

「しかしここに二人の歴史的ヒーローが現れたのです！」

レポーターの声のトーンが一段と上がると画面が2分割され、二人の人物の写真が映る。右側はこのスイートルームの主その人であった。

「フロンティア合衆国ホワイト大統領と、テロ国家共同体ティグロ代表ブルタウ将軍です！」

ホワイトはスコッチのグラスに手を伸ばす。カランと氷の音。満面の笑みで手を振る自分自身の姿が映し出された画面を見つめる瞳は、空のように青かった。

「ヒーローらしく見えるか……？」

誰にともなく呟いた言葉に答えたのは国防長官のローレンスだ。「もちろん、申しぶんないです」目はテレビに向けたままだった。やけに白い肌に薄い眉、金髪の頭は両脇を残してかなり禿げ上がっている。ずんぐりとした猫背で上目遣い。

いや、少し偽善的だ。内心呟いたホワイトはスコッチを一気に空けるとテレビに目を戻し自分の左に映る写真の男を見つめた。軍服の胸にたくさんの勲章がある。顔は勇ましい灰色のヒゲに覆われ、眼光は鷹のように鋭い。左肩に乗せたオウムは男のトレードマークだ。まっ白で、冠羽だけが黄色い。目は小さな黒いビーズのようだ。

威風堂々としたその態度は自分よりもヒーローと呼ばれるのにふさわしく見える。

テレビレポーターが絶叫する。

「この二人の和平への努力により、今世紀中には不可能と言われていたホワイト大統領を始めとする安全な球連合代表9カ国首脳にティグロ代表ブルタウ将軍を加えた〝9プラス1・マスターズ和平会議〟が、ここ南海の孤島ハンプティダンプティ島で実現するのです！」

二人の写真の下からアニメーションの手が出てきて握手すると画面は再び世界地図に戻り、南の海にある小さな島が点滅し、クローズアップされる。南国特有の軽快なＢＧＭが流れ、目が覚めるようなまっ青な海と白い砂浜が映し出される。

「ハンプティダンプティ島は本来の人口わずか５００人あまりの小さな島。マスターズ会議開催が決まってからは観光収入目当ての入植者や各国建設事業者などが急激に増え、現在は50万もの人々がいるものの、海抜が低く、50年後には島の全てが海に沈むだろうと言われております。俗に〝置き去りの島〟と言われ、世界で唯一、安全な球連合にも、テロ国家共同体ティグロにも加盟しない完全に中立の自治国であります。海そのものを国家元首と定め他国への移住を拒否し、いずれ島とともに海に沈むことを選択した国民は、漁と農業により自給自足の生活をし、他国との交流はわずかな観光業を通してのみというまさに置き去りにされた島なのです」

ホワイトは画面を見つめたままスコッチをグラスに注いだ。ろくな資源もない、近い未来消滅することがわかっている小国に投資しようとする国はこれまでどこにもなかった。島民は必要最低限の文明以外拒否する姿勢をとった。どの大陸からもポツンと離れた場所に位置する小さな島は、世界中が通信で繋がった現代社会においても断絶されており、あらゆる意味で忘れ去られた孤島と言えた。

この島をマスターズの開催地にすることを条件に挙げたのはブルタウ将軍だった。現在発行されている地図の中では既に記載されていないものも多くある島を、人類の将来を決定する場として提案された時は、ホワイトを始めフロンティア合衆国首脳陣も戸惑った。しかし冷静に考えればどちらの連合、共同体の影響も受けず、情報を外部に漏らさず会議を成立させられる場所は世界で唯一この地域しか考えられず、これほど適切な場所は他にない。ホワイトはブルタウという男の底知れぬ抜け目のなさを思い知らされた気がした。

ＢＧＭがやむと画面は再び嵐の中で吹き飛ばされそうなレポーターに切り替わった。勢いを増した豪雨のせいで後ろのシルバードームはより霞がかり、不気味に光っていた。マスターズの為だけに造られた建物の建築に関わった技術者は、安全な球連合、ティグロ両者からそれぞれ等分に選出された。これもまたどちらかに有利に細工がなされないよう、お互いに監視し合える状況を作る為のブルタウからの提案だった。

ホワイトは再び空になったグラスにスコッチを注ごうとして、ふと後ろからの視線を感じ手を止める。振り返ると皆から少し離れた椅子にアン・アオイが座り自分を見つめていた。短くまとめた髪に大きな黒い瞳は東洋系ということもあり、少女のようにも見え、実際この中では33歳と一番若いスタッフだったが、真っ直ぐに人を見つめる目は彼女の意志の強さを表していた。彼女の卓越した頭脳から出されるアイデアはしばしばホワイトの予想を上回り、それが一部の反対を無視してアンを首席補佐官に任命した理由だった。ホワイトは娘のようなアンの、人懐こい瞳が好きだった。

ホワイトは少し笑って言った。

「わかってる、これを最後にするよ。だが今夜は前祝いだ。あと一杯ぐらいいいだろ。明日の会議には遅れないようにするよ」

周りから笑いが起きる。

「もちろんです大統領」とアン。

ホワイトは安心して一口飲み、テレビ画面に目を戻す。レポーターの絶叫は風の音をマイクが拾うせいで途切れ途切れになっている。

「ここでもう一度……マスターズ参加10カ国を確認しておきましょう！……フロンティア合衆国、テロ国家共同体ティグロに加え……ユナイテッドグリーン！グレートキングス！　コミュンネイション！　レヴォルシア共和国！　WE連邦！　ロマーナ国！　ジンミン大国！……ええと……それから……ん？……ええと……」

レポーターは言葉に詰まった。口にしたのは9カ国。あともう1カ国あるはずだ。今度は指を折りながらもう一度繰り返す。

「フロンティア合衆国、ティグロ、ユナイテッドグリーン、グレートキングス、コミュンネイション、レヴォルシア、WE連邦、ロマーナ、ジンミンと……ええと……」折れた指は9本。「……ええ……ここで一度、

昨日到着した時のブルタウ将軍の様子をごらんくださ
い」

映し出されたのは黒い軍用機から登場したブルタウ将軍だった。報道陣に白い手袋をした手を振っている。肩に乗せたオウムは一瞬威嚇するように大きく翼を広げ、閉じた後はおとなしくなった。

マイクをオンの状態にしたままであることに全く気づいていないレポーターとスタッフの会話がテレビから聞こえる。

「おい、もう1カ国はどこだった?」

「もう1カ国? さっきので全部だろ?」

「いや、9プラス1でもう1カ国あったはずだ。どこだ?……クソ! いつも出てこなくなる」

「いや、あれで全部だよ。他にはない」

「数が足んないんだよ! あと1カ国あるはずだ! ちゃんと確認しろ!」

「知らねえよ! あったら忘れるわけない!」

スイートルームの面々はテレビ局の失態に呆れながらも、視線はブルタウ将軍の笑顔に注がれていた。右の口角だけが上がり、笑顔というより歪んだ顔と言った方がしっくりくる。

「……いつ見ても嫌な顔だ。正直言って信用出来ないな」思わず呟いたホワイトの言葉に側近達が笑う。

「大統領……」

いさめるようなトーンで言ったのはアンだ。ホワイトは笑って右手を上げる。

「確かに今のは失言だ、アン。私だってここまできて今までの和平交渉を無駄にしたりしないさ。明日の会議は必ず成功させる、何が何でもな」

長い道のりだった。ブルタウを和平のテーブルへ引っ張り出すまで何度交渉し根回しをしたか知れない。人類は何十年もの間テロリズムという恐怖に打ち震えてきた。他の国々は9プラス1というホワイトの提案に懐疑的だった。硬化した姿勢を見せる各国のリーダーをなだめすかすように丁寧に説き伏せ、ようやくここまでたどり着いたのだ。マスターズはまさにチームホワイトの悲願だった。ホワイトが掲げた公約〝テロリズムとの和解〟が達成されれば、この惑星の歴史にホワイト大統領の偉業が残るのはもちろん、その名は人類史に存在する全ての偉人の頂点に刻まれることになるだろう。

　ホワイトが立ち上がると側近達も皆立ち上がった。

「私は歴代大統領の中でも最高だと自負してる。優秀な部下に恵まれたという点においてな」

　そう言うと彼は側近一人一人と握手をした。「よくやってくれた。君達のおかげだ」政治家として脂の乗りきった堂々たる大統領と比べ、70代後半の副大統領のマシューは老いてぜい弱にも見えたが、ホワイトにとって政治家としてもプライベートの面でも父親のような存在だった。長身で猫背のマシューは、ホワイトの差し出した右手を両手で包み込みうなずいた。次に国防長官ローレンスが固く握りしめるような握手。国務長官ダイアナは、ニックネームが〝ダイヤモンドハート（ダイヤの心臓）〟というほど強い女だったが、異名とは裏腹に軽く膝を折り会釈しながらの握手。その姿はエレガントだった。安全保障長官アンドリューは冷静な彼らしく儀礼的ともとれる仕草だったが、知る者から見ればそれが彼なりの充分な感情表現であることがわかる握手だった。ホワイトはアンドリューの左手をポンポンと軽く叩き手を離すと、思い出したように呟いた。

「……ところで、さっきのレポーターが忘れてた国だが……」

　側近達は黙って大統領に注目する。

「いや、恥ずかしいんだが私も名前が出てこないんだ。マスターズに参加する10カ国、確かにあのレポーターが言う通りもう1カ国あったはずだが、さっきから考えてるが、どうしても思い出せない……」

　言われてみればと、側近達も目配せをするが誰も思い当たらない。

「果たして、どこだったかな？」

「ピースランドです」後ろでアンが答える。

「ピースランド！　そうだった！　あの極東の小さな島国だ……いつも抜け落ちるんだ、あの存在感の薄い国が……」ホワイトは途中で言葉を飲み込んだ。

「すまない」

　黒く輝く瞳がホワイトを見つめていた。アンの中にはピースランドの血が流れていた。祖父がかの国の政治学者だったという。彼女の幼く見える顔立ちは、フロンティア合衆国では高校生と言っても誰も驚かないだろう。黒い髪も、時々見せる弱さの奥に存在する芯の強さも、彼女に流れる血に起因するものだろうとホワイトは思っていた。

「君の祖父君の祖国だったな。忘れてたわけじゃないんだ。気を悪くしないでくれ」

そっとアンの手を取るホワイトに微笑(ほほえ)み、首を横に振る。

「構いません」

「ありがとう。君がいなければロードマップはここまで到達出来なかった」

「いえ」

ホワイトはアンの右手をギュッと握りしめ、左手で彼女の肩を叩いた。彼の言う通り今回の交渉ではアンの功績が大きかった。ティグロの提示してくる身勝手な要求に反発する各国へ直接出向き、ギリギリの交渉をしてきたのはアンだった。外だけではない。チームホワイト内部にも強硬派はいた。ローレンス、アンドリュー、時にはホワイト大統領自身も限界を超え、テロリストになぜそこまで譲歩しなければならないのかと、マスターズ計画は暗礁に乗り上げそうになった。

彼らを根気強く説得したのもまたアンだった。

「感謝してる」

アンは何かを思いついたような目をした。

「大統領」

「何だね？」

首をかしげるホワイトに背中を向け、後ろのキャビネットから何かを取り出し、元の位置に戻ると微笑んだ。

「これを……」

アンが差し出したのは一輪の白い花だった。

ホワイトは目を丸くする。

「……ささやかですが、私からのプレゼントです。大統領、マスターズ和平会議開催おめでとうございます」

「ありがとう……」

ホワイトは手にした花を見つめる。たった一輪だが、ラッピングして赤いリボンで巻いてある。

アンにはこういうところがある。聡明で冷静だが、時に何をするかわからない。ちょっとしたサプライズを仕掛けて人を楽しませる。

「この花の名前は？」

「カラーです。堂々としていて、私が一番好きな花です」

アンは少女のような瞳を輝かせた。

花は、流れるような美しいラインでクルッと巻いている。花と呼ぶにはシンプルで、名前の通り白い襟のようで、潔い。

部下達が拍手をする。

ホワイトはアンをハグし、不思議な子だ、と思う。

「今日のうちに渡せるチャンスがあってよかったです」とアン。

「ありがとう」

ホワイトは振り返り部下達を見つめた。

「さて諸君、明日は私が新たな世界の紙幣の、最初の肖像になれるかどうかの重要な日だ」

部下達に静かな笑いが起きる。

「その前に私は少し眠りたい。今夜はそろそろ解散にしよう。まだ飲みたい奴は自分の部屋で飲んでくれ」

部下達はどっと笑うとそれぞれが大統領とハグをし、部屋を出ていこうとする。テレビではまだレポーターの絶叫が続いていた。

「ダイアナ」ホワイトは振り向いたダイアナ国務長官を見てテレビを指さした。

「報道官に連絡させてあのレポーターに忘れてる国はピースランドだと伝えてやれ」

「かしこまりました」

ダイアナは軽く会釈すると部屋を出ていった。

＊

機体に〃ＰＥＡＣＥ ＬＡＮＤ〃と書かれた政府専用機が暗い空に浮かんでいる。

桜春夫（さくらはるお）は、シートに深く体を沈め、高いびきをかいていた。開いた口から流れた唾液が座席の頭の部分に丸い染みを作っている。

ガクンと機体が大きく沈んだ。

桜が目を覚ます。クルッと周りを見まわす瞳はどこか人を小馬鹿にし、ふざけているような印象だった。

ガクガクと上下に機体が揺れている。

やけに揺れるな。桜は多少焦っているようだったが、人に比べて少し上の位置に付いてる眉毛のせいか、元々どこか呑気な雰囲気がある。

　機長からアナウンスが入る。

「現在当機はハンプティダンプティ島上空におりますが、ハリケーンの影響で着陸不可能な状況にあります。空港からの許可が出るまでしばらく旋回いたします。多少揺れますが航行に影響はありません」

「まいったな……」桜は地図を広げた。海の上に卵形の陸地が二つ並んで描かれている。それぞれ独立しているように見えるが、実はひょうたんのように真ん中で繋がっているのがハンプティダンプティ島だ。本来なら眼下には一面鮮やかな青い海が広がり、この島が見えているはずだ。それにしても、と桜は思う。ピースランド国際空港を離陸してから18時間はたっている。その間一度も起きなかったとは我ながら太い神経だ。

　隣から轟音が聞こえてくる。地響きのような音だ。

　派手ないびきで熟睡しているのは、五代拓造（ごだいたくぞう）。肥満体の彼のいびきは鼻腔が狭いせいか音も物凄く時々脳溢血ではないかと周りが心配になるほどだ。機体の揺れは更に激しくなった。

　この状態でよく寝てられるもんだと、自分を棚に上げ桜は呆れた。「おい、五代君……おい！」

　五代は一向に起きる気配がないどころかますますいびきは大きくなった。

　桜春夫52歳、首相政務秘書・首席秘書。

　五代拓造57歳、首相第二秘書・事務担当。

　五代は警視庁出身。柔道七段。性格は真っ直ぐで実直であったが、何かと如才がない桜は年上だが不器用な五代を少しバカにしているようなところがあった。

　桜は五代の鼻をつまむ。いびきがやみ、しばらく静かになる。みるみる五代の顔が赤く染まり膨らんでいく。

　かっかっかっ、と息を詰まらせると、五代は桜の手を払いのけガバッと跳ね起きた。

「ああああっ！……はぁっ……母ちゃん！」

「誰が母ちゃんだ。俺だよ」

「……あ？……桜君？」

「ははは、寝ぼけるな。そろそろ到着するからしっかり目を覚ましてくれ」

「到着？　まさかハンプティダンプティ島か？」

「そうだよ、だがまだ嵐で着陸出来ない状態だ」

「嵐?……そうか、だからこんなに揺れてるのか」

五代はその時初めて機体の揺れに気づいたようだった。桜は呆れる。

「まさか、離陸してから一回も目を覚まさなかったのか? 18時間もたってるんだぞ」

「……ああ、時差ぼけかな」

「まだ早いよ。それより総理の様子を見てきてくれ。着いたらすぐマスターズ会議だ、寝ぼけたまま参加して世界中に恥をさらされても困るからな」

「おう、全くだ。今回ばっかりはしっかりしてもらわないと……」

他人のことを言えた立場かと思いながら、座席を立ちヨロヨロと機体後方の総理の個室へ向かう五代を見送る。

専用機は、まだ着陸の許可は出ないようで、旋回を続けている。桜は時計を見、片方の眉毛を上げると呟いた。

「……あまり遅れたくないな」

今回のマスターズ会議参加に寄せるピースランド政府の思いは特別なものだった。彼が仕える富士見幸太郎ピースランド国首相にとってマスターズは一世一代の大舞台となるはずだ。

就任以来、「無能」「史上最低」と揶揄され続けた富士見幸太郎と桜の付き合いは、富士見が35歳で初当選した時からだから、もう20年になる。政治家としての資質も押し出しの強さもカリスマ性も特に感じたことがなく、この人に一生ついていこうなどと一度たりとも思ったことがなかった富士見と、ここまで長い付き合いになるとは、桜自身考えてもみなかった。これは浮き草のような桜の性格のせいもあるが、何の取り柄もなく頼りない、およそ政治家には向いていない富士見幸太郎という人間の持つ謎の引力に引き寄せられた部分も大きいと、桜は感じていた。

器が小さく小心者。妻には全く頭が上がらないくせに秘書には短気に当たり散らす。それでも桜はなぜか富士見を憎めなかった。時々ハッとするほど無垢な一面が垣間見える時がある。幼稚と言えば幼稚で今の世の中、特に政界にはおよそ不向きな性質であったが、桜にはそれが面白かった。そんな自分もまた物好きで酔狂で、やはり現代にそぐわないタイプだろうと自覚していた。ま、それならそれで構わない、どこに転がっていくか予想もつかない富士見にしばらく身を任せてみるのも面白い。楽天家の桜はそう思ってここまできた。

テロ国家共同体ティグロ代表のブルタウ将軍と安全な球連合主要国のリーダー達との和平会議は、富士見が初めて熱心に取り組んだ仕事だった。相変わらず国際会議で存在感を示すことも発言の機会も少なかったが、富士見は発案者であるフロンティア合衆国ホワイト大統領の言葉を熱心に聞き、メモを取った。何でも秘書任せだった首相がこの件に関しては資料を読み込み、古い書物まで調べているようだった。桜は、そのうち飽きるだろうとたかをくくっていたが、足かけ7年にわたるロードマップは一つの到達点に達し、今日にも成果を出そうとしていた。

「桜君……」

耳元で声がして見ると、五代が困った顔で立っていた。

「どうした？」

「総理がいないんだよ」

「いない？　どういうことだ？」

「総理の個室にはいないんだ」

「おい五代君、飛行機だぞ、どっかにいるだろ」

「操縦席とか？」

「そんなとこにいられたらたまんないよ！」

「そりゃそうだけど……」

「トイレは？」

「あ！　そうか！」

前方へ走っていく五代を見送り、桜はため息をつく。

「総理！……総理！……そこにいらっしゃいますか？」

〝使用中〟と表示されたドアを叩く五代の額から汗がにじみ出ている。

「……大丈夫ですか総理？」更にドアを叩く。

「どうかされましたか？」

……コン、コン、コン……と内側から小さなノック。

「総理!?」

「……今出ます……」水を流す音がしてドアが開いた。

五代は目を見開く。

「す、末松？」

出てきたのは第三秘書の末松幹治52歳だった。

「君だったのか……？」

　末松は申し訳なさそうに「……いやぁ、なんだかお腹の具合がずっと悪くて……」となぜか照れ笑いをし、顔を赤らめ、黒縁の眼鏡を取るとハンカチで拭きながら席へ戻ろうとした。

「ちょっと待て！」

「へ？」

「総理は？」

「……総理？」

「総理だよ！　富士見総理！」

「……さぁ？　へへへ、何しろ私ずっとここにこもってたもんですから……」

「え？　18時間だぞ、ずっとここにいたのか？」

「ええ、どうにも腹が……」

「どんだけ調子が悪いとそうなるんだ？」

「へへ、すいません、どうも飛行機が苦手で……あ、使いますか？」

　自分も18時間眠りっぱなしだったことを思い出した五代は猛烈な尿意に襲われた。「ああ……ん？　そうじゃない！　ちょっと待て！」五代の額から更に汗が噴き出し顔色が変わる。「総理は⁉　富士見総理は⁉」末松の両肩を摑み壁に押し付ける。「おい末松、誰か来なかったか？　おい！　18時間誰もここに来なかったのか⁉」

　五代のあまりの勢いに恐怖を感じながら、末松は記憶をたどる。「あ、そういえば……」

「何だ⁉　どうした⁉　誰が来た⁉」

「一度だけノックされて……早く出てくれって……うん……あれは確かに総理の声だったような……」

「それでどうした？」

「お断りしました」

「バカ！」

「ええ、確か総理にもそう怒鳴られて、もういい！　別のトイレに行く、と……」

「別のトイレ？」五代は生唾を飲み込む。「それ、いつの話だ？」

「ええ、あれは確か離陸する少し前で……」

　五代の顔から一気に血の気が引き足が小刻みに震え

た。

「……離陸の前……？」

「ええ、10分ぐらい前でしょうか……あ、そうだ。総理は、空港のトイレに行ってくるから待ってろとおっしゃったような……」

窓の外から光が射す。夜が明けようとしていた。下を見るとさっきまでの嵐が去り、雲が晴れ、緑に光る島が徐々に近づいてきていた。「空港からの許可が出ました。当機はこれより着陸態勢に入ります。ご着席してシートベルトをお締めください」機長のアナウンスが流れると、五代は泣きそうな顔で呟いた。

「……こりゃあ、大変だぞ」

*

「……おい、早くしてくれよ……」

男は花粉症対策の白いマスクを少しだけ指でつまみ上げ小声で言った。空港カウンターのグランドスタッフの女性はパソコンを叩き、笑顔を保ちながらもぴしゃりと言った。

「少々お待ちください」

「相当待ってるじゃないか……いつまでかかるんだよ……」

あからさまな咳払いと不満そうな声が聞こえてくる。何時間もカウンターを占領してる怪しげな男を、後ろに並んだ人々が怪訝（けげん）そうに覗きこむ。マスクの男をその両脇からガードするように囲む屈強な二人の男が、後ろの客を睨み付けると、マスクの男はイライラし小声で二人に言った。

「お前達、もう帰れ」

「しかし総理……」

「しー！　お前達がいると目立つんだよ！　いいか、SPが二人もいてこんなことになったって知れたら、この後のお前達の生活はどうなる」

二人の大男は途端に青ざめ情けない顔になる。政府専用機が離陸してしまってから、かれこれ2時間以上過ぎていた。男の一人はしくしくと泣き出した。

「泣いたって始まらないだろ、このことは何としてでも明るみには出せない。とにかく散れ」

そこへカウンターの女性が声をかけた。

「すみません、キャンセルはまだ出ていないようで、どの便も満席ですね……」

「大事な会議があるんだよ……」

　フロアにあるテレビではマスターズ会議の開催を伝えるニュースが流れている。

「あ、明日の朝一番の便ならなんとか出来そうですが……」

　男は思わずマスクを取った。

「それじゃ間に合わないんだ！　何でもいいから飛行機に乗せてくれ！」

　怒鳴り声を聞き、カウンターの奥にいた上司の男性が飛んでくる。

「失礼しましたお客様、何か不手際……！」

　上司は男を見て絶句した。どこかで見た顔だ。フロアのテレビ画面に、今ここに立っている男と全く同じ顔が映っている。ネズミを思わせる特徴的な小さな目。全体的に情けなさの漂う自信がなさそうな表情。

　慌ててマスクをつけ直す男。テレビの顔写真の下に〝マスターズ会議へ旅立った富士見幸太郎総理大臣(55)〟とテロップが出ている。

「え⁉」

　男性はテレビと富士見を見比べる。マスクをしていても小粒の目は誤魔化せない。富士見は男の胸ぐらを摑んで引き寄せた。

「それ以上何も言うな」

「は、はぁ……しかしこんな所で何を？」

「いろいろあったんだよ。わかるだろ、世界の命運がかかってる重要な会議なんだ。今すぐ飛行機を用意しろ」

「……はぁ、な、なんとかしますが……」

　富士見幸太郎は腕時計を見て深いため息をついた。

＊

「乗り遅れた？」

　アン・アオイは大きな黒い瞳を真っ直ぐに、前に立つ4人のピースランド人に向けた。

　桜、五代、末松は揃ってくたびれた背広姿でなんとも頼りなかった。

　3人から少し距離を置いて渋い顔で立っているのは、

官房長官の川上才蔵54歳だ。

ハンプティダンプティ島。マスターズ会議の会場となったシルバードーム内の一室。

アンは、とんでもない知らせを持ってきたピースランド政府の4人を、フロンティア要人の控え室近くの会議室に慌てて押し込んだのだった。

「政府専用機に総理御自身が乗り遅れたというのですか?」

「はっ」川上は深々と頭を下げる。

「どういうことですか、川上さん?」

川上は苦々しい表情で桜を睨み付ける。

「いやあ、驚きました」と桜。「こんな話は前代未聞ですからね……なあ?」

「はい……」と五代が申し訳なさそうに笑う。

どうしてこの国の人々はこういう時に笑うのだろう? 祖父と同じ目の色をした4人を見てアンは思う。

「それで、富士見総理は何時頃到着される予定ですか?」

桜が五代を小突く。

「は、はあ……さっきようやく飛行機と連絡が取れまして、あと5時間後ぐらいにはなんとか……」

「会議はすぐに始まります」

「へへへ、そりゃそうですよねぇ……」末松がへりくだったように笑う。

「あ、あの! なんとかパイロットにスピードを上げるように指示いたしますので……」思いつめて言う五代を桜が止める。

「無茶言うなよ、民間の旅客機だぞ……」

「しかし……」

「お前達、黙れ!」と川上。

「アンさん……」桜は深々と頭を下げた。

「この通りです。富士見総理は必ず5時間後には到着します。初めからとは言いませんが、なんとか会議開始の時間を数時間遅らせてもらって、途中からでも参加出来るようにご配慮願えませんでしょうか」

長い付き合いだが、いつも飄々としている桜がこれほど真面目に話す姿を初めて見た五代は、ハンカチで額の汗を拭う。

桜に倣って五代、末松も頭を下げる。

「私の一存では決められません」ピースランドは祖父

の母国であり、自分にもその血が流れている。出来る限り会議には参加させたかった。今回のマスターズは10カ国全てが参加することに意義があり、たとえピースランドとはいえ、1カ国でも欠けることは主催するホワイト大統領も望まないはずだ。

激しくドアを叩く音がし、返事も待たずに入ってきたのはローレンス国防長官だった。

「アン、どういうことだ!?」

入り口でピースランドの4人に気づいて一瞬立ち止まる。

「……彼らは何だ？　ここで何してる？」

「国防長官、少しお話が……」

アンが駆けより、事情を説明すると、ローレンスの顔色がみるみる変わった。鋭い目で桜達を睨み付ける。

末松がニヤニヤ笑って愛想を振りまく。

ローレンスはアンに低い声で言った。

「会議を遅らすことなど、絶対に許されんぞ」

「ごもっともです」と川上が頭を下げる。「どうぞ、お先に我々抜きで始めてください」

「いや、官房長官……」

「いいから！」

川上が桜を制し、再び頭を下げる。

富士見が自分の内閣でも浮いた存在で、閣内で不協和音があるというのは知っていたが、この様子では政権も長くなさそうだと思いつつ、アンはローレンスに言う。

「でも、セーフティーボウル主要国全てが揃わないと、この会議の意義が損なわれるのではないでしょうか？」

「だめだ」とローレンス。「開始時間は遅らせられない……今、ブルタウ将軍が会場入りした」

＊

カチャカチャ……キキキ……キーキー……。

金属音と奇声のような音が暗い部屋に響いている。

ブラウン管テレビがチカチカと光る。

シルバードームの前でレポーターが叫ぶ。

「まもなくマスターズ会議が始まろうとしています！」

マスターズ和平会議

会議室は張り詰めた空気の中、静寂に包まれていた。円卓に着席しているのは、ピースランドを除く安全な球連合主要8カ国のリーダー達。それぞれ同時通訳用のヘッドフォンをつけている。入り口の向こう正面、一番奥の席に座っているのがフロンティア合衆国大統領ロック・ホワイトだ。

ホワイトは黙って、これから開かれるであろう入り口のドアをジッと見つめていた。

通常の首脳会議であれば閣僚達も同席するのだが、今回はメイン会場となる会議室から離れた部屋にサブ会議室が用意され、彼らはモニターでリーダー達の様子を見守っていた。安全面への配慮からたとえ側近、通訳といえどもメイン会議室内部に入ることは許されなかった。それほどこの会議が特別で重要であるということだ。秘書やSPすら帯同しない、むき身のリーダー8名のみで囲んだ円卓では、状況の異常性が強調され緊張感が増していた。

逆にサブ会議室は何百人もの閣僚、秘書、ブレーン達でごった返し、世界中の言語が飛び交い喧騒に包まれていた。巨大なフロアは、世界規模の証券取引所と宇宙局の航空管制センターを合わせたような様相だった。天井から幾つものモニターが吊るされ、各国のブースが設けられていた。その中の一つ、フロンティア合衆国のブースにアンは座り、手元の小型モニターと、フロア中央に浮かぶ全方位対応のキューブ形巨大スクリーンを交互に見つめていた。小型モニターにはホワイト大統領の顔、巨大スクリーンには各国首脳と会議室のあらゆる場所が分割で映し出されていた。

アンは、スクリーン横に表示された時計に目をとめる。会議開始予定時間を3分ほど経過している。嫌な予感がした。本当に彼は現れるのか？

その時、喧騒がやんだ。

カチャという音がして真鍮（しんちゅう）のドアノブが回転した。

ホワイトが視線を上げると、ゆっくり開いていくドアの隙間から鷹を思わせる眼光が射貫くように真っ直ぐこちらを見つめるのが見えた。ほんの一瞬だった。まるでホワイトが部屋のそこに座っているのを最初からわかっていて、これから捕獲する獲物に寸分の狂いもなく照準を合わせたような眼だった。ホワイトは不覚にも反射的に目をそらし、すぐに戻したが、その時には既にブルタウ将軍の表情は変化していて、温かい眼差しを他の首脳達に向けていた。

　首脳達は戸惑うように少し笑いながらブルタウを見つめている。

　ホワイトはゆっくりと立ち上がる。それに促されるように他の首脳達も立ち上がった。

　ブルタウはたった今そこにいるのに気づいたとでもいうように目を大きく開けて、ホワイトを見つめ微笑んだ。

　確かに数秒前に交えたはずの鋭い視線は、すっかり柔らかいものに変わっていた。ホワイトはワイシャツの下の背中に汗が一筋垂れるのを感じた。

　会議室は静寂に包まれた。

サブ会議室もまた張り詰めた空気に包まれ、物音一つしなかった。誰もがモニターの映像に集中していた。

　アンは、ブルタウとホワイトの表情を交互に見つめ自然と息を止めていた。わずか数秒の時間だったはずだが、永遠にも感じられる沈黙だった。

「テレビで見るよりいい男だ」

　先に沈黙を破ったのはブルタウだった。

　一瞬の間があって、各国首脳達が静かに笑う。ホワイトも笑顔を見せると一気にその場の空気がなごんだ。

　アンも思わず肩の力が抜け、深く息を吐く。

「案外洒落のわかる男かもしれないな……」

　隣でローレンスが呟いた。

　各国のブースで驚嘆と歓喜がない交ぜになったざわめきが起こる。

　ブルタウは一歩踏み出した。会議室に再び緊張が走る。

　円卓の外側を回りブルタウはゆっくりとホワイトの方へ歩き出す。顔には笑みを絶やさない。

　遅れてホワイトも歩き出した。

　息を殺して首脳達が見守る中、二人は会議室のほぼ中央で対面し立ち止まる。

先に右手を差し出したのはホワイトだ。

「あなたに会うことを待ち望んでいた」

ブルタウも手を上げてふと止める。

「おっと……」

ブルタウは、はめていた白い手袋を外す。

食い入るようにモニターを見つめていたアンは、一瞬違和感を覚えた。

ブルタウは素手になった右手でホワイトの手を握った。

「私も会いたかったよ。ホワイト」

手の中に固い異物を感じホワイトは、問いかけるようにブルタウの目を見る。

初めて間近でブルタウの瞳を見てホワイトは息を呑む。

ブルタウはニヤリと笑った。

「アンドリュー、止めて！」

アンは立ち上がり、安全保障長官の名を叫んだが間に合わなかった。

満面の笑みでホワイトと握手するブルタウは、更に手に力を入れ、ギュッと強く握り込む。一瞬その笑みが消えた。

カチリと音がした。

物凄い爆音とともにアンは床に叩きつけられた。

メイン会議室からかなり離れた場所であるにもかかわらずサブ会議室のドアは爆風で飛ばされ、そこら中で悲鳴があがり、塵と埃が舞った。

＊

会場の外で会議の始まりを伝えていたテレビレポーターの顔がススだらけになり、撫でつけていた金髪はチリチリと焦げている。後ろに見えていたシルバードームの天井から火柱が上がり黒煙が噴き出した。

轟音と爆風でレポーターはよろけ、カメラも揺れた。

レポーターは体勢を立て直し、恐る恐る後ろを振り返るとしばし絶句したが、その後健気にもレポートを続けようと試みた。

「……お伝えします……たった今、マスターズ会議の会場であるシルバードームが……まさか……信じられない……これはテロだ……テロが起きたと思われます……世界はいったい……」

混乱

巨大な火山が噴火する様子がテレビ画面に映し出される。麓の街が溶岩に呑み込まれていく。

ナレーションが入る。『災害はいつどのようにして、私達を襲ってくるかわかりません』

場面は、津波に呑まれる街。疫病感染患者によって病床が足りなくなっている病院の様子。テロによって爆破される建物。空爆によって破壊される小さな村。兵士達が撃ち合う戦場。焼け出されて泣きながら逃げ惑う子供達……と、次々と変わっていく。

再びナレーション。『今日存在した命が明日も存在するという保証はありません』

テレビ画面は老人の臨終の光景を映し出す。

集中治療室。医師と家族がベッドを囲んでいる。心臓マッサージを繰り返す医師。非情にも心電図は波打つことをやめ、直線になる。たった今亡くなった父にすがり泣き叫ぶ娘。クラシックのBGMが大きくなる。

「お父さん！」と女性の口が動く。腕時計を確認する医師。女性の肩に手を添える夫。

ナレーション。

『大切な人に……』

場面が変わる。

立派な祭壇に飾られている若い女性の遺影。対面している夫の目に涙が浮かんでいる。

回想シーンが挿入される。

ウェディングドレス姿の妻の指に、緊張しつつ指輪をはめる夫。笑顔の妻。

オーバーラップして遺影の妻に戻る。

夫は祭壇の前で泣き崩れる。

そしてナレーション。

『もう一度……』

場面は小学校の教室の風景になる。授業参観で、後ろに親達が立っている。

何人かの子供達がチラチラと後ろを振り返り手を振る。その様子をジッと見つめ、下を向く少年。

ノートに〝おかあさん〟と書く。

ナレーション。

『会いたいと思いませんか……？』

画面にＣＧ映像が映し出される。横たわった人体の胸部から点線が波のように放出されていくアニメーション。

『私達は俗に魂と呼ばれるものが電気信号であることを解明し……』

画面右側にアンテナの付いた黒いボックスが現れると、人体から出た波状の点線がアンテナに吸い込まれていく。

『それをキャッチする受信機を開発、人として再現することに成功しました』

画面に人形が現れると、ボックスがその頭部に内蔵される。人形は起き上がり、グルリと回転する。

『それが〝ソウルドール〟です』

場面が変わる。

住宅街の家。宅配の青年がダンボール箱を持ち玄関のチャイムを押す。ドアを開け出てきたのは冒頭、病院で父を亡くした娘だ。娘は青年の持つ箱を見て笑顔になる。

ＢＧＭが明るい曲調に変わり盛り上げる。

その後、妻を失った夫、母を亡くした少年がそれぞれ箱を受け取り喜ぶ様子が映し出される。

宅配の青年の笑顔は嫌味なほど爽やかだ。

『組み立ては簡単です……』

女性、夫、少年が箱を開け、部品を取り出して人形を組み立てる様子が映し出される。

組み立てたあと電源を入れると、まるで腹話術の人形のように瞼（まぶた）がパチリと開く。

母親の人形から高いトーンの音声が発せられる。

「タダイマ」

「お母さん！」

人形にすがりつく少年。

父親の人形は娘に向かって言う。

「メシハ……マダカイ?」

「イヤだ……お父さんたら……!」

娘は笑いながらも涙ぐんでいる。

「……アナタ……アイシテル……」

夫は言葉に詰まりジッと妻の人形を見つめたあと
「……おかえり」と抱きしめる。

ナレーションが入る。

『愛を永遠のものにしてみませんか』

画面がフェードアウトし、白い文字が浮かび上がる。

—PINOCCHIO COMPANY—

『ピノキオ・カンパニー』

画面に〝click〟というアイコンが現れ、それを指のマークが押すと、〝ピッ〟という効果音。

ナレーション。

『……ワンクリックであなたの大切な人が蘇ります……』

＊

CMが終わると映し出されたのは瓦礫(がれき)の山だった。

昨日の爆発でシルバードームは半壊していた。

瓦礫のそこここから白い煙が上がっている中、防護服を着た警察と消防が作業をしている。

ピースランドテレビ局の特派員が興奮した様子で声を震わせ現状を伝える。

「昨日の爆発から一夜明けた現場です。周囲にはまだ焦げ臭(くさ)い臭(にお)いが立ちこめ、鎮火しきれてない箇所も所所あるようで、現地消防隊の作業も難航しています」

黄色いテープで仕切られた中で作業する隊員達も、途方に暮れているように動きが鈍い。

特派員が続ける。

「なお、今回の爆発に関してテロなのか、あるいは何らかの事故なのか、公式な発表はまだありません。以上ハンプティダンプティ島の現場からお伝えしました。新たな情報が入り次第またお伝えします……」

画面が変わりニュース番組のスタジオに戻る。キャスターと解説者が沈痛な面持ちで番組を進める。

「先程からお伝えしております、ハンプティダンプティ島マスターズ会議場の爆発ですが、参加した主要10カ国のリーダー達の生命は、ほぼ絶望的と見られております」

キャスターが解説者に顔を向ける。

「……まだ公式な発表はないわけですが、これはやはりテロと考えざるを得ないように思えるんですが……」

「……断定は出来ませんが」と解説者。「爆発は強力な爆弾によるものと見るのが妥当でしょう」

「当然ながら今回の会議では厳重なセキュリティーが敷かれ、何重にもチェックされ、テロの入り込む余地はなかったはずなんですが、これがテロということになりますと……」

キャスターは言葉を詰まらせる。

*

ピースランドの新聞社、報業（ほうぎょう）タイムスは蜂の巣をつついたような状態だった。記者達は叫び、電話をかけ、メモを取り、パソコンを叩いていた。何人かはテレビの前に集まり、ニュースを見守っている。

どっかと先頭に陣取り画面を睨み付けているのは、政治部デスク田辺健一（たなべけんいち）52歳だ。小太りで元来汗かきだが、今日はいつにも増して汗の量が多い。バケツで水をかぶったようだ。

1ヶ月近く続いていた禁煙は昨日深夜に飛び込んできた第一報で簡単に吹き飛んだ。灰皿は吸い殻が山になり、中で火種がくすぶっている。携帯電話を確かめるがメールの返信はない。「くそ……」と舌打ちをし、短くなったタバコを吸う。

田辺がずっと気にしているのは、富士見幸太郎首相の動向だった。世界のマスコミのどこからもピースランド政府のことが報じられないのはいつものことではあったが、今回は少し事情が違った。

現地にいる報業タイムスの記者からの連絡では、爆発前から富士見の姿を一度も確認出来ていないというのだ。川上官房長官を始めとする閣僚クラスは、1週間前に既に現地入りしている。

富士見は3年前に多くの犠牲者を出した天山（てんざん）大噴火犠牲者追悼式典に一人参加し、あとから向かう予定だった。追悼式典は終わり、政府専用機は確かに昨日の朝ハンプティダンプティ島に到着したが、機体から降りてきたのは側近達だけで、首相自身の姿はなかったという。そんなバカなと田辺は記者をどやしつけたものの、それとなく記者クラブで他の新聞社を探ると、彼らも首相の現地入りを確認出来ていない。わけあって別ルートで会場入りしたのか、あるいは専用機に乗っていなかったのか。

これに関して官邸は沈黙を貫いている。何か重大な懸念すべきことが起きているのか。自然、記者クラブは自粛という形で報道管制が敷かれたような状態が続いていた。

田辺がメールの返信を待っている相手は首相政務秘書・首席秘書の桜春夫だった。桜とは同じ大学の新聞学科の同級生で、腐れ縁だった。

学生時代から正義感に溢れ報道一筋の田辺から見ると、桜は不真面目でとらえどころのない印象だった。腹の底ではジャーナリズムをせせら笑っているようなところがあり、酒の席で田辺が熱く議論を始めるといつの間にか姿を消している、そんな男だった。ならばなぜ新聞学科などに籍を置いたのか。ひやかしのようなものだったのだろうと田辺は思っていた。案の定桜は1年で中退し、その後職を転々としたと聞いている。だから、若手議員の富士見幸太郎の公設秘書として桜と再会した時はかなり驚いた。政治からは一番遠い人物だと思っていたからだ。その後たまに連絡を取り合うようになり、富士見が政界で地位を上げるとともにその頻度も増した。連絡してくるのは決まって桜の方からであり、いつも気紛れで　突然だった。時には完全にオフレコの情報を田辺に流すこともあり、最初は完全に出世コースを外れた自分を気にかけてくれているのかと思ったこともあったが、結果的に桜は自分を通じてマスコミをうまく操っているようにも思えた。

マスターズ会議はテロへの警戒の為、各国首脳だけが会議室で話し合うという形式をとっていた。昨日の爆破でリーダー達の生命はほぼ絶望視されていたが、富士見が参加したにせよしていないにせよ、側近達は別の場所にいて生存しているはずだ。

田辺は、読まれたとは思えないメールの文面をもう一度見つめ、自分に言いきかせた。あいつらしい。桜はいつもそうだ。自分の都合の良い時にしか連絡なんかしてきやしない。まして今は緊急時だ。返事をするヒマなどないだろう。そう考えつつも指は文字を打っていた。『安否知らせろ』

にわかに周りが騒がしくなる。田辺がテレビに目を戻すと特派員が興奮してがなり立てていた。

「これはまだ確定した情報ではないので断定出来ませんが、ええ……ピースランド関係筋によりますと、富士見幸太郎首相は何らかの理由により今回の会議には参加していなかったようです！」

一瞬動きを止めていた記者達が一斉に動きだす。

「繰り返します！　まだ断定は出来ませんが、富士見首相は今回の会議には参加していなかった模様です！　また詳しい情報が入り次第……」

「富士見……」田辺はタバコを消して立ち上がった。

*

ハンプティダンプティ島空港に、旅客機が止まっている。ボディに〝ＰＡＬ〟とある。〝ピースランドエアライン〟の略だ。

エコノミークラスは観光客で満席だった。降りることが許されず何時間も機内に缶詰にされた客達は、そろそろ我慢の限界に達しつつあり苛立っていた。前方のモニターは昨日の爆発のニュースを流し続けている。

富士見幸太郎は尋常じゃないほどの汗をかいていた。中央5列シートの真ん中の座席。左右にはそれぞれ二人ずつ、太った中年の女性達が座っている。世界中から人が集まるマスターズ会議というイベントをダシに、物見遊山でバカンスを楽しもうと乗り込んできた仲良し4人グループらしかったが、どういうわけか航空会社は彼女達を引き裂くようにど真ん中に富士見の席を割り当てた。

離陸してから実に18時間、彼女達は富士見を間に挟んで眠りもせず喋り続けていた。富士見は一睡も出来ず、自分越しに交わされる途切れることのない彼女達のお喋りを聞かされるという拷問にジッと耐えていた。話題は旦那の愚痴から始まり、嫁に対する文句、以前行った旅行の思い出、ダンス教室の若い講師のゴシップなど、およそマスターズ会議とはかけ離れたものばかり。彼女達が世界情勢には1ミリも興味を持っておらず、ハンプティダンプティ島の存在を知ったのも会議開催を伝えるワイドショーの特集で南国の楽園として紹介された映像を見たからで、観光地として認識しているに過ぎないということが嫌というほど伝わってきた。

富士見は新聞で顔を隠し必死にニュースを聞いていた。そこへ機内アナウンスが入る。

「機長の斎藤です。皆様お急ぎのところ、大変お待たせして申し訳ありません。現在ハンプティダンプティ島空港は封鎖されている状態でございます。ピースランド大使館の要請により、皆様の安全の確保を優先させていただいております。封鎖解除の指示が出ますまでもうしばらくそのままお待ちください。大変ご迷惑をおかけしており、申し訳ございません」

冗談じゃない！　と立ち上がり叫びそうになって慌てて気を静める。元々短気なところがある富士見の我慢は既に限界を超えようとしていた。顎から汗がしたたり落ちズボンに染みを作る。

着陸してからかれこれ2時間以上缶詰になっていた。その間に自分が参加する予定だった会議の会場で爆発が起き、他の首脳達の生存は絶望的であると知った。

私は今ここで何をしてる？

あろうことか、政府専用機に置いてけぼりにされ、民間の旅客機でここまで来たものの会議には間に合わなかった。そのおかげでテロの被害にあわず、主要国首脳でただ一人こうして生存している。こうした状況が悲観すべきことなのか喜ばしいことなのか、全く判断出来ない。しかも富士見の周りでは完全にバカンスを楽しむ為だけに乗り込んできた女性客達が、ガイドブック片手に予定が遅れていることに文句を言い始めている。自分は今、一国の首相として何を思い何をするべきなのだろうか。

刻一刻と事態は悪化している。数分前から隣の厚化粧の女性が富士見の顔をたびたび覗きこんでは首をかしげるようになったのだ。現職総理大臣の顔など、ひと目見てもわからないほど政治に興味がないのはピースランドの国民性ではあったが、さすがに目の前のニュース映像に何度も映り、更には富士見自身が顔を隠している新聞の一面に彼の写真がデカデカと載っているのだから、どんなに鈍くても気づかれないわけにはいかなかった。

女性達の会話はあからさまにヒソヒソ声になり、「そっくりさん?」というような言葉が富士見越しに交わされるようになった。

そこへ、やけに溌剌としたCAのアナウンスが流れた。

「これより皆様のお席にお飲み物をお持ちします。コーヒー、ジュース、温かいスープなど、お好みのものをお申し付けください。また、新聞、雑誌なども各種ご用意しております。お土産物なども機内にて販売しておりますので、お席にうかがった際にお気軽にご注文ください」

少しでも乗客をなごませようというはからいであろうが、今の富士見には余計な気配りにしか感じられなかった。この緊急事態にお土産を買う客などいるかと思ったが、隣の女性がカタログを広げ始めた。

汗はとめどなく流れ続ける。

(桜、何してる?)

富士見はイライラして手元の端末を確認する。

『すぐにお迎えにまいります♡』

1時間ほど前に入った返信以降、何の音沙汰もない。

「お客様!」

顔を上げるとCAが満面の笑みで富士見を見つめている。周りの女性客もここぞとばかりに顔を確認しようと注目しているのがわかる。CAは経験上、飛行機が苦手な乗客の扱いには慣れている。汗だくになった富士見を見て、自分が過去に数多く接してきた客のパターンの一つと判断した。よくいるタイプだ。小さな子供や、閉所、高所などを恐れる客は大抵機内に一人や二人はいる。彼女はベテランだ。この手の客の対応は熟知している。表情からその自信が溢れ出ていた。

富士見の前にアメが入ったカゴが差し出された。

「もしよろしければいかがですか?」

CAの満面の笑みからは、そんなに怖がらなくてもいいのよ。大丈夫。ほら、大きく深呼吸をして、といった善意が溢れ出ていた。子供に対するような猫なで声。

「いや……」富士見は新聞を上げたまま小さく答える。

菩薩のようなCAは、わかってる、とうなずきカゴを引っ込める。いいのよ、子供扱いされたくないのね。

「では、お飲み物はいかがでしょう？」

「いや……」

「コーヒー、紅茶、ジュース、スープなどをご用意してますが、スープを召し上がると気持が落ち着く効果がありますよ」

　周りの女性達が富士見の動向をジッと耳をそばだててうかがっている。

　とにかくCAには早くこの場から去ってほしかった。

「じゃ、スープ……」

「スープはコーンポタージュ、カボチャのポタージュ、コンソメ、ミネストローネ、冷たいビシソワーズなどご用意していますが」

「……じゃ、それで……」

「は？　それと言いますと？」

　うるさい！　何でもいいから早く向こう行け！　と怒鳴りそうになった時、前方搭乗口のハッチがガチャッと開いた。

「総理！　総理！」

　聞き覚えのある声だった。見ると泣きそうな顔で叫んでいるのは秘書の末松だ。貧相な顔に黒縁眼鏡。後ろから桜と五代も駆け込んでくる。背は低いが太っているせいでバリトンの五代が、更に大きな声で叫ぶ。

「総理！　富士見総理！　どちらにおいでですか！五代です！　五代拓造でございます！」

　周りの客がざわめきだす。「……富士見？　富士見総理だって？」

「五代が参りました！　五代拓造、ただ今参上いたしました！　総理どちらですか？……どうぞ、お姿をお見せください！」

　頼むからやめてくれ。祈るような気持ですぐ近くの通路で叫んでいる五代に右手を挙げ、小声で呼んだ。

「……五代君、ここだ」

「ん？……あ、総理？」

「総理！」

　五代より更に大きな声で絶叫したのは末松だった。

「バカ！　しーっ！」思わず子供みたいに指を口の前に当てたにもかかわらず末松は富士見のもとへ駆けよろうとする。しかし5列シートの座席がそれを阻んだ。中年の女性達が迷惑そうな顔で末松を睨み付ける。

富士見は女性達に謝りながらなんとか通路に出る。

途端、末松は富士見に抱きつき号泣し始めた。

「総理！　もう二度とお会い出来ないかと思ってました……」

「あぁ、よしよし、いいからもう泣くな」富士見はなんとかなだめようと末松の背中をさすった。「そっちこそ無事で何よりだ」

「はい！　総理！　もう死ぬかと思いました！……現場はグチャグチャで、手とか足とか……」

「わかった！　もうそれ以上言うな」

乗客達は静まりかえりこちらを見つめている。富士見は五代の後ろにいる桜を見ると、桜は静かに視線を落とし耳元で「とにかく会場へ……」と呟いた。富士見も静かにうなずく。

「あいたたたた！　いたた！」末松が突然腹を押さえて叫ぶ。

「どうしたんだ？」と五代。

「す、すみません、ちょっとトイレへ……」

「早く行ってこい！」

乗客がざわめきだした。「おい、どうなるんだ？」「出られるのか？」

五代がおもむろにCA用のマイクを手に取った。

「えー、私、ピースランド国総理大臣、富士見幸太郎秘書の五代拓造でございます。総理に代わり申し上げます。えー、皆さんどうか落ち着いてください！　この飛行機は政府が責任を持って本国ピースランドへ帰れますよう手配いたしますので、どうぞご安心ください……！」

たちまち方々から野次が飛んできた。

「安心なんか出来るか！」

「お前達だから心配なんだよ！」

五代はムッとしてマイクを戻す。

機内は大騒ぎになった。様々な野次が飛び交う中にちょこちょこ挟み込まれる言葉が富士見の胸に突き刺さった。

「バカ総理！」

＊

「まもなくこちらでフロンティア合衆国政府スタッフ

による会見が行われる予定です！　会場は張り詰めた空気に包まれています」

シルバードーム、ロビーの一角に急ごしらえで作られた会見場には演説台が置かれ、周りを世界中のマスコミが取り囲んでいた。


報業タイムスの記者達はテレビの前に集まり、画面に映る誰もいない演説台を静かに見つめていた。

田辺が腕時計を見る。会見開始予定時刻から既に15分以上過ぎている。フロンティア首脳陣はよほど混乱しているのか、会場で大規模な爆発があったという一報以降、何一つ正式な発表がない。加齢臭にはとうに慣れたつもりだったが、昨日から一睡もしていない汗ばんだ体から立ちのぼるすえた臭いが鼻につき、田辺は吐き気をもよおした。

突然画面の中でカシャカシャと音がし、フラッシュが点滅する。

「たった今、フロンティア合衆国のスタッフが入ってきました！」

登場したのは世界一の超大国の代表として全世界と対峙するにはあまりにも華奢に見える、若い書生のような女性だった。

「アン・アオイか……」田辺が呟くと、周りの記者達もそれぞれ端末で彼女のプロフィールを確認する作業を始めた。

「アン・アオイ大統領首席補佐官のようです！」

無数の閃光が焚かれる中、アンは演説台へ向かった。台の上にファイルを置く。紙の端をつまもうとする右手が小刻みに震えていることに気づくと、報道陣に気づかれぬようにそっと左手で摑んだ。静かに深く息を吸い、真っ直ぐに目の前のカメラを見た。挑むような瞳は顔の幼さとは裏腹に強い意志と静かな怒りを秘めているように見えた。

「昨日の爆発についてご報告します」アンはそこで一度息をつき、カメラのシャッター音がおさまるのを待ってから話し始めた。「11月11日、午後2時16分、ハンプティダンプティ島、国際会議場において大規模な爆発がありました。爆発の原因はテロ国家共同体ティグロ代表のブルタウ将軍が体に装備していた高性能爆弾です。……ブルタウ将軍は会議開始直前、フロンティア合衆国ホワイト大統領と握手することで、あらかじめ手に隠し持っていた起爆装置のスイッチを押しました」

少しの静寂のあと、マスコミ陣にざわめきが起こる。アンは淡々と続けた。

「これは自爆テロであり、私達安全な球連合に対する裏切り行為であると同時に宣戦布告です。私達はこの行為を断じて許しません」

マスコミ陣に動揺が広がっていく。


報業タイムスでは田辺の指示を待たず、既に記者達がそれぞれの持ち場で慌ただしく作業を始めていた。そこここで「号外！」と声が飛んでいる。

まさかブルタウが？　その傑出したカリスマ性で、ローンウルフとして世界に散らばっていたテロリストを統率し、今後永遠に不可能であろうと思われていた安全な球連合との対話の道筋をつけた功労者であるはずのあのブルタウ将軍が、ここへきて裏切ったというのか？　田辺は指に挟んだまま既に燃え尽きているタバコを口にくわえた。

「各国首脳についてお伝えします」

テレビからそう聞こえると、記者達は動きを止め画面に集中した。


アンは、右手首を摑んだ左手に力を込め言葉を発した。

「到着が遅れたピースランド国首相を除くマスターズ会議参加8カ国首脳……及びテロ国家共同体ティグロ代表の9名は、全員死亡が確認されました」

会場は深いため息と静寂に包まれた。

世界中にこの受け入れがたい事実が行き渡るのを待つように、アンはたっぷりと時間をかけて沈黙し、死亡した各国首脳の名前を読み上げていった。

「フロンティア合衆国大統領、ロック・ホワイト氏、ユナイテッドグリーン首相……」

マスターズ参加者の生命が絶望的であることはわかってはいたものの、公式に発表されたことによる衝撃は大きかった。

報業タイムス政治部の記者達の動きは止まったままだった。テレビではアンが淡々と死亡者の名を読み上げている。

その時、田辺は一瞬嫌なものを見た気がし、背中にスーッと冷や汗が垂れるのを感じた。

演説台のアン・アオイのずっと後ろに不可解な光景が映った気がしたのだ。

急遽作られた会見場は爆破テロが起きたシルバードームのロビーの一角だ。人類史上最も重要な会議での使用を目的としたシルバードームのメイン会議室は、厳重な上にも厳重なテロ対策として、四方を強力な防護壁で何重にも重ねた造りで出来ていた。しかしそれはあくまでも外部で爆破が起きた場合に耐えうる為だった。だからこそ、メイン会議室にはリーダー以外入室出来ないという決まりであったのだ。皮肉なことにそれがアンを始めとする側近達の命を守ることになった。会議室内部で起きた爆発は、防護壁で囲まれていたにもかかわらずドームを半壊させるほどの威力があった。ブルタウが身につけていたと思われる爆弾は、それまでの概念を超える破壊力を持っていたのだろう。

会見をどこで行うかについても当然様々な意見が出たが、現時点では警備が一番手厚い現場近くのロビーが安全だろうということになった。

会見場としては不向きな場所であった為、話をするアンの後方に出入り口のドアが見切れていた。当然、ドアの両側には屈強なSPが二人立ち警備をしていたのだが、そのドアが突然開いたのだ。

田辺が見た嫌なものとは、開いたドアから一瞬覗いた顔だった。

……桜？

画面の端に小さく映っているだけなので、気づいた者はほとんどいないはずだが、田辺はその後画面の端で展開された一連の出来事から目が離せなかった。

最初にドアから顔を出したのは桜春夫だった。長年見知ったシルエットなので見間違えではないと思う。しかしその時点で確信は持てなかった。

ヒョイと顔を出した男はキョロキョロと周りを見まわし、SPと目が合うとすぐに引っ込んだ。しかしSPは見逃さず男を引きずり出した。その後に連なって引きずり出された男達を見て田辺は確信を得た。五代、富士見、末松が次々と捕獲され、連行されて画面から消えていった。間違いない。ピースランド首相富士見幸太郎とその秘書達だ。

最悪だ。田辺の背中にまた汗が伝う。

あの小さく映った人物達のやり取りに気づいたのは今の時点ではごく少数だろうが、繰り返し流されるうちにいずれピースランド中のマスコミが騒ぎ出すだろう。

「……ナベさん、俺の見間違いならいいんですが」部下の山岡(やまおか)キャップがボソッと言った。

「悪夢だ」

「え？」

「……これは悪夢だ……」

山岡が恐る恐る聞く。「どっちのことですか？　前半のテロの話か、それともあの後ろに映ったバカ総理……」

「うるさい！　俺に聞くな！　官邸に行け！」

田辺は怒鳴りつけると叩きつけるようにパソコンのキーボードを打ち、記事を作り始めた。

宣戦布告

アンは小刻みに震える体を自分の両手で抱きしめるように摑み、立っていた。痛みで何かを紛らわすことなど出来ないことはわかっていたが、唇を強く嚙まずにはいられなかった。

爆音が頭の中で何度もフラッシュバックする。アンは長い間この音に悩まされてきたのだ。

記憶の中の音と、新たに聞いた音。

副大統領のマシューが倒れたと報告されたのは、記者会見を終えてすぐだった。アンは急いで医務室に向かった。

ドアを開けると政府専属医であるエドワードが振り返り、微かに否定的な合図を目で送った。アンの耳元で「話は手短に」と言う。

「マシュー」アンはベッドに駆けよりマシューの手を

取った。老人の顔には酸素マスクがつけられ、体のあちこちからチューブが出て機械に繋がっている。単調な心電図の音が鳴り続けている。マシューの189センチの長身は、ベッドの上で窮屈そうに見えた。

78歳になるマシューは2年前にも心臓の持病で倒れていた。当然その時に彼は引退を口にした。弱った体でこの世界的な難事業はこなせないと考えたのだ。しかし強引にマシューを激務に留めたのは、他ならぬホワイト大統領だった。マスターズ計画にマシューの存在は絶対に欠かすことが出来ない。今チームから抜けることは私が許さないと強く主張し、一歩も譲ろうとしなかった。「死ぬつもりで臨んでくれ」と慰留したという。そのホワイトが先に逝き、今、マシューの命の火も消え入りつつある。

手の中の指が微かに動いているのにアンが気づき顔を上げると、マシューがこちらを見つめていた。目で何かを訴えている。おそらく酸素マスクを外してくれということだろう。アンはマスクを外した。

「マシュー」

心細そうなアンを見てマシューは微笑み、力の入らない手を上げアンの髪を撫でた。

「ひどいもんだ……会議が終わったらようやく隠居して魚でも釣って過ごせると思ってたのに……」声はか細いがいつもの笑顔だった。

アンはうなずいた。「何をおいてもあなたを無事にキャリーのもとに帰すわ」

キャリーとはマシューの妻の名だ。何かと若いアンの世話を焼き、家に行くと食べきれないほどの料理を無理矢理食べさせようとした。「あなたはもっと太らなきゃだめよ！」

マシューは笑顔で首を小さく振ったように見えた。

「ホワイトの奴、最後まで苦労させやがって、あいつのせいで台無しだ」悪態をつきながらも、マシューの表情は楽しんでいるようだった。

「彼は私の息子のようだった。手に負えない悪ガキだ」マシューの目尻から涙が伝う。

「ええ」

アンはもう一度マシューの手を取り両手で包んだ。確かにマシューをチームに引き留めた時のホワイトは、まるで父親に駄々をこねる聞き分けのない少年みたいに見えた。

マシューは弱々しく手を上げ、指でアンの涙を拭った。

「アン、君にとっては父親のようだったろ？」

「ええ」

マシューは静かに笑った。「娘にこんな思いをさせるとは父親失格だな……」

アンは言葉に出来ず、ただうなずいた。

「アン、どうかそんな父親を許してやってほしい。それから私のことも……」

アンはうなずき続ける。

マシューの声はか細かったが言葉ははっきり聞こえた。

「……私は、こんなに苦しんでいる君に、これからもう一つ頼み事をして、もっと苦しめなければならない……アン、今回の計画をホワイトと3人で話し合った日のことをおぼえているね？」

「……もちろん」アンはようやくそれだけを声に出すことが出来た。マスターズ会議は7年越しの計画であり、初めにホワイト大統領がアイデアを口にした時もアンはその場にいた。まだ20代の研修生で、部屋にいたのは大統領とマシューと自分だけだった。あの夜が全ての始まりだったのだ。忘れるはずはない。

「この計画は3人で育ててきたものだ。ホワイトと、私と、君とでだ。今まで私達はうまくやってきた。しかし昨日のことで計画は大きく後退した。何かを間違えたんだ……アン、私の言ってる意味がわかるな？これは後退だ。消滅ではない」そこまで言ってマシューは苦しそうに息を吸った。

アンはマシューの言葉を頭の中で反芻しながら次を待った。

「何を……」とマシューはアンの手を取り言った。

「私達は何を間違えたのか。何が原因なのかを突き止めなければならない……アン、原因を探れ。さかのぼってどこで間違えたのか探すんだ。必ず原因があるはずだ。それを見つけろ。見つけて原因を取り除き、やり直すんだ。これからは君がその指揮を執るんだ」

「私には……」とアンは震える声で言った。

「とてもそんなこと出来ない」

「アン、君なら出来る。いや、君にしか出来ない。君にはその義務がある……ご両親もそれを望んでいるはずだ」

「でも……」

「アン……」マシューの呼吸が上がり心電図のアラーム音が鳴っている。

「マシュー！」アンはマシューの手を握る。

ドクター・エドワードがマシューに酸素マスクをつけながら言った。「部屋を出てくれ」


医務室から出たアンは大統領控え室で、一人立ったまま動けずにいた。

アンの頭の中でマシューの言葉が繰り返される。

『君がその指揮を執るんだ』

ノックの音がしてドアから顔を出したのはSPだった。

「ピースランド国総理大臣をお連れしました」

「いいわ。通して」一瞬悪い知らせかと思ったアンの心臓は早鐘を打っていた。

「いくら何でもこの扱いはないんじゃないか！」

現れたのは富士見幸太郎だ。半ば連行するようにしてきたSPに毒づいている。髪は乱れ、シャツがズボンからはみ出している。

「富士見総理、警備に不手際があったようで申し訳ございません」

「ああ？」振り返った富士見は相手が若い女性だったことに面食らった様子だった。

「君は、確か……」

「大統領首席補佐官のアン・アオイです……無事に到着されて何よりです」アンは深々と頭を下げる。

元々抜けるような肌の白さだと思っていたが、今は更に蒼白になり、細い血管が透き通って見えるほどだ。大きな黒い瞳はなおさら目立ち、そこに不安の色が浮かぶ様は小動物を思わせた。

富士見はホワイト大統領との首脳会談の席で何度もアンに会っており、彼女をよく認識していた。ピースランドの血をひく同胞として、それ以上に政治学者、青井徳治郎（あおいとくじろう）の孫として。

青井徳治郎と言えば、ピースランドを代表する思想界の巨人で、世界的人物だった。既に30年以上前に異国の地で客死し、今は彼の思想を語る者も、書物を読む者も減り、徐々に忘れ去られようとしていたが、富士見はかねてからフロンティア政府の中枢に青井の血をひくアンがいることを心強く思っていた。

いつもは凛としたアンであったが、さすがに今は心の中の怯(おび)えをなんとか隠そうとしているように見える。富士見は取り乱したことを後悔した。

「君もよく無事で……何というか大変だったね。いや、その、あんなことのあった後だ。警戒を厳重にするのは当然だよ……それに、そもそも会議に遅れた私が悪い。本来ならもう少し早く到着する予定だったんだが……」

当たり前だ、とアンは思ったが口には出さなかった。

「その、ちょっとした手違いがあってね……」

「そうですか」アンは表情一つ変えない。

「ああ、もちろんあってはならない手違いだ。あり得ないことだよ、こんなことは、全くあり得ない！」

「でも、そのちょっとした手違いのおかげで」とアンは思わず口を挟んだ。「総理はこうしてご無事でいらっしゃいます」

「え？」

アンはますます青ざめ、よく見ると両足を必死に踏ん張ってはいるが微かに体が震えており、立っているのもやっとの様子だった。

「大丈夫か？」いくら富士見とはいえ、自分の言葉が場にそぐわないことはわかっていた。この状況で大丈夫なわけがない。しかし聞かずにはいられなかった。

腰の位置で重ねられたアンの手はギュッと握られ、左手の爪が右手の甲に食い込んでいる。

「この会場のセキュリティーを手配したのは私です。ちょっとした手違いでは許されないことが起きてしまいました。申し訳ありません」アンは深々と頭を下げた。

「いや、これは君の……」

「富士見総理、生きていてくださってありがとうございます」アンは頭を下げたまま言った。

富士見は何を言えばいいかわからないまま、恐る恐る言った。

「……君が、今回の件で責任を感じるのはわかるが……その……これは君の責任ではない」

アンはそれには何も答えず、体を支えるように後ろのテーブルに手を置いた。

「少し休んだ方が……」富士見には目の前で震えるアンが虚勢を張る少女に見えた。

「大丈夫です」アンはきっぱりと言った。「富士見総理。実はマシュー副大統領が心労で倒れられました」

「え？」

「申し訳ありません。今後しばらくは私が臨時でフロンティア合衆国代表を務めさせていただきます」

「君が？……あ、そりゃ、またどうも……」富士見は慌ててはみ出したシャツをズボンに押し込み、ネクタイを締め直し、頭を下げる。

「セーフティーボウル加盟各国政府の安全は主要国代表として出来る限り確保しますが、今は何が起きても不思議ではありません。どうぞくれぐれもお気をつけてお帰りください。私もこれからすぐ帰国し、非常事態の体制を整えなければなりません。総理、どうかご無事でいてください」

一礼をし、去ろうとするアンを富士見が呼び止めた。

「君！……あ、いや、アン大統領」

立ち止まるアン。

「和平交渉はどうなりますか？」

アンは絶句した。こうなった今、和平という言葉はひどくこの場に不釣り合いなものに思えたからだ。各国首脳が一人のテロリストの自爆によって全員殺された。目の前で髪を整えている富士見を除いて。

富士見は真面目に今の質問をしたのだろうか。だとすればこの男にはよほど、自分が置かれている状況を認識する能力が欠落しているのではないか。

アンはそもそも、富士見幸太郎という人間を特別意識したことは今まで一度もなかった。祖父の母国であるピースランド国の首相として毎回会議には出席していたが、存在感を示すことは皆無に近かった。

確かにアンの体にはピースランドの血が流れてはいたが、それを強く自覚することはなかった。祖父はフロンティアの大学で教授をし、助手だったアンの祖母に当たるフロンティア合衆国の女性と結ばれた。二人の間に生まれたのが、アンの母、マリアだ。

母は政府職員の道に進み、そこで国防総省職員であった父、ジョセフと知り合いアンを産んだ。つまりアンの中には4分の1ピースランドの血が流れていることとになるが、フロンティア合衆国で生まれ育ち、教育を受けたアンにとっては、ピースランドは遥か遠くに存在する小さな異国の島に過ぎなかった。わずかに自分のルーツとして意識することがあるのは、義父徳治郎の思想を尊敬していた父が〝青井〟という姓をアンに残していたからだ。

「……大統領」無言でいるアンに富士見はもう一度問いかけた。「その……マスターズ会議は残念ながら今回はこんな形になってしまいましたが、安全な球連合とテロ国家共同体ティグロとの和平に向けたロードマップは、これからどうなさるおつもりかと思いまして……」

「……ティグロ?」

射るように富士見を見上げた大きな黒い瞳は、少し潤んでいた。

富士見は息を呑んだ。この場にそぐわない感情だとわかってはいたが、アンの瞳を美しいと思わずにはいられず戸惑う。

「自爆したブルタウ将軍のティグロとの和平交渉のことをおっしゃってるのですか」

「え?……いや……その」富士見はアンから目をそらし言った。「もちろんブルタウが自爆犯である以上、ティグロとの和平交渉が中断するのは当然のことですが、しかし……」

アンは黙っている。

「……その、フロンティアはこの後ティグロに報復するのですか?」

「何がおっしゃりたいんですか」アンは少女のような目で怪訝そうに富士見を見る。

「つまり……今回のブルタウの自爆テロは、ティグロ全体が関わっていたものなのかどうか……何というか、慎重に判断しないと、我々は間違った方向に進む可能性もあるのではないかと……」

「富士見総理、あなたはブルタウ将軍が単独でこの事件を起こしたとおっしゃりたいんですか?」

「いや、あの、私も確信してそう言っているわけじゃないんですが……」

この持って回ったような言い回しはピースランド人特有のものだ。意味不明な笑顔で愛想はいいが、いくら話しても本心がなかなか見えてこない。アンはいつでも温厚なピースランド人に親近感を持っていたが、今はそれがもどかしく感じられた。

富士見はためらうように続ける。

「私も今回の和平交渉にはずっと関わってきました……影が薄いとか何とか言われながらもね。その……ホワイト大統領と一緒に。私は実にあの方を……ホワイト大統領を尊敬していた。本当に立派な政治家だった。私は勝手に盟友だと思っていた」富士見は天井を見つめ、続けた。「……いやもちろん、私なんかは末席でお飾りのようなもんでしたが、あの会議に参加出来ることを誇りに思っていた。だから私はいつも一番近くでホワイト大統領とティグロ政府の要人が話すのを見ていました」

確かに富士見の言う通りだった。マスターズ会議に到るまでの過程で安全な球連合は何度かティグロ政府と会議を重ねてきた。特殊な例ではあったがフロンティア合衆国からはホワイト大統領、加盟国からは富士見を含めた各国のリーダー、ティグロ側からはブルタウ将軍より格下の外相という構成だった。

慣習に照らせば、こちら側はリーダー自身が出向いているのに、ティグロ側が格下というのは考えられない形態であった。言い換えればこれは、本来であれば閣僚級の会議にわざわざ大統領自身が参加する形を取ったということであり、それもみな稀代のテロリスト、ブルタウ将軍を話し合いのテーブルに着かせる為の、プライドを捨てたホワイト大統領の戦略だった。もちろんアンも首席補佐官として同行したが、実際に円卓に着いていたのは各国リーダーのみ。今となっては安全な球連合側では富士見総理ただ一人となってしまった。

おそらく議事録にはほとんど発言は載っていないだろうが、富士見は自身が言うように、観察者としてホワイト大統領の一番近くにいた人物であることに違いはない。

「ホワイト大統領の熱意は大変なものだった。頭が下がる思いでしたよ。根気よく本当に熱心にティグロの要人達にマスターズの必要性を説いていらっしゃった。政治外交とはこういうものかと、私はいつもしみじみと感じた。……ただ、それと同時に」富士見はアンの目を見つめ直した。「アン大統領。私はティグロの首脳陣にも同じ熱意を感じていた。あの青年のような二人です」

アンは不意を突かれた。

「あなたはどうでしたか？　大統領」

「え？」

「そう感じませんでしたか？……あの、ブルタウ将軍っていうのは私も会ったことがないので得体の知れない不気味さを感じてましたが……まあ、これは私の感覚なんですが……ティグロの連中はこの交渉に前向きだったように思えた。ホワイト大統領の交渉が少しずつ彼らを変えていった。そんな実感があったんです……」

富士見の言う通りだった。

ティグロというのは〝テロ国家共同体〟の名が示す通り、組織として自己矛盾を抱えていた。

国家対国家の対立の時代が終わるとともに、世界は〝皆殺し戦争〟の時代に突入した。国家の敵は国家ではなく、世界中に分散したテロリストとなった。戦争の形は変わり、宣戦布告も戦争終結も意味をなくし、形式として消失した。

信仰も民族もイデオロギーも違う人々が〝テロリスト〟という一つの概念でカテゴライズされ、独立国家を名乗る集団からローンウルフと呼ばれる単独の者に到るまで、〝破壊〟を目的に生きる者達が、世界の大半の富を享受する文明国を敵と定め、崩壊させることに自らの命をかけた。彼らはそれを聖戦と呼んだ。

安全な球連合加盟国にとって、どこまでも不毛な戦いを終わらせるには、テロリストと呼ばれる人間を最後の一人まで見つけだし家族もろとも殺害し、根絶やしにするしかなかった。これが〝皆殺し戦争〟だ。しかしそれは途方もなく、終焉は永久に実現不可能に思えた。恨みの連鎖を断ち切ることは出来ない。

だからこそ、カリスマと呼ばれるブルタウ将軍の登場は安全な球連合側にとって、願ってもないことだった。

ブルタウの出自は謎に包まれていた。国籍も育ちも、どこで軍事訓練を受けたのかもはっきりしなかったが、その戦闘能力は並外れていて、四半世紀近く、歴史の折々にその名は登場し、世界を恐怖に陥れる数々のテロ事件を起こしてきた。破壊の神と呼ばれ、現代の秩序に不満を抱くあらゆる若者達から崇められていた。

破壊は、思想や信念、信仰をも超越していた。

『安全な球を撃ち、風穴を開けよ』

ブルタウの言葉により、テロリスト達はただ一つの破壊という共通の理念でのみ、繋がったのだ。

しかしまがりなりにもブルタウが世界中に点在していたテロリストを組織化し、体系化してくれたことは、再び戦争が共同体対共同体という、わかりやすい構図に戻ったことを意味し、争いの終わりに道筋が見えた。

ロック・ホワイトはフロンティア初の軍人出身の大統領で、強硬派であると同時に戦略的平和主義者だった。ブルタウ将軍を懐柔出来れば安全な球連合を更に拡大出来ると考えた。以来ホワイトはマスターズ会議の実現に向けあらゆる手を尽くしてきた。

アンはホワイト大統領指揮のもと、安全保障局とともにティグロ内部の調査を重ねたが、フロンティアが誇る調査能力をもってしても、諜報活動は困難を極めた。彼らは元々小規模で活動し、武器は原始的な銃器と最先端の情報端末を使う。皆ＩＴの知識に長け独自のネットワークをコンピューター上に構築していた。また、ハッキング能力にも長け、幾層にも重ねられた虚実入り混じる仮想空間に神出鬼没に出入りする姿はまさにインターネット上のゲリラで、活動状況をとらえるのは難しかった。特にブルタウ将軍に関しては情報の海の中に埋もれ、特定出来ないまま本人とされる写真が何千と存在し、現在どこにいるかはおろか、実在するかどうかすら疑う声まであった。

だからこそ、人間と人間の対面交渉の必要性をアンはホワイト大統領に強く進言したのだ。大統領はそれを聞き入れティグロ政府外相達との会談を何度も重ねた。参加したティグロ外相は二人。どちらも20代くらいでアンよりも少し下の世代だった。百戦錬磨のホワイトと比べるとまだ子供のように見えた。

二人はそれぞれ〝アフマル〟〝アドム〟と名乗った。

数多くのテロを起こしてきた残虐な戦士のはずだったが、アンから見た両者の眼差しは無垢な少年のもので、時々発せられる言葉の裏に強い信仰や確固たる思想が存在するとは思えなかった。

生まれ落ちた場所が戦場で、常に無人爆撃機の標的にされながら育ち、高度な情報通信技術を身につけ、外の世界の情報は全て端末で知る一方で、日常的に生身の肉体が木っ端微塵に飛び散る光景を目にし、自らも武器を用い人を殺して生きてきた人間の心情とはどういうものか。アンはうまく想像することが出来なかった。過去の彼らに何が起こり、なぜ今こうしてテロリストになっているのか、アンには知るよしもなかった。しかし二人の世界に対する怯えたような瞳の奥に、自分と同じトラウマを感じるのだった。

寡黙な二人を見ていて、ふと、破壊行為こそ彼らにとっての言葉なのではないかと思うこともあった。

確かに、ホワイトは会談を重ねるたびに少しずつ二人から言葉を引き出すことに成功していた。富士見の言うようにアフマルとアドムは、交渉に前向きになっていたようにも思える。

軍人でありながら外交交渉にかけては天才的であったホワイト大統領の手腕がいかんなく発揮されたのだ。

ティグロ外相の二人は、おそらく熱心にブルタウ将軍をマスターズ参加に向けて説得したものと想像出来る。しかし、年齢不詳だが、その活動の歴史から考えれば70を超えているであろう、こちらも百戦錬磨のブルタウが、若い二人の話をどこまでまともに受け入れただろう。それは確かに謎ではあった。

＊

「アン大統領……」

気がつくとアンは黒革の椅子に座っていた。控え室に用意された大統領の椅子だ。

ぼやけていた目の焦点が徐々に合ってくると誰かが自分を覗きこんでいるのが見えた。見覚えのある顔。富士見総理だ。一瞬、状況がわからなくなり、必死に直前の記憶を探る。

確か富士見と何かを話していた。……ホワイト大統領。ティグロ。ブルタウ……マスターズ会議……そしてまたあの爆破音がフラッシュバックしたのだ。

ハッとして身を起こすと首の後ろから何かが落ちた。咄嗟に右手を腰の辺りに回すとひんやりと湿ったものが触れた。男物のブルーのハンカチだ。

「……総理、すみません、私」

「とりあえずそれを飲んでください」

富士見の示した視線の先、デスクの上に水の入ったコップが置いてある。

一口飲むとようやく意識がはっきりし、残った水も一気に飲んだ。

床に白いカラーの花が一輪落ちているのが見える。デスクの上の花瓶が倒れ、水がこぼれている。

立ち上がろうとするアンを富士見が手で制した。

「待って、もう少しそのまま座っててください。ひと息つきましょう」

富士見は胸ポケットから汚らしいグニャグニャした奇っ怪なものを取り出した。タバコのパッケージだ。

世界的に禁煙の風潮は加速していて、パッケージに喫煙のリスクに関する警告文や末期的な肺癌患者の肺の写真がプリントされていた時代から更に進み、現在はパッケージ自体が樹脂粘土などによってリアルに再現された〝黒ずんだ肺〟そのものだったり、〝癌患者の遺体〟のフィギュアだったりした。悪趣味で持ち歩きに困り、コストもかかり値も張ったがそれでも吸いたければ吸え、というのが喫煙者に対する世間の態度だった。

富士見が取り出したのは、まさに〝黒ずんだ肺〟だった。樹脂素材で出来ていて湿気を含んでベチャベチャしている。真ん中に小さな穴があり、肺を手で潰すようにするとビチャッという音とともに1本、タバコの先端が飛び出す。それを指で抜くと内蔵された音声チップが作動し『死ネ』とメッセージが流れる。喫煙者は一服するまでにこの工程を毎回繰り返さなければならない。

富士見はタバコに火をつけ、煙を吸い込んだ。

「……はぁ。うまいな……はは、何せ長旅だったものでで……」

アンがジッとこっちを見ている。

富士見はアンの視線に気づくと、「あ、これは失礼……」とタバコを灰皿に押し付け、慌てて〝黒ずんだ肺〟を胸ポケットにしまった。

「いいえ、大統領もよくそうして……」

「そうでしたね。フロンティア最後のスモーカーと自負しておられた。私も吸うものですから、狭い喫煙室で何度かお供させていただき光栄でした」富士見は小さい目をより細くして微笑む。

「そうでしたか」

「ホワイト大統領はブルタウ将軍との会談に政治生命を……いや、命そのものをかけておられるように私には見えた。……もしこのままフロンティアがティグロに報復したら、彼が今までしてきたことが全て無駄になってしまいます……私にはとても……それは」

「富士見総理。もちろん我々も慎重に調査した上で決断をするつもりです」

「こ、これは失礼。それはそうですね」

アンはマシューの言葉を思い出していた。

『これは後退だ。消滅ではない』

その時、ノックもせずドアを開けて飛び込んできたのは国務長官のダイアナだった。

「アン！　すぐに来て！」

アンは心臓が凍り付いた。

「まさか……マシューが」

「違うわ。別の問題が……」ダイアナはチラッと富士見を見た。白目がちな大きな瞳が褐色の肌から浮き立つようだった。

富士見は愛想笑いで会釈した。

アンはダイアナに目でうなずいた。

「電波ジャックよ！　テロの真犯人だという人物が今、放送を占拠してる」

「真犯人……？」

アンはダイアナとともに部屋を出ようとする。

「大統領！」

富士見は叫ぶと一瞬立ち止まったアンのそばまで来て、真っ直ぐ目を見つめた。

「さっきの話ですけど……今回のテロは、断じて君の……あ、いや、あなたの責任ではない。信じていただきたい。これは、本当だ」

ダイアナがアンと富士見を代わる代わる見ている。落としていた視線を上げたアンは、心なしか少し微笑んだように見えた。

「どうぞくれぐれもお気をつけて。失礼します」

アンとダイアナが退出すると富士見は一人部屋に残された。ポケットから〝黒ずんだ肺〟を出し、1本くわえた。

『死ネ』とメッセージが流れる。

火はつけないまま右手を額に当て、部屋の奥の窓際まで歩く。視線は庭に向けていたが、富士見の脳裏に浮かぶのはたった今自分を見つめたアンの瞳だった。

ふと床を見ると白い花が落ちていた。

そうだ、さっきアンが倒れた時、咄嗟に花瓶から抜いて、ハンカチをその水で濡らしたのだ。

富士見は花を拾い、デスクの上の花瓶を起こして入れた。

綺麗な花だ。何て花だろう?

「総理!」

末松の声だ。振り返ると末松に続き五代、桜がなだれ込んできた。

3人は廊下で警備員に監視されながら、富士見とアンの話が終わるのを待っていたのだ。

五代は不服そうだった。

「総理、どうもフロンティアってのはいつも高飛車で良くないですな。混乱してるのはわかるが、我々の扱いがひどすぎる」

富士見はゲンナリして答えず、アンとのやり取りを思いかえしていた。

桜がスッとそばに来て言う。「今の女性、アン・アオイ首席補佐官ですね」

「ああ!」と五代。「そうだ。どっかで見た顔だと思ったが、確か祖父君が我が国の学者だったという……」

「青井徳治郎博士の孫。今は暫定大統領だ」

「だ、大統領⁉」末松が素っ頓狂な声を出す。「あの女性が大統領ですか……それにしても綺麗な人だったな」

「おい君、こんな時に不謹慎だろ」と五代。

「ほぉ、暫定大統領とは初めて聞く肩書きだな。世の中何が起こるかわからないから面白い」

桜が喜ぶと富士見は不機嫌そうに言った。

「バカ、喜んでる場合か」

五代が言う。「総理、我々の置かれてる状況はかなり深刻です。この先は場合によっては世界大戦勃発の可能性もあり得ますな」

「世界大戦!」末松が叫んで手を腹に当てる。

富士見は腕を組んでジッと床を見つめていた。

「あの……」と末松。「ちょっと差し込んできまして……いったん席を外させてもらってもいいですか?」

「勝手にしたまえ」五代は苛立って言う。

「はい。……あ、総理？」

「……何だ」

「トイレはどこでしょうか？」

「私に聞くな、自分で探せ！」

「はい」

　末松が出ていったあと、富士見は床の上で光るものを見つけた。拾ってみるとそれはバッジだった。ハートの中に青い惑星のデザイン。周りに〝ＳＡＦＥＴＹ　ＢＡＬＬ〟と文字が入ってる。安全な球連合の会員バッジだ。おそらくアンのものだろう。さっき気を失い倒れた彼女を受け止め、椅子に運ぶ時に落ちたのだ。

　富士見はそっと指をたたみ、バッジを握る。

「瀬をはやみ……か」

　呟いた桜を富士見が睨む。

「何だ？」

　桜は眉毛を上げニヤニヤしている。

「崇徳（すとく）院ですよ……岩にせかるる滝川の、割れてもすえに、逢わんとぞ思うってね」

「うるさい」

　桜という男はこういうところが油断ならない。いい加減なようで妙に勘が働き、粋人のようなことを言う。

　桜は富士見の耳元で言った。

「総理、今は人の心配をしてる場合じゃないですよ」

「わかってる」富士見は不機嫌そうに呟くとバッジを握った手をポケットに突っ込み、再び火のついていないタバコをくわえ、窓際に行き、空を見た。刺すような快晴の青だ。

　富士見は独り言のように言った。

「我が国の血をひいた彼女を戦時大統領にするわけにはいかないだろ」

＊

　世界中のありとあらゆる受像機が同じ一つの映像を映し出していた。何者が、いかなる手段によって、この映像ジャックに成功したのかはわからなかったが、いずれにしろ過去最大規模の同時サイバーテロであることに間違いはなかった。

全ての画面を占拠したのは、人形劇だった。

細かい彫刻がほどこされた木の額縁は美術品のようだった。赤いビロードの幕が開くと舞台中央に現れたのは1体の古いマリオネット。

軍服でヒゲをはやし、肩に鳥を乗せている。明らかにブルタウ将軍を表した人形だ。

オルゴールの音色のBGMが流れている。

糸で吊られたブルタウ人形が奇妙なダンスのような動きをし始め、耳をつんざくような金切り声で話し始めたが、その言語は今まで誰も聞いたことがないもので、およそ人間が話す言葉とは思えないものだった。奇声のようで、ボイスチェンジャーを通したように金属的な響きの声質だった。

画面には幾つもの国の言葉に翻訳された字幕が同時通訳のように現れる。

子供に見せるおとぎ話のように人形劇は始まった。

我が名はブルタウ。世界一の悪党だ。今まで散々悪事を働いてきたが、心を入れ替えた。やはり平和が一番だよ。聞くところによるとこの世界のどこかに安全な球という楽園があるらしい。俺も参加してみようかな？

ブルタウ人形の足が右と左交互に上げ下げをすると、背景の書き割りの絵が横にずれていく。下手側から現れたのは円卓を囲む各国首脳達の絵だ。それぞれが漫画チックにデフォルメされた似顔絵になっている。

金属的な声が響き、字幕が出る。

なるほどここは平和だ。みんな楽しそうに笑ってるぞ、安心だなぁ。どうぞこれから仲良くね……。

パン！　と唐突にブルタウ人形が破裂する。

クラッカーのように中から紙吹雪が舞い、人形は頭、手、胴、足と、それぞれバラバラに吊り下がった。同時に後ろの書き割りがサッと引かれ、代わりに現れた背景に描かれているのは、首脳達の死体が横たわり修羅場と化した会議場だった。爆発によってちぎれた体が円卓の周りに飛び散っている。

宙吊りになったブルタウ人形の頭。口がパカパカと開いたり閉じたりする。

ハハハハハハ！　もう一度言おう、我が名はブルタウ。そうブルタウ将軍！　見ての通りの操り人形さ！　私には何の意思もない！　ハハハハハハハハハ！

バタン！　と人形劇の額縁が前に倒れると、人形遣いの姿が現れる。

赤、緑、黄、青、紫……カラフルなパッチワークの頭巾をかぶった人物が闇の中に浮かび上がった。目の部分だけ穴が開けられ、陰になっている奥で微かに眼球が光る。

ガシャガシャ、キキキキキという金属音。

人形劇はこれでお終い。改めて自己紹介しよう。私の名はDr.パパゴ。ブルタウ将軍は私の人形に過ぎない。諸君もまた同じ。私の人形だ。この世界に安全な球など存在しない。私の前ではフィクションだ。

言っておこう。これは宣戦布告だ。私はこれより、身勝手な諸君の世界を破壊する。簡単なことだ。交渉には一切応じない。諸君は終わりだ。ブルタウと同じだ。死ぬのを黙って待つしかない。死ね。死ね。死ね……。

あらゆる国の言語で「死ね」という意味の言葉が画面を占拠した。

ピースランド

テーマ音楽が流れ〝ピースランドイブニング9〟というタイトルロゴが表示される。

キャスターの谷口が神妙な面持ちで一礼し、話し出す。

「Dr.パパゴと名乗る謎の人物からの声明により全世界に衝撃が走っています。これに伴いテロ国家共同体ティグロ幹部は、今回のブルタウ将軍の自爆テロにも、Dr.パパゴなる人物にも自分達は全く関与しておらず、この犯罪を自分達のものとする見方が一部にあることに関し、強く不快に思うと表明しました」

画面が切り替わると、ティグロの若き外相であるアフマルとアドムが興奮して何かをまくしたてている様子が映し出された。

外相と言ってもまだあどけなさが残る若者達だった。二人とも大きく無垢な瞳を潤ませているように見えた。

必死に言葉を紡ぐ彼らからは怒りよりもむしろ、唐突に親に身捨てられた子供の悲しみのようなものが伝わってきた。

「アフマル、アドム両ティグロ外相は、自分達はブルタウ将軍に裏切られた被害者であり、今回の計画は何も知らされていなかった。Dr.パパゴを名乗る人物に関しては全力を挙げて調査し必ずその正体を突き止め、相応の罰を受けさせるつもりであると語りました。

……また、フロンティア合衆国、アン・アオイ暫定大統領も先程会見し、テロは決して許さないという姿勢は変わらないが、今回の犯行声明とテロ、ティグロの因果関係については慎重に調査するつもりであり、すぐさま報復という姿勢ではないとしました。……一方、富士見幸太郎総理大臣が先頃ハンプティダンプティ島から帰国しました。その時の様子です」

アン大統領の映像から切り替わると、ピースランド国際空港に到着した政府専用機が映し出された。

搭乗口が開き、富士見が登場すると一斉にフラッシュが焚かれた。タラップの周りに集まったマスコミは500人を超えていた。人数の多さに富士見はギョッとし、思わず立ちすくんだ。その後眩しさに小さな目を更に細めながら階段を降りていく。

谷口キャスターの解説が入る。

「世界の命運を左右するマスターズ会議に遅刻するという前代未聞の大失態を演じた富士見総理の帰国に、空港にはたくさんの報道陣が詰めかけ、警備を突破し総理を取り囲むという場面もあり、一時騒然となりました」

当然マスコミ用に設けられたゾーンは決められており、手前には何人もの警察官が配置されていたが、富士見がタラップを降りると同時に一人の記者が制止を振り切って総理に駆けよる。それを合図に他の報道陣も皆一斉に富士見を取り囲んだ。慌ててSPと警察が止めようとするが記者達の勢いはそれを超えた。

「総理！　遅刻の理由は⁉」

「今後の対策はどうお考えですか！」

「アン大統領とは話しましたか！」

など質問が飛ぶ。

「危ない！」

「下がれ！」

「逮捕するぞ！」

警察側も叫ぶがマスコミも、

「権力横暴！」

「令状出せ！」

「報道の自由を阻害するのか！」

と勢いはおさまらない。中には富士見に対する「責任取れ！」「辞めろ！」などの怒号も交ざっている。

タラップから降りて総理専用車に乗るまでわずか数メートルであったが、その間に富士見はモミクチャになった。なんとか乗り込んだ車は逃げるように空港を出ていく。

「なお空港の周りには1000人を超す市民が、〝富士見、帰ってくるな〟などと書かれたプラカードを手に集まり、抗議の声をあげました」

警備の車2台に挟まれた富士見の車は、既に封鎖してある高速道路に入る手前で、どうしても数百メートルだけ一般道を走らなければならなかった。沿道には数台の警察車両が止まり警備に当たっていたが、その周りを群衆が囲み怒号を飛ばしていた。数々のプラカードや横断幕には、〝ピースランドの恥！〟〝もううんざりだ！〟〝バカ総理！〟といった文字が大きく書かれている。

「なお、官邸前にも既に数千人を超える人々が集まっている模様です。現場の佐々木記者を呼びます。……佐々木さん？」

画面が切り替わると大勢の人に囲まれマイクを持つ、佐々木と呼ばれた記者が映った。

興奮した様子の佐々木はトーンの高い声で話した。

「はいこちら官邸前です！　ええ、ごらんの通り、こちらにはたくさんの人が集まり富士見総理に対する抗議の声を上げ、白熱した状態です！」

レポートの途中に若者が佐々木のマイクを奪い、

「イェーイ！　富士見！　帰ってこなくていいぞー！」

同時に歓声が上がる。仲間と思われる若者達も次々にマイクを奪おうとし、佐々木は必死に身を守りながらレポートを続ける。

「こちら！　大変な熱気なんですが！　人はますます増える一方でおさまる気配はありません！　若者達は〝GO！　官邸！〟をキャッチフレーズとしてネットワークを通じ、ピースランド全国から集まっている模様です！」

集まっている若者達は皆透明なグラスを眼鏡代わりに顔にかけている。〝ウルトラアイ〟と呼ばれるもので、世界のネットワークと連動し時事のニュースやユーザーの呟いた言葉、視線の先に見えている建物や人物のデータなどが即座にグラス部分に映し出される最新の端末だ。

上空からのカメラは官邸前の群衆を映し出した。通りをプラカードを持ち鉢巻きした人々が埋め尽くしている。3台の警察車両がかろうじてせき止めているが、群衆はそれを乗り越えそうな勢いだ。

道路一つ隔てた先に官邸の玄関が見える。

画面は再び佐々木記者のワンショットに切り替わった。周りの若者が野次を飛ばす。

「コラ！　バカ富士見！」「能なし総理いらねー」「富士見辞めろ！」

佐々木は必死にマイクを守りながら叫ぶようにレポートする。

「えー……まもなく総理がこちらに到着するということなんですが、その頃にはどうなってるかわかりません！……ええ、そんな中、こちらをごらんいただきたいのですが……」

佐々木は手に持った白い卵をカメラの前に出した。

「……これは生卵なんですが、表面に文字がプリントしてあるのがおわかりでしょうか？」

カメラが寄るとカラフルでポップな文字で〝e☆STRIKE〟と書かれている。

「これはですね、実は卵、〝egg〟の〝e〟と打つという意味のストライクを合わせた造語でして、つまりエッグストライク、卵爆撃という意味なんだそうです！」

「イェーイ！」周りの若者達が皆、手に持った卵をカメラに向ける。

「彼らは自らをマイルドテロリストと称して富士見総

理を攻撃対象に、こちらの卵を投げつけることを宣言しています」

「佐々木さん、警察はどういう対応をしているんでしょうか？」

スタジオから谷口が聞く。

「はい、現在３００人態勢で警備していまして、先程から再三、拡声器などで参加者達に投てきを思いとどまるように呼びかけているといった状況ですが、当然破防法の適用などに関しては慎重にならざるを得ないということで、場合によっては凶器準備集合罪による身柄拘束といったことも考えられなくもないのですが……」

「ただ凶器と言いましても、卵ですからね」

と谷口が割り込む。

「そうなんです！　現在手に持っているだけの生卵が果たして凶器として見なされるのか？　という部分に関しては判断が困難というのが正直なところではないでしょうか。今後の展開によっては当然機動隊の導入ということも視野に入ってくるとは思いますが、今のところ市民と警察の間では長い睨み合いの状態が続いており、マイルドテロという新たな活動の前で、警察も困惑していることが感じ取れます」

「わかりました。また何かありましたら伝えてください」

画面がスタジオに変わる。

「緊張が続く官邸前から佐々木記者でした。……なお、富士見総理のマスターズ会議への遅刻の理由についてですが、依然として官邸からは何の説明もなされておりません」

谷口は、深くため息をついた。

「……それではここで、今一度総理の経歴を振り返ってみましょう」

画面に古い映像が映る。

「富士見幸太郎総理大臣はピースランドの巨人・大宰相と呼ばれた富士見興造（こうぞう）元総理の秘書を5年務めたあと、興造氏の娘洋子（ようこ）さんと結婚。婿養子になります」

映し出されたのは、仏頂面の老人、生前の富士見興造の姿だ。頭の中央は禿げ上がり両脇の銀髪は撫でつけられている。見た目の割には背が高く、堂々とした歩きっぷりで国会の廊下を行く。皺（しわ）の奥から一瞬テレビカメラを睨み付けた眼光は鋭く、凄味があった。

興造の後ろを少し腰を屈め気味についていく、痩せたうらなりのような男がいる。若き日の富士見幸太郎だ。

画面は幸太郎と洋子の結婚式に変わる。金屛風の前に立つ紋付き袴の幸太郎の横に文金高島田の洋子。完全に着物に着られた幸太郎に対し、洋子は目が覚めるような美人だ。細い眉と少し吊った目は意志の強さを感じさせながらも、微笑むと古風な奥ゆかしさもある。

しかしそこでも一番存在感を示していたのは新婚の二人ではなく、慣例に従わず敢えて花婿の隣に立ち挨拶をする、モーニングを着た興造の姿だった。

招待客は皆一様に、まず花嫁に笑顔で祝福を言った後、幸太郎の前は軽く会釈をしただけでほぼ素通りすると、興造に深々と頭を下げた。その為、興造の前には行列が出来ていた。

取材陣のカメラもほとんどのレンズが興造に向けられ、普段は滅多に笑うことのない政界の首領の笑顔をとらえようと必死だった。

興造は義理の息子となった幸太郎を有力者達にお披露目する場としてこの日を選んだのだ。

一斉にフラッシュが焚かれる。興造が対面する招待客に向けて、歯を見せ微笑むと幸太郎の背中をポンと叩く。

幸太郎は前に一歩よろけた。

「その後、自身も出馬し興造氏の公認のもと、初当選を果たした後は、性風俗営業・特種遊技玩具担当大臣、娯楽・テーマパーク担当大臣、祝日・休日向上特命担当大臣、花粉症及びメタボリック症候群対策担当大臣、スーパー銭湯開発特命担当大臣を歴任しました」

画面には富士見幸太郎が花粉症用のマスクを幾つも机の上に置きそれぞれを試している様子、動くラブドール達とダンスする様子、大勢の肥満の男達と笑顔で握手している様子、新しく出来たスーパー銭湯の宴会場でネクタイを頭に巻き付けカラオケを歌っている様子などが次々と映し出される。

「事実上院政を敷いていた形の興造氏の庇護のもと、大臣としての経験を積み足場を固めた幸太郎氏は、興造氏が亡くなると新保党史上最大派閥と言われた富士見派の代表として、強力な地盤と政財界における影響力を引き継ぐこととなりました」

　富士見興造の葬儀は国葬であった。画面には長い葬列を群衆が見守る様子が映し出された。馬車に引かれ国旗に包まれた棺。後ろの車には幸太郎の姿も見えた。

　巨大な興造の遺影は、やはり仏頂面ではあるが威厳もあり、俗に〝獅子〟と呼ばれるにふさわしい表情をしていた。

「幸太郎氏はその後、新保党総裁となり、４年前の総選挙において、ピースランド国第１０１代内閣総理大臣に任命されました。……しかし就任後の富士見総理は特にこれといった実績はなく、義父の七光り、あるいは嫁の七光りと揶揄されることも多く、徐々に支持率も下降気味で……」

　万歳をしているところで唐突に場面が切り替わり、官邸前の群衆が映し出された。

「おっとここで中継が入ったようです。……佐々木さん？　総理は到着しましたか？」

「はい、現場の佐々木です！　たった今、富士見総理を乗せた車が現れました！」

　煌々と焚かれるフラッシュとテレビクルーのライトの中、黒塗りの車がゆっくりと入ってくると群衆は騒然とした。方々から野次が飛ぶ。「富士見！　顔出せ！」「窓開けろ！」

　ガサガサ！　とマイクにノイズが入る。人が直接当たっているのだろう。

「佐々木さん？　大丈夫ですか！」

「……こちら……今……大変な興奮状態になっており！……」

　声が途切れ途切れになる。群衆が押し寄せ、佐々木の姿はもう見えない。

　制服の警察官が必死にロープで人の波をせき止めているが、いつ決壊してもおかしくない状態に見える。

「……今！　ゆっくりと門が開いていき、総理を乗せた車が入っていきます！……」

　群衆から怒号が上がる。

　車が入っていき、門扉がまたゆっくりと閉まっていく。

「あっ！」と佐々木記者の声がすると、画面には群衆から一斉に卵が投げられる様子が映し出された。

　何百、あるいは何千にも達しようかという数の卵が、放物線を描いて門扉の遥か上を越えていった。

＊

「危ない！」

「離れろ！」

富士見が車から降りると叫び声がして振り向いた瞬間、無数の卵を全身に浴びた。

デモの中をくぐり抜け門を通り、ようやく官邸の玄関前に到着し、後部座席のドアから出て、あと一歩で建物の中に入るという所だった。

自分に何が起きているのかわからない状態はおよそ20秒、あるいはもっと続いたろうか。体中に痛みを感じたのは最初の数秒で、その後は重みと圧力に変わっていった。

まさにゲリラ豪雨のように降り注がれた無数の生卵による掃射がようやくやんだ時、富士見は巨大なアメーバー状の生物のようになっていた。ドロッとした白身で全身がコーティングされた中に黄身が潰れてまだらににじんで見える。スーツの表面には砕け散った殻の破片がひっつき、白身と一緒にゆっくりと下に流れ落ちていく。

ポタポタと生卵を地面に落としながらふらついて歩く姿は妖怪のようだった。

「そ、総理！」

近くにいた末松が悲鳴をあげた。

卵まみれの富士見に続き、桜、五代、末松が執務室に入ってきた。

「総理！　お待ちください、まだ卵が……」

末松が富士見に付着した卵をハンカチで必死に拭き取っている。

「うるさい！」富士見は構わず不機嫌そうに背広を脱ぎながら部屋を歩き回る。

末松はいちいち富士見について回り卵を拭き続ける。

「全く何だこれは！　こんな屈辱的なことは初めてだ！」

と言いながら富士見はむせた。鼻の奥にまで入った生卵が詰まってうまく話すことが出来ない。顔中に殻の破片が付いている。

「総理、一度洟をかんでください。チンって……はい、チーン！」末松はハンカチを鼻の下にあてがう。

　思いきり洟をかむと、鼻水だか白身だかわからない液体が大量に出てきた。

「うわっ！」と末松は嫌な顔をする。

「マイルドテロって言うそうですよ。しかしよくもまぁ、いろんなこと考えるもんだなぁ」

　指先で鼻の頭を掻きながら桜が呟いた。

　こういう時の彼は決まって、今の状況を面白がっているように見える。

　富士見はそんな桜が不快だった。

　急に悪寒がして体が震える。冬が始まろうとしているピースランドは、たった今常夏の島から帰ってきた者にとって余計寒く感じられた。

「おい！　暖房上げろ！……何がマイルドテロだ！　面白くも何ともない！……はっ……ふん！……ふん！」

　富士見は鼻の奥に入った殻を出そうとする。

「あ、総理、動かないでください！　まだ細かい殻が顔にいっぱい……」

「うるさい！……いいから貸せ！　自分でやる！」

　富士見は末松からハンカチを奪い取る。手にしたそれはごく小さなもので、鼻水だか卵の白身だかわからない液体で全体が濡れ、乾いた部分が少しもない。これではハンカチについた液体を顔にもう一度塗りつけているのと変わらない。

「もっと大きいのないのか！……タオルとか、そういうもんあるだろ！　相変わらず気がきかないね君は！」

「すみません！」

　末松は慌ててタオルを探す。

　五代がため息交じりに呟いた。

「全く、この国の国民はいつからこうなってしまったのか……」

　富士見が、ふと秘書達を見ると皆綺麗な格好をしている。あれほど生卵の集中攻撃を浴びたにもかかわらず、自分以外誰一人服が汚れていない。隣で腕組みをしている五代を睨み付ける。

「君達は一つも当たらなかったのか」

「はっ……そう言われてみますと、そのようで……全て総理に命中したようです」

　五代は慌てて腕組みを解き、気をつけの姿勢で言った。

富士見は納得のいかない顔で言う。

「塀の外から投げ込まれたんだぞ」

「はい、そういう意味では実に、相手の腕も大したものといいますか……見事なものですな」

「感心してる場合じゃない」

「はっ！……全くその通りです……」

五代は頭を下げる。

「あの時……」と富士見は秘書達を見て言う。『離れろ』という声が聞こえた気がしたが……」

その後の沈黙は長かった。五代がたまらず聞き返す。

「……そうでしたか？」

「君の声だった」

「は？」

「五代君、私も君達とは長い付き合いだ。誰がどんな声をしているかは区別出来るよ。あれは確かに君の声だ。間違いないよ」

「総理……いや、しかし……」

「五代君、離れろとはどういう意味だ？　私から離れろということか？」

「……いえ」

「それで君達も私から離れたのか？」

富士見は桜と末松を睨む。二人は床を見ている。

「あの……総理……」

「五代君、君は警察出身だろ。あの時君の取るべきだった行動は私から離れることではなく、卵から私を守る為に私の前に立つということじゃないのか？」

「はっ！　全く！　本当にその通りです！……私としたことが、その、突然の出来事でしたから……」

「突然の出来事だから私から離れたのか！　そういう時こそ人間の本質が出るんだよ！……え⁉　そう思わないか？」

「は……本当にその通りで」

「もういい！」

外から「バカ総理！」と繰り返すシュプレヒコールが聞こえる。

富士見は末松が恐る恐る出したタオルを乱暴に受け取って頭を拭きながら窓際に行き、カーテンを開けた。

一斉に大量の卵が富士見の前のガラス窓にぶつかりグシャッと割れ、中身が流れ落ちていく。すぐに富士見はカーテンを閉めた。

「くそっ！」

「……肩がいい奴がいるな」と桜。

富士見がムッとして見ると桜の眉毛がまた少し上がっている。

「桜、喜ぶな！」

桜は口の右端をニヤリと上げた。

「総理、あの群衆の何割かはロボットですよ」

「ロボット？　バカな。人間に似すぎたロボットは規制したはずだ！」

「最近では、闇の違法ロボットが街を平気で歩いてる。それに、車を降りた時チラッと上を見たら空にドローンが飛んでたんですよ」

「ドローン⁉」五代が血相を変えて叫ぶ。「ドローンって、どういうことだ？　桜君？」

桜は笑う。

「君は見なかったか、元警視庁？　君が卵の危険を察知して見つめた視線の、ほんの数十メートル上だったよ」

「うっ……」五代は言葉に詰まる。

「ごく小さなものだったが、カメラが搭載されていた。連中はあれで総理の位置情報を確認してロボットに送った。で、ロボットが正確に卵を投げた。……総理、マイルドとか何とか言っても、これは立派なテロですよ」

「クソ！……総理、現場の警備責任者をすぐに呼び出します！」

「まぁ、待てよ五代君」いきり立つ五代を桜が止めた。

「他にもマスコミのドローンが何機か飛んでた。空港からは空撮のヘリもついてきてたよ。このタイミングで下手に取り締まったら、やれ報道の自由だの何だのって大騒ぎになる。それに警備に、どれがマスコミでどれがデモ隊のものか見極めろっていうのは酷だよ」

「しかし！　君も今言った通り、これはテロだぞ！　大変な犯罪行為だ！　このまま放置しておくわけにはいかないだろ！」

「まあな。でも、じゃあどうするんだい？」

「そりゃぁ、君……逮捕……」

「逮捕？　おそらく集まってるのは10万人規模だぞ。全員逮捕しろっていうのか？　そんなことしたら間違いなくピースランド中の反発を買って総理の首は飛んじゃうよ」

卵だらけの富士見は苦虫を嚙みつぶしたような顔をしている。

「しかし……せめて卵を投げたロボットだけでも……」

「ロボット逮捕してどうするんだよ？」

五代の顔が赤くなる。

「じゃあ、君はどうしろって言うんだ？　黙ってろって言うのか？」

「国民は怒ってる。この事態に一国の首相が黙ってるわけにはいかないだろ。国民が求めてるのは説明責任ってやつだ。総理は会議に遅刻した。こりゃ大失態だよ。遅刻の原因について納得出来る説明と、謝罪が必要だろうな」

「納得出来る説明……」

五代の額から汗が噴き出す。

富士見が机をダン！　と叩いた。

「トイレを探していて飛行機に乗り遅れたなんて言えるか！」

怒鳴った拍子に富士見の体から卵の殻が四方に飛び散った。ヌルヌルだった白身は今や乾いて粉状になっている。

五代は首をすくめて縮み上がった。

部屋は、しばらく静寂に包まれた。

「トイレを探していて飛行機に乗り遅れたなんて言えるかよ！」

「二度同じこと言わなくても聞こえましたよ」と桜。

「何⁉」

「……総理……」と五代は恐る恐る言った。

「記憶にございませんってことでなんとか乗り切れないでしょうか？」

「飛行機に乗り遅れた記憶がなかったとしたら私は完全に病気だよ！　誰がそんな総理大臣を信用するんだ？」

「た……確かに。……しかし本当のことを説明したとしても国民には愛想を尽かされるだろうし……」

桜が呟く。

「総理だけじゃないよ」

「え？」

「五代君、君は機内で熟睡だったな」

「おい！　桜君、君だって総理が乗ってないことに気づかなかったじゃないか！」

「ま、そりゃそうだな」

　それまで黙っていた末松は顔面蒼白になっていた。

「あの……総理……」

「なんだ？」

「トイレお借りしてもよろしいでしょうか？」

「行け！　いちいち私に聞くな！」

　末松は腹を押さえ逃げるようにトイレに駆け込んでいった。

　五代が突然膝を床につく。

「総理！　大変申し訳ありません！　今回の件は全てわたくしの責任であります。かくなる上は、不肖五代拓造、切腹してお詫び申し上げる所存でございます！」

「やめろ、それが一番迷惑だ」

　富士見はかなり苛立っていた。

「総理、ちょっと失礼」

　桜が富士見の肩に張り付いた大きめの殻を取る。〝e☆STRIKE〟とプリントされている部分だ。

「これがもし石だったら総理は今頃霊安室だ」

「おい桜君、縁起でもないこと言うなよ！」と五代。

「へへ、だけど彼らが選んだのは石じゃなくて卵だった。総理、これこそまさに安全な球ってやつじゃないんですかね？」

「……桜、何が言いたい？」

　富士見はジッと桜を見る。

「この国の人達は実に不思議で、実に聡明だ。他の国ではなかなかこうはいきませんよ。確かにこれは大いなるテロだが、ブルタウ将軍とあの正体不明の頭巾野郎がやった自爆テロとは違う。……卵は割れたが総理は生きてる。今回の国民の行為は、半分は批判だが、もう半分は……」

「……信頼？」

　桜は豪快に笑った。

「……そうだったら最高ですがね。あなたって人は、根っから楽天家だ。……私にはわかりませんが、もう半分の意味を汲み取ることが出来る人こそ、この国のリーダーとしてふさわしいということでしょうね」

　富士見はムッとした。桜という男はいつもこうだ。人を調子に乗せておいて途中で梯子（はしご）を外し、からかって楽しんでいる。彼の言葉をどこまで真に受けていいのかわからない。

何も言うべきことが見つからず、とりあえず〝黒ずんだ肺〟からタバコを出す。

『死ネ』

それは卵で濡れてしわしわになっていた。

富士見がくわえると、桜がサッとライターを出し火をつけた。こういうことにはやけに気が回る。

富士見は桜に一応不服そうな顔を見せながら一口吸ったが、当然うまいはずもなく、すぐに灰皿に押し付けた。

「……総理」桜が囁くように言う。「この際、『秘書がやりました』で突っぱねてください」

「何？」

「さ、桜君！」

叫ぶ五代を制して桜が言った。

「全部我々秘書のせいにしてもらって構わないです」

「……どういうことだ？」

「つまり、飛行機に乗らなかったのは秘書に止められたからだと……秘書は今回のテロの危険性を事前に察知していて、万が一テロが起きた場合、世界のリーダーが同時に失われてしまうことを避ける為に、敢えて自分達が身代わりになる覚悟で現地に乗り込んだ。……そして安全を確かめた上で総理をお迎えする段取りだったと……」

五代がうなずく。「……なるほど」「なるほどじゃない！」

「すみません！」

富士見は鼻息が荒かった。

「おい桜。随分自分に都合が良い話じゃないか」

「わかりますか？」

「当たり前だ！」

「しかしね」と桜は楽しそうに言った。「ここまできたら、せめて秘書だけでも優秀だったたってことにでもしないと、国民の不満はおさまりませんよ」

横でうなずく五代を富士見が睨むと縮こまった。

桜が続ける。

「総理、とにかく早めに会見だけでもしないと、このままじゃ、いくらおとなしい国民でも暴動ぐらいは起きますよ。次は卵からヒヨコになってるかもしれない。

……大丈夫です。悪いようにはしません」

桜の右の眉毛が上がっている。

富士見はジッと目を閉じた。

＊

篠崎新一（しのざきしんいち）はパンをコーヒーで流し込み、不機嫌な顔でテレビを見つめていた。

朝のニュースではハンプティダンプティ島で起きた爆破テロと、Dr.パパゴと名乗る謎の人物の犯行声明、そしてマスターズ会議に遅刻した富士見首相の責任問題に関する話題を繰り返し流していた。

「……ふん、こういうバカに限って生き残るんだ」

画面に映るのは富士見の顔写真だ。

「このバカが総理やってるようじゃ、もうこの国はいずれにしろ終わりだな……」

「ソウダネ、パパ、ハハハハ！」

新一に答えたのはロボットだった。

ピノキオ・カンパニーのソウルドールと呼ばれるもので、死者の魂を電気信号としてキャッチして蘇らせる人型マシンとして、ここ数年爆発的ヒットを続けている家庭向けアンドロイドだ。

ソウルドールの見た目は昔の腹話術の人形のようで、やけに目が大きく、パチパチと音をたててまばたきをし、眉毛を唐突に上げ下げする。

新一はこの人形が不快でならなかった。

今や人工知能を搭載したアンドロイドは人々の生活に浸透し、技術的には生きた人間と全く見分けがつかないほどリアルなものも作れないわけではなかった。

しかし20年前、あるアイドルグループが長年にわたり、減少してきた観客動員数をアンドロイドを使って水増ししていたことが発覚し、大きな社会問題となる。

同時期にアンドロイドを使った自爆テロが起きるようになった。爆弾を内蔵した、見た目には人間と全く見分けのつかない兵器が、爆発を起こす事件が乱発したのだ。もはやアンドロイドではなく、ＡＩ搭載の動く爆弾だった。

それらのことがきっかけで、アンドロイドと人間の類似性は世界的な社会問題となり、人工知能規制法（ＡＩ規制法）が作られ、あまりにも人間と類似したアンドロイドの製造は禁止されたのだった。

しかし最近では人工知能規制法に反して人間と見分けのつかない、いわゆる〝脱法アンドロイド〟が密かに製造され街を歩いているという噂もある。

人類は、外見に大きな差がなければアンドロイドと本当の人間の違いを判断出来なくなっていた。

ソウルドールは人工知能規制法に沿って作られたので、ひと目見て人形とわかる外見をしていた。声はいかにもヴォーカロイドとわかるように金属音混じりの甲高い声で、喋り方もわざとらしい程にぶつ切りの、大昔のアニメに出てくるロボットのような感じだった。

「ホントウニ、パパノ言ウトオリ、生キ残ッテルノニ、ロクナ奴ハイナイ、ハハハハ！」

「もう、翼、ひどいなぁ」

早苗が人形を見て笑う。

翼だって？　よくこんな出来損ないの人形を翼と呼べるもんだ。新一は気が重くなる。

新一と早苗はともに40歳。３年前に長男の翼を亡くしたのだった。以来、早苗が心から笑うことはなくなった。自分から外出することもなくなり、部屋に閉じこもり、一日中独り言を言うようになった。気がつくと翼の遺影に話しかけているのだった。

ピノキオ・カンパニーのソウルドールを購入したのは早苗の意向だった。新一は初め反対したが、早苗の意思は固く覆すことは出来なかった。

新一はそもそもソウルドールというものの信憑性を疑っていた。あのやけに感動を押し付けてくる、エセヒューマニズムに満ちたＣＭも胡散臭かった。

『ワンクリックであなたの大切な人が蘇ります』

そんなに簡単に蘇ってたまるか。

最後、画面の隅に小さく『※効果には個人差があります』と出てるのも気に入らなかった。効果って何だ？　魂に個人差があるのか？

聞くところによると、ピノキオ・カンパニーというのは、元はアダルト玩具を製造していたメーカーだという。当時は〝ＳＭ夢幻〟という社名だったそうだ。その手の会社が最新のエレクトロニクスと魂という二つの分野で、人類史上初の発見をしたとは到底思えなかった。ピノキオ・カンパニーは遺族というものの弱みにつけ込んでいると新一は思っていた。

しかし、喪失感で打ちひしがれていた早苗は宅配便で運ばれてきた人形を組み立て、電源を入れた瞬間に翼が帰ってきたと信じ込んだ。いや、無理にでも信じなければ生きていけなかったのかもしれない。

「死ンダ人間ハ、イイ人間。生キ残ッテル奴ハ、バカバカリ。ハハハハハ！」

やけに甲高い笑い声。顎が外れるように落ち、口が大きく開くたびにカン！　カン！　と、金属がぶつかり合う音がする。

「デモ、パパトママ以外ダヨ！」

口から赤い舌が伸び、眼球が飛び出してグルグルと回る。冗談を言った時の合図だ。

「ハハハハハ！　ハハハハハハ！」

カン！　カン！　と音がして首が伸び縮みする。

早苗も笑い、嬉しそうに人形の頭に手を置く。

「翼。ありがとね」

新一はさらに不機嫌になる。寂しさゆえ、妻はこんな気味が悪いだけの人形を無理矢理息子だと自分に思い込ませているのだ。

新一と早苗は高校の同級生として付き合い始め、学校ではお互い人気者で人も羨む公認の恋人だった。卒業すると新一はすんなり地元の電子部品メーカーに就職。早苗は旅行代理店に勤め交際8年を経て夫婦になった。

翼はそんな二人が待ち望んだ初めての子だった。瞳が大きく子供の頃から天真爛漫で社交的、小学校に入ればたちまちクラスのリーダー的存在となり、成績もトップ、スポーツも万能、かといってそれを鼻にかけるわけでもなく、誰に対しても優しく、目立たない子にもよく声をかけた。

少年サッカーではエースとして活躍。正義感に溢れ、機転がきき、人をよく笑わせた。翼の周りには常に人が輪になって集まり、そこだけ光が射しているように明るくなった。

まさに人に愛される為に生まれてきたような子供だった。

新一と早苗は、翼の親であることを誇りに思った。日々翼を見るたびに、自分達自身の存在を、二人の出会いを、そして結婚に到るまでの人生の全てを肯定されているような気持になった。

　自分達はこの子を誕生させる為に出会ったのだとさえ思った。翼の存在は彼らのこれまでの半生が正しかったことの証明だった。

　ずっと続くはずだった幸福を突然断ち切ったのは、巨大噴火だった。


　天山は標高4000メートル。ピースランドで一番高い山だった。青くそびえる景観の美しさは世界でも知られ、古くから愛されるこの国の象徴だった。いつも堂々と、悠然とそこに鎮座し、仰ぎ見る人々を静かに微笑んで見守っているような姿は、ピースランド人の精神的支柱でもあった。

　しかし、天山は立派な活火山だった。山頂の真ん中には巨大な火口があった。

　最後に噴火したのは400年以上前に記録が残っているだけで、近年100年の観測上、噴火の兆しは見られなかったが、いつ噴火してもおかしくないという火山学者の意見は常にあった。それがもし大規模なものであれば、山頂から真っ直ぐ上に噴き上げられた溶岩は最悪の場合首都圏に大量の火山灰を降らし、首都機能は壊滅状態になるだろうと言われていた。

　そして3年前、天山は噴火した。しかしその形態は、学者達の想定と違った。

　規模は中程度だったが、噴火場所は山頂の火口ではなく、南側の麓だった。

　被害は予想以下でもあり以上でもあった。

　ドン！　という爆発音とともに、山の裾野に何百メートルという亀裂が横一文字に走り、溶岩は高く噴き上げず、ドロリと広範囲にわたり溶岩流として高速で傾斜を下った。

　首都圏に火山灰が飛ぶことはなかったが、麓に位置していた街の半分以上がアッという間に溶岩に呑み込まれた。

　死者1万人、行方不明者2万人あまり。篠崎翼もその中にいた。当時12歳。小学6年生だった。

　早苗は目の前で翼が溶岩に呑まれていくのを見たが、吹き荒れる熱風の中、10歳の次男、翔（しょう）の手を引いて必死に逃げることとしか出来なかった。

　溶岩は街の真ん中で止まり、固まった。現在は黒い山となり、誰も立ち入ることが出来ない。その中に逃げ遅れた人々が埋まっているはずだが、捜索したとしてもマグマの中、人間の痕跡が見つかるとも思えない。

あれから3年。天山は今はおとなしいが、いつ再び噴火するかもわからず、被災地一帯は立ち入り禁止となった。

行政は集団避難先として、天山から300キロ離れた海沿いの〝D地区〟と呼ばれる広い地域を選び、被災住民は街ごとそこに移り住んだ。

D地区はスタジアムや商業施設、住居スペースも整っていたが、ゴーストタウンのようにほとんど人が住んでいない場所だった。まるでこの災害を予見したように、天山市民を丸ごと収容出来る土地があったことは幸運だった。

新一と早苗も次男の翔を連れ、避難所用に開放されたマンションに移住してきた。

しかし知らない土地でいつ帰れるかの目途もつかない生活が続き、人々はイライラが募っていた。

「翔、食事中はそれを外せと言っただろ」

新一が厳しい声で言った。

翔は現在13歳。翼が亡くなった歳を一つ超え、中学1年になっていた。

目に透明なグラスをかけている。〝ウルトラアイ〟と呼ばれる、常にネットワークと繋がっている端末だ。視線の先にあるものを全てデータ分析出来るだけでなく、〝ヴォイス〟という機能をオンにすれば世界中の人々がネット上に上げた発信を見ることが可能で、自分自身も発信し、会話も出来る。

翔は人さし指を小刻みに動かし、テーブルをトントンと叩いている。どこにでも出現させることが出来る仮想のタッチパネルを操作しているのだ。

「翔！　聞こえなかったのか？」

新一が声を荒らげる。

「ハハハハハ！」

翼の人形が甲高い声で笑う。カン！　カン！

翔が人形を睨み付ける。グラスの内側に文字データが表示される。……アンドロイド……商品名・ソウルドール……最新型……固有名・篠崎翼……ピノキオ・カンパニー……。

「ナニミテンダヨ、翔?」人形の眉毛が吊り上がり、威嚇するようにカッと口を開き歯を見せる。

翔はジュースで口の中のパンを飲み下しながら、なおも黙って、母親が翼と呼ぶアンドロイドを見ている。

『死ンダ人間ハ、イイ人間。生キ残ッテル奴ハ、バカバカリ。デモ、パパトママ以外ダヨ!』

さっき、アンドロイドはこう言い放ち、自分をはっきりとバカの方に分類したことを翔は聞き逃さなかった。だからといって特に傷ついたわけでもない。父、新一と同じように翔も、この人形を大好きだった兄の翼だとは到底思えなかった。だから何を言われても構わなかった。本当の翼に否定されたわけではないのだから。そもそも翼だったら翔の前であんな発言をするはずがなかった。このこと自体が人形が翼でないことの証明だと翔には思えた。

翼は翔のヒーローだった。

誰にでも愛された翼と違い、翔は幼い頃から人見知りで勉強も運動も出来なかった。常に暗い目つきをし、社交性もなく、友達もいず、クラスでも浮いた存在だった。何を考えているのかわからない翔を小学校のクラスメートは不気味に思っていたが、彼がいじめの標的にならなかったのは、学校のヒーローである翼の存在があったからだった。

篠崎翼の弟であるというおかげで、翔をバカにする者はいなかった。

そんな翔が学校生活を楽しく過ごせたのも翼がいてくれたからだった。

「翔! 行くぞ!」

休み時間になると2級上の翼が必ず翔の教室に来て孤独の世界から連れ出してくれたのだ。校庭で翼の友人達に交じってサッカーや野球をしたり、ゲームをしたり、他愛のない会話をしたりして過ごした。

すらっとした長身の翼と違い翔は身長も低く肥満で、動きも鈍かった。まして2歳上の仲間にとっては完全に足手まといであった。それは自分でもわかっていた。しかし翼はそんな翔にいつも目を配り、必ずフォローした。

翼の友人たちも、皆自分こそが翼と一番の親友であると競い合っている部分があったので、翔にも優しく接してくれた。放課後も、翔は常に翼のグループにくっついて自転車で走り回っていた。翔にとってそれはキラキラしたかけがえのない日々だった。翼はいつだって眩しかった。

両親の遺伝子の優れた部分は全て翼に受け継がれたのだ。自分は残りカスで作られた出来損ないだと翔は感じていた。しかし、それで満足だった。自分が不出来であることが翼が完璧であることの裏付けになるならば、誇らしいとさえ思えた。

「取れって言ったろ！」

新一が翔のウルトラアイを掴んでテーブルに叩きつけた。

「ハハハハハハ！」

カン！　カン！

「……ちょっとあなた、やめてよ」

早苗が憂鬱そうに呟く。

「食事中は外せって何度も言ってる……」

「……わかってるけど、いいじゃない別に」

早苗は翔を見ないで言う。

カン！　カン！　カン！　カン！

「死ンダ人間ハ、イイ人間！　死ンダ人間ハ、イイ人間！　ハハハハハハハハハハ！」

アンドロイドが狂ったような笑い声で首を上下させると、摩擦で熱を持った首元からうっすらと煙が上がる。舌と眼球が飛び出し回転する。

「……もう、翼、落ち着いて」

早苗が少し困ったような笑顔で人形を撫でる。

何がそれ程楽しいのか？　それともどこかの機能が故障でもしたのだろうか？　どちらにしろ、こんな化け物が翼であるわけがない。

翔はテレビ画面だけを見つめ、騒音を遮るようにボリュームを上げた。

「……ということで、ございます」

聞こえてきたのは富士見幸太郎の声だった。

＊

「私からは以上です……」

官邸会見場に詰めかけた記者達は一瞬戸惑い沈黙し

た。

「……それでは、ご質問がないようなのでこれで失礼します」

早々に立ち去ろうとする富士見に方々から声がかかる。

「総理！」

「ちょっと待ってください！」

会場は騒然とする。

「……はぁ、はいはい、何でしょうか」

富士見は憮然とした顔で演台の前に戻る。

「……ええと、今のお話をまとめさせてもらいますと、総理がマスターズに遅れたのは、テロの危険性に配慮して、まず秘書が先に現地入りして安全を確認してから総理を呼び寄せた為であると？」

「……そういうことです」

記者達がどよめく。

「そんなことあるのかよ？」

「意味がわからないよ」

といった声が聞こえる。

「報業タイムスです」手を上げたのは、官邸記者の山岡だ。「今のご説明の中で幾つか不明な点があるのですが、まず、先にハンプティダンプティ島に入られたのは、首相政務秘書・首席秘書桜春夫氏と、第二秘書・事務担当五代拓造氏、第三秘書末松幹治氏の3人ということでよろしいでしょうか？」

「まあ……そのようです」

「そのようですとおっしゃいますと？　曖昧な部分があるんですか？」

「いえ、その3人で間違いないです」

報業タイムスか。富士見はこの新聞社が苦手だった。普段から何かというと政府に批判的な姿勢を示し、国民の代表のような顔をする。特にこの山岡という記者はねちっこい。いちいち細かいことにうるさい記者だ。

「それ以前に、川上官房長官始め、政府代表団が現地入りしているわけですが、総理一人が別便で来るということは、承知していたということでしょうか？」

すかさず富士見の後ろに控えていた川上が前に出て言った。

「いえ、私としては本意ではありませんでした」会場にざわめきが起きる。「そもそも本来は総理も我々と一緒に1週間前にハンプティダンプティ島に入る予定だったところを、総理御自身のたってのご希望で天山大噴火3年の慰霊祭、犠牲者追悼式典にどうしても参加されるということをおっしゃられたので、無理矢理、総理のスケジュールのみを後にずらし、ギリギリ間に合うように調整させられたというのが正直なところで、私は反対申し上げました」

確かにそれは事実だが、何もこの場で言わなくてもいいじゃないかと、富士見は思う。

川上はチラと富士見を見るとそそくさと後ろに下がった。どうもこの川上という男とは元々そりが合わなかった。政界一の切れ者と言われる川上は富士見より一つ年下だが、今まで財務大臣、防衛大臣を歴任、富士見興造からの覚えもめでたく、幸太郎と洋子が結婚する前は、周辺では誰もが川上を花婿候補と考えていたほどだ。現在官房長官をしているのも、興造が生前、幸太郎が首相になった際には必ず川上を官房長官にするようにと、周りにも強く言い残していった影響があった。

妙に広い額は頭の良さを物語っているようで、縁なし眼鏡の奥の冷たい目は常に冷静で、他人を見下しているように見えた。官房長官としては当然有能で、政権をここまでもたせたのは川上の手腕のたまものと言えた。しかし富士見に接する態度の端々に、心の底から無能な人間を軽蔑していると感じさせるものが見て取れた。嫌な奴だ、とそのたびに富士見は思うのだった。

「今の官房長官のお話は本当ですか?」

山岡が質問する。

「まあ、本当と言えば、本当です……」

「はっきりおっしゃってください!」

「……本当です」

会場からため息のような音がする。

チラッと後ろの川上を見ると、少し笑っている表情にも見えた。

「確認ですが、その計画の発案は、総理御自身ではなく桜春夫首席秘書と考えてよろしいでしょうか?」

「結構です」不本意ながらもそう答えるしかなかった。

他の記者が質問を始める。

山岡は耳に仕込んだ小型イアフォンに指を当てた。

聞こえてきたのは本社にいる、桜と大学の同期である田辺健一政治部デスクの声だ。

『……桜の姿は近くに見えるか？』

　山岡は会見場を見まわす。後ろの方に五代と末松が立っているのは確認出来たが、桜はどこにも見当たらなかった。

　ボールペン形の集音マイクに小声で呟く。

「……いませんね」

『探せ』

「え？……いや、ナベさん、そう言われましてもねぇ……」

『官邸内のどっかにいるはずだ。とっ捕まえて話を聞け、総理から聞くより手っ取り早い』

　俗に〝首相周辺〟として記事に載るのは政務秘書から聞いた話であることが多い。

「……そんな。こっちが出入り出来る所なんて限られてますよ」

『構わないからどこでも忍び込め』

「無茶苦茶だな、全く」

　首相官邸は築１００年以上になる。老朽化も進み、最近では全く人が入らない、いわゆる〝開かずの間〟があちこちに存在すると聞く。そんな建物で警備に見つからずたった一人の人間を探し出すのは至難の業だ。

「総理！　プレジデントウィークリーです！」

　他社の記者が挙手し、質問を始めた。

「先程の話では秘書が安全確認をされたということですが、その時テロの手がかりのようなものが察知出来たということでしょうか？　だとすれば当然その事実を主催国であるフロンティアに報告されてしかるべきと思われますが、いかがですか？　また、もし報告されたにもかかわらず会議が強行されたとすると、その理由は何ですか？」

　アドリブのきかない富士見は言葉に詰まりながらも、その場しのぎの答弁をする。

「えー、確かに察知したようですが……報告は、しなかったということです」

　記者達がざわめいた。

「なぜですか！」

「何やってんだ！」

「報告すればテロは未然に防げたんじゃないんです

か！」

富士見は背中にスッと汗が垂れるのを感じた。

「これ以上は安全保障上の機密になりますので……」

富士見が去ろうとすると記者達から怒号が飛ぶ。

「ちょっと待てよ！」

「逃げるのか！」

「説明責任！」

「総理！」

その時、突然部屋の明かりが消えまっ暗になった。

「何だ！」

「停電？」

「テロか？」

テレビクルーが咄嗟に、それぞれ手持ちの照明をつける。

耳をつんざくようにけたたましく鳴り響いたのは非常ベルだ。

更に騒然となる会場。あちこちから悲鳴があがる。

スプリンクラーが作動し、恐怖におののく記者達の上に一斉に水を降らした。

テレビクルーの照明がショートして消える。

再び闇になった部屋に大量の水が降り注ぐ。

『山岡？……聞こえるか、山岡？』

山岡はハンカチを出し、イアフォンをかばうようにして耳に当てた。

「……はいナベさん、聞こえます」

『何が起きてる？』

「こっちが聞きたいですよ……」周りを見ると皆床に伏せているようだ。「とにかく、びしょ濡れですよ」

＊

「いいねぇ！　大混乱だ……ひひひ」

桜はまっ暗になったモニターを見つめ、喜んでいた。スピーカーからはパニックと化した会見場の阿鼻叫喚が聞こえてくる。

官邸地下の制御室・警備員詰め所は電力、防災設備などの制御盤がある、大人が二人入れば窮屈なほど小さい空間だった。湿気が多く、すえたような臭いがした。

「……まさか、こんなことやらされるたぁ思ってなかったよ」

　パイプ椅子に座っている桜の横、カバーの開いた配電盤の前に立ち、たくさんの鍵が付いたリングを手にした老人は、警備員の菅原茂樹だ。

　官邸の設備を隅々まで知っている唯一の人物で、若い警備員からは官邸の裏の主と呼ばれている。ここに勤めてもう20年以上になる。

　首相はもちろん、官邸に出入りする政府関係者と顔を合わすことはなく、この制御室の場所を知っている人間もわずかだったが、なぜか桜は時々フラッとやってきては、菅原の淹れた番茶を飲み、タバコを吸い、他愛もない話をしていくのだった。

　よっぽど首相周辺はヒマなのだろうと、菅原は思っていた。

「なぁ、桜さんもう勘弁してくれ。これ以上やると修繕するのに大変だ」

　菅原が言っているのは放水のことだった。

「あ、そうだな。みんなに風邪ひかせても悪い。……止めてくれ。あと照明も復旧だ」

　菅原は消防用の手動起動装置の停止ボタンを押しスプリンクラーを止め、配電盤のブレーカーをオンにした。

　モニターに再びずぶ濡れになった会場の様子が映し出される。皆、呆然としている。

　嬉しそうに見つめる桜の内ポケットに入れた小型端末が振動する。取り出して見ると〝報業・田辺〟という差出人からメッセージが届いている。『サク、返事よこせ。殺すぞ！』

　桜はニヤリと笑って電源を切る。田辺が自分のことを〝サク〟と学生時代の呼び名で呼んできたということは、相当頭に血が上っているのだろう。

　机の上の電話が鳴った。

　菅原は桜を一瞥して受話器を取る。

「はい、制御室です。……はい。……はい。……すみません、おそらく誤作動かと……はい、申し訳ありません。至急確認して対処します……すみません」

　電話の相手に向かって深く頭を下げ、受話器を置く菅原。

「悪いな茂さん」桜はポケットから〝壊死して腐りかけた足〟を取り出し、向こうずねの部分を押すと指の先からタバコが飛び出した。

菅原が引き抜いたあと自分も1本抜く。

『死ネ』『死ネ』

菅原のくわえたタバコに桜がライターで火をつける。

「ふん、悪いと思ってるような顔には見えないがな」

深く煙を吸い込んだ。

「そうかな?」と、手で顔を触ってみせる桜。

どこまでもとぼけた男だ。

「こんなことしてどうしようってんだ?」長く煙を吐きながら菅原は尋ねた。

「はは、うちのボスは口下手だからな。あれ以上つっこまれたらボロ出すとこだった」

「何言ってんだ。既にボロボロだろ」

「確かに」桜は大笑いした。「でもまだほんの1ミリ、首の皮一枚で繋がってるってとこかな。……茂さん、あんたのおかげだ。あんたは一国の総理を救った英雄だ」

「冗談じゃない……俺はお前さんに言われた通りやっただけだ。主犯はそっちだ」

「いや……」桜はニヤリと笑うと「犯人はこいつだ」と右手を上げてみせた。

桜が指でつまんでいるのはネズミの尻尾だ。下に死骸がぶら下がってる。

「官邸が老朽化しててよかった。全部こいつのせいに出来る。……何年前だったかな? 改築の話が出たんだけどね、先送りにしてたんだ。まさかこんな風に効を奏するとは……人生、生きてりゃまんざら悪いことばかりじゃないね」

菅原は呆れた。

「ふっ、お前さんも相当おめでたいな。ここは制御室であり、我々の詰め所だが、警備員だからって監視の対象外ってわけじゃないんだよ」

菅原が見上げた視線の先には監視カメラが設置してあった。

桜はチラッと見て、豪快に笑った。

「ま、細かいことは気にしない!」

「ああ?」

「茂さん、見くびってもらったら困るよ。こっちは国家権力の頂点だ」

桜はもう一度笑った。

菅原はため息をつく。

「……今に始まったわけじゃないが、この国は腐ってる」

「そう言うなって、茂さん。今度、警備システムに予算付けるように総理に進言するよ」

「いや、お構いなく。俺はもうこの職場失ったって女房と二人食っていけるぐらいの蓄えはある。これ以上御上の世話になるのはまっぴらだ。……それから一つ言っておくがな。俺は成人してからこっち、お前さんの先生の党にはただの一回だって投票したことがないんだよ」

桜はまた大笑いした。

「そりゃ凄い！　ずっと官邸にいるのに。立派な危険分子だ」

「桜さん、あんたそれにしてもいつ見ても楽しそうだな？……バカなのか？　それとも大人物なのか？」

「ははは っ！　見りゃわかるだろ、バカだよ」

笑いながらも、菅原がこの職に就く前はエリート官僚だったという噂が、ふと桜の頭をよぎった。おそらく根も葉もない都市伝説レベルの噂だろうが、菅原の態度には、そうであっても不思議はないと思わせられる。

だとしたら天下りか。それにしちゃ、随分下まで下ったもんだ。

「なあ、桜さん。おたくのボスに伝えてほしいことがある……」

「ん？」

湯飲みを見つめ呟いた菅原の声は、さっきまでとは少し違うトーンだった。

「俺はもういいんだ。見ての通りこの歳だ。いいとこ生きてあと10年がせいぜい。アッという間だよ。それを考えりゃ明日テロで死のうが、仕事がなくなってのたれ死にしようが大差ない。女房も文句は言わないだろう。……だが、孫達は違う。まだこの世に生まれたばっかりだ。お前さんはさっき、生きてれば悪いことばかりじゃないって言ったが、あの子達はまだなぁんにも、人生を楽しんじゃいない」

桜は空中の煙を目で追っていた。

煙の先、机の上に菅原のパソコンがある。デスクトップ画面には若い夫婦と小学生ぐらいの二人の子供が映っている。

「マスターズだか何だか知らないが、こんなタイミングで世界でドンパチやって、ハイ、終わりなんて、あまりにも勝手じゃないか。そうお前さんのボスに伝えてくれ。……もっとも、こんな世の中じゃ、この先に未来があっても、生きてる方が酷な世界かもしれないがね」

桜は吸いかけのタバコを灰皿で揉み消す。

ふと、富士見の情けない顔が浮かぶ。

「未来ねぇ……」

桜は立ち上がる。

「さて、そろそろ行くよ」

「ふん、ごくろうさん」

菅原はいつもの無愛想な顔だった。

桜はすっかり冷めた番茶を一気に飲みほすと「……茂さん、今の伝言、一応伝えるが、何せ今あの人はいっぱいいっぱいなんでね……」と言った。

「わかってる。大して期待はしてないよ」

「はは！　だろうね」

桜は豪快に笑って部屋を出ていった。

＊

篠崎家のリビングでは沈黙が続いていた。

テレビの音だけがやけに騒々しい。

画面に映るのは、富士見がヘルメットに付けた小型カメラで、自分の顔を撮影しながらジェットコースターに乗り絶叫している様子だった。

急降下する時、顔が歪み、開いた口から空気が入って更に変形する。テロップに『見よ！　この大臣の究極の変顔！』と出る。

「いやぁ‼　待って待って！　マジ？　マジ？　無理無理！　いやいやいやいやいや、本当に無理だから！　あああああっ！」叫びながら急降下していく富士見の声はまだ若い。娯楽・テーマパーク担当大臣時代に一度、バラエティ番組に出演した時の一コマだ。

記者会見が停電によって突如中止になると、テレビ局はアーカイブからこの素材を引っ張り出してきて、首相の主な経歴として繰り返し流していた。

テレビを見つめる新一の食事の手は止まり、表情は怒りを通り越しもはや悲しそうだった。

新一が呆然としてる隙に、翔はさっき外されたウルトラアイを取り、顔に装着する。

ウルトラアイ越しに富士見の映像を見ると、グラスの内側には同時にその映像を見ている人々のヴォイスが溢れていた。『芸人かよ』……『バカ総理』……『こいつが死ねばよかった』……『こっちが絶叫したいわ』……『ピースランドの恥』……。

ＶＴＲが終わるとスタジオで谷口キャスターが眉をひそめた。

「会見場の電源が復旧したようです。現場を呼んでみましょう。佐々木さん？」

びしょ濡れの佐々木が映る。

「佐々木です。こちら、ごらんのように会場全体が水浸しの状態です。えー、我々の撮影機材もですね、大半は使えない状態になってしまいました。私も体が冷えてしまいまして震えながらお伝えするといった状況で、大変お見苦しい部分もあり申し訳ございません」

「佐々木さん！」

「……はい？」

「結局停電の原因というのは何だったのでしょうか？」

「ええ、それが、まだはっきりとしたことはわからないのですが……ああ……」佐々木は途中途中悪寒が走るようで、言葉も途切れがちだった。「ええ……どうやら配線の不具合ということだそうです。当初心配されたテロという可能性はとりあえずないと考えてよさそうです！」

佐々木の背後には、だめになった機材をぐったりしながら片づけている各局のテレビクルーが写り込んでいる。

「そうですか、わかりました。佐々木さん！　もうしばらくそこで取材を続けてください」

「はい……？」

映像がブツッと切れてスタジオに戻る。

「さて、今後の政権の行方なんですがいったいどうなっていくのか？　政治部の横川さんと話していきたいと思います。横川さんお願いします」

「よろしくどうぞ」

「えー、富士見総理。まさに窮地に立たされたといった状態なんですが……」

「そもそもこの富士見幸太郎という人物はですね、あの大宰相富士見興造の娘婿であるということ以外、特にこれといった実績があるわけでもない政治家なわけです……」

画面にはファッションモデル達に囲まれて照れくさそうにランウェイを歩く富士見の姿が映し出された。

ハンチングをかぶりチェックのジャケットに赤いマフラーを巻いた富士見は、舞台の先まで到達すると、若いモデル達にターンするように促される。富士見は何度か首を振り、それだけは勘弁してというように笑いながら断る様子を見せたが、モデル達は『ターン！ターン！』と手拍子を始め、根負けした富士見は頭を抱え恥ずかしそうにニヤけながら少しよろけてターンをする。モデル達は拍手喝采し、ハイタッチを求め、富士見は顔を赤く染めそれに応じている。

「『お前は何をやってるんだ？』というのが、この人の今までの活動を見てきた国民の正直な感想だと思うわけです」

横川が不機嫌に呟く。

「確かにそれは言えますね。ちなみに今の映像は、いわゆる娯楽・テーマパーク担当大臣時代の活動の一環として、政治をもっと国民や若者の身近なものにしようとして参加したイベントの模様なんですが……」

「履き違えてるとしか言いようがないですね。見てお分かりの通り、完全に国民の意識からは乖離してます。先程も申し上げた通り、この人物は実力者であった興造氏の娘である洋子さんの婿としてのみ、力を得た政治家です。興造氏の政財界に及ぼす影響力はいまだに絶大と言われてるんですよ。と言いますのも、政財界では今でも興造氏に恩を感じている人が多い。また娘の洋子夫人も大変聡明な方で、今では幸太郎氏を立てて一歩引いていらっしゃいますが、実は富士見派の大半は幸太郎氏ではなく、洋子夫人を慕う人々で形成されていると言っても過言ではない。中には幸太郎氏を降ろして洋子夫人をピースランド初の女性総理にという声も上がっているぐらいです。実質、現時点でも富士見総理の後ろで実権を握っているのは、洋子夫人とも言われてる。ま、普段から言われてる通り、彼は〝ムコ殿総理〟です。今回の一件で今後ますます、『洋子氏を総理に』という動きに拍車がかかることは間違いないでしょうね」

翔のウルトラアイに無数のヴォイスが現れる。

『ムコ殿！』……『ムコ殿笑』……『ムコ殿泣』……『ムコ殿総理辞めろ！』……『洋子様出てきて！』……『バカ総理死ね！』……『洋子ちゃんなら国を任せても構わない』……『富士見、これ以上世界に恥をさらすな！』……『富士見、能なし』……『不要』……『不要！』……『お前が死ねばよかったのに』……『不要どころか有害だろ』……『頼むから死んでくれ』……『バカが生き残ってどうするの？』……『死ね』……『消えろ』……『死ね』……『死ね』……『死ね』……。

翔は、無数のヴォイスを見つめ、彼特有の不敵な笑みを浮かべていた。

「ハハハハハハ！　死ンダ人間ハ、イイ人間。生キ残ッテイル奴ハ、バカバカリ！」

翼の人形が甲高い声で繰り返す。

翔はテーブルの上で指を素早く動かし自分のヴォイスを発信した。『どっちもバカだろ』

しばらく誰も発信しなくなり、グラス上の文字が消える。世界が沈黙したようだった。その後……『どっちもバカってどういう意味？』……と誰かが返す。

翔はニヤリとして発信する。『富士見も、お前達もバカ』

その一言を皮切りに大量の言葉が発信される。

『お前何者だよ！』……『バカなのはお前と富士見』……『富士見と一緒に消えろ！』……『殺されたいの？』……『富士見をかばうって同類？』……『死ねよ！』……『体制につく腰巾着ですか？　恥ずかしいね』……『死ぬ勇気もないバカ』……『今言った奴クソ！　シネ！』……『キミ、終わりだね。ゴクロウサン』……『早く死んで』……『独りだけわかってない奴。爆笑』……『今のうち死んだ方がいいよ』……『死ね！』……『死ね！』……『死ね！』……。

翔のウルトラアイのグラスがまっ赤に染まる。大量の発信で表示が間に合わない時、文字は赤くなる。それがグラスいっぱいに溢れるのだ。俗に〝火砕流〟と呼ばれる現象で、ウルトラアイ使用者の間では割と頻繁に起きていることだった。

まっ赤に染まったグラス越しに見ている翔の世界も

また、まっ赤だった。

ヴォイスは溢れ、発信は後を絶たない。

『クソガキ!』……『まだ生きてんの? それともビビッて黙ってんの?』……『もう死んでるだろ笑』……『グラス外して逃走かよ!』……『口だけ人間、腰抜け、ダサダサ』……『お前、翔だろ?』……。

ヴォイスでは、直接自分に向けて発信された文字は青く表示される。『お前、翔だろ?』の文字は青かった。

翔はふふっと笑った。おそらく発信したのは荒井友希だ。

友希は翼と同級生で親友だった。

翼が生きていた頃は、よく一緒に遊び、翔のことも気にかけ、面倒見も良かった。

しかし今はことあるごとに翔をいじめるようになった。親友を失った原因の一端が弟の自分にあると感じていることを翔は知っていた。

『翔? またあいつかよ!』……『引っ込んでろオタク野郎!』……『まだ死んでなかったの? お前の人生意味ないよ』……。

たちまち画面に翔の写真が溢れる。小学校の卒業写真から切り取られたものだ。太っててムスッとしている。我ながら可愛げのない子供だと翔は思う。今は更に太り髪も伸びニキビ面で醜くなっている。

翔は時々こうして火砕流を起こす常連だった。

画面の上に〝国民ランク〟とあり、横に8桁の数字がある。

篠崎翔……☆……88999421位。

国民ランクとは文字通り国民一人一人のランキングだった。といっても政府が作るような公式のものじゃない。ネット上の口コミによるレストランの格付けランキングなどを公表していたサイトで、ある時から自然発生的に政治家や財界人、医者、芸能人などの格付けが始まった。評価は☆10個が最高で、その人間は☆幾つか? というものだった。初めは職業としての技術や才能などを評価するものだったが、誰もが投稿出来ることから人物の性格や人間性、好き嫌いなど、あらゆる角度からの評価指数となり、〝人間として〟の評価となっていった。徐々に裾野は広がり、有名人に限らず誰もがサイト上に名前が載り、評価を下されるようになった。

会社の上司、学校の教師などを部下、生徒がサイトに載せ評価する。すると今度は上司が部下、教師が生徒の名を載せ、評価を下す。ある日突然自分の名前が登録され、☆の数で査定される。誰が最初に載せたのかはわからないが、掲載される名前はアッという間に無尽蔵に増えていった。自分の名が載れば、知り合いの名も載せたくなる。相手を中傷する目的で低評価で載せる者もいた。人気者は当然高評価だった。

現在、大抵の人間はネットワーク上に戸籍のようにSNSアドレスを保持していて、国や企業が個人情報を漏洩せずとも、国民は自らの情報をどんどん公開していた。結果、国民ランクからは逃げられない形になった。

ピースランドの総人口は約9000万人。ランキングに載っている名前は約8900万人。つまり何らかの形でSNSを使用する人のほとんどはランク付けされ評価される。

これにより数々の社会問題が発生した。ランクが下位であれば評価に耐えられず自殺する者もいた。

政治家はランクが票に直結した。芸能人のギャランティーや仕事などにも影響を及ぼした。

個人が誹謗中傷の的となることも多発し、申請すれば自分の名前を抹消する手段もあったが、自分だけ名前がなくなれば周りからの目に見えない軽蔑と中傷は更に増える。人々は皆それを恐れた。

いっそのことサイトそのものを停止してしまった方がいいという声も上がったが、具体的に訴え出る者はいなかった。誰もが参加し、誰もが共犯者で、誰もが自分の順位を気にしていた。また、皆どこかで自分と相手の順位を意識しながら接していた。順位を昇進や報酬の査定、就職、入学の合否判定などに反映させることは禁止とされ法律違反になったが、全く影響されていないとは誰も言えなかった。

人口分布にすると☆の数が集中して多いのは10個のうちの5個近辺だった。グラフにすれば釣鐘状になり、上と下に行くほど人の数は減っていく。同じ☆の数の場合でも、有名人で得票数が多い☆と、一般人で得票数が少ない☆では、得票数が多い方が上にランクされる。例えば、芸能人で得票数が何百万人で☆10個の場合と、小学生で得票数が100人程度の☆10個では、芸能人の方が遥かに上にランキングされるわけだ。サイトは独自の係数を用いてランキングを算出していた。現在トップにいるのはモデル出身のアイドルだった。

　篠崎翔の、８８９９４２1位というランクはかなり下位だった。当然☆は一つ。下にはおよそ６００人程度しかいない。そのほとんどが凶悪犯罪者や不正を働いた政治家などで、最下位は自分の子供を折檻して殺した父親だった。

　翔はヴォイスの世界では天山噴火のあと、『もっと噴火して世界中の人間が死ねばいい』と発信してたちまち火砕流を起こし、以降定期的に不謹慎発言をする者としてそれなりに有名な存在になった。得票数は30万人強。一般の人間としては多い。その数で☆1個は最低水域に位置している。

　翔は自分のランキングを自らあざ笑うような笑顔で見つつ発信する。『お前達全員バカ。殺してみろよ。その他大勢。これは宣戦布告だ』

　翔のウルトラアイが更に赤く染まり、通信が切れた。

　ウルトラアイには〝ネガティブヴォイスシャットダウン機能〟として利用者の精神を守る為にあまりにも攻撃的な言葉が個人に集中した場合、自動的にネットワークを遮断するいわば安全装置のようなものが付いていた。かつて火砕流の被害によって自殺者が多発した為だ。

　翔はウルトラアイを外した。

　食卓には相変わらず富士見のニュースの音声だけが響いていた。

　新一も早苗もぼんやりと画面を見つめ黙々と食事をしている。

　新一のランクは☆5個で、５９００３５９８位。早苗も同じく☆5個で、５９０１２６２４位。夫婦は順位が近い者同士である場合が多かった。あまりにも離れていると、離婚率が上がるという調査結果も出ていた。

　翔は、父と母が、☆1個の自分のことをどう思っているのか考える。さぞかし恥じているのだろう。兄の翼は生きていた頃のランクが２５２０８４００位で、☆7個だった。無名の小学生でそのランクの高さは異例だ。当然、学校でもトップだった。
　☆7個の翼が死に、☆1個の自分が生きている。気の毒に。翔は自分の親を憐れんだ。

……ふと見ると、翼の人形だけが翔を見つめていた。腹話術人形のような大きな黒い瞳と長いまつげ。

翔は、何だよ？　という意思を込めて翼の人形を睨み付ける。

翼の人形は、パチ、パチと、大きく2度まばたきをした。

＊

黒塗りの総理専用車は富士見を乗せ私邸に向かっていた。興造が残した大豪邸である。富士見は普段は公邸にいて滅多に帰ることはなかったが、洋子はずっと私邸に住んでいた。

後部座席にいるのは富士見と桜だ。富士見は全身がずぶ濡れだ。

「そもそも乱暴なんだよ、やり方が。……停電まではいいとしても、スプリンクラー回す必要があったのか？」

「ああしないと撮影クルーの機材をだめにすることは出来ませんでしたからね」

桜は窓を開け、流れる景色を見ていた。風が吹き込んでくる。

「窓閉めろ！　寒くてしょうがない！」

「失礼……」桜はリアウィンドウを上げながらどこか楽しそうだ。

「五代！」

「はい！」

助手席の五代がビクッとして振り返る。

「タバコだ」

「はっ！」

五代は胸ポケットから〝死んだ胎児〟を出し腹を押すと口からタバコが飛び出した。

「げっ……」

富士見はさすがに恐る恐る取り、タバコをくわえた。

『死ネ』

五代は携帯灰皿を手に持ち、体をひねり後部座席に乗り出すという無理な体勢で差し出し続ける。シートベルトがだぶついた腹に食い込む。

基本的に公用車は禁煙であった。

残酷なパッケージの効果もあってか、ピースランドの喫煙率は5％を切り、禁煙法案もここ数年何度も提出され、タバコ農家との協議に決着がつけば可決も近いと言われていた。今、政界での喫煙者はほぼ皆無に等しい中、一国の首相が吸っているとなればかなりのイメージダウンになることは間違いない。

フロンティアは更に喫煙率が低かったが、ホワイト大統領もまたヘビースモーカーであった。しかしこそこそと隠れて吸う富士見と違い、公然と人前で煙をくゆらす姿は批判も受けたが堂々としており、世界のリーダーとはこういうものかと思わせるだけの迫力があった。

富士見は周りに秘書しかいない車の中で一服するのが慣例だった。専用車で他に乗る者もいない為、常設の灰皿を使用しても構わなかったが、万が一妻の洋子が乗った場合を恐れ、いつも五代に灰皿を持たせるのだった。

洋子は大の嫌煙家で少しの臭いでもタバコの痕跡を察知した。だからといって直接文句を言うわけでもなかったが、明らかに蔑んだ冷たい目で富士見を見るのだった。

富士見は洋子の目を何よりも恐れた。

「おい！……窓、少しだけ開けろ」

「はい」

さっき自分が寒いって言ったんじゃないかと、運転手の黒田(くろだ)は思いながら富士見側の窓を少しだけ下げる。

富士見は細く開いた窓の隙間に向け、唇をすぼめ慎重に煙を外へ吐き出しながら言う。

「……桜君、君のやることはいつもその場しのぎなんだよ」

桜は、車内に流れた煙を手で外へ追い出している富士見を横目で見る。

「総理、私はあなたの秘書になってもう20年になりますが……」

「ほぉ、もうそんなになるかね？」

「はい」と桜。「私はこの20年、常に、その場しのぎでやってきたつもりです」

「げほっ！」富士見は激しく咳き込んだ。

「総理！　大丈夫ですか？」五代が慌てて身を乗り出

し背中をさすろうとするが、シートベルトに引っかかり、それ以上動けない。

「うるさい！　構うな！……」富士見はむせながら声を絞り出す。「……桜、……自慢にならないだろ……そんなことは……」

「もちろん、自慢にはなりませんがね。ハハハハッ！」桜は何の屈託もなく笑う。「しかしそれがこの国の伝統だった。厄介な問題は全て、先延ばしにして、壮大なチキンレースをやってきた。それにしちゃ、なかなかどうして見事なもんでしたよ。よくぞここまで走れたもんだ」

富士見はまだむせていた。「……何を呑気なこと言ってる……」

「しかしね、総理。いよいよどん詰まりだ、この先はない。……覚悟を決める時かもしれませんね」

桜の声のトーンは心なしかシリアスだった。

＊

『富士見は必ず覚悟を持って決断します』

洋子がヴォイスを発信した。

たちまち洋子を称賛するヴォイスが溢れる。『来た！洋子様！』……『信じます』……『バカ亭主と別れて俺と結婚して！』……『洋子ちゃん、カッコイイ！』……『久しぶりのヴォイスありがとうございます』……『この国を救って』……『あなたが総理になってください』……。

優柔不断な富士見と違い、彼女の言葉は核心を突き、潔いとされ、ヴォイスの世界では〝洋子シンパ〟が数多く存在した。

そもそも傑物とされる興造の直接の血を受け継いでいるのは洋子であり、彼女こそリーダーにふさわしいのではないか？　という声も多く、その謎めいた美貌も手伝って洋子は若者達の間で、ある種神格化された存在だった。


富士見私邸の広いリビングルーム。ベルベット地のソファーに座り、洋子はウルトラアイをつけ、富士見総理を批判するテレビニュースを見ていた。

和服にウルトラアイというのはちぐはぐにも見えた

が、洋子の場合それが何の違和感もなく、むしろ新しいセンスを感じさせた。

洋子は普段から常に仕立てのいい着物を着て、髪も綺麗に結い上げていた。背筋は伸び、肌は抜けるように白く、凜として一部の隙もない。切れ長で澄んだ目は髪を上げているせいで少し吊り上がり、冷たい印象もあったが、逆に支持者にとってはその冷たさも魅力の一つのようだった。

ウルトラアイのグラスに国民ランクが表示されている。


富士見洋子……☆☆☆☆☆☆☆☆☆☆……5位。
☆は10個の満点。

洋子の上にいるのは超人気モデル、世界的流行作家、国民栄誉賞受賞のサッカー選手、カリスマネットタレントの4人。下にも何らかの形で人目を引く職業の人間の名前が並ぶ。

国民ランクは投票に独自の係数を掛け合わせることによって、職業による偏りが出ないよう割り出されてはいたが、どうしても有名人が上位にくる傾向は避けられなかった。洋子は総理大臣夫人ではあったが、他の上位者のような、いわゆる人気商売ではない。いわば一般の民間人だ。にもかかわらずこの位置にいることは、彼女の人間としての魅力がいかに高いかを物語っていた。

次々に発信される洋子を称賛するヴォイスの中に一つ、

『富士見もバカならその妻もバカ』

という発信がある。

他のヴォイスが反応する。

……『は?』……『何言ってんの?』……『もしかしてまたお前?』……『どうせ翔だろ?』……。

翔という名前は、洋子でも認識している程度に名が知れていた。ヴォイスの世界では敢えて人々を怒らせ火砕流を起こす人物は〝火口〟と呼ばれ、無数に存在した。翔もその中の一人だ。国民ランク889994 21位、☆1個。

洋子は翔の二つ下にランクしている人物のプロフィールをチラと見る。

富士見幸太郎……☆……88999423位。☆1個。

載っている顔写真は元々小さな目が半開きのようになった、薄ぼんやりした表情のものだ。

一国の首相でありながらここまで低評価になるのは前代未聞である。現政権がいかに洋子の人気に支えられているかが明白だ。

画面上に次々と翔を非難するヴォイスが発信されていく。

「あの、……奥様？」

洋子はウルトラアイをテーブルに置く。

お手伝いの美代子が声をかける。

「……何、ミヨちゃん」

「あの、今秘書の五代さんから連絡がありまして、旦那様があと10分ぐらいでお帰りになりますと」

「そう」

洋子は裸眼でテレビを見つめる。

富士見総理の支持率が下がったという話題だった。

＊

助手席の五代は片手で電話を切り、片手で無理な体勢のまま後部座席の富士見の前に灰皿を差し出していた。腰がねじれシートベルトに締めつけられていて腹が苦しい。車の窓は開いていて車内には冷気が吹き込んでいるにもかかわらず汗がとめどなく流れ、ボタボタと下に落ちる。

『死ネ』

富士見は3本目のタバコに火をつけながら、桜の言った覚悟の意味を考えていた。

何も出てこない。

ふと、アンの顔が浮かぶ。あの時、フロンティア合衆国暫定大統領として、怯えと不安を隠そうとしながら立っているのがやっとで震えていた。

気絶したアンを抱き上げた時の感触が手に蘇る。スリムな見た目からは意外なほどメリハリのある体に一瞬戸惑った。そこまで考えて富士見は頭を振り妄想を取り払う。こんな時に自分は何を考えているのか？

車はもうすぐ富士見邸正門にさしかかる。

「何を考えてるんですか？」

桜が面白そうに覗きこんでいる。

「べ、別に……この先の国家の……」

その時、車が急停車した。

「うわっ！」

五代が持っていた灰皿を投げ出し灰が車内に舞う。前につんのめった拍子に富士見の指からタバコが抜け落ちる。

「おい！　何やってる！……あちっ！」

富士見は膝の下辺りにあるはずの火のついたタバコを見つけるのに必死で暴れるが、シートベルトに押さえつけられ思うように動けなかった。

桜も頭にかぶった灰を振り払い咳き込んでる。

「黒田！　お前運転が乱暴なんだよ！」

「……はい。し、しかし……出迎えが……」

「出迎えぐらいいいるだろ！」桜は叫び、黒田の視線の先を見てギョッとした。

全開の門から長いアプローチの向こう、玄関前に和服姿の女性が立っている。いつもはお手伝いの美代子と5～6人の使用人が出迎えるだけだが、今日は真ん中に洋子がいる。

「あ！　総理、奥様が……」

「何!?……あ！……おい！　窓開けろ！……アチッ！……あった！」ようやく見つけたタバコを拾い五代に渡す。「これ消せ！　灰皿もしまえ！」

「はっ！」

「お前達何してる！　早く、空気を外へ！」富士見が手で車内の煙をかき出しながら叫ぶ。

桜達も慌てて、もがくように手を動かし、空気を入れ替える。

「総理。……あまり停車したままでいると怪しまれますよ」と桜。

「え……？」富士見は前方に目をこらす。洋子の表情までわからないが、いつもの正しい姿勢で真っ直ぐ前を向いている様子だった。固唾（かたず）を呑んで「……よし、黒田、窓を閉めて車を出せ」と命じる。

「はっ……」

「いいか……ゆっくりだぞ」

「……はい」

車はこれ以上出来ないほどスピードを落としてアプローチを進んでいく。

徐々に、やがてはっきりと洋子の顔が見えてくる。無表情だ。目がどこを見ているのかはわからない。ただ真っ直ぐ、やや下の一点に注がれていた。

玄関前に到着し、黒田が降りて素早く富士見側のドアを開けると、洋子と使用人達は深々と頭を下げた。

「おかえりなさいませ……」

富士見は無理矢理笑顔を作る。

「……やあ、奇遇だね、こんなところで会うとは……あ？　いや、そうか……家だからいるんだな……ははは」

頬は引きつり、声は若干震えていた。

桜と五代も慌てて富士見の横に立ち、洋子に深々と礼をする。「奥様、お疲れ様です」

洋子は笑みをたたえ富士見に言う。

「ご無事で何よりです……」

「え？……ああ、いや、心配かけたね。……何だろうな？　突然嫌な予感がして、飛行機１本遅らせたら、こんなことになって……まぁ、政治家の勘とでも言うのかな……なぁ、桜？」

「はっ……さすが総理です」桜は礼をしたまま呟く。

「さすがって君、別に褒められたもんでもないだろう！　ただの勘なんだから……はははっ」富士見は、豪快に笑うが、笑っているのは彼一人だった。「……さてと……じゃ……」

玄関に入ろうとすると洋子が口を開いた。

「あなた、ちょっと待って……」

「ん？」

「ミヨちゃん……」

「はい」洋子に促された美代子が一歩前へ出て富士見の背中に回る。

「どうした？　ミヨちゃん？……」

「失礼します」美代子は手にした消臭スプレーを富士見の体にかけ始めた。シューという音とともに霧が舞う。

「ああ、なるほど……ははは……そうだね。いろいろあったからね……」

意味のわからない言葉を繰り返す富士見の前で洋子は無表情のままだ。

「……ああ、いい香りだね。……これは、うん、ラベンダーかな?……」

美代子の持つ缶には〝シトラスミント〟と表示されていた。

桜達のところにもツンと鼻をつく匂いが漂ってくる。

前に来ようとする美代子の耳元で富士見は囁く。

「……よし、もういいよ、ありがとう……」

美代子は全く聞こえなかった様子で正面からスプレーをかけ始めた。

一気に霧を吸い込んだ富士見は激しくむせ、美代子が更に顔にかけようとすると思わず叫んだ。

「……おい、バカ!……もういいって言ってんだろ! よこせ!……俺は虫じゃない!」

富士見は美代子からスプレーをもぎ取り、自分で肩や腕にスプレーする。

美代子はムッとして富士見の荷物を両手で持ち、家に入っていった。

「……ったく、何だろうね? あの態度は」

富士見の愛想笑いには応じず、洋子も家に入っていった。


リビングの入り口から真正面の壁には、一面に富士見興造の遺影に使われた写真が掲げられていた。縦3メートル、横2メートルに及ぶ巨大な肖像だ。

紋付きを着た興造のバストショットは迫力があった。太く長い武者のような眉。射貫くように光る眼。白くなった横鬢(よこびん)はささくれ立ち、たてがみのようで、まさに〝獅子〟の異名通りだった。その恐ろしい形相は、まるで仁王か狛犬(こまいぬ)さながら魔除けの役割を果たしているかのようだ。

背広に付いたタバコの臭いを確かめながら廊下を歩いてきた富士見は、顔を上げた瞬間、巨大な興造に睨まれていることに気づき、足がすくむ。当然、リビングに写真があることはわかっていたが、いつまでたっても一向に慣れることはなかった。そこには結界が張られているようで、部屋に一歩足を踏み入れるのに、いちいち決意をしなければならなかった。

富士見は深々と一礼をし、リビングに入る。

肖像の手前、着物の合わせの辺りにある椅子には、既に洋子が座っていた。

興造を背負ったそこが洋子の定位置だった。

正しい姿勢で真っ直ぐ前を向いた洋子は、赤いフレームのウルトラアイをかけ、膝の上で指を小刻みに動かしている。

ライトが洋子と後ろの写真を照らし、そこだけ浮かび上がるように光っている。

富士見は洋子が今何を見ているのか判断出来なかった。自分を見ているのか、それともグラス上の文字を見ているのか。一刻も早くその位置から離れたくて、息を潜め、逃げるように部屋中央のソファーに座る。息が詰まるようで、ネクタイをゆるめ、シャツのボタンを一つ外したが、呼吸は楽にならなかった。目の端に、正しい姿勢で正面を向いた洋子が見えている。

リビングルームといっても、富士見はこの部屋でくつろげたことは一度もなかった。

思わず内ポケットを探り、グチャッとした肺の感触を確認し、慌てて手を引っ込める。

「大変でしたね」

洋子の声に反射的に富士見の体は跳ね上がった。

「うん⁉……ああ、いやぁ、まぁ、なんだかね……」


そう言ったきり続いた沈黙は長かった。

富士見は耐えられずリモコンを手にとりテレビをつけた。

キャスターが深刻な表情で伝える。

「……史上最悪、この国始まって以来最低の数字となりました。……もう一度お伝えします。世論調査の結果、富士見総理の支持率が1％であることがわかりました。なおこの数字は史上最低であり、この国始まって以来の……」

富士見はテレビを消し、そっとため息をつく。

部屋に静寂が戻った。

少しすると消したはずのテレビが勝手についた。

「……ん？」

リモコンはテーブルに置いたままで、自分はいじっていない。ふと横を見て思わず声が出る。

「ひっ！」

ウルトラアイをした洋子がこちらを見ていた。あの眼鏡にはテレビを操作する機能も付いているようだった。

富士見はゆっくりと顔を戻しテレビ画面を見つめた。

じんわりと額に汗がにじむ。

「街の声を聞きました……」

キャスターが告げると画面が変わり街頭インタビューになった。場所は定番の夜のオフィス街だ。

明らかに酔っ払いとわかる赤ら顔のサラリーマン達が答えている。

「ああ？……富士見？……ありゃバカだよ、バカ。バーカ！……情けないね、女房の尻に敷かれてんだろ？そんな奴に国が動かせるわけないいっつーの！」

隣にいるやはり赤ら顔の同僚が笑いながら口を挟む。

「いやいや！　こんなこと言ってますけど、この人もカミさんに頭上がんないですからぁ！」

「いやぁ、あのバカ総理ほどじゃないね、俺は言うべきことはきちんと言うよ、おい！　メシ作れ！　とかさぁ……」

「うそうそ！」

「いやいや、俺はちゃんと家庭は守ってますから……」

同僚が爆笑する。

「いや、本当だって！　給料入れてるからね。おい！富士見！　お前もちゃんと国を守れ！　お前みたいなことなら俺でも出来るよ！」

そこへ別のサラリーマン達が入ってくる。

「何これ？　テレビ？……今映ってんの？」

レポーターが問う。「富士見総理に一言ありますか？」

「おい、富士見総理に一言だってよ？」

「え？　富士見？……イエーイ！　富士見ー！……」

叫んだ男は泥酔しているようだ。「富ー士ー見っ！富ー士ー見っ！……辞ーめーろっ！……辞ーめーろっ！　イエーイ！……うッ、オ、オエェーッ……」

男はその場で吐いた。カメラはすぐにスタジオに戻る。

キャスターが真面目な顔で言う。

「……といった国民の声でした」

富士見は、もう一度テレビを消した。

「何が国民の声だ、全員酔っ払いじゃないか！　そもそも聞く場所が間違ってるだろ！」

洋子は前を向いたまま、何も言わない。

「……はは……全くね、マスコミってのはこういう報道をするんだからね……困ったもんだよ……そもそも国民の意識も低すぎるよ。自分の国のリーダーに対して尊敬のかけらもないんだからね……愚かというか……はは、私が愚かだってことは、選んだ自分達も愚かだって言ってるようなもんだ……そんなこともわからないで……」

「あなた」

「はい⁉」

富士見は、振り向きざまに美代子の持ってきたトレイに腕を引っかけてひっくり返し、熱々のお茶をかぶる。

「アチッ！」

「きゃあ！」

「きゃあじゃないよ！　アチッ！……おい！　アツ！　アチッ！……何してるんだ！」

「オメェが急に振り返るからだろうがよ！　このウスラバカめが！」

「……あ？」

「はっ……すみません！　ビックリするとつい故郷(くに)の言葉が出てしまって……でも、今のは急にこっちを向いた旦那様が悪いんです」美代子はタオルで濡れた富士見のズボンを拭く。

富士見は呆然として呟いた。「……ミヨちゃん、故郷はどこだったっけね……」

「……あなた、落ち着いてください」

「はい」

洋子の指が膝の上で小刻みに動いている。おそらくヴォイスとやらを書き込んでいるのだろう。

富士見は独り言とも、話しかけているともとれる中途半端なトーンで呟いた。

「ま……まあ、とはいえ立派な国民ではあるな。……ピ……ピースランド国民は……」

＊

海岸近くにある若葉(わかば)中学校では、授業が始まり、生徒達の喧騒がやむと波の音が聞こえてくる。

校舎の裏に普段はほとんど使われない水道があった。タイルの壁に4つ付いた蛇口のうち3つは故障し針金で止めてある。

その水道の壁の上に翔は座っていた。

天山が噴火し、集団避難先としてこの街に来たのが3年前。噴火によって休校となった天山小中学校のほとんどの生徒が一緒に転校した。復興の目途はまだついていない。

生徒達は徐々に環境に馴染んではいたが、天山市から移住してきた他校の生徒達は、翔の兄、翼の親友であった荒井友希を始めとする天山小中学校の生徒達とことあるごとに対立し、派閥争いのようなものが起きていた。

しかし元の学校でも孤立した存在であった翔の立場はこちらでも特に変わらなかった。

誰も来ることのない、校舎裏の水道の壁の上。いつしかそこが翔の居場所になった。『皆様のご批判、真摯に受け止めさせていただいた上で、敢えて言わせてください。主人は心から国民の皆様に感謝し、自分もピースランド国民の一人として、この国を誇りに思い、総理大臣として皆様の命を守る決意でおります』

洋子のヴォイスが発信された。

翔はニヤニヤしながら、ウルトラアイの文字を追っている。

次々と洋子を応援するヴォイスが上がる。

『洋子さん、がんばってください！』……『総理をフォローしてさすがです』……『批判に負けるな！』……『洋子たん、さすが！』……『バカ総理もがんばれ！』……『内助の功に感動しました！』……。

翔が指を膝の上でタップする。

『お前達夫婦のおかげでこの国はもう終わり』

たちまち他のヴォイスが反論しだした。『何言ってんの？』……『お前誰だよ？』……『どうせまたあの翔とかいう火口だろ』……『洋子さんはよくやってるだろ！』……『偉そうなこと言うな』……『またお前？　死にたいの？』……。

翔はほくそ笑んでいる。自分に浴びせられる暴言を楽しんでいるようだった。

『翔、今どこにいる。授業中だぞ』

青い文字。荒井友希だ。国民ランク3449330位。☆の数は7個。この年齢と立場でこの順位はかなり高い方と言ってよい。『大きなお世話。クソトモくんも授業中だろ』『何様だよ。クズが富士見批判とかしてんじゃねえよ！』

翔はポケットからチョコレートバーを取り出し、かじりつく。体温で溶けてベトベトになったチョコが口の周りに付く。奥歯にくっついたヌガーを左手の指で取りながら右手で膝をタップする。

『お前は汚点。お前みたいなクズと友達だったのは翼の汚点』

あの噴火以降、母親を除き翼と親しかった人々の間では、自然と彼の名を口にすることがタブーになった。翼は神格化され、軽はずみに語ることは彼の存在を汚すことと認識され、慎むべき行為のはずだった。

弟である翔の掟破りはかなりインパクトが大きかった。

ヴォイスはしばらく沈黙した。

『……っていうかむしろ、クズとつるんでた翼もクズだったのかも。死んで当然のクズ人間』

翔の言葉は無神経の度を越していた。

『今どこにいる』

友希が怒りで震えているのがヴォイスからも伝わる。

翔は嬉しそうに笑い、水道の壁の上に立ち上がり水平線を見つめ、ウルトラアイのシャッターを切った。

海と空と真冬には珍しい入道雲の写真を添付し、ヴォイスを発信する。

『天国！』

少しして友希のヴォイスが上がる。

『そこを動くな』

チョコレートバーをくわえた翔はふと不安になり写真を確認する。注意して海と空だけを撮ったつもりだったが、よく見ると画面手前、下部分に黒い門扉が写り込んでいる。この学校の生徒ならひと目見て校舎の裏門から見える景色だと判断出来るはずだ。

翔は即座にチョコレートバーを投げ捨て、壁から降り、走り、門扉に飛び付いた。

鍵のかかった門は揺すろうが叩こうがビクともしない。なんとか乗り越えようとするが、運動神経が鈍い上、太っている翔には無理だった。

ジャンパーの背中を鷲掴みにされ後ろへ引き倒される。

「てめぇ、バカか？……っていうかここにしかいたことねえじゃん」

荒井友希が覗きこんで言う。

立ち上がり反対側に逃げようとするが、草野拓と伊藤大輔に行く手をふさがれ突き飛ばされる。

草野拓……☆☆☆☆……6988667位。☆の数は4個。

伊藤大輔……☆☆☆☆……6966719２位。☆の数同じく4個。


二人は友希と常に行動を共にしていて、翼が生きていた頃は一番親しくしていた仲間だ。

3人は翼を失ってから、明らかに暴力的になった。怒りと悲しみの持っていき場がわからず、全てを翔にぶつけているようだった。

拓は翔の長い髪の毛を摑み頭を引き上げ、「逃げられるわけねえだろ」と再び地面に叩きつける。

翔は鼻血を出しながら不敵な笑みを浮かべた。

大輔がしゃがみ込んで言う。「何笑ってんの？　キモイんだけど……」

友希が腹を蹴る。

「うっ」

体をくの字に折り曲げる翔。

「お前、政治家批判とかしてるけど、バカな政治家以下だから……」

翔は友希を見上げる。

「……痛いよ、トモちゃん」

「気安く呼ぶな！」友希は翔の頰を殴る。

……まただ、と翔は思った。

殴られる時はいつも同じ感覚を味わう。

殴られた場所の痛みももちろんあるが、それ以上に心の中が痛む。硬い拳が頰に当たるたび、自分が、ただの物として突き放された気持になるのだ。血の通わない物質として。

友希との人間としての関係を断ち切られている気持になる。

暴力で傷つくのは肉体ではなく、心だ。

気持の上では決して友希に負けてなどいないが、今まで何度も殴られているうちに体はその感覚をおぼえてしまい、友希の姿を見るだけで全身の筋肉が縮こまるようになってしまった。

「調子に乗るなよ。ただのアニメオタクのくせに！」

世間のアニメーションに対する偏見はほとんど無くなりつつあったが、〝アニメーション好き〟に対する偏見はいまだ根強く残っていた。

翔もそんな偏見を受けるアニメーション好きの一人だった。

腹に走る激痛にギュッと目を閉じる。

頭に浮かんできたのはある過去のアニメーション作品の一場面だった。

アニメ作品
〝美少女ガール戦士・横内和彦〟第1話

横内和彦（よこうちかずひこ）は、24歳。アニメクリエイター学園に通う専門学校生だった。

将来の夢は歴史に残る作品を創ることだ。

贅肉だらけの体、伸ばし放題でベットリした髪、銀縁の眼鏡と、ムラのある無精ヒゲ。

外見から判断すれば、40前後と言われても仕方ない老けた冴えない男。

そのキャラクターは古典的なアニメオタクを象徴する紋切り型のデザインだった。

物語の冒頭は、横内が町中で高校生の不良達にからまれる場面だった。

「おいブタ！」

そそくさと立ち去ろうとする横内を、金髪を始めとする色とりどりの頭をした少年達が取り囲む。

「ねぇ、金くんない？」

「……いえ、持ってませんよ」

「おっさん、そんなわけねえだろ！」

「ボク、学生ですから」

「はぁ？　ハハハハ！　おい聞いた？　コイツ学生だってよ！」

少年達が笑う。

「親のスネかじりかよ、だったらなおさら持ってんだろ？　優しく言ってるうちに出した方が得なんじゃねえの？」

「そんなこと言われても……本当に持ってませんから、

失礼します」

「待てよ！」

緑の髪の少年が懐から出したジャックナイフがキラリと光る。

「な、何するんですか？」

「死にたくなきゃ出せよ！」

赤い髪の少年が横内の顔をパンチ。続いて黄色い髪の少年が腹に膝蹴り。鼻血を噴き出し倒れた横内は血を吐き、少年達が代わる代わるその腹を蹴る。

少年達は横内のカバンをあさる。財布から出てきたのはわずか1万円。

「ちっ……これっぽっちかよ」

緑の髪の少年がナイフを横内に振り下ろす。

その瞬間、どこからか声が聞こえてくる。

「横内和彦……横内和彦よ……」

「え？」

突然聞こえてきた天の声に驚いて思わずナイフをよける。

「ちっ、なかなかいい反射神経してるじゃねえか。しかし今度はそうはいかないぜ！」

もう一度緑の髪の少年がナイフを振り上げたその時、時間が止まる。

「横内和彦……横内和彦よ。横内よ、横内和彦よ……」

「はい？」

「聞こえているか？……横内和彦。私の声が聞こえるか？　横内よ、横内和彦よ……」

「き、聞こえます！　だ、誰なんですか？」

「今ワシが誰なのかを説明しているヒマはないのだ。横内和彦よ、聞こえるか？　横内……今世界は崩壊の危機に瀕している。我々はお前の登場を待っていたのだ。わかるか、お前が世界を救うのじゃ。横内よ……横内和彦よ」

「ボ、ボクが世界を救うだって？　このボクが？」

「そうじゃ。お前は選ばれた戦士なのだ！」

「え？　このボクが？　ボクが選ばれた戦士だと言うんですか？」

「ピキピキピー！」

突然甲高い鳴き声とともに、倒れている横内の目の前にまっ白なリスのような小動物が現れた。その目は七色に輝いている。

「キ、キミは誰？」

「ピキピキピー！」

小動物は口から長いステッキを出した。先の方はカラフルな宝石で飾りつけされている。魔法のステッキだ。

「これは？」

再び天の声がする。

「横内。世界はお前の負のエネルギーを必要としている。醜いお前が世界を恨む負のエネルギー。それが世界を救うんじゃ」

「ボクの負のエネルギーが世界を救う？」

「そうじゃ！」

「この白い小動物は？」

「それはワシの使いじゃ。その魔法のステッキを受け取り、お前の絶大なる負のエネルギーを正のエネルギーに変換させて美少女ガール戦士に変身するのじゃ！　さぁ！　早く！」

「び、美少女ガール戦士……？」

「ピキピキピキピキピキピー！」


横内はリスのような小動物からステッキを受け取り、試しに一振りしてみると鐘の音が鳴って、自然と呪文が口をついて出た。

「ファンシーオタクスティックエメラルドチェーンジ！」

横内の周りを金色の星と花が取り巻き、自身の体もグルグルと回転した。すると今まで着ていたピーコートも持っていたナップサックも体から離れていき、醜く太った顔や体もみるみる変化し、カラフルなミニのセーラー服をまとった金色の長い髪とはち切れんばかりの胸、大きく丸い尻、大きな瞳がキラキラと輝く美少女になった。

「いやん！　どうなってるのよ、これ！」

「それがお前の真の姿じゃ！」

「ピキピキピー！」

横内は右手で白いパンツが見えそうなスカートの裾を押さえ、左手で大きな胸を隠し、戸惑いながら言う。

「もてあましちゃうぅ！」

「闘え！　美少女ガール戦士！」

時間が戻ると横内にからんできた少年達は、目の前のセクシーな少女の姿を見て呆気にとられている。

美少女となった横内はステッキを振る。

「ローズヒップファンシー！」

赤い髪の少年は「うぐっ！」とうめき大量に吐血したかと思うと体が八つ裂きに切り裂かれた。

「セクシャルメルヘンチックボム！」

今度は黄色い髪の少年の首が切断されると、道にゴロゴロッと転がる。

「ひぃっ！」

金髪と緑の髪の少年は恐怖におののき後ずさる。

横内はウィンクして笑い、「さぁ、最後の仕上げ、いくわよ！　お覚悟なさって！」とステッキを振る。

「ダイヤモンドルビーエメラルドパール！」

その場から立ち去ろうと走り出した二人の少年の体が細かく粉砕し、無数の蝶になって空へ飛んでいった。

「やったわ！　マーベラスフィニッシュ！」

去っていく蝶を見上げ両手を思いきり広げた瞬間、張り詰めていたセーラー服の胸が裂け、たわわな乳房があらわになった。

美少女横内は慌てて胸を押さえる。

「いやん！　もてあましちゃう！」

ふと気づくと横内はいつもの醜い横内和彦の姿で道端に倒れていた。着ていた服はビリビリに破れ、だらしなく太った尻がまる出しになっている。

「ピキピキ？」

小動物が横内の顔の近くに来る。

「うっ……うーん……ボクはいったい……あ、またキミか……」

横内がゆっくり起き上がると、小動物はトトトトッと向こうへ走っていきこちらを振り返る。

「何だい？　何かボクに言いたいことでもあるのかい？」

小動物はまた少し走ると止まって振り返った。

「何？……何なんだい？」

小動物はまた少し進み振り返る。

「そうか……もしかしてボクにこっちへ来いって言っているのかい？」

「ピキピキピー！」

「ハハハハ！　わかった、わかったよ。おかしな奴だなぁ」

横内が小動物の後をついていくと、現れたのは宇宙ステーションのような、未来型の大きな要塞のような建物だった。

「こ、ここはいったい？……」

ピョンピョンピョンと建物の中に入っていく小動物の後をついていく横内。

長いチューブに入ったエレベーターを幾つも乗り継いでたどり着いた場所は、巨大なコントロールセンターだった。無数のコンピューターが部屋を取り囲んでいる。

「横内、……横内和彦よ……」

さっき聞こえた天の声だった。

横内が周囲をキョロキョロと見まわしていると、小動物が「ピキピー！」と叫んで上を指さしジャンプする。

横内が上を見上げると天井一面がモニターになっていて、画面に白衣を着た白髪の老人が映っている。

「よく来たな横内よ。横内和彦よ……」

「あ、あなたは？」

「ようこそ、我が研究所へ。ワシがこの研究所の所長じゃ」

「研究所？……所長？」

「その通り。ワシは博士じゃ。我々人類の世界は現在……いや、太古の昔からマイナス、つまり負のエネルギーを放出し続けている。生命の誕生と真逆の負のエネルギー。死へ向かうエネルギーじゃ！　不思議なことに生命は負の世界から正のエネルギーが働くことによって、物質が統合され秩序化され命が誕生する。しかしその生命は誕生した瞬間に突如として負のエネルギーを放出し、死へと向かうのじゃ！」

「そ、そうなの？」

「ピキピキピー！」

「そうじゃ！　そして今、世界は宇宙誕生以来たまりにたまった負のエネルギーで崩壊しそうになっているる！　ワシは、なんとかそのエネルギーを負から正へ、マイナスからプラスへ、ネガティブからポジティブへと変換出来ないかと考え、ついに発明したのがこれじゃ！」

博士はステッキを出した。

「あ！　それはさっきの！」

博士が持っていたのは、先程小動物が口から出したステッキだった。

「マイプラ変換スティックじゃ！」

「ま、マイプラ変換スティック？」

「そうじゃ！　マイナスのエネルギーをプラスのエネルギーに変換する装置じゃ！　これが負のエネルギーに触れた時、奇跡的な化学変化が起き、熱力学が逆流するのじゃ！　冷えた水は熱湯に、枯れ木には花が咲き、無秩序で崩壊した世界は調和のとれた美しい世界に変わるのじゃ！」

「す、凄いね！」

「そうじゃ！　そして、この魔法のステッキを持つのにふさわしい者はこの世界にたった一人、醜く、不健康で、性格は歪み、この世界を恨み、人を恨み、自分自身をも恨んでいる負の権化のような男！……そう、横内、横内和彦！　お前じゃ！」

「ボ、ボクが⁉」

「そう！　お前がこのステッキを振った時、お前の持つ全ての負の要素が変換され、究極の美少女ガール戦士に変身することになるのじゃ！」

「そんなぁ、し、信じられないよ！」

「さっき変身したばっかりじゃろ！」

「あ⁉　いっけねえ！　そういえばそうだった！」

「なんて奴じゃ、ガハ……ガハハハハハ！」

「ピキピキピキピー！」

「あははははは！」

３人は大笑いした。

ナレーションが叫ぶ。

「こうしてごく普通の青年だった横内和彦は、美少女ガール戦士に変身する力を得たのだ！　闘え！　美少女ガール戦士！　走れ！　横内和彦！　地球の危機を救うのだ！」

フロンティア合衆国

大統領官邸内、安全保障会議室。

「白紙だ。今、和平など考えてる余地はない」

国防長官のローレンスが言った。

部屋は狭く中央の長テーブルの周りに10人座ればいっぱいで、壁に掛けられたスクリーンを見やすくする為に室内は薄暗く保たれている。機密性確保の為壁は防音素材で厚く覆われ、窓もなかった。

マスターズテロから5日。対策会議は連日続いていた。

会議室の奥、テーブルの上座に着いたアン大統領の両脇にチームホワイトの首脳陣がズラリと座っている。

アンの右手にはローレンス国防長官、左手にはダイアナ国務長官。ローレンスの先にアンドリュー安全保障長官、そしてフィリップ陸軍長官、ジョン海軍長官、サイモン空軍長官の制服組3人。反対側にトマス参謀長、ジェイコブ議長。ドアの手前、スクリーンの前に立ち、状況を説明しているのが、情報分析官のサディアスだ。

ローレンスの言い放った「白紙」という言葉がメンバーの内耳でこだましていた。

テロ国家共同体ティグロとの和平協定はチームホワイトの存在意義そのものであったが、テロが起き、ホワイト大統領が殺害され、ティグロが信頼出来なくなった以上、和平ロードマップ自体を白紙にするべきだという主張はもっともだった。

しかしアンは、自分達は本気で和平を考えていたと訴えるアフマルとアドムというティグロ外相二人の若者が嘘を言っているとは、どうしても思えずにいた。

「……私からアドバイスは受けたくないでしょうけど……」

静寂を破りダイアナが言う。

「ああ、その通りだ。理解してもらってありがたいね。私は君からのアドバイスを受けるつもりはない。黙っている方が賢明だ」

白すぎるローレンスの顔は明らかに紅潮していた。上目遣いで見つめる様子に卑屈さが漂う。

ダイアナはうんざりしたような笑顔で首を横に振る。国際警察捜査官出身というキャリアを持ち〝ダイヤモンドハート〟と呼ばれる彼女は、これまでも数々の保守的な男と渡り合っては打ち負かし、今この席にいる。

チーム内でアン以外の唯一の女性ということもあり、まだ若く経験も少ないアンにとって憧れであると同時に、心強い同僚であり、姉のように慕う存在だった。

「賢明？　まるでマフィアの脅しみたいな言い方するのね。一つはっきり言っておくわ。私は家であなたの帰りをおとなしく待ってる従順でかわいそうなあなたの奥さんとは違う。あなたの同僚のフロンティア合衆国国務長官よ、ローレンス国防長官。私が黙ることより、あなたが自分の立場をわきまえることの方がより賢明な選択だわ」

いつものことながら喧嘩腰の言い方で、アンはヒヤヒヤする。

一時この国の閣僚の男女比は半々までになり、ようやく進歩的な社会が実現されたかのように思えたが、ある時期の独裁的・保守的・人種差別的なリーダーの出現により、再び前時代的なマッチョ主義の社会に戻っていた。そんな中でダイアナの存在はより目立った。

フィリップ陸軍長官とジョン海軍長官がそっと目配せした後、視線を下に落とす。

ローレンスの顔はますます赤く染まり額にジットリと汗がにじんだ。

「……なるほど。これは大変失礼した、国務長官閣下。謹んでご高説うけたまわるよ。……ただ私は今朝から何も口に入れてなくてね、その間に朝食をいただいてよろしいかな？」

ローレンスは返事を待たず上着のポケットから紙袋に入ったドーナツを出し、背もたれに深く体を預け食べ始める。

今度はダイアナとアンが目を合わせた。

ローレンスはタカ派の雄で、次期大統領候補に名前が挙がることもあったが、過去何度か女性蔑視や人種差別とも取られる発言で問題になっていた。

そもそも今回の事件で若いアンが暫定的に大統領の任に就いたことを快く思っていないのは明らかだった。

黒人女性であるダイアナとも以前からそりが合わず、口論になることもしばしばだった。

ダイアナは呆れ顔で首を少しかしげたが、うなずくと言った。

「そうね、それほど長いアドバイスじゃないからあなたの食事が終わるまでには済むと思うわ。まず一つ目は、カロリーを気にしているんだったらその燃料の塊みたいなドーナツを朝から食べるのはすぐやめること……」

「……ふん、大いに参考になるね」ローレンスは構わず、最後のひとかけらを口に放り込むと、コーヒーで飲み下し、紙ナプキンで手を拭いた。「今後肝に銘じるよ。二つ目があるなら早めにうかがおうか。時間がもったいない」

「落ち着いて、坊や」

しばらく沈黙した後、ローレンスが聞き返した。

「なんだって？」

ダイアナはゆっくりさとすような口調で言った。

「子供の頃、ママから言われなかったかしら？……坊や、朝ご飯は落ち着いて食べなさい」

黙っていてもローレンスの怒りが頂点に達しつつあるのがわかる。

ダイアナは母親の口調で続ける。

「慌てないでローレンス。急に道路に飛び出したら危ないわ……」

「私を侮辱するのか？」

「今、私達に一番必要なのは冷静さよ。ロードマップの白紙をこのタイミングで結論づけるのは危険すぎるわ」

「君はテロなど起こらなかったと言うのか、国務長官？」

「テロは起きた。そして私達の大統領は殺された。犯人はブルタウ将軍。そしてティグロの二人の外相は自分達は犯行に関わってないと言っている。これが今わかっている事実の全てよ」

「あのガキどもを信じろと？」

「信じるかどうかを冷静に判断する段階だと言ってるの」

「奴らは宣戦布告したんだぞ」

「それは彼らじゃない。Dr.パパゴと名乗る人物よ。残念ながら私達はその人物のことを何一つ把握してない」

「あのうす汚い砂漠の、日焼けした連中の仲間だということは容易に想像がつく」

〝日焼けした〟という言葉は明らかにダイアナに対する暴言でもあったが彼女はスルーした。

「和平はホワイト大統領の悲願だったわ」

「わかってる！」ローレンスはテーブルを強く叩いた。

「……ホワイトは私の親友だった！　私の目の前で

粉々にされたんだ！」

「大切な者を失ったのはあなただけではないわ！」

「……今は戦闘状態なんだぞ」

アンはふと空席になっている椅子を見た。そこにいつも座っていたのはマシュー副大統領だ。彼の心臓が停止したとの報告があったのはほんの数時間前だった。しかしアンにはそれを悼む時間も許されなかった。

本来、在任中に暗殺などによって大統領を欠いた場合、副大統領が自動的に継承する決まりだが、そのマシューもこの世を去った。臨終の時、彼はアンを自分の後任にと言い残した。

世界情勢は緊迫していた。

マシューの言葉が蘇る。『これは後退だ。消滅ではない』『原因を見つけだし、取り除くんだ』

アンは深く息をし、言った。

「待って、その議論はあとにしてもらうわ……」

一同が暫定大統領である自分に注目する。

「サディアス……」手元の資料に目を落としたまま、スクリーンの前に立つ情報分析官に声をかけた。「現在のティグロの動きは？」


スクリーンに衛星写真の世界地図が表示され、各地に無数の赤いポイントが点滅する。それぞれのポイントに番号が割り当てられている。

「こちらが世界に散らばったティグロ、あるいはそれと連携する可能性がある組織です。警戒レベルはAを最高としてEまでの5段階です」

サディアスはボールペンでポイントを指しながら説明する。

「まず、ポイント1、3、4、7、8、9、11、22、23、27、56、62、64、89、133、146、これが警戒レベルE。次に5、6、12、13、14、15、17、21、28、40、41、42、43、44、46、47、49、51、55、57、58、73、75、77、78、134、135、136、144が警戒レベルD。ポイント2、24、82、83、警戒レベルC。ポイント10、25……」

「サディアス、お願い。簡潔に言って。現在レベルAのポイントは？」

「今のところありません」

「つまり平常通りということね」

「はい」

「ティグロ幹部の様子は？」

これに答えたのはアンドリュー安全保障長官だった。

「我々が傍受出来たメールによれば、少し足並みが乱れているようだ。お互いブルタウのことで疑心暗鬼になっている」

ティグロはインターネットを巧みに駆使して世界に散らばったテロリストと連携していた。データの暗号化技術に優れていて、先進国の諜報機関をもってしても解析出来るものはほんの一部だ。安全保障局の持つ情報はティグロの発信する情報の断片を繋ぎ合わせたものだった。

ローレンスが吐き捨てる。

「自作自演の芝居だ」

「サディアス、あなたの現時点での見解は？」

「まだ確定は出来ませんが、先の自爆テロは今のところブルタウの単独行動と判断します」

「君の個人的見解はどうでもいい」ローレンスが言う。

サディアスは少しムッとして言った。

「確定出来た情報を総合的に分析して判断した意見です」

「あの自爆計画をティグロ内部で、ブルタウ以外誰も知らないまま進めたというのか？」

ローレンスの鋭い眼光はサディアスに向く。

「彼らはそう主張しているのよ」とダイアナ。

今のところデータもそれを裏付けている。

「ホワイトもそうやって奴らを信じて殺されたんだぞ！　騙(だま)されたとわかった時点ではもう遅いんだ」

アンは冷静にサディアスに問うた。

「先制攻撃で全てのティグロの軍事施設を破壊した場合のこちら側のリスクと被害は？」

既にシミュレーションした結果をサディアスが伝える。

「主要施設156のうち、特に警戒すべき砲台76カ所全てをピンポイントで破壊するのに必要なミサイル、スネーク2、3、及びP25、K76、ハイブリッドボム300、SS86、ハイドロカッター、及び……」

「サディアス、お願いだから簡潔に言って。世界はどうなるの？」

「……はい。15分以内に我が軍はティグロの主要砲台を全て破壊することが可能ですが、その5分後に世界のほぼ全域が戦闘状態になるでしょう。その場合、民間人を含め、死者の数はおおよそ3億人から25億人の間。セーフティーボウル加盟国のうち53カ国以上が戦闘状態に入り、我が国の被害総額は……」

「もういいわ」アンが遮る。

会議室は再び沈黙に包まれた。

アンは目先を変える。

「パパゴと名乗る人物の特定は？」

「現在、映像解析は進めてますがまだ結果は出ていません。犯行声明に使われている通信は世界中の無作為のサーバーから選ばれているか、あるいはブラックネットワークを使用している可能性もあります。残念ながら特定にはまだ時間を要します」

「つまり彼がどこから発信しているかわからないということね？」

「現在全力で探しています」

ブラックネットワークとは、一般に使われているものとは別に独自のプラットフォームを確立したサイバー空間のことで、もしパパゴがこれを構築していたとしたら発信源は容易には見つからないだろう。

それにテロ直後、地上波、衛星テレビ、ラジオだけでなく、全てのパソコン端末、ウルトラアイ、通信機器、都市の大型ビジョンに到るまでをジャックするという過去に類を見ないサイバーテロを起こしたパパゴという人物は情報技術分野において、おそらくフロンティア合衆国安全保障局を遥かに上回る知識と技術を持っているものと考えられる。公にはしていないが、フロンティア国防総省の中央作戦室のモニターもあの時乗っ取られたのだった。国防長官であるローレンスのプライドはひどく傷ついた。

「パパゴなる人物が発している言葉ですが……」サディアスが淡々と続ける。「どこの国の言語でもありません」

「どういうこと？」とアン。

「つまり、地球上に存在する〝言葉〟を持つ文化圏の中では、ああいった音の繫がりを持つ言語は存在しません。かつて失われた言語も全て調べましたが該当するものはありませんでした。現在、暗号と仮定し、解析を続けていますが、意味を持つ繫がりが見つかる可能性は低いです」

「でも、何かを話していることは事実だわ」

ダイアナが呟く。

「確かに声は発しています。しかしその声は非常に人工的なものです。おそらく幾つもの加工がなされており、高性能なボイスチェンジャーを通したものと思われ、声紋分析にかけても原形を抽出することが出来ません。現状ではパパゴが人類であるという確証は得られていない状態です」

「バカな……」とローレンス。「画面上に翻訳された字幕が表示されたじゃないか。あれは明らかに我々を挑発する言葉だ」

「はい。主要20カ国の言語が表示されました。意味は全て統一されていて、言語による差異は驚くほどありません。しかし発する〝音〟、つまりパパゴの〝声〟と現段階で我々が認識しているものとの連動性は確認出来ません。つまり各言語は声と関連なく表示されており、よってあれが翻訳であるという証明は出来ません」

「何を言ってるんだ?」思わず口を挟んだのはフィリップ陸軍長官だった。軍服の胸に多くの勲章が光っている。「我々は誰を標的にすればいい? 部下に何と命令すればいいんだ?」

「思考プロファイリングは?」苛立った声を出したのは、アンドリュー安全保障長官だ。

思考プロファイリングとは、メッセージの中身、言葉の組み立て、構成から人物の性別、年齢、思考、性格、信仰、職業などを判別し特定する作業を言う。

「表示された字幕はどの国の言葉も文法的にあやふやさがあり、母国語を特定出来ず明確な答えは出ていませんが、現段階の絞り込みでは、Dr.パパゴは男性あるいは女性、またはＬＧＢＴＱの可能性もあり、年齢は9歳から89歳。職業は学者、教員、政治家、パイロット、医者、ビジネスマン、エンジニア、俳優、警察官、宗教家、コメディアン、思想家、芸術家、建築家のいずれかと……」

「随分絞り込んだわね」ダイアナが皮肉を込めて言う。「でも、もっと簡単に言える一言があるわ」

「……と言いますと?」

「『わかりません』よ」

サディアスがムッとする。

会議室は重い沈黙に包まれる。

アンが全員に告げた。

「現時点でのティグロとの和平交渉破棄の根拠は不充分だわ。パパゴ調査の人員を2倍に増員。それからティグロに関する監視レベルを1上げて。……和平に関しては暫定的に継続」

ローレンスが自分を凝視しているのがわかる。アンは平静を装っていたが、テーブルの下では左手で右手を包み込んでいた。ギュッと力を込めると爪が甲に食い込み血がにじんだ。

「何か質問は？」

アンは声のトーンを落とし全員に届くように強く言った。

「ふん、暫定的にか……」

皆がローレンスの次の言葉を待つ。

「なるほど、暫定大統領らしい判断だな」

ダイアナがため息をつく。

メンバーは皆口をつぐんでいた。

凍り付いた空気を察しローレンスが言った。

「……おっと、これは失礼。ミス・プレジデント」

アンは笑顔を保ち首を振る。

「いいえ、気にしないで。器の小さい初老の男性って結構タイプよ。哀愁があって可愛いわ……」

言い捨て、書類をまとめて立ち上がると、慌ててローレンスを除いた他のメンバーも起立した。

アンは早足で会議室を出た。


「待ってアン……アン大統領！」

地下から上がり西側執務室へ向かう長い廊下を歩くアンを、ダイアナが呼び止めた。

天井まで届く大きな窓からは、穏やかな日が射している。

アンは立ち止まり空を見上げる。青く、雲一つない。中庭の緑が眩しい。緊迫した世界とはちぐはぐな輝くような快晴だった。

アンが振り返ると二人のSPが体を引く。

「大統領、ちょっとお話が……」

ダイアナが言い、目配せをするとSP達はアンから離れた場所に立った。

「……ローレンスの言葉は気にしないほうがいいわ」

「もちろん、1ミリも気にしないわ。彼は私の〝暫定的な〞スタッフだもの」

元々色白の顔から更に血の気が引いている。

「アン、あなたも知ってるでしょうけど、あのローレンスって男は……」

アンはダイアナの言葉を手で制し「わかってる……」と呟いた。その後、廊下の窓を開け、一歩中庭に出て、叫んだ。「彼は戦争好きのハゲ親父よ！」

絶句するダイアナの前でくるりと振り返ると笑顔で言った。

「すっきりした」

「……アン……」ダイアナは呆気にとられながらも、つられて少し笑った。「……彼がハゲ親父ってことには全く同感だわ。でも、彼の意見にも一理ある」

途端にアンの表情が曇る。

「あなたまであと20分足らずの間にこの世界を破滅させろって言うの？」

「そうじゃない」

アンが歩き出すとＳＰが再びガードした。

ダイアナもアンを追う。

「アン。この国にはテロに対抗する態度を示す義務がある。世界のリーダーの持つ宿命よ」

「そんなことわかってるわ。だからと言って私にあの態度をとっていいことにはならない。あの男は何が気に入らないの？　私が女だから？　自分を差し置いて私が大統領になったから？　私が女だから？　それとも私の体にピースランドの血が流れているから？」

「おそらく、その全部だわ」

アンは立ち止まる。

「ダイアナ……あなたもそう思ってるの？」

その瞳は、突然繋いでいた手を離した姉に抗議する妹を思わせた。

「少なくとも……ホワイト大統領は、今言ったあなたの全ての要素を信頼していた……」

アンはダイアナに背を向け歩き出した。

大柄な二人のＳＰに挟まれた小さな背中に向け、ダイアナが言った。

「もちろん私もよ！　大統領……」

アンは振り向きもせず歩き続けた。

泥船

ピースランドの首都〝T－シティ〟S地区は眠らない東洋一の歓楽街だった。

映画館、居酒屋、カラオケ、ゲームセンター、風俗店、パチンコ、サウナ……。ここには人間のあらゆる欲望を満たす為のものが揃っていた。性、暴力、酒、薬、人種、違法アンドロイド、人間。

23時を過ぎても街は祭りのように人で溢れていた。酒に酔ったサラリーマン、学生、デモを終えたマイルドテロリスト達、行き場を失った子供、ホームレス、アニメのコスチュームを着た女性、ホスト、ホステス、客引き、外国人、人混みの間をパトロールする制服警官。

派手な照明と店の名を連呼する甲高いアナウンスと、がなり立てるような音楽の合間に、時おり怒鳴り声や泣き声や笑い声があちこちから聞こえてくる。

マスターズテロが起きてから既に3ヶ月が経過しようとしていたが依然として世界は悲しみに暮れ、表向きは喪に服しているように見えた。しかしピースランドは首相が犠牲になっていないこともあり、内心ではどこか他人事(ひとごと)で、無関心な部分があった。この国は世界の中心から遠い島国であるせいか、何事も自分達とは関係ない向こう側の出来事と認識し、深く関わらない癖があった。国民性と言ってしまえばそれまでだが、彼らの世界情勢に対する態度は他の国からは奇異に見えた。

ピースランド国民は礼儀正しく慎ましやかで真面目だった。普段喜びや怒りといった感情をあまり表に出さない。

S地区は、この国の本音が見える場所とも言えた。特に世界的非常時である現在は、昼間抑制していた恐怖心や憎悪が夜になって吐き出され、叩きつけられているかのようで、いつも以上の喧騒だった。明るくなればまた元のおとなしい国民に戻る。S地区はまさに、そんなピースランド国の〝不器用さ〟を象徴しているような場所だった。

賑やかな目抜き通りから一本筋を曲がり、迷路のような路地を抜けると、表の喧騒とは一線を画した薄明かりに包まれたブロックがある。

古くからある小さなバーが点在しているがどこも地味で看板も目立たないので、初めて訪れた人間には入りにくい。辺り一帯ひっそりとして、ひやかしの客を拒絶しているようだった。

路地の一番奥。木の扉に金文字で「ディートリッヒ」と書かれた店があった。店名の下に小さく〝古き良きオカマバー〟とある。


5人がけのカウンター席。壁際に座ってジッと時計を眺めているのは、報業タイムス政治部デスク、田辺健一だった。

4つあるテーブル席は皆埋まっていて、常連客の笑い声と、総じて大柄で厚化粧の男達のだみ声が響いている。

この店の連中は、〝オカマ〟という呼称にこだわりを持っていた。自分達は〝ニューハーフ〟でも〝オネエ〟でもましてや〝性同一性障害〟でもない。れっきとした昔ながらの〝オカマ〟であると主張していた。

田辺には何が違うのかわからなかったし、興味もなかった。

「アタシ達は社会問題じゃないわヨ！」

背中から叫ぶような話し声が聞こえてくる。

「でも、ＬＧＢＴＱには入るんだろ？」

ＬＧＢＴＱとはレズ、ゲイ、バイセクシュアル、トランスジェンダー、クエスチョニングの頭文字を取った呼び名だ。

「だから違うっつってんだろうがぁ！」

野太い声で叫ぶと皆が笑った。

「じゃあ、メン子は何なんだよ？」

「アタシは女ヨ！」

「おいっ！　オカマだろ！」

「わかってんなら聞くな！　この世の中には男と女とオカマの3種類しかいないのヨ！」

「レズは？」

「オカマよ！　ゲイもレズもみんなオカマ！」

「無茶苦茶だなおい！」

テーブル席は、メン子と呼ばれるオカマの持論で盛り上がっていた。

どうでもいい、と、思った。そもそも田辺はこの店が嫌いだった。オカマ達は皆中年で、体も大きく、話す時は声を張るので、ベテランの落語家のように喉がかれていて切なくなった。オカマでもニューハーフでも構わないし、そっちの趣味はなかったが、どうせなら若くて綺麗な方がいい。

店内に流れているBGM、「リリー・マルレーン」が更に切なさを増幅する。

田辺は1杯目のビールを飲みほすとため息をついた。ポケットから端末を取り出し、メッセージを確認する。いくつか届いていたのは全て政治部同僚からの業務連絡だった。

「……はぐれ雲が……」

田辺は呟く。ずっと音信不通だった桜から突然メッセージが来たのは、今日の午後だった。『今夜、いつもの場所で♡』とだけある。桜らしいと言えばらしいが、用件も時間も記していない。

妙に律儀なところのある田辺は、相手を待たせるのを嫌い早めにここへ来て、いつ来るとも知れない桜を待っているのだ。気がつけばいつもあの男に振り回されている。

田辺は連絡がきたらいつでも見えるように、端末をテーブルの上に置く。画面上の国民ランクが目に入る。

田辺健一……☆☆☆☆☆☆……5654299位。☆8個。

大手新聞社の政治記者としてはまあまあといったところだろうか。

もし、桜が登録されていたら、どの辺の順位になるだろうと想像する。意外と上位に位置するのではないか。しかし桜の名はランクには載っていない。国民の中にはごくわずかだが、格付けサイトに申請し、自分の名前をランキングから抹消する者がいた。それは当然の権利だったが、何らかの組織に属する者は、皆が登録されている中、自分だけ抹消すれば、卑怯な人間として色眼鏡で見られるのがわかっていたので、そのまま放置するのが常だった。

桜春夫は、その手の気遣いとは無縁の男だった。まして誰ともわからない他人に評価されることを極端に嫌った。ある意味孤高の人、いや、ただの変人か。しかし田辺はそんな桜が時々羨ましくも思えるのだった。まともなのは桜の方で、大した根拠もない他人からの評価を気にする自分達の方がおかしいのかもしれない。

ちなみに桜の同僚である二人の秘書、五代拓造と末松幹治はしっかりとランキングされている。

五代拓造……☆☆☆☆☆☆☆☆……5832392位。☆8個。

末松幹治……☆☆☆☆☆……4100365O位。☆5個。

五代は元警視庁で人望も厚かったと聞く。柔道も有段者で誰からも憎まれない人柄だからこそ、7桁の順位をキープしてるのだろう。


田辺が2杯目を注ごうとビール瓶に手を伸ばした時、サッとそれを取ったのはカウンターの中にいたママのマレーネだった。

ほぼ白塗りに近いファンデーションにまっ赤な口紅。細く引かれた眉に長いつけまつげ。

無表情でタバコを横に向け水平にして吸う仕草は、完全に壁に貼ってあるポスター、伝説の女優マレーネ・ディートリッヒを意識していた。

「……ナベちゃん……何……悩み事……？」

顔を近づけ、煙を細く吐きながら言う。

この店でマレーネだけは声を張らず、ボソボソと呟くように話すので、しばしば喧騒に紛れて聞き取れないことも多かった。

「え？」

マレーネはビールを注ぐ。年齢不詳だが還暦を過ぎたという噂もある。

「……ここんとこ……ご無沙汰……人生……」

「え？……別に悩み事なんかねえよ。この店が相変わらず汚くて憂鬱になっただけでね……本来好きこのんでこんなとこ来ないんだが、これも仕事のうちだから仕方ない」

マレーネは唇を噛んだ。

「……憎い……」

入り口の方でワッと歓声があがる。

「ちょっと！　サクちゃん！　久しぶりじゃないヨっ！」

「よぉ！　お前達、元気そうでよかった」

見ると桜が屈強なオカマ達に囲まれキス攻めにあっている。

「ずるい！　サクさんアタシも！」

「アタシのが先ヨ！」

一人一人に丁寧に、しかも唇で応じている桜を見て田辺はギョッとした。この男もまたこっちの趣味なのだろうか。そういえば大学をやめてから富士見の秘書として再会するまで、桜が何をしていたのかを田辺は知らなかった。長い付き合いではあるが、彼は桜を全く把握していなかった。

ようやく解放された桜が田辺の隣に座る。

「待たせて悪かった。少し太ったな」

「余計なストレスが多くてね」

「マレーネ、ウィスキー……」

言われる前に作っていたウィスキーの水割りをマレーネがカウンターに出す。

「……サクちゃん……」

意味深な目でジッと見つめるマレーネにも桜はキスをした。

マレーネはテーブルの上の宝石箱のようなシガレットケースから1本タバコを取り出し火をつけ、水平に持って吸った。

この店では悪趣味なパッケージからタバコを全て綺麗なシガレットケースに移し替えているのだった。

マレーネは呆然と見ている田辺に煙を細く吹きかけ、捨てゼリフを吐く。

「ふん……何さ……」

「え？」

「ブタ……」

マレーネは奥に去る。

「おい！……」

憤慨する田辺を桜が笑ってなだめた。

「まあ、怒るなよ。あいつはアンタに本気で惚れてるんだ」

「はあ⁉」

「気がつかなかったか？　相変わらず女心がわからないんだな。まあ、そういう野暮なところがたまらないんだろうけどな」

田辺は急に汗ばんだ。

桜はやけに楽しそうだ。

「女心って……」

「どうだ？　いっそのことここらで身を固めてみたら。アンタも女房に逃げられてもう5年ぐらいたつだろう？　男やもめにゃ蛆が湧くって言うが、一緒に暮らしてみたら案外いいもんかもしれないぜ」

「冗談じゃない」

なぜよりにもよって、還暦を過ぎた化粧の厚い男と一緒に暮らさなければならないのか。

桜は田辺の顔をマジマジと見る。

「アンタ、こうして見るとなかなか可愛い顔してるしな、ナベちゃん……」田辺の尻を撫で「もう一花咲かせるのも悪くないぜ」

「おい、いい加減にしろ桜！」

「はは！」

桜はカウンターの上に新聞を出す。報業タイムスだ。見出しには未だに『富士見総理、秘書に命救われるも、テロ未然に防げず！　富士見政権は完全に泥船！　世界の恥！』とある。

「これ、アンタの記事だろ？」

田辺は新聞を手に取った。

「嬉しいよ。こうしてちゃんと紙で買ってくれて」

ニュースはほとんどがＷｅｂで読むことが出来、紙の新聞は先細りと言われながらもまだ生き延びていた。

報業タイムスもメインの記事はＷｅｂだが、部数は減少しつつも紙で発行する意義を捨てず、こだわり続けてきた。分刻みで無限に上がり続けるＷｅｂのニュースの中から、厳選された話題が紙になる。重要度に合わせ見出しの大きさも変わる。最近では紙の新聞が再評価されつつあった。あまりにも多くの情報が溢れる中、読者は何を読むべきかを判断するのが困難になり、こうして情報を固定化して示す行為をありがたがる人も増えた。Ｗｅｂだと次から次へと更新され、前のニュースは消えていくが、紙なら一度報じられたものは形として残る。新聞編集者の仕事は、大きな話題から些末な話題まで、その日何が起きたのか、知るべきことは何か、出来事の優先順位や重要度までを案内するニュースのソムリエ的な役割の他、歴史として何を後世に残すかを判断し決定する記録係としての役割の比重も大きくなっていた。

田辺は自分が構成した紙面を改めて眺める。

桜が言う。

『泥船』だの、『世界の恥』だってのはあまり褒めてるように見えないな」

「はっ、そりゃそうだ」と田辺が笑う。「どこも書いてるだろ、自業自得だ。そっちが勝手にやらかしてくれるんだから、仕方ない。それでも抑えた方だ……」

「記事の為には、友情も何もないってわけか」

「へっ、何が友情だ。自分の都合のいい時だけこっちを散々利用しやがって」

桜はいつもの大笑いをした。何がそんなに楽しいのか。

「ま、確かに、そりゃそうだ！　ま、飲めって、ナベちゃん」

桜が残りのビールを注ぐ。田辺は不服そうな顔だ。

「だいたいこっちがいくら連絡しても返事一つよこさないで、今更こんな汚い店に呼び出されても迷惑だ」

「へへ、そう言わずに。久しぶりに顔が見たくなったんだよ。お互い忙しいからな。近況報告でもしようじゃないか」

「何？」

「情報交換だ」

「こっちには交換したい情報なんかないよ」

「スクープだぜ。富士見総理マスターズ遅刻の真相だ」

田辺は呆れたように「ふん」と鼻を鳴らす。「……富士見の会見での説明が全てじゃないってことか」

「またまたぁ、わかってるくせに……」

「ああ、わかってるよ！　あれがお前の筋書きだってことはミエミエだ。テロを警戒して前乗りしたなんて、自分に都合が良すぎるからな」

「知っててそのまま記事にしたのか？　ひどいな。この国のジャーナリズムも地に落ちたよ」

田辺は桜を睨み付ける。

「おい、サク、あんまり国民をなめるなよ」

「え、何が？」

「俺は同級生だと思うから、そっちの言い分をまんま使ってやったんだろうが」

「ありがたいけど、大きなお世話だ。おいナベ、あの頃のアンタはどこいった？」

「ああ?」

『『自分は真実を追求するジャーナリストになる』って大見得切ってたじゃないか。俺はあの時、心の底から感心したんだ」

桜とその会話をしたのはよくおぼえている。忘れるわけはない。新聞学科時代、仲間と行った居酒屋でだ。確かに田辺はあの時、熱くなりジャーナリズムについて熱弁した。だが、桜は感心するどころか「真実は一つじゃない」と笑ったのだ。そして「誰かにとっての真実は、誰かにとっての大嘘だ。この世にたった一つの真実なんか存在しないよ」と言い切ったのだった。即座に反論も否定も出来ず会はお開きになった。以来田辺は桜の言葉を否定する為に報道という名の道を真っ直ぐに歩んできたのだ。

「お前は感心なんかしなかった」

「そんなことないよ。俺はあの時、こんな凄い奴にはかなわないと思ってすっぱり報道をあきらめたんだ」

「嘘つけ！　お前はあの時……」と言いかけて口をつぐむ。

『誰かにとっての真実は、誰かにとっての大嘘』

桜の声がこだまする。

「どうも俺はこの通りのふざけた顔で……」と桜は右手で頰を叩いた。「表情には出てなかったかもしれないけどね。あの時は本気で感心した。あの時アンタはこうも言った。『政治も同じだ。たった一つの真実の為に行動するのが政治だ。例えばそれは熱烈な恋愛感情で突き動かされるように』って。へへ……青臭いなぁって思ったけどな。同時に感心したんだよ。こいつは真実が一つだって本気で信じられるんだな、ってさ。こういう奴こそ報道をやるべきだって思った。こんな奴がいたんじゃ俺の出る幕はないって思ったんだ」

確かに学生の頃は真実が一つだって、信じていた。今、桜に指摘されて顔から火が出る思いだった。彼の言う通り自分は青臭かった。今、あの頃と同じ熱量で世間や政治を語れるかと言えば、とても出来ない。新聞社に入ってかなり汚いものを見てきたし、自分もある程度手を汚すこともあった。しかしこの根っから真面目な性格は変わらない。何かに忖度(そんたく)したり、裏で取引をしたり、世間が悪と呼ぶものを見過ごしたりするのも、目的はその先にある大いなる正義を貫く為だ。

もう青臭い学生じゃない。大人の事情もわかっている。大きな正義の為には小さな悪も必要だ。全ては一つの真実を見極める為だ。あの頃ほど純粋ではないが、真実は一つだという思いは今も変わらない。

「……ところで、ナベ。アンタは何の為に新聞記者になったんだ？」

「もちろん……真実を」

「なら真実を追求しろ。政府の不正を暴け」

「お前だけには言われたくないよ」

「そうか！」

桜はまた大笑いし、ウィスキーを飲んだ。

田辺の顔は上気し額から汗が流れる。昔からこうだった。桜といると調子が狂い、体調が崩れるのだ。

「……ナベちゃん……顔色が……」

マレーネがハンカチをカウンターに差し出す。

「うるさい！　大きなお世話だ！」

「……ふん……何さ……」

涙ぐんだマレーネが奥に去ると田辺はハンカチで汗を拭いた。

「……わかったよ。その真実とやらを聞かせろ。ただし記事にするかどうかの判断は俺がする」

「もちろんだ！……」

桜は嬉しそうに田辺に耳打ちした。二人の様子を遠くから無表情でマレーネが見ていた。

「……くだらねぇ」一通り聞き終えると田辺が呟いた。「散々勿体ぶった割には、想定内の話だ。どうせそんなところだろうと思ってたよ。何がスクープだ」

「へへ、そうかい？」

桜は全く意に介さない様子だ。田辺はバカバカしくなってきた。

「他にないなら俺はそろそろ帰るぞ」

「おっ、ちょっと待った」

桜は田辺の腕を掴んでグイと引き戻す。

「いてて！　何だよ？　もういいだろ」

「忘れるなよ。俺は情報交換って言ったんだ」

「情報交換？」

桜はニヤニヤしながらビールを注ぐ。

「勘弁してくれ。聞き逃げはなしだ。そっちの情報も聞かせてもらうよ」

「こっちも別に大したネタはないぞ。……何が聞きたいんだ?」

「またまたぁ、とぼけるなよ」

「浅間（あさま）か……」

桜がうなずいた。

浅間大五郎（だいごろう）とは、最大野党である前進党党首の名だ。御年70歳。政治家歴45年の大物。

富士見興造が首相の頃は好敵手と呼ばれ、富士見、浅間の党首討論は〝伝統の舌戦〟と言われた。若き浅間の舌鋒の鋭さは、のらりくらりとかわし、なかなか尻尾を見せない興造を時に追い詰め冷や汗をかかせるほどで、興造本人も一目を置く存在で、長年にわたり革新の英雄として君臨している。

前進党は万年野党ではあったが、その人望と人脈から浅間の影響力は絶大で〝闇総理〟と呼ばれることすらあった。

たとえ与党新保党の議員であっても彼に睨まれたら政界で生きていくのは難しいとされ、皆浅間に気を遣うほどだった。最近では新保党の人事にまで裏から口を出しているのではないかと、まことしやかに噂されることもあった。

興造亡き後、盤石とされた新保党の基盤が大きく揺らいできたこともあり、半ばあきらめていた政権交代に浅間が俄然意欲を燃やしているという話も聞く。幸太郎の代で一気に攻め込み、積年の夢であった総理大臣のポストを狙い、政治家として最後にもうひと花咲かせるつもりなのではないか、と。

危機感を持った桜は何としてでも浅間の弱点を一つや二つ握っておきたかった。どんな些細なことでもいい。浅間周辺の変化を教えてほしいと旧友の田辺に以前から頼んでいたのだ。

「残念ながらこれといって変わりないね」

田辺が言う。

「ナベ、アンタが記者として足りないのはそこだ。ねばりがないんだよ。是が非でも特ダネをものにしようっていう意識が低い。自分が勝手に出世をあきらめるのはいいが……」

「グチャグチャうるさい!……実は最近浅間は、自宅とは別にあるマンションに部屋を借りて、そこに頻繁に通ってる。俺も最初は愛人でも囲ってるのかとしばらく張ってみたが、部屋に出入りするのは浅間と一人の男だけだ。おそらく外部に政策秘書を雇ったって程度のことだろう」

「男の素性は？」

「そこまでは知らないよ。こっちもどっかの総理がしでかしてくれた不祥事でそれほどヒマじゃないんでね」

「なんか臭うな」

桜は興味を持ったようだった。

「……サクちゃん……」

気がつくと二人の至近距離にマレーネがいた。

「……ごめんなさい少し……話が聞こえちゃった……」

「聞こえちゃったじゃなくて、そこでずっと立ち聞きしてたんだろ！」

田辺が怒鳴る。

「……この子……今度新しく入った子なんだけど……」

見るとマレーネの隣に比較的綺麗な若いホステスがいる。

「ほう、ニューフェイスか。こりゃあ、美人じゃないか。名前は？」

「オナシスです。早川オナシス。みんなからはオナとかオナ子って呼ばれてます」

「いいねぇ」

桜は嬉しそうだ。

何が嬉しいんだか。そもそも早川オナシスじゃ、どっちも名字じゃねえか。と思いながら田辺はビールを飲んだ。

「実はこの子……今話してたマンションの男のこと……知ってるわ……」

「え？」

オナシスから男の素性を聞いて、桜と田辺は顔を見合わせた。

＊

官邸執務室では、末松が報業タイムス一面の見出しを見て震えている。顔からは完全に血の気が引いていた。

見出しにはデカデカと、

『富士見総理、遅刻の真相は末松秘書の失態！』『前代未聞！　秘書をかばった総理大臣！』

とあり、末松の顔写真が大きく掲載されている。下にはキャプションで、「腹を下し総理を閉め出した秘書」とある。

「……そんな……」

「どうした末松、また腹の具合でも悪いのか？」

振り向くと五代が立っていた。

あとから富士見と桜も入ってくる。

「あ、総理！」

富士見は不機嫌な顔でデスクに座る。

末松は新聞を持って駆けよった。

「総理！　これ！　これ見てください！」

「うるさいな、何だ？」と新聞を見た富士見の表情がみるみる変わる。「おっ……出ちゃってるな……」

「はい、総理、どうしましょう」

富士見は記事の中身を読み上げる。

「……末松幹治秘書は、元々胃腸が悪く頻繁にトイレに行くことがあった……今回はそんな秘書の不祥事を総理大臣が自らの身を挺してかばうという……全てを秘書のせいにして責任逃れをする今までの政治家とは全く逆の非常に珍しいケースと言えそうだ……か。……ほう、なるほどなぁ……」

富士見は明らかに嬉しそうだった。

「総理……」

末松は涙ぐんでいる。

「まあ、真実と言えば真実だからな。君、これは仕方ないよ」と桜。

「そんなぁ！　これじゃ近所も歩けないって、女房が子供連れて実家に帰っちゃって……」

「大変だなぁ」

五代が深刻な顔で言う。

「桜さん！　これ、絶対内部リークですよ！　こんな情報、外の人間が知ってるわけないんです！」

桜は紙面をジッと見る。

「確かに……油断も隙もないな。怖いもんだね……」

他人事のようなトーンだ。

「いや、桜さん……」

五代が末松の肩を両手で掴んだ。

「……末松君。大丈夫だよ」

「え？」

五代はうなずいて自分のデスクに座った。

「それだけですか？……五代さん！　どこがどう大丈夫なんですか？　説明してください！……あ、いたた……ちょっと失礼……」

末松は腹を押さえトイレに駆け込んだ。

富士見はもう一度新聞を丹念に読む。

「起死回生とまではいかないですが……」桜が呟いた。「そこに書いてあることは事実ですから。国民の誤解は少しは解けます」

富士見は首をかしげる。

「こんな記事が出たところで、急激に支持率が上がるわけでもないだろう」

「まさに」と五代。「マヌケな事態であることには変わりないですからね」

富士見が五代を睨み付ける。

桜の右眉毛が上がった。

「総理。これは、支持率なんかを上げる為じゃないですよ」

「どういうことだ？」

「あなたが無能なことは誰でも知ってる」

「おい、桜君……」

五代が慌てる。

桜はいつものいたずらっ子の顔になっている。

「重要なのは、あなたが無能で、なおかつ正直だってことを世界に知らしめることだ。あなたは今回、会見で秘書の失態を責めなかった。言い訳をしなかった。こりゃ、なかなか出来ることじゃない。あなたは無能だ。でもバカみたいに真っ直ぐで誠実だ」

「私のバカ正直を世界中に知らしめてどうなるっていうんだ？」

「……さぁ？　どうなるんですかね？……総理、この政府はもうとっくに泥船だと言われてる。あなたはおめおめ生き延びたが、実はあのテロで死んだも同然だ。一度は死んだ身です。もう支持率なんかに縛られることはない。細かいこと気にしないでパーッといきましょう！　パーッと！」

こういう時の桜は本当に楽しそうに笑う。

「桜君、パーッとって……宴会じゃないんだから……」

困る五代の肩を桜は思いきり叩いた。

「何言ってんだ！　五代君。この人はずっと宴会大臣と呼ばれてきた人だぞ！」

確かに、興造政権下、娯楽・テーマパーク担当大臣、祝日・休日向上特命担当大臣、スーパー銭湯開発特命担当大臣などを歴任してきた富士見は、陰で〝宴会大臣〟と揶揄されることもしばしばだった。

「……桜。私に何をさせようと思ってる？」

「いやいや、私は単なる秘書ですよ……このチキンレース、ハンドルを握ってるのはあなただ。どん詰まりでアクセルを踏み込むか、ブレーキをかけるか。全ては総理大臣閣下のお気に召すままってところですかな」

桜のニヤニヤ笑いはおさまらない。

「ふん」

富士見は不機嫌に鼻を鳴らし、背広から〝黒ずんだ肺〟を出し、1本抜く。『死ネ』

メッセージを聞いて吸う気が失せた。

テレビをつけると、安全な球連合加盟3カ国の現リーダーの写真が映っていて、アナウンサーの緊迫した声が聞こえてきた。

「共同で宣言を発表したのはコミュンネイション、グレートキングス、レヴォルシア共和国の3カ国で、今後3ヶ月の期限を決め、その間にティグロ政府がブルタウ将軍の計画に関与していないという明確な証拠を国際社会に向け提示出来なかった場合、ティグロ加盟各国の軍事施設に対し先制攻撃を行う意思があるということを宣言しました。これに対し、アフマル、アドム両ティグロ外相は遺憾の意を表明しました。今回の共同宣言は、マスターズテロ以降、遅々として進まぬ真相解明への動きに業を煮やした3カ国が強引に行ったものであり、あくまでも慎重姿勢を貫くフロンティア合衆国への督促の意味も含まれていると見られ、背中を押された形のフロンティアが、これに対しどう反応するかによっては、〝安全な球連合〟という国際組織そのものが形骸化してしまう可能性もあります」

黙って画面を見つめる富士見。

桜が呟く。

「……フロンティア合衆国大統領も追い詰められた

か」

　いくら優秀とはいえ、現在の世界的難局を全て背負い込むには彼女はあまりにも若すぎる。富士見の脳裏に浮かぶのはアンの小さな肩だった。

　富士見はポケットに突っ込んだ右手の指に触ったものを握りしめる。あの時アンが落とした安全な球連合のバッジだ。いつか返す為に携帯していたが、今では自分を落ち着かせる為のアイテムとなっていた。

「……桜。崇徳院はその後どうなったのかな」

「さあ」

　富士見は窓辺に寄り、茜色に染まる空を眺め、分裂寸前の安全な球を思った。

「割れてもすえに、逢わんとぞ思う、か……」

　窓ガラスに大量の生卵がぶつかった。

*

　アンはいつ終わるとも知れないローレンスの演説に耳を傾けながら、改めてホワイト大統領の存在の大きさを痛感していた。

　テロ以降、何度目の国防会議になるのだろう。大統領、副大統領を相次いで失った今、この会議室で一番の発言権を持つのは、暫定として大統領になった自分ではなく、国防長官のローレンスであることに間違いはなかった。

　ホワイトならこの危機をどう乗り切ったろう？　彼はいつも堂々として、強く、それでいて柔軟かつ軽やかに物事に対処していた。対立する意見も飲み込んだ上でそれを上回る回答を提示してみせた。まるで父のように。誰もが彼についていけば大丈夫だと思えた。

「宥和政策というものは……」ローレンスが射るようにアンを見る。白い肌が上気し、頭部が赤みをおびている。「成功して初めてそう呼ぶことが出来る政策だ。失敗すれば必ず非人道的政策となる。つまり成功そのものが大前提だ。そして人類の歴史上、成功した例は残念ながら極めて稀だ。確かに我々は長い時間をかけ、苦労してティグロと安全な球の和平ロードマップを構築してきた。しかしそれ以上に今保たなければならないのは、既に完成された我々の安全な球の形だ。我々はそれを自分達のエゴイズムで壊すわけにはいかない」

エゴイズムという言葉が引っかかったが即座に反駁(はんばく)出来ない。

ダイアナが言う。

「今更我々に政治学の講義？　大統領は攻撃をするには明確な証拠が必要と言ってるのよ」

「茶化さないでくれ」

「茶化してないわ」

「テロは現実に起きた。我々のリーダーの死がその証拠だ。特定は出来なくとも必ず犯人がいる。充分な先制攻撃の根拠だ」

「名推理ね」

「ダイアナ……」アンがダイアナを制した。「現時点での捜査状況は？」

アンドリュー安全保障長官がスクリーンの前に立つ。

「ティグロ加盟国の幾つかに今回のテロに関与した疑いのある国があった」

スクリーン上の世界地図の何カ所かが赤く点滅する。

「これはあくまでも推測だが、これらの中にパパゴと名乗る人物が潜んでいる可能性がある」

「今入った情報です……」サディアス情報分析官が政府専用タブレットを確認しながら言う。「WE連邦、ジンミン大国2カ国が先制攻撃の意向を表明しました。グレートキングス、コミュンネイション、レヴォルシア共和国と合わせ、5カ国目です。彼らは共同でフロンティア合衆国に軍出動要請をしてきてます」

「ティグロの反応は？」アンは背中にスーッと汗が伝うのを感じた。

「今のところありません」

「悠長に捜査してる時間などない」とローレンス。

「これは誤爆・冤罪のリスクと、セーフティーボウルが構築してきた民主主義が崩壊するリスク、どちらを取るかの究極の選択だ。……たとえ、ティグロが冤罪だったとしても、現時点でティグロを滅ぼせば、安全な球内部の国民の命は最低限救われる。もちろん我々の判断は〝誤り〟として語り継がれるだろうが、時に世界のリーダーには、後世に汚名を残す覚悟が必要なこともある」

アンは目を閉じる。

防音壁に囲まれた会議室は、物音一つしない。

「……我々は」フィリップ陸軍長官が口を開いた。

「いつでも出動出来ます」

サイモン空軍長官もあとに続く。

「大統領、命令を」

アンはゆっくりと目を開けた。

「ローレンス。信じないかもしれないけど、私は今回のテロに関してあなたよりもよっぽど強く怒りを感じているわ。私はあなたよりずっと若い。まだまだ血気盛んな若者で、しかも女よ。ねえローレンス。あなたが初めて女の子と付き合ったのは幾つの時？」

「何？」

「フロンティアの女が本気で怒った時、どれほど手がつけられなくなるか、あなたも知ってるでしょ？　紳士的なこの国の男性よりもずっと残酷になるの。そして、あろうことか私は軍の最高司令官でもある……」

アンの口角は少し上がり、微笑んでいるようにも見える。

「アン……」

問いかけたダイアナを遮るようにアンは続ける。

「このテロは民主主義に対する挑戦よ。文明に対する裏切りよ。私は文明に背く者は誰一人許さない。……いい？　誰一人よ。……一人残らず皆殺しにしてやる。私にはその権利がある。加盟5カ国が怒ってるですって？　彼らに言いなさい、リーダーは私だと。私は世界中の軍隊を出動させるわ……」

「アン！」

「世界最強の軍を、〝怪しいと思われる国〟全てに出動させる。そして容疑者達を殲滅させてやる。容疑者は全人類よ。私は人類を滅亡させてやるわ。間違いなく文明は終わる。私達の勝利よ。……さあ、誰か私にゴーと言わせて」

誰も口を開かない。

アンはテーブルを叩く。

「どうしたの？　ゴーと言わせてよ！」

ローレンスの顔はますます赤らんでいた。

「……いいわ。私からの命令はこうよ。〝待て〟」

アンは立ち上がるとアンドリューに指示した。

「捜査を続けて」

「はい。大統領」

ローレンスを除く全員が立ち上がる。

退出しかけたアンはふと立ち止まり、首だけ振り返る。

　ローレンスは呆然とただ一点を見つめているようだった。

「私のお尻、そんなに魅力的？」

「……何？」

　視線を上げると、アンが微笑んでいた。ローレンスは一瞬不機嫌な顔をしたが、敢えて笑顔で答えた。

「ああ、小ぶりだが、丸くて張りがある。……いいケツだ」

　会議室にため息が漏れる。

　アンは嬉しそうに言った。

「お褒めいただき光栄だわ、カウボーイ」

＊

　深夜。冷え込みもひどくなり、さすがにマイルドテロの若者達も帰ったと見え、官邸前は静かだった。

　富士見は、窓から見える満天の星を見つめ、もう何時間もそこに立ち尽くしていた。

『お気に召すまま』

　桜の言葉が頭の中で繰り返される。

　政治家を志してから何年になるだろう。多くの政治家がそうであるように、自分も若い頃は熱い理想を掲げた青臭い青年だった。遠い昔のようだ。

　実際に政界に飛び込んで20年。熾烈な権力争いの中で、いつしか自分は政争に明け暮れる政治屋に成り果ててしまっていたのではないか？

　国民の命を担う者として、理想主義はある意味、一番危険な思想だった。それは義父の興造から嫌というほど叩き込まれた。今、官邸前を取り囲む、理想に燃え熱狂する若者達を見て、やはりそれを痛感する。理想を持つことは構わない。しかし実際の政治を行うことは、時に悪をも呑み込まなければ立ち行かない。善だけで成立する社会はない。政（まつりごと）を為すには力が不可欠で、力は悪を内包する。

　興造はまさにそれを体現する人物だった。青臭い自分とは対極に位置する政治家に思えた。

　秘書として仕えていた頃から興造は何かと富士見に

目をかけた。政財界の大物と引き合わせ、フィクサーと呼ばれるような人物との密談にも同席させた。秘書として光栄ではあったが同時に不思議でならなかった。興造とはあまりにもかけ離れた、清廉潔白と言えば聞こえはいいが、ひ弱で夢想家とも言える自分をなぜかたわらに置くのか。

娘の婿に、と提案された時、富士見の戸惑いは頂点に達した。

もちろん断る理由など一つも見当たらない申し出であった。洋子は美人で憧れの女性であり、興造の跡目を継ぐことはその後の政界での地位を約束されたも同然だ。

しかし喜びよりも疑問が先に立った。

興造は自分のどこを見込んだのか？

若くてもしたたかで知恵も人脈もあり、清濁併せ呑みながら政界を渡り歩くにふさわしい人物は自分の他にいくらでもいるはずだった。にもかかわらずなぜ自分を選んだのか？

興造は、何も言わないまま逝ってしまった。

いつしかそんな戸惑いも失せた頃、総理大臣に就任した富士見は、フロンティア大統領ロック・ホワイトと出会い大きな衝撃を受けた。

もちろん、一政治家だった頃から大統領としての彼の存在は知っていたし、その手腕、存在感は、歴代の大統領の中でも抜きん出ていることは認識していた。

しかし自分が総理大臣になり、実際に首脳会談や国際会議の場で彼と話し、その言動を間近で見るたびに、ロック・ホワイトという人物は世界の歴史を大きく変える、人類の歴史上最も重要な存在であると確信した。

それと同時に富士見の中で眠っていたものが目覚めていくような感覚を覚えた。

〝正義〟という旗のもと、常勝フロンティアにはピースランドの政治家では持ち得ない〝理想主義〟が存在した。ピースランドでは成立しないであろう、政治家のあり方があった。

ロック・ホワイトはまさに高らかに理想を語り、強靭な力を持つ政治家だった。

そのホワイトも、今は逝った。

興造が自分に期待したものとは、若き日の自分が確かに持っていたもので、政治家富士見幸太郎の奥に眠る本質だったのではないか。

満天の星を眺め、そんな思いが頭をよぎる。

同じ空の向こうに、テロ直後、怯えながらも毅然とした目を自分に向けた人がいる。

ポケットのバッジを強く握る。

もはや死に体となり、むき出しになった自分が今、何をしたいか。

富士見はようやく答えを見つけた。

「……桜」

「はい、総理」

振り向くと桜は子供のような瞳でこちらを見ていた。

そういえば……と、富士見は思う。

自分は何時間窓際に立ち空を見つめていたのだろう？　見始めた頃、空はまだ茜色だった。

五代は天井を向き口を開け盛大ないびきをかいている。向かいの机には泣き疲れた末松が突っ伏して寝ている。

桜はずっと富士見の答えを待って後ろに立っていたのだろうか？　つくづく不思議な男だ。


「桜君……私は一つ、したいことがある」

「何でしょう？」

「マスターズ会議を開催したい」

桜の目が丸くなる。

「え？……何です？」

「マスターズ会議を、もう一度……この国で開催したいんだ」

「……驚いたな」そう言いつつ桜の口元に笑みがこぼれる。「そんなことが可能だと思ってるんですか？」

「無理かな？……いや、これだけは是非ともやりたい。今、安全な球連合は崩壊しつつある。これがテロリストの狙いだろうと私は思う。ブルタウ将軍以外のティグロが、この前の事件に関与していようがいまいが、現にこうして我々が疑心暗鬼に陥って足並みが揃わなくなっていること自体が真犯人の目的なんじゃないか？　今は、仲間割れする時じゃない。今こそ安全な球連合は結束を固める時だ」

「そりゃそうでしょうけどね。果たしてこのタイミングでマスターズやりますって言って、各国首脳がすんなり来ますかね？」

来ないか？」

「来ないでしょうね。少なくとも先制攻撃を主張してる5カ国は難色を示すでしょう」

「なんとか説得して……」

「総理がですか？」

「私が⁉」

「他に誰が説得するんですか」

「しかし……そうか、やっぱり無理だな」

富士見は胸ポケットから〝黒ずんだ肺〟を取り出し何度か押してみたが、何も出てこない。「ふん……バカにしやがって……」肺をゴミ箱に投げる。

桜が新たなタバコを取り出し富士見に差し出す。そのパッケージは〝人間の腐乱死体〟だった。腹が切り裂かれ、腸が外に出ており、頭も割れ、脳が見えている。体を押すと右の眼球が飛び出し、その穴からタバコが1本出てきた。

「わっ！」富士見は思わず叫んだ。「……もうこれ、肺癌と何の関係もないだろ……」

タバコを抜く。『死ネ』

桜はライターをつけると言った。

「総理。キーはフロンティアです」

「え？」

「もしフロンティアが参加するとなれば、他の首脳達も動く可能性があります」

「……フロンティアか……」

「トップは、アン大統領です」

「わかってる！」

「総理、アン大統領を口説き落としてください。そうすれば、マスターズは出来る」

富士見は桜を見る。その表情は真剣そのものだったが、どうも目の奥は笑っているように見えて仕方ない。

タバコの煙を吐きながら視線を星空に移す。

「……桜君。私はただ、もう一度……もう一度だけ……」

「会いたい？」

「うん……あ？　違う！　何言ってるんだ！　私はもう一度マスターズ会議がしたいと言ってるんだ！　そこでもう一度、安全な球の原則を各国で確認することが大切だと言ってるんだ」

「さて、どうやってアン大統領に総理の思いを伝えるかですな」

「おい桜……」

「今、おっしゃった思いをです」

「……ああ。そうだな」

「やるからには成功させなければなりません。会議開催が固まるまで絶対に情報を漏らすわけにはいかない。テロリストが知れば計画が壊される可能性がある。しかし……今の時点で誰が敵で誰が味方かわからない。特に、あのパパゴっていうふざけた男が誰なんだかも……」桜は唐突にデスクを叩いた。「五代君！　末松君！　起きろ！」

天井を仰いでいた五代は後ろにのけぞり椅子ごと倒れ、突っ伏していた末松は「すみません！」と叫び直立不動になった。

「五代君、便箋をくれ」

「え？」五代は起き上がりながら不思議そうな顔をする。

「手紙を書くんだ。早く！」

「ああ！　わかった」わけもわからずデスクの引き出しを開け、探し始める。

「便箋？」

と呟く富士見に桜が言う。

「親書です。アン大統領に向けて書いてください。この状況ではネットも含め、通信手段を使うことは危険です。熱い思いを肉筆で綴るんです」

「ん？　桜……」

「あった！　便箋ありました！」

「……おい、何だこれ？」五代が富士見に渡したのは薄いピンクでハートの縁取りがしてあり、右下に子猫のイラストが入った便箋だった。「君は普段からこれを使ってるのか？」

「はい、可愛くありませんか？」

脂ぎった顔で微笑む五代を、口に手を当てて末松が見つめていた。

桜は大笑いする。

「やるもんだね！　五代君」

「へへ、そうかい？」

五代も嬉しそうに笑う。

何がやるもんなのか、何がそんなに嬉しいのか全く理解出来なかったが、富士見はペンを取り机に向かった。

＊

「翼！」

耳に突き刺さる甲高い声がした。

「翼ぁっ！」

翔はベッドの中で目を閉じ、両手で耳をふさいだ。

深夜3時過ぎ。声は寝室から聞こえてくる早苗の声だった。ここのところ毎晩だった。

「……早苗。やめろ、迷惑だろ……」

声を落とし新一がなだめている。

早苗はこの時間になると悪夢を見て目覚めるようだった。

「どうしてよ！　どうして？　どうしてよ！」

パニック状態の声が響く。

翔は布団を頭からかぶる。初めのうちは叫び声に驚いて起きていた。それが繰り返されるうちにいつ叫び声が聞こえてくるか、恐ろしくて眠れなくなった。

「どうして私はあの子を見捨てたの！　どうしてよ！」

「いつまでそんなこと言ってるんだ！」

「嫌！　返してよ！　返して！」

夢の内容は聞かなくてもわかった。

翔も同じ悪夢を何度も見た。目の前で翼が溶岩に呑み込まれていく光景。正確に言えばそれは夢ではなく、現実の記憶だった。

「どうしてあの子を選ばなかったんだろう！　どうしてだろう！　私、どうしてあの子を選ばなかったんだろう！」

「おい、やめろ！」

「嫌っ！　ごめんね翼！　翼！」

翔はそっと部屋を抜け出した。

リビングの隅に椅子形の充電器があり、翼の人形が目を閉じて座っている。

翔は後ろに立つと人形の両脇に腕を差し込み、一気に力を入れたがビクともしなかった。

寝室から早苗と新一が揉み合う音が聞こえ、人形から離れる。

「放して！……翼！」

部屋から飛び出してきた早苗は翼の人形を摑み、大きく揺する。

「翼！　起きて！　どうしたの？　起きなさい！翼！」

何の反応もしない人形の背中を強く叩く。

新一が後ろから声をかけた。

「電源だろ」

「電源？　どうして終了したの？　スリープにしてたのよ！」

「これの電気代いくらかかると思ってるんだ」

「ちゃんと節約モードにしてあるわ！」

「それでも高いんだよ！」

二人ともリビングの暗い場所に翔がいることに気づいていない。

早苗はイライラしながら胸の辺りにある〝ＬＩＦＥ〟のボタンを押した。起動音がするが、完全に起動するまでは時間がかかる。

「……私、これから先、生きていても何も楽しいことがない……」

「……え？」

「私！　あなた達と生きていてもこの先楽しいことなんか一つもないの！」

翔は気づかれないようにリビングを出た。

やがて翼は瞼を開けた。

「ママ！　オハヨウ！　ケケ」

「翼！」早苗は人形を抱きしめる。「よかった！　ごめんね、翼……本当にごめんね」

「イイヨイイヨ！　ママ！　キニシナイデ！」

眼球と舌が飛び出しては引っ込む。カン！　カン！と音がする。

「……いい加減にしろよ……」呟いた新一は寝室に入っていく。

翼の人形は早苗に抱きしめられながら１８０度首を回転させると、鍵の開いた玄関のドアノブを見つめた。

マンションから出ると波の音がした。

海沿いのＤ地区は寝静まり、マンションの明かりも消え、空に浮かぶ月の光だけが街を照らしていた。

衝動的に家を出たものの、翔には行くあてがなかった。

遠くに観覧車が見える。今は止まっているが、昼間はいつも動いている。しかし今まで人が乗っているのを見た記憶はなかった。どうせ誰も乗らない観覧車を動かす意味はあるのだろうか？

D地区は、天山で被災した人々が街ごと移住してくるまでゴーストタウンだった。しかし廃墟と呼ぶには新しく、整備され、綺麗で整然としていた。観覧車の向こうには大きな国際会議場の建物も見える。しかし、やはり会議場が使用されたという話は聞いたことがない。

学校の横手にうっそうとした森がある。立ち入り禁止のロープをまたぎ中に入ると小高い山になっている。翔は急な斜面を無心に登っていった。さっき聞いた早苗の金切り声を振り払うように。

30分、あるいは1時間ほど登るとふと視界がひらけた。目の前に平らな空間が広がっている。ここが山の頂上だろうか。

空に青白い月が浮かび、波の音が聞こえる。

翔は空間の端まで行き見下ろすと、そこは切り立った崖だった。真下は海だ。

息が上がり、汗だくになった翔はその場に仰向けに寝ころがった。

肥満で普段体を動かすこともなく、体育のマラソンなどでもすぐに音を上げていた。ここまで激しい運動をしたのは何年ぶりだろう？　星空を見上げながらそんなことをぼんやり考えていると、徐々に頭の中が浄化されるような感覚になった。冬のひんやりした空気が心地いい。

腹減った……。

翔はポケットからチョコレートバーを取り出し一口かじる。まだ息は荒いままだ。喉が渇いたが、こんな誰も来ない山の上に自動販売機などあるはずもない。せめて古い水道でもあればと、都合のいい淡い期待をしながら仰向けのまま顔をそらし崖と反対側を見る。逆さまの景色の中で、今登ってきた森がまだ上の方まで続いていた。今自分がいる場所は頂上ではなく中腹なんだと知る。

奥に巨大な黒い影がある。

何だろう……？

翔はそのまま体を半回転させ、うつぶせの状態になり、目をこらした。

影はどうやら岩のようだ。しかしその上に何かが載っている。見覚えのあるシルエットだが、その場所にあるはずのないもののように思える。

まさか……。

翔は立ち上がり、岩に近づきながらポケットからウルトラアイを出してかけ、暗視スコープモードにする。暗闇でもはっきりと物が見える。

翔は自分が思ったことが正しかったことを確認した。船だ……。

岩の上に乗り上げているのは、確かに船だった。グラスの内側にデータが表示される。

〝漁船〟

〝シャフト船〟

〝ピースランド製〟

〝全長15メートル〟

〝メーカー・不明〟

〝製造年月日・不明〟

得られた情報が少ないことからも、おそらく相当昔に造られたものであることがわかる。

ほぼ土と苔で覆われ、風化し、岩と一体化しているようだったが、所々土が剝げた部分から船体の白いボディが見える。

なぜこんな山の中腹に船が……？

と考え、ふと思い当たった。

Ｄ地区はかつて大きな災害にあい、全体が津波に呑み込まれたのだと大人達が話しているのを聞いたことがある。Ｄ地区の〝Ｄ〟は〝ＤＥＡＴＨ〟の〝Ｄ〟であるという噂さえあった。

家や車は沖まで流され、港に停泊していた船は山の上まで打ち上げられた。それほど高い場所まで海が水かさを増したのだ。

翔は岩をよじ登る。

運動神経が皆無に近く、太りすぎの少年にとってそれはかなり無茶な行為であり、途中何度も落ちそうになりながらも、なんとか上まで登りきった。

船べりに手をかけ、息を整える。おそらく自分が摑んでいるのは、船尾に近い部分だろう。ウルトラアイを外し前方を見ると、船首部分は岩からそり上がるように前へ突き出し、その先の空に月が浮かび、真下の水平線に月光がキラキラと反射していた。

急に寒気がして身震いする。さっきかいた汗が冷えて肌に触れるたびに冷たい。

翔はチョコをかじるとデッキの中を覗きこんだ。物が乱雑に散らかり、石や木の枝が散乱していたが、船自体はそれほど破壊されていない様子だ。

再びウルトラアイをつける。

〝操舵室〟と表示された。

翔はチョコをくわえたまま自分でももてあますような重い体になんとか言うことを聞かせ、船の上に這い上がった。

石や枝をどけ、操舵盤前の椅子に座る。

〝舵輪・操縦輪〟

〝魚群探知機〟

〝レーダー〟

〝方位測定器・GPS〟

〝微速装置〟

〝速度計〟

〝タコメーター〟

〝無線〟

〝ソナー〟

翔は、そっと舵輪に手をかける。思ったより小さかった。車のハンドルの半分ぐらいだろうか。

ウルトラアイを外し前を見る。

月と海。

泥船のような姿だったが、この船は今でも海へ向いている。

突然記憶が蘇る。

「翔、お前将来なりたいもんある?」

翼と過ごした夜だった。タブレットでアニメを観ていた翔に翼が聞いたのだ。

「将来?……別に。翼は?」

翼は笑った。

「あるよ。当ててみ?」

「ピースランド代表?」

翼は少年サッカーのエースで、プロのスカウトも目をつけていると噂になるほどだった。

「惜しい!……うーん、でもちょっと違うかな」

「じゃバスケ?」

「違う」

「野球？」

「違う」

万能な翼は何の選手にでもなれるだろうと翔は思っていた。

「……スポーツ選手じゃないかな」

「学者？」

「惜しい！」

「弁護士？」

成績も優秀な翼なら望みさえすれば何にでもなれるだろう。将来のことなど考えたこともなかった翔は改めて兄と自分の違いを実感した。

「違うよ」

「教えてよ」

翔が焦れると翼はいたずらっぽく笑った。

「誰にも言うなよ」翔の耳元に顔を近づけて囁く。

「……海賊」

「え⁉」

「しーっ！」

「海賊って、〝キャプテン・ハック〟みたいな？」

〝キャプテン・ハック〟とは人気アニメの主人公だ。マボロシの剣を手に世界の秘宝と呼ばれる〝母の鞘〟を求めて冒険する子供達のヒーローだ。

「うん。恥ずかしいから友希達に言うなよ」

翔は笑った。

「バカじゃん！　全然惜しくないし！」

「うるせえよ！」

翼も笑った。

翔は操舵盤右下を見る。

セルモーター始動用のキーは差し込まれたままになっている。

キーホルダーには泥が付着したまま乾いて固まっている。隙間に見覚えのある文字が見える。そっと指で泥を削ると〝翼〟とある。

……翼？

息を呑み、前後を削ると〝飛翼丸〟と現れた。

前方に月と海。

翔はセルスイッチをオンにし、キーを回す。

当然エンジンは始動しなかった。

親書

尊敬するアン・アオイ大統領閣下。

私、富士見幸太郎はピースランド国代表として大統領にお伝えしたいことがあり、筆を執らせていただきました。

振り返れば人類は、有史以来実に愚かで不毛な争いを繰り広げてきました。

文明の進歩とは、そのまま戦い方の進歩と言えるかもしれません。それは実に奇妙で滑稽な進歩でした。

原初、我々の祖先が物を手にし道具としてとらえたことが、人類が地球上の生物の勝者として歩み出す第一歩でした。

それは生命が幾度も繰り返してきた飛躍的な跳躍の一つだったでしょう。

しかし私達はその時、叡智を得たと同時に愚かさも摑んだのです。

手にした木片や石で他者を殴り、刺し、投げてぶつけることが生きる為に有効であることを知りました。

人間社会を存続させるものと、破滅させるものは全く同じ道具でした。

神々の時代から、我が国ピースランドの中心にあるのは、伝説の剣、鏡、玉という、道具そのものです。私達は道具に深い愛着を持ち続けてきました。

私達はそれまでのどの生物も使いこなすことが出来なかった火を支配し、暖を取り生命を守り、他者を燃やす術（すべ）を知りました。

木を鋭角に削り、石の飛距離を伸ばし、火をつけた矢を飛ばす技術を進めました。

私達にとって最も重要な言語は他者を理解する役目と、他者を否定する役目を併せ持ちました。

この惑星に存在する様々な物質の発見はそれぞれの化学変化が物を動かし、エネルギーとなることを示唆し、急激な変化によって産み出された莫大なエネルギーは山をひらき、人々の居場所を拡大し、生活の効率を高めると同時に、他者を破壊する武器を発展させました。

武器は兵器となり、道具は人間の生命を奪う技術を発展させ、更にそれを追いかけるように人間の生命を守る技術をも発展させました。過激な兵器の開発は高度な医学の開発を促しました。

生と死の連鎖を繰り返す過程で社会は何度も結合と離散を重ね、我々は多くの叡智を獲得しました。

しかし、行き着いた果てが先日のマスターズテロだったとしたら、人類の歴史とはなんと滑稽なものなのでしょう。


人類を苦しめてきたのは紛争だけではありません。ご承知の通り、貴女(あなた)の祖父君の祖国でもある我がピースランドは今から3年前に大きな自然災害に見舞われました。

ピースランド国民が国の象徴として古来愛してきた天山が噴火し、私達に牙をむきました。あの時、私は溶岩に呑み込まれていく街を見つめ、何も出来ずただ呆然と立ち尽くすのみでした。


どんなに文明が発達したとしても、惑星レベルの中では人間は、本当に小さな小さな生き物に過ぎないのだということを思い知らされたのです。

生き残った私達は、果たしてこれまで行ってきた自分達の選択が正しかったのかと迷い、怯え、いまだに答えを出せずにいます。しかし、あの時この国の人々が少しでも前へ進む決意が出来たのは、貴国を始めとする様々な国々の支援のおかげでした。人間を勇気づけたのは人間の力。そしてやはり文明の力でした。

人類より先に意思を示すのはいつだって、植物達です。大地には再び草が生え、白いカラーの花が咲きました。

ようやく打ちひしがれることをやめ、新しい一歩を踏み出そうとした今、テロにより私達はまた立ち止まろうとしています。

生と死の連鎖の中で、人類は今一度、飛躍的な跳躍をするべきではないでしょうか。

おそらくその跳躍は全人類の生命をかけたものなのではないでしょうか。

私はここに提案します。我がピースランド国において、再度、マスターズ会議を開催することを。

安全な球連合は、今こそもう一度集結すべきです。我々の選択と責任において、この惑星を前に進めましょう。


この国書を私の秘書、五代拓造を全権大使に任命した上で彼に託し、密使として貴国へ派遣いたします。

親愛を込めて。


ピースランド国内閣総理大臣・富士見幸太郎

交渉

政府間の親書にしてはやけに少女趣味な便箋の手紙を読み終えたアンは五代を見つめた。

五代は不思議そうにアンの部屋を見まわしていた。

そこは小さなアパートの一室で、とても大統領の住む場所とは思えなかった。

大統領は就任と同時に〝ザ・ハウス〟と呼ばれる官邸に住居を移すのが慣例だったが、アンは頑なにこれを拒んだ。あのガランと広い空間にたった一人で寝泊まりすることなど考えられなかった。アンの中では、今でもそこはホワイトと美しい妻と娘が住むべき場所であり、ホワイト亡き後、家族が引き払った部屋を見ることや、まして、そこに自分が住むことなど、まっぴらごめんだった。あの幸せな家族が不在であることを毎日感じながら生活するなど、考えられない。それに自分はあくまでも〝暫定〟大統領なのだ。

これに頭を悩ませたのはシークレットサービスだ。当然彼らは慣例通り官邸に住むことを要請した。安全性からも利便性からも、どう考えてもその方がいい。

しかしアンは一歩も譲らなかった。

現在もシークレットサービスは安全保障長官に大統領の転居を要請し続けていたが、その間放置しておくわけにもいかず、アンの住むアパートの空き部屋全てに特別捜査官を住まわせ、アンの部屋の前には常に二人以上のＳＰが立ち、警護していた。

その為シークレットサービス内でのアンのコードネームは〝じゃじゃ馬・シュルー〟で定着していた。

密使としてやってきた五代は桜の指示により、ザ・ハウスには行かず日暮れ時に直接このアパートを訪ねた。当然屈強なＳＰ二人に取り押さえられたが、「大統領！」と叫んだ聞き覚えのある声にドアを開けたアンが、五代の顔を見て入室が許可された。「部屋の前で取り押さえられたら叫べ」というのもまた桜の指示だった。

正攻法でザ・ハウスに行ったらおそらく門前払いだったに違いない。

アンの部屋はまるで学生が住んでいるような質素なものだった。シンプルな木の机と本棚には大量の本。それ以外の余計なものは一切無い。

壁に幾つかの家族写真が飾られている。金髪で背が高く凛々しい父と、長い黒髪で聡明そうな母の間で笑う少女がアンであることは、その大きな瞳を見ればすぐにわかった。

「それは私が12歳の頃です」とアン。

五代はハッとしてアンを見つめ、もう一度写真を見て目を細める。

「そうですか。いやぁ、可愛いですね……」

「その写真を撮った直後に父と母は殺されました」

「え？」

「両親は二人とも政府職員でした。父は国防総省、母は国務省に勤めてました。その日は私の誕生日でした。私達はほんのつかの間、親子3人だけの時間を馴染みのカフェでランチをして過ごしていました」アンは富士見の親書を折りたたみながら続ける。

「そして爆発が起きました」

「……じゃあ、あの時の？……」

五代が記憶をたどる。

確かあれは、20年ほど前だ。

フロンティア首都カフェテリア爆破事件。

昼下がり、川のほとりのカフェテリアが突然大規模爆発し、３００人以上の死者が出たテロ事件だ。政府の中枢にほど近い場所で起きたことに世界は震撼した。

当時五代は警視庁警部として一報を聞き、驚愕とともに身を引き締めた。世界一警戒が厳しいはずのフロンティア合衆国首都で犯行が成功したということは、ピースランドの首都Ｔ－シティでも充分起こり得る事件だと感じた。

五代は部下達に普段の巡回、警備の強化を指示したのをおぼえている。

爆破から数日後、ブルタウ将軍をリーダーとする組織〝ゴルグ〟を発足したという趣旨の声明が、テロリスト集団から出された。ゴルグは世界中に点在するテロ組織の代表的な一つとなった。

ブルタウ将軍は、宣言した。

『我々はテロリストの頂点であり、我々以外のテロは許さない！』

当時、安全な球連合の対テロ戦争は熾烈を極め、出口が見いだせない状態にあった。フロンティア政府は大量の地上軍を中央砂漠に動員し、テロ組織殲滅作戦を展開していた。

「あの時、カフェにいた人の中には確かに軍の関係者もいました。でもほとんどはごく普通の日常を楽しむ民間の人々でした。テロリスト達は敢えて軍の施設ではなく、その近くの何の罪も無い、無抵抗な人々を殺戮したのです。残虐きわまりない手段で……」

五代の微かな記憶が蘇る。

……そうだ。あの時確かに。

公にはされなかったが、事件の被害者の中にピースランドの思想家、青井徳治郎の娘がいるというのを聞いた。あまりにも遠い過去の記憶で、今の今まで忘れ去っていた自分を恥じた。今、目の前に立っているのは、あの事件を過去に出来ないでいる人物だ。

五代は何を言えばいいかわからなかった。

かつて警視庁刑事として多くの殺人事件も担当し、失意の被害者との面会にも慣れていたつもりでいたが、あの史上稀に見るテロ事件で両親を失った遺族が、一国の大統領として自分の前にいる状況では咄嗟に言葉が出てこなかった。

「よくご無事で……」

「なぜ私だけが助かったのか。あの時の記憶はほとんどありません」

「そうでしたか……」

無理もない、と五代は思う。12歳でそれほど忌まわしい体験をすれば、自己防衛本能として誰もが自分の記憶を消し去るだろう。

「彼らテロリストに、普通の人々の幸福を奪う権利などありません……」

「……もちろんです。大統領、もちろんです」

五代の額から汗が流れ落ちる。

「五代さん、富士見総理は本気ですか？」

「は？」

「この手紙にあることを実行するにはかなりのリスクを負う覚悟がいります。我々はまだパパゴの正体を突き止めていません。もう一度マスターズをするということは、もう一度テロを起こすチャンスを彼に与えることです。富士見総理にその覚悟がおありですか？」

真っ直ぐな瞳でアンは五代を射貫くように見つめる。

人生で2度までも最愛の人々を爆破テロで奪われるという経験を持つ若き女性大統領の言う〝覚悟〟を、あの薄ぼんやりとした太平楽な富士見が持っているとはとても思えない。

さて、困った、と五代は思った。

幼い頃から柔道一筋、警察官になってからも正義感だけは人一倍強く、真面目一本槍でやってきた五代は、妙に律儀で融通がきかないところがあり、適当に受け流すことが出来なかった。

「本気かと言われますと……私にもよくわかりませんが……いや、しかし私も長年あの人のそばにおりますが、今まで一度も本気の姿を見たことがないというのが正直なところでして……その、そういった意味では今回初めてあのバカ……あ、いや、富士見総理が自ら決断し、真剣な眼差しで私にその親書を託されたものですから、何と言いますか、非常に驚いたような次第でして、しかし少なくともいつものあの方とは全く違う様子だったことは確かでして……」

「……そうですか」

「はい」

アンは再び親書を見つめ、軽く読み返す。『白いカラーの花が咲きました』という一文が浮いているなと、ぼんやり思う。カラーは偶然自分が好きな花ではあるが、ここだけ取って付けたようで、収まりが悪い。いや、今はそんなことを考えている場合ではない。アンは言った。

「少し時間をください。一日、待っていただけますか？」

「も、もちろんです！」

「それでは明日、この時間に、今度はここではなく、ザ・ハウスの方へお越しいただけますか？」

「はい！　ありがとうございます」

五代は直角に頭を下げた。


五代が去ったあと、アンはもう一度親書を手に、一気に力が抜けたようにソファーに身を投げ出した。特に気を張ったつもりはなかったが、やはり今まで封印していた父と母のことを人に語ることは、思っていた以上に彼女を疲れさせたのだ。壁にある両親と自分の幸せそうな写真を見つめる。どこにでもいる普通の幸せな家族に見える。

今、このタイミングでセーフティーボウル加盟国首脳をもう一度集めるということは、世界に散らばるテロリスト達にどんなインパクトを与えるだろう？

……ア……と、声がした方を見ると灰色の猫が心配そうにアンを見ていた。

「アッシュ、ごめん」

アッシュはいつも微かな声で鳴いた。普通の猫のようにニャーとは鳴かず、ア、ア、と聞こえる小さな鳴き方だった。

アンは立ち上がるとキッチンに行き、冷蔵庫からミルクを出し、キャットフードの缶を開けて両方とも器に入れ、床に置いた。

……アァ……ともう一度鳴くと、アッシュは夢中でかぶりつく。微かに喉が鳴る音が聞こえる。

来客のせいで、エサの時間をすっかり忘れていた。人見知りのアッシュは五代がここにいる間、ずっとベッドの下に隠れていたのだろう。

アッシュは事件の朝、つまりアンの12歳の誕生日に父がプレゼントしてくれた猫だった。体は灰色で目はサファイアのブルー。アンが以前から両親にねだっていた品種の猫だった。首輪の真ん中に下げられた水晶のアクセサリーが揺れている。

子猫を手渡された時、どれほど嬉しかったか、今でもよくおぼえている。

誕生日の朝。新学期の始まりの日。アンがリビングに行くと父は生まれたばかりの灰色の小さな猫に赤いリボンを付けてアンに手渡したのだ。

「ずっとほしいって言ってたろ？　名前はアッシュだ」

目を丸くして、声も出せないでいるアンに父は優しく言ったのだ。子猫は小さく「ア……ア」と鳴いてみせた。

「パパ！　信じられない！」少女だったアンは歓喜し悲鳴をあげて父と母にハグし、頬にキスをしたのだった。

その直後カフェテリア爆破テロで両親は死に、アンにとってアッシュはたった一匹の家族になった。もう20歳以上になる。人間でいえば老人だがまだまだ元気だった。

よくここまで生きていてくれた。

実は爆破事件の後、アンは意識を失ったまま、6年間植物状態で過ごしたのだった。

事件から6年後のある日、ふと目覚めたアンは、自分がベッドの上にいることに気がついた。そこは軍の特別施設だった。

看護師の制服を着た女性が目を開けたアンを驚いた表情で見つめた。

「あなた、意識があるのね！　ドクター！　ドクター24！」

ドクター24と呼ばれた男が慌てて入ってきて質問する。

「自分の名前がわかるかい？」

「……アン？……アン・アオイ……」

「そうだ！　いいぞ！」

「ア……アァ……」

聞いたことのある鳴き声だった。

女性が差し出した猫の瞳は懐かしかった。

「……アッシュ？」

「そうよ！　アッシュ。あなたの猫よ」

アッシュは既に立派な大人の猫に成長していて、アン自身も18歳になっていた。

あの日、あの店にいて助かったのは、アン一人だけだとドクター24に聞かされた。

勢いよく食事をするアッシュを見てアンは思う。もしアッシュがいなかったら自分はとっくにだめになっていただろう。

「そんなに慌てて食べないの」

言いながらアンは、自分が微かに笑顔になっていることに気づく。

今までもアンが傷ついてベッドで伏せっていたりすると、部屋の隅から心配そうにこっちを見つめているアッシュと目が合うことがたびたびあった。その都度、弱っている人間の状態がわかるのだろうか？　と不思議に思うのだったが、大抵は、エサの催促だった。そんな気ままなアッシュに何度救われてきたかわからない。

「喉に詰まらせないでね」

アンはベッドの上にうつぶせに倒れ、顔を枕に押し付けた。頭の中で爆発音がフラッシュバックしている。枕が涙で濡れる。

アンは気がつかなかったが、その時アッシュは食べるのをやめ、ブルーの瞳でアンをジッと見つめていた。

アッ、と小さく鳴いたがアンの耳には届かなかった。

*

ピースランド新保党本部3階の、第5応接室は誰も寄りつかないような廊下の一番端にあった。

党本部ビル自体、築50年以上にもなる建物で、かなりの老朽化が進んでいて、まるで前時代の小学校の校舎のようだった。中でも第5応接室は普段使用する者もなく、革の破れたソファーが向かい合っているだけの狭い部屋で、空調設備は壊れ冬も暖房がきかず、隙間風が入り寒かった。

富士見が会議の場所としてこの部屋を選んだのは、話の内容を誰にも漏らしたくなかったからだ。

呼び出され、憮然とした表情で座っているのは、川上官房長官、野村大地副総理70歳、村山伸郎幹事長65歳、大沢富雄政調会長66歳、広岡君彦総務会長63歳の5人。野村、村山、大沢、広岡は、新保党長老と呼ばれる重鎮で、共に〝興造学校〟と呼ばれた先代党首・富士見興造の派閥に属し、中でも野村は秘蔵っ子として興造から政治のいろはを教わった実力者だった。最近では〝富士見派〟は、〝野村派〟と仮の名で言われるほどで、実質新保党を差配しているのはこの狸のような老人だ。5人の中で野村だけは好々爺(こうこうや)のような笑顔で富士見の話を聞いていたが、はらわたが煮えくりかえっていることは容易に予想がついた。

「……幸ちゃん、冗談は顔だけで頼むよ」

富士見は黙っている。元々小さな目が更に小さくなっている。

野村は笑顔を保ちつつ、深くため息をついてみせる。

「……幸ちゃんは若いなぁ……政治をやるには確かに若さが必要だ。しかしそれだけじゃ務まらん。若さと青さは別もんだよ。なあ、幸ちゃん、今、このタイミングでマスターズ開催の提案なんかした日にゃあ、この国は終わるよ。世界中の笑いもんだ。噴飯ものってやつだよ。それぐらいはわかるだろ？」

「はあ、私も子供じゃないんでね」

「……ん？」

野村の表情が少し曇る。

緊迫した空気は、廊下で中の会話を密かに聞いていた桜にまで伝わってきた。

昼行灯(ひるあんどん)の割に短気ですぐ頭に血が上る富士見が、子供をあやすような口調で対応する野村の話の途中からイライラしだしているのが、桜には手にとるようにわかった。

そもそも普段、長老達から陰に陽に嘲笑され、軽く見られていると感じるたびに、その鬱憤を秘書達に当たり散らすことで紛らわしている富士見であった。

野村が「青い」と言ったのはまさにその通りで、本人は「子供じゃない」と言うが、桜から見れば子供そのものだった。

しかしこの場はなんとかこらえてほしい、と桜は思った。まずは党内調整だ。それが出来なければマスターズは実現しない。肝はこの5人だった。いや、もし万が一、5人の了承を得たとしても、他の派閥からの横やりが入るだろう。その先には野党からの妨害、更に国民からの反発と、道のりは長い。ここでヤケを起こしていては何も始まらない。

「……幸太郎君、ワシも野村先生の意見に同感だ」村山幹事長が言う。「おそらく今マスターズなど提案したところで、どこの首脳も賛成はしないだろう。例のテロ以来、世界中が警戒を強めてる。ティグロが第2、第3の犯行に及ぶ可能性が高いからな。それに、そもそもこんなこと興造のオヤジが生きてたら許すはずがない」

「フロンティアが、近々ティグロを攻撃するという噂もある」

仏頂面で呟いたのは政調会長の大沢だ。

「フロンティアがテロをティグロの犯行と特定したという情報でもあるのか？」

明らかに険のある富士見の物言いを引き取ったのは川上だ。

「いいえ、フロンティア政府としてはテロの犯人に関してはあくまでも調査中との立場ですが、ティグロに関する警戒レベルは上げてます」

「警戒レベルを上げたからって攻撃するということにはならないだろう」

……偉そうに、とその場にいる全員が思ったことは間違いなかった。

廊下の桜も思った。

思えば、興造の秘書時代にはペコペコしていた富士見が、首相になった途端、長老達への態度を変えた。言葉遣いから敬語が消え、あからさまに上からものを言うようになった。人を立場で判断する富士見の思考はある意味わかりやすかったが、およそ政治家には向かない。まして、今は説得し、協力を仰がなければならない局面だ。もう少しだけ世渡りがうまければこっちも楽なんだが、と桜は改めて呆れる。

「警戒レベルを引き上げたということは、当然次は戦闘準備に入る流れになると予測するのは国際政治の常識だよ、総理」

広岡総務会長が冷静に言い放つ。

「ふん……国際政治ね」

「そうだ！　国際政治だ！」大沢がたまらず机を叩いた。「何が情報だ！　そもそも自分がマスターズに遅刻なんかするのが悪いんじゃないか！　貴様のせいでこの国は国際社会から取り残されとるんだよ！　情報なんか入ってこんよ！　責任を取れ！　責任を！」

　興奮した大沢が内ポケットから取り出したタバコのパッケージは〝血だらけの手〟だった。自分で取り出しておきながらヌメッとした手触りとグロテスクな見た目に、思わず「わっ！」と飛び上がった大沢は、それがタバコなのだと認識し直し、不機嫌そうに血だらけの手のひらを押す。中指と人さし指の間からタバコが1本出てくる。抜くと、『死ネ』とメッセージが流れた。血だらけの手がタバコの害とどう関係あるんだ、と思いつつ大沢がタバコをくわえると、川上がすかさず火を差し出した。

　大沢は深呼吸するように吸い込んでゆっくり煙を吐いた。

「んふふ……」と、狸顔の野村が笑った。「幸ちゃん、あんたの気持はよくわかった。ここは一つ、解散といこう。マスターズをやるかやらないか、国民に信を問う。なぁに、大丈夫だ。選挙に勝ちさえすれば、堂々とマスターズをやればいい」

「確かに、そりゃいい」大沢は一瞬野村と目配せをして言った。「野党からはリコールの話も出ているようだ。そんなことになったら、我が党結党以来の危機だ。そうなる前に先手を打って解散だ。その方が今後有利だ」

「解散はしない」

「何？」

　富士見には野村の腹は見えていた。解散した途端、野村は富士見派を引き連れ、党を割るつもりだろう。うまくいけば野党と連合して、新党結成もあるだろう。自分はそこの党首におさまり選挙に大勝、政権の座につく。富士見降ろしと権力奪取。野村にとっては一石二鳥だ。

「昨日の友は今日の敵か」桜は廊下で呟き、少し考えてから微かに首をかしげ「昨日の敵は明日も敵かな……？」。

　ポケットから小型タブレットを取り出して長老達の名前を検索し、国民ランクを調べる。

　野村大地・村山伸郎・大沢富雄・広岡君彦は揃って☆9個。それぞれ、１３３５６６位。１９９６３１

2位。１０３３７２２位、１２７８８９３位。さすが著名政治家なだけあって、皆上位にランク付けされていたが、中でも〝カミソリ〟の異名を持つ川上は頭一つ抜けている。

川上才蔵……☆☆☆☆☆☆☆☆☆☆……１３６位。☆10個。

☆10個。満点の付く人間は１００万を少し超える数しかいない。つまり選ばれたる者と言える。☆１個の富士見とは雲泥の差だ。もし解散ということにでもなれば、次に総理に選ばれるのは確実に川上だろうと、桜は思った。

応接室の議論は続く。

「バカとは思っていたがこれほどとはな……」野村の表情が一転、鬼に変わる。「恩のあるオヤジからくれぐれもと頼まれたからこそここまで助けてきたが、潮時のようだ。幸太郎、お前には辞任してもらう。それが嫌なら除籍だ。洋子さんには悪いが党の為だ。仕方ない」

「党などどうでもいい。政治とは政治家の為にあるんじゃない、未来の子供達の為にあるんだ」

一気に部屋が殺気立つ。

野村の体が怒りで震えている。

「……おい、若僧。誰に向かって話してるつもりだ……」

「あんたこそ、一国の総理に向かって若僧とは何だ」

「何？」

廊下にいる桜は目を閉じた。

「野村さん、確かにあんたには世話になったが、今この国の指揮官は私だ。マスターズはやらせてもらう！」

長老達は言葉も出ない様子だった。

川上が言う。

「しかし総理。たとえ提案したとしても、今の状態では本当に他国の首脳陣は誰も来ない可能性がありますよ」

「フロンティアのアン大統領には親書を送った。今はその返事待ちだ」

「親書？」

「ああ。それにもし誰も来なければ来ないでいい。小学生の時、誕生日会に友達を誘ったが、誰も来なかったことがある。そんな状況には私は慣れてる」

その場にいる誰もが富士見が何を言っているのかわからず、戸惑っているようだった。

大沢がもう一度机を叩く。

「何を言ってるんだ！　とてもじゃないが付き合いきれん！　そんなことにでもなったら、ますますこの国は世界中の笑いもんだ！」

「笑いもので結構！　私の子供の頃の夢はコメディアンだ。偉大なコメディアンになって世界中を笑わせたいと思っていた。今こそそれを叶えてやる」

「いい加減にしろ」野村が低い声で言った。

「笑わせるのと笑われるのは意味合いが全然違う。幸太郎、お前がやろうとしていることは、世界中から嘲笑されるってことだ」

富士見は微笑んだ。

「野村さん、それこそが私の思う偉大なコメディアンだ。恥をかいて、バカにされ、皆から嘲笑される。それが私が思う最も偉大なコメディアンの姿だ」

桜は思わず吹き出しそうになり慌てて口に手を当てる。富士見らしいが、おそらく誰にも理解されないだろう。

案の定、部屋から「勝手にしろ！」「やってられん！」と怒号がしたかと思うと、乱暴にドアが開き、桜に気づく様子もなく川上と長老達は出ていった。

ヒョイと首だけ中に入れて桜が覗きこむと、じっと座ったままうつむく富士見の背中が見えた。

桜は部屋に入り、〝人間の腐乱死体〟を背後から差し出した。

富士見は、ジッとパッケージを見つめる。

「地球を、こんなものだらけに出来るか……」

眼孔から飛び出たのを1本抜いて火をつける。

『死ネ』

ため息をつくように煙を吐く富士見。

ククク と声がして振り向くと桜が眉を上げて笑って

いる。

「何がおかしい?」

ムッとする富士見。

「いや、面白くなってきたなと思って……」

「面白がってる場合か」

「失礼……ひひひ、でもね、総理。私はあなたが総理らしいことをするのを初めて見ましたよ」

「何だと?」

「いい言葉だ……政治とは政治家の為にあるんじゃない、未来の子供達の為にあるんだ。……懐かしいね。私はその言葉に惚れてここまであなたについてきたんですよ」

「何のことだ?」

「ははは、やっぱり、忘れちゃってるんだなぁ。あれは20年前、あなたが初めて街頭に立った時に言ったセリフですよ」

「ん?」

富士見は顎を撫でる。言われてみれば確かに言った気がする。


富士見幸太郎が、新保党所属の新人として初出馬したのは20年前、D地区が選挙区となった最初の時だった。

100年前、この地域は大きな地震と津波によって潰滅した歴史がある。当時この場所には原子力発電所があり、周辺は大量の放射性物質によって汚染された。当時、放射能に関する知識、技術とも今よりも格段に劣っていた政府は、それでも懸命の復興に取り組んだが、一度この土地を離れてしまった人々はなかなか戻ることはなかった。復興資金は底をつき、世代交代が進むにつれ住民は徐々にこの土地を離れ、離散し、いつしかD地区は人の住まない不自然な空間、失われた街となった。

震災から30年がたとうとした頃、ようやく人類は自然エネルギーによって社会生活のほとんどを循環させることを可能とする技術を手にした。

今や死語とも言える〝脱原発〟という言葉は、人々にこれで文明を未来へ繫いでいけるという希望を与えるのに充分な役割を果たした。

しかし、脱原発を完遂するには一つ残された課題があった。使用済み核燃料の最終処分場の問題だった。

皮肉なことにその場所として選ばれたのが現在のD地区。震災、原発事故により人々が離れ、無人の空間となった地域だった。

当然周辺の住民達からは反対の声も上がったが、現実的に見て、人々が生活を営んでいる他の地域で条件を満たす場所が無かったことが何よりも大きな決め手となった。

5年の歳月を経て、使用済み核燃料は地下400メートルに埋められ、地上には巨大な人工湖が造られ、周りに木々が植えられた。

人工湖はノースレイクと呼ばれ、周辺の地域は更地として整備された。

D地区のDには、〝ディスポーザル（処分）〟と、〝ディアスポラ（離散）〟の二つの意味がある。

完成後、時を経て風化し、いつしか人々から忘れられた場所となったこの地区が、再び国家の重要課題として注目を集めたのは40年後、富士見興造の発案によってだった。

憲政史上最高の政治家と呼ばれた総理・総裁、富士見興造はその第2次政権において、〝経済の量子的飛躍〟をスローガンとした。

その第1弾として打ち出したのが、D地区の発展都市計画だった。

地下400メートルに大量の高レベル放射性廃棄物を懐抱した地上には、核燃料関連施設以外、住居や公共の施設など人間が過ごす建造物の建築が禁止された。充分な安全性は確保され、地表の生活圏に及ぼす影響はほぼないとされていたが、地下に埋まるのは半減期が何万年という放射性物質である為、当然のことだった。

しかし興造は、この広く空いた、首都への利便性も高い湖周辺の土地を無駄にしておくことは国の経済活動を鈍らせる一つの要因であると主張し、ここに特区として新たな未来志向の実験都市を造ることを発案したのだ。

国家機関の一部、高層マンション、オフィス、商業施設、娯楽施設、国際会議場、スタジアム、テーマパークなど、ありとあらゆる都市機能を構築し、ゆくゆくは第二の首都としての役割も担うような街にするという計画だった。

興造の政策は、国家を二分する大論争となった。

浅間大五郎を党首とする前進党を筆頭に野党は連携して反対し、国会では連日激論が交わされた。

浅間の主張は、そもそも法律上、高レベル核廃棄物最終処分場の上には人の使用する施設は何も造らないという規約のもとに、この場所をD地区として指定したものであり、興造案は完全に法律違反である。万が一大地震など地殻構造が変動する事態が起こり、地中の放射線が漏れた場合、その危険度は計り知れないというものだった。

しかし興造は、処分場施設は40年前の時点で既にその懸念をクリアした状態で造られており、更に現在放射線除去に関する技術は当時とは比較にならないほど進歩している。この際、古い建築基準を改定すべきである、と主張した。

これは世間の反発を買い、都市計画反対デモは国会を取り囲み、小規模なテロが各地で乱発する事態にまで発展した。

特に浅間は党首討論において、興造を「過去の歴史に学ばぬ、人命を軽んじる最低の人間」と罵倒し、話題になった。

しかし興造は、強行採決により計画を断行。この時叫んだ「首相権限！」という言葉は興造の独裁性を示すものとして、新聞の一面を飾った。

10年の歳月をかけて完成したD地区、新都市駅の開通式典のスピーチで、富士見興造は言った。

「長い歴史を振り返る時、常にこの国の国民は強い意志を持ち、破滅の上に新たな家を建て、街を造り、生活を営んできた。それこそが狭い国土を持つ我が国の誇りと強さだと私は確信する。私の選択が、英断であったか、愚かな判断であったかを決めるのは、この街に住む未来の人々であります。おそらく私はそれを見届けることは出来ないでしょうが、この判断が正しかったことの証明を街の人々に託す所存でございます」

集まった数千人の聴衆から拍手が起きた。

その年に行われた衆議院選挙において、興造の娘婿である富士見幸太郎は、新保党からの初のD地区候補者として出馬したのだった。

もっともD地区都市開発そのものに反対し、一貫して新都市の存立自体を認めない構えの野党陣営は、敢えてこの地区に候補者を立てなかった。たとえ国会で1議席取られたとしても構わない。そもそもそんな都市は存在しないのであるから、当然そこから選出された議員も存在として認識せず、という姿勢を貫いた。

もし選挙で野党が過半数を取った場合は、D地区を指定都市から外し、議員も解職する。

新保党が勝った場合でも野党としては当選議員を一議席として認識せず国会に臨むという異常事態だった。

対立候補のいない形だけの選挙は民主主義の崩壊であると言われ、国中から批判の声があがり、思えば、幸太郎の政治家人生はそのスタートからバッシングを浴びるものだった。

しかし選挙は、終わってみれば新保党の圧勝。改めてカリスマ総理、富士見興造の強さを見せつけるものとなった。

無風区で立候補の幸太郎は戦わずして当選した。

興造の都市開発は後に英断とされ、同じように処分場問題で行き詰まっていた諸外国のモデルケースとなり、ピースランドはその技術を技術者とともに海外に輸出し、国の存在感を示すことに貢献した。

富士見興造という人物がいなければ、ピースランドは一等国の座を失っていただろう。


富士見の脳裏に、初めて新都市駅前で街頭演説に立った時の記憶が蘇る。

寒風吹きすさぶ2月だった。注目を集めた選挙区だっただけに、マスコミも聴衆もそれなりに集まった。

富士見の第一声は、緊張のあまり裏返った。人々の冷ややかな目が突き刺さるようだった。

それまで演説などしたこともなかった富士見の声は、マイクを通しても小さくボソボソとしていて聞き取れなかった。マスコミは最初の5分で機材を片づけ始め、要領を得ない長々とした演説に聴衆も飽き、一人去り二人去りと減っていった。

2日目にはもう既に国民の関心は別の選挙区に移っており、マスコミは誰もいず、駅前の広場は人もまばらになった。


桜が取材の為、新都市駅に降り立ったのは3日目だった。大学を途中でやめ、アルバイトなど職を転々としていた彼は、当時〝実話アウトロー〟という芸能ゴシップから風俗、裏社会まで、何でも扱う三流カストリ雑誌の記者をやっていた。

特にD地区、最終処分場都市化問題は、タブーとされた富士見興造の建設業界、それに関わる裏社会との繋がりと利権の臭いがして、長期にわたり追いかけていた素材であった。

更地となった土地のなかで、かつてそこに都市があった痕跡は、ポツンと建った郷土の歴史的資料を保管する小さな図書館だけだった。かつての新聞記事から80年前の大震災の記録を読みあさった。半ば人災でもあった災害が、人々にどうのしかかったのか？ 人々はどれほど苦しみ、悲しんだのか。そして残された人類は大勢の死をどう乗り越えたのか？ 桜は丹念に記事を拾っていき、当時の住民達の心情に寄り添ってみたかった。そうしなければ、この場所に新たな都市を創る意味を理解出来ない気がしていた。

膨大な記事を読み進めるうちに、当時の電力業界と国家事業の間に潜むひずみや、無責任体質、過疎に悩む地方自治体の悩ましい選択、危機管理の甘さ、災害後の行政の混乱ぶり、古くからこの土地に住む人々の郷土に対する思いが浮き彫りになり、少しずつ理解を深めていった。そんな中、桜の目にとまったのは、うっかりすれば見落としてしまうほど小さな一つの記事だった。震災後5年が経過した頃、街が復興していく中で、津波によって山に打ち上げられ、そのままになっていた漁船が家族を失った人々の拠り所になっているという話だった。ある時から誰からともなく、もう海に出ることのないその船を訪れ、一人になり、海に散った家族に思いを馳せ、心の中にしまっておいた誰にも言えない思いを吐露する人が増えるようになった。墓標のような船の存在は口コミで広がり、新たな生活の中でふと、亡くした人に話しかけたい時、人々は示し合わせたように、他の人と重ならないように一人で船を訪れ、少しの時間をその中で過ごすのだという。死者に語りかける者もいれば、ただ黙って熟考する人もいる。いつしか誰かが船内に大学ノートを置くと、訪れた人達はそれに、亡くした、あるいはまだ行方不明の家族への思いを書き綴るようになった。アッという間に文字で埋め尽くされ、それは何冊にも及んだという。そんな記事だった。

整備が進み、今は核の最終処分場を地下に持つ都市となったこの場所には、きっともうあの船もノートも、人々の思いとともにどこかに失われてしまったのだろう。80年の歳月は、かつてそこに存在した命の痕跡を消し去るには充分な時間なのだ。

新都市駅前に佇み、桜はぼんやりとそんなことを思っていた。

駅前の広場には人っ子一人いず、もちろんマスコミの姿も見当たらなかった。世間の関心は初日の第一声だけでサッと引き、その後は富士見幸太郎の演説に注目する者など誰もいなかったのだ。

桜は、本当にここで富士見幸太郎が演説をするのか、半信半疑だった。

富士見は自前のスピーカーを肩からぶら下げ、現れた。素っ気なく演説が始まった。

聞いている方が心細くなるような声に耳を傾けているのは、離れたベンチに座りタブレットを見ているふりをしている桜だけだった。

「この国は……」と言ったまま、富士見は言葉を詰まらせた。

ズブの素人だな、と、桜は思った。

「この国は」といきなり大上段に構えたら、次の言葉が出てこないのは当たり前だ。

結果がわかっている選挙だからといって新保党はスピーチライターもつけていないのだろうか？　富士見幸太郎は興造の秘書を務めていた人物で、つい半年前に興造の一人娘洋子と派手な結婚式を挙げたばかりだ。大きすぎる後ろ盾のおかげで幸太郎に注がれる世間の目は冷ややかだった。話題になるのは出来レースとなった選挙区への批判ばかりで、本人の政治家としての資質など誰も興味がなかった。

桜もそのうちの一人だったが今の第一声を聞いて底が知れたと思った。資質なし、と判断した。

この先どうやって言葉を繋げる？「この国は」どうだというのだ？

「この国は、小さな人間が暮らす小さな国です。傷だらけの子供のような、未熟な、国家なのであります……」

桜の右眉毛が少し上がる。選挙演説としては滅茶苦茶な冒頭だ。この最初から破綻した演説をこの男はどう続けようというのだろう？　未熟な国家。確かにそうかもしれない。ではこの国家をどう変えていくというのか？

「おそらくこの先も大した変化はないでしょう。……これは、私事でありますが、私も未熟で小さな人間で、今から思いかえせば、幼い頃から何も変わらないままここまで生きてきたことに愕然とするのであります。ですから、そんな私がこの国を変えられるはずはないのであります」

……こいつァ、驚いた。とんでもないのが出てきたもんだと桜は思いつつ、口元には微かに笑みが浮かんでいる。

「えー、このD地区は、ご存じのように地下400メートルに核のゴミが埋蔵されております。もちろん、政府は安全と判断してますが、私は危険なことも起こり得ると思っております」

この男は何を言い出すつもりなのか？

「危険を承知で私達人間はその上に立ち、暮らし、子供を産み、歴史を作らなければ前へ進めないのであります。私達は今までこの場所をあたかも存在しない空間のように扱ってきました。地図をごらんいただければおわかりの通り、D地区はこの国に開いた大きな穴です。穴はふさがなければならない。物ではなく、人間の生活でふさぐのです。……放射線の放つエネルギーは膨大なものであります。しかし人間のエネルギーは更に大きいのではないでしょうか。人類が原子力を発見してたかだか数百年。人類が誕生したのは、約500万年前です。その頃から人は、生活し、子供を産み、進化し、戦い、文明を築き次へ繋げることを繰り返してきました。何を怖がるのでしょうか。今、我々がここに立つ決断をすることが、先の世代の誇りになるのです。……私にも100年後はどうなるかわからない。わからないからこそ面白い。政治は、我々政治家の為にあるのではない。未来の子供達の為にあるのです。そして未来は必ず面白い。たとえ現代の我々の判断が間違いだったと証明され、この土地から人類が消滅したとしても、それはそれで面白いではありませんか。少なくとも私達は挑戦したという記録が残るのです。その歴史を得た私達の子孫は、きっと私達より優れた叡智を持つでしょう。そして彼らはきっと別の未来を創るでしょう。未来はきっと面白い。そう私は信じているのであります！」

　桜はいつの間にか演説に引き込まれていた。

　そしてその日のうちに雑誌社を辞め、明くる日には、富士見事務所を訪ね秘書になりたいと申し出たのであった。

『死ネ』

　と声がした。

「失礼……」

〝人間の腐乱死体〟からタバコを取り火をつけた桜が富士見にもすすめる。

　新保党長老達が去った応接室は、人の熱気もないせいか、より寒々しかった。

　富士見はすすめられたタバコを手で断って言う。

「そんな時代もあったな」

　桜は目を細めて笑う。

「古き良き時代みたいな言い方されても困るな。ありゃぁ名演説だった。惚れ惚れしましたよ。あれから毎日あなたと街頭に立った。あなたは私の人生を狂わせたんですよ」

　確かに、桜と二人、街頭で通り過ぎていく人に向かって声がかれるまで話し続けた。しかし誰一人として足を止める者はいなかった。

「ふん……いくら名演説だって、誰も聞いてないんじゃな」

「私は聞いてましたよ」

「そりゃそうだろ」

「投票だってちゃんと総理に入れました」

「当たり前だよ！」

「あっははは！」何がそんなに楽しいのか、こういう時の桜は実に愉快そうに笑う。「おっ……五代君からです」桜はポケットから小型タブレットを出してメッセージを読み、ニヤリとする。

「総理……」

　桜が差し出した小型端末にはこうあった。『明日、ザ・ハウスにて大統領から直接返事をうけたまわる予定！……五代拓造拝』

それはまるで古代の宮殿のように堂々と、そして優雅に鎮座していた。

フロンティア合衆国大統領官邸、通称ザ・ハウスだ。日に当たり薄青く光っている。特別な石を使っていると聞いたことがある。ピースランドの首相官邸とは違い、さすが贅沢な建物だと五代は思った。

*

門の前に立つ五代は似合わないモーニング姿だった。1年ほど前、仲人をした元部下の結婚式で着る為に新調したもので、袖を通すのは2回目だった。サイズに余裕を持って作ったつもりだったが、ズボンも上着も無理矢理ボタンをはめるのがやっとで、少しでも屈んだりすれば尻が破れボタンが弾け飛んでしまいそうなほど、窮屈だった。

たった1年でこれほど太ったかと、五代は憂鬱な気分になった。念の為試着したのは昨日の晩で、直しに出すには遅すぎる。かといって、大統領官邸を訪問するのに普段の背広姿というわけにはいかない、というのが生真面目な五代の美意識だった。

五代はなるべく息を吐き、腹を引っ込め、背筋を伸ばす。

門の前に立つ二人の警護官は見るからに不審なピースランド人を警戒し目を合わせている。

五代が笑顔でアン大統領からの招待状を見せると二人は文面を確認し、「ちょっと待て」と無線で連絡する。おそらくザ・ハウス本部に確認しているのだろう。少しして無線を切ると、「オーケー、しばらくここにいてください。今迎えが来ます」と言った。

「はっ」

五代は一礼をすると門の内側に一歩入る。

中は庭園のようだった。花壇には色とりどりの花が咲き、噴水からは水が噴き上がっていた。

五代はもう一度身だしなみを整えようとしたが、どうしてもギリギリに留めたボタンとボタンの間が開いて中の白いシャツが見えてしまう。ネクタイも苦しく、額からは汗が噴き出してくる。このまま立たされていたらいずれ倒れてしまいそうだ。

しばらくすると、向こうからやけに体格のいい男が二人歩いてきた。SPである。白人と黒人のコンビだ。二人ともまるでフットボール選手のようだった。

「五代さんですね。ご案内します」

「これはどうも」

SPは五代の両側にぴったりとつき、歩き始めた。二人ともゆうに2メートル以上あるだろう。身長165センチの五代は、まるで連行されている子供のようだった。

……さすが、ザ・ハウスのSPともなると違う。

五代は感心した。ピースランドにもこれぐらい逞しい人材がほしいものだ。警視庁出身の五代は他国に行くたびに警備体制を見る癖がついていた。

前方の玄関前に二人、左右に二つずつある小さな門にもそれぞれ二人。見えるだけで10人。かなり厳重な警備だ。

「待て！」

叫び声は後ろから聞こえた。振り返るとさっき門の所にいた警護官がこちらへ走ってくる。

「取り押さえろ！　そいつはテロリストだ！」

テロリスト？　五代は即座に周りを見まわしたが、それらしき人物はいない。全てのSPの視線は自分に注がれている。両脇の二人も機敏に反応した。白人の方が五代の肩に手をかける。五代は反射的にその手を取り、腰を思いきり低く下げると前へ投げ飛ばした。驚いた黒人の方が懐に手を入れると五代はその手首をむんずと掴み思いきり引き出す。現れた手の先に握られた銃が一瞬黒光りする。五代は膝で手首を突いて銃を落とすと足で踏み、そのまま黒人の手をひねり上げ地面に頭を押し付けた。

「動くな！」

気がつくと五代は集まってきたSPに囲まれ、12挺の銃口がこちらに向けられていた。

五代は観念し両手を上げる。一連の動きでピチピチに張り詰めていたモーニングのシャツとズボンの尻の部分が破れビリビリになっていた。

「待って！　待ちなさい！」

玄関から走ってくる女性に五代は見覚えがあった。確かあれはダイアナ国務長官だ。

ダイアナはSP達に言った。

「何してるの？　この人は大統領の客よ」

ＳＰ達は戸惑い顔を見合わせる。

「申し訳ありません。先程、国防長官から連絡がありまして、この男を通すなと」

「ローレンスが？……何かの手違いだわ。銃を下ろして」

ＳＰ達はゆっくりと銃をおさめた。

向こうからローレンスが歩いてくる。

「ダイアナ。いくら国務長官とはいえ、勝手な振る舞いをされては困るな」

「ごめんなさい。彼はピースランドの密使で……」

「ああ、今顔を見てわかったよ。見覚えがある。確かマスターズに来ていたな。しかしそういうことなら、事前に私にも話を通してもらう必要があると思うが……。それとも国防長官を通す必要はないと？」

「いいえ、こちらが軽率だったわ」

「結構。お姫様にも伝えてくれ」ローレンスは皮肉っぽく言うと「大統領執務室までご案内しろ」とＳＰ達に告げ去っていった。

部屋に入ってきた五代の姿を見てアンは目を丸くした。ダイアナから庭での顚末は聞いていたからさほど驚きはなかったが、それでもビリビリに破れたモーニングを着た五代の姿はあまりにも悲惨で、本来なら目を覆いたくなるところだと思いながら、アンは決まってこういう時、対象物から目が離せなくなるのだった。

「……こんな格好で失礼します。……いやぁ、当然のことながら、貴国の警備体制の盤石さ、対応能力の素早さには改めて感服いたしました……本日はお招きいただきありがとうございます」

五代は、服のほつれを手で隠しつつ頭を下げる。

「いえ」と、アンは慌てて立ち上がる。

「こちらの不手際で大変な失礼を……」

ローレンスに五代のことを伝えておかなかったのは完全にアンのミスだった。しかし今このタイミングでピースランドの密使と面会するなどということを言えば、ローレンスは反対とはいかないまでも、余計なことを、と思うに決まっている。いずれにしろ、いい顔はしないだろう。そう考えスルーしようとしたのが間違っていた。あらかじめ警備には自分の招待状を持ったピースランドの男が来たら通すように伝えてはあったが、こういったことに鼻がきくローレンスが見過ごすはずもなかった。結果的に余計悪印象を抱かせることになった。

「ごめんなさい。本当に……」

アンは言葉に詰まり唇を噛んだ。しかし実はそうやって、必死に込み上げてくる笑いを抑えていたのだ。

五代は大きく見開かれた自分を見つめるアンの瞳が、好奇心を抑えきれず輝いていることに気がついていた。

確かに自分の姿は滑稽であろうが、こうなったのは全て彼女のせいである。かの大国、フロンティア合衆国の大統領だと思うからこそ、こうして下手に出ているが、随分と失礼な態度だと少しムッとする。

アンは、自分の娘であってもおかしくない年齢ではあるが、箸が転んでも可笑しい程若い娘でもあるまい。まずは自分の非礼を心から詫びるのが筋ではないか。何をいつまでも楽しそうにしているのか？

「あの……大統領……」

「はい、ごめんなさい……」

「昨日お持ちした富士見総理の親書の件ですが……？」

アンは五代から目をそらし窓の外を見る。

……やはりだめなのか、と五代は落胆する。

アンの小さな肩は小刻みに震えているように見える。まさか、と五代は思った。まだ笑いをこらえているのではあるまいな。

「イエスです」

アンは五代の疑念を払いのけるように背筋を伸ばし、少し声を張り気味に答えた。

「私からの返事はイエスです」

庭の緑を見て、なんとか感情を平静に保つことに成功したアンは、意識して口角を下げ、真面目な表情を作り、振り返る。

「富士見総理にそう伝えてください」

「ほ……本当ですか？」

「ただし、一つ条件があります」

「……条件？」

アンは五代に近づき、少し小声で言った。

「私達にはどうしてもクリアしなければならない問題があります。……ティグロです」

＊

「ティグロの参加⁉」

　桜は小型端末に向かって声を張り上げた。

　マレーネは驚いて桜を見つめた。いつも飄々としている桜がこんなに素っ頓狂な声を出すのは珍しい。

　オカマバー・ディートリッヒのカウンターの端。桜はマレーネの視線に気づき、声を一段低くする。

「……どういうことだ。五代君？」

「今言った通りだよ。とにかく大統領の答えは条件付きのイエスだ。もしマスターズにティグロも参加するなら、フロンティアも参加の意思を表明し、安全な球連合の他の国にも参加を促してくれるそうだ」

「そりゃ、キツイな……」

　こちらが提案したのはあくまでも崩壊しつつある安全な球連合加盟国の再結成であり、ティグロを含むつもりはなかった。今の時点でティグロはまだマスターズテロの容疑者であり、安全な球連合加盟国のうち5カ国が既にティグロに対し、期限を設けての自身の潔白の立証を要求し、それがなされなかった場合、先制攻撃の開始を宣言している。遅かれ早かれピースランド、フロンティアを除くユナイテッドグリーン、ロマーナ国も先の5カ国に追随するだろう。

　ティグロは態度を硬化させ、自分達は無実であり、敢えて証明する必要性はないとし、万が一攻撃を受けた場合は即刻報復する趣旨の声明を出している。

　富士見としてはこれ以上関係をこじらせない為に、まずは安全な球連合で集まり、宥和政策を主張するフロンティアと対立しつつある他国の間に入り、和平ロードマップの再構築を提案するつもりだった。

　ティグロとの再交渉は次の段階の話であり、疑いの晴れていない彼らを現時点で国際会議の場に呼ぶのは、テロ再発のリスクを多分に含んでいる。国内の反発は必至であり、越えなければならないハードルが高すぎる。

　そもそもティグロ政府がすんなりと誘いに乗るとも思えない。ブルタウ将軍というカリスマを失った後、テロ国家共同体という名が表す通り自己矛盾を抱えた集合体である彼らは当然のように分裂しつつあり、既に幾つかの内乱事件が起きている。しかもピースランドにはティグロに繋がるパイプがない。今まで国際政治の場においては、ひたすらフロンティアに追従する形で間接的にしか関わってこなかったのだから当然である。

直接交渉しようにも窓口が見当たらないのだ。

「……私もそう言ったんだけどね、桜君。ありゃあなかなか厄介な人物だよ……」

珍しく桜が黙り込んでいるので不安になったのか、五代が呟いた。

「……頑固というか、なんというか……」

「え？」

「とにかく、ティグロなしなら会議などやっても意味がないと……」

実は富士見の提案は、アンにとって願ってもないものだった。

宥和政策を進めようとするアンの意見は、チームホワイトの中では少数派となり、ローレンスを始めとする強硬派を切り崩すのは至難の業だ。そんな中、もう一度マスターズ会議をしようなどと言っても誰も賛成しないだろう。しかし、仕切りがピースランドであれば話は違ってくる。

開催場所がピースランドで、ティグロも参加するとなれば、おそらくローレンスの反応は変わるだろう。

万が一、再び自爆テロが起きたとしても、極東の小さな島での出来事だ。そこにティグロ政府の要人もいて、アン大統領もろとも吹き飛ばしてくれるとなれば……。

ローレンスが今頭を悩ませている問題が、少なくとも二つ、同時に解消することになる。いかに彼が冷酷とはいえ、それを望むということではないだろうが、アンの方から言い出したのだという大義名分があれば、是が非でも反対という態度が少しは軟化するのではなかろうか、とアンはしたたかに考えたのだ。

五代にはアンの意図が何となく読み取れた。だからこそ彼女をなかなか厄介な人物であると感じたのだ。「……頑固というか、なんというか……」。もっとアンにぴったりの言葉があったはずだが見つからなかった。

「おい！　ミスター・ゴダイ！　そろそろいいだろ！　勤務時間はとっくに過ぎてるぞ！」

五代の小型端末の向こうで起こった叫び声と笑い声が桜に聞こえた。

「ん？　周りが騒がしいみたいだな。五代君、君は今どこにいるんだ？」

「いや……」五代は慌てて端末のマイクの部分を手で覆う。「ちょっと待ってくれ、あともう少しで済む」

五代がいるのはザ・ハウスからほど近い小さなバーだった。

アン大統領との面会の後、五代はいったんホテルに戻ったが、フロンティア政府が用意したホテルで桜に連絡するのを少し躊躇した。通信が監視されている可能性が高い。

五代は外へ出ると周辺を歩き情報網の死角になりそうな場所を探し、人通りの少ない路地を曲がると、少し歩いた所に古い趣のある店があった。

富士見の名代として親書を大統領に届けるという重要な任務を無事終え、少し緊張が解けた五代は、元々酒が嫌いな方ではないということも手伝い、人けがなく情報が漏れることもなさそうな場所に見えるということを言い訳にして、ふらりと店に入ったのだ。

店内は狭く暗かったが、思ったより客が多く賑やかだった。

奥に古いピンボールとダーツがある。カウンターの棚にはズラリとウィスキーやブランデーのボトルが並んでいる。いかにもフロンティアらしい洒落たバーだ。

席に着いた五代は、注文したスコッチをショットで一気に飲んだ。

「くぅー」

ようやく人心地がついた五代は改めて店内を見まわす。客は大柄の男性ばかりだった。少々むさ苦しい気もしたが、この方が変に気を遣わなくていい。

「おい！　アンタ！」

突然後ろから思いきり背中を叩かれた。

驚いて振り返ると、そこに立っていたのは昼間五代が投げ飛ばした白人のＳＰだった。

「驚いたな！　こんな所で何してる？」

「いや、そっちこそ……」

「おい！　みんな見ろ！　さっき話したブドーのタツジンだ！」

店中の男達がこちらを見る。「オウッ！」と歓声が上がる。その中にはやはり昼間五代が組み伏せた黒人のSPの顔もあり、近寄ってきて右手を出した。

「バードだ。よろしく。こっちはキャット……」

SP達は皆お互いをコードネームで呼び合っていた。キャットと呼ばれた白人も笑顔で右手を出す。

「昼間は本当に驚いたぜ、気がついた時には自分の頭が地面に押し付けられてたんだからな。あんた名前は？」

「はっ、五代拓造と申します。先程はとんだ失礼を」

五代が礼をすると、SP達も皆深く礼をした。

不思議そうに店内を見まわす五代にキャットが言った。

「ああ、この店なら警戒しなくていい。ここは俺達シークレットサービスのたまり場みたいなもんだ。よっぽどの物好きかマヌケじゃなけりゃ寄りつきもしないよ。あんたはそのマヌケの一人ってわけだ」

男達が笑う。

……こりゃ、大変な店に入ってしまった。

五代の不安を察したようにバードが思いきり背中を叩く。

「痛っ！」

「ハハ！　心配ないよ。ここにいる連中は全員国防のエキスパートだ。機密に関しては漏らすことはない。たとえそれが他国のことでもな。あんたの秘密は守る。もちろん、上の連中に対してもな」とニヤリと笑う。

「それにしてもあんた、ただ者じゃないな。さっき俺達に使ったワザは何だい？」

五代が自分は昔警察官であり、柔道七段の師範代であることを話すと歓声が上がった。

「ワオ！　ジュードー！　シハンダイ！　俺達もジュードーはやったが、あんな素早い身のこなしが出来るなんて、あんた凄いぜ！　なあ、どうするんだ？　教えてくれ」

店中のSP達が五代の周囲に集まり、酒を奢った。

五代はまんざらでもなく、すっかり酔い、良い気分になったところで桜に連絡しなければならないことに気がついたのだった。

「どこの国も同じだ。上司ってのはこっちの都合なんかちっとも考えないものさ。早いとこ仕事なんか済ましちまえよ」

そう言われて五代は端末で桜に連絡したのだった。

「……桜君。とにかく詳しい話は帰ってからするよ。それじゃ」

五代は半ば強引に端末を切った。

「よし！　いいぞ、シハンダイ！　さぁ飲め！」

ＳＰ達の間では〝シハンダイ〟が五代のコードネームになったようだった。

「国家なんかクソ食らえだ！」

キャットが叫ぶとまた歓声が上がる。どうやらここでは普段絶対に口に出来ないようなことを言葉にして盛り上がるのがお決まりとなっているようだった。

「そうだ、シュルーなんかクソ食らえだ！」

笑い声の中に口笛が交ざる。

「シュルー？」

「ああ、じゃじゃ馬。俺達のボスさ」

バードが五代の耳元で囁いた。

……なるほど、と五代は胸がすくような気持になった。さっき見つからなかった、アン大統領にぴったりの言葉はまさにこれだった。

じゃじゃ馬。

「さあ、シハンダイ、あのワザを教えてくれ！」

「……はは、それじゃ、まぁ……」

五代はすっかり上機嫌で上着を脱いだ。

＊

通信が切れた小型端末をポケットにしまうと桜は、カウンターの上の〝人間の腐乱死体〟に伸ばしかけた手を止めた。一服したいところだったが、今はタバコを抜いた後に鳴る『死ネ』というメッセージを聞きたくない。こういうこともあるのなら……と桜は思う。まんざらこの悪趣味なタバコのパッケージもメッセージも節煙に役立たずってわけでもないんだな。

桜は代わりにウィスキーを飲もうとしたが、こちらも飲む気がしない。

「おい、水くれ」

マレーネに声をかけるともう一度端末を見つめる。おそらく酒好きの五代は今頃羽を伸ばして浴びるほど飲んでいるだろう。かけ直しても意味はなさそうだ。

「……ふん、どうしたの？……サクちゃん？　冴えない顔して」

マレーネが氷水を置くと、桜は一気に飲みほした。

「……冴えない顔は生まれつきだ。悪かったな」

「……らしくないわね……謙遜なんて」

「そうでもないよ」

桜は笑ってため息をつく。

ティグロの参加が条件か……。なるほど五代の言う通り、あの娘は一筋縄ではいかなそうだ。

「……ん？」

「……何さ……サクちゃん」

桜が見つめているのはマレーネの後ろにいるオカマ、早川オナシスだった。

オナシスは桜の視線に気づくと、顔を赤らめて会釈した。

「そうか……」

桜の表情がみるみる変わる。いつものいたずらっ子のような目になった。

「……若いのばっかり……」

とマレーネが呟く。

いけるかもしれない。イチかバチかだが、うまくすればギリギリで首の皮一枚繋がるかもしれない。

桜は独りごちてタバコを抜いた。

『死ネ』

画策

「……これが浅間さんか。若いなぁ」

富士見の声はなんとも呑気なトーンだった。

深夜の総理執務室。

桜のタブレットに次々と映し出される画像に富士見は見入っていた。

「もう50年も前ですからね」

写真は武装した若者達と機動隊が衝突する場面だった。幾つかの写真の中で常に若者達の前に立ち、指揮しているのが若き日の浅間大五郎だ。

今よりも痩せて精悍な顔立ちをしているが、人を射貫くような鋭い眼光は今もそのままだ。

頭に黒いスカーフを巻き、軍服を模した服。当時はこれが革命を叫ぶ学生達のトレードマークだった。

浅間はこの頃20歳。

西側の一部の富裕層の価値観のみを優先する資本家支配の象徴と揶揄された安全な球連合設立の発端となった活動に、世界中の学生及びテロリストから反対の声が上がり、運動は地球規模に広がった。

ピースランドも例外ではなく、その活動に反対する学生達は全国で組織化され、その頂点に〝革命団・紅(くれない)〟があった。浅間は紅のカリスマ的リーダーだった。

「過激だな……」

「まさに闘士ですよ。この頃お義父(とう)様の興造氏は外務大臣だった。その活動に関して実質動いていたのはオヤジさんです。つまり富士見興造と浅間の対立はこの頃から始まっていたということでしょうな」

写真に〝戦犯、富士見興造を打倒せよ！〟という看板が写っている。


「思えば、大変な時代だったんだな……で、この写真がどうしたっていうんだ？」

「この後浅間は革命家から政治家に転身し、左派の代表として前進党を組織し最大野党にまで育て上げた。盤石だった富士見興造政権の前では政権交代は夢のまた夢だった。しかし興造氏亡き今、少し風向きが変わってきてますがね」

からかうような桜の視線を富士見は無視し浅間の国民ランクを見る。

浅間大五郎……☆☆☆☆☆☆☆☆☆……532位。☆10個。

さすが最大野党の党首にして巨大な組織票も持っているだけのことはあり、高順位だ。

「ふん、風向きねぇ」と富士見。

桜はニヤリとする。

「浅間が政治家に転身した頃、革命団・紅の他のメンバーの一部には国外に散らばり活動を続ける者もいた」

「……ん？」

「つまり、テロ国家共同体ティグロの前身となる幾つかの組織の幹部には紅の残党がいて、おそらく浅間は今も彼らに繋がる窓口を持っている」

「何？」

桜の眉毛が上がる。

「まいりましたね。この国で唯一ティグロとのパイプを持ってそうな人物が浅間大五郎ただ一人とは……」

「おい！　それじゃ絶望的じゃないか！」

「そうですかね？」

今度は桜がとぼける。

富士見はポケットから手紙を出す。

5日前、五代が持ち帰ったアン大統領からの返事だ。もう何度も読んでいるので、紙がしわしわになっている。

手紙はこう結ばれていた。

『……ピースランドで再びお会い出来る日を心待ちにしております。

富士見幸太郎総理へ
尊敬を込めて……
フロンティア合衆国大統領
アン・アオイ』

『尊敬を込めて』の文字をまた読み返す。尊敬とはどういうことだろう？　もちろんそこに深い意味はないのはわかっていたが、考えずにはいられなかった。尊敬の中には愛情も少しは入っているのだろうか？　彼女は本当に自分を尊敬しているのだろうか？　それともただの社交辞令か。いや、そんなことはどうでもいい。たとえ本当に尊敬の念があったとしても、今回ティグロを会議に招待出来なければ、たちまち軽蔑に変わるだろう。

富士見はため息をついた。

「浅間が私に協力するわけないだろ。……なるほど、君が言う通り、風向きは完全に変わったようだ」

「……あ！……桜君、末松から連絡だ」

帰国してからまだ時差ぼけが直らず、机で居眠りしていた五代が飛び起き、小型端末を桜に見せた。

「……総理、風向き。もう一回、変えちゃいますか」

不思議議そうな富士見に桜が差し出した端末の画面には、『無事潜入成功しました！……末松』とあり、最後にVサインの絵文字が踊っていた。

「……ん？」

＊

「マスターズ⁉……マスターズをもう一度この国でやろうっていうのか？」

浅間は珍しくかなり高い声を出した。

「はぁ、まさかそんなことを言い出すとは、私も本当に驚きまして……バカなのはわかってましたけど、いくらなんでも、ここまでだったかと……へへ……」

末松が卑屈に笑う。

前進党党首、浅間大五郎邸のリビングルームは豪奢な造りだった。大理石のテーブルに革張りの椅子。浅間は茶色のガウンを着てテーブルの上のブランデーを注ぎ足し、口に運ぶ。

「全く愚かな……」

「へへ、実にその通りで……」

向かいに座った末松は羨ましそうにブランデーを見つめながら相づちを打つ。

浅間の後ろの部屋には大きな剝製の鹿の頭が雄と雌、対で飾ってあり、『清貧』と書かれた書の額が掛かっている。

「はっ、呆れた男だ。この調子でいけばこっちが何も手出しをしなくても、勝手に自滅していく勢いだな」

「全くもっておっしゃる通りで……」

「……末松君といったか。よく知らせてくれたな。ありがとう」

「いえ……どういたしまして……」

リビングにしばらく沈黙が続いた。

「御苦労だった」

「いえいえ、とんでもございません。へへ」

「……おい、いつまでもそこで何してる？」

「は？」

「もう話は済んだ。下がれ」

「へへへ、どうも……」

「どうもじゃないよ。何してるんだ？」

「いえ、特に何も……」

「だったら帰ってくれ。私も忙しいんでね」

と浅間はブランデーを飲む。

「へへ、帰れと言われましても、どこに帰ればいいのかわからないような有様で」

「自分の家に帰ればいいだろ」

「ええ、私もそうしたいんですが、恥ずかしながら女房に逃げられて、今家に誰もいないんで……」

「知らんよそんなこと」

「お待たせしてごめんなさいね」

ケーキと紅茶を持って現れたのは浅間の妻の須美子(すみこ)65歳だった。

「あ、すみません」

浅間は渋い顔で須美子を見る。

「おい」

「どうぞ、召し上がって。なんだか大変だったみたいねぇ」

須美子は昔から世話好きで、家に人が来るとやけに張りきって、たとえそれが若手の議員であろうが新聞記者であろうが、もてなしたがるのが悪い癖だった。まして今目の前にいるのは浅間の政敵とも言える富士見幸太郎総理の秘書だ。

「何が大変だったんだ」

「あら、あなた知らないで話してらっしゃったの?」

須美子は着物の懐から新聞の切り抜きを出して見せた。報業タイムスの一面。末松が腹痛で飛行機のトイレを占領して総理が乗り遅れた顛末が書かれている。

なるほど、この男か。

浅間は目の前に座る小男を蔑むように見る。正直この記事を見た時は、富士見に敵ながら同情したものだった。どこにでも無能な秘書はいるものだ。あの男もつくづくついていないなと。

「ほう、富士見の所を追い出されて行き場がないというわけか」

「はぁ、まぁ、そんなところでして」

「本当に、こんなやり方ってないわよ」

「何がだ?」

「あなたわからないの? この人は富士見さんの失態の責任を全部負わされたのよ。こんな記事、事実のわけないじゃないの。秘書をかばったなんて嘘。昔から政治家がよくやる手口じゃありませんか。本当は富士見さんが自分の都合で飛行機に乗り遅れたのを、この人に罪をかぶせたんだわ。ね、そうなんでしょ？　かわいそうに……」

「へ、ええ、まぁ……そのような感じで……」

「ほら見なさい！　あなた、いいからケーキ食べなさい」

「はい、いただきます」

「だからって私にどうしろと言うんだ？」

「ねえ、あなた。何とかしてあげられないかしら？」

「どうにもなりゃせんよ」

また始まったと浅間は思う。須美子とは浅間が学生活動家だった頃からの付き合いだった。須美子もまた若くして〝紅のジャンヌ・ダルク〟とまで言われた闘士で、仲間達からの信頼はリーダーである浅間以上に厚かった。当時から若く美しかった彼女を慕う者は多く、目の前に困った人がいれば放っておけない性格だった。

政治家に転身して世の中の裏も表も知り尽くした浅間は今ではすっかり汚れ、青臭い理想論は建て前だけになっていたが、須美子の中にはまだ無垢なままの正義感が残っていた。

「末松さん。あなた、これから行くあてがあるの？」

「いいえ、何しろ突然解雇されたものですから、この先どうしていいかわからないような次第でして……この2～3日何も食べてないような状態で。……ああ、ケーキって、こんなに美味しかったんですね……」

末松は涙ぐんでケーキにかぶりついた。

「まぁ……」

「……そんなわけあるか……」

浅間は小さく呟く。

「ねえ、あなた。富士見さんのやり方はひどすぎますよ」

「ふん。実に富士見らしいよ。しょせんは出来の悪い婿養子だ。興造先生は、敵ながらアッパレだった。あれこそまさに巨人だ。私なんかが近寄りがたい迫力があったもんだよ。思想は違えどこの人にならば国を任せられると思わせる凄味があった。……そう考えると洋子さんもだめな婿をもらったもんだ」

「いつも洋子さんをかばうのね」

「何をバカな。そういうことじゃないだろ」

浅間は慌てて否定する。

「そういうことって、どういうことですか？」

「いや、別に……」

富士見洋子は、まさに才色兼備という言葉はこの人の為にあると言ってもいいような女性で、与野党かかわらず多くの政治家や、国民からも絶大な人気があった。

「ねえ、あなた。末松さん、うちにいてもらったらどうかしら？」

「あ？……何をバカな……」

「あら、ちっともバカなことじゃありませんよ。そうよ、あなたの秘書になってもらえばいいじゃないですか」

「無茶なこと言うな。ついこの前まで富士見の所にいた人間だぞ。そう簡単に秘書になんか出来るか。それに彼だって向こうに対しての義理もあるだろうし。な？」

「いえ、ありません」

末松は即答した。

「この人は極秘であるはずのマスターズ会議開催の情報を知らせてくれたんですよ。きっとよっぽどの覚悟でいらしたんだわ。ね、そうでしょ？」

「ええ……へへ、まあ」

「ふん、ただのバカかもしれんじゃないか」

末松が呟き込む。

「あらあら、大丈夫？」

「ええ、……大丈夫です。ちょっと慌てて食べたもんですから……あの、トイレをお借りしてもよろしいでしょうか？　急に食べ物を入れたものですから、ちょっとお腹の具合が……」

「かわいそうに、どうぞ、こっちの廊下の先だからいってらっしゃいな」

「すみません」

末松はわざとらしく呟き込みながら部屋を出ていった。

「なあ須美子、わかるだろ。あんなもん秘書にしたところで何の役にも立ちゃせんよ」

浅間は少し猫なで声になる。

「役に立つとか立たないとか、そういう問題じゃありませんよ」

「……いや、そういう問題だろ……」

「見損なったわ」

「あん？」

「若い頃のあなたは違ってましたよ。目の前に困っている人がいたら、助けずにはいられない人だった。政治は愛だっておっしゃってた。少なくとも利権や損得で動く人ではなかった」

「いや、しかしな……」

「あなた！　あの人をこのまま放っておいたら飢え死にしてしまうかもしれないんですよ」

「そんな大げさな……」

「目の前で飢餓で苦しんでいる人を見殺しにするんですか？　人殺し！」

須美子の声は廊下まで響いた。

トイレの前で耳をすましていた末松はポケットからそっと端末を取り出した。画面に五代からの返信メッセージが映し出される。『よくやった！　そのまま浅間にくっついて絶対離れるな！……五代』

文章の最後にアニメの少女が飛び上がって喜んでいる絵文字が付いていた。

アニメ作品
〝美少女ガール戦士・横内和彦〟第2話

街は火の海に包まれている。

均整の取れた美しいビル群が溶けるように崩れ落ちていく。空から弾丸のような火のついた溶岩が降り注ぐ。海は荒れ狂い、高い壁のように隆起した波がみるみる街を呑み込んでいく。

人々は絶叫しながら山へも海へも行けず、逃げ場所を失い、やみくもに走ることしか出来ない。

「かつて起きた恐ろしい大災害によって、人類は絶滅寸前にまでなったんじゃ」

博士の声が映像のバックに流れる。

「それは地球の怒りのようでもあった。マグマのエネルギーは暴走し、海は悪魔の正体をさらした。愚かで小さな人間達の心は破壊され、愛情は分断されたのじゃ」

黒い海原に稲妻が落ちる。

若い母親と小学生ぐらいの息子が逃げている。母は幼子を抱いている。次の瞬間、燃えた溶岩が少年の後頭部に当たり倒れる。母親は立ち止まり絶叫する。少年は最後の力をふりしぼり、手で向こうへ行けと合図する。後ろから溶岩と濁流が同時に流れてくる。躊躇している時間はなかった。母親は幼子の頭を押さえ、振り切るようにその場を離れ、走っていく。

研究所、天井の巨大モニターに映し出される地獄絵図を横内和彦は震えながら見上げていた。

「……この国に昔、こんなことが起きたなんて……」

青ざめた横内に博士が言う。

「この災害によって人口は3分の1以下に減ってしまったのじゃ。その後、人々の心の中には悲しみや憎しみ、怒りや復讐心といった負のエネルギーが解消されないまま、どんどん蓄積されていき、今や臨界点を超え一人の人間の中には到底おさまりきらない膨大なエネルギーとなり、暴走し始めようとしている」

「暴走？……暴走って何かなぁ？」

「ピキピキピッピッピー！」

横内の肩の上で小動物が鳴いた。

「おお、そうじゃったのう、よしよし。お前達、小さな動物達も辛い思いをしたんじゃった」

「ピキピーピーピー！」

小動物が牙をむき出しにしてみせた。

「いいか横内。横内和彦よ。憎しみはこの惑星最大のエネルギーじゃ。それが一つに集まればとんでもない怪物になるんじゃ」

「怪物？……怪物ってどんな怪物だろう？」

「いいか横内。お前は負のエネルギーの熱力学を逆流させて正のエネルギーに変換して美少女ガール戦士に変身する。そこまでは理解出来るな？」

「うん。理解出来るよ」

明らかにわかっていない時の返事だった。

「しかし、世界にはびこる負のエネルギーは正に変換出来ないほど増大してしまったんじゃ。今生きている全人類の憎悪がネットワーク上の言葉によって世界中から集められ、やがて一つの個体になる日がやってくる。悪魔怪物魔人の出現じゃ！」

「悪魔怪物魔人？　凄く意味が重複してるんじゃないかなぁ？」

「それは美少女ガールにも言えることじゃ」

「そうだね。でもその悪魔怪物魔人ってどんな奴なんだろう？」

「それはワシにもわからない。なぜならまだ生まれてないからじゃ！　しかしあともう少しで誕生しようとしているのじゃ！　こいつが意思を持って行動し始めたら間違いなくこの惑星は、いや宇宙そのものが終わりじゃ！」

「え？　宇宙が終わるとどうなるの？」

「今はそんな難しいことを考えてる時じゃないことは、いくらバカなお前でもわかると思っていたんじゃが……」

「ご……ごめんよ博士」

「ピキピキピー！」

　小動物が横内をかばうように博士に抗議する。

「おお、すまなかったな。期待したワシが悪かった。とにかく横内、横内和彦よ。お前の使命はその怪物が出現した時に正のエネルギーでそいつを倒すことじゃ！」

「ボ、ボクにそんなことが出来るか自信がないよ」

「ワシも期待はしてない。しかし今となってはその方法しかないのじゃ！……横内和彦。この地球の運命はお前にかかっている。いや、お前というよりも、美少女ガール戦士にかかっているのじゃ！」

「ピピピピピーーー！！！」

　研究所で握手をする博士と横内。その周りを走り回る小動物。

　勇ましいナレーションが入る。

「さぁ！　どうする横内和彦！　がんばれ横内和彦！　ここまで来たら迷ってる場合ではない！　地球の為に、人類の為に立ち上がるのだ！　正義の為に！　我らの為に覚悟を決めて立ち上がれ！　立ち上がれ！　スタンドアップ！」

始動

誰もいない体育館の奥。翔は、用具倉庫に積まれたマットの間に潜り込み、うずくまるように膝を抱えていた。天井近くにある小窓からわずかに漏れる光は部屋を照らすことはなく、倉庫は全て闇の中だった。

昼休みが終わり授業が始まったばかり。この時間、体育をしているクラスはなく、校庭も体育館も静寂に包まれていた。

遠くに聞こえる波の音は、倉庫内の、更にマットの間にいる翔の耳までは届かなかった。

鼻の奥から熱いものが流れ落ちるのがわかる。友希達に殴られた頬が痛い。手で触れると腫れているのが確認出来た。

翔は、何かあるとここへ来てしまう自分を不思議に思った。体育館は決して安心出来る場所ではなかった。むしろ嫌なイメージしかない。

天山が噴火した時、母が自分を抱き、溶岩の追走を逃れたどり着いたのが、かろうじて難を逃れた天山小学校の体育館だった。翼と翔が通っていた学校だ。

既に足の踏み場もない程大勢の人が避難してきていた。方々から唸り声やすすり泣きが聞こえてきた。見れば頭から血を流す者、全身に火傷（やけど）を負った者が床に横たわっていて、焼けた身体の臭いが充満していた。母は翔を抱いたまま立ち尽くした。外は熱風が吹き、体育館はムッとする暑さだった。火山灰が入ってきて床は一面ざらつき、人々は皆咳き込んでいる。見なれたいつもの場所は、ネット映像で見たことがある遠い異国の紛争地域の難民キャンプのようだった。

母は必死に自分と翔の居場所を探し確保した。

夜になってもまだ天山の方から爆発音が地響きのように聞こえ、何度も地面が大きく揺れた。そのたびに怯えるようなどよめきと呻（うめ）き声があちこちから聞こえ、誰も眠っていないことがわかった。

翌日、新一がたどり着き、ようやく家族が合流した。洋子は翼を守れなかったことを新一に伝え、泣きながら何度も謝った。新一は早苗と翔を強く抱き、「二人ともよくがんばった。よく生きていてくれた」と繰り返した。

それから3ヶ月以上、避難所暮らしが続いた。

体育館には、翼のクラスメートだった荒井友希、草野拓、伊藤大輔と、それぞれの家族もいた。親友を失ったと知った時の彼らの失意の表情は今でも忘れられない。

友希は翔に寄り添い、いつも一緒にいようとした。まるで翼の代わりに兄になろうとしているようだった。

避難所生活が続けば続くほど、翔には友希の気遣いが辛くなっていった。友希は翼ではない。彼には翼の穴を埋められるわけがないと感じた。きっと友希も同じ思いだったかもしれない。

一日中、苦しんでいる人でいっぱいの体育館の中にいると息が詰まった。

救援物資の配給も充分ではなかった。育ち盛りの少年達にとっては、とても足りるものではなかった。毎日人が死んでいく。すすり泣きが聞こえる。

翔の脳裏に最後に見た翼の姿が浮かんだ。一瞬振り返った時、翼の体を赤くて黒い怪物のようなものが呑み込んだ。

翔は山を憎んだ。外に出ると今でも天山は山裾から黒い煙をもくもくと上げ悠然と佇んでいた。

睨み付ければ、それがどうした？　と、小さな人間達の生き死になど取るに足らないことのように、以前と変わらぬ姿で堂々とそびえ立ち、自分を見下ろしている。

……お前に何の権利がある？　お前の奪ったものでで俺は悲しまない。お前の思った通りには苦しんだりしない。

天山を見上げ、翔は何度も何度も心の中で繰り返した。

……お前に負けない。お前を許さない。

おそらく被災者と呼ばれる人々は皆、翔と似た感情を無理矢理胸の奥に押し込めているのだろう。今まで世界に名立たる神の山としてこの国の象徴であり、麓に住む人々の心の支柱であり、崇拝していた天山が、突如として自分達に襲いかかり、何もかも奪い去ったのだ。

人々は蓄積されていく怒りのマグマを噴き出す術も、場所も見いだせずにいた。

翔のそばで翼の役割を果たそうとしていた友希は、日を追うごとに、自分が翼になりきれないことに対する苛立ちを隠せなくなっていった。翔もまた翼を真似ようとする友希に対して苛立っていた。同じ空間にいればいるほど翼の不在を思い知らされる。翼が生きているからこそ成り立っていた彼らの関係性は、実にもろく、アッという間に壊れていった。

いつしか友希、拓、大輔は体育館の奥の用具倉庫に翔を連れ込み、暴力をふるうようになった。

D地区に移住してきて、若葉小学校に通い始めた頃、翔は体育館に近づくのが嫌だった。おそらく友希達も同じ思いだったのだろう。授業で行かなければならない時以外、近づくことはなかった。

体育館は再び翔の避難所となった。何かあるたびに逃げ込んだ。決して安息の地ではないが、ここにいるしかない。

用具倉庫内は湿度が高く、マットは汗を吸い、すえたような臭いを発していた。

闇の中、手探りでポケットからウルトラアイを出し、顔にかける。目の前に細かい文字が光って浮かぶ。友希達のヴォイスが次々と現れる。

『翔、お前がいるとこなんてわかってんぞ』……『逃げ切ったつもりかよ?』……『そこにいれば安全だと思うなよ』……。

さっき友希が殴る時に言った言葉が蘇る。……何で翼じゃなくてお前が生き残ってんだよ……。

腫れた頰に手を当てる。母の声がこだまする。……どうしてあの子を選ばなかったんだろう……。

翼の人形の声が蘇る。……死ンダ人間ハ、イイ人間。生キ残ッテル奴ハ、バカバカリ……。

闇の中、翔は笑っていた。右手の指をタップする。

『ここまでおいで』

たちまちヴォイスに火砕流が起こる。無数の声が翔へ罵詈雑言を浴びせる。

『元々クソだと思ってたがお前マジでクソだな』……『本当にゴキブリ以下、笑』……『死ね』……『殺されたいの?』……『もうコイツ相手にしたくない』……『同感。騒いで喜んでるだけ。不快』……『翔、そこで待ってろ。動くな』……『コイツ、火砕流ばかり起こして何が楽しいの?』……『ウザすぎる』。

中に友希のヴォイスが交ざっているのを見つけ、翔は慌ててマットによじ登り、小窓を開けた。太った体を無理矢理窓に突っ込むと、案の定腹の部分が枠につかえた。息を吐き、腹を引っ込め、もがきながら体を前へ出す。額から汗が落ちる。ジーパンが引っかかり尻が半分出た状態で地面に落下し、なんとか脱出に成功した。

息が苦しかったが休んでなどいられなかった。友希達はすぐにここへ来るだろう。翔は立ち上がるとジーパンを引っ張り上げながら走り、裏門から外へ出た。

＊

首都Ｔ－シティは22時を過ぎ、車の流れもスムーズだった。

議事堂前の道を富士見を乗せた黒塗りのセダンが滑るように走っている。

助手席の桜が振動した小型端末をポケットから出し、画面を見てニヤリとする。

「総理」

「……ん？」

富士見は隣の五代に携帯灰皿を持たせタバコを吸いながら、これから家に帰って久しぶりに洋子の冷たい視線を浴びることを想像して気が重くなっていた。

「末松が現場を押さえました」

「末松が？」

桜の端末にはオカマバー・ディートリッヒで田辺から聞いた、最近浅間が男と出入りしているというマンションの位置情報が入っている。末松の現在地がそれと一致した。

桜は運転手の黒田に告げる。

「行き先変更だ。その先をＵターンしてＡ地区へ向かってくれ……総理、洋子さんには私から連絡しておきます」

「おい、桜？」

桜は端末を富士見に渡した。画面に末松からのメッセージが映っている。『ターゲット入りました～！』文字の後ろにネコのキャラクターがジャンプしながらバンザイしている絵文字が踊っている。

桜は笑って富士見から端末を受け取ると、メッセージを打ち込んだ。相手は報業タイムスの田辺だ。『ナベ。スクープだ。至急例の場所へ』

Ａ地区は数多くのオフィスと高層マンションが並ぶ

都心の一等地だ。

　末松がいるのは、この辺りでもひときわ背の高いマンションの正面玄関から少し脇に入った、植え込みと壁の間だった。『すぐ行く、そのまま待て』

　桜からの返信を受けた端末をポケットにしまうと、気分が乗った末松は忍者のように壁に張り付いた。

　30分ほど前、浅間大五郎の車はこの先の大通りで止まった。

　同乗していたのは末松と秘書の佐野の二人だった。

　浅間が佐野に目配せをする。

「……末松君、君は今日はもういい。ここで降りなさい」

「は？……しかし……」

　これから党本部で会議と聞いていた末松はキョトンとした目をしてみせた。

　浅間はジッと黙って前を向いている。

「いいから、君はここまででいいんだ」佐野は財布から金を出して末松に渡す。「どっかでメシでも食べるといい」

「……いやしかし、先生はこれからどちらへ？」

「余計な質問はするな」

「……はぁ、と言われましても、私は奥様からくれぐれも先生の身辺をお守りするようにと言われたものですから……」

「おい、調子に乗るなよ。お前に何が出来る？」

「失礼ながら、私には奥様に救っていただいた恩があります。微力ながらも私なりにその恩に報いたいと……」

　佐野はため息をつき、浅間を見つめる。

　浅間は前を見つめたまま笑う。

「ふっ、なかなか義理堅い男じゃないか」

　そして再び佐野に目配せをした。佐野はもう一度財布を取り出し、今度はかなりの札束を末松に握らせる。

「……いやぁ、これは」

「いいから取っとけ。これは先生のお気持だ」

「わかりました。ではここで失礼します」

　即行で助手席のドアを開け車から降りる。

「お疲れ様でございました！」

　車は発進したがすぐに止まり、パワーウィンドウが下がる。深々と礼をする末松に浅間が言った。

「末松君。わかってるとは思うが、このことは家内にはくれぐれも……アレで、頼むぞ」

「……は?……ははっ」

末松は頭を下げたまま、ようやくチャンスが巡ってきたと考えた。その後、急いで車を追い、入っていったマンションを確かめ、植え込みの陰に隠れ、桜にメッセージを送ったのだった。

「末松……」

「ひぃっ!」後ろから声をかけられ、思わず悲鳴を上げる。

「しっ!」と末松の口を押さえたのは桜だった。見ると後ろに富士見と五代もいる。

桜は楽しげに囁く。

「上出来だ。ここは我々に任せて、そのまま作戦続行だ……」

「……はっ!」

末松は後ろの富士見に最敬礼すると、その場から立ち去っていく。

「……おい、桜」富士見は不思議そうに尋ねる。「末松はどこへ行ったんだ?」

「まあ、総理。見っててください。面白いことになりそうだ」

インターフォンが鳴る。

男が出るとモニターに浅間が映った。

「……お疲れ様です」男の声は低かった。モニターに映る男の腕は筋肉が隆起し、かなり鍛え上げられているのがわかる。

「遅くなってすまない。開けてくれ」

「お断りします」

「あ?　何言ってる?　早く開けろ!」

浅間はマンションのエントランス前のインターフォンで思わず叫んだ。

ここはセキュリティーが万全なおかげで不便なこともある。指紋や虹彩認証など個人が特定されるデータを一つとして残しておきたくなかった浅間は、自ら買った部屋でありながら、それらを登録していなかった。その為、現在部屋にいる男が開錠操作をしないと中に入れないのだ。

「嫌」

男はスキンヘッドで眉毛も剃っており、一見どこかの暴力団の組員風でもあった。

「なぁ、わかるだろ？　仕事だったんだ。遅くなったのは謝ってるじゃないか」

「いつもそうだもん」

スキンヘッドの男の声は急にトーンが変わり甘えたようになる。

「ああ、悪かったよ、ジャネット。本当に反省してる。どうか、中に入れてくれ。そうだ、今日は良い話があるんだよ」

「え？」

ジャネットと呼ばれた男の目が一瞬輝く。本妻との別れ話でもあるのだろうか？　と期待しながら鍵を開ける。

浅間がエレベーターで上がってくるまでに溢れる気持を抑える。今や同性婚は当たり前の世の中だが、不倫、略奪、しかも相手が大物政治家となると、とてもじゃないが結婚は夢見ることすら出来なかった。だから、今まで一度も口にしたことはなかったし、考えないようにもしてきた。自分にノーマルな幸せなど訪れないと言いきかせてきたが、男も今年45歳になった。浅間から『良い話』などと言われると、心のどこかで期待してしまう自分がいた。

スッピンだったジャネットは慌てて化粧台の前に座り素早くヒゲを剃ると、眉毛を描き、口紅をひき、ジャージの上下をネグリジェに着替えた。終いに茶色のカーリーヘアーのカツラをかぶった。

再びインターフォンが鳴る。ジャネットはドアの鍵を開けた。

「いや、本当に悪かった。何だかんだくだらんことで……この部屋暑くないのか？　とりあえず、ビールくれ」

浅間は上着をジャネットに渡し、ソファーに座った。

「一人でいると寒くて……」

冷蔵庫からビールを出し、エアコンの温度を下げると浅間の隣に座った。

「何か作る？」

「いや……」浅間はビールを一気に空けると手酌で注ぐ。「はぁ、全く厄介なもんしょい込むはめになった……あのバアさんの世話好きにも呆れるわ……」

「奥さんがどうかしたの？」

「あ？……ああ、いや別に大したことじゃないよ」

「ねえ、良い話って？」

「うん？」

「さっき言ったじゃない、良い話があるって」

「あ、そうそう！」浅間はニヤけ顔になる。

「富士見のことだ」

「富士見？……富士見って、総理の？」

「ああ、あのバカのことだよ」ネクタイをほどきワイシャツのボタンを開ける。「ふっ……今度こそあいつは終わりだ……ははっ……バカだとは知っていたが、まさかここまでとは……あいつ、このタイミングでマスターズを開くと言い出したらしい。そんな提案誰が賛成するっていうんだ？　世界情勢が読めていないにも程があるよ。与党内からも大反発だ。こりゃあ、ひょっとすると新保党分裂なんてこともあり得るぞ！」

「……そう」

なぜか不服そうなジャネットの手を浅間が取る。

「どうした？　まだ怒ってるのか？　悪かったよ」

「……別に」

「なあ……」浅間は手を包み込むようにしてさすりながら、「そんな顔するなよ。もしかしたら政権交代だってあり得るんだぞ。そうなったらいよいよ俺がこの国のリーダーになる時がくるんだぞ」と顔を近づけてくる。

「やめて」ジャネットは唇を避けるように横を向く。すかさず浅間はジャネットの腰に手を回しグッと抱き寄せた。「いや……」

「どうして？　そうしたらお前も、ファーストゲイボーイだぞ」

「いつもそんなことばっかり言って……うっ……」

浅間はジャネットの唇を自分の唇でふさいだ。長い濃厚なキス。ネグリジェの裾がたくし上げられる。

「……はぁ……」息継ぎをするように唇を離すと、今度はジャネットの方からむさぼるようにキスをし、手を背中に回すと浅間のワイシャツをビリビリに引き裂いた。二人の息が荒くなる。

「ああ……ジャネット……」

そのままソファーに横倒しにされそうになったジャネットは、手を頭の上に伸ばしランプテーブルからレースのベビーハットを取る。

「はぁ……これつけて……ああっ……」

「ママ……」ベビーハットをつけた浅間はジャネットの胸に顔を埋める。

「ああ、坊や……可愛い坊や……ねぇ、来て……もっと来て……」

「……ママぁ……はあっ……ママぁ！……」

興奮しきった二人はしばらくインターフォンが鳴っていることにすら気づかなかった。

先に動きを止めたのはジャネットだ。

「……ねえ……ねえ、ちょっと待って！……」

「どしたのママ？」

構わず行為を続けようとする浅間を制して、「しーっ」と、耳をすます。ピンポンという音が何度も鳴っている。「……誰か来たわ」

「何だこんな時間に……」浅間はすっかり興醒めして葉巻に火をつける。「お前まさか俺以外に男作ったんじゃないだろうな？」

「そんなわけないでしょ。バカ」

ジャネットはネグリジェの乱れを直しながらインターフォンのモニターの前へ行く。

「はい。どちら様？」

「あ、どうも夜分にすみません……」モニターに映っているのはなんとも貧相な顔をした男だ。下がり眉毛に黒縁眼鏡、頬はこけて上目遣い。いかにも臆病そうだがそのくせどこかニヤニヤと人をバカにして笑っているように見える。「あのぉ……そちらにうちの浅間先生がお邪魔してないかと思いまして……」

葉巻をくゆらせていた浅間は慌てて上体を起こす。聞こえてくる声は、さっき追い払ったばかりのはずの末松幹治の声だ。

……どうしてあいつがここに！

「え？　浅間先生？……大ちゃんのこと？」

「おい！」

浅間はソファーから跳ね上がると慌ててジャネットの首根っこを掴み、モニターの前から引き離した。

「痛い！　何すんのよ急に！」ジャネットは床に尻もちをついて文句を言う。

「しーっ！　大声を出すな！」浅間がジャネットの口をふさぐ。そして小声で言う。「あれはこの前俺の所に転がり込んできた富士見の元秘書だよ」

ジャネットも驚く。「何でこの場所がわかったんだろう？　ねえ、大ちゃん！」

「その大ちゃんってのもやめろ。いいか、お前は絶対に向こうに顔を見せないようにしろ。この状態で床に這いつくばって声だけで応対するんだ。何事もなかったように普通にだ。落ち着け」と言いつつ、浅間の額からダラダラと汗が流れた。

「……あのぉ……先生、そちらにいらっしゃると思うんですけど……先生？……先生？　聞こえますか？　末松です」

……あのバカ。帰れと言ったのに。

モニターに映る末松はいろんな角度からカメラを覗きこんでいる。

「ごめんなさい。あいにく先生はこちらにはいらっしゃらないんですけど？」

「え？……いやそんなはずないんですけどねぇ、私、先程こちらまでお供したものですから」

ジャネットは小声で言う。「……どうする大ちゃん？」

浅間はジャネットの口をふさいで、咳払いをする。

「おお、何だ末松君。そこで何してる？　何か急用か？」

「あ！　先生！　やっぱりこちらでしたか！」

「こちらでしたかじゃない！　お前ここで何してるんだ？　帰れと言ったはずだぞ！」

立ち上がり直接怒鳴りつけようとした浅間は、モニターに末松に代わってヌッと現れた顔を見て、慌てて再び床に突っ伏す。

「あなた？……あなたこそここで何してらっしゃるの？」

須美子だ。顔中から汗が噴き出す。なぜ須美子がここに？

「ねぇ、あなた？　ちょっと顔を見せてください。いらっしゃるんでしょう？　ここで何してらっしゃるんですか？」

ジャネットは浅間にしがみつく。「ねえ、どうしよう？　ねえ、大ちゃん……」

浅間は小声で「うるさい」と、ジャネットを払いのける。

「須美子？　なぜお前がここにいる？」

「あなた？……なぜって、末松さんが案内してくれたんですよ。あなた？　そこにいるなら顔を見せてください」

「末松……須美子、ちょっと末松と代わってくれ」

「あなた……」

「いいから末松と代わるんだ！　末松！」

浅間が下から見ているモニターに、末松の顔が現れる。

「はい、先生。末松でございます。お呼びでしょうか？」

「お呼びでしょうかじゃない！　なぜ須美子をこんな所まで連れてきた？」

「へ？　なぜと言われましても、先生御自身がつい先程、奥様についてはくれぐれもよろしくとおっしゃったものですから、こちらまでお連れしろということだと思いまして……」

「バカ！　そういうことじゃない！……わかるだろ！」

浅間は思わず立ち上がる。

「ちょっとあなた。なぜ私がここに来ちゃいけないんですか？」

モニターに再び須美子が映り、浅間は慌ててベビーハットを外して這いつくばる。

「あなた、どういうことなんですか？　他に誰かいるの？」

「いや……そうじゃないんだ。須美子。ここはお前の来るべき場所じゃない。……き、危険なんだ」

「え、危険？　あなたそんな危険な場所にいるの？いったい何をしてるんですか？」

「国家機密だ！……お前が知るべきことじゃない！とにかく早く帰りなさい！　末松！　早く須美子を連れて帰るんだ！」

「あれ？……奥様？……確か浅間大五郎先生の奥様じゃありませんか？」

インターフォンから唐突に聞こえてきた男の声は明らかに末松の声とは違った。

「富士見さん？」

……富士見？　なぜあいつがここに？

床に這いつくばったまま、浅間はしばらく会話に耳を傾けるしかなかった。

「ああ、やっぱりそうだ。まさかこんな所でお会いするとは。ご無沙汰してます、富士見です」

「総理！」

「ん？　なんだ末松、お前ここで何してるんだ？」

「はい、実は私、浅間先生に拾っていただきまして……」

……余計なことを、と浅間は思う。

「浅間先生がこのマンションに入ったまま出てこないものですから、心配で……」

……あのバカ！

「何、浅間さんがここに？」

須美子が答える。

「富士見さんにこんなこと相談していいのかわからないんですけど、主人の言ってることが私にはわからなくて……」

……頼む、須美子。富士見に余計なことを言わないでくれ。浅間は床の上で祈るように手を合わせる。

「と、言いますと？」

「なんですかその……さっきから行動が怪しくて……もしかしたら女でもいるんじゃないかって……」

「バ、バカなこと言うな！」

思わず立ち上がりかけた浅間をジャネットがグイと引き戻す。

「女⁉……ハハハハハ！」

富士見の豪快な笑い声が聞こえてきた。

「これはまいった！……浅間先生にはすっかり先を越されたな！」

「え？」

「奥様。あの浅間先生に限って奥様に内緒で女と会うなんてことは、まずあり得ませんよ」

「でも……」

浅間とジャネットは息を潜め、ことのなりゆきを見守るしかなかった。

囁くような富士見の声がする。

「……奥様。このことはくれぐれも内密に願いますが……」

小声ではあったがやけにはっきりと聞こえるのは、富士見がインターフォンのマイクに顔を近づけているからだろう。

「……実はここには、先日のテロと深く関わっている人物がいるという情報がありまして……」

「テロ！……テロリストがここにいるんですか！」

「しーっ。……どうか小さな声で。……実は我々もつい最近入手した情報でして……それにしても浅間先生はさすがだな。既に我々より先にいらっしゃってるとは……ご自分の身の危険もかえりみずに……」

「危険？　そういえば主人もさっきそう言ってました。あなた？　大丈夫なの？　無事ですか？　あなた！」

突然インターフォンの画面にヌッと現れたのは軍服を着た屈強な男だった。

「ひっ」と、悲鳴を上げた須美子は尻もちをつく。

「富士見さん、そこにいるのか？」

軍人は低い声で言う。スキンヘッドでサングラスをかけている。

ピースランド国防隊航空部隊所属パイロット、久保田源一郎一等空佐45歳。別名ジャネット。

国民ランクは１０６２２９位。☆10個。

当然そこにジャネットの名は表記されていない。裏の名前はネットにすら存在していないのだ。

国民ランクから見れば相当優秀なパイロットであることがうかがえる。

富士見は久保田に言う。

「君がジャネットか？　会えて嬉しいよ」

瞬間ジャネットの心臓が凍り付いた。富士見は自分の裏の顔を知っている。

「浅間先生もそこにいるんだろ？」

まさか。こいつは浅間と自分の関係も知っているのだろうか。愛人となってそろそろ10年が過ぎようとしていた。


最初に出会ったのは会員制の秘密倶楽部だ。

ジャネットは当然浅間が前進党党首であると知っていたが、浅間の方は彼が国防隊員だとは知らずに近づいた。ジャネットが自らの正体を明らかにしたのは、関係を結んだあとだった。

浅間大五郎と言えば国防隊の存在自体を否定する政治家で、国防隊解体は前進党の党是でもあった。そのような人物に接触したのは、自らのアイデンティティーを全否定する人物を落としてメロメロにさせ、相手のアイデンティティーを破壊したいという、ジャネットの変態的な性癖から出た行動だった。

実際に肌を合わせるとジャネットは浅間の魅力にどんどん惹かれていった。広い見識。大きな器。少年のような好奇心。成熟した優しさ。どれもがジャネットにとっては魅力的だった。落ちたのは自分の方だった。正体を明かしたあとも浅間は意に介さなかった。禁断の恋愛は二人に火をつけ、むしろ以前より関係は深まった。


インターフォンの前にいる富士見は、明らかに自分達の関係を知っている。これが世間に晒されれば一大スキャンダルだ。

非武装をスローガンとして掲げる野党第一党党首が国防隊一等空佐と不倫同性愛。

浅間は議員辞職を免れず、自分も懲戒免職。おそらくそれだけではすまない。怒濤のようなバッシングと社会的制裁が待っているだろう。

「奥様、ここは私に任せてどうぞお帰りください。末松、ご自宅までお送りしろ」

「はい……奥様、こちらへ」不安げな須美子が末松に連れられて画面から消えていく。

「……この場所を誰から聞いた？」

久保田源一郎が聞くと画面にヒョイと現れたのは、ハの字に下がった眉毛に緊張感のない表情の男だ。

「早川オナシスって子、知ってるかな？」

久保田と浅間は顔を合わせる。お互い青ざめていた。

浅間がインターフォンの前に立つ。

「よろしい。富士見君、用件を聞こう」

「実は、ティグロのことでご相談がありまして……」

「……ティグロ……」

「ええ、ここじゃ話しにくいことなんで、お部屋にうかがってもいいですか」

「……いいだろう」

浅間は開錠ボタンを押した。

＊

今夜も月は高い位置にあり、反射して海が光っていた。

小高い山。岩の上に泥船が載っている。

静かな夜に、「はぁ、はぁ」と少年の息づかいが聞こえる。

翔は15キロはあるバッテリーをリュックに入れて背負い、いつもの倍以上の時間をかけてようやく登ってきた。汗が噴き出し、息が上がる。元々太っていて運動神経も鈍い翔にとって、ここまで来るのは至難の業だった。

ひとまずリュックを下ろし横になる。ポケットから取り出したチョコレートバーは溶けてベトベトになっていた。とりあえず口に入れムシャムシャしながら飲み物を持ってこなかったことを悔やんだ。しかし、ただでさえ大荷物の上に水筒などとても持てなかった。

見上げる岩の先に船のシルエット。

さて、これからバッテリーをどう上げるかだ。自分一人で登るのもやっとなのに、15キロの荷物を背負って登るなどとても無理だ。

チョコレートバーを食べ終わると、リュックからロープを出し、バッテリーの両端に強く結びつける。上から引き上げるのならなんとか出来そうだ。

まず自分が登り、ロープの端を船の手摺りに結ぶ。息を整えバッテリーから伸びたロープを思いきり引っ張った。思っていた以上に重い。また汗が噴き出す。しかし途中で休めば更にキツくなるだろう。少しずつでいい、と自分に言いきかせながら時間をかけて引き上げた。ようやく甲板の上にバッテリーを下ろし、再び大の字になる。空の月の位置がだいぶ変わっている。もう少し休んでいたかったが、明け方までこうしているわけにもいかない。

翔は起き上がり再びチョコレートバーをくわえた。ウルトラアイを装着し、ベトベトの手で工具箱を開ける。手が震えてドライバーが持ちにくい。長時間ロープを握りしめていた手からはほとんど握力が失われていた。

チョコに代えて小型の懐中電灯をくわえ、操舵室に入り、舵の下のパネルを開ける。大量の電気コードの束と、装着された部品が姿を現す。翔が今までに作業した痕跡だ。

最初に泥船を見つけた時から既に何度もここに通っていた。体育館に代わって、この船が翔の逃げ場所になっていた。

飛翼丸という船名に兄の気配を感じた部分もある。ここにいると兄と一緒にいる気がして不思議だった。

懐中電灯をくわえたまま、チョコレートバーを無理矢理ズボンのポケットにねじ込むと、作業を開始した。解体し、プラグを繫ぎ、新たな部品を装着する。指に付いた溶けたチョコがあちこちに付着するのもお構いなしだった。

幼い頃からコンピューターや電子機器の組み立て、プログラミングなどが得意で、翼からは「天才」と褒められた。「翼は、大げさだよ」と言いながらも、兄に認められるのが嬉しくて、翔はどんどん知識を広げていった。一度集中すると時間を忘れた。翔が唯一、翼に勝る分野だった。

翼もよく自分のタブレットやウルトラアイなどの調子が悪くなると翔に修理を頼んだり、電子機器や自動車などの最新情報を聞いたりしたものだった。その時だけは翼に頼られている気がして嬉しかった。

だからこそ翔は、翼のアンドロイドは翼本人ではないと、その知識から確信していた。いつか解体して中の部品を調べてみたいと思っていたが、常に早苗がそばについていて、その隙を与えなかった。

飛翼丸を見つけてから、翔は古い漁船に関するあらゆる情報を集め、部品を取り寄せ、自ら専門店で探しては買い、山の上に運び込んで船を修理し、より進化させようとしていたのだ。

リュックのポケットからノートパソコンを出すと操舵室下から出ているコードの一つと繫ぎ、起動させ、懐中電灯を消す。ドロドロになったチョコをくわえ、キーボードを乱暴に叩く。元々汚いキーボードが更にチョコで汚れていく。でたらめに叩いているように見えるが、画面には幾つかのウィンドウが素早く同時に開き、翔は選び出したウィンドウに文字と数字を次から次へと入力しては閉じ、また別のウィンドウを開いて入力するという作業を繰り返す。一通り終えると転がっていた電気ケーブルを取り、片方をパソコンの端子に差し込み、もう片方を甲板に置いたバッテリーに繫いだ。

ここ数日翔がやっていたのは、遠い昔海水をかぶり風化してしまった船の電気系統を復活させる為、それぞれの部品を新しくし、内蔵されている昔のプログラムを全て書き換え、構築することだった。ようやく今、工程を終えた。完成はまだ先だが、今日はバッテリーを繋いで今までの作業に誤りがないか確認するつもりだ。

翔はチョコを飲みくだすとバッテリーのスイッチを入れる。

ブンと音がして航海計器に次々と明かりが灯っていく。レーダー、ソナー、無線機、電子海図、タコメーター、スピードメーター……。

それまでまっ暗だった操舵室が細かいイルミネーションがほどこされたようなコクピットに変化した。

翔はウルトラアイ越しに、しばらく星のようなその光の粒をうっとりと眺めていた。

大昔に死んだ船に、もう一度命が吹き込まれつつある。

一通り確認が済むと翔は満足げにバッテリーの電源を落とし、前方に広がる海を見つめ、世界に向けてヴォイスを発信した。

『……オマエタチヲ、オドロカセテヤル……』

第二部

疑心

マスターズ

晴れた空にヘリコプターが3機、旋回していた。ピースランド国防隊機、フロンティア軍機、そしてメディア代表1機。

この日飛行を許されたのはこの3機のみ。ドローンを含め他は全て飛行を禁じられた。

マンションの窓からヘリコプターを見上げていた新一は窓を閉めリビングのテーブルに目を移す。

画面に映っているのは周囲を森に囲まれた湖と、湖畔に建っている近代的な建物を俯瞰した光景だ。上に〝LIVE〟というテロップが出ている。今まさに頭上にいるヘリからの映像だろう。

ニュースキャスターが興奮して話している。

「現在ごらんいただいているのが本日の会場となるD地区、ノースレイクにある国際会議場の様子です。あの悪夢のようなテロから半年が過ぎようとしています。本日、再びマスターズ会議がこのピースランドにおいて行われようとしています。このような日が訪れることをあの時誰が予想出来たでしょうか」

テロ対策の為、マスターズ期間中、D地区は会社も学校も休みとなり、外出もしないように住民は要請された。道路は全面封鎖され、外からの進入も出来なかった。

篠崎家は全員リビングでテレビを観ている。

……何がマスターズだ。

新一は不機嫌だった。仕事は山のように残っているのに会社は休みになる。バカ総理の提案でこっちはいい迷惑だ。街中に警官がいて、外出すら自由に出来ない。もしまたテロでも起きたら直接被害を被るのはこの街に住んでいる自分達である。何より辛いのはリビングで一日中家族と缶詰になっていなければならないことだった。

「……ふん、こんなことして何の意味があるっていうんだよな」

独り言のように呟いてみたが、案の定、早苗も翔も何も言わず、新一の言葉は本当の独り言になった。

カン！　カン！　カン！　カン！　と音がする。

「意味ネエ！　意味ネエ！　全ク意味ネエ！　ハハハハハ！」

翼の人形の口が開き目玉が飛び出してグルグル回った。ギーギーと金属音。

「意味ネエヨ！　意味ネエヨ！　マタテロガ起キテ死ネバイインダヨ！　死ネ！　死ネ！　ハハハハハ！　死ネヨ！　死ネヨ！」

早苗は困ったような顔で笑い、翔はウルトラアイに集中している。

マスターズ期間中、翔はあの船のある山へ行けないことへのイライラを募らせている。

「一度頓挫しかけた和平ロードマップを再開させるには幾つかの障害をクリアする必要がありました」

画面には前日、富士見が会議場の玄関で各国首脳を迎えた場面が映し出される。

黒いスーツに身を包み、小柄ながらもピンと背筋を伸ばしたショートカットの若き大統領、アンの凛とし堂々たる態度に比べ、富士見の態度は明らかにぎこちなさが目立った。

「参加国はあの時と同じ9プラス1。議長国となったピースランド富士見首相が、再びマスターズを開催することを提案した際には、おそらくどの国も参加しないだろうと言われていました。最大の難関はテロ国家共同体ティグロに対して態度を硬化させているフロンティア合衆国のアン大統領の参加を取り付けることだったと言われています。尊敬するホワイト前大統領の死を目の当たりにしたアン大統領は前回のテロの責任を感じていると言われています。再び同じ悲劇を繰り返す可能性があるマスターズ開催に、いまだテロ国家共同体の犯行を疑っている同大統領が賛同するとは考えにくいというのが大方の見方でした。また一方のティグロ新代表となったアドム、アフマル両外相も、事件との関与を否定し続けているにもかかわらず、国際世論から疑いの目を向けられている中で、世界のリーダーであるフロンティア大統領と再び同じテーブルに着く判断をすることはないだろうというのが世界の共通認識でした。ここに到るまでに、両陣営にどういった政治的判断がくだされたのか、詳しいことはわかっていませんが、一部ではティグロの参加がフロンティア側の条件だったとも噂されています。外交力のなさだけに留まらず、〝政治オンチ〟とまで揶揄される富士見総理が、パイプを持たないティグロとどのような交渉をして今日に到ったのか？　とても本人の実力とは思えないという国民の声が多いのも事実です」

＊

「最後のくだり、必要か？」

富士見はテレビに向かって不機嫌に呟く。

ノースレイクホテルは国際会議場に繋がる構造で建てられていた。ピースランド政府の控え室となったスイートルームにいるのは、富士見以下、桜、五代、末松の4人。

「しかし見事に晴れたなぁ、まさにマスターズ日和だ」

桜は窓から湖を見下ろし、言った。湖面には宝石のような光の粒が集合し揺れている。まるで昔からそこに存在する自然の湖のようだ。

「そんな日和はないよ」

富士見はテレビを見ながら呟く。画面に桜が見つめている湖が映っている。

「富士見総理がD地区を開催地として選んだことも、マスターズを実現させる為の大きな要因となりました。ご承知のようにノースレイクは人工湖であり、地下400メートルには核の最終処分場があります。それではここでD地区の歴史を紹介します。映像をごらんください」

VTRでわかりやすく土地の成り立ちが説明される。

そこがかつて大きな地震による津波で街ごと呑み込まれたこと。不幸にして原子力発電所が事故にあい、歴史的な放射線汚染に見舞われたこと。土地から人が出ていき人口が減り、経済が成り立たなくなったこと。やがて地下が核の最終処分場になり、その上に人工湖が造られたこと。処分場が事故で崩壊する可能性はほぼゼロと言われていたが、湖には、万が一放射線が外に漏れた時、上から冷却する機能と、地表に直接飛散する前に水で吸収させる安全装置としての機能もあった。湖の周りには人工森林が造られ、更にその外側は更地としてしばらく放置されていたこと。70年の時を経て富士見興造の発展都市計画により、ノースレイクを中心とした場所に新たな実験都市が造られたが、その後も人がなかなか住まないまま存在し続けたこと。皮肉なことに3年以上前の天山噴火により、住む場所を失った人々がゴーストタウンと化していた新都市を避難先として街ごと移り住んだこと。

キャスターは続ける。

「テロにより一度は頓挫したマスターズを再び開催する場所は、二度と同じことが起こらない場所であると、各国首脳が確信を持てることが最大の条件でした。そういった意味では幸か不幸か、現在D地区には天山大噴火で街を追われた被災者しか住んでいません。人工的に造られた街はある意味監視もしやすく、隅々まで国が管理出来るという利点があります。つまりテロリストが入り込む隙は非常に少ない場所でもあるのです。また核の最終処分場の上にある土地の問題はピースランドだけが抱えるものではありません。先進国にとっては共通の課題でもあるのです。世界で初めて地下に処分場を持つ居住区の会議場で首脳会議が無事開かれたという実績は、全世界に向けた安全性のアピールにもなります。そういった各国の事情、思惑が重なり、不可能と言われたマスターズ再開催がD地区の持つ特殊性によって急激に実現の方向に進んだのは、歴史のいたずらのようにも感じるのです！　そしてもう一つ。今回の会議には、前回の失敗を踏まえた上で大きく前回とは違う部分があります。それは各国首脳に対し直接的で厳密な身体及び持ち物検査が行われたということです。前回の最大の失敗は、誰もが予想しなかった、会議に参加したリーダーの一人であるティグロのブルタウ将軍自身が自爆テロリストであり、その体に爆弾ベルトを装着していたという事実です。二度と同じ轍を踏まないよう、各国政府専用機、側近及び首脳自身の持ち物、身体は入念にチェックされました。これはある意味前代未聞の厳重さで、史上初であります！」

＊

ティグロ新代表のアドムとアフマルは、それぞれ無意味に豪奢な部屋に押し込まれ、窮屈な思いで会議の開始を待っていた。貧困の中で育ったアドムはもちろん、比較的裕福な家庭で育ったアフマルもこれほど高級なホテルになど泊まったことはない。二人にとって柔らかすぎるソファーや豪華なテーブルはかえって落ち着かなかった。

テレビに自分達が到着した時の様子が映っている。キャスターらしき人物が何か叫んでいるが、内容は理解出来ない。

「今回、最大の注目は、テロ国家共同体ティグロの新代表として初めてピースランドを訪れたアドム、アフマル両代表と安全な球連合首脳陣、特にアン大統領との間で新たな合意がなされるかどうかです。アドム、アフマル両代表は共に20代の若き指導者であり、前回のテロの首謀者、ブルタウ将軍に幼い頃からテロ戦士としての思想と戦闘技術を学んだ経験を持つ、言わば最前線で戦ってきたテロリストという側面もあります。安全な球連合首脳陣の中には前回のテロはブルタウ将軍とアドム、アフマル両代表の共謀によるものだとの考えが根強く残っています。当初から両氏はこれを強く否定しておりましたが、事実上あと一歩の所まで進んでいた和平ロードマップは頓挫し、各国は警戒を強化し、先制攻撃の準備をするまでに関係は悪化したわけです。そんな中、富士見総理の会議再開催の提案は的外れなものに思われましたが、フロンティア合衆国が参加表明したことにより、一転実現への流れとなったわけです。まさに急転直下の展開だったと言えるでしょう。一説にはティグロの参加がアン大統領が提示した参加条件だったとも言われていますが、ピースランドとティグロとの間にどういった交渉がなされたのかは明らかになっていません」

アフマルがテレビに映る昨日の自分達の姿を見つめている頃、隣の部屋ではアドムが窓の外を見つめていた。砂漠の国で育った彼には、緑の木々に囲まれた静かな青い湖はおとぎの国のもののようだった。

アドムは、幼い頃に家族を失っていた。突然空から降ってきたミサイルが家も町も破壊し、気がついた時には瓦礫の下で泣いていた。アドムだけではない。ティグロには同じ境遇の兵士が大勢いた。戦場に生まれ気がついた時には銃を持っていた。

『本当の敵を見つけるんだ』

父親代わりのブルタウ将軍の言葉だ。

『敵を見誤るな。本当の敵を撃て。お前達の世代なら出来る』

ブルタウはそう言って、自分達をセーフティーボウルとの和平交渉役に任命し、マスターズという場のセッティングが整うまで自らは絶対に表に出ず、間接的に後ろから指令を出すのみだった。

何度か交渉を重ねるごとに、二人は、フロンティア合衆国のホワイト大統領を本当の敵ではない、信頼出来る人物と判断するようになっていった。

『お前達が判断したならそれでいいだろう』

二人の報告を聞いたブルタウはいつもそう言うだけだった。ティグロの未来は、お前達に託しているとでも言わんばかりに。

アドムは湖面に映る万国旗を見つめていた。ティグロ、セーフティーボウル、フロンティア合衆国を始め各国の旗が揺れている。湖畔に建つ国際会議場の手前に掲げられたものだ。風で水面に波紋が広がると、それぞれの旗がバラバラになった。

『敵を見誤るな』

ブルタウの言葉だけが頭の中を巡り、思考が停止したままだ。

……本当の敵だと？　あの男は俺達に何を言おうとしたのか？

マスターズにおけるブルタウ将軍の自爆テロ以降、アドムの時間は停止したままだった。爆発の瞬間、デジャヴのような感覚に包まれた。瓦礫の下の闇。目も見えず、耳も聞こえず、自分がどこにいるのかわからなくなった子供の頃の記憶がオーバーラップした。自分達の最大の武器は、自動小銃でも爆弾でもない。世界が〝恐怖〟と呼ぶ感覚だ。子供でも大人でも、ティグロ兵は誰一人恐怖を感じることがなかった。死は日常だった。木っ端微塵に砕け散る人の体を目の前で見ても何も感じなかった。たとえ仲間でも家族でも、見なれた光景だった。いつかは自分もそうやって死ぬと思っていた。だからこそ恐怖を武器に出来た。しかしブルタウの自爆は日常とは違う〝意味〟を彼らに突きつけた。自分が何者で、どこに立っているのか？　戦場に生まれ落ちた最初に感じた得体の知れない感覚だった。世界が〝恐怖〟と表現する感覚。もう二度と味わうことがないと思っていた感覚だ。

『本当の敵を見つけるんだ』

そう言ってブルタウはアドムを抱きしめた。全身に温もりが蘇る。

……あんたが本当の敵だったって言うのか？


……お前は誰だったんだ？

隣室で、アフマルは今までの経緯を振り返ったテレビ画面に映るブルタウ将軍を見つめていた。しかし彼の脳裏に浮かんでいるのは別のシーンだった。テロの直後、突然映し出された人形劇だ。

ブルタウ将軍の人形を後ろで操っていたのはカラフルな頭巾をかぶった人物。

Dr.パパゴと名乗った。

……お前は操り人形だったと言うのか？　本当の敵はDr.パパゴ？　そいつは、何者だ？

テロ国家共同体ティグロは、そもそもが世界中に散らばった、民族も思想も信仰も違うテロ組織と、ローンウルフと呼ばれる単独のテロリストの集まりだった。初めから共通の理念も目的もありはしない。ローンウルフの中には信仰すら持たない、ただの不満分子も多くいた。それをブルタウが、セーフティーボウルを撃てという共通の価値観のもとに組織化しただけのものであり、ブルタウの存在がなくなれば再び無秩序に散開していくのが道理だった。

現にマスターズテロ以降、ティグロ内部では内ゲバが起こりつつあった。疑いの目はアドム、アフマルにも向けられた。ブルタウの計画を二人も知っていたのではないかと。

当初は二人もお互いを疑った。しかしそれぞれの目を見た時に、相手も自分と同じように戸惑っていることを確信した。奥に恐怖の色が浮かんでいるのがわかったからだ。今まで見たことのない怯える目。まるで鏡のようだ。たった今、自分がこれと同じ目をしていることは、間違いないと思った。もし知っていたら、冷血な自分達にこの目は出来ない。セーフティーボウルの内側に住む人間達が自分達を見る時の、恐怖の色を浮かべた目だ。

あれから以前にも増してお互いの目を見なくなった。鏡を見るようで嫌だった。あの日で時計の針が止まったままなのはわかっていた。わざわざ確認することもない。

アドムはまだ窓の外を見ている。

アフマルの観ているテレビ画面にフロンティア合衆国の大統領が映っている。


あの目だ、とアフマルは思った。

アンという名の女とは、会議開催までの交渉の過程で何度も会った。

彼女の目はいつも恐怖で支配されていた。他の安全な球の中にいる人間には見つけることが出来ない、恐怖そのものの目だ。しかし不思議と奥底には、アドムやアフマルと同じ、感情を消したような陰が見えるのだった。自分達テロリストと通じる何かが存在した。

この女も本当の敵を探している。

怯えながら敵に挑むつぶらな少女のような瞳は、白い肌から浮き立つように目立っている。

＊

アンが見つめる画面に映っているのはティグロの新代表、アドムとアフマルがホテルに到着した時の様子だった。

富士見総理と握手する二人は迷子のように不安そうな瞳をしている。

アンの脳裏にマシュー副大統領の最後の言葉がこだまする。

『私達は何を間違えたのか。何が原因なのかを突き止めなければならない。さかのぼってどこで間違えたのか探すんだ。必ず原因があるはずだ。それを見つけろ。見つけて原因を取り除き、やり直すんだ』

間違い？　アンは自分とマシューに改めて問うた。

あの時マシューは間違いが何かをわかっていたのか？　マシューが伝えたかった真意とは何だろう。今や確認する術がない。

我々がターゲットを見誤っていたのは、こうなってしまった以上、事実だ。私には本当の敵が見えていなかったのだろうか？　本当の敵とは？

　ティグロ代表の二人の戦士は、最初に会った時とは随分印象が変わった、とアンは思う。ティグロ政府の外相として、今まで何度も和平ロードマップの交渉をしてきた。

　ブルタウの自爆テロ以前の彼らは、無垢ではあるが感情が存在しないような漆黒の瞳をしていた。和平交渉を重ね、ホワイトや自分と話をするにつれ、徐々に瞳に輝きが射すようになった。その後テロがあり、今は明らかに怯えの色が見える。親に置き去りにされた迷子のようだ。

「ここは美しい国ね」

　ダイアナが窓の外を見て言った。

「懐かしい？」

　ピースランドは、政治学者であった祖父の青井徳治郎が生まれ育った国だ。幼い頃、母からは『美しいけど、おとぎの国のような所。現実的ではない国』と自嘲気味に言われた。アンが初めてこの国を訪れたのは、政府の一員になってから、ホワイト大統領の側近としてだった。

　首都T－シティはまるで未来都市のようにビルが建ち並んでいたが、フロンティアのそれとは違い、子供の積木を積み上げたような玩具の都市に見えた。

　国民は皆温厚で礼儀正しいが、それでいて心の奥底では何を考えているのかなかなか見えてこない、摑み所のなさがあった。

　それぞれの生活の中に平和がしみついている。〝おとぎの国〟と言われれば確かにそうかもしれない。発展しているが、諸外国からは遠く離れ、不思議なほど安全な国。この国でなければ〝安全な球＝セーフティーボウル〟という思想は生まれなかっただろう。

　〝安全な球〟とは、アンの祖父である政治学者・青井徳治郎が、著書『連続性球体理論』の中で唱えた新たな共同体のあり方だった。

　徳治郎は世界中から尊敬された哲人だったが、30年以上前、アンが幼い時、遠く離れた砂漠の地で銃弾を浴び客死したという。

　互いに安全が保障される国家を透明な球状のバリアで包まれた存在として認識し、それぞれ融合し大きな球にしようという徳治郎の理論は非常に難解で、全てを理解する者は少なく、著書が絶版となった後も〝安全な球〟という言葉だけは志とともに引き継がれ、先進諸国間の安全保障、不可侵の理念にもとづく新時代の国際組織〝安全な球連合＝セーフティーボウル〟の名称に使われることになったのだ。

「あのフジミという総理、この国に似てるわね」

「え？」

振り返るとダイアナもテレビを観ていた。画面にはヘラヘラと笑う富士見が映っている。

「愛想が良くて友好的だけど、腹の中では何を考えてるのかわからない。まぁ、ローレンスみたいな古いマッチョ男と比べれば少しはマシだけど、恋人にするには頼りないわ。恋人が頼りなくても別に構わないけど」

元国際警察の敏腕警部であったダイアナの指摘はいつも的確でハッとさせられる。

富士見総理とこの国が似ているという観察は、なるほどと思った。

「アン、あなたこの国が好き？」

「もちろん。祖父の生まれた場所よ」

「そうね……」

ダイアナは白い歯を見せて笑う。

からかうように見ているダイアナにアンはおどけて言った。

「うん、まぁ、総理もなかなか悪くないわ。紳士だし、あなたが言うほど頼りなくはなさそうよ」

「そう？」とダイアナが笑うとアンも笑った。

二人で屈託なく笑い合うのは久しぶりだった。

部屋の中央のテーブルに、白いカラーが1輪さされた花瓶が置いてある。

アンはテロの後、卒倒した自分の身を支えた富士見の手の温もりを思い出していた。

ダイアナはカップを手に取りながらチラとアンを見る。

「コーヒーは？」

アンは首を振った。「結構」

ダイアナはうなずき、「アドムとアフマルは、ブルタウ将軍が自爆することを知らされてなかった。そう思わない？」と唐突に話題を変える。「彼らとは今まで何度も会ってきたけど、あれほど恐怖に満ちた目をしていたことはない。もしも初めから知っていたとしたら、人の目はあれほど変化しないわ」

　ダイアナの考察は、まさに今アンが考えていたことと同じだった。

「ローレンスの当ては見事にはずれたわね」

「え？」

「マスターズはきっと成功するわ」ダイアナは銀のポットからカップにコーヒーを注ぎ、たっぷりと砂糖とミルクを入れ、アンの前のテーブルに置いた。「お留守番を選んだ彼は、今頃きっとあなたの椅子に座って大統領気取りよ。……さあ、飲んで。外国でこんなに美味しいコーヒーが飲めるとは思わなかったわ」

「ありがとう」一口飲んだそれは、うんと甘くて、コーヒーの味などしなかった。

　アンは元々大きな瞳を更に大きくしてくるりと回転させた。

「……ねえ、いつまで私のこと高校生扱いするつもり？」

　ダイアナはオーバーに狼狽してみせ、「あら、ごめんなさい！　私、いつも自分に言いきかせてるのよ……誰もがお前と同じようにブラックが好きとは限らないぞ……って」

「やめてよ、ダイアナ」

　ダイアナは顔をくしゃくしゃにして笑った。まるで無邪気ないたずらっ子のようだ。

　この人がいてくれてよかった、とアンは思った。自分だけだったら、立っていることも出来なかっただろう。ホワイト大統領を失ったテロ以来、フラッシュバックがひどくなっていた。両親を失ったカフェテリア爆破事件と重なり、突然目の前がまっ白になり、空間が歪むような感覚に襲われるのだ。

　ダイアナが言うように、本来同行してもよいはずのローレンス国防長官は来ず、本国に残り、ザ・ハウスで留守を守っていた。テロが再び起こると踏んだからだ。

　もっともそれはアンの計画通りだった。

　強硬派のローレンスにとって、穏健派の自分が、極東の小さな島国でテロの容疑者もろとも消えてくれれば好都合のはずだ。だからこそアンはティグロ新代表の参加をマスターズ開催の条件としてピースランドに提示した。敢えてテロの再発をローレンスがイメージするように仕向けたのだ。でなければローレンスはマスターズ再開催を決して許さなかったろう。

リスクは計り知れなかったが、他に和平への道はなかった。

アドムとアフマルにテロの意思はなく、マスターズは成功するだろうというダイアナの言葉ほどアンを勇気づけるものはなかった。

しかし、胸の奥底に沈殿するどす黒い不安は消えない。

ティグロ代表の二人が共犯でないとすれば、本当の敵は誰なのか？　事件後に犯行声明を出したのは何者か？　ブルタウ将軍を後ろから操ったと主張する人物はDr.パパゴと名乗った。あの人物の目的は何か？

……マシュー。

アンは心の中で問うた。

……マシュー。ここまでは合ってる？　私がこれからやろうとしていることは、間違ってないわよね。もし既にどこかで間違っているのなら、知らせてほしい。

*

『死ネ』

〝人間の腐乱死体〟からタバコを取り出し、火をつけた。

「総理、いくら何でも吸いすぎですよ」と桜。

「うるさい！　これが最後だ！」

富士見は苛立って空になった〝人間の腐乱死体〟をひねり潰すと、ビチャッと音がして中から緑色の液体がドロリと出てきた。

「げっ！」

手に付いた液体を必死にティッシュで拭く。

悪趣味にもほどがある！　何の為のリアリティだ？　ここまでする必要があるのか？

いらつく富士見を横目に、桜が言う。

「なるほど、人生最後のタバコってやつですか」

桜は悪い冗談が好きだった。

「違う！　会議が始まる前に吸うのは、って意味だよ！」

桜はニヤついている。わかって言っているのだ。

この期に及んで、緊張している自分をからかうこの男はどういう神経をしているのかと、腹が立った。

テレビではキャスターが会議開始までの時間が迫っていることを興奮気味に叫んでいる。

「おい桜君、警備の方は抜かりないんだろうな」

「万全です。各国首脳、ＳＰまで身体検査するのはかなり苦労しましたけどね。まぁ、それでも完璧とは言えないでしょうね。テロリストなんてどこに紛れ込んでても不思議はないですから。五代君が指揮に当たってます。彼に期待しましょう」

末松が腹を押さえて言う。

「あの……総理、私……」

「行けよ！　腹が痛いんだろ！　いちいち私に言わずに勝手に行け！」

「は、はっ……」

突然ドン！　ドン！　と音がする。

「ひゃっ！」末松の腰が抜けてその場に座り込んだ。

富士見も飛び上がる。

「入れ」と桜。

「失礼します」

ドアを開けて入ってきたのは五代だった。

富士見が不快な顔をする。

「君、ノックが強いよ！　チャイムがあるだろ、見えなかったのか！」

「は、すみません！」五代は恐縮しつつも興奮がおさまらないようで、顔が上気していた。

「総理。ご安心ください。警備体制は万全です……」

唐突に声を詰まらせる。古いタイプの人間で情に厚く感激屋の一面を持つ五代の中で、何か込み上げてくるものがあったようだ。目には涙をためている。

世間からバカと罵られ蔑まれてきた富士見が、今こうして歴史的な大役を果たそうとしていることで、一気に感情が溢れたのだ。

「総理、ここまでの長い道のり……本当に、よくぞここまで……」

富士見はうんざりして言う。

「何泣いてるんだ」

「……すみません……」五代は改めて姿勢を正し、

「総理！　マスターズ会議開催、おめでとうございます！」と90度に深く頭を下げる。

同時に何か黒いフサッとしたものが床に落ちた。

「うわっ！」悲鳴を上げ再び腰を抜かしたのは末松だ。

「……は？」桜がしゃがみ込んで床に落ちた物体をしげしげと眺める。「え？　五代君……君、こりゃあ」

それは毛髪の塊だった。

五代はまだ頭を下げたままで、自分の装着していたものが床に落ちたことに気づいていない。むき出しになった頭皮には産毛のようなものが申し訳程度に数本生えているだけだった。

富士見は目の前に差し出された肌色の頭に向けて言った。

「……五代君」

「はい！」

「やっぱり、そうだったのか……」

「は？」五代はようやく周りの様子がおかしいことに気づき、ハッとして頭に手をやる。「あああああっ！」

慌てて目の前のものを取ろうとするが、桜の方が早かった。

「おい！　何するんだ！　返してくれ！」


「まぁ、ちょっと待て」

桜はカツラを手に取ると表から裏側まで念入りに調べる。

「君を疑うわけじゃないけど、一応テロ対策でチェックさせてもらうよ。変な工作してるかもしれないからな」

「そんな、桜君、勘弁してくれ！　工作なんかするわけないだろ！」

末松が叫ぶ。

「そ、それ自体が工作じゃないですか！　完全な偽装工作だ！」

「うるさい！」

桜は一通り調べ終わると「よし、異常なし」と、五代の頭にカツラを載せた。

「いや！　どう見たって異常だよ！　アンタはずっと我々を騙してたんだ！　今までどういう気持でそんなもん載っけてたんだ！」

ほぼ半狂乱となった末松に富士見がさとすように言う。

「まあ、末松、そう興奮するな。今まで気づかなかった君もにぶいんだよ。明らかに不自然だったろ」

五代はまっ赤な顔で歯を食いしばっている。

「総理はわかってたんですか？　私はずっと信じてたんだ！　裏切られた！　これはテロですよ！　五代さんはテロリストだ！……痛っ、いたたたた」末松は腹を押さえる。

五代は涙ぐんでいる。

「いい加減にしろ！」富士見が怒鳴る。「早くトイレ行ってこい！」

「総理、会議の時間です」

桜が腕時計を見て呟いた。

*

会議場に隣接する形で、国際メディアセンターがあった。世界30カ国以上から集まる5000人を超えるマスコミ関係者を全て収容出来る規模の施設で、中央アリーナには最新の放送設備、共用ワーキングテーブル、インターネット、電話、ファックスなど、あらゆる通信環境が整っている。天井から吊るされた8面の巨大モニターは、360度どこからでも観られるようになっていた。

ジャーナリスト達でごった返す会場は、あちこちで世界中の言語が飛び交い、熱気に包まれている。一度頓挫した和平が再び実を結ぼうとしていることもあり、半年前のマスターズの時以上に世界は期待し、会議に注目していた。

報業タイムス政治部デスク、田辺健一はパソコンのキーボードをカタカタと素早く打ちながら広い会場を見渡していた。

歳相応に腹も出て情けない体になってはいたが、人々の動きを見つめる眼光だけは、さすがに鋭かった。

田辺には、嫌な予感しかしなかった。

富士見がマスターズ開催を決めてから、あまりにもスムーズにことが運びすぎているのが気に入らないのだ。

長年ピースランドの政治を見てきた記者としての勘だろうか。彼は富士見という男の資質をよく知っている。この政治家のやることには必ずほころびがあるのだ。普通に成功したためしがない。田辺が探しているのは会場の中の違和感だった。何か異分子が交じっているのではないだろうか。

今回の件には田辺も深く関わっていて、富士見がティグロ代表を会議のテーブルに着かせるまでの経緯を知っている。

昔馴染みの桜に呼び出されたあの日。オカマバー・ディートリッヒで、早川オナシスという新入りのトランスジェンダーから、最大野党前進党党首、浅間の愛人の情報を聞いた時には驚いた。

その後、しばらくして突然桜から再び呼び出され、出向いた場所は浅間が囲っている愛人のマンションだった。

ジャネットと名乗る愛人は、本名久保田源一郎。国防隊航空部隊のパイロットで、田辺はなぜか桜、富士見幸太郎総理とともに浅間とジャネットの逢瀬の現場に乗り込むはめになったのだ。

狼狽する浅間に対してニヤニヤ顔の桜は田辺を報業タイムスの記者だと紹介し、このことが世間に知れたらどうなるか？　と脅した。田辺は完全にダシに使われたのだ。

浅間は若き日に革命団・紅という組織のリーダーだった。当時の仲間達は革命家として世界に散らばっており、現在のテロ国家共同体ティグロの前身となるグループに属していた可能性があって、間接的にでもティグロと何らかの繋がりがあるのではないかという桜の読みはまんまと的中し、富士見は浅間を介して新代表のアフマル、アドムとマスターズ参加について交渉することが出来たのだった。

この一連の流れを、いざという時にはスクープとして報じる権利を桜は田辺に提示した。その代わり、マスターズ会議が無事終わるまでは絶対に伏せておくということが条件だ。

「ナベ。バカな真似はするなよ。人類が生きるか死ぬかの瀬戸際だ」

いつものとぼけた顔で言う桜に、「わかってる！」と、憮然として答えた。その辺の三流カストリ誌の記者でも、スクープ第一の新人でもない。言われなくても報じるタイミングは心得ている。

会議が無事終わり、ティグロがシロとなれば田辺は早々に報じるつもりで、既に記事を作っていた。『与野党の裏取引。富士見総理と浅間大五郎前進党党首は協力して、ティグロ幹部と通じていた』

記事のインパクトは大きく、スクープともなれば社長賞ものだろう。田辺の株も上がる。しかしこの記事で一番得するのはおそらく富士見だ。世界和平の為、政敵である浅間と協力を図りマスターズを成功に導いた、ということになる。浅間も同じ立場だが、愛人問題という爆弾を抱えている。田辺はそんなスキャンダルには興味がなく、記事にするつもりもなかったが……。

有利なのは富士見だけだった。桜は、昔からそういう状況を作り出す能力に長けていた。

……あの野郎。

人を食ったような桜の笑顔が頭に浮かぶ。メディアセンターの違和感を探しながら田辺は何か釈然としないものを感じた。気に入らないというわけではない。田辺とて、会議の成功を願っていた。万事無事に済めばそれに越したことはない。

……しかし、と田辺は思わずにいられなかった。このまま何事もなくいくのだろうか？　何か一波乱起きそうな気がしてならない。

周りが騒がしくなった。

「ナベさん……」

耳元で声をかけてきた山岡の視線の先を見ると、モニターに会議室の様子が映し出されている。

円卓では既に各国首脳が席に着き始め、それぞれが握手をしたり話をしたりしていた。

9プラス1。ピースランドを除く8カ国のリーダーが一新されてからは初顔合わせになる。

一人だけ生き残った古いリーダー、富士見幸太郎は所在なげに、青ざめた作り笑顔で立っている。

すぐ後ろに切れ者と呼ばれる川上才蔵官房長官の顔も見える。

富士見のライバルで、その失脚を一番に望んでいると目されている人物だ。川上は今日の会議をどうとらえているのか。各国閣僚と話している表情からは、本心はうかがえない。相変わらずのポーカーフェイスだ。彼の外交手腕は超一流で、こういった国際会議の場では総理である富士見が頼りない分、いてくれるだけで安心出来る存在だ。

しかしマスターズ会議は、テロによって実現出来なかった1回目の会議同様、リーダーのみの話し合いというルールが厳守されていた。時間になると、各国閣僚、側近達は部屋から出ていく。

策士で、富士見にとっては信頼出来ない人物だが、せめて彼が参加してくれれば、もう少し安心して見ていられるのだが。

田辺の嫌な予感は更に大きくなった。

*

会議場別室で、じっとモニターを見つめているのは、与党新保党の長老と呼ばれるメンバーだった。

野村大地副総理、大沢富雄政調会長、村山伸郎幹事長、広岡君彦総務会長の4人だ。

興造学校の番頭として院政を敷く野村は、会議が成功、失敗のどちらに転んでも構わなかった。無事に済めば済んだで政権は安泰。失敗に終われば無能な富士見を総理の座から降ろし、子飼いの川上にすげ替え、自らは〝野村派〟の会長として闇将軍になればいい。

部屋には重苦しい空気が漂っている。

苦虫を噛みつぶしたような顔の副総理に倣い、他の3人も黙っている。

ふと、野村が尻の片方を上げ、放屁した。長い屁だった。鈍く低い音が「ぶぅぅ……」と10秒近くは続いただろう。その間誰も何も言わない。音がやむと野村は顔色一つ変えず尻を下ろした。

部屋にいた誰もが無かったことのように表情も変えずモニターを見続けた。

*

ノックに続きドアが開いた。

「アン大統領が入られます」

円卓に着いていたリーダー達が起立する。

紅一点。

現れた彼女は、戦争か平和かの選択を迫られる荒っぽい会議を仕切るにはあまりにも若く、か細い印象だった。

血塗られた戦場に白い花が一輪、咲いたようだ。

時代は大きく進み、男の戦で世界が変わる社会は消滅した。

血の気の引いた肌は大きくこぼれそうな瞳の黒を際立たせ、奥に灯る静かな光には不退を決意した強さと、少女が見せる不安が同居していた。

「大統領……」

言いかけた富士見は口をつぐむ。アンが真っ直ぐ見据えているのは、後ろのアドムとアフマルだった。

アンとよく似た大きな黒い瞳をした二人は、若く、あどけない。少年の面影を残す表情は、戦場に生まれ落ち、幼い頃から人を殺し、破壊を繰り返してきたテロリストには似合わず、そのちぐはぐさが、いびつな恐ろしさを感じさせた。更に、全く武器を装備していない軍服姿がかえって不気味な違和感を増幅させている。

ドアの前で立ち止まるアンの前へ二人は歩み寄る。

先にゆっくりと右手を差し出したのはアフマルだった。

デジャヴを感じない者はいなかった。会議室のリーダー達、マスコミ、映像を見つめる世界中の誰もが、あのおぞましいブルタウとホワイトの握手を脳裏に蘇らせ、時間が止まる。

誰よりもその恐怖に見舞われているのはアン本人だった。

……あの時、ブルタウは白い手袋を直前で外したのだ。手袋の下に隠し持った起爆装置をホワイトに直接押させる為に……。

アンの中で二つのフラッシュバックが同時に起こる。

幼かった日、突然起きた爆発。直前まで幸せそうだった両親の顔。

手の中の異物に気づき問いかけるようにブルタウを見つめ、すぐさまその意味するところを察知し大きく見開かれたホワイトの目。直後の惨劇。

アンは握手しようとするが体が硬直し右手が動かない。顔からは血の気が引き、今にも倒れそうになる。

会場の空気がピンと張り詰める。

差し出したままのアフマルの右手を握ったのは富士見だった。

いつの間にか富士見は、アンとアフマルの間に割って入っていた。

動揺し、思わず握られた右手を引っ込めようとするアフマルの手を富士見は逃がさず、力を込めて握りしめ、更に左手も添え、両手で包み込むとグイと自分の方へ引き寄せた。

時間が止まったような静寂が続く。

富士見は振り向くと、唖然として目を大きく見開いているアンを見て笑った。

「爆発しない」

各国首脳からため息のような声が漏れる。

富士見は左手で固まっているアンの手をそっと取り、「大丈夫です」とアフマルの手に重ねた。

それまで張り詰めていた空気が少しだけゆるむ。

「まあ、立ち話も何なんで……」

富士見はアンとアフマル、アドムをそれぞれの席に誘導した。

緊張して立っていた各国首脳も席に座り、同時通訳用のイアフォンをそれぞれつけた。

側近控え室でモニターを見ていた桜は片方の眉毛を上げ、ニヤリとする。


メディアセンターでは静かなどよめきが起こった。

田辺は黙って画面を見つめる。

議長である富士見は、各国首脳、アドム、アフマル、アン大統領が着席して落ち着いたのを見て、緊張気味に口を開いた。

「えー、本日こうして安全な球連合と、ティグロとの和平に向けた会議を無事再開出来ることを大変嬉しく思います……」

いかにもぎこちない開催宣言を各国首脳はイアフォンの同時通訳を通じて聞き、パラパラと拍手をする。

アンの瞳が真っ直ぐに自分を見ているのを感じ、富士見はますます硬くなる。

「……それでは、さっそくですが和平ロードマップの……」

突然耳をつんざくようなハウリングが起き、首脳陣は悲鳴を上げ、イアフォンを耳から外した。

キーンという不快な音は大音量でメディアセンター

にも鳴り響いた。

あちこちで驚きの声がして、各国の記者達は耳をふさいだ。

モニターの映像が消え、ノイズ画面になる。ビリビリ、ギギーッと雑音が続く。

「何だこれ？」自分のノートパソコンの画面が乱れているのに驚き田辺が呟く。

「あり得ないですよ。通信関係が全部アウトのようです」

山岡の視線の先にあるのは中央の巨大モニターだ。8面全てが田辺のパソコンと同じ状態になっている。山岡はポケットから小型タブレットを取り出し、田辺に差し出した。やはり画面が乱れている。

「これは、おそらく相当な妨害電波か何かか？……しかしこの会場は最新のサイバーテロ対策をしているはずです。まさかこんな状態に……」

各国のブースで叫び声が上がり、メディアセンターは騒然となった。皆、自分の通信機器を手に、あらゆる手段を取っているがうまくいかないようだ。世界中の基地局で通信が遮断された。

「ナベさん、こりゃただ事じゃないですよ。伝書鳩でも飛ばさないことには……」

「待て」興奮する山岡を制し、田辺はノートパソコンのモニターを見つめる。

不規則なノイズだらけだった画面の中央に、うっすらと、人影のようなものが浮かび上がってくる。徐々にハウリングの音が小さくなるのと同時に会場の叫び声もおさまっていく。

皆、中央の巨大モニターに注目していた。

リーダー達も同様に手元のモニターに注目している。大昔のラジオの周波数が合うように、画面から徐々にノイズが消え、明確になっていく。

中央のシルエットが色づいていく。様々な色が集合したモザイクのようなものに焦点が合うと、見覚えのあるカラフルな頭巾が現れた。

富士見はアンを見た。

モニターを見つめるアンの顔からみるみる血の気が引いていくのがわかる。

メディアセンターは再び喧騒に包まれた。

「ナベさん、あれは……」

田辺は今回だけは自分の勘を恨んだ。

「Dr.パパゴだ」

控え室の桜が滅多に見せない不愉快な顔で呟く。

「クソ頭巾野郎が……余計なところに出てきやがって」


ガシャガシャ、キキキキという音。

パッチワークの頭巾の人物が甲高い音を発する。ボイスチェンジャーを通した声は金属音のようだ。言葉はどこの国の言語にも属さない。しかし画面には音がするたびに、各国の言語が表示される。

Dr.パパゴ

久しぶりだな。楽しそうなところを邪魔してすまない。会議なら私も仲間に入れてくれ。寂しい。……私、のけ者にするな。私を忘れるな！

私の名前。Dr.パパゴ。もう一度言おう。お前達の世界は終わり。

私がこの世界、破壊する。私が破壊する！

ハハハハハ！

言ったろ？　お前達の世界は終わり。


私は死だ。


わかるか？　私は人類誕生以来、最大、最強、最悪の武器の開発に成功した。

ヌークリアヒューマン。人間核爆弾。

私は諸君をX線自由電子レーザーにより核爆弾に改造した。

武器の進化、イコール、科学の進化。文明の進化。人類の進化そのもの。

おめでとう！　お前達は、自らを滅ぼすまでに進化したのだ！

進化！　進化！　進化！

自爆！　自爆！　自爆！

ビッグバン！

誕生すなわち死だ！


お前達一部の人間の体内に核爆弾を仕組んだ。奴らは自分が爆弾とは知らず、世界中に散らばっている。起爆装置。お前達の手の中にある。お前達、自らスイッチを押すだろう。わかるか？


私は光と波を操る王。

安全な球は終わり。終わるに足る核を地球のあらゆる場所に配備した。

認識しろ。安全な球はもう終わり！

ティグロは永遠なり！

ハハハハハ！

お前達はもう終わりだ！

終わり！　終わり！　終わり！

死ね！　死ね！　死ね！

疑心

再びギギギ、ガシャガシャという音がしてプツリと映像が消えると、黒い画面に〝死〟という意味の言葉が世界中の言語で表示された。

会議場では各国のリーダー達がざわめき始める。

「……どういうことだ？」

「人間核爆弾とは何だ？」

「ティグロは永遠だと？」

全員の視線がアフマルとアドムに注がれる。

「……俺は知らない……」アドムの目は明らかに怯えていた。

「Dr.パパゴとは何者だ？」

「知らない！　本当に俺達は知らない！」

アフマルが顔を上げるとアンが大きな瞳でジッと見

つめている。黒い瞳の奥に疑いの光が揺れた。

「証明してもらおう！」と叫んだのは、レヴォルシア共和国の大統領だ。

「そうだ。我々は一度騙されてリーダーを失っている。君達がDr.パパゴと関わりがないことを証明しない限り、会議を進めることは出来ない」と、グレートキングス首相も続く。

会議場が静寂に包まれる。長い時間のように思えたがほんの2～3分だったろう。

気がつくと全員の視線が指示を仰ぐようにアンに注がれていた。

アドムとアフマルはうっすらと目に涙をためているようにも見える。

沈黙を破り、アンが口を開いた。

「会議を中止します」

各国リーダーはアンが言い終わらないうちに席を立ち、去り始める。

「待ってください」

富士見は思わず立ち上がる。

「富士見さん」とアン。「あなたがここに到るまで、どれほど苦労されたかはわかります。でも、残念ですが、新たな犯行予告が出された今、これ以上会議を続けるわけにはいきません」

「しかし」

「あなた達がDr.パパゴなる人物との関係を明らかにすること。それがあなた達と私の使命です」

アンは、子供にさとすようにアフマル、アドム両代表に告げ、席を立った。

＊

一部始終を会議場別室で見ていた新保党長老達の表情は固まっていた。

大沢政調会長がくわえていたタバコから灰が落ちる。

「……厄介なことになった」

呟いたのは、村山幹事長だ。

皆、自然と野村副総理の方に目がいく。

野村は表情を変えないまま、片方の尻を上げた。

再び放屁の音が部屋に響く。さっきよりも長く、最後に湿ったような音が混じった。

思わず他の3人は顔をしかめる。

野村は構わず立ち上がる。

「……選挙準備だ」

呟くように言い、出口に向かう。

他の3人も立ち上がり、野村に続いた。

＊

Dr.パパゴが電波ジャックしたのはマスターズ会議場のみに留まらず、全世界に及んだ。全ての人類が持つありとあらゆる端末モニターが同時に犯行声明を映し出したのだった。

メディアセンターは蜂の巣をつついたような騒ぎになっていた。

世界の各メディア記者が、

『マスターズ、またも中止！』

『謎のテロリスト、Dr.パパゴ！』

『カラフルな狂気の頭巾、ボイスチェンジャーの音声で人間核爆弾世界配備を宣言！』

『ティグロとの関係は不明！』

次々と記事を作りながら、同時にDr.パパゴの正体を探る作業を始めている。

報業タイムス・デスクの田辺もまた同様だった。

山岡は本部と連絡を取りつつパソコンを忙しく操作して言う。

「過去のネット上に存在する全てのデータを解析してもこの名前の痕跡すらありません。ナベさん、こりゃ相当やっかいなタマですよ。しかもテレビ・ラジオ放送だけでなく、インターネット全てのプラットフォームを乗っ取るなんて、およそ出来るはずのないことをコイツはやってのけてる」

「奴は自分のことを『光と波を操る王』と呼んだ。おそらく情報通信、コンピューター、インターネット、サイバネティクスに関しては相当な知識のあるエンジニアだろう。かなり高度な教育を受けているはずだ。肉弾戦を繰り返してるティグロの連中とは少し毛色が違う気がしないか？」

「確かに。言われてみれば」

「やってることは思想犯というよりは、愉快犯のような印象だ。その点でもティグロとはどうも繋がらない」

「しかし、各国首脳はそうは考えないでしょうね」

山岡の言葉に、田辺は顔をしかめ、心の中で呟いた。

……どうするつもりだ。桜？

＊

Dr.パパゴによる2度目の犯行声明とマスターズ会議中止の衝撃はまたたく間に世界中に拡散した。

パパゴの犯行声明の映像は繰り返し再生された。


終わり！　終わり！　終わり！

死ね！　死ね！　死ね！


篠崎翔の装着したウルトラアイの画面に『死ね！』のヴォイスが溢れかえり、フレームが赤く光って通信が途切れた。ネガティブヴォイスシャットダウン機能が働いたのだ。

今回は翔に向けられたヴォイスというわけではなかった。Dr.パパゴの声明に追随する形で全世界から独り言のように発せられた『死ね！』の火砕流現象だった。

翔は赤く光るウルトラアイを顔から外す。おそらく今、世界中のウルトラアイが通信不能になっているはずだった。

リビングのテレビではDr.パパゴの映像が流れている。カン！　カン！　カン！　と音がする。

「死ンダ人間ハ、イイ人間。生キ残ッテル奴ハ、バカバカリ！　ハハハハ！　死ネ！　死ネ！　死ネ！」

翼の人形は煙を出しながら首を360度回転させている。

「……おい、おとなしくさせてくれ」呟いた新一の目はテレビ画面を見つめたまま途方に暮れているように見える。

「……翼、落ち着いて」早苗は翼の人形の背中に手を添え、小さな声で言った。

「ウン！　ママ！　ワカッタ！　落チ着クヨ！　ハハハハ！　安心シテネ、ママ。ママトパパ、ハ生キ残ッテイテモ、イイ人間ダヨ！」

リビングにキャスターの声が響く。

「……和平ロードマップはほぼ絶望的と見られます。なお先程映像が乱れましたことを深くお詫びいたします。現在原因究明につとめておりますが、まだはっきりとしたことはわかっていません。しかし国内全ての放送局に留まらず、世界中のテレビ・ラジオ放送、及び通信が同時に障害を起こしているという事実から考えまして、相当強力な妨害電波による攻撃によって地球規模の〝インフォメーションクエイク（情報地震）〟という状態に陥ったと考えられます。現在は電波状態は通常に戻っておりますが、今後いつまたサイバー攻撃があるかはわかりません。しかも攻撃はネットにも及んでいます。これから個人の端末やウルトラアイを復旧させようとする方々は、情報の安全性、ウイルスの感染に充分注意してください。一度復旧したとしても、メールを送った先が全く違う相手ということも考えられます。一度相手に送ったら、本人に送信出来ているかどうかを、電話その他の通信機を用いて確認するように是非心がけてください。政府が安全性を確認するまでは、更なる混乱を引き起こす可能性がありますので、公共及び民放各社協力して技術的な確認を行っております。安全性の確認が得られるまでは、お手持ちの端末は出来る限り使用しないでください。情報流出の可能性があります。……また、Dr.パパゴと名乗る人物についても何もわかっておらず……」

「……もう終わりかもしれないな」新一は独り言のように言った。「世界中の通信を乗っ取れる技術を持っているということは、おそらく軍部だろうが金融だろうが自由に操れるってことだ……」

早苗は何も言わない。翼の人形もおとなしくしている。

新一は、翔に話しかけようとしたが、言葉が見つからなかった。何を言えばいいのかわからない。翼を失ってからめっきり会話がなくなった。元々何を考えているのかわからないところがあったが、災害で兄を亡くし、集団避難でここへ来て、翼の代わりにあの気味の悪いアンドロイドが居座るようになってからますます心を閉ざしたように思えた。おそらく学校でいじめられているのだろう、明らかに暴力の跡とわかる傷や腫れを顔に作っている時もあったが、自分も早苗も指摘することはなかった。親として、息子が苦しんでいる状態であることは重々承知していたが、どうやって手を差し伸べればよいのか、皆目見当がつかなかった。早苗はアンドロイドに逃げ、自分は社会や政府批判に逃げた。翔の表情はいつも、そんな両親をあざ笑っているように見え、更に新一を苛立たせ、臆病にさせるのだった。たった今も、翔はマスターズ中止のニュースを見ながら、不敵な笑みを浮かべているように思えた。

翔は、Dr.パパゴと名乗る人物が発した言葉に引っかかっていた。

〝ヌークリアヒューマン〟

パパゴは人類を核爆弾に改造したと確かに言った。

翔はその言葉に聞き覚えがあった。

偶然だろうか？

タブレットを操作し、復旧したネットで〝ヌークリアヒューマン〟を検索するが、出てくるのはさっきパパゴが発した言葉としてのものばかりだった。

翔の表情に珍しく動揺の色が差した。

アニメ作品
〝美少女ガール戦士・横内和彦〟第3話

「ハハハハハ！」

悪魔怪物魔人はとうとう出現してしまった。

「ワタシの名はメツボウ。お前達を殲滅する為に誕生した、お前達自身の憎しみの塊で構成された命だ！　自業自得というやつだ！」

博士の研究室の天井モニターに映し出された怪物は恐ろしい異形のものだった。

身長は３００メートルを超す。その体は無数の人間の顔の集合体だった。何千、いや、何万、いや、何千万だろうか？　ありとあらゆる人種、男と女、子供や大人、老人の顔が葡萄のように３６０度積み重なっていて、グロテスクだった。

「博士！　あれは誰!?　気持悪いよ！」

横内が思わず叫んだ。

「おお！　とうとう一番恐れていたことが現実になってしまったんじゃ！　あれこそが、人類を滅ぼす悪魔怪物魔人じゃ！」

博士の目から涙が溢れ出した。

「博士、泣いてるの？」

「バカ！　泣いてなんかおらんわい！」

博士の強がりは意味がわからなかった。

その時、悪魔怪物魔人メツボウを形成する無数の顔が一斉に口を開いた。その声は大合唱のように都市に響き渡る。

「愚かな人類に告ぐ。もうあがいても無駄だ。ワタシはお前達自身を最終兵器に変えた。わかるか？　人間核爆弾！　ヌークリアヒューマンだ！　ワタシの指先一つでお前達は核爆発する！　自爆だよ！　ハハハハハ！」

「ピキピキピッピッピー！」

横内の肩に乗った小動物が大騒ぎをする。

「どうしたんだよ、キミ？」

「あああぁ！　やはりそうか！　とうとうメツボウは、ヌークリアヒューマンの開発に成功してしまったのかっ！」博士は叫んで頭を抱えた。

「ヌークリアヒューマン？　ねえ、博士。ヌークリアヒューマンって何？」

「ああ、横内よ、お前にはヌークリアヒューマンがどれほど恐ろしい兵器であるかわからないだろうなぁ」

「わからないよ！　兵器なの？　どういう兵器なの？」

「ならば説明しよう、これを見よ！」

博士が叫ぶと天井のスクリーンに分子と書かれた球体が集まっているイラストが映った。

「バカなお前には、ヌークリアヒューマンの説明の前にまずは核分裂連鎖反応の説明が必要じゃろう」

「ど、どういうこと？」

「ピキピキピー！」

「この世界の全ての物質は幾つかの分子で構成されている。更にその分子は二つ以上の原子から構成されているのじゃ。それぐらいは知っておるな？」

「ん？」

スクリーンでは球体がバラバラになり、一つの球にクローズアップする。原子と書かれたその中央にやはり幾つかの球が集合した原子核があり、その周りを電子と書かれた小さな球体が回っている。

「原子の種類は、元素記号として習ったじゃろう？　水素、ヘリウム、リチウムと続くやつじゃ。原子の中心には原子核があり、更に原子核は陽子と中性子で構成されているのじゃ。それぞれの原子によって、この数が違う」

「どういうことかなぁ？」

スクリーンのイラストは陽子、中性子と書かれた球体が葡萄のように集まったものだ。

「この陽子と中性子の数のバランスが釣り合っていればその原子は安定している。ちなみに陽子と中性子は核力という力でお互いを引き合っている。陽子、中性子、それぞれの個数がアンバランスだった場合、その原子は不安定なのじゃ。そして、不安定な原子ほど、核分裂しやすい原子ということになるのじゃ。わかるか？」

「そうなんだね。どういうことなんだろう？」

「ピキピキピキピキー！」

「バカな少年よ。かつて人類が原子爆弾という大量破壊兵器を使ったことは知っているじゃろう。また、原子力発電というエネルギーが存在したこともじゃ」

横内はしばらく考えた。

「……うん。学校で誰かが話しているのを聞いたことがあるよ。どういうことなのかな？」

「それらの現象は核分裂連鎖反応によるエネルギーの放出によって起きている。例えばウラン２３５の原子核は、92個の陽子と、１４３個の中性子で出来ている不安定な原子核じゃ……」

スクリーンにウラン２３５の原子核が映る。そこに外から中性子と書かれた球体が一つ飛び込む。

「ギリギリのバランスで成り立っていたウラン２３５の原子核に外から中性子を一つ吸収させるとどうなるか？」

「え？……どうなるのかなぁ？」

イラストの原子核はユラユラと揺れた後にパカリと二つに割れる。

「あ！」

「ピキピロピキピー！」

「見たか？　二つに割れるのじゃ！　これが核分裂というものじゃ！　この時、分裂と同時に中から幾つかの中性子と放射線がエネルギーとして放出されるのじゃ！」

イラストでは中から放出された中性子が次のウラン原子に当たり、それが分裂し、また中性子が次のに当たり、というのが繰り返される。

「出てきた中性子が次のウラン原子に吸収され、それも分裂し……と、これが延々と繰り返され、膨大なエネルギーを発するのじゃ。この現象こそが、核分裂連鎖反応！　核の暴走じゃ！　誰にも止めることは出来んのじゃ！　核爆弾とは物質の持つこのような性質を利用した爆弾なのじゃ！　ここまではわかったか？」

「ピキピキピキャーピキピッピー！」

「ど……どういうことなのかなぁ？……」

博士は興奮して続ける。

「それでは次に、核融合について説明する！　核融合とは、核分裂よりも更に大きなエネルギーを放出させることが出来る現象じゃ！　先程のウランとは違い水素原子はたった1個の陽子と1個の電子で構成されていて、分裂はしない代わりに他の原子と融合しやすいのじゃ！」

水素原子が他の原子と融合する様子がスクリーンに映し出される。

「実は原子は融合する時にも核分裂の時と同様のエネルギーを放出するのじゃ！　核融合によるエネルギーは核分裂よりももっともっと強大なものなのじゃ！　例えば……」

スクリーンには巨大なコロナを噴き出す太陽が現れた。

「この太陽が燃え続けているのも、中心部分で水素原子が核融合し続けているからなんじゃ！　我々が生きられるのも、太陽で水素が核融合を繰り返し続けているおかげなんじゃ。どうじゃ、膨大なエネルギーじゃろう！」

「ほ、……本当だね。どういうことなんだろうなぁ？」

「よし。いよいよここからがヌークリアヒューマンの説明じゃ！　我々人類の体もやはり様々な原子から出来ている。水素、酸素、炭素、窒素……中でも一番多いのが水素じゃ！　おお、横内よ！　もしもその水素原子が核融合を起こしたらどうなる？」

「ピロピキャー！　ピキピキャー！」

「えっ？……まさか、そんな……」

「そうじゃ！　あり得ないような出来事じゃ！」

人間の形のイラスト内に描かれた水素原子が核融合し、放出された粒子が別の原子核を破壊するアニメーションが流れる。

「恐ろしいことに、核融合によってもたらされた強力なエネルギーは、安定した炭素や窒素などの原子核を分裂させ、その分裂が更に水素を核融合させるのじゃ！　つまり〝核融合―核分裂連鎖反応〟が起こるのじゃ！」

「か……核融合―核分裂連鎖反応？」

「人体そのものが、核爆弾になる！　すなわち、ヌークリアヒューマン！　人間核爆弾じゃ！　この爆発の規模は計り知れないのじゃ！　おそらく原爆や水爆を遥かに超える威力になるじゃろう！　たった1回の爆発が、街一つ、いや、もしかしたらこの惑星ごと吹き飛ばすことになるかもしれないのじゃ！」

「わぁ……怖いなぁ……でもどうすればそんなこと出来るんだろう？」

「ここからはワシの憶測じゃが、おそらくメツボウは〝X線自由電子レーザー〟を照射出来る人工衛星の開発に成功したのじゃ！」

「それは何⁉」

「X線自由電子レーザーというのは、幅広い波長の光を出すことが出来るレーザーじゃ！　メツボウは、人工衛星から無作為に選んだ人間の体にピンポイントで強力なレーザーを照射し、細胞の水素を核融合させ爆発へ導くつもりなのじゃ！」

「わわわわぁ……」

「ピキャピロピキャピロー――！」

「横内よ！　横内和彦よ！　人間は世界中に存在するのじゃ！……つまりメツボウは、人間という名の100億を超える核爆弾を世界中に配備したことになるのじゃ！　まさに人類史上最大の最終兵器じゃ！」

「ピキャピロ！　ビビビブキャババババ!!　ビキビキビーブギャブギブヒー!!　ビブギャブビビャビロビロビー！」

「うるさいなぁ！」

ナレーションが叫ぶ。

「恐れていた悪魔怪物魔人メツボウの武器がヌークリ

アヒューマンだと知って動揺する小動物にとうとう『うるさい！』と叫んでしまった横内和彦！　これからどうするつもりだ！　横内和彦！　さぁ！　どうするのだ？　ワッツ、トゥー、ドゥー、アバウト、イット!?　ワッツ、ウィル、ユー、ドゥー!?」

ノースレイク

Dr.パパゴの犯行声明によって中止となったマスターズの会場と繋がるノースレイクホテルには、各国首脳が宿泊する為の部屋が用意されていた。

フロンティア合衆国大統領アン・アオイがいるのは、湖に面したスイートルームだ。

アンはさっきからずっと窓の外の湖を見ていた。空に浮かんだ月の光が湖面にキラキラと反射している。

「……アン？」

会議中断後、アンと一緒に部屋にこもり、今後の対策について本国政府と専用電話でやり取りをしていたダイアナは、一通り指示を出し終わると電話を切り、窓際に立つアンに言った。

「やっぱり最低だわ、あの男……」

「……どうしたの……」

アンは外を見たまま言った。

「ローレンスよ。『これはこれは、国務長官閣下。ご無事で何より』って、いかにも無事だったことが残念そうなトーンだったわ」ダイアナは専用の携帯電話を掲げ、肩をすくめてみせた。「嫌味な奴」

アンは窓ガラス越しに目だけで笑った。

「……ねえ、アン。……言わなくてもわかってると思うけど……」

「わかってるわ。こうなったのは私のせいじゃない」

「その通りよ」

「そうね。パパゴと名乗る人物を特定出来ないまま、国防総省からはティグロ関与の可能性も指摘されていたにもかかわらず強引にマスターズ開催の判断を下したとしても、何一つ私のせいじゃない」

「……そうよ。あなた一人のせいじゃないわ」

「最初のテロのあと、既にパパゴが電波ジャックをしていた事実があったにもかかわらず、かの人物を特定出来てないだけでなく、いまだに妨害電波の発信源すら突き止められていないことも、大統領である私のせいではない」

「アン！　今は自分を責めてる時ではないわ！」

「そうね」アンは笑ってダイアナの前を横切りクローゼットを開けた。白いドレスが掛かっている。

「今夜の夕食会で着ようとしてたドレスよ。……まるで浮かれたバカなお姫様みたい。危機感も何もない」

「アン、やめて……お願い」

「ローレンスは正しいわ！　私は自分が無事だったことがとても残念」

「アン……」

ダイアナが手を取ろうとする。

「触らないで！」

アンは思わず振り払い、ダイアナに背を向けると、左手で右手を包み胸に引き寄せ、屈み込むような姿勢になった。

震えているようなアンの背中を見て、ダイアナは目を丸くした。

アンの声は力をふりしぼってようやく出したように聞こえた。

「……ごめんなさい……私、少し眠りたいの」

「わかったわ。そうね、眠った方がいいわ」

ダイアナは頭を振ると、そっと出ていこうとする。

「ダイアナ。あなたがいてくれて助かってるの……本当にごめんなさい」

ダイアナはドアの前で立ち止まった。

「……私のはブルーよ」

「……え？」

「夕食会で着ようとしたドレス。私はブルーを持ってきたの」

アンは振り返り笑った。

「……ありがとう」

おどけた仕草で両手を上げ、首をかしげてみせると、ダイアナは出ていった。

右手の震えが止まらない。フラッシュバックに襲われたアンはゆっくりしゃがみ込む。息が苦しい。なんとか手を伸ばし窓を開け、バルコニーに出た。

初夏だが、緑に囲まれた空気はひんやりとしている。

心地よい風がアンの頬を撫でた。深く息を吸い込むと少し落ち着いた。

月は変わらず皓々と輝いている。

部屋の中からは見えなかった湖の畔の様子が、バルコニーからだとよく見えた。

桟橋があり、幾つもの手漕ぎボートが停泊している。また別の桟橋には、スワンの形をした物体が浮かんでいる。あれもボートだろうか。フロンティアでは見かけないものだ。

岸にベンチがあり、誰かが座っているように見えた。

……いや、そんなはずがない。

マスターズ開催中のテロを警戒し、厳戒態勢が敷かれ、この地域一帯、特に湖周辺には誰も侵入出来ないはずだった。

……まさか、テロリスト？

アンは目をこらしてもう一度見る。闇の中、月明かりに照らされうっすらと見えるのは、やはり人影のようだ。その時ポッと明かりが灯った。オレンジ色の小さな火だ。ベンチに座る人物がタバコに火をつけたようだ。吸った瞬間ボアッと明るくなった火に照らされて顔が浮かび上がる。

アンは思わず息を呑んだ。見覚えのある顔だったからだ。

＊

「大統領？　どうしました？」

シークレットサービスのキャットは目を丸くして呟いた。警備をしていた大統領の部屋のドアがゆっくりと開き、当の本人が顔を出して、キョロキョロと様子をうかがったからだ。

「あら、キャット。こんばんは」アンは一瞬いたずらが見つかった子供のような顔になり、すぐにニッコリと笑った。「……仕事？」

「は？……はぁ。あなたの警護をしております」キャットは敬礼をしつつ、ドアの反対側に立つバードを見つめた。

アンも振り返り見つめる。「バード。こんばんは」

「こ……こんばんは。大統領」バードは慌てて敬礼をする。

めていた。


「変わりない？」

「はっ、全て異常ありません！」

「そう」アンは二人のSPを交互に見て納得したように「……名コンビね」と微笑むとドアを閉めた。

キャットとバードはしばらく黙ったままドアを見つめていた。

初めに小さく囁いたのはバードだった。

「……おい、聞いたか？」

「ああ、名コンビだってさ」

「……俺達のことか？」

キャットはホテルの廊下を見渡して言う。「他に誰がいる？」

バードはいぶかしげに言う。

「あれを言う為にドアを開けたのか？」

「まあ、そんなとこだろう」

「しかし……」

「おい」キャットは人さし指を立ててバードを制した。「それ以上俺に何か質問するな。彼女の考えてることを、俺が理解出来ると思ったら大間違いだ。お前だってそうだろ？」

「ああ、確かに。でも……」

「いいか、バード。俺達の任務はこの部屋に誰も入れないこと。それと……」キャットは敢えてアンをじゃじゃ馬という意味のコードネームで呼んだ。「今夜はシュルーにこのままおとなしく眠ってもらうことだ」

*

『死ネ』

富士見は2本目のタバコに火をつけた。開けたばかりのパッケージはやけにリアルな〝カエルの死骸〟だった。もはや禁煙を啓蒙するものでも何でもなかった。ヌメヌメとしていてグロテスク。ただの悪趣味だ。こんなものをポケットに入れていることに嫌悪感を覚える。

ホテルは全面禁煙で、この辺りでは湖畔のベンチだけが唯一の喫煙スペースになっており、古びたベンチの前には備え付けの錆びた灰皿が置いてある。開発されたD地区でノースレイク周辺だけは、一昔前の観光地のままだった。

富士見はゆっくりと煙を吐きながら、空に青白く光る月を眺めた。やけに冷たく鋭い月光は、全てを見通しているようで、不気味に見える。

Dr.パパゴとは、何者か？　富士見には皆目見当もつかなかった。何にせよ、あの謎の存在のせいで、マスターズ会議は失敗に終わった。己の政治家生命もこれで終わりだろう。いや、政治家生命など、どうでもいい。遥かに重大な罪を自分は犯したのかもしれない。

青臭い信念で、柄にもなく大それた仕事をしようとしたおかげで、自分が人類を絶滅の危機に追いつめてしまっているのかもしれないという事実に富士見は青ざめていた。

ヌークリアヒューマン。

犯行声明にあった人間核爆弾というものが実在するならば、富士見の軽はずみで愚かな行動によって、テロリストに引き金に指をかける動機を与えてしまったことになる。

……何が、政治は未来の子供達の為だ。

富士見は自分の言葉に赤面する。

冴えない政治家人生の中で、一旗揚げたいという色気があったのは事実だ。

こんな時、義父の興造ならもっと現実的に立ち回っただろう。

使命感に燃える理想主義のポピュリストほど、国民の命を危険にさらすものだ。まして富士見には大衆からの支持すらない。これでは暴走するテロリストと同じだ。いや、なまじ権力者であるだけに、更に始末が悪い。

やはり自分の器に合わないことをするべきではなかった。

国際情勢を大きく動かすような事柄は、ホワイト大統領のような、スケールの大きな政治家がやるものなのだ。自分はおとなしく、国内政治に専念し、地方の陳情に耳を傾け、経済団体と交流し、時には適当な便宜を図りつつ、それぞれの顔を立て、党内バランスを取りながら、それぞれの閣僚の顔色をうかがい、要領よく立ち回り、経済を円滑に回す。これといったレガシーを残せなくても、今までの国家運営を踏襲し、次のリーダーへバトンを渡す。それだって、立派で重要な総理の仕事じゃないか。何も無理して古い体質を変える必要もない。少しばかりの甘い汁を吸って知らん顔して過ごしていればよかったのだ。たとえ地味だろうが、バカと罵られようが、だめ総理と歴史に名を残し、いずれその名前すらも忘れ去られるような存在であろうが、人類を滅亡させるよりよほどマシだ。地球の歴史に終止符を打つ愚かな裸の王様になるより、何千倍も何万倍もマシじゃないか。

富士見の脳裏に再び、かつての自分の演説が蘇る。

『たとえ現代の我々の判断が間違いだったと証明され、この土地から人類が消滅したとしても、それはそれで面白いではありませんか。少なくとも私達は挑戦したという記録が残るのです。その歴史を得た私達の子孫は、きっと私達より優れた叡智を持つでしょう。そして彼らはきっと別の未来を創るでしょう。未来はきっと面白い。そう私は信じているのであります！』

顔から火が出るような思いだった。それは今まで富士見が考えてきた中で一番やっかいで使えない政治家の姿そのものだったからだ。

今まで数々の首相を見てきたが、これほど、国益に反する首相は他に思いつかない。

ふと見上げると満月が軽蔑したように自分を見下ろしている。地球上に存在する小さな動物があたふたする姿を見て楽しんでいるようで、あのDr.パパゴなる頭巾の怪人と重なって見えた。

「くそっ……」タバコを灰皿で揉み消し、立ち上がる。

「……総理」

囁くような声は聞き覚えのある柔らかい音色だった。

富士見の体は硬直した。

声がしたのはベンチの後ろの草むらからだ。富士見は振り返り、覗きこむように腰を屈める。

ガサガサと、草が揺れる音がする。

「富士見さん……」

ひょっこりと顔を出したのはアンだった。

「だ、大統領？」

「こんばんは、総理」

微笑むアンの肌は月に照らされ、ますます青白く浮かび上がった。広い額はうっすらと汗ばんでいる。

「タバコですか。こんな所でお一人では危険です」

富士見は慌てて言う。

「それはこっちのセリフです！　なぜこんな所にいら

っしゃるんですか？　ＳＰはどうしたんですす！」

アンは可笑しそうに笑った。

「私の部屋の前でしっかり警備しています」

富士見はホテルの2階、アンの部屋の方を見る。バルコニーの手摺りからシーツのようなものがロープ状に垂れ下がり風に揺れている。

「何てことを……」

「大丈夫。今日の警備は万全です。総理、この国はとても平和で、美しい国ですね」アンは湖を見つめ言った。「母がいつも話してくれました。『おじいちゃんが生まれたのはおとぎの国のような場所なのよ』って……」

〝おとぎの国〟というたとえをどう解釈すればいいのか。富士見は総理大臣である身として、複雑な心境になった。

「……大統領、とにかく戻りましょう。お部屋へご案内します」

「マスターズがこんな結果になってしまってとても残念です」

富士見は言葉に詰まる。

アンはベンチに腰掛けた。

「私は帰国してすぐ、ティグロに対する警戒レベルを上げることを我が国の軍に指示します」

「……当然の対応だと思います……残念ですが……サイバー攻撃に関しては私の不手際で……」

「謝らないで。総理、謝って済むことではありません」

「は、すみま……」

アンは少し笑ったように見えた。

「こうなったのはあなたのせいじゃない。でも、責任はあります。この会議の開催を決めた私達二人に」

「はい、もちろん……」

「総理、少しお時間をいただけますか？」

「は？　今ですか」

「はい、お座りください」

「いや、しかし……」

「非公式の2国間協議です」

アンは真っ直ぐに前を向き、背筋が綺麗に伸びていた。

富士見は少し躊躇しつつ、彼女の横に座った。

「ありがとうございます」アンは息を深く吸い込んで話し出した。「我がフロンティア合衆国には世界の秩序を守らなければならない使命と義務があります。私は秩序を乱そうとする者を決して許すわけにはいきません」

「……はい」

無意識にポケットに入れた手にグニャッとした嫌な感触が伝わる。〝カエルの死骸〟だ。富士見は慌てて手を引き抜いた。

アンは決意したように話す。

「今まで進めてきた和平ロードマップに関しても、一時中断して見直すことになります。こうなった以上、ティグロを今までのように信用することは出来ません」

フロンティアの軍事力が安全な球連合の秩序を保っている以上、当然の判断だろう。

「……はい」

「私は軍の最高司令官です。今後必要とあらば彼らに対する攻撃命令を下します」

「当然です」

「当然、ですか？」

「……は？」

「総理のご意見をお聞かせいただけますか」

富士見はまたもタバコを取り出そうとして、〝カエルの死骸〟を握りうんざりする。

「私はあの二人の少年が我々を欺いているとは思えないんです」

アンは敢えてアフマルとアドムを少年と呼んだ。

富士見も同感だった。彼らが一連のテロを知っていて騙しているようには思えない。昼間、Dr.パパゴによる電波ジャック映像が流れた時の彼らの動揺ぶりを富士見は確かに見た。普段は無表情で何があっても感情を表さない二人のビー玉のような目に、明確に恐怖の色が浮かび上がっていた。あれが芝居にはとても見えない。

……しかし、と、富士見は思う。自分と違って二人は年齢的には青年ではあるが、生まれた瞬間から殺さなければ殺されるという環境で育ってきた歴戦の勇者なのだ。

〝戦場〟

富士見がニュース映像や映画の中でしか見たことがない世界は、アフマルとアドムにとっては現実そのものだった。今までどれだけの人を殺し、どれだけの仲間や家族が目の前で殺されるのを見てきたのだろうか。一見あどけない瞳の奥に存在するであろう、自動小銃で目の前にいる人間の頭蓋骨を何の迷いもなく撃ち抜く判断を下す冷酷さ、非情さを、自分が見抜けるはずもない。

命のやり取りが当たり前の最前線にいた彼らにとって、安全というバリアの内側で命を保障され、日々ヌクヌクと政争などをしている先進国首脳の目を欺くことなんか、いとも簡単だろう。

「私は……」と、富士見の答えを待たず、アンが言う。「自分の意思とは関係なく、彼らを殺害する命令を下すこともあるでしょう」

「……ご自分の意思とは関係なくですか」

アンは少し目を伏せた。

「……いえ、少しニュアンスが違いますね。私個人の意思と、フロンティア軍最高司令官としての意思が必ずしも一致しないという意味です。でもどちらも私の意思です」

「そうですか」

「もし、そうなった場合、富士見さんは私を支持しますか？」

富士見は答えに窮し、しばらく黙り込んだ。

「……難しい質問だな。……どうも私はいまだに政治家としての自分と私個人とを別には考えられませんので……おそらく私はあなたのご期待には添えないでしょう」

富士見の告白はあまりにも素直で当たり前に聞こえ、世界の警察としてのフロンティア合衆国大統領の自分と、ピースランドという小国の総理大臣との立場のギャップに、アンは腹立たしさと羨ましさを感じた。

「……そうですか、残念です」

「すみません」

「謝らないでください」

「ああ……」富士見は自分の額に手をやる。

「私は……」とアン。「私は怪物でしょうか？」

「え？」

「総理から見て私はモンスターのように見えますか？」

富士見は目を丸くした。

「とんでもない！……モンスターだなんて、とんでもないです」

実際に富士見の目に映るアンは、恐怖に震えながらも、勇敢で美しい白鳥のようだった。しかし富士見はそれを言葉に出来るほど器用ではなかった。

「貴女がモンスターだとしたら、私はその辺の……」

富士見は少し考えてから言った。「……カエルの死骸です……」

しばらく静寂が続いた。

富士見は誤魔化すように笑う。

「……意味がわからないですね」

ポケットからタバコのパッケージを出し、ジッと見つめる。まさに〝カエルの死骸〟だ。腹の部分を押すと口が開きフィルターの先が飛び出した。

躊躇している富士見にアンが言う。

「どうぞ」

「……は、それじゃ、失礼して」

1本抜く。『死ネ』

富士見は舌打ちをしてタバコに火をつけると、パッケージに向かって小声で呟いた。

「言われなくても死ぬよ」

「富士見さん……」

依然としてアンの大きな瞳は真っ直ぐ湖の先を見つめ、真剣そのものだ。

「この先、世界はどうなるのでしょう」

アンはまだ33歳の若い女性だ。混乱した全人類の命運を背負うにはあまりにもその肩は小さくて細い。世界一の軍事大国のリーダーとして思いきり虚勢を張ってはいるが、きっと実際は押し潰されそうになっている。

富士見は煙を深く吸い、肺の奥まで浸透させると、ゆっくりと吐き出しながら言う。

「大統領。私は、安全な球という発想をまだ捨てきれないでいるんですよ」

「……え？」

「いつか機会があれば話そうと思ってました」そう言うと富士見は背広の内ポケットから読み込まれてボロボロになった分厚い文庫本を取り出し、アンに見せた。

表紙にあるタイトルは、『連続性球体理論』。

「これは！」

アンは驚いて本を手に取り、著者の名を確認する。

〝青井徳治郎〟

紛れもなく祖父の著書だった。

とうの昔に絶版になり、初版の数が少なかったこともあって今では幻の書となっており、資料すら断片的にしか残っていないと聞いていた。

アンがずっと探し続けていた本だ。

「どうして富士見さんがこれを？」

タバコをうまそうに吸いながら富士見が言う。

「私は青井先生の心酔者だった。もちろん末席の単なる読者ですがね。これは私のバイブルです。私が政治を志したきっかけがこの本です。今となってはボロボロですが」

当時富士見は高校生だった。まだ自分が何者なのかわからず、将来どういう道に進みたいのかもわからず悶々としていた。そんな時、ふと図書館で手に取った本に今までに感じたことのない衝撃を受けた。難解な内容だったが、自分の為すべきことが示されているような気がした。富士見は夢中になって何度も読み返し、必死でメモを取った。

「世界で初めて安全な球という発想をしたのは、政治学者の青井徳治郎、あなたのお祖父さんだった。同一の価値観で秩序付けられた、世界中に散らばる集合体としての球を繋げ、やがて一つの大きな安全な球体を実現させる。それは地球と相似形となる。安全な球連合はその発想を基に進められてきた……」

アンは突然溢れ出しそうになる涙に戸惑った。自分の感情の説明がつかない。手にした本をそっと撫でてみる。

「もう絶版になったと聞いてました」

「ええ、復刻版すら出てません。この辺が我が国の出版業界の気骨の無さで、大変不満です。……はは、とはいえ、物凄く難解な内容ですからね。当時から青井先生の理論を全て理解出来る者なんかいなかった。実は私も読んでいてさっぱり意味がわからなかったですよ」

「そうですか」

「はい。でも不思議と、何か得体の知れない強い思いが伝わってきた。人類の未来の姿というか、我々の取るべき姿勢というか。胸躍るような経験でした」

「人類の未来ですか」

今はむなしく響く言葉だった。

「はい。青井徳治郎という人はこの世界を全て肯定している。過去も未来も全て。そう思わせてくれました。淡々と静かに遠くを見て話される方でしたが、その声は優しく、語り口はいつもユーモアに富んでいて、私達を笑わせてくれました」

「祖父に会ったことがあるんですか？」

「いえ、会ったというか、一度だけ講演を聴かせていただきました。もう40年近く前の話です。私はまだ学生で、当時先生はフロンティアの大学で教鞭をとられていた。あの時ピースランドの大学からの招待で久しぶりに帰国なさって講演会をされたのです。今となってはあれがこの国で行われた最後の講演会となってしまいました」

「……そうでしたか」

青井徳治郎は後半の人生を自ら〝実証の旅〟と名付け世界を流浪した。断筆し、国籍を捨て、フロンティアにいた妻と子をも捨て、連続性球体理論において立てた仮説を自身の肉体を用いて実証すると宣言し、世界中の紛争地域を訪れ人々との交流を図った。

その時置き去りにされたのが、妻アリスと、娘マリアだった。マリアは徳治郎の忘れ形見で、アンの母親だ。マリアは当時20歳になったばかり、子供の成人を待って旅立ったとも言えるがそれはあまりにも身勝手な行動だった。アンは母が祖父のことを話す時、尊敬と同時に憎しみの感情を隠せないでいるのを感じていた。その後徳治郎は異国の地でテロにあい客死。母もまたテロで逝った。

「青井徳治郎という政治学者の名は時を経て歴史の中で埋もれ、今では忘れ去られてしまったが、〝安全な球＝セーフティーボウル〟という偉大な発想は残った。詠み人知らずとして……」

富士見の言葉にアンはハッとした。母マリアも、父ジョセフもフロンティア政府職員であった。特に父は国防総省で極秘のポストに就いていた。幼かったアンは両親の仕事の内容を知るよしもなかったが、〝セーフティーボウル計画〟が話し合われていた頃と、彼らが勤務していたタイミングは一致する。

「あ、そうだ」富士見は背広の内ポケットを探り何かを取り出す。「……これ」

富士見が差し出した手のひらに載っていたのは、青い惑星をかたどった安全な球連合の会員バッジだった。

「え？」

「あなたがあの時落としたバッジです」

アンは記憶をたどる。マスターズテロの直後、世界の首脳でただ一人会議に遅れてきた富士見と大統領控え室で会い、話しているうちにフラッシュバックが起きた。気を失い倒れた自分を介抱したのは富士見だった。バッジはおそらくその際に落としたものだろう。

「返す機会があってよかった」バッジを見つめ富士見が笑う。

アンはあの時、富士見が言った言葉を思い出した。

『今回のテロは、断じて君の……あ、いや、あなたの責任ではない。信じていただきたい。これは、本当だ』

「どうも平和ボケなんですかね」と富士見が言う。

「この期に及んでも私はまだ、安全な球という発想を信じているんですよ」

アンは言葉が見つからず、黙ってうなずいた。

「お返しします」

富士見が手を取り渡そうとするとアンは反射的に手を引き、体を硬直させた。額から汗が噴き出す。

富士見は笑顔で言う。

「大統領、大丈夫です。私は爆発しません」

アンは思わずため息をつき、自嘲した顔を見せると、富士見は今度はゆっくりとアンの右手を包むようにしてバッジを渡す。

祖父の本を膝の上に載せた。

「あなたは怪物なんかじゃありません。ティグロの二人や私と同じ、臆病で小さな人間です」

アンは手の中のバッジをギュッと握りしめた。

富士見はタバコを灰皿に押し付け立ち上がる。

「さあ、もう戻りましょう。お部屋の前までお供します」

アンはジッと湖の方を見ていた。

「あれは、ボートですか？」

アンの視線の先にあるのは、観光用のスワンボートだった。

「ああ、そうです。あれは二人乗りのスワンです」

「スワン？」

「はい。スワンボートです。足で漕いで推進器を回します。確かにフロンティアにはああいうものはありませんね。それほど誇れたものでもないですが、この国らしい文化です」

「可愛らしいですね。動きますか？」

「え？……ええ、まあ動くとは思いますが」

「私達はテロリストに負けるわけにはいきません」

「……もちろんです」

「でも、私達もかつてはテロリストでしたよね」

「え？」

「彼らの目的が、常識や秩序を破壊することなら、人は皆若い頃、決まり切った世界に対してテロリストのように苛立ち、反抗した」

富士見はジッと考え込んだ。

「例えば、若い恋人達は、何も怖がらず世界の常識を破壊します。いいえ、若者だけじゃない。社会的地位を確立した大人だって、時に愛情の為には倫理を逸脱して、その後に待ち受ける困難を恐れず盲進します」

「確かに……そう言えばそうですね」

それほど激しい恋愛経験などなかったが、富士見は合わせて答えた。

「それを勇気と呼べるかどうかわからないけど、もしも世界を変えようとするなら、今私達に必要なのはテロリストになる勇気です」

「はぁ……と、言いますと……」

アンは立ち上がり、スワンボートを指さした。

「富士見さん。私をあれに乗せてもらえますか？」

呆然とする富士見。

アンは振り返ると富士見を見つめ、子供のよう微笑んだ。

＊

「いひひ」と、桜が笑う。

シークレットサービスのキャットとバードにとって、この非常事態に笑っているピースランド人は得体が知れない不気味な人種に思えた。

「そこを通さないと君に怪我をさせることになるぞ」

「ほっ、そんな物騒なこと言うなよ。アンタ達は何かっていうと武器頼みだ」

湖畔に降りる入り口の階段の上。プロレスラーのような大柄な二人のSPよりも、二回りも貧弱な桜の方が胸を張り堂々として見える。

「ま、焦る気持はわかるけどね。警護してる大統領を居眠りして見失ったとなれば、首が飛ぶだけで済むかどうかわからないからな」

「俺達は居眠りなどしてない！」

気色ばむバードの肩をキャットが押さえた。

確かに居眠りはしていないが大失態であることは間違いない。


あの時、部屋のドアを開けて警備をしている自分達を確かめたアンの行動は、どこか不自然だった。キャットもバードも胸騒ぎがしたが、それを押し殺したのが間違いだった。

異変に気づいたのはほとんど二人同時だった。

アンがドアを閉めてからほぼ1時間が経過した頃だ。先に口を開いたのはバードだった。

「……おい？」

何か言う前にキャットはうなずいた。

「わかってる」

部屋の中から物音一つしないのだ。アンがもう就寝しているのであれば当然のことだ。しかしこれは部屋に人がいる時の静けさとは違った。温度が低いのだ。人の気配を感じない。

キャットもバードも、フロンティア合衆国軍の特殊訓練を受け、戦地でのゲリラ戦も長年経験し今に到る。

テロリストが潜んでいるかもしれないドアの前には何度も立った。中に人がいる時と、いない時では明らかに違う。音、空気、温度、匂い、全てが微妙にずれ、体全体の感覚がそれを察知する。単に勘なのかもしれないが、経験した者にしか養われないものだった。

大統領は部屋にいない。二人は確信していた。

キャットがノックをする。

「大統領……」

ゆっくり3秒待ったが返事がない。もう一度、今度は前よりも強くドアを叩く。

「大統領」

やはり返事はない。

二人は目を合わすとサッとドアの前から身を引き、銃を取った。

アンがなぜ部屋にいないのか、考えられる答えは限られている。何者かにさらわれたか、自ら部屋を出ていったか。あるいは……。

一番考えたくない可能性だったが、アンの体は部屋に残されており、既に空気を揺らすことのない物体と化している。

とにかく異変が起きていることだけは確かだ。部屋に人の気配は感じないが油断は出来ない。こちらと同じような戦闘のプロならば呼吸を止め、気配を消し、潜んでいる可能性もある。

考えている時間はなかった。

二人はサングラス型の暗視スコープをかけた。

キャットが素早く小型タブレットをドアにかざす。彼だけに持たされた合鍵の役割を果たすものだ。

ドアノブの下の小さなランプが緑色に点灯しカチッと音がした。

爆弾が仕掛けられている可能性も考え、バードがそっとノブを下げ、少しだけドアを開ける。仕掛けがないことを確信すると、一気に開けて銃を構え、二人同時に中に入った。

クローゼット、洗面所、シャワールーム、トイレ、バスタブ、リビングルーム、ゲストルーム……。

手分けして、それぞれを順次念入りに確認していく。

どこにも異常がないのを確認すると部屋の明かりをつけた。乱れた様子はない。

二人は最後にベッドルームの前に立った。

ドアは閉まっている。

キャットとバードはもう一度目を合わせる。

「失礼します」

ドアを開け突入した。ベッドは綺麗に整えてあり誰もいない。クローゼット、バスルームを確認する。人の気配なし。

バードがカーテンの閉まっている窓際に行き、一呼吸置いてから一気にカーテンを開けた。バルコニーに出る窓の鍵が開いている。

バードは慎重に窓を開け、外に出た。キャットも続く。周囲をチェックし誰もいないことを確認する。

「おい」

バルコニーの柵の下にシーツがロープ状に垂れ下がっているのを見つけたのはキャットだった。

「……バカな」

どうやら大統領が部屋にいない理由は、可能性として考えられた二つ目が濃厚だった。自ら部屋を抜け出したのだ。

二人は湖畔に目をやる。ベンチの辺りに小さな赤い火の点が灯っている。かろうじて見えている二つの人影。一人は間違いなくアン大統領だ。その隣にいるのは……。

暗視スコープの望遠機能で照準を合わせる。

二人は同時に部屋を飛び出した。

「ま、居眠りはしてなくても、自分がガードするべき人物を〝目の前で〟見失ったことは確かだ。無能であることは間違いないな」

「お前!」

摑みかかろうとするバードをキャットが止めた。

桜は全く意に介さずニヤついて、バードの肩をぽんぽんと叩く。

「まっ、そう慌てなくても、ここは安全だ。おたくの大統領と、うちの総理は俺がちゃんと見守ってた。……で、今はこうして頼もしい正規のSPが二人揃った。こんなに心強いことはない。……だからと言っちゃ何だが、もう少しだけ二人に時間をあげても特に危険はないと思うんだけど、どうかな?」

「……何?」キャットはいぶかしげに言った。

「どういうことだ⁉」バードはまだ怒りがおさまっていない。

「もし、もう少しここで見守っててもらえるなら、アンタ達の今回の失態も黙っててやろうって言ってるんだよ」

「ふざけるな!」再び摑みかかろうとするバードをキャットが押さえる。

「桜君……」

キャットもバードも聞き覚えのある声がした。

「おお、やっと来たか」と桜。

「どうしたんだ? こんな所に呼び出して……」

「そうですよ。桜さん、今何時だと思ってるんですか？」

文句を言いながら歩いてくる五代と末松は浴衣にスリッパというういでたちだ。

「くつろぎすぎだろ……」桜が呟く。

振り向いたバードが目を丸くし声を上げた。

「おい！　シハンダイ！……シハンダイじゃないか！」

「え？」とキャットも声を上げる。「これは驚いた。運が良ければ滞在中に会えるかもしれないと思ってはいたが、まさかここで会えるとはな！」

二人は五代に駆けより肩を叩く。

五代も目を丸くした。

「おい、君達、こんな所で何してる？　シュルーの近くにいなくていいのか⁉」

「ああ、それが……」

「なんだ。五代君、知り合いか？」好奇心旺盛な桜の眉毛が上がった。

「え？　ああ、そうなんだ。総理の密使として大統領に会いに行った時に、その……」

五代は口ごもる。総理の親書に関しては国家機密だ。もちろん、手紙の中身をペラペラ喋ったわけではないが、バーでシークレットサービス達と知り合い、意気投合し、ほろ酔い気分で上司の愚痴を言い合った仲とはとても言えない。

「その……たまたま彼らが大統領の護衛についてて、何ていうか、立ち話を少しね……」

「ほう、立ち話ね。随分気さくなＳＰなんだな」桜が面白そうに言う。

キャットとバードの表情が曇る。

桜は二人に聞いた。

「ところで、今五代君が言ってたシュルーっていうのは何だ？　君達の大統領のニックネームかい？」

しまった！　と、五代は思った。隠語として使っていた、じゃじゃ馬という意味のシュルーという言葉を、桜の前でつい口走ってしまった。

「この男はシハンダイの上司か？」キャットが桜を睨み付けながら五代に尋ねた。

「え？　いやぁ、まあ、上司というか……」

「友達だよ」と桜。「同じ秘書仲間でね。もう随分古い付き合いだ。なっ、シハンダイ！」

五代の背中を思いきり叩くと、桜は豪快に笑った。

「ところで、アンという大統領は、君達が思ってるより遥かに手の付けられないじゃじゃ馬らしい」

「何だと？」

キャットとバードは桜が見つめる視線の先を追った。月明かりの下。湖に、何かが漂いながらゆっくりと前へ進んでいる。

一瞬巨大な白鳥に見えたそれは、スワンボートだった。

「まさか……」

キャットが目をこらすと、ボートの中に二人の人間のシルエットが確認出来た。

桜がキャットの肩を抱き嬉しそうに言う。

「わかるよ。お互い滅茶苦茶なリーダーには振り回される。……いや」と、桜はスワンボートを見つめて言った。「リーダーというより、ありゃあ、もはやテロ行為だ」

男達が見守る前で、優雅に白鳥が進んでいく。

「……この世に神様が……」

突然独り言を呟いた桜を五代は不審に思い見つめた。桜は笑顔で続ける。どうやらそれは、独り言ではなく歌のようだった。

「……本当にいるなら……あなたに抱かれて私は死にたい……」

どこかで聞いたようなメロディだった。おそらく古い歌謡曲だろう。

五代はこんな場面で楽しそうに歌を歌う桜という男を、心底不思議に思った。

アドム

テロリストはジッと暗闇を見つめていた。

白く清潔なシーツは、いつまでたっても体に馴染まない。妙にふかふかで、間の抜けた寝床だ。体を動かすと意味もなく跳ね返り安定しない。この上で寝られる連中は曲芸でもやるのだろうか。トラックの荷台の方がまだ寝やすい。

アドムに安全なベッドで寝た記憶などなかった。たった一人の部屋でただ漆黒を見つめる。隣室にアフマルがいるのはわかっているが、今は顔を合わせる気にならない。

頭の奥で声がする。

『殉教とは、神の為に死ぬことだ。俺達は神の為に死ぬんだ』

……神？

神とは、何のことを言うのか。

今まで考えてみたこともなかった疑問が、マスターズテロの日を境に胸の奥に現れるようになった。考え始めると目眩(めまい)がして、体が震える。

……俺は人形。ただの人形だ。

疑問が頭をもたげるたびに、アドムは自分に言いきかせ封じ込めるのだった。しかし今夜はうまくいかなかった。眠れないので、今まで殺してきた人数を数え始める。〝羊が1匹、羊が2匹……〟

自動小銃とナイフしか持たず敵と目を合わせて戦うアドムは、肉弾戦の中で自分が殺した人間の顔は全て記憶していた。数え始めるとかえって目が冴えてくる。

神とは何か、と突然疑問がわき上がった。

むしろ、今までなぜ疑問に思わなかったのか、そちらの方が不思議だった。なぜやみくもに神を信じられたのか。

自分は、明確に説明出来ない〝モノ〟に対して自らの命を差し出すことに何の迷いもなかったのだ。

……俺は、いつ神を知ったのか。

*

はっきりと思い出せる最初の記憶は、全身を貫く激しい痛みだ。強い力で強引に腕を引っ張られる。遠くに人の声がするが、耳鳴りで聞き取れない。突然頭に水をかけられ、目を開けると、闇に慣れた眼球に刺さるように強い光が注ぎ、再び目を閉じた。

アドム、5歳の時の記憶だ。

砂漠の熱波が肌を焼く。

徐々に耳鳴りが治まるとともに、男達の声が聞こえてきた。

「大丈夫だ。生きてる」

「よし、車に乗せろ！」

ようやく周りの景色が見えてくる。アドムは両脇から腕を摑まれ、無理矢理立たされた。彼らは軍人だった。肩から下げた自動小銃がカチャカチャと音をたてる。

「おい、その手に持ってるもんは捨てていけ」

アドムは初め、何を言われたのかわからなかったが、手元を見ると母がこっちを見ている。いつの間にか大事に抱えていた。慌ててそれを投げ捨てる。母の生首はゴロゴロと転がった。止まるとこちらを向き、笑ったように見えた。

後ろを振り返ると瓦礫が積み上がっている。それが昨日まで自分が住んでいた家だと把握するのに数秒かかった。

昨夜の記憶が蘇る。突然爆音がし、気づくと暗闇の中にいたのだ。

「乗れ！」

強引にトラックの荷台に乗せられた。

遠ざかる瓦礫の下に父と弟と母の胴体があるはずだが、きっと死んだだろうと思った。母の頭は自分が持ってきてしまった。本当は胴体も取り出して頭と繋げてやった方がいいのかとも思ったが、おそらくそれをしても母は喜ばないだろう。特に悲しくもない。死んだ人間はきっとここより良い場所に行くのだろう、とぼんやり思った。こんな所で生きている人間の方が愚かだ。死んだ人間の方が賢明だ。トラックが揺れるたびに全身に走る痛みの中でアドムは確信していた。何より地面に転がった母の顔は今まで見たどの表情より嬉しそうだった。

荷台には自分の他にも負傷した若者や子供が乗っていた。皆一様にぐったりして、洞穴みたいな目をしている。

自分達は芋だ。これからバザールに売られに行くのだ。

太陽が地平線に沈みかかる頃、トラックはその場所に着いた。

「降りろ！　早くしろ！」

兵士達に怒鳴られ荷台から降ろされると四角い小屋があった。中は広く、武器を置く倉庫のようだった。

倉庫内には今到着したアドムを含めた十数人の他に、既に20人以上の少年達がいて、こちらを見つめた。彼らも同じようにどこかの戦場から連れてこられたのだろう。窓もなくほとんど明かりのない倉庫で、微かに入り込む陽射しに反射して光る、たくさんの瞳が星のように見えた。よく見ると皆軍服を着ている。

突然、奥の暗がりから耳をつんざくような絶叫が聞こえた。得体の知れない怪物の鳴き声のようだった。

恐怖を感じアドムが声のした方を見ると、闇から突然出現したのは大男だった。ゆっくり歩いて光の中に現れた為だろう、別の次元からその場所に降臨したように見えた。

男の目は深淵のようだった。優しさも、悲しみも、恐怖も含まれた黒。見つめていると井戸の底を覗きこんだ時に感じる、落ちるような不安に襲われ、アドムは目をそらさずにはいられなかった。顎の周りは逞しい黒々としたヒゲで覆われ、眉毛は長く乱暴に暴れている。見上げた巨漢の軍服の胸にたくさんの綺麗なバッジが付いていて、左の肩に大きな白い鳥がとまっていた。おそらくこの鳥がさっき聞こえてきた絶叫の主だろう。

生まれてまだ5年しか生きていないアドムが、胸のバッジを勲章と呼ぶことや、肩の鳥がオウムという種類であることを知るにも、また、目の前に立つ恐ろしい目をした男の名がブルタウだということを知るにも、もう少し時間が必要だった。

＊

アドムは居心地の悪い綺麗なシーツの上で、自分の運命を反芻していた。

なぜ今自分は、こんな得体の知れない極東の小さな島国のベッドの上で寝ているんだろう。

ブルタウ将軍に会ったあの日からアドムの人生は急激に変化し、猛スピードで転がり始めた。次の日から銃と小型タブレットを渡され、射撃訓練が始まった。

＊

アドムがトラックで運び込まれたのは、〝ゴルグ〟という名の過激派の武器庫を兼ねた前線基地で、ブルタウは組織のリーダーだと、他の少年から聞いた。

ゴルグは数年前に世界秩序の中心、フロンティア合衆国の政府機関近くにあるカフェテリア爆破テロに成功し、その名を揚げた過激派組織だった。その頃世界中に乱立していたテロ組織は皆、世界の中心地への攻撃成功によってゴルグを恐れるようになっていた。ブルタウは勢いに乗って対立するテロ組織を次々襲撃し、支配下に置き、情報を自在に操り拡散させ、人員を増やし、ゴルグを拡大していった。

母親の生首を放り投げ、トラックで倉庫に運ばれた日から半年もたたないうちに、アドムは何の迷いもなく何人もの人を殺し、画面も見ずにポケットの中の小型タブレットをタップ出来るようになっていた。彼にゴルグとブルタウのことを教えた少年はとっくに戦闘で死んでいた。名前も知らないままだった。

アドムが青年となり、歴戦の勇者として誰からも恐れられる存在になる頃には、ゴルグは世界中に散らばり対立していたテロリストを、武力とソーシャルネットワークを駆使して組織化し、〝テロ国家共同体ティグロ〟を発足。ブルタウ将軍は自らが指導者となり、トップに君臨した。

テロリストのカリスマとなった彼の掲げたスローガンは『安全な球を撃ち、風穴を開けよ』だった。何の為に戦うのか、誰が自分の敵なのかを見失いかけていたテロリスト達にとって、フロンティアを中心とした安全な球こそが共通の撃つべき相手である、というブルタウのメッセージは大変明確で、共闘する意義のあるものに思えた。

間違った概念である安全な球を破壊し、神の世界を取り戻す。その為に命を捧げることが……。

……神……。

＊

アドムの見つめる先には湖があり、湖面を月が照らしている。確かノースレイクという名だった。

さざなみの上を何かがゆっくりと進んでいく。ジッと見つめるアドムの目に映ったのは奇っ怪としか言いようのない鳥の形をしたボートだ。常人なら遠くの黒い点にしか見えなかっただろうが、彼の視力は卓越していた。兵士は皆、電子望遠スコープの付いた戦闘用ゴーグルをつけていたが、アドムには必要なかった。

裸眼で常人の何倍も先まで見ることが出来たからだ。

フロンティア大統領のアンという女と、隣にいるのはフジミというピースランドの首相だ。二人の足は自転車のペダルを漕ぐように回転している。

……何をしている？

鳥にカモフラージュした水雷艇だろうか。だとしたらあまりにも隙がありすぎる。アドムには、〝遊覧〟という概念そのものがなかった。

この国にあるもの全てが理解出来ない。自分はこの国で今何をしているのか？

『殉教とは、神の為に死ぬことだ。俺達は神の為に死ぬんだ』

再びアドムの脳裏に声が蘇る。アフマルの声だ。

*

アドムに神を教えたのはアフマルだった。

彼と初めて会ったのは7年前。アドムが誰よりも有能な戦士として認められ、ティグロの幹部になり、ブルタウ将軍の右腕と称されるようになった頃だった。

場所はレヴォルシア共和国にある街の片隅のアパートの一室。居合わせたのはブルタウと数人の幹部。5人も入ればいっぱいの小さな部屋だった。

レヴォルシア共和国は安全な球連合に所属する国だった。当時ブルタウ将軍は自らの正体を隠し、安全な球内側の前線基地として秘密裏にこのアパートの部屋を借り、テロ計画における地下活動の拠点としていた。アパートは言わば、ティグロの秘密のレヴォルシア支部であった。

砂漠の戦場で生まれ、ゴルグに拾われてから爆弾製造と殺しを繰り返すだけの毎日だったアドムが、国外に出て安全な球所属の国に来たのは初めてだった。それまでも端末の写真などで諸外国の風景をおぼえる訓練をしていたから、レヴォルシアの街は見なれているつもりだったが、実際に目にした古い石造りの街並みや安心しきって暮らす人々ののんびりした生活ぶりは、自分の生きてきた世界とはあまりにも乖離した世界だった。なるほど、これがブルタウの嫌う文明社会というやつか。

『安全な球を撃て』と彼が言う意味を初めて身をもっ

て実感出来た気がした。

難民になりすまし入国したアドムは、端末の地図を見ながらブルタウに指定された建物に到着した。指示された通りのノックをするとドアが開いた。中にいたのは、ブルタウと数名の幹部と一人の青年だった。目が合った瞬間、本能的に自分に似ていると思った。それがアフマルだった。この人物は自分の一部を殺している。本能がアドムにそう伝えた。年齢はおそらく自分より2~3歳上か。相手も最初は驚いたような顔をしてこっちを見た。きっと同じことを思ったのだろう。

「アドム、これはアフマルだ。お前達はこれからパートナーだ」

ブルタウが告げた。肩のオウムが首をかしげるようにして自分を見つめている。

パートナーの意味がアドムにはわからなかった。

＊

あれから7年、アドムとアフマルはティグロを代表する有能な参謀として数々のテロを起こし、ここ数年は安全な球連合との和平ロードマップ交渉を行ってきた。今ではパートナーの意味も理解出来る。

アフマルは今、隣の部屋で何を思っているだろう。極東の平和な国、ピースランドの片隅で、きっと自分と同じように眠れずにいるはずだ。部屋へ行き、今日の出来事を話し合おうか。……いや、と、アドムは考え直す。奴も一人で考えるべきだ。自分に神の存在を説いた人間として、同じように迷い、答えを出すべきだ。

「……アフマル。お前の言う神とは何者だ？」

湖に浮かぶボートの上、間の抜けた顔でニヤつくフジミを睨みながらアドムは小さく呟いた。

アフマル

Dr.パパゴというキーワードがサイバー上に溢れていた。

アフマルはタブレット端末と格闘しテロ以前のネッ

ト上のパパゴの存在をずっと探していたが、手がかりさえ摑めないでいる。

パパゴのサイバーテロによって一時通信環境は乱れていたが、今は復旧している。ティグロの兵士達が持たされているタブレットは、独自に確立されたネット空間と繋がっていて、いかなる外部からの攻撃も受けない仕組みを持つブラックネットワークであるはずだった。セキュリティーは万全のはずが簡単にジャックされた。

暗闇を見つめるアドムの隣の部屋で、アフマルもやはり眠れずに何時間も端末を操作していた。

サイバーテロはティグロの専売特許だ。その部門を統轄していたアフマルのプライドはボロボロだった。

額から汗がしたたり落ちる。

……Dr.パパゴとは何者だ？　いや、ブルタウ将軍とは何者だったのか？

パパゴという人物は、ブルタウを裏で操っていたと言った。それが本当なら自分は操り人形に操られていたということになる。

……何者であったにせよ、ブルタウ将軍が世界をこう変えたのは確かだ。

『私を動かしているのは神だ』

と、ブルタウはアフマルに言った。

神とは何者か？　そもそもブルタウは何をしたかったのか？

アフマルの回想は遠い過去にまでさかのぼらなければならなかった。

サイバー空間にブルタウの名が出現するのは今から24年前、内戦状態にあった砂漠の小国が、数百の同時爆破テロによって国ごと消滅する事件が起きた。死亡者7万人。敵も味方も関係なかった。政府と軍、反乱軍、複数の民族。大人も子供も女性も、寺院も病院施設も何もかも全てが爆破された。後に〝ディアスポラ・テロ〟と呼ばれる有史以来最悪のテロ事件だ。

ブルタウの名はこの時突然、事件の容疑者として登場する。しかし、確たる証拠はなく、行方もわからないまま、その後、地下に潜ったかのようにネット上に見られなくなる。再び名前が現れるのはそれから3年後。フロンティアにおけるカフェテリア爆破事件の犯人としてだ。

事件当時、アフマルは6歳。

フロンティア中枢で起き、政府要人を巻きこんだこの事件はかなりのインパクトを持って報じられ、安全な球連合諸国を震撼させた。

この時、ブルタウ将軍は姿をくらますことはせず、堂々と世界のテロリストの頂点であると宣言してみせたのだ。映像は世界に配信された。

『我々過激派組織ゴルグは、いずれテロリストを統一するだろう。我々の目的は単純だ。すなわち、安全な球連合の破壊である。私は必ずそれを達成する。神が定めた摂理だ。また、他のテロ行為は許さない。我々以外のテロリスト達には、同士となるか、死ぬかの二つの選択肢しかない。安全な球連合の、のろまな犬どもは、薄っぺらなドームから外へ出る覚悟をしておいた方がいいだろう』

当時、移民2世としてレヴォルシア共和国の小学生だったアフマルも、はっきりと記憶している。

＊

その日の朝起きると、両親は沈痛な面持ちでテレビ画面を見つめていた。映っているのは、粉々に砕け散った建物の残骸から炎と煙が立つ様子だ。何かただ事ではない、しかも決して良くないことが起きたのだと一瞬で悟った。

テーブルの上にいつもあるはずのパンもミルクもない。静かに席に座ったアフマルに父が振り返りもせず言った。

「今日からしばらく学校は休みだ。外にも出るな」

アフマルは黙っていた。

「これからどうなるの？　私達この国にいられるのかしら」母は不安そうに聞いた。

父はそれには答えず電話をしだした。勤め先の指示を仰いでいるのだ。電話の向こう側でも混乱している声が受話器から漏れて聞こえた。

元々レヴォルシア共和国が内包する問題として移民に対する不満の蓄積があった。カフェテリア爆破事件によって一気に偏見が増し、表面化する可能性もある。そうなれば、父の仕事も今までのようにいかなくなるかもしれない。どちらにしろ、混乱は避けられない。

アフマルの両親は若い頃内乱状態にあった祖国を逃れ、移民としてレヴォルシア共和国にやってきた。有能だった父は貿易会社に勤め出世し、首都郊外に家を持った。

その為アフマルは比較的裕福な家庭に育ち、レヴォルシアの子供達が多くいる小学校にレヴォルシア国民として通い、友達も多かった。

それまで、自分が移民2世であることを意識したことはほとんどなかった。しかしその日からアフマルを取り巻く状況は少しずつ変わっていったのだ。

ブルタウ将軍によるカフェテリア爆破事件と、犯行声明が世界を駆け巡ると、その日を境に安全な球連合諸国に暮らす移民達のアイデンティティーは脅かされていった。

*

アフマルはピースランドのホテルの部屋で端末を駆使し、更にブルタウ将軍の過去の経歴を調べた。今までに何度もやったことで、結果は同じだった。ディアスポラ・テロ以前、ブルタウがどこで何をしていたのかは全く不明だった。

*

ブルタウの犯行声明以降、世界各地で様々な規模の自爆テロ事件が乱発するようになる。その全てがブルタウによるものではなかったが、世界に散らばるローンウルフと呼ばれる現代秩序に不満を持つテロリスト達が、ブルタウに触発されてテロを起こすようになったことは確かだった。

アフマルの家族は、カフェテリア爆破事件直後はレヴォルシア共和国を出ることも考えたが、時がたつにつれ、その懸念は薄れていった。移民に対する偏見は確実に広がったが、アフマルの父はエリートであり、政府要人にも顔がきいたせいか、それまでと変わらず仕事をすることが出来た。

アフマルは成績も良く、それまで通りレヴォルシア国民として学校に通っていた。肌の色は違ったが、元々この国で生まれ育った彼にはテロリスト達の宗教観や、安全な球に対する憎しみなどは全く理解出来なかった。

迫害を受けたわけでもなく、貧困を味わっていたわけでもない、ごく普通の青年が世界秩序を崩壊させるテロリストに変わるきっかけは、あまりにも些細な出来事に思えるものだった。失恋だ。

17歳。平凡な高校生だったアフマルはクラスメートのシンディに思いを寄せていた。

シンディは抜けるような白い肌を持つ妖精のような少女で、アフマルとは小学生の時からの幼馴染みだった。

カフェテリア爆破事件が起こる前。シンディとアフマルはよく互いの家を行き来したものだった。

アフマルは、コンピュータープログラミングに興味があり、オリジナルゲームを作るほどの才能があった。アフマルが新作ゲームを披露すると、シンディはいつも大きな瞳を丸くして感嘆の声を上げた。

「アフマル！　あなた天才だわ！」

コンピューターのモニターを食い入るように見つめ、夢中でキーボードを叩くシンディの背中にかかる金色の髪が揺れるのを見ている時が、アフマルにとって一番幸福を感じる瞬間だった。シンディはゲームの途中で時々後ろを振り返り、アフマルに驚嘆の表情を示しては無邪気に微笑むのだった。

その後、成長するにつれ、二人の関係は少しずつ変化していった。子供の頃のじゃれ合うような感じはなくなり、特にカフェテリア爆破事件以降は、お互いの家に行く機会も減っていった。おそらく彼女の両親がそれを禁じたのだろう。

いつしかシンディの背は伸び、胸は膨らみ、女性らしい体つきになり、表情も美しく大人びていくにつれ、彼女は学校でも目立つ存在となり、常に何人かの男子生徒が取り囲んでいるようになった。アフマルはそんな彼女を遠くから見守るようになった。時々ふと目が合うと、シンディは変わらぬ笑顔を見せたが、アフマルは視線から逃れるように俯(うつむ)いてしまうことが多くなっていった。

あんな風に輝いている彼女が、自分などを相手にするはずがない。肌の色も違えば、瞳の色も違う。先に差異を意識したのはアフマルの方だった。学校ではいつもシンディの姿を目で追いながら、いざ向こうから近づいてこようとすると避けてしまう。それが自分一人の勝手な思い込みだということはわかっていた。彼女は今も昔のままだ。差別意識など持っていない。朝、自分を見つければ必ず微笑んで「おはよう」と言った。答えないのはアフマルの方だった。シンディが美しくなるにつれ、世界で犯行声明が出されるにつれ、少しずつ自分を卑下するようになった。このままではいけない、と思っていた。いつか自分の本当の気持を彼女に伝えて、また子供の頃のような無邪気な関係に戻らなければ……。

〝聖なる夜〟と呼ばれる日はアフマルにとってチャンスだった。学校では毎年恒例のダンスパーティーが開かれるのだ。その日が近づくにつれ、年頃の男女達は皆、誰が誰を誘ってパーティーに参加するかの話題で持ちきりになった。この日を境に結ばれる者もいれば、誘いをすげなく断られて落ち込む男子生徒もいる。それぞれのドラマがあった。

アフマルは勇気を出してシンディを誘おうと決めていた。きっと彼女は受け入れてくれるだろうと確信していた。まだ幼い頃、シンディが言ったことがあるのだ。

「ねえ、アフマル。もし私達が高校生になって、ダンスパーティーに行く時が来たら、きっと私を誘ってね。だって、もし誰にも誘われなかったら惨めだもの」

女の子は変なことを心配するんだなと、幼いアフマルは思った。

「誘われないなんてことないと思うけど」アフマルの言葉は本心だった。みんなに愛されて人気のシンディが誰からも誘われないなんてことあるはずがない。しかしシンディは怒った顔をした。

「からかわないで。誰も誘ってくれるわけないじゃない。こんなチビ」

あれから時がたち、今のシンディは誰もが認める学校一の美人になった。成績もスポーツも優秀なマドンナだ。状況は劇的に変わったのだ。

しかしアフマルは、シンディが今でもその約束をおぼえていて、自分が誘うのを待ってくれていることを確信していた。彼女は他の女の子達とは違う。最近では会話を交わすことはめっきり減ったが、彼女が自分に不誠実な態度を取ったことは一度もない。いつも目を伏せてしまうのは自分の方だ。シンディはいつも微笑んで自分を見てくれる。かつて交わした約束を忘れる人ではない。

その日、教室は朝から騒がしかった。ダンスパーティーに誰と行くかや、誘われた、誘われないの話題で誰もが盛り上がっている。

シンディはいつものように人の輪の中心にいて、楽しそうに話していた。

チラッとアフマルと目が合う。普段なら目を伏せるはずの彼が今日は違った。ジッと見つめたまま、人垣をかき分け、真っ直ぐシンディの前に進んできた。

「シンディ……今、いいかな？」

シンディは驚きつつも嬉しそうにうなずく。

「もちろん。どうしたの、アフマル？」

周りの生徒達が顔を見合わせる。

「今度のダンスパーティーなんだけど……」

「え……？」

「もし、まだ相手が決まってなかったら……もしよければ……」

「……嬉しいわ、アフマル……でも私……」

シンディの表情は明らかに困っているように見えた。アフマルは突然夢から覚めた。当たり前のことだ。彼女の態度からは既に相手が決まっていることが明らかだった。なぜ、彼女が自分の誘いを受け入れると確信していたのか？　気の迷いとしか言いようがない。重要な場面でなぜ現実を見誤ったのか？　激しい自己嫌悪に襲われた。アフマルはシンディの言葉を遮るように言う。

「いや、もういいんだ。冗談なんだ」そう言い残すと、逃げるようにその場を去る。去り際、シンディの近くにいたやはり金色の髪のバスケット部のエースが、小さな声で笑いながら吐き捨てるのが聞こえた。

「自分の神を祝えよ……」

おそらくその男がシンディの相手だろうことは容易に想像出来た。アフマルの後ろで笑いが起きる。彼女の声がそれに混じっていないのが唯一の救いだった。

その日を境に、アフマルの日常から少しずつ色が失われていった。自分の誘いをシンディが断ることは、意外なことでも、傷つくべきことでもないはずだった。

当たり前の、想像の範囲内の出来事のはずだった。しかしアフマルの中で、確実に何かが失われた。失われたのは、初めはほんの小さい〝何か〟だった。しかし時がたつにつれて、徐々に大きく深い穴になっていき、気づいた時には〝何もかも〟になっていた。

アフマルは愕然とする。自分は完全にこの世界から切り離され、迷子になっていた。心が帰る場所がどこにもない。

自然と学校にも行かなくなり、かといってコンピューター画面を見つめていても、以前のように指がキーボードを叩くことはなかった。

シンディは死んだと何度も思おうとしたが、うまくいかなかった。もし本当に死んでしまっていたのなら、今よりマシな気持だったろうと思った。シンディは生きている。昨日と変わらず生きて、今も誰かと話している。今まで自分が思っていたシンディとは別のシンディがこの世界に存在している。変化は何もないのだ。違っていたのは自分の方だ。アフマルがいると思っていた彼女は、実は最初から存在していなかった。アフマルは妄想の人間の遺族となった。恐怖が波のように襲いかかり、いても立ってもいられなくなった。

ダンスパーティーの日。夕方になるとアフマルはたまらず家を出た。行くあてなどなかったが、部屋に一人でいると狂いそうだった。あちこちに着飾った若者達がいた。誰とも出くわさないように、避けるようにして人のいない場所を求めて街を歩く。どれだけ歩いたかわからない。いつの間にか喧騒は消え、どこからか祈りの声が聞こえてきた。声の元をたどり、石畳の路地を曲がると、道の先に街並みにはそぐわないカラフルで異質な建物があった。

『自分の神を祝えよ』

男の声が蘇る。目の前にある建物は、シンディや自分やあの男が普段信仰しているのとは別の神に祈りを捧げる為の教会だった。聞こえてくる声は移民達の声だ。自分や父や母と同じ種類の人々。白い肌でも金髪でもない、浅黒い肌と太い眉の人々だ。

……自分の神。

確かにあの男の言う通りなのかもしれない。自分が今まで何の迷いもなく祈りを捧げた神は、自分の神ではなかったのかもしれない。自分は今、世界から切り離されている。あの白い悲しげな神が自分の神なら、救ってくれるはずではないか。

アフマルはそっと教会の入り口に近づいていった。祈りの声が大きくなる。

覗くと、狭い内部には入りきれないほどの人々がひしめき合って、皆床にひざまずき、言葉を唱え、壁に向かって祈っていた。

低い声が幾重にも重なり合い、天井に跳ねかえって響いている。

思わず圧倒されて足を止めた。

アフマルの知っている、上から悲しげに見下ろす白い神はいなかった。目の前にいるのは、地に這いつくばって呻く人の群れだった。

突然、何者かに肩を摑まれ、耳元で囁かれた。

「本当の神を知りたいか?」

陰にこもった癖のある声だった。見ると目つきの鋭い痩せた男だ。歳は30前後だろう。ムッと酸っぱいような汗の臭いがした。

「え?」

「ここに神はいない。全てまやかしだ。本当の神を知りたければついてこい」

男は踵（きびす）を返すと振り向きもせず、先に歩き始める。

突然すぎる出来事に、アフマルはなぜか抗（あらが）うこともせず、男の後に続いた。

路地から路地へ、くねくねと歩く。しばらくすると古いアパートの前で立ち止まった。

男は初めて振り返り、示すように上を見上げた。辺りは暗くなり始めている。男が見つめる3階の窓は淡く光っている。中でランプが灯っているようだった。

アフマルは男に導かれるままに階段を登る。

部屋の前に立つと男が独特なノックをする。合図だろうか、ドアはすぐに開いた。アフマルを部屋に入るように促した。

狭い部屋に男と同年代の人物が二人いた。香の匂いが立ちこめている。

これが、アフマルと過激派組織ゴルグとの出会いだった。

「ここだけはお前を受け入れる。他の場所は全てお前の場所ではない。お前の目を見れば私達にはわかる」

中の一人が言った。

その後、アフマルは学校には行かず、毎日その部屋に通うようになった。そこはゴルグの活動拠点だった。男達が話すことはどれも刺激的だった。彼らはそれを〝本当の教養〟と呼んだ。男達はアフマルに言った。

「セーフティーボウルによって世界を分断したのは〝奴ら〟の方である。〝奴ら〟は自分達の神と、我々の神とを区別しようとしている。お前が今味わっている喪失感や孤独に対して〝奴ら〟が手を差し伸べることはない。本当の神はお前を受け入れるだろう。神は一つだ。奴らの崇める神は〝まやかし〟だ。神は、まやかしを嫌う。世界を分断する壁の破壊を望んでいる。そして、お前を求めている」

ある時、男は小型タブレットを出し一つの映像を再生する。それを見た時からアフマルの運命は大きく変わっていく。

黒い画面が少しずつ明るくなるにつれ、風がマイクに当たるノイズが聞こえてくる。黄色い砂嵐が全面に映し出される。広大な砂漠だ。少しすると地平線の彼方に、遠い爆音とともに黒煙が上がる。誰かの興奮した叫び声がする。直後、乾いた銃声が至近距離から聞こえる。画面がガサゴソとぶれ、カメラが横を向くと、地面に這いつくばって自動小銃を連射している人物が映る。

アフマルは違和感を覚えた。その人物は兵士と呼ぶには少し幼いように見えた。彼は立ち上がると銃を持ったまま素早く走って前進し、再び伏せると飛び出してきた敵兵に冷静に何発も撃ち込む。呆気なく敵兵は倒れた。すかさず腰元の手榴弾を取り出して安全ピンを外し前方の戦車に投げた。爆音とともに戦車は黒煙を上げる。立ち上がり、自動小銃を連射しながら、何人もの兵士と一緒に戦車に駆けより上部から中へ撃ち込む。歓喜するような奇声が上がる。アフマルが注目していた兵士は何かを喋りながらカメラに近づいてきた。顔をはっきりと認識出来る。明らかに幼い子供だ。10歳かそこらだろう。一瞬笑ったように見えた。

「あいつらは地獄行きだよ」

あどけない高い声で勝ち誇ったように言った。大きな瞳の奥に漆黒の闇がある。アフマルの脳裏に少年の瞳が焼き付いた。

あんなに幼い子供が戦いの最前線にいて、当たり前のように人を殺していく様子を初めて目の当たりにした衝撃は大きかった。

映像を見た数日後。いつものようにアフマルがアパートの部屋に行くと、男達が緊張した面持ちで言った。

「アフマル、お前に会いたいという人が来ている」

「僕に……?」

部屋の奥に大きな人影があった。耳をつんざくほど甲高い獣の絶叫のような声が聞こえる。人影が一歩前に進み出ると、声の主は肩に乗っている大きなオウムだということがわかった。翼を大きく広げ、黄色い冠羽が立っている。

見上げた大男は黒々としたヒゲをはやし悪魔のように見える。

アフマルは差し出された白手袋の右手を自然と握っていた。

「アフマルだな。私はブルタウだ」

胸に幾つもの金色の勲章が光っている。いつもの男達が言った。

「この人は我々の指導者だ」

ブルタウ将軍は、伝説の指導者だった。

11年前、フロンティア合衆国中枢で起きたカフェテリア爆破事件のことははっきりとおぼえている。あの朝の父の沈痛な面持ちも、母の不安そうな顔も。今から思えば、あの時を境に世界が変化した。自分達移民と、シンディ達のような生粋のレヴォルシア人との間に目には見えない壁が建てられたのだ。いや、壁が移動したと言っていい。それまでアフマルは壁の内側にいた。彼らが安全な球、セーフティーボウルと呼ぶものだ。事件後、球の範囲は縮小し、移民達は外側に追いやられたのだ。カフェテリア爆破事件は、球の内側の奴らがそれまでひた隠しにしていた境界線を明確にあぶり出したのだった。ブルタウ将軍は事件の首謀者であり、テロ組織ゴルグの名を世界中に知らしめた人物で、構成員にとっては神格化された存在だった。また、かつて有史以来最悪とされたディアスポラ・テロ事件の実行者とも言われている。

声も出せずただ見つめるだけのアフマルに、ブルタウは微笑みかけた。

「お前は優秀な戦士になるだろう。いいか、神に救いを求めるのは間違っている。私達が神を救うのだ。そして今、神は戦いを望んでいる。この世界にお前の居場所がないのは当然のことだ。我々はこれから本当の居場所へ進むのだ。約束された聖地へ。我々は遥か未来にもう一度聖地で再会する」

そう言うと床に置かれたケースを開け、最新式の爆弾ベルトを取り出した。

「聖地のドアを開ける鍵だ」

ブルタウの目が不気味に光った。

アフマルは震えながらベルトを受け取った。

その日からアフマルはプログラミングの知識を駆使し、ブルタウ将軍の指示を受け、ネット空間を縦横無尽に渡り歩き、セーフティーボウル加盟国の主要機関にサイバーテロを仕掛けると同時に、世界中に散らばる孤独なテロリスト達を勧誘、組織化していった。現実の世界をコントロールし、変化させ、構築していくことは、アフマルにとってゲームをプログラミングするよりも遥かに没頭出来る行為だった。

3年の時が流れた。20歳になったアフマルはゴルグの中での地位も上がり、IT部隊の幹部となっていた。

レヴォルシアのアパートは、安全な球内部のゴルグの活動拠点だった。

ある日アフマルに組織から「会わせたい人物がいる」と連絡が入った。いつもの部屋に行くと出迎えたのは幹部数名。奥の暗がりの中に人影がある。その肩に乗っているシルエットがこちらを威嚇するように大きく翼を広げた。

ブルタウ将軍だ。直接会ったのは数える程しかない。地球上のどこにいるのか、わからない。突然現れてテロを成功させ消える。まさに神出鬼没で、足どりはセーフティーボウルの捜査網にも引っかからないどころか、ゴルグ側の人間ですら誰も知らなかった。アフマルにはいつも暗号化されたメールで次のターゲットへの指示が唐突に送られてきた。

……会わせたい人物とはブルタウ将軍のことだろうか?

「私ではない」ブルタウはアフマルの心を読んだように呟き、立ち上がる。どう猛な獣のような目がこちらを見下ろしている。

特殊なノックの音が聞こえた。

幹部がドアを開けると、そこに立っていたのはまだあどけなさが残る青年だった。目が合った瞬間、既視感を覚えた。漆黒の闇のような瞳。直後、アフマルは確信した。あの少年だ。タブレットの画面の中で顔色ひとつ変えずに何人も人を殺していた少年。すっかり成長して精悍な顔つきになってはいたが、瞳の異様な光だけは変わらず、見間違うはずはない。自分より2つか3つ年下だろうか。自分とは別の遠い世界にいる人物と思っていた。まさか今も生きて、こうして自分の前に現れるとは思ってもいなかった。

「アドム、これはアフマルだ」

ブルタウの低い声が響いた。

〝アドム〟という名なのか。

アドムは睨むようにアフマルを見つめている。おそらく自分が驚愕し執拗に彼を見たのでいぶかしんでいるのだろう。俺がそんなに珍しいか？　という声が聞こえてきそうだった。

「お前達はこれからパートナーだ」

……パートナー？　あのタブレットの中の少年がこれからは自分のパートナーだというのか。改めてアドムを見ると、戸惑ったようにブルタウと自分を見比べている。おそらく〝パートナー〟という言葉の意味すら知らないのだろう。幼い頃からずっと殺戮ばかりを繰り返してきたのだ。無理もない。

アフマルにしても、パートナーの意味はわかるが、ブルタウの真意はわからない。アドムと自分に何をさせようというのか。

ここ数年、アフマルは次々とセーフティーボウル側の組織に対するサイバーテロに成功し、実績を挙げてきた。目の前にいるアドムという青年も、地上の実戦において計り知れない戦績を挙げてきたことは容易に想像がつく。サイバー空間と、現実の戦場。二つの世界の英雄が連携すれば更に組織が強力になるということだろうか。

「我々は新たな概念において生まれ変わる。世界中にバラバラに散らばるテロ組織を統一し、セーフティーボウルに対抗する共同体になるのだ」ブルタウは笑みを含んで呟いた。

〝テロ国家共同体ティグロ〟が誕生した瞬間だった。

「お前達はこれから私の両腕として働いてもらう。共通の神は破壊だ。目的はセーフティーボウルを撃ち、風穴を開けること。それぞれ名は違っても神は唯一だ。神の望みは破壊と死だ。我々はその概念によって統一される。お前達二人は私の意志を継ぐ者として働いてもらう。いいな」

オウムが冠羽を立て絶叫した。

アフマルもアドムも黙っていた。沈黙は承服を意味した。

数日後、ブルタウ将軍は世界に向け、過激派組織ゴルグの解散と、テロ国家共同体ティググロの発足を大々的に宣言した。これはセーフティーボウルに対する明らかな宣戦布告であり、世界を震撼させた。

アフマルとアドムはブルタウ将軍の直属の部下として、またティググロ幹部のツートップとして数々のテロを成功させた。

＊

ピースランドのホテルの部屋で、アフマルの回想は続く。窓の外には冷たい光を放つ月が静かに浮かんでいる。

アドムも今、この月を見ているだろうか？……いや、あいつは月などに目を向けないだろう。しかし眠ってもいないはずだ。おそらくベッドの上で目を開けて、そのまま暗闇を睨み付けているだろう。耳の奥に、かつてのアドムの問いが蘇った。

『アフマル、一つ教えてくれ。殉教とは何だ？』

＊

あれはいつだったろうか？

世界は既にセーフティーボウルとティググロに二分されていた。

場所は安全な球の外側、彼らにとっては逆に安全な世界。砂漠の町〝モルス〟に建てられたティググロの基地。アフマルとアドムの活動によって、世界に散らばった孤独なテロリスト達は皆、〝テロ国家共同体〟という名のもとに統一され、強力な組織と化していた。

安全な球連合の議長国であるフロンティア合衆国大統領、ロック・ホワイトからマスターズ会議の開催、和平ロードマップへの提案が示された時、アフマルは、ブルタウ将軍が即座に拒絶するとばかり思っていたが、意外にもすんなりと受け入れたので驚いた。

ブルタウは、アフマルとアドムの二人に、ティグロ代表としてセーフティーボウル側と交渉することを命じたのだった。その後、セーフティーボウル内側の加盟国や外側の砂漠で秘密裏に、何度か閣僚レベルの協議が行われるようになる。こちらの代表は常にアフマルとアドムだった。

一方、フロンティアの代表として二人に対峙したのは、アン・アオイ大統領首席補佐官。現在の大統領だ。

第1回の会談で、部屋に入ってきた彼女と初めて目が合った時、アフマルは胸を何か鋭い物で突き刺されたように感じた。

……シンディ？

口にこそ出さなかったが、心の中で叫んだ。

彼女の瞳の中にシンディと同じ温かい光のようなものを感じ、不意を突かれた。

「取り込まれるな。ロック・ホワイトという男が私が会うべき人物なのかどうかをお前達が判断するんだ。奴らの提案が神が望むものかどうかを見極めるんだ」

ブルタウ将軍からそう言われていたアフマルは、元軍属であるホワイト大統領が樹立したタカ派政権からやってくる特使は、当然厳つい体格の軍人だと勝手に思い込んでいたのだ。予想に反して目の前に現れたのは、美しく可憐な女性だった。よく見直せばそこまでシンディに似ているというわけではない。しかし彼女の仕草、大きな瞳の動き、赤みをおびた唇はそれぞれ柔らかく、こちらを包み込むような感覚は、シンディと重なった。

ずっと前に消えたはずの胸の奥の火のようなものが再び灯り出しそうで、アフマルは戸惑い、必死に打ち消そうとするのだった。

シンディに断られた日以降、破壊だけを考えて生きてきた。だからこそ今まで自分を保ってこられたのだ。

会談では、常にアンがセーフティーボウル側の代表として和平の重要性を説いた。冷静な話しぶりではあるが、瞳は時に妖艶に潤む瞬間があり、そのたびにアフマルは目をそらさなければならなかった。その感情が何なのか、言葉を知らなかった。

「ホワイト大統領はあなた方と、あなた方の神を否定しない」とアンは言った。「このままいけば必ず人類は滅亡する。それは決して神の望むことではない。今まで私達はあなた方を理解しようとしなかった。でもホワイト大統領は違う。ブルタウ将軍と大統領が会うことには大きな価値がある。文明の価値観を変えることが出来る」

文明の価値観の意味などアフマルにはわからなかった。人類が滅亡して何が悪いのか。生き続けることに何の意味があるのかと思っていた。しかし目の前で話す女性の中にシンディの面影を感じてしまった後は、破壊への思いが少し揺らいでいる自分に気づき戸惑った。

何度か会談を重ね、いよいよホワイト大統領が参加することになった。大統領は〝こちら側〟に敬意を表し砂漠の彼らの基地に自らおもむいた。当然アンも一緒だった。

初めて会うホワイトはやはり元軍人というだけあって、眼光鋭かった。その巨漢がかもし出す威圧感はブルタウのそれとはまた別の迫力があった。ブルタウは冷血そのものだったが、この男には優しさのようなものを感じた。

ホワイトはアフマルとアドムに微笑んで、手を差し出した。大きく厚く柔らかい手だった。アドムは握手を拒んだ。

「……君は立派な勇者だ」ホワイトは真っ直ぐアドムを見つめる。「よく今まで生きていてくれた。感謝する。……君もだ」

アフマルは何も言葉が出てこなかった。不思議な感情だった。もっと厳しい会談を予想していた。

「私は君達の世界を壊すことを望んでいない。これから君達と新しい世界を構築出来ると確信している」

何を言われているのか、すぐには理解出来なかった。アフマルもアドムも、〝破壊せよ〟とは言われ続けてきたが、〝構築〟という言葉とは無縁だった。

「……殉教とは何だ?」

アドムが初めて問うたのは、その夜だった。

モルスの基地の硬いベッドの上。

ホワイト大統領と会い、言葉を交わしたことで、アドムの中の確信が迷いに変わろうとしているのだとアフマルは感じた。自分がアンに会ってそうなったように。

……ふさがなければいけない。

アフマルは思った。アドムの胸に開いた小さな穴を今のうちにふさがなければならない。今は針の先でついたような穴だが、このまま放っておくとどんどん大きくなり取り返しがつかなくなる。

……取り返しがつかない？

アフマルは焦った。なぜそう思うのか？　自分の中に開いた穴がそれだけ大きいと自覚しているからではないか？　俺の中に開いた穴？　バカな。穴など開いていない。今まで通りだ。何も変わってはいない。強く否定すればするほどアンの幻影が脳裏に浮かぶ。

「殉教とは……」必死で幻影を消し、絞り出すように言った。「神の為に死ぬことだ。俺達は神の為に死ぬんだ」

自分の声がアドムに届いたかどうか、不安だった。闇の中。アドムはしばらく黙ったままでいた。

「神とは、何だ？」

ようやくアドムが囁いた。消え入りそうな声だった。

「お前を創ったものだ」

「……俺を創ったもの……」

全く理解出来ないような言い方だった。

「そうだ。母のようなものだ」言ってすぐに後悔した。アドムはますます混乱するだろう。

「母……」

アドムが今、脳裏に浮かべているのは母の生首だった。ボールのように地面を転がり、こっちを向いて笑う生首。そうなる前の母の記憶は消えていた。

しばらくしてアドムが呟いた。

「あの女は……」

「……あの女？」

「ああ、あの女をお前は信用出来るのか？」

アフマルは動揺した。母と聞いてアドムが生首の後にイメージしたのは、アンという首席補佐官の女だった。自分と同じようにアドムもアンによって心を乱されている。戦災孤児のアドムにとって、父親代わりとなったのはブルタウ将軍だった。ブルタウは〝破壊〟の象徴だった。破壊が父のイメージなら、逆の〝構築〟という言葉に母をイメージしてもおかしくない。

今、アドムは母と聞いて〝構築〟を口にしたホワイトではなく、側近のアンを思い浮かべている。

おそらくアドムは、アンの瞳によって、生まれて初めて生きていることを祝福され、肯定され、受け入れられたのだ。そして今、彼が欲しているのは母だった。『神とは、何だ？』とアドムは問い、アフマルは『お前を創ったものだ』と答えた。

父なる破壊。母なる構築。

アドムの胸に開いた小さな穴は、アフマルのものと同じ穴だった。

「信用など、していない」アフマルはかろうじて答えた。

「……そうか」とだけ言うと、アドムはもう質問をしなかった。眠ったわけではない。ただ闇をジッと見つめている気配をアフマルは朝まで感じていた。

ロック・ホワイトは、一度会う価値のある人間である、と報告した時、「わかった」と微笑んだブルタウの目はこちらを蔑んでいるようでもあり、悲しんでいるようにも見えた。

＊

……あの時、将軍は自爆を決めていたに違いない。

ピースランドのホテルの一室。アフマルはタブレットを操作しながら回想を繰り返している。

……ならば初めから自ら出向いていけばよかったじゃないか。何の為に自分達に判断を委ねたのか？

隣の部屋にアドムの気配がする。眠らずに暗闇を見つめているのがわかる。

アフマルは明らかに混乱していた。Dr.パパゴとは何者か？　ブルタウとは何者か？　アンという女は敵か味方か？　そもそも自分達の敵とは何か？　味方とは何か？　何一つわからなかった。そもそも自分は何者で、今どこにいるのか？

そして何よりも厄介で、重要な疑問。

神とは、何者なのか？

顔を上げると視線の先に月が浮かび、下で光る湖面に白鳥のシルエットがスーッと滑っていくのが見えた。

アニメ作品
〝美少女ガール戦士・横内和彦〟第4話

街は火の海だった。

そこら中からぶつ切れの阿鼻叫喚が聞こえてくる。

人々は声をあげる途中で溶け、跡形もなく消え去った。

熱風は容赦なかった。まさに断末魔の叫び声だ。

人だけではない。そびえ立つビルも皆、溶けてグニャリと曲がり、燃え、蒸発していった。

「いやぁぁぁん！」

美少女ガール戦士に変身していた横内が悲鳴をあげる。セーラー服もミニスカートも溶けてビリビリに破け、中の下着も溶け、尻の割れ目と胸の谷間がむき出しになる。横内は慌てて尻と胸を手で隠す。

「あん！……体が熱い……どうなっちゃってるのぉ？」

「横内よ、聞こえるか？……横内和彦よ」

耳の中にセットしたイアフォンから声が聞こえる。

「誰？」

「ワシじゃ、博士じゃ」

「博士、街中が熱くて、みんな消えちゃって、死んじゃって、火の海なの！　それに、私の服が……ああ、もう！　服がぁ……」

横内のブラジャーとパンティの布がどんどん小さくなっていく。

「いやぁぁん！」

横内は思わずしゃがみ込む。

「ピキピキピッピッピー！」

近くで小動物がピョンピョンと跳ねる。

「よく聞くんじゃ。これはテロじゃ。いよいよ悪魔怪物魔人メツボウが、X線自由電子レーザーを照射し、人間核爆弾を爆破しだしたのじゃ！」

「ええっ？」

「お前は美少女ガール戦士に変身していて普段の100万倍のパワーだからその程度で済んでいるが、他の人間達はこのままだと絶滅してしまう！　たとえ爆発がおさまったとしても、世界は放射線で覆われ、生き物は全て死滅するじゃろう！」

「そんなぁ！……あっ！　いやっ！」

　下着の布がほとんど消滅してしまう。横内は大きな乳房を真ん中に寄せ、右手の2本の指で乳首を、左手の2本の指で股の中心の筋を隠した。

「……んもうっ！　どうすればいいのよぉ！」

「ピキピャポピー！」

「メツボウの正体はこの世界に散らばる多くの悪意が具現化したものじゃ！　いいか、横内、横内和彦よ！　もう少し、もう少しだけ耐えるんじゃ！　ワシは今から奴に打ち勝つ新兵器を開発する！」

「ピッピピ？」

「い、今から？」

「そうじゃ今からじゃ！　もし新兵器が開発出来れば、それは人間核爆弾も放射線も全て無効に出来るシステムになるじゃろう。いいか、横内！　横内和彦よ！　もう少しじゃ！　もう少しだけそのまま耐えるんじゃ！」

　熱風が吹き荒れる。

「ピキピキピャーピャーピャー！」

「ああん！　もうっ！……ハァ、ハァ……早くしてぇ！　早くしないと、もうこれ以上、我慢出来なぁい！　ああっ！」

　ナレーションが叫ぶ。

「街の真ん中ですっかり丸裸になってしまった美少女ガール戦士！　セーラー服もブラジャーもパンティも全て消えてしまったのだ！　体が燃えるように熱い！　いつまでその局部を隠した格好で耐えられるのか？　まだイクな！　まだイッちゃだめなのだ！」

発見

『もうこれ以上、我慢出来なぁい！　ああっ！』

　丘の上の漁船。様々なメーターが並ぶ操舵盤の上に載せたタブレットでアニメが再生されている。

　翔は眉をひそめ、唇を噛んだ。

　なんとも雑で粗い構成だ。

〝美少女ガール戦士・横内和彦〟は、今から3年前、天山噴火震災直後に翔が創作した作品だった。いや、作品なんて呼べる代物ではない。震災で翼を失い、硬化した心の奥に潜んでいたマグマのような感情をぶつけるようにパソコンに向かい制作した。

それまでも翔は独学でアニメーションを制作していたが、どれも他愛のないロリータ系ばかりだった。創った作品は翼以外誰にも見せることはなかった。

「翔、お前凄ぇな」作品を見せるといつも翼は感心した。「プロになれんじゃん……あ！　うわわわ！　凄ぇオッパイ！　うわ！　うわっ！」

翔は笑った。「翼、エロいよ」

ポカッ、と翼は翔の頭を叩く。「バーカ、描いてるお前の方がエロいよ！　普段から何考えてんだよ、おわっ！　よくこんなの描けんなぁ」

自分が変態なのはよくわかっている。しかし翼がこんなアニメを観て喜んでいる姿は他の人にはとても見せられない、と思った。

胸が締めつけられる。翼と過ごした何気ない瞬間が脳裏をよぎるといつもこうなる。今は思い出は邪魔でしかない。

翔はタブレットの映像をDr.パパゴの声明に変えた。

〝ヌークリアヒューマン〟〝人間核爆弾〟という言葉をパパゴが口にする。全て〝美少女ガール戦士・横内和彦〟の中で翔が創り上げた単語、でっち上げだ。あのアニメ作品を創る以前に同じ発想をした者がいないか、当時散々その単語で検索したが、世界中の言語で探しても一つもヒットしなかった。それが今はパパゴの発した言葉として無数にヒットする。不思議な気分だった。自分のでっち上げた造語によって世界中が振り回されている。

アニメ制作当時、翼を失った翔は出来上がった作品を見せる相手がおらず、一瞬ネット上にアップしてすぐに後悔し削除した。アップしたはいいが、自分の内側のどす黒いものを、翼以外の不特定多数にさらすことで解消出来るはずもなく、むしろ自らに対する嫌悪感しか残らないと悟ったからだ。削除するまでわずか数時間だったが、閲覧数は自分を含め、2〜3人だった。

翔はその後何度かネットを検索し、〝横内和彦〟という自分の作品の痕跡がネット上に残っていないか確認し、少しでも見つかれば削除し続けた。一度インターネット上にアップしたものは永遠に消すことは出来ないと言われたが、実際にはそんなことはない。翔が上げた小さな作品などは、3年もたてばその後に無数に上げられる情報の海の中で埋もれて消えてしまうものだ。

翔はニヤニヤしながら、しばらく〝パパゴ声明〟と、〝横内和彦〟を確かめるように交互に見比べていたが、ふと不安に駆られ、恐怖で全身が包まれた。ある時から不定期に翔を襲ってくるようになった発作のような恐怖だ。自分の中に怪物がいる。時々それが抑えきれなくて暴走する。ウルトラアイに投げつける悪意のヴォイス。友希達に感じる憎しみ。そして何より、溶岩に呑まれていく翼を見殺しにした感情。

自分はそのうち世界を壊してしまうかもしれない。

気がつくと翔の体は小刻みに震えていた。『生命の誕生と真逆の負のエネルギー。死へ向かうエネルギーじゃ！』

翔がアニメの中で博士に言わせたセリフだ。

横内和彦は、まさしく翔自身の反映だった。

世界を破滅に導くほどの負のエネルギー。翔は自分の中の怪物を抑えておける自信がなかった。

『……オマエタチヲ、オドロカセテヤル……』

少し前に翔がヴォイスに発信した言葉だ。予告通り、今世界は大混乱に陥っている。

タブレットの電源を切り、ウルトラアイを外す。ポケットから食べかけのチョコレートバーを出し、かぶりついた。手も口の周りもベトベトになる。

「ふーっ」と、深くため息をつき、小さな椅子の背もたれに背中を押し付け、両足を操舵盤の上に投げ出した。窓から見えるのは満天の星だ。ふと、足の下に違和感を覚えた。クッションのように柔らかい感触がある。

翔はバッテリーのスイッチを入れ、天井から吊るした電球を灯す。今まで気がつかなかったが、埃をかぶり茶色に変色した紙の束が足の下にあった。よく見るとそれは何冊かのノートだった。

……航海日誌？

そっと手に取ったそれは、長い年月放置されていただけに、所々破損があり、乱暴に扱えば崩れてバラバラになりそうだった。

ノートは航海日誌ではなかった。表紙に薄く文字が見える。

〝海へ〟

下に記載されている日付は100年近く前のものだ。恐る恐るページをめくると、ずっと閉じられていたせいか中の紙はさほど変色しておらず、文字は読みやすい状態だった。

翔は思わず息を呑んだ。

見開き一面にびっしりと、寄せ書きのように文字が書き連ねてある。文によってそれぞれ文字の大きさや癖が違い、ひと目見て多くの人々が書き記したものだとわかる。

『お父さん、どこにいるの？　寒くない？　早く帰ってきてね……まゆみ』

と、小さな子供の文字がある。その右斜め下には綺麗な達筆。

『あなたを救えなくてごめんなさい。どうぞ安らかに……。私達は同じ過ちは絶対に犯さないと誓います。強く生きてゆきます。見守っていてください』

とある。名前の記載はなかった。そのすぐ横には大きく太い字で、

『海が憎い』

と書き殴ってある。

『ヤスオ、母さんをよろしくな。……父』

『また来たよ。そっちはどうかな？　こちらはなんとか元気です。ようやく暖かくなってきました。顔が見たいよ。また来ます』

『さびしい。この言葉届くかな？　なんで行っちゃったの？……薫』

『しんちゃんへ。またあそぼうね。……たもつ』

『忘れなきゃいけませんか？　忘れなくてもいいって、言ってよ。忘れなくてもいいよね？……温子』

『バカ野郎』

『良江、俺ももうすぐそっち行くから。もう少し待ってろ。……五郎』

『みんなどうやって心に区切りをつけてるのかな？』

『忘れねえよ』

『今度タケとサトシと飲むぞ。お前も来いよ。……茂』

『一緒にいて楽しかった。ありがとう！』

『二十歳になりました。お母さんに着物姿見せたかったな。……雪乃』

『この国は終わりかもしれない』

延々と言葉が続いていく。次のページも、また次も。めくってもめくっても、文字が津波のように押し寄せてくる。

遠い昔に確かにここに来た人達の叫び声だ。

声は決して色褪せず、ノートの上で息づいている。それは隠滅出来ないこの国の歴史であり、過去の魂だった。

鼓動が速くなる。翔は自分の心臓の音が聞こえた。重なるように遠くで波の音がしている。

歴史の授業で習った。この土地の人々は皆海を憎んでいたと。海は怪物と化したと。だがきっと憎しみだけではない。

同じように山を憎んだ翔には理解出来た。憎しみと愛情。離れたいという思いと、戻りたいという思い。そこで生まれ育った者にしかわからない、片づけられない感情。自然はそこに自分を産み落としておいて、愛する人を奪い去り、やがて自分も殺される。


「……翼」

翔は月の浮かぶ空を見上げ、小さな声で呼んでみたが月は何も答えなかった。

最後の方のページにこう書かれていた。『いつかこの船を海に帰して前に進まなければならない』

これを書いた人物の思いは叶うことなく、今も船はこうして山の上にある。

あるべき場所にあるべき物があること。船が帰るべき場所が海なら、自分はどこだろう。翼はどこだろう。

ノートの下に別の何かが見えている。そっと手にとると四角くて薄い小型のケースのようなものだった。表面に〝ＣＩＧＡＲＥＴＴＥ〟と彫られている。いじくり回しているうちに偶然上の蓋の部分が開いた。中には１本、風化して茶色くなった細長い枯葉のようなものが入っている。……タバコだ、と翔は思った。おそらくこれは船の持ち主のシガレットケースだ。蓋を閉め手で表面を拭くと、下から銀色が現れた。

翔はケースを掲げ月にかざすと、微かに鈍く光った。

遠くで波の音が聞こえる。

核攻撃

アン大統領はピースランドから戻ると、休む間もなくザ・ハウス地下の安全保障会議室に直行し、パパゴ声明に対する戦略会議に臨んだ。

長いテーブルの一番奥にアン。右手にローレンス国防長官、アンドリュー安全保障長官、そしてフィリップ陸軍長官、ジョン海軍長官、サイモン空軍長官の制服組3人。左手にはダイアナ国務長官、トマス参謀長、ジェイコブ議長、サディアス情報分析官が座っている。

緊迫の会議は既に2時間を超えようとしていた。

部屋の明かりは消され、アンの正面の壁にあるスクリーンには、複雑な分子構造の図が映し出されている。その前では、パパゴの言うヌークリアヒューマンの信憑性について検証する為に呼び出された、物理学者マックス・ブラウン教授の講義が延々と続いていた。

「……よって、この場合、いわゆる核分裂連鎖反応が起き、物質は……」

「教授。素晴らしい講義の途中大変申し訳ないが」ローレンスが口を挟んだ。「結論から先に言っていただけると大変ありがたいんだがね。我々は物理学専門でもないし、科学者を夢見る大学生でもない」

ダイアナの眉が微かに歪む。

ブラウン教授はムッとした顔で言う。

「私は物理学者として、Dr.パパゴなる人物が言ったヌークリアヒューマンという現象が、現実に起こりうる可能性についての見解を説明してほしいと依頼されてここに来ている。説明するには自然界に存在する物質の本質から話さなければならない。これでもかなり省略してわかりやすく話しているつもりだが」

「これは失敬！」ローレンスは目を丸くし大げさに首を振る。「時間が許せば私も是非とも世紀の名講義を拝聴したいところだが、あいにくここにいる連中は、あなたと比べれば低レベルの知能しか持ち合わせていない実務家でしてね。結果が出るかどうかもわからない研究に年間何億ドルもの予算をかけて悠長に顕微鏡を覗きこんで過ごしていられる身分じゃない」

「どういう意味ですかな?」

ローレンスは失笑する。「どうやら科学者という人種は計算式で話さないと言葉が通じないようだな」

「ローレンス!」思わずダイアナが叫んだ。

教授の髪のない頭皮がうっすら紅潮する。「……私は帰った方がよさそうだな」

「待ってください」ダイアナが慌てて止め、ローレンスをいさめる。「教授にブリーフィングを頼んだのは我々の方よ」

「これは戦略会議だ。学会の論文発表の場じゃない。教授、我々には時間がない。今後の国家の行方がかかっている。簡潔に答えてくれ、あのパパゴというクソ野郎が言っている人間を核爆弾にするということが現在の科学で実現可能なのかどうか、イエスかノーかだ」

その場にいる全員が息を呑み、答えを待った。

しばらくの静寂の後、ブラウン教授が言う。

「ノーだ」

数人から微かに安堵のため息が漏れる。

「本当かね? あなたの判断に世界の未来がかかっている」ローレンスだけは教授の言葉の弱さを見逃さなかった。

教授の表情が少しだけ曇った。

「……もしも、中性子に代わる物質が存在し、原子の安定性を劇的に変えることが出来れば、あるいは理論上可能かもしれませんが、今の自然界では100%考えられない」

「中性子に代わる物質とやらを、Dr.パパゴが人工的に作り出すことに成功していたとしたら?」ローレンスは容赦ない。

教授の表情は硬いままだった。

「……だとしたら可能かもしれないが、驚きだ」

「驚きねぇ。つまり可能性を検証する価値もないと?」

「いや、科学において検証する価値のないものなどない。興味深い分野だ。莫大な費用がかかるが、研究者がいないとは言い切れない。しかし、現段階で成功しているとはとても思えない。もし成功していたらその物質の発明は、世界物理学賞3つ分に匹敵する」

世界物理学賞とは、今までの常識を変えるほどの研究を成し遂げた人物に授与される人類最高峰の名誉だ。

かつて選ばれた人物は皆歴史に名を残す天才達ばかりだ。

「幾つだ？」ローレンスは言う。

「え？」

「あなたが世界物理学賞を獲得した数だよ。髪の毛が全て抜け落ちる程考えた研究で賞を幾つとった？」

教授の頭皮がまっ赤になった。

「……ゼロだ」

「ローレンス！」ダイアナが叫ぶ。

「失礼。教授を貶めるつもりはない。ただ教授がパパゴの言う人間核爆弾の有無の可能性を判断するのに適任かどうか知りたかっただけだ。もういい。明かりをつけろ」

部屋が明るくなると全員の顔を見まわして言った。

「諸君、Dr.パパゴの声明が真実である可能性はわずかながら存在する」

アンはジッと考え込んでいる。

情報分析官のサディアスがたまらず口を挟む。「限りなくゼロに近い可能性です」

「だが、ゼロではない。そうだな？」

「そうですが……」

「奴は同時に世界中の受像機をジャックするほどの技術を持っている。それに、たとえ教授の言う通り可能性がゼロだったとしても、別の懸念もある」

「別の懸念？」

「ああ、脱法アンドロイドだ。核を装備したアンドロイドがこの国に紛れ込んでいるとしたら、パパゴの言う通り我々はそこら中に核爆弾を抱えていることになる。衛星から無作為に起爆装置を発射されでもしたらひとたまりもない」

ローレンスの指摘は鋭かった。

近年、アンドロイドの進化は目覚ましく、人工樹脂による本物の皮膚と変わらない素材が使われ、頭脳としてＡＩを搭載されたアンドロイドはもはや本物と見分けがつかないレベルにまで達していた。

20年程前、アンドロイドを使用した自爆テロ事件が多発した為、セーフティーボウルは世界条約として人工知能規制法を発布し、アンドロイドを製造する場合、人間に似せて作ることを禁じていた。だが、一部では脱法アンドロイドと呼ばれる、法を無視した人類と変わらぬ見た目のものが製造されているという噂がある。また、セーフティーボウル内の法規制が及ばない非加盟地域では自由に製造することが出来、外で作られたアンドロイドが移民として入国している可能性もある。もちろん、入国の際は厳重な検査がされるのだが、不法に国境を越えてきた場合、見つけることは困難だ。

　会議室は沈黙した。

　ローレンスは勝ち誇ったような顔で言う。

「アンドリュー、Dr.パパゴと思われる人物の特定は？」

「18名まで絞り込んだが、どれも確証はない」アンドリュー安全保障長官は、スクリーンに容疑者の顔写真を出す。「全員過去のテロ事件に関わっていて国際指名手配されている」

「居場所は？」

　スクリーンに世界地図が出る。広い砂漠地域の広範囲にわたって18個の赤い点が灯る。いずれもテロ国家共同体ティグロの支配地域だ。

「どれも最後に確認されたポイントだ。現在ここにいるという確証はない」

　ローレンスが呟くように言った。

「仕方ない。全員をターゲットにするしかないだろう」

「と、言いますと？」とサディアス。

「全ての地域を空爆する」

「何を言っているの？」

　口を挟むダイアナを無視するように続ける。

「標的とその周辺だ。医者が癌の患部とその周りを放射線治療するように焼きつくす」

　ダイアナがテーブルを強く叩くと、ローレンスはいかにも不快そうに彼女を睨み付ける。

「うるさい。会議中だ」

「これが会議？　あなたの独演会にしか思えないわ」

「先制攻撃の有効性は今更説明不要だと思うがな……」

「確証のない攻撃で、今までこの国が何度過ちを犯してきたかおぼえてないの？」

「そっちこそ、我が国が攻撃を躊躇し、ほんの数分遅れたおかげで、その後受けなければならなかった被害がどれほど大きなものだったかを忘れてるんじゃないか？」

会議室は静寂に包まれた。

自然と視線がアンに集中する。

ファイルを見ていたアンは視線を上げ、皆をゆっくりと見まわすと告げた。

「攻撃には時期尚早よ」

「デジャヴか……」今度はローレンスがテーブルを叩いた。

「会議中よ」とダイアナ。

「大統領……」ローレンスは怒りを隠しきれない。

「目先のヒューマニズムは捨てた方がいい」

「ヒューマニズム?」アンは目を丸くする。

「そうだ。よく考えていただきたい。我がフロンティア合衆国の消滅は世界の消滅を意味する。だが、ティグロの一部が消滅しても世界は滅びない。たとえそれが後に誤爆だとわかったとしてもだ」

ダイアナは呆れて言った。

「あなた、自分が何を言ってるかわかってるの?」

「もちろんだ!……大統領、イメージしてほしい。高層ビルがある。今にもそこにテロリストに乗っ取られた旅客機が突っ込もうとしている。もちろん乗客は罪もない市民だが、このまま放置すれば旅客機はビルに激突、中の市民も犠牲になり被害は何倍にも、何十倍にもなるだろう。我々に選択の余地はない。旅客機を撃墜し、被害を最小限に留めるのが我々の義務だ」

アンはローレンスを見つめて言った。

「……それがあなたが髪の毛が抜け落ちる程考えて出した答え?」

「何だと?」ローレンスは思わず額に手を当てる。

「緊急時だぞ。ふざけるのか?」

「ごめんなさい。今のは私が悪いわね」いたずらが見つかった時のように微笑んでみせる。

「……ローレンス長官、世界が終わるのは、私達が冷静さを失った時よ」

「私が冷静じゃないと言うのか?」

ローレンスの頭皮が赤く染まる。

「あなたの言う通り、我々に選択の余地はない。私達がすべきなのは乗っ取られたのが本当にその旅客機かどうかを確かめる作業よ。チャンスは一度。標的を外すわけにはいかない。時間も限られてるわ。違う旅客機を撃ち落としているヒマはないの」

アンはきっぱり言うと情報分析官に指示を出した。

「サディアス、各国の動きを報告して……サディアス？」

異変に気づいたのは皆同時だった。

サディアスはパソコンを見つめ青ざめている。

「……まさか」

「どうしたの？」とダイアナ。

「我が国が核攻撃を受けました」

同時に警報器が鳴り出す。

「モニター！」とローレンスが叫ぶ。

正面モニターに、海からキノコ雲が立ちのぼっている様子が映し出される。

「こっ……これは……場所はどこだ？」

「ハピネス諸島周辺です！」

「ハピネス諸島⁉」

モニターに地図が表示される。本土から遠く南に連なる小さな群島。

ハピネス諸島にはフロンティアの重要軍事施設があった。

「あそこのレーダー網をかいくぐって爆撃するのは不可能だ」アンドリュー安全保障長官が震える声で言った。

「領空侵犯の痕跡はありません！」

「じゃあ海か？」

「いいえ！　海上、深海ともにレーダーに何もとらえていません！」

「爆心地の位置は？」

「エリア0から南東50キロメートルの海上！」

「エリア0は無事なのか？」

エリア0とは、軍事施設の別称だ。

「通信不能で確認は出来ませんが、映像に映る様子では異常なしと思われます！」

「どういうことだ！　爆撃の犯人は？」

「……情報を精査します！」

「ティグロの動きは？」

「通常通りです！」

「空爆でも魚雷でもないというのか……」

会議室にいる全員の頭をよぎったのは、人間核爆弾という言葉だった。

「直ちに報復の準備！　全軍攻撃の態勢に入れ！」ロ

ーレンスが指揮すると陸海空軍長官が立ち上がった。

「アン」ダイアナが声をかける。

アンは顔面蒼白になって左手で右手を握りしめている。

「大統領!」

ダイアナの叫び声にアンはようやく我に返った。

「非常事態宣言と戒厳令を発令。全ての警戒を最高レベルに!」

「了解」

「国民に向けてメッセージ放送の準備を」アンは時計を確認し「10分後に開始するわ」。

「了解」ダイアナが報道官に連絡を取る。

ローレンスがいらついて言う。

「大統領、報復爆撃命令を!」

「待て、よ」

「大統領!」

パソコンと格闘していたサディアスが口を開いた。

「ティグロを始め、13のテロ組織からハピネス諸島爆撃における関与を否定する声明が出ました」

アンの脳裏にアフマルとアドムの顔が浮かぶ。


「そんなもの信用出来るか! 大統領、これは奇襲による先制攻撃だ。直ちに報復しなければ世界は終わるぞ!」

「何度も言わせないで。攻撃は待て。これは大統領命令よ。もしどうしても攻撃するというのなら……」アンはローレンスを真っ直ぐ見つめる。「私を殺してからにするのね」

会議室は緊張に包まれた。

警報は鳴り続けている。

「後の方のお言葉も」とローレンスが口を開いた。

「大統領命令ですか?」

今の彼なら本当にどこかから銃を出してアンを撃ち殺しかねないと誰もが思った。

「もちろん」

アンは笑顔だ。

「そこまでよ」ダイアナが割って入った。「アン。生放送の準備が整ったわ。執務室へ」

*

大統領執務室のデスクに座るとアンは、静かに深く息を吸い正面のカメラに向けて話し始めた。

「国民の皆さん、そして世界の皆さん。我がフロンティア合衆国は、何者かによって核攻撃を受けました。これより我が国においては、特別に許可された場合を除く出国及び入国を禁止します。国民の皆さんは必要のない外出を控えてください。軍及び警察は非常態勢に入ります」

戒厳令

フロンティア領ハピネス諸島に対する核攻撃の知らせは、アン大統領が知るのとほぼ同時に世界中を駆け巡った。

アンの緊急生放送は遠く離れたピースランドでも同時中継された。

首相官邸のテレビに映るアンの顔色はいつにも増して青ざめ、抜けるように白い。

「犯人はまだ特定出来ていませんが、必ず見つけだして皆さんの安全を確保します。我々は絶対にテロには屈しません」

『死ネ』

富士見は画面を観ながらタバコをくわえ火をつけたが、一口吸うとすぐに灰皿に押し付け揉み消す。

テレビの中のアンが続ける。

「今回の措置はセーフティーボウルが進めてきた和平ロードマップにおいて、後退ではありますが、決して消滅ではありません。私達は必ず今回の原因を見つけだし、取り除きます」

アンの手元を見ると左手で右手を強く握りしめているのがわかった。マスターズテロ直後に会った時の彼女も同じようにして震えていた。

ふと富士見はノースレイク湖畔でのアンの怯えた瞳を思い出す。『私はモンスターのように見えますか?』

突然の質問に戸惑った富士見は気のきいたことも言えず、否定するので精一杯だった。

アンの胸元にはあの時富士見が返したセーフティーボウルのバッジが青く光っている。

「私は相応に軍の強化をします。これは平和条約締結までには必要な過程と考えます。私はこの間に必ずテロリストを特定し、逮捕し、その後、和平を実現させます。国民の皆さん、そして遠く離れた国にいる人に宣言します。私は必ず、あなたとの約束を守ります」

画面の中のアンがジッと見つめてきた。

「信じてください」

メッセージが終わり、ニューススタジオに画面が切り替わる。

キャスターは沈痛な面持ちで言った。

「今回のフロンティア大統領の声明は、事実上の鎖国宣言であり、これに続き他のセーフティーボウル加盟国である、グレートキングス、コミュンネイション、レヴォルシア共和国、WE連邦、ユナイテッドグリーン、ロマーナ国、ジンミン大国の7カ国も次々に空港、港を封鎖するという声明を出しました」

各国のリーダー達が緊張気味に話す様子に続き、それぞれの空港、港が閑散としている情景が映った。

「これを受けていまだに何の措置も講じようとしない我がピースランドの富士見幸太郎首相に対し、国内では不満の声が噴出しています」

画面に、国会の前で生卵を手にしたマイルドテロリストと呼ばれる若者達を中心に、世代を超えた多くの群衆が機動隊と対峙する様子が映る。彼らの持っているプラカードには〝無能総理はいらない!〟〝頼むから辞めてくれ!〟などの文字が目立つ。中には富士見が尻をまる出しにして大便をしているイラストの下に〝ウンコ漏らし〟と書いてあるものもある。

「何でだよ?」

富士見は舌打ちをしてもう1本タバコを取り出した。

『死ネ』

「うるさい!」思わず叫んで〝カエルの死骸〟を壁に叩きつける。『ゲロゲロ』

〝カエルの死骸〟が断末魔の声をあげた。

富士見はカエルの死骸を拾って心の中で悪態をつく。

……くそっ、悪趣味な仕掛けばかり作りやがって。

「この後、臨時閣議が開かれる予定ですが、紛糾は必至と思われ、マスターズ遅刻問題と先頃のノースレイク会議失敗、そして今回の対応の遅れについて、その責任を与野党両方から厳しく追及される見込みです」

「絶体絶命ですかね……？」

後ろから聞こえてきたのは桜の声だ。こういう時の声は必ず面白がっているトーンだ。

「総理……」五代が不満そうに言う。「アン大統領は和平を実現させると言ってますが、これじゃまるで戦争準備じゃないですか」

桜は目をくるりと回す。

「それは、仕方ないだろ。フロンティアは宣戦布告されたも同然なんだぜ」

「そうかもしれないが、私は、ただ残念でならないんだ。こんな形で裏切られるとは」

「裏切る？」

「ああ」五代は拳を握りしめ、震えていた。

「アン大統領は私に、富士見総理が本気なら自分も本気で和平を進めるって約束したんだよ。信じた私がバカだった。彼女は嘘つきだよ」

「まあ、大統領も君にだけは言われたくないだろうがね」

「どういうことだ？」

「俺に聞くなよ。自分の頭で考えるんだな」

「何？」

桜は五代の髪の毛を見つめて言う。

「本物の、自分の頭で考えろって言ってるんだよ」

「あっ！」五代は思わず頭を押さえた。

末松は口に含んでいたお茶を噴き出し、全て富士見に浴びせかけた。

「汚い！　おい！　何やってるんだ！」

富士見は立ち上がり怒鳴った。

「すみません！　総理！」

慌てて拭こうとする末松の手から富士見は、ハンカチをもぎ取る。

「いい！　余計なことすんな！」

「はい！　ごめんなさい！……イタタ……は、腹が……」

「トイレ行け！」

富士見は自分で濡れた場所を拭くと胸ポケットを探った。

「……タバコ！」

「どうぞ」

桜が差し出したものから1本取る。『死ネ』

新たなパッケージは〝とぐろを巻いたウンコ〟だった。

「くそっ」

富士見は煙を深く吸い込み、なんとか落ち着こうとした。

「……総理。そろそろ……」

「わかってる！」

桜の声を遮って叫ぶと、富士見は立ち上がり背広を羽織った。

閣議ではおそらく総攻撃を受けるだろう。答弁次第で、弾劾もあり得る。

「おい、桜」

「何でしょう？」

喋れば喋ったで腹が立つが、黙っていると余計気になるのが桜という男だ。

「どうするつもりか聞かないのか？」

「総理がご自分で判断することですから」

「……乗りかかった船だ」

五代が感極まる。

「総理！　どこまでもお供いたします！」

「五代君、よく考えた方がいい、泥船だぞ？」と桜。

富士見はムッとする。

「……確かに、私は泥船の船頭だ。君達に付き合えとは言わない。ここで降りるか、このまま乗っていくか。よく考えて決めてくれ。降りたとしても、その後の仕事についてはなんとかする」

興造の人脈は今でも強く残っている。富士見はそれを言っているのだろう。

「総理……」浪花節の五代はやけに感動している。

「ま、考えておいてくれ」富士見はネクタイをギュッと締め直す。「さて、行くか」

もう既に腹が決まっているのか、富士見はいつもより意気揚々と本会議場へ向かった。

五代は頭を押さえ、ドアに向かって深々と礼をした。

＊

「我が国は、鎖国はしない……」

富士見の言葉に対し、本会議場から一斉に怒号が飛んだ。

「無責任だぞ！」

「勝手な判断するな！」

「冗談じゃないよ！」

「辞職しろ！」

アッという間に誰が何を叫んでいるのかわからない喧騒状態になる。

リビングのテレビに映し出される国会の混乱ぶりを眺めていた篠崎新一は食べかけたトーストを手にしたまま静止し、呆れたように呟いた。

「いよいよ、この国は終わりだ……」

カン！　カン！　カン！

「ケケケケケ！」

翼の形をした人形が、今まで出したことのない声で笑う。

「終ワリダ！　終ワリダ！　ケケケケケケケケ！」

なんとも人を見下した笑い方だ。

早苗はいつものように人形の横で困ったような笑顔でテレビを観ている。

「他の安全な球連合加盟国が次々と、特定の貿易以外の出入国を禁止する中での今回の富士見総理の危機意識のない判断には、与野党どちらの議員からも反対の声が上がり、国会は一時騒然となりました」

ニュースキャスターが告げると画面には再び国会の様子が映し出される。

野党議員が質問に立つ。

「総理は、フロンティアが核攻撃を受けたにもかかわらず、テロに対して何の対抗策も打たないということでしょうか！」

「……私は、現時点でいかなる国とも国交を禁じないと言ってるのであって、テロ対策をしないとは一言も言っておりません。当然、空港、港湾及び国内の警備を厳重にし、万全の注意をはらい、テロに対処するつもりでおります」

再び野次が飛ぶ。

「詭弁を言うな！」

「テロが起きたら責任はどうとるつもりだ！」

「総理。たった今いかなる国とも、と言いましたが、それは安全な球連合加盟国以外とも、という意味でしょうか？」

富士見は、ゆっくりと席を立ち演台に行くと仏頂面で答えた。

「……当然です」

答弁のたびに上がる罵声の中、質問者は更に声を張り上げる。

「それはティグロ周辺国であっても同様と考えてよろしいでしょうか！」

富士見は不快そうに眉をひそめた。

「えー、今回の核攻撃がティグロによるものであるという確証がない以上、和平ロードマップの範囲内において、ティグロ周辺国で現在国交がある国に対してのみ入国を禁ずる理由はありませんな」

「ほざくな！　幸太郎！」

どんな野次よりも大きく響く声が会議場にこだました。

野村大地副総理だった。一瞬にして静寂に包まれる。

野村はゆっくりと立ち上がり「……解散だ。閉会する」と言うと出口へ歩き出した。

野党席からどよめきとブーイングが起こる。

「解散権は私にある」

仏頂面の富士見は吐き捨てるように言った。

足を止めた野村の顔がみるみる赤らんでいくのがわかった。

「貴様、この国を壊す気か……」

「……必要とあらば」

「何？」

「私は国より人を選ぶ」

富士見の脳裏に浮かんでいたのは、アドム、アフマル、そしてアンの目だった。

「この、独裁者！」

野村は老体をひるがえし、富士見に摑みかかった。驚くほどの速さだった。

咄嗟に川上が割って入る。

「副総理！」

「止めるな川上！」

野村が叫ぶと同時に全ての議員が立ち上がり、怒号とともに演台に駆けより、富士見はモミクチャになった。

五代を先頭に桜、末松も富士見のもとへ行き、必死で守ろうとする。

与野党入り乱れ摑み合い殴り合いの大混乱の中、罵声が飛び交う。

「テロリストの味方をするのか！」

「国民のことを考えろ！」

「辞任だ！」

「痛っ！　貴様！　何をする！」

「放せこの野郎！」

五代はなんとか富士見を守ろうとして飛びかかってくる相手を次から次へと投げ飛ばしていったが、きりがない。カツラはアッという間にもぎ取られ、どこかに飛ばされた。

様々な叫び声が同時に上がり、誰が何を叫んでいるのかほとんど聞き取れない。

スポーツの試合の乱闘のように、また、どこかの国の暴動のように、議員達が中央に集まり暴れている。

カン！　カン！　カン！

「ケケケケケ！　死ンダ人間ハ、イイ人間。生キ残ッテル奴ハ、バカバカリ！　死ネ！　死ネ！　死ネ！」

リビングルームの翼の人形の目玉は飛び出し、首の辺りから煙を立てながら、首をグルグル回す。

翔のウルトラアイの画面にヴォイスが溢れる。『富士見死ね！』……『国民道連れかよ！』……『自分だけ死んでくれ！』……『ティグロとか殺せよ！』……『責任取れ！』……『鎖国しないとかアホか！』……『終わりだ！』……『死ね！』。

翔は火砕流が起きて停止したウルトラアイを外す。

新一と早苗は唖然として紛糾する国会中継を見つめるだけだった。

「私はティグロを信じる！」

ボコボコという、マイクに何かが当たる音に紛れ、時々富士見らしき声が聞こえてくるが、すぐ別の叫び声にかき消される。

「……私は総理として……聞け！……子供……必ず未来……いつだって……どんな……お前達の……必ず……いつだって未来は、面白いんだ！……必ず！……」

途切れ途切れに聞こえてきた言葉が翔の耳に残った。

富士見はなおも何かを叫びながら、ハゲの五代、桜、末松に守られて本会議場から無理矢理連れ出されていった。

夜になると翔はそっと部屋を出た。

まっ暗なリビングルームの端で、青白い光が薄く灯ったり消えたりしている。電源が切られたソウルドールの目の周りの光だった。充電中のサインだ。

翔はそっと翼の人形に近づく。

「クソ人形……」

翼の人形は無反応だ。早苗も新一も眠っている。

今このアンドロイドを大きなハンマーか何かで破壊すれば、何かが解決するだろうか。いや、おそらくCPUはネット上のデータとしてセーブされ翼を消すことは出来ないだろう。外側を覆っている素材も相当頑丈でちょっとやそっとじゃ壊れそうもない。

翔は人形の両脇に手を入れ持ち上げようとしたが、電源の切れた人形はとんでもない重さで、とても一人では持ち上げられなかった。かといって今電源を入れれば、翼の人形はまた大声で何かを叫び出すに違いなかった。

＊

翔は人形から離れ、そっと家を出た。

真夜中のD地区は観覧車の明かりも消え、微かに見えるのは沖に浮かぶ船の光だけだった。ついこの前までマスターズ会議で賑わっていた街からは、まるで潮が引いたように人がいなくなり、〝DEATH〟地区と呼ばれるにふさわしく元の閑散としたD地区に戻っていた。

学校を横目に見て森へ入る。

少しして、後を追うように3人の人影が続いた。

翔はここのところ毎日、深夜になると森の中の漁船に通っていた。大きな岩の上に打ち上げられた船には、登りやすいように縄梯子がかけてある。慣れた様子でスルスルと登っていく翔。

「……何だ、あれ?」

木の陰に隠れ、ウルトラアイの暗視スコープモードで様子を見ていた荒井友希がそっと呟く。

「昔の漁船みたいだよ」

表示されたデータを見ながら草野拓が答えた。

操舵室の椅子に座った翔はチョコレートバーをくわえ、ポケットからCPUを取り出した。家にあった自分のパソコンから外してきたものだ。次にリュックから出したタブレット端末に小型データ記憶スティックを接続し起動させる。

画面に〝美少女ガール戦士・横内和彦〟のタイトルが映し出されたのを確認するとすぐに電源を切り、タブレットからスティックを抜く。操舵盤の下のダッシュボードを開け、〝海へ〟と書かれたノートを手にしてページをめくり、中ほどにスティックを栞(しおり)のように挟んで閉じる。CPUを床に置くと、近くに転がっていた大きめの石を思いきり上から落とした。1回では大して破損しなかったが、2回、3回と繰り返すごとにへこみ、割れ、やがてはバラバラになった。これで〝美少女ガール戦士・横内和彦〟のマザーデータは消失した。ネット上でも消去されている。あとは今ノートに挟んだスティックにコピーされたものだけだ。

翔はチョコレートバーを全て食べ終わると、ノートをリュックに入れ船を降りる。

下まで降りた時、突然背中に衝撃を受け、思わず前につんのめり岩で頭を打つ。温かいものが顔に伝わり、額が割れたのがわかった。

「毎晩ここで何やってんだよ」

聞き慣れた友希の声だ。

振り返ると、大輔と拓もいる。

翔は大して驚きもしなかった。いずれこの場所がバレることは予想していた。

風が吹いて森の木々が音をたてる。

翔は額の血を手で拭いてニヤつき、「別に」と言いながら3人の後ろを見る。丘の先は崖になっていて下は海だ。水面が月明かりで光っている。

「それに何入ってる?」

友希は翔のリュックを見て言った。

「別に、大したもんじゃない。エロ本だよ」

「なめてんじゃねえぞ」と大輔。

翔は立ち上がり、3人の間を抜け、歩き出す。

「お前よく生きてられんな」友希が蔑むように言った。

「翼を犠牲にしてさ、お前も、お前の母ちゃんも」

翔は思わず立ち止まる。

「見殺しにしたんだろ、翼を。お前とお前の母ちゃんが殺したのと同じだよ。……お前の母ちゃんって狂ってるよな。あの気味の悪い人形を翼だと思ってるんだろ？　知ってるぞ、頭おかしい……」

翔の動きは速かった。気がつくと友希を殴り倒し、上にまたがっていた。

何度も何度も顔を殴る。不意を突かれた友希は抵抗する術もなく戦意喪失し、鼻から血を噴き出し、頬はみるみる腫れ上がっていく。

大輔と拓は狂ったような翔を前に体が硬直していた。このまま放置すれば友希は死んでしまうかもしれない。

大輔がふと見るとストラップがちぎれて落ちた翔のリュックがある。

「翔！」

突然名を呼ばれ、翔は我に返る。下に血まみれの友希の顔がある。ハッとして手を見ると拳が割れている。

「翔！」

もう一度、耳をつんざくような金切り声がする。

振り向くと大輔が翔のリュックを持って、必死の形相でこっちを見ている。

「……返せ」フラフラと立ち上がった。

「嫌だね……」

大輔はなんとか翔を友希から引き離さなければならないと思った。

「何だよ、何が入ってんだよ」

言いながら大輔は誘うように後退する。

翔は友希の返り血を浴び、自らも額から血を流し、まるで幽霊のように追いかける。

大輔は、すぐに崖で行き詰まった。

「返せ……」

ゆっくり近づいてくる翔。

大輔はリュックのジッパーを開ける。

「やめろ！」

「何だよ……そんなに大事なものなのかよ……」

「……何だこれ？」リュックの中には大量にチョコレートバーが詰め込んであった。「気持ち悪ぃ……」

「返せ……」

大輔は笑って1本取り、開封して自分がくわえると、残りを全て海に捨てた。

「あっ……」

リュックからパラパラと落下するチョコレートバー

と一緒に1冊のノートも落ちていった。中に挟んだスティックとともに。

「ん?」不審に思った大輔が下を見つめる。ノートは海面でユラユラ揺れている。「何だよ、あのノート?」

Dr.パパゴの言うことが、全て翔が創り上げた架空のストーリーの流用であると証明出来る唯一のものであるスティックと一緒に、遠い昔の災害で奪われた命へ向けてたくさんの人々が思いを綴った〝海へ〟と書かれたノートが、またしても海に奪われていく。

「クソっ……」

翔は大輔に飛びかかろうとした。

「……翔……」

弱々しい声だった。

振り返ると血まみれの友希が歩いてくる。

「友希……」

「もういい……」腫れ上がった瞼から涙が流れている。

「もう……こんなの苦しい」

大輔と拓が友希に駆けより抱きかかえる。

「翔」もう一度、友希が言った。「もう俺はこんなこと、苦しい」

風が強くなり、波が岩を打つ音がする。

ふと、あのノートは、海へ思いを伝えに帰っていったのかもしれない、と翔には思えた。

ポケットに手を入れ一つ残っていたチョコレートバーを出すと、友希に差し出した。

「バカ……」友希は腫れた頬をさすり言った。

「この状態で、そんなもん食えるかよ」

翔は少し笑って、その場に倒れた。

＊

大統領執務室のテレビにピースランド、富士見幸太郎首相の顔が映る。

『我が国は、鎖国はしない……』

国会が騒然とする映像をバックにニュースキャスターが言う。

「ピースランドのフジミ総理は他のセーフティーボウル加盟国と足並みを揃えず、単独でティグロとの国交を継続する判断を下しました」

アンはテレビを消すと革の椅子に深く腰掛け、目頭を指で押した。さっきまで長い会議をしていた。少しだけ、何も考えずに休みたかった。

「アン」

ドアを開けダイアナが入ってきた。

「お疲れのようね？」

自分も同じ会議に参加していたダイアナが言う。軽い皮肉のつもりかもしれないが、今のアンをいらつかせるには充分な言葉だった。

「いいえ、気分は上々よ」

「そう？」

ダイアナは持ってきた紙袋からコーヒーを二つ出し、一つをアンの机に置いた。

「ありがとう、助かるわ」

香ばしい香りが部屋を満たす。

ダイアナは自分も一口飲むと、大統領の机の前に椅子を持ってきて座り、脇に挟んでいた資料の束を出す。

「ハピネス諸島核爆撃について、ようやく通信が回復してエリア0と連絡がとれたわ。勤務員13名は下の管理室で作業中で全員無事。核攻撃の現場については、放射線汚染数値を検知しながら調査中で、難航しそうね。聞こえてる？」

アンはコーヒーを両手で包み込むように持ったまま目を閉じていた。

「もちろん」アンは目を開けコーヒーを飲む。

「13名の放射線被曝状況は」

「0。全くの無傷よ」

実はハピネス諸島エリア0とは、存在自体フロンティア合衆国最高機密に属するもので、政府内でも大統領他ごく一部の幹部しか知らない軍の重要施設だった。

驚くべきことに海底の更に下、地下５０００メートルの地点におよそ30平方キロメートルに及ぶ巨大都市が広がっていた。一つの街がそのまま入るような地下空間をこの深度に建造出来るのは、現代の技術ではフロンティア以外にない。

空間は幾つかのブロックに分かれ、その中の一つで、かつて何千回にも及ぶ核の爆破実験が行われていた。巨大な爆発物処理場とでも言おうか、小規模核爆発物に関しては完全に外部環境に影響を及ぼさずに処理することが出来た。逆に言えば、地下施設にいればかなりの規模の核攻撃を受けてもビクともしない世界一安全な核シェルターと考えることも出来る。13名の常駐職員が無傷であるというのも当然の話だ。

50年前、フロンティア合衆国は自らが先導する形で、世界の非人道的核兵器の使用禁止及び削減を進めると宣言。この施設で秘密裏にロボットによる核爆弾の解体作業が行われていた。

今回攻撃を仕掛けてきた何者かが、この事実を知ってエリア0付近を爆撃したのか、単にフロンティア領域内を狙った〝脅し〟が偶然この地点に着弾しただけなのか、いずれにしても〝エリア0付近〟であったことが死者0人という幸運をもたらしたと同時に、少しでも場所がずれ、ピンポイントで施設に命中していたら大量の未処理の核爆弾が同時に爆発し、世界は一瞬にして破滅していただろう。

コーヒーを持つアンの手は小刻みに震えている。

ダイアナは静かに言った。

「アン。少しでも寝た方がいいわ」

アンは首を横に振る。

「……これは友達として言ってるのよ」

「あなただって、寝てないじゃない」

「あなたと私では立場が違う。プレッシャーも違うわ」

アンはクスッと笑った。

「何がおかしいの？」

「今のはどっちで言ったの？」

「え？」

「友達として？　それとも国務長官として？」

「それは……」思わず言葉を詰まらせたダイアナは吹き出してしまう。アンの言う通り、〝友達〟という言葉を使った直後、〝立場の違い〟を強調した自分が可笑しい。

二人はしばらく笑い続けた。

「あなたが笑うのを見られてよかったわ」ダイアナは白い歯を見せてアンの手を握る。

「こっちもよ」

「あなたは思った以上にタフな大統領だわ」おどけた表情で言い、立ち去ろうとするダイアナ。

「待って。身軽なあなたに一つだけ、頼みがあるの」

アンは、デスクの上に鍵の束を載せた。

＊

「……ハロー、アッシュ？……」

ダイアナがアンのアパートメントに来るのは実に2年ぶりだった。以前はザ・ハウスでの仕事を終えると二人でここへ来てよく話し込んだ。政策のことから、将来のこと、恋愛から古い映画まで、夜が明けるまで大いに話した。

「……アッシュ？……」

ダイアナは舌を鳴らしながらゆっくり部屋に入る。

アンから頼まれた任務は飼い猫のアッシュをザ・ハウスまで連れてきてほしいということだった。

『あの子人見知りだから、あなたにしか頼めないの。これ以上ペットシッターに頼めないし、食事は多めに置いてきたんだけど、どうやらしばらくあの部屋には帰れそうもないでしょ？』

ベッドの下を覗くと暗闇の奥に二つの目が光っていた。

フーッと威嚇するような声。

「アッシュ……久しぶりね。元気そうでよかったわ。ねえ、こっちに来て。私よ、ダイアナよ」

アッシュはしばらく考えるように沈黙した後、ゆっくりとダイアナの差し出した手の方へ歩いてきて、指先に鼻を付けた。ダイアナはそっと包み込むようにアッシュを抱き上げる。

「いい子ね。おぼえててくれたのね」

ダイアナが背中を撫でると「アア」と小さく鳴いた。

「アンが会いたがってるわ」

ふと首輪からぶら下がっている水滴の形の水晶を見つめる。中心で何かが光った。ダイアナはアッシュを上に持ち上げると水晶を照明に近づけ目を細める。中にあるのは超小型メモリーカードのように見える。

政府機関でソフト開発をしていた父が作ってくれたオリジナルの首飾りだとアンが自慢していたのを思い出す。

「……ちょっとだけ静かにしててね、アッシュ……」

ダイアナが首輪に手をかけるとアッシュは再びフー！　と唸り、やがて小さな猫のものとは思えない猛獣のような咆哮を上げた。

＊

「それ、どうしたの⁉」

アンはダイアナの頬に付いた3本の赤い引っ掻き傷を見て思わず叫んだ。

「誰にやられたか私に説明させる気？」

ダイアナの腕の中でアッシュが「アァ」と小さく鳴いた。

「少なくとも旦那にやられたってわけじゃないことは確かよ」

「アッシュ！」アンはダイアナから猫を手渡され抱く。

「ごめんなさい。あなたなら人見知りしないと思ったのに……」

「……ア……」アッシュはアンの手から飛び降りると素早く執務室の床を走り、大統領の椅子に飛び乗り身を丸くする。

「とにかくその傷の消毒を……」

「いいの。アッシュはちゃんと私のことをおぼえていてくれたわ。私の方から攻撃を仕掛けたの」

「え？」

ダイアナは右手を差し出す。手のひらの上にあるのは見覚えのある首輪だ。

椅子の上のアッシュを見ると何もつけていない首の周りが跡になって少し窪んでいる。

「どうして？」

「これ、あなたのお父様からのプレゼントだって言ってたわよね」

アンの表情が硬くなる。

「お父様は当時、国防総省の重要なポストにいらっしゃった。おそらく対テロリスト戦略に関わる仕事の中心で情報管理とソフト開発をやっていたはずよ。任務は極秘で進行し、内容は作戦に関わったごく一部の人間にしかわからない。国防総省のアーカイブにも全く記録は残ってない……当時の軍の最重要作戦よ。おかしいと思わない？」

「何が言いたいの？」

「あの作戦に関わったと思われる人物は皆死んでしまった。不慮の事故か、テロによって。……今まであなたのご両親が亡くなったカフェテリアテロは、単にフロンティア中枢に脅しをかける為に行われた、民間人を巻きこんだ無差別テロだと言われていた。でも本当にそうかしら？」

「テロの本当の目的は父の殺害だとでも言うの？」

アンの体が小刻みに震える。

「作戦に関わっていた最後の人物が死んでしまった今となっては確かめようがないわ」

「最後の人物？」

「ホワイト大統領。当時の陸軍大佐よ。奇しくもマスターズテロで死んだわ」

「まさか……」

「本当よ。彼があの作戦の立案者であり、軍の中で遂行した任務の功績によって大統領の地位まで昇りつめたのは、ザ・ハウスでは公然の事実よ」

アンの顔色がみるみる白くなる。ホワイトはアンにとっての父親代わりだった。その父が、アンの実の父の死に関わっているのだろうか。

「とにかく当時、この国ではテロが頻発していた。お父様は自分の任務の重要性を充分承知して覚悟の上でいたはず。万が一自分が死んだらどこかに記録を残したいと思っていたとしても不思議はないわ」ダイアナはアッシュから奪った首輪を掲げて言った。

「21年前のあなたの誕生日。お父様は猫と一緒にこの中のメモリーカードをあなたにプレゼントした」

アンは首輪を受け取り、水晶を見る。中心に光るのは、宝石の飾りだと思っていたが、確かに小型のメモリーカードに見えなくもない。

ダイアナは自分でも呆れたように言う。

「不思議ね、どうして今までこんな単純なことに思い当たらなかったのかしら？」

「父は自分が殺されるのを予感してこれを私に託したと言うの？」

「その可能性があるってことよ」

アンは最後に見た父の笑顔を思い出す。アッシュを抱きしめるアンを目を細め眩しそうに見つめていた。

「とにかく」とダイアナは言った。「この首輪はしばらく預かるわ」

*

ピースランドの国会は、富士見の国交継続宣言以降、連日紛糾していた。

対立は、総理対与野党全議員という前代未聞の構図だった。富士見の味方は誰一人いない。

「総理、とにかく今は非常事態だ！　あなたは代表として国民の命を第一に考えるべきなんですよ！　今すぐ国交を断絶して、安全を確保する。それが最優先でしょう！」

方々から「そうだ！」と野次が飛ぶ。

「あなたは総理大臣としての資質がなさすぎる。今すぐ国家閉鎖令発令を求めます！」

「富士見内閣総理大臣」議長が呼ぶ。

富士見は憮然とした顔で立ち上がり答える。

「……意思に変わりありません」

そこら中から野次が飛び、しばらくおさまらない。

「静粛にお願いします」と議長。さっきの議員がもう一度質問に立つ。与党の人間だ。

「あなたはそれしか言えないのか？　総理、本心をうかがいたい。あなたはこの国を本気で滅ぼす気ですか？」

富士見はゆっくり手を上げる。

「富士見総理大臣」

「……意思に変わりなし」

議員達は一斉に立ち上がり、怒号とともに富士見に飛びかかりモミクチャにする。

桜、五代、末松が富士見をガードするが多勢に無勢だ。五代が一人奮闘するが富士見の髪は引っ張られ、顔を何度も殴られる。

連日この状態が続き、国会は全く機能していなかった。

なんとか本会議場を抜け出した富士見一行を待ち受けていたのはマスコミの群れだった。議事堂から出て車に乗るまでの間に取り囲まれる。

「そこ開けて！　通ります！」

五代が先導する形で群衆をかき分けて進むが、なかなか前に行けない。

「総理！　この責任をどう取るおつもりですか！」

「富士見！　答えろ！」

「馬鹿野郎！」

記者達から罵詈雑言が浴びせられる。

一瞬、ピカッと青白い閃光が天空を引き裂くように走り、議事堂の避雷針へ直撃する。

キリキリと金属のような音の後、ドシンと巨大な爆弾が落ちたような音とともに地響きがした。

夕暮れ時、それまで雲一つ無かった。まさに青天の霹靂(へきれき)。アッという間に辺り一面がかき曇り、大粒の雨が落ちてきた。

硬直した記者達の隙を突き五代が富士見を誘導する。

「はい、ちょっとごめんなさい」

そそくさと黒塗りの車に乗り込む4人。

運転手の黒田はドアが閉まるか閉まらないかのうちに車を発進させた。

まさにバケツをひっくり返したような雨にワイパーを最速にしても前が見えず、なかなかスピードが出せない。

「くそ……ゲリラ豪雨か」

黒田が呟くと、後部座席の桜が笑った。

「まさかここへきて、ゲリラに救われるとは……」

「うるさい」富士見が遮る。「テレビつけろ」

黒田がスイッチを入れた。画面についさっき、富士見達が車に乗り込んだ時の映像が流れる。

「……富士見総理の支持率が0%になりました。……支持率0というのは世論調査開始以降初の数字であり……」

「消せ」

黒田は慌ててテレビを消す。

車内は気まずい空気に包まれた。

「……支持率0か。……いよいよ本当にどん詰まりですな」

「うるさい! 桜、お前は黙るということが出来ないのか!」

富士見はかなり苛立っている。慌てて乗った順とはいえ、そもそも後部シートの真ん中の不安定な位置に自分が座っていることも気に入らなかった。両隣は桜と末松だ。

「……止まるな、行け!」

信号が黄色で減速させつつあった黒田は慌ててアクセルを踏み込む。

グンと加速した直後、タイヤが悲鳴のような音を上げ、車は横にスリップし急停止した。

富士見は前につんのめる。

助手席のエアバッグが開き、五代は膨らんだ袋に顔を埋める。

「おい！　何やってんだ！」運転席と助手席の間まで転がった富士見が怒鳴る。

「すみません！　急に黒い動物みたいなのが飛び出してきて……」

「何言ってんだ！」

「総理」

興奮する富士見の肩を桜が押さえ、前方を指さした。叩きつけるような雨の中、よく見るとフロントガラスの前に、確かに黒い影が立っている。

太った五代はエアバッグとシートに挟まれたままくぐもった呻き声を出す。「……むぅ……ん……すみません……これ……なんとかして……」

「黙れ」

富士見は目をこらして車の前の影を見つめる。

黒いレインコートに身を包んだ人影が激しい雨をものともせず、仁王立ちでこちらを睨み付けている。フードの陰から光る瞳はただならぬ決意と殺気を発している。見覚えのある鋭さだ。

ティグロ代表、アドムとアフマルが発していたのと同じ光だと、富士見は思い当たった。

「開けろ」

「総理、テロリストかもしれません」と桜。

「構わん」

富士見は桜越しにドアを開ける。言葉通りたとえテロリストだろうが構わなかった。マスターズテロで死ぬはずだった身だ。殺されようとも自分には目の前の人物のメッセージを受け止める義務があると、直感で思った。

空に稲妻が走り、雷鳴が轟く。

車から出ると一瞬にしてびしょ濡れになった。

富士見は、ジッと身動きしないままの人影にゆっくり近づいていく。よく見るとまだ少年のようだ。ウルトラアイをしていて、はっきりとはしないが、額が割れているように見える。どのぐらいここにいたのだろう。体が震えている。

「こんな所で何をしている？……私に何か用か」

ウルトラアイが目の前の人物のデータを表示する。
名前……富士見幸太郎
年齢……55歳
出身校……国立第一大学
職業……ピースランド国首相
所属……新保党
家族……妻・洋子
　　義父・富士見興造（元内閣総理大臣）
国民ランク……88999423位。☆1個
濡れネズミのようになった実物の富士見は、テレビで見る以上に情けないと、篠崎翔は思った。
翔の国民ランクは88999421位。同じく☆1個だが、富士見より二つ上だ。下にはおおよそ600人程度しかいない。しかもその大半は犯罪者だ。
一国の総理でありながら自分よりランクが下の富士見を、翔は軽蔑していた。
もちろん、このランキングが人間の価値を正確に指し示しているとは言えない。あくまでもネット上で自然発生的に行われる人気投票であるし、そもそも何らかの形でネット上にドメインを持たない限り、その人間はランキング内に存在しない。また、知名度が高ければ高いほどネガティブな評価をされることも多々ある。翔の場合もヴォイスで頻繁に火砕流を起こす存在としてある意味有名人であるからこそ、アンチの組織票が多い。一般の中学生でありながらここまでランクが低いのもそうしたマイナスの知名度が影響している。何も知らない通りすがりの人間が世間の悪評に便乗してマイナス評価をつけることもかなりある。
しかしその要素を差し引いても富士見の評価はあまりにも低い。マスコミの世論調査でも支持率は0％を記録した。
「怪我してるじゃないか」
富士見がしゃがんで心配そうに言う。
翔はウルトラアイを外した。
「……あれ、本気で言ったの？」
「ん？　何のことだ」
「……あんた、国会で言ってたろ……」
富士見は考え込んだ。
「何だっけな？……いろいろ言ってるからなぁ」
翔は呆れたような顔をする。

「未来のことだよ」

「え？」

「……未来は面白いって言ったろ……あれ、本気かよ？」

「ああ、もちろん本気だ。それよりいつからここにいたんだ？　とにかく車に入りなさい」

富士見は翔の手を取ろうとしたが、翔はサッと身を引いた。

「……こんな所にずっといたら風邪ひくぞ」

「どうして？」

「え？……君、名前は？」

「どうして未来は面白いって言い切れるの？　根拠は？」

富士見は少し考えた。

「その根拠が説明出来たら、きっと私は世界の全ての謎を説明出来る。残念だが、私は根拠を答えられない。だが、いつだって未来は、必ず面白い。断言出来るんだ」

「わからないよ」

「わからないから、面白いんだ」


世界は終わり。この先に明るい未来はない。

誰も彼もが合い言葉のようにそう言い合っている世の中で、富士見の言葉はまるでトンチンカンだった。

……何が面白いんだ？　全くわからない。わからないのが面白い？　何だそれ？　わからない。

堂々巡りだ。翔は考えるのをやめた。

お尻のポケットに入れてきたものを摑み出し富士見に押し付け、その反動で逆方向に走り出した。

アッという間に去っていく少年の背中を見つめ、富士見は声をかけることも出来なかった。

「総理」

桜が傘を差して立っていた。

「ああ、大丈夫だ……」

少年から無理矢理手渡されたものを見る。一瞬何かわからなかった。よく見ると古びた銀のシガレットケースだ。タバコが今ほど忌み嫌われていなかった時代、人がその毒性に関して鈍感で、タバコを嗜好品として寛容に受け入れていた時代の遺物だ。

桜に促され車に入る。後部シートの奥には末松、真ん中に富士見、左側に桜が座った。

黒田は車を発進させると言った。「どこへ向かいます？」

「しばらくその辺を走ってくれ」と桜。

「総理！　びしょ濡れじゃないですか、風邪ひきます！」シワだらけのハンカチで頭を拭こうとする末松の手を振り払う。

「私に構うな！」

「……総理……いったい何者だったんですか？……背丈からすると子供のように見えましたが」

助手席の五代がエアバッグを押さえながら聞く。

「……ああ、少年だった」

「……少年ですか……少年が総理に何を？」

「わからん」

「わ、わからない？」

富士見は桜と末松に挟まれた窮屈な状態で、少年から渡されたシガレットケースを見つめる。鈍い銀色に付いた水滴を指で拭く。裏返すと小さく〝T・S〟と刻まれている。持ち主のイニシャルだろう。品物としては100年近く、いや、それより古い時代のものかもしれない。

そっと蓋を開けると中に二つ折りのメモが入っていた。開いて最初に飛び込んできた文字に息を呑む。

〝Dr.パパゴ〟とある。

一度顔に近づけ、すぐに遠くへ離す。老眼だ。

「ルームライトつけろ」

「はっ」

五代が慌ててつける。

小さな文字に焦点を合わせた。

『横内和彦を探せ。Dr.パパゴは、パクリ。いんちきだ！』

殴り書きで書いてあるのはそれだけだった。

「……どういうことだ」

考え込む富士見の脇から桜が覗きこむ。

「パパゴはいんちき、か……」

逆から覗いた末松も言う。

「……横内……和彦？……って、誰ですかね」

「バカ！　勝手に見るな！」

「すみません！」

富士見はメモを折りたたむ。

助手席の五代が感慨深そうに漏らす。

「……横内和彦かぁ……」

富士見は五代を睨み付けた。桜も末松も助手席を見る。

「……何だ？」

車は雨の中、目的もなく進んでいる。

「おい、五代」

「は？」

「何だ今の？」

「は？……何だ、と言われますと？」

「横内和彦だよ。知ってるのか？」

「はっ……まあ、知ってると言いますか……」

「はっきりしろ！」

「はっ！　実は……偶然だとは思うんですが、そういうタイトルのアニメーションに聞き覚えがありまして……」

「アニメーション？」

富士見、桜、末松が声を揃えた。

アニメ作品〝美少女ガール戦士・横内和彦〟最終話

炎に包まれた街で丸裸になってしまった少女姿の横内は、腕で胸を隠しきれず、

「いやぁぁぁん！　もうだめぇぇん！」

と悲鳴を上げた。

街のあちこちで爆発が起きる。人々は断末魔の声を上げながら溶けていく。

「ピキピキピー！　ピキピ！……」

小動物が横内を見て鳴く。

横内を美少女に変身させていた魔法の力が薄れ、元の醜い太った青年に戻りつつあった。

「……うう……もうダメだ……」

ありとあらゆる人間の顔の集合体、悪魔怪物魔人メツボウが高笑いする。

「ガハハハハハハッ！　消えろ！　クズどもよ！

消えろ！　消えろ！　消えろ！　我が兵器、ヌークリアヒューマンどもよ！　ガハハハハハ！」

「横内！……聞こえるか！　横内！」

イアフォンから博士の声がした。

「博士？……博士！　助けて！」

「横内！　横内よ！　あきらめてはならん。最後まで信じる心を捨ててはならんのじゃ！」

「何を信じろって言うのさ⁉」

「何でもいいから、信じるのじゃ！」

「ピキピキピー！」

「何でもいいからなんてヒドイよ！　それより博士、新兵器の開発は出来たの？」

「おう、そうだった！　そのことを伝えるのを忘れていた！　横内！　新兵器の完成はもう少しだ。……最後の仕上げは、お前がやるんだ！　さぁ！　横内よ！　今こそパワーアップするんじゃ！」

「パ……パワーアップ？……」

素っ裸の太った青年は股間を隠しながら戸惑いの声を上げる。

「そうじゃ！　パワーアップしたお前こそが新兵器なのじゃ！　今こそパワーアップして悪魔怪物魔人メッツボウを倒し、この放射線にまみれた世界を元の綺麗な地球に戻すのじゃ！」

「そ……そんなこと、出来るわけないよ……」

「出来る！　出来るに決まってるのじゃ！」

「そんなぁ……パワーアップって……どうすればいいの？」

「ピッキーを食べるんじゃ！」

「ピ？……ピッキー？……ピッキーって何？」

「ずっとお前のそばにいる小動物の名前じゃ！」

「えっ？」

「ピキピキピッピッピー！」

小動物は跳びはねて何度も宙返りをする。

「……この動物、ピッキーって名前だったのか……」

「ピキピキピー！」

「……でも、食べるってどういうこと？」

博士の声が響く。

「ピッキーは実は非常用の食糧の役割もするんじゃ！　食べ物なのじゃ！」

「ピッピッピー！　ピキピキピー！」

「食べ物って……」

「横内よ、それを食べるんじゃ！　そうすればエネルギーが無限に増殖して、お前はパワーアップするんじゃ！　我々はこれをピッキー効果と呼んでいる！」

「……ピッキー効果？」

「ピキピキピキピキピキピキピキピキピキピキピキピキピキ！」

狂ったように小動物が鳴く。

「横内、横内和彦よ！　早くそのピッキーを捕まえて食べるんじゃ！」

近くでは相変わらず爆発音が鳴りやまない。街はどんどん崩壊していく。

横内は足元の小動物を手で摑んだ。

「ピキピキピー！　ピキピキピー！」

「……これを、食べる？」

「早くするんじゃ！　それは食べ物じゃ！　それは食べ物なんじゃ！　早く食べろ！」

横内はピキピキ言っている小動物を頭から食べた。声が止み静かになる。

「……ん……うまい！」

小動物は甘く、中には黄身餡のようなものが詰まっていた。お茶がほしくなるような、誰かがお土産で買ってくるような、懐かしい味がした。完全に和菓子だ。そういえば腹が減っていた横内は頭から胴体まで、夢中で美味しくいただいた。

「はぁ、美味しかった」

しばらくすると横内の体に変化が起きた。内側からどんどん膨らんでいくような気がして、身長もどんどん高くなる。2メートル、3メートル、5メートル……。元々太っていた体が更に膨張して、皮膚がはち切れんばかりに突っ張っていく。

「……ううう……」

横内は苦しそうに呻いていたが、そのうちとうとう表面の皮膚を突き破り、横内の中から巨大化したピッキーが現れた。

先程までよりもうんと低い声で、唸る。

「ビギビギビギビギィ……ゴロゴロゴロゴゴゴォ！」

見た目は小さいピッキーのままだったが、ここまで巨大化すると、それはもはやどう猛な怪獣だった。

そびえ立つ悪魔怪物魔人メツボウの体に集合した全ての顔が、現れた巨大ピッキーを見つめ、驚愕の表情をする。

「ゴゴゴゴゴゴォ……ピキピキ……ゴゴゴォ……」

巨大化したピッキーは地獄の底から響いてくるような唸り声を上げると、地響きを立て一歩ずつメツボウに近づいていく。

「な……何だ?……お前は……」

悪魔怪物魔人メツボウに集合した顔達は口々に呟く。

「や……や、やめろ……」

ピッキーはその右手でいきなりメツボウを鷲摑みにして、幾つかの顔を引きちぎる。ちぎられた無数の顔はドロッと潰れ、中から大量の血が噴き出した。

世界中に響き渡るような絶叫。赤ん坊の泣き声と、猛獣の呻き声、断末魔の叫び声が混じり合った咆哮がメツボウから発せられる。この世界の終わりを告げるかのような、悲しく、恐ろしい声だった。

ピッキーは返り血を浴びまっ赤に体毛を染め、引きちぎった肉片に食らいつく。

体の一部を削り取られたメツボウはグラグラとよろけて倒れそうになる。ピッキーはそれを逃さず今度は両手でがっしりとメツボウを押さえ、頭の上からかぶりついた。辺り一面に生臭い死臭が立ちこめる。

ピッキーは喰らった肉片を咀嚼し、口に入りきらない体液と血と脂肪が混ざったようなドロドロの液体を体に垂れ流しながら、なおも何度も何度もメツボウにかぶりついた。

メツボウの悲鳴は徐々に小さくか細いものになっていく。

原形が何だったのかわからない赤黒い巨大な肉の塊が、あちこちから血液を噴き出しながら小さくなって弱っていった。街中に肉片と溶けた顔の一部が降り注ぐ。

メツボウが全て崩れ落ちるとピッキーは勝鬨(かちどき)の咆哮を上げた。

「ゴォォォォォーーーーッ!」

口の周りは血でまっ赤に染まり、鋭い牙をむき出しにして首を上下左右に激しく振ると、大きく息を吸い込み、一気に吐き出した。

ピッキーの口から出た激しい風によって、燃えていた街から一気に炎が消えていく。

　今までかき曇っていた空が晴れ太陽が顔を出すと、鳥達がさえずり、死んでいた人々が目を開けてゆっくりと立ち上がる。

「……おお、生きてる……生きてるぞ」

「見ろ！　街から火が消えている！」

「本当だ！……俺達は今まで何をしてたんだ？」

「おい、空気がうまいぞ！　こんなに綺麗な空気は久しぶりだ……あ！　見ろよ！」

　人々が指し示した先の焼け野原から樹木が芽吹き、みるみる枝を伸ばし色とりどりの花を咲かせる。辺り一面花畑のようになり、馬や兎、鹿や猿といった野生の動物達が走り回る。蝶々やトンボがヒラヒラと飛び、蟬の声が鳴り響く。

「やった！　やったんだ！」

　人々は立ち上がりお互いを抱きしめる。

「危機は去った！　俺達は助かった。人類は助かったんだ！」

　その場にいる人々の大きな歓声があがる。

「ありがとう！　ピッキー！」

「ピッキー！　お前は人類の英雄だ！」

「ありがとう！」

　巨大化したピッキーは嬉しそうに自分の胸を両手で叩いて小躍りしてみせた。

「ピキピキピキピキピー」

　人々は楽しそうに笑う。

　博士が研究所のモニターで様子を見ながら言った。

「間一髪じゃったな。……ピッキーよくやったぞ！　お手柄じゃ！」

　ピッキーと人間、動物達は、喜びの踊りを続けている。それはいつまでも終わりそうになかった。

　モニターに向かい博士が呟いた。

「……そして横内、横内和彦よ……陰の英雄はお前じゃ。お前の負のパワーをピッキーが取り込んだことによって、スーパーピッキーになれたのじゃ……陰の功労者横内和彦よ。お前の名前は決して歴史に残ることはないだろうが、ワシは忘れない。毎年祥月命日にはお前を偲ぶじゃろう。横内和彦よ。お前の名は一生忘れないじゃろう。どうか、安らかに……どうか、安らかに……」

一連の流れでは、横内がピッキーを食ってエネルギーが増大したように見えたが、ピッキーの方が横内の体内に入り込み内側から彼のネガティブ栄養分を吸収し、体を突き破ってパワーアップしたのだった。その時、横内和彦という人間は跡形もなく消滅したのだ。

それこそが博士の名付けた〝ピッキー効果〟だったのだ。

博士はとめどなく流れる涙を拭おうともしなかった。遠くの空が夕日で黄金色に輝いた。美しい地球の空だ。

「横内……名もなき英雄よ。ワシは生きてる限りお前に感謝し続けるじゃろう。……それにしてもいい男だった。惜しい人物を亡くしたものじゃ……」

ナレーションが興奮気味に入る。

「これにて、地球は救われたのだ！　横内のネガティブパワーをピッキーが吸収し、ポジティブパワーに変換し、悪魔怪物魔人メッツボウは跡形もなく消え去ったのだ！　コングラッチュレーション！　ビバ地球！　ビバ平和！　こうして人類は楽園のような地球で生存し続けることが可能になったのだった！　ありがとう！　博士！　ありがとう！　ピッキー！　そして、何よりもピッキーのエネルギーになってくれた横内和彦よ！　ありがとう！　あなたがいなければ人類は滅亡していただろう！　ありがとう！　私達はあなたの雄姿を決して忘れないだろう！」

派手で感動的な音楽が流れ、エンドロールが流れる。

〝企画制作・脚本・作画・音楽・監督……ＳＨＯ・Ｓ〟と出たところで〝ＦＩＮ〟の文字が現れ、ゆっくりフェードアウトする。

決意

富士見、桜、末松は、暗くなったパソコンの画面を見つめたまま、しばらく呆けたように口を開けていた。

「……何だこれは……」

富士見がため息交じりに呟く。

「懐かしッスな」

「……ん？」

「あ、……すみません。これは隠れた名作で、エグ度が高く、お初さんには入りにくいかもしれません」五代はいつの間にか猫の着ぐるみを着ていた。コスプレだ。

「何だお前は？」

「あ、これは……へへ、アニメ観る時は着ないと気分出ないッス……」

「その変な喋り方やめろ！」

「はっ……すみません」

五代の部屋は壁中にアニメのポスターが貼られ、棚には無数のフィギュアと、今では使われなくなったビデオテープやＤＶＤソフトがギュウギュウ詰めになっている。

「しかし、五代君がこんなにアニメ好きだったとはなぁ……」

感心する桜。

「へへへ……まぁ、生きがいっていうんですかね……唯一の趣味で……」

末松がボソッと言う。

「どれだけ隠し事してるんだよ……」

「ニャンだと⁉」

「だから、その喋り方やめろ！」富士見がいらついて怒鳴る。

末松は面白そうに五代の頭にある猫の耳を見て、

「もっとも五代さんは普段からかぶりものしてるってわけか」。

みるみる五代が顔を赤くする。

「おい……タバコ！」

富士見が怒鳴った。

「あ、……いや」

困ったような顔をする五代。

「何だ⁉」

「あの……ここは、神聖な場所で……一応禁煙でして……あ、いや、今すぐ灰皿を……」

五代はキッチンに立つ。

桜が内ポケットから〝とぐろを巻いたウンコ〟を出し富士見に差し出す。

１本抜く。

『死ネ』

「どうぞ」

五代が持ってきた茶碗を渡す。頭を下げると猫の耳が富士見の鼻先に触れる。

「ああ、もういい！」

富士見はタバコを折り、桜へ渡す。

「はっ、すみません！」

頭を下げると再び猫の耳が触れる。

「いちいち邪魔なんだよ！　脱げ！　それ！」

「はっ」

五代は慌てて着ぐるみの頭の部分を外すと、毛髪のない頭が現れた。

「……五代。これはいつ頃の作品なんだ？」と桜。

「さぁ、おそらく2〜3年前だったと思いますが……ただ、まぁ、これ、ゴミアニなんでねぇ……」

「ゴミアニ？」

「ああ、いわゆる〝ジャンクピクチャー〟って部類のやつで、プロじゃない素人の画師が自分の作品を気紛れにネット上にアップしたアニメのことで、本当にゴミのようにネットに溢れてる作品のことなんだ。でもその中にたまにビックリするような名作があったりして、私はそれを探すのが趣味でね……この〝横内和彦〟もたまたま見つけて気に入ったから保存しておいた。……ただこの手のゴミアニは作者がすぐ削除しちゃうことも多くて、確かこれも数時間後には跡形もなく消されてたから、作品を観たのは私を入れて10人もいないんじゃないかな……私だって、さっきのメモでタイトルを聞かなかったら一生思い出すこともなかったよ。……いやぁ、懐かしッスなぁ」

富士見が睨み付ける。

「あ、……すみません」

「ほほう……なるほどね」と桜。「……ってことは、このアニメーションはさっきの少年が制作者ってことか？」

「まぁ、可能性はあるね。どっちにしろ数少ない、再生した人間の一人であることは間違いないだろう」

富士見は少年から渡されたメモを見つめる。

『横内和彦を探せ。Dr.パパゴは、パクリ。いんちきだ！』

「……Dr.パパゴはパクリか……」桜は右眉毛を上げる。

「確かに、あのパパゴの言うヌークリアヒューマンってのは、このアニメの中の発想そのままだ。どっかのマヌケがたまたまこいつを見てアイデアだけもらって、頭巾かぶってテロリスト気取ってるってわけか……だとすれば人間核爆弾なんてのは、何の根拠もない子供の空想だってことになる。世界中がそれに踊らされてるとすれば、こいつは、とんでもない茶番だ」

「……決めつけるのはまだ早い」

富士見が真剣な表情で言った。

「はい。ただ、少なくともあの少年は、パパゴの声明を聞き、その可能性を感じて、わざわざ我々に忠告してくれたってことですな」

富士見は少年の睨むような目を思い出した。

『……未来は面白いって言ったろ……あれ、本気かよ？』

「五代君」

桜は、楽しそうにコレクションのアニメの資料などを眺めている、猫の着ぐるみ姿のハゲ頭の男に声をかけた。

「え？」

「君は何も思わなかったのか？」

「何が？」

「パパゴから〝ヌークリアヒューマン〟という言葉を聞いた時だよ。ピンとこなかったのか？　このアニメ知ってたんだろ」

「ええ、まぁ……確かにどこかで聞いたような言葉だとは思ったんだけど……」

末松がボソッと言う。

「……それでも警察上がりかよ……」

「末松！　貴様！　もう一度言ってみろ」

五代は末松の胸ぐらを摑んだ。

「ひぃっ！」

「やめろ！　二人とも！」

富士見の怒鳴り声で、二人は口を揃えた。

「すみません！」

「……桜、たとえパパゴの理論がこのアニメと酷似してるとしても、ハピネス諸島が何者かによって核攻撃を受けたことは事実だ。いんちきと言い放つことは出来ない」

「なるほど」

桜はいつになく冷静な富士見を頼もしく感じた。

「桜」

「はい」

「面白くなってきたな」

「え？」

「5日後……いや、3日後に国会を召集してくれ。私はそれまで誰とも会わない」

五代が立ち上がる。

「そ……総理、いったい何を？」

「お前は着替えて、このゴミアニを記憶装置に落とせ」

「はっ！」

五代は慌てて着ぐるみを脱ぎ始めた。

標的

砂漠の町モルス。

広大な砂漠の真ん中に石で出来た巨大な長方形の建物がある。ティグロでは俗に〝巨人の棺〟と呼ばれ目につく建物だが、内部を知るのは限られた人間だけだ。

分厚い壁の内側に広がっているのは世界最大規模のコンピューター制御室だ。無数のモニターとコントロールデスク。細かいパネル上をピアニストのように指を素早く動かし、自在に操作しているのは50人を超す子供達だった。上は17～18歳、下は5～6歳だろう。

白い布を身にまとった子供達が訓練された指使いで淡々とコンピューターを操る様子は、安全な球側の人間が見たら異様に映っただろう。皆ブルタウ将軍に選ばれ教育された精鋭達だ。

そこにあるコンピューターはどれも安全な球連合では見かけないものだった。

全てブルタウが開発し、独自の進化を遂げたコンピューターシステムであり、彼が確立したのは他国と互換性のないサイバー空間だった。しかも安全な球のものよりも高速で規模が大きく、格段に高性能だ。

ブルタウは優れた戦士であると同時に教育者であり、天才的な電子工学の技術者、プログラマーだった。したがって、ティグロのエレクトロニクスは卓越しており、サイバー空間は他国からハッキングなど出来るはずがなかった。

しかし今、子供達の前にある何百というモニターの全てが同じ人物の映像を映し出していた。

カラフルなパッチワークの頭巾をかぶった男。Dr.パパゴだ。

いつも冷静な子供達の瞳に驚愕の色が差し、必死でシステムを乗っ取られた原因を探ろうとしている。

「あり得ないよ……」一人の少年が言いながらも、指は素早くキーボードを操作している。アッという間にモニターがティグロ独自のコンピューター言語で埋めつくされ、文字がスクロールしていく。

「セキュリティーに破綻はない」別の少年が言う。

「内部の仕業かな?」

「まさか」

「前回と同じだ。セーフティーボウルのコンピューターも全て乗っ取られてる。向こうじゃティグロの仕業だって騒いでるよ」

声変わりすらしていない子供達が冷静に会話しながら世界最高峰のスーパーコンピューターをチェックしている姿は、独特な違和感があった。

「アフマル?」メインコンピューターを操作している少年が振り返り、立ち尽くしてモニターを見つめているアフマルに言った。「どうする?」

「発信源を調べろ。他は何もしなくていい。しばらくコイツの話を聞く」

離れた場所にいるアドムは自動小銃を持つ手に力を入れモニターを睨み付けていた。今にも画面の中のパパゴを撃ち抜きそうな目をしている。


ガチャガチャ……キキ……キキキキ……。

不快な音がする。

Dr.パパゴが話し始める。


鈍い奴らよ。

足がすくんで動けない?

無能。恥ずかしい奴ら。

鎖国などしてもムダ。

わからないのか?……もう、手遅れ。

すぐ全ての核爆弾が爆発する。

ヌークリアヒューマン。世界中にいる。

いかなる国の中にも。

お前の国の中にも存在する。

わからないか？……逃げる場所。無い！


さあ、目を覚ませ！


教えてやる。

爆発する世界初のヌークリアヒューマン。……アン大統領、お前だ。お前だ！　お前だ！


アフマルの瞳がみるみる大きく開き、アドムは自動小銃を握りしめ、ゆっくり立ち上がった。

＊

金属音のようなDr.パパゴの笑い声がテレビ画面から響き渡る。


フロンティア合衆国大統領、アン・アオイ。

聞こえているか？……お前だ！　最初のターゲットだ！

我が愛する革命的な兵器！

新たなビッグ・バンの始まりはお前！

アン・アオイ、爆発するのはお前！

自分の爆発によって人類を絶滅させるのが嫌なら。

嫌なら、私を見つけろ！

ハハハ！　かくれんぼの始まり。

見つけなければお終い。ハハハ！

死ね！　死ね！　死ね！


「……冗談だろ」

呟いた桜の口から火のついたタバコが落ちた。

官邸でテレビを観ていた秘書達3人は皆、ポカンと口を開けたまま、体を硬直させている。

「さ、桜君！」五代が立ち上がる。紅潮した顔からは汗が噴き出している。「総理に知らせてくる」

部屋を出ようとする五代を桜が制した。

「なぜ止める？」

「総理は国会まで誰とも会わないと言った」

「しかし」

「五代君、君も見たろ？　あの時の総理の目」

「目？」

「いつもの魚の腐ったのとは違ってたろ？」

「……確かに」

「あのなまくら総理があんな殺気立った目をすることは、おそらく今後死ぬまでないだろう」

「……そりゃ、そうかもしれないが」

「五代君、こりゃぁ奇跡だよ」桜はいたずらっ子のような表情をしている。「乗りかかった泥船だ。行き先は世界の終わりか、始まりか？　ここまで来たら稀代のバカ総理の奇跡に賭けるしかないぜ」

五代は言葉が出なかった。

後ろでガタンと音がする。見ると顔面蒼白になった末松がトイレに入っていった。

＊

富士見はかれこれ20時間以上パソコンと格闘していた。

首相官邸地下の資料室。

膨大な資料と書籍に囲まれた状態で富士見は、時に資料を確認し、時に分厚い本のページをめくりながら、キーボードを叩き続けている。

地下深く密閉された空間で、外界からは完全に遮断されているものの、小型モニターだけは地上の情報をキャッチするよう繋げていたので、Dr.パパゴがアンをヌークリアヒューマンのターゲットとして宣言した映像は富士見も見たが、作業を中断するわけにはいかなかった。むしろパパゴの放送が終わった後、富士見は更に忙しく手を動かした。

もうあまり時間が残されていないことが確実になったからだ。

＊

電波ジャックされたモニターからDr.パパゴの姿が消えると、画面がノイズに変わった。

フロンティア合衆国大統領官邸ザ・ハウス地下、安全保障会議室の空気は凍り付いていた。

　誰も言葉を発せず、アンを意識しながらも、視線を合わせようとしない。

　重い沈黙を打ち破るようにダイアナが声を絞り出した。

「……こんな挑発は、誰も信じないわ」

　再び沈黙がその場を包み込む。

　アンの表情はいつもと同じで、動揺の色は見えない。視線を感じチラッとローレンスを見るが、その寸前に彼は目をそらしていた。テーブルの上を見て深刻な表情を作っているが、口角が少し上がり、心なしか笑っているようにも見える。

　ローレンスは小さく咳払いをし、告げた。

「大統領。恐縮ですが、しばらくの間、あなたの身柄を預からせていただきます」

「待って、ローレンス……」

　ダイアナを遮ってローレンスが言う。

「万が一のことを考えてだ。大統領がパパゴの予告通り〝X線自由電子レーザー〟を照射されるターゲットなら、衛星がとらえられる場所にいてもらっては絶対に困る。これは人類の為でもあるが、大統領御自身の身の安全を確保する為でもある」

「しかし」とアンドリュー安全保障長官が言う。「身柄を隠すと言ってもどこに隠せばいいんだ。大統領が標的だとして、X線自由電子レーザーを遮蔽する場所などこの地上にありはしないぞ」

「ハピネス諸島・エリア0地下の核兵器解体施設……」

　静かに言ったのはアンだった。

「なるほど。いいアイデアだ」とローレンス。「あそこは、特別厳重な防護壁を使っている。それにもし、核爆発が起きたとしても環境に与える影響は最小限に抑えられるだろう」

「ちょっと待って！」ダイアナが立ち上がる。

「ついこの前核攻撃を受けたばかりで、まだ現地の状況も把握しきれてないのよ！」

「攻撃を禁じているのは大統領御自身なんだぞ。我々は防御するしかない。それに、大統領は報復するならご自分を殺せと私におっしゃった」ローレンスがアンを睨み付ける。「そうですね、大統領？」

アンはダイアナに向き合って言った。

「ローレンスの言う通りだわ」

「アン……」

「ただし、私は大統領を辞職するわけではないわ」

「と、言いますと？」ローレンスの表情が少し曇る。

「すぐ感情が顔に出るのね」

アンが笑って言うとローレンスは慌てて口元を押さえた。

「今後の命令もエリア0から私が出すわ。軍の極秘通信回路を使用する」

「お言葉ですが大統領、それは軍事規約に反します」

「お言葉だけどローレンス。私は軍の最高司令官でもあるのよ。命令には従ってもらうわ」

「しかし……」

「今は非常時よ。あなたと口論しているヒマはない。一瞬の判断ミスが世界滅亡に繋がるわ。それから、わかってると思うけどこのことは軍事機密よ」

全員が無言でうなずいた。

「大統領……」サイモン空軍長官が言う。「ハピネス諸島までの移動は、大統領専用機ではなく、RW‐25がいいでしょう」

〝RW‐25〟とは、フロンティア空軍が誇る最新鋭のステルス戦闘機だった。最高速度はマッハ4。現段階では世界のどんなレーダーにもとらえられないという性能を持つ。

「命令系統の回線は新たに構築します」

情報分析官のサディアスが続いた。

「ありがとう。……以上よ」

アンが立ち上がるのに続いてローレンスを除く全員が立った。

大統領が部屋を出た後、ダイアナがサディアスに目配せしたのをローレンスは見逃さなかった。

＊

ザ・ハウスから数ブロック離れた路地の奥にある地味なコーヒースタンドは、客が10人も入れば満席だった。

混雑はしていたが、午後は昼食を終えてエスプレッソを一気に飲み職場に戻る人が多く、長居をする者はいない。ビジネスマンに交じって政府関係の職員もちらほらいたが、かえってそれが隠れ蓑になるとダイアナは考えたのだろう。こんな場所で重要な国家機密を話し合う者などいない。

サディアスがドアを開け店内を見まわすと、カウンターの一番奥にダイアナがいた。

「ローレンスが気がついてます。あまり長話は出来ませんよ」

ダイアナがサディアスのコーヒーカップの手前にそっと置いたのは光るガラスの玉のようなものだった。

「それを調べてほしいの」

手に取ると水滴のような形の水晶だ。

「アクセサリーですか？」

「よく見て」

小声で言われ、もう一度目を近づけてみると、中に小さな破片が浮いている。超小型のメモリーカードだ。

「アン大統領のペットの猫を知ってるわね」

「はい。グレーの猫で、確か名前は……」

「アッシュ。それはアッシュの首輪にぶら下がっていた水晶の飾りよ……」

サディアスは無言で次の言葉を待った。

「アッシュはアンが12歳の誕生日に父親から贈られたプレゼントだった」

サディアスの顔色が変わる。

この国の政府関係者でアンの父の名を知らぬ者はいなかった。

ジョセフ・ウォーカーは、かつて国防総省である重要な任務を担っていたと言われる職員だったが、テロに巻きこまれて死んでいる。

カフェテリア爆破事件が起きたのは21年前。サディアスはまだインターンだった。テロの衝撃は政府機関への就職を望んでいた青年を躊躇させるのに充分だった。

しかしその直後、過激派組織ゴルグが声明を出し、彼らがセーフティーボウルへ打撃を与える為に、敢えて大勢の何の罪もない民間人を巻きこむテロを起こしたことが徐々にわかってくると、サディアスの中で恐怖心よりも、怒りと、この国を守らなければならないという使命感が大きくなっていった。恐怖心を克服し、国防総省の情報分析官になった。

……しかし。

サディアスは水晶を見つめながら思う。

マスターズテロですら、あの日のカフェテリア爆破事件ほど恐怖を感じなかった。慣れたのか、麻痺したのか。

マスターズテロを防げなかったのは明らかに自分の手落ちだ。にもかかわらず、あの時、国を守ると誓った自分がこうしておめおめと平気な顔をして生きているのが不思議だ。

水晶を持つ手が震えている。胸の奥底に恐怖心が蘇っているのだ。

「……つまりあの惨劇が起こるほんの数時間前に、ジョセフはアンにこれを渡したの」

そう言うダイアナの目をサディアスは黙って見返す。

「当時、ジョセフが国防総省の職員として特別な任務についていたことはわかっている。ただ、中身については誰も知らない。事件以降、安全保障局が全ての権限を駆使してジョセフが仕事用に使っていたパソコンから通信先まで全て調べても、何一つ任務に関する記録が拾えなかった。そんなことある？　いくら極秘任務だからって、この情報社会において、仕事の痕跡を全く残さないことなんて不可能だわ。何の記録も残さずに仕事を進めるなんて、出来るわけない」

ダイアナの言う通りだった。過激派組織ゴルグが犯行声明を出した後、彼らが国防総省の建物ではなく、近くのカフェテリアを標的としたのには何か意味があるのではないかと考えた政府安全保障局、連邦軍事局、情報調査局は、被害者の全ての身元を細かく調べた。

当然国防総省の職員であったジョセフは、標的とされた可能性が高いと考えられ、彼が当時担当していた任務がどういった内容であったかを徹底的に調べた。

しかし不自然なほど、ジョセフの仕事内容を示す情報は見つけられなかった。皆無と言ってよかった。

ジョセフは誰もが認める優秀な職員だった。当然、極秘任務とされた内容を簡単に外部に漏らすような仕事の仕方はしない。それにしても、死後、政府直轄のあらゆる部署が権限を行使してもヒントさえ見つからないなどということは考えられないように思え、その事実がかえって彼の任務の重要性を浮き彫りにした。

ジョセフは対テロ作戦に関わる重要な仕事をしてい

たのだと誰もが考えた。だからこそ、テロリストはジョセフが立ち寄る時間を狙いカフェテリアを爆破したのだろう。

しかし記録が存在しない以上、推測出来たのはその程度のことでしかなかった。

サディアスは正式に国防総省に入省し、情報分析官となってからは幻のジョセフのデータを探したが、見つけることは出来なかった。

「……この中に、記録があると言うのですか？」

「くだらない質問しないで。今私が把握している事実は、その水晶をテロの当日ジョセフがアンに渡したということだけ。中身を知ってたらあなたに頼まないわ」ダイアナはコーヒーを一気に飲むと席を立った。

「分析は慎重に。特に頭の光っためざといのには注意してね」

ローレンス国防長官はジョセフと同僚だった。事件当時も机を並べていた。

しかしジョセフの任務については何も知らなかったというのが実情だ。

サディアスも国防総省に入ってから初めて知るのだが、特殊任務を担っている職員は全て個人プレイだった。たとえ同じチームにいたとしてもお互いの仕事内容を絶対に詮索しないし、漏らさないのが鉄則だ。

カフェテリアテロから10年以上経った頃、突然ブルタウ将軍が、世界中のテロ組織を同一の理念で統一し、〝テロ国家共同体ティグロ〟の発足を宣言した時、もう一度ジョセフの仕事を再調査することになった。しかし、ローレンスから引き継ぐ形で情報局チームリーダーとなっていたサディアスが調査しても、新たな情報は出てこなかった。

既に国防長官になっていたローレンスもサディアスの調査に快く協力してくれ、尋問にも応えてもらえたが、ジョセフの仕事に関してはやはり、一切関知していないということだった。

当時一番悔しい思いをしたのはローレンスだったんじゃないか。

同僚の死を防げなかった悔しさが、証言する表情から隠しきれない様子を見て、サディアスは思った。

「……何が飛び出すか楽しみだわ」

ダイアナは先に店を出ていった。

しばらく時間を置き、水晶をポケットに入れると、サディアスも店を出た。

*

ピースランドD地区。

空はオレンジ色に光っている。巨大な太陽が水平線の上に浮かんでいた。

堤防の上に4人の少年がいる。

翔はコンクリートの上に尻をつけ座ったまま、何も話さないでいる。

隣に座る友希は頭と腕に包帯を巻いている。あの日、翔から受けた傷がまだ治っていない。

大輔はウルトラアイでゲームをしている。

拓は所在なげにポケットに手を突っ込み、意味もなく、コンクリートの上で足踏みしたりしている。

「……お前、T－シティに行ってたんだろ。富士見に会ったのか」

友希が言った。

ピースランドの首都T－シティに行き、富士見と会うことは、以前翔がヴォイスで宣言していた。目的も何も言ってなかった。周りの人間からは、どうせ自分に注目を集める為のいつも通りの放言だろう、と、受け止められていた。友希も最初は信じていなかったが、殴り合いをした後、ここ数週間、翔のヴォイスが一言も発信されていないことがやけに気にかかった。

……もしかしたらあいつ、本当に富士見に会いに行ってるんじゃないか。何をするつもりだ？

そう考えているところに、本人から直接ヴォイスが送られてきた。青い文字だ。

『今、ヒマ……？』

翔が友希を誘うことなど今までなかった。

『何だよ？』

『会える？　堤防にいる』

拓と大輔を誘い堤防に行くと翔は一人で座り、荒れて堤防に打ち付ける波を見ていた。

「会ったよ」

「ふん、嘘つけ……」

翔はそんなことは今更どうでもいいという顔で、言った。

「翼を海に帰したいんだ」

「翼？……翼って……」

二人の声は拓と大輔にも聞こえていた。大輔のウルトラアイに、繰り返し広告動画が流れている。『愛を永遠のものにしてみませんか』の音声とともに浮かび上がる"PINOCCHIO COMPANY"の文字。死者の魂を電気信号としてキャッチし、ＡＩ化し、家庭用アンドロイドとして再生するソウルドールという商品だ。

翼を失い、このＤ地区に集団避難してきてから、翼と翔の母、早苗が通販でソウルドールを購入し、翼として接していることは仲間内の誰もが知っていた。

友希達は仲間のヒーローだった翼があんな出来損ないのロボットでないことはよくわかっていたので、その事実を苦々しく思っていた。また、あの優しく潑刺としていた翼の母が、毎日人形相手に翼に話しかけるようにしていることも彼らを困惑させた。

おそらく翔もずっと自分達と同じ気持でいたに違いない。

友希、拓、大輔は確信した。

「海に帰す、か……」

翔は黙ってうなずく。

夕日が反射して波がオレンジ色に光っていた。太陽がその日最後の光を大きく放ち海に落ちようとしている。

いつの間にか拓と大輔も翔の近くに集まってきていた。

「船はその為か……」

拓が地面を見ながら聞く。

「うん。……改造した……たぶん動くよ」

「動くって？」と大輔。翔は少しニヤついた。

「崖の先まで飛ばす」

「無理だろ！」

大輔が叫ぶ。

確かに船の載っている岩の先は崖で下が海なのは大輔自身、自分の目で見たからよく知っていた。翔のリュックにいっぱい詰まったチョコバーを海にばらまいたのは自分だ。しかし船から崖までは、少し距離がありすぎると思った。

「届くよ。……エンジンが動けば届く。船の尻にジェット噴射付けるんだ」

「ジェット噴射って……マジかよ」

拓は目を丸くする。

翔は笑い出しそうになるのを我慢しているような顔をしていた。

「火薬、いっぱい集めた。……ロケット花火と同じだよ」

「バカじゃねえの。船ごと爆発するぞ」と友希。

「そうかな」

友希は、拓と大輔と目を合わせる。二人の目はさっきより光っているように見えた。

翔は自分達に隠れて、せっせとこんなことを進めていたのか。

4人の少年は改めて海を見る。もう既に日はほとんど沈んでいた。薄暗い先から波の音だけが聞こえている。

「翼をあの船に乗せたい」翔は3人に言った。

「だけど、俺一人じゃ無理なんだ」

友希達は黙って聞いていた。

「……あの人形。電源落とすとバカみたいに重いんだ」

……そうだったのか、と3人は思う。

翔の態度はいつになく、真剣だった。

「……運ぶの、手伝ってよ」

再び、少年達の目が光った。

第三部　再会

天才

ソコク・プライマリースクール。

表向きはごく普通の小学校の体裁をとっていたが、実態は〝高知能幼児教育機関〟であった。

フロンティア及びピースランド全土から特別ＩＱの高い児童を集め、新教育システムにより多方面の学問を学ばせ、育成しつつ成果を研究するといった施設だ。ここまではフロンティア、ピースランド両政府ともに把握していた事実だが、更に裏側にもう一つ重要な役割が隠されていた。

ソコク・プライマリースクールを極秘裏に管理していたのは、〝ＳＥＣＴＩＯＮ45〟と呼ばれるフロンティア国防総省内部にあるテロ対策専門の最重要セクションであった。しかし、その実態はほとんど把握されていない。政府の誰が属しているのか、テロ対策といっても具体的には何をしているのか、国防総省内にオフィスがあるわけでもなく、表立った活動は何一つ見えない、幻のような部署だ。当然フロンティア大統領は存在を把握していると思われたが、それも確証があるわけではない。

世界の覇権争いの中で常に先頭にいたフロンティアで、既にその名を聞かなくなった守旧派の長老や、メガバンクの頭取などが所属するシンクタンクという名目の秘密結社のメンバーが関わっている、というような都市伝説も一部では囁かれていた。

集められた児童達は皆、一般の学校から編入させた知能指数が特別高い者達だった。親には子の将来の保証とともに多額の報奨金が支払われた。全てフロンティア政府の秘密口座から出たものだ。

これは明らかに人身売買であると同時に人体実験でもあり、また国家会計基準をも逸脱する不法行為だ。何らかの形でこの事実が公になれば人道に対する国家の犯罪として、フロンティアの歴史上最悪の汚点となるだろう。

ソコクは、ピースランドの南の海上にある小さな島であり、れっきとした民主国家ではあったが、かつてはピースランドの一部だった。それ以前はフロンティアの占領下にあったこともあり、更に前には独立国家であったという複雑な歴史を持つ。

かつての国家間戦争時代、ピースランドとの戦いに勝ったフロンティアが大量の軍事施設をソコクに造った。その後、ピースランドへのソコク返還後も地政学的な重要性から実質フロンティア軍の出先機関状態はしばらく続いたが、市民の自主権確立運動により、ある時、ソコクはピースランドからもフロンティアからも離脱し、再び独立国家となった。しかし実際にはピースランド、フロンティア両国が共同管理する形をとった。

フロンティア・ピースランド同盟条件から見てもSECTION45のソコク・プライマリースクールの極秘管理は、ピースランド、ソコク両国に対する背信行為であることは間違いなく、国際的犯罪であったが、ピースランド及びソコクはこの事実を掴む情報力を持っておらず、フロンティア政府ですら、ごく一部の人間しか知りうることがなかった。


以上のことから私がこの文書を残すことも非常に危険で、本来であれば自殺行為となる可能性もあるが、これらの事実がこのまま封印されることは人類史上において恥ずべきことであるという個人的判断により、書き記すことを決意した。何百年後か、何万年後かの、我々よりも優れた価値観を勝ち得た全く別の人類が、己の恥ずべき歴史を知る足がかりとすべく、今から語る物語を役立ててくれることを心から祈る。


フロンティア、ピースランド、ソコクの3カ国のパワーバランスは、先に述べた通りの関係のもとに〝平等〟という前提で成り立っており、善・悪とは別にフロンティアは、こうした表には出てこない実効支配を世界の各所で行っていた。世界平和はある種のダブルスタンダードの恩恵でギリギリ保たれていたのも事実であり、民主国家連合とは、少なからずこうした価値観を受け入れた国々の共同体である、とも言えた。

〝児童Ω（オメガ）〟は、ソコク・プライマリースクールの中でも頭抜けた知能と身体能力を持つ、言わば天才であった。

　児童達には本来の名もあったが、政府は彼らを単なる被験者として、α（アルファ）、β（ベータ）、γ（ガンマ）……とナンバリングした名で呼んでいた。

　Ωは5歳の時にあらゆる学問において、一般的には大学で学ぶレベルの知識を全て身につけた。特に歴史と情報科学、経済学には突出したものがあり、新たな構造のＡＩソフトを開発し、実用化の価値がある通貨基準と金融システム理論を構築。今までに無かった歴史観を築き、発見もした。

　また語学に関しても卓越した才能を持ち、一度文章を読んだらすぐにその言語の文法をマスターした。言語と言語の関連性から意味を導き出し、予測出来るのだった。現存する言語だけでなく、失われた３００を超える言語まで全て理解し、言葉の成り立ちから使っていた人種の性質、歴史まで把握出来た。

　身体能力も高く、特に体操、鉄棒などは国際大会のレベルを保持した。陸上は長距離に顕著に能力の高さを示し、持久力は計り知れないものがあった。

　芸術面では彫刻に才能を発揮した。東西の神々をそれぞれの特色で彫った。また動物や架空の生き物、特に鳳凰などを細密に彫り、着色した。

　生活態度はいたって温厚で協調性もあり、トラブルがあればリーダーシップを発揮し解決する平和主義者だった。

　軍事訓練を始めたのは9歳になった時からで、歴史と合わせＶＲ映像で過去の戦闘を疑似体験させた。気温や臭気も再現し、実際の戦闘と近づけた。

　各国の古代の合戦から、決闘、火薬兵器を用いた初期の戦争、国家間戦争、侵略戦争に到るまで体験した。同時に心拍数と脳波を計測しつつ時には安定剤、麻薬を投薬して精神の安定を保ち、徐々に空爆、ゲリラ戦、虐殺、ディアスポラ、ホロコースト、拷問、処刑、テロ、更には人種差別、虐待、苛酷ないじめまで、各種のストレスを体験、克服させ、耐性を育てていく。不感症になるわけではない。むしろ苦しみや悲しみ、恐怖、トラウマなどを敏感に繊細に感じさせるようにする。何度もそれを繰り返し、ショックに打ち勝つように鍛えた。

身体的には地球上に存在する各種の毒性ウイルスを致死量未満投与し、死の淵まで追い込んだ後、回復させた。

12歳になるまで訓練は繰り返された。

Ωの精神が崩壊しなかったのは、投薬のせいだけではない。Ω自身が生まれ持った驚異的な好奇心と探究心のおかげだ。未知のものを知りたい。もっと追求し、体験したいという欲求は怪物のようだった。Ωは決して強制されたわけではなく、自ら進んでこれらの訓練に身を投じた。

新たな感覚、感情、知識、苦しみを知る喜びはΩを陶酔させ、狂喜させたのだ。

その後、Ωはフロンティアに移り、3年間軍基地内において実戦的な訓練を積むと同時に、自分より年上を相手に指揮官としての作戦シミュレーションを何度も行った。

15歳。Ωは初めて実際の戦闘を経験する。

フロンティア軍兵として砂漠の町モルスに出兵した。

この頃、モルスは無秩序で無法地帯だった。前軍事政権を倒す為、フロンティアは数年間にわたり空爆した。町は崩壊し、どこも瓦礫の山で、まだ中にたくさんの死体が埋まっていた。軍事政府及び比較的大きなテロ組織は空爆により潰滅していたが、同時に殺された民間人の家族や子供達が新たなテロリストとなり、無政府状態の混乱の中で様々な民族、政治形態、思想、文明の衝突が起きていた。

モザイクのように複雑に絡み合った民族紛争の実態は、フロンティア政府も全てを掌握出来ない状態だった。

Ωの任務はモルスにテロリストの一人として潜入し、戦場に紛れて、彼らの思想、宗教、民族、戦力、戦術の全てを調査、報告する為の諜報活動であった。

Ωはヴァーチャルでの戦闘は繰り返し経験を積み、慣れていたが、やはりリアルな世界での実戦は感触が違った。

想定を超えていたのが、少年兵の多さだ。無秩序状態のモルスの中で半分以上が自分と同年、あるいはもっと下の年齢の子供達だった。10歳から5歳ぐらいの幼児までいる。彼らは巧みに銃や手榴弾、爆弾を扱い、相手を殺し、自爆していた。子供が子供を殺していた。男も女も関係なかった。

彼らは経験も知識もないせいか相手を殺すことに何の躊躇もないように見えた。平和や愛情という概念を知らないのかもしれない。その一方で目の前で兄の頭が吹き飛ばされ、大量の血と粉々になった肉片を浴びた子供は狂ったように泣きわめいた。

ヴァーチャルで散々経験し、目撃してきたものと変わらぬ光景に動揺することもなく、次の動きを考えていたΩは、自分の方が戦場の子供達よりも異常かもしれないとも考えた。

当時の彼の脳波のわずかな揺れがそれを表している。

Ωはここで初めて生身の人間の命を奪い、混沌の中で情報収集しつつ、優秀な人材を見つけてはスカウトし、旅団を作り、思想を与え、作戦を立て、指揮をした。効率よく敵を殺す方法を子供達に教えた。

実際に人間を何百人も殺したが、Ωの精神は、今まであらゆる訓練を受けてきたおかげで崩壊することはなかった。しかしΩは戦闘の中で自分より幼い少年兵を殺すことも決してなかった。こういった行動の理由は必ずしも論理的、打算的なものではなく、Ωは自分でも説明出来なかった。

Ωは5年間モルスで戦闘を繰り返し、ゲリラ兵達に組織化の方法を教えつつ、彼らの潜在意識の中にフロンティア的自由化、民主化思想の種を植えつけた。

20歳。Ωはいったんフロンティアに戻り、正式に国防総省諜報部特殊任務部隊所属となると、砂漠地帯以外の世界各国の戦闘地域を回った。政府軍と市民との衝突、民族紛争、宗教対立、小国同士の小競り合いに到るまで、あらゆる戦闘の中に入り、体験した。こういったことも全て、Ωにとってはヴァーチャル訓練と同じ、経験によって知識を得、体得する為の思想なき行動だった。

Ωは、10年間を費やし全世界でどういったいさかいが起きているのか、どの民族がどういう理由で衝突するのか、宗教による価値観の違い、地域による気性・

国民性の違い、政治形態による違いなどを全て頭と体に叩き込んだのだ。

30歳。Ωは再びフロンティアに戻り、今度はフロンティア同盟国内の各国を見聞し、調査して回った。その時、久しぶりにソコクにも滞在することになった。18年ぶりに訪れた小学校の校庭の向こうに広がる海は、どの世界の海よりも美しく青いと感じた。しかしあまりにも多くの経験をし、思考してきた彼は、いつまでも郷愁に浸るほど感傷的ではなく、客観的にそう認識するだけだった。

35歳。フロンティアに戻ったΩは、戦略的世界情勢を学術的にも実戦的にも世界一把握している人間となっていた。

彼は今までの戦地経験を基に幾つもの実態調査書と提言書を提出した。

フロンティアではSECTION45管轄の部局〝外交情報局〟上級局員として、住居と充分な収入を国家から得て生活していた。とはいえ一般の役人と同じような生活ではなかった。

決して自分の身分を明かさず、極力人との関わりを持つことも避けた。仕事はもっぱら在宅でコンピューター上で行った。業務は多岐に及んだ。新たなソフト開発やプラットフォームの構築。世界各国からの情報収集、調査報告、新兵器開発。時には軍におもむき、軍事訓練の指導、作戦の提案なども行った。

45歳のある日、Ωのパソコンに見知らぬアドレスからメールが届いた。それはとても珍しいことだった。Ωは最先端情報技術において世界でもトップの専門家であり、サイバーセキュリティーに関しては細心の注意をはらっていた。Ωのアドレスは決して他者からハッキングされるはずがなかった。

差出人は『SECTION45』とあり、アドレスは表示されないようになっている。

Ωはそれが本物のフロンティア政府国防総省情報局SECTION45からのものであることを疑わなかった。自分のアドレスをピンポイントで探し当てて送る技術と能力は、他者には持ち得ないからだ。

書かれている用件はシンプルだった。指定された期日に国防総省の特定の場所に出頭しろとのことだった。

その日Ωは暗号を言うこともなく、IDをチェックされることもなくその部屋に通された。組織は自分を完全に把握しているということだ。

国防総省地下の奥にある特別室でΩを待っていたのは二人の人物だった。

海のように真っ青な目と金色の髪を持つ男は、ロック・ホワイトと名乗った。

Ωは当然彼の名を知っていた。現在陸軍大佐であり、歴戦の勇者であり、将来を有望視されているという情報は認識していた。実際に目の前で対峙すると、潑剌とした美丈夫で、Ωはひと目見て、自分が得た情報以上の人物であると確信した。この男はいずれ歴史の重大な局面に関わる有能で魅力的な人物だと悟った。

自分より若い。背は2メートル近く、Ωと同じぐらいか。体の動きに隙がなく実戦馴れしているのがわかった。

ホワイト大佐は笑顔で右手を差し出し、Ωは応じ握手をした。

次に、ホワイトの後ろにいたジョセフ・ウォーカーとも同様に握手をした。国防総省情報局SECTION45所属職員と名乗った。こちらもかなり優秀な人材だとΩは判断した。ホワイトのような圧倒的な力強さはないが、繊細で鋭い。かなりの知恵者だ。知能指数だけで言えばΩを凌ぐかもしれない。何よりΩのアドレスをハッキングしたのはこの男だと思われ、能力の高さは証明済みだ。

「私は君の全てを把握している」

ジョセフが言った。

「そのようだな」

そもそもΩはソコクに生まれた時から全てをフロンティア政府に管理されている。国家に意図的に創られたデザイナーベビーと考えて間違いない。ここにいる二人の男は、政府の中枢に近いポジションにいるようだ。二人とも自分より若いが、自分の生まれてから今までのビッグデータを閲覧出来たとしても特に不思議ではない。

この時のΩの予測は当たっていた。

Ωは天才で、優秀な軍人であり、哲学者でもあった。

戦場では戦いを指揮し、戦局をほぼ予想出来た。また東西のあらゆる思想を認知し、社会が進む方向性も、経済予測も大きく外れることはなかった。しかしそんな自分の叡智も、この宇宙が保持していると思われる全ての知恵と比較すればほんの砂粒程度でしかないことはわかっていた。〃運命〃と人が呼ぶものの予測など出来なかった。

Ωは今までの人生で自分の意思を持ったことがなかった。しかしいずれその時が来ることはわかっていた。フロンティア政府中枢から何らかのコンタクトがあるはずだ。その時、全ての選択肢が自分の中で揃うだろう。今、目の前にいる男達が選択肢を提示するだろうと察知した。

「我々の計画に参加してほしい」

と、ホワイトが口にしたのは〃セーフティーボウル計画〃だ。

……セーフティーボウル。

ピースランドの政治学者、青井徳治郎の著作『連続性球体理論』の中で青井が提唱する政治形態として〃安全な球〃という言葉があった。

おそらく男達が言うセーフティーボウルとは、そこから取った言葉であろう。

しかし彼らの言う計画は、連続性球体理論とは少し違った。セーフティーボウルとは、新たな世界秩序を表す言葉だ。透明で安全な球体をイメージしている。同一の価値観を共有する共同体は皆、この球の中に入れば生命、自由、幸福追求、思想、個人の権利が守られる、といった形態だ。

かつてのフロンティアを中心とする民主国家連合は、〃世界政府〃という形態にまでは到っていない。セーフティーボウルは民主国家連合を一歩進め、世界政府との間に位置する概念だった。

具体的には、共通の価値観を持った国家とそれ以外の国家の間に見えない壁を建てる思想だった。セーフティーボウル内部の秩序を保つ為に異分子は排除し、中に入れない。安全性を高める為に外を遮断し、内側を同化する。

分裂と融合。

人類も物質と同じく絶えずこれを繰り返し進化する必要があった。

計画を具現化する為にはどうしても、球の外の無秩序なテロリスト達の弱体化、時によっては殲滅を、表面上フロンティア軍の介入という形ではなく、あくまでテロリスト同士の衝突、民族紛争の結果であると国際社会に見える形で行う必要があった。

いくらフロンティアとはいえ、表立ってこういった活動をすることは出来るはずもない。明らかな国際法違反、国家の犯罪だからだ。こうして極秘裏に自分とコンタクトを取り、呼び出して話しているということは、二人の男が充分その罪の重さを理解しているということを表している。

「君がモルスにいた頃の活動は素晴らしいものだった」ホワイトが静かに言った。

ホワイトという男はこの計画の実現によって、後々フロンティアの長になる可能性が高いだろう。なかなかの野心家と見える。彼が自分に求めているのは、再び無秩序地帯に潜入し、活動することだろう。

「君がモルスにおいて蒔いた種は確実に育っている。バラバラだったローンウルフ達は組織化する術を覚えつつある。もう一度君が行って、彼らを統率し、セーフティーボウルの思想を密かに根付かせてほしい。それからもう一つ……」

Ωはジッと黙って聞いている。

「かつて君が製作したソフトが、どうしても我々の計画に必要だ」

「私の製作したソフト？」

ホワイトはうなずいた。

「ＡＩだ。あの人工知能は、明らかに世界最高のものだ。おそらく人間の脳とほぼ遜色がない。我々は君のソフトの使用権がほしいのだ」

Ωが30代の頃に製造したＡＩソフトのことを言っているのだ。彼の手による人工知能は確かにずば抜けていた。汎用性が高く、使用されるにつれ処理能力を自ら拡張していく特殊な頭脳を持っていた。だがあまりにも優秀な頭脳の為、社会に与える影響が大きすぎると判断したΩは、人類がもう少し進化するまで使用は危険と考え、ソフトの存在自体を封印したのだった。

しかしその存在も、彼らには知られていたということか。さすがＳＥＣＴＩＯＮ45だと、感心する。

「我々はあの知能を国防総省の全ての軍事システムと兵士に搭載したい。報酬は君が望むもの全てを要求してくれて構わない」

「兵士とは？」

Ωが聞くとジョセフが答えた。

「我々は君の人工知能に見合うアンドロイドを既に開発済みだ。人間と寸分変わらない内臓や肌、眼球、骨、髪の毛、体温……全てを人工細胞で作った身体を持つロボット兵士だ。撃たれれば血も流し、死にもする」

「いくら死んでも構わない兵士というわけか」

「その通り。君の技術と合わせればおそらく、感情や精神に近いものも構築されるだろう」

……そんな余計なものが必要か？　と聞こうとしたが、思い直した。戦闘では恐れや仲間への思い、正義感といった感情が重要なのはΩ自身が経験し、承知していた。

ホワイトの言葉を聞いて、ようやく全ての選択肢がテーブルの上に揃ったとΩは悟った。

ホワイトという男はどうやらテロリズムとの融和を考えているようだ。その為に自分が有用な人材であると判断したのだろう。そういった意味では、異分子を殲滅するしか道はないと考えていた歴代のフロンティアのリーダーとは少し毛色が違う。彼もまたこの国の軍人としては異分子ということか。ホワイトならこの世界の憎しみの連鎖を断ち切り、かつてないほどの大変革を起こすかもしれない。

おそらく、後ろに控えているジョセフという情報技術者はいち早くそのことを見抜き、彼の計画を裏で支えているのだろう。

「計画に参加するかどうか、選択は君の自由だ。今すぐに答える必要はない。たとえ拒否してもその後の君に我々は何ら干渉はしない。君が生涯この話を他言しない人間であることは充分承知している」

「イエス」

答えが早い。何の迷いもないことに、ホワイトとジョセフの表情に若干戸惑いの影が差した。

「……それは、我々の間諜兵士として戦地におもむくことを了承したと認識していいということか？　あるいはAI技術の権利に関してのことか？」

「どちらもイエスだ」

Ωは迷わなかった。これからは自分の意思で生きていくのだ。

ジョセフがホワイトを見つめる。

「いいだろう。すぐ戦地に行ってもらおう」ホワイトは笑顔だった。

ジョセフはΩに小さな黒い通信機を渡す。

「これはオリジナルの通信機だ。君の為だけに開いた専用衛星回線を使っている。他の誰も侵入出来ないホットラインだ。基本的に連絡はこちらからする」

ホワイト大佐が右手を差し出し握手する。

「あなたを尊敬する。……ミスター・パパゴ」

Ωは不審な顔をした。

「……パパゴ？」

「あなたの名前です」ジョセフが言う。「……我々とあなたの間でのコードネームです。今後このパスワードとあなたの虹彩を使えば、我々とあなたの間の全てのロックが解除されます。〝ｐａｐａｇｏ〟です。武器も全て最新のものを現地で調達出来るようにします。必要なものは何でも言ってください。……ミスター・パパゴ。武運を祈っています」

ジョセフは敬礼をした。


数ヶ月後、コードネーム・パパゴは再び砂漠の町へ間諜兵士として入った。

モルスではその後も無秩序な戦闘が続いていたが、彼は着々とテロリストの組織化をＳＥＣＴＩＯＮ45の指示通り進め、徐々に強力なフロンティア寄りのグループ作りに成功し、異分子を排除しつつあった。そして3年後、突然消息を絶った。

後に〝ディアスポラ・テロ〟と呼ばれる爆破事件が起きたのだ。

何者かによってモルスが国ごと爆破され消滅した。死者は少なくとも7万人とされた。戦闘員も非戦闘員も、大人も子供も何もかもが一瞬にして消滅した。

衝撃的な事件だった。

容疑者として名前が挙がったのは、それまで全く無名だったブルタウ将軍他数名の、フロンティアがノーマークだった小物のテロリストだった。

　この事件と同時にパパゴは跡形もなく姿を消したのだ。定期的に送られてきた調査報告が途絶え、幼児の時、脳の中心部に埋め込まれたチップからの位置情報も忽然と消えた。全てのネットワーク上からもパパゴという名前は消去され、痕跡すら残っていない。

　同時に情報局は、パパゴが開発したＡＩを搭載したアンドロイド兵士達の位置情報も行動記録も見失った。彼らがアンドロイドである証しとなるはずの周波がとらえられなくなったのだ。衛星からのカメラも砂漠に散らばる兵士達の種類を見分けられなかった。人間と寸分の狂いもない血の通ったアンドロイドを創った最新技術が、自らを苦しめた。

　廃墟と化したモルスでは今まで組織化されつつあったグループが滅び、再びローンウルフと呼ばれるテロリスト達が移り住んできて、無秩序さが増した。

　それから3年近く、ジョセフはたった一人で〝Ω〟、コードネーム・パパゴの行方を追い続けた。極秘裏に別の訓練された諜報部員をモルスへ送り出したが、誰一人帰ってくる者はなかった。全員戦死だ。不気味だった。〝Ω〟、コードネーム・パパゴも死んだのだろうか？　死亡すれば、脳に埋め込んであるチップが生命停止の信号を発信するはずだったが、それもない。逃亡したとは考えにくい。彼は、幼少の頃から繰り返し行われた、フロンティアに対する忠誠心を測る高レベルのテストを全てクリアしている。そもそも国家の為にデザインされた遺伝子にフロンティアに背く要素は入っていない。

　どこかで間違いがあったのか。

　……いや、我々の計画にミスはない。

　ジョセフは最後の最後まで、そう信じていた。パパゴはおそらく、人知の及ばない事情で単独行動に入ったのだ。

　その間にもホワイト大佐は着実に人脈と地盤を固め、フロンティア初の軍人出身大統領への道を歩み始めていた。

ているか、あるいは消したかのどちらかだ。私は一瞬にして身の危険を悟った。

私は戦友であり親友でもあるホワイトの人柄をよく理解している。戦場ではどこまでも非情な判断を下せる優秀な兵士だった。パパゴ計画も人並み外れた冷血さがなければ出来ない仕事だ。そのホワイトが今、政界に進出しようとしている。砂漠の状態はある程度以前より整った。現在、彼を大統領への道から引きずり下ろす要素があるとすれば、明らかに人道に対する大罪であるパパゴ計画が表に出ることだろう。

ディアスポラ・テロが、秘密を知っているパパゴを消滅させる為のテロに見せかけたホワイトの行為だとするのは考えすぎかもしれないが、彼がパパゴとともに送り込んだアンドロイド兵士に特別な信号を送り連鎖的に自爆させ、大規模な爆発を起こしたという可能性は捨てきれない。

こうなった今、秘密を知る人間は私一人だ。

だから私はこの事実を書き残そうと思う。

今月は娘のアンが12歳になる誕生日がある。

*

ホワイトに〝SECTION45・パパゴ計画〟が完全に失敗したと告げたのは、1ヶ月前のことだ。モルスを中心とした砂漠のテロリスト地帯をまとめ上げることが、彼が大統領になる切り札となるはずだった。

ホワイトは報告を聞いても顔色一つ変えず、海のような青い瞳は、ますます澄んで輝き、笑っているように見えた。

「ジョセフ。君は充分やってくれた。心から感謝する」

このジョセフとは、私、ジョセフ・ウォーカーのことである。

今まで書き記した事柄は全て私が経験した事実だ。私はフロンティア国防総省情報局職員としてロック・ホワイト大佐と共謀し、秘密裏にパパゴ計画を進めてきた。

しかし失敗に終わったと報告した時のホワイトの反応は意外すぎるものだった。彼はパパゴの消息を知っこの記録をアンへのプレゼントとして用意した猫の首飾りに隠し、彼女に託す。

もし誰かがこの文書を読んでいるとすれば、私は死亡している可能性が高いだろう。私の死が不審なものであった場合、ここに書いた事柄との因果関係を考察してみてほしい。ただし、少しでも身の危険を感じたら、すぐに文書を破棄し、記憶から消し、誰にも漏らさないでほしい。

もしも、この文書を読んでいるのが私の愛する妻マリアなら、私は今まで君に自分の任務を黙っていたことを謝りたい。そして、君より先に逝ってしまったことを不本意に思う。どうか、無事でいてほしい。君自身と、アンの身の安全を最優先に考えて行動してほしい。私は生涯幸せだった。永遠に君を愛している。ありがとう。

もし読んでいるのがアンなら。

アン。君はもう大人だろうか？　君の成長を見届けられなかったことが残念だ。生まれてきてくれてありがとう。君は私とマリアの宝だった。

ママはそばにいるだろうか？　いるなら私からの愛と感謝を伝えてほしい。もしいないなら……。

アン。もしママが君のそばにいないなら、君は危険な場所にいる可能性がある。どうか、この文書をもう一度、冷静に読み返してほしい。何度も読んで自分の頭で考えてほしい。誰かに相談する前に何度もパパの言葉を読み返して、慎重に考えるんだ。

アン。君の近くには、信頼出来る人がいるだろうか？　フロンティア政府関係者以外でだ。もしもいるなら、その人は心から信頼出来る人か、もう一度、よく考えてほしい。

アン。その人が君の命を預けてもいいという程信頼出来るなら、このことを打ち明けて相談してもいい。しかし、少しでも迷うなら、誰にも相談せず、これからは君自身が一人で考えて行動するんだ。

アン。今すぐ、そこから逃げなさい。誰にも見つからないように、なるべくその場所から遠くへ。決して行く先を誰にも悟られてはいけない。誰にも見つからない場所へ逃げなさい。逃げる為なら何をしてもいい。法を犯してもいい。自分の頭で考えて、最善の方法で逃げなさい。なるべく早く！

アン。君は聡明で勇気がある子だ。必ず出来る。冷静に、自信を持って、いつも通りに行動し、いつもと違う場所へ行きなさい。君の思う安全な場所へ着くまで振り返ってはいけない。躊躇してはいけない。必ず、生きて逃げなさい。君なら出来る。

ああ、私のアン。パパは心から君を愛している。君を信じている。何よりも自分を大切にしなさい。君がアンなら、この文書を頭に記憶し、すぐに破棄しなさい。何も痕跡を残さないように。

ジョセフ・ウォーカー

カウントダウン

アンは大量の紙の束から目を上げるとダイアナを見つめた。

「……ああ、ダイアナ。……信じられない……私、混乱してるわ……これを書いたのが父？」

大統領執務室にはアンとダイアナの二人きりだった。

「アッシュの首の水晶の中にあったメモリーカードを解析すると、現れたのはフロンティア銀行の貸金庫のＩＤ番号だった」

「貸金庫？」

「ええ。そこに長年眠っていたのがその文書よ。あなたのお父さんは情報が漏れるのを警戒して、あえて紙で全ての情報を残したんだと思う」

アンは父の遺品の中に、今はもう誰も使わなくなった古いタイプライターがあったことを思い出す。

……まさか。

もう一度紙の束をめくる。

『アン。今すぐ、そこから逃げなさい』

「……もう遅いわ、パパ」

思わず呟く。絶望的な気分だった。両親を殺したのが、父親代わりのホワイト大統領だったなんて。

今、自分の周りには政府関係者しかいない。

それどころか、自分が政府のトップにいて、あと数十分もすれば戦闘機でハピネス諸島に監禁されるのだ。それも自らの判断で。

アンは、父によれば〝消えた〟はずの〝パパゴ〟から〝人間核爆弾〟として名指しされているのだ。両手で頭を抱え髪をくしゃくしゃにしながらうなだれた。

「……こんな悲劇的な話って、聞いたことないわ」

「……アン」

ダイアナが口を開くと同時にアンは机を思いきり叩いた。

「……アン？」

「……あなたはいつから知っていたの……」

机に降ろした両腕の中に顔を埋めたままアンが聞いた。

「え？」

「とぼけないで！　ホワイトが私の両親を殺したことをいつから知っていたのよ！」

「……アン。バカなこと考えないで……」

「わかってる。ごめんなさい。私、少し混乱して」即座に自分の言葉を訂正し、顔を上げたアンの瞳には涙がたまっていた。

ダイアナは強くアンを抱きしめ、背中をさする。

「……ごめんなさい。あなたを疑ったわけじゃ……」

「しーっ。わかってる。私があなただったとしてもそうなるわ」ダイアナは更に強くアンを抱きしめる。

「私もあの文書を読んだのはついさっきよ。まだ整理出来てないの。読んですぐあなたの所へ飛んできた」

かろうじてうなずくアンの脳裏に浮かんでいたのは、ホワイトの顔だ。様々な記憶がフラッシュバックする。まだ研修生だったアンの前でセーフティーボウル計画を語る彼の顔。その後、周りの反対を押し切って自分を無理矢理首席補佐官に抜擢した彼の顔。

ホワイトはあの時、どういうつもりで自分を抜擢したのだろうか。

ティグロのアドム、アフマル両外相との交渉にもアンは同行した。

そして、マスターズテロ前夜。ホワイト大統領はアンの右手を強く握りしめ、こう言ったのだ。

『ありがとう。君がいなければロードマップはここまで到達出来なかった』

……それはそうだろう。私の父はあなたの計画の道具にされたのだから。

再びアンは思う。あの時ホワイトはどういう気持で自分と握手をしたのか。あれは、贖罪のつもりだったのか。

「……おそらく」とダイアナが囁く。「あそこにも書かれていた通り、あの計画に関わっていたのはほんのわずかな人間だと思う。あなたのお父様とホワイト大統領、マシュー副大統領……」

……マシュー？

アンの記憶が蘇る。

マスターズテロ直後、倒れたマシューは死の淵でアンの手を取り言った。

『私達は何を間違えたのか。何が原因なのかを突き止めなければならない……アン、原因を探れ。さかのぼってどこで間違えたのか探すんだ。必ず原因があるはずだ。それを見つけろ。見つけて原因を取り除き、やり直すんだ。これからは君がその指揮を執るんだ』

……なぜ自分が？

アンが自分には出来ないと言うと、こう言った。

『アン、君なら出来る。いや、君にしか出来ない。君にはその義務がある……ご両親もそれを望んでいるはずだ』

……パパとママがそれを望んでいる？

あの時、マシューが本当に伝えたかったことは何だったのか。

「……それからもう一人、いるとすれば……」

「え？」

ふと、アンは自分を抱くダイアナの手が少し震えているような気がした。

「ダイアナ？」体を離して顔を見つめる。

ダイアナはうなずき、声を出さずにゆっくりと口を動かした。

〝ローレンス〟

彼女の唇は、はっきりそう動いた。

今、執務室のドアの前には大統領の警護という名目で、SPが二人立っている。しかし彼らは政府関係者で、ローレンスの部下でもある。あと少しで、アンはほぼ連行に近い形で、戦闘機に乗せられ出発する。

……彼女も怖いのだ。

ダイアナの震えの意味がようやくわかった。

あの文書を読んだ今、彼女は自分と同じ側にいる。しかもアンがいなくなれば、これからは政府の中で一人だ。

ダイアナは元々ローレンスと折り合いが悪い。アンが命を狙われるなら、彼女にもその危険がある。しかもアンがハピネス諸島に去ったあと、政府に残るのは彼女の方だ。ダイアナはうろたえているのだ。こんな彼女を見るのは初めてだ。ダイヤモンドハートが震えている。

「アン。これだけは言わせて……」ダイアナは笑顔で言った。「私は政府の人間だけど、信頼してほしいの」

アンはうなずく。「ええ。大丈夫。……少し混乱しただけよ。……本気で疑ったわけじゃない。少し落ち着けば、元の私に戻るわ」

「OK」ダイアナはアンから離れ、カウンターの方へ行きながら「コーヒーでも淹れるわ」と言う。

「それよりマリファナない？」

「……アン？」

ダイアナはドアの向こうを気にしながら目を丸くする。

「コーヒーぐらいじゃ気分が上がらないわ」言い終わった後、思わず吹き出してしまう。「冗談よ、何て顔するの」

「ちょっと！　アン？」

ダイアナは大きな目を更に大きく見開いてみせたが、苦しそうに笑うアンの様子に自分も破顔し、笑い出した。いつもの彼女の豪快な笑い方だった。

ダイアナを笑わせることに成功したアンは嬉しくなり、更につられて笑う。

二人は大声で笑い合った。

以前は、アンのアパートで、よくこうして姉妹のように過ごした。

いつの間にか二人とも涙を流していた。


大統領執務室の前。SPのキャットとバードは顔を見合わせた。中から聞こえてくる笑い声はますます大きくなる。

自分が爆発し、世界が終わるかもしれない危機的状況の中で、どうしてあんなに笑えるのか？

キャットが小声で言う。

「……彼女はやはり〝シュルー〟だ」

〝じゃじゃ馬〟という異名が今ほどしっくりきた瞬間はない。

バードもうなずき、小声で返した。

「ああ、だが、もう一人も〝ダイヤモンドハート〟さ。モンスター同士だよ……」

直後、二人は直立に身を正し敬礼をした。

廊下を歩いてきたのはサイモン空軍長官だった。

＊

ピースランドの首都T－シティ・S地区、迷路のような路地の奥。オカマバー・ディートリッヒのカウンターでは、報業タイムスの政治部デスク、田辺健一が、苦虫を噛みつぶしたような顔でビールを飲んでいた。

店内にはいつものマレーネ・ディートリッヒ「リリー・マルレーン」が流れている。客は田辺一人だ。

「わっ！　な……何だよ！」

田辺が思わずのけぞったのはバーのママ、マレーネの顔がキス出来るほど近くにあったからだ。

「……失礼よ……人を化け物みたいに……」マレーネはそう言って田辺のコップにビールを注ぐ。「……普段ならこんな昼間に店開けないんだから。……サクちゃんの頼みだから早朝出勤してきたの……」

「ああ、わかってる。すまない」

その桜は人を呼び出しておいて、1時間以上、連絡すらない。毎度のことだが頭にくる。本来なら帰ってしまうところだが、今回ばかりは田辺も、どうしても桜とコンタクトを取りたかった。

Dr.パパゴが、アン大統領を最初の人間核爆弾として名指しして以降、富士見内閣は丸2日間、沈黙したままだった。田辺は何度も桜にメールを出し、直接電話もしたが一向に返事がなく、やきもきしていたところにようやく今朝方返信がきたのだ。

『スクープあり。今日午後2時。ディートリッヒで♡』

桜特有のふざけた調子だったが、単なるからかいで呼び出してくる男ではないことも田辺は承知していた。

「……あらサクちゃん……いらっしゃい……」

桜はひょいと右手を上げ、カウンターの田辺の隣に座ると、〝とぐろを巻いたウンコ〟からタバコを出し、くわえた。

『死ネ』

マレーネが桜の前にウィスキーを出す。

「ママ、悪いな、こんな時間に。ナベがどうしてもママに会いたいって言うもんだからさ」

「あら……嬉しい……」

「言ってねえよ」

「……わかってるわよ……野暮な奴……」

マレーネはムッとして奥に引っ込んだ。

桜は笑って言う。「おい、もうちょっと優しくしてやれよ」

「何で俺が？」と田辺は、不機嫌そうに胸ポケットからタバコを取り出す。

『死ネ』

パッケージは〝使用済みコンドーム〟だった。やけに精巧に作られていて、触るとベトベトするという凝った出来栄えだったが、もはやこうなると健康被害への警告でも何でもなく、ただの嫌がらせだ。

テレビはDr.パパゴのニュースを繰り返し伝えている。

「総理はこの2日間何をしてたんだ？」

「さぁ……ずっと資料室にこもってたよ」

「資料室？」

「ああ、いろいろ調べてたみたいだ……おいナベ、ありゃ何だ？」

桜が見ているのはテレビ画面の下だった。ワイプの中にDr.パパゴが映っている。

「少し前からああなった。電波ジャックだ。どのモニターもあの状態だよ」

「あの数字は？」

パパゴが映っている手前に『起動まであと』と書かれた文字の後に6桁の数字があり、減り続けている。

２４３２４１……２４３２４０……２４３２３９……。

「起動というのが何を意味するのかわからないが、減っていくのは秒数だ。24万３０００秒ということはあと３日足らずだ。今までの経緯からするとおそらく人間核爆弾が爆発するまでのカウントダウンと考えるのが妥当だろう。起動とは、爆破システムのことだろう」

「やりたい放題だな」と桜がうんざりした顔で言った。

「富士見は何してるんだ？」

田辺が焦れたように言う。

桜は今朝のことを思いかえす。

＊

３日後に国会を召集し、それまで誰とも会わないと宣言した富士見が資料室から出てきたのは言葉通り今朝だった。

ネクタイをゆるめたワイシャツの胸元はだらしなくはだけ、無精ヒゲが伸び、充血した目の下にはクマが出来ていた。

「総理！」走りより抱えようとした五代を振り払い、桜に手に持っていたものを渡した。

見るとそれは薄いカード、パソコンのデータを保存する記憶装置だ。最近では重要なデータはネット上に残さずＵＳＢカードに保存する古来の方法が安全で主流となっている。

「この世界の未来だ。お前が持っていてくれ」

「未来？」

「桜、国会は召集してあるな？」

桜がうなずくと富士見は安堵したようにソファーに横になった。

「国会まで少し寝る。五代君。時間になったら起こしてくれ」

「はい！」

「それから……」と富士見は桜に言う。「飛行機の準備を頼む」

「へ?……総理、今はどこも鎖国中ですよ」

「知ってるよ」

富士見はそのまま目を閉じた。

＊

「……全く、どこまでも前代未聞のバカ総理だよ」

桜は楽しそうに言った。

「おい、どういうことだ?　世界の未来って、総理は言ったのか?」

田辺がいぶかしげに言う。

桜はポケットからUSBカードを2枚出した。富士見から預かったものと、それをコピーしたものだ。

「……未来か、あるいは遺書ってところだ」

「おいサク、わかるように説明しろ……富士見は今どこにいる?」

「本会議場だ。臨時国会がそろそろ始まる」

「もうすぐ世界が終わろうって時にか?……正気かよ?」

「まさか。狂気だよ」

桜はテレビを見つめる。画面には〝国会中継〟とタイトルが出た。

＊

広々とした国会本会議場にたった一人、富士見幸太郎首相だけが、ポツンと座っていた。

ガランとして物音一つしない。いつ世界的な核爆発が起きるかわからなくなった今、政治家達は慌てて地下のシェルターに避難したり、食糧を買い占めて人のいない海上の孤島へ逃げたりし、召集に従って国会に出てくる者などいなかった。

静かだったのは国会だけではない。街もまるでゴーストタウンのように静寂に包まれていた。人々は皆、家に閉じこもり窓を遮蔽し、来るべき終末に備え、息を潜めていた。

しばらくして、富士見は腕時計を見た。

「……時間、間違えたかな?」

＊

「会議は踊る、されど進まず、か……今時の政治家は皆、特注の核シェルターを自宅に造ってるからな。ほとぼりが冷めるまでは、出てこないだろう」田辺がテレビ画面を見ながら呟く。

「ところでスクープってのは、それのことか？」桜の前に置かれた2枚のUSBカードを見て聞いた。

桜の右眉毛が少し上がる。

「うまくすりゃ、かなりのもんになるはずだ」

「うまくすりゃ？」

「ああ、泥船が浮くのか沈むのか……」

桜はUSBカードを1枚田辺の前へスライドさせた。

「ナベ、お前に預ける。俺も同じものを持っている。もし俺が死んだらその中の文章を一面にデカデカと載せろ」

「死んだら？……おい、何する気だ？」

テレビ画面が突然消える。

「ふん……普段は偉そうなこと言ってる奴らって……

いざとなるとジタバタするのね……」

マレーネがテレビのリモコンを持ったまま怒っていた。

「覚悟決めなさいよ！」

叫ぶと、目の前にあった田辺の頬を思いきりビンタした。

「痛っ！」

飲みかけのビールがグラスごと飛ばされた。

「……何で、俺が⁉……」

涙目で訴える田辺を無視してマレーネは桜に言った。

「サクちゃん。アンタのボスに伝えて……惚れ直したって……」

桜は笑う。

田辺が言う。

「何言ってんだよ。元々惚れてもないだろ」

マレーネは田辺の肩を思いきり叩いた。

「痛ぇよ！」

マレーネは構わず桜に言う。

「確かに今までは頼りない男だと思ってた……でも、見直したわ。……何があっても鎖国なんかしないって堂々と世界に宣言したあの人……立派よ……格好いい」

「へえ、格好いいか」

「……うん……男らしい……」

「……男らしいのがいいのか？」

マレーネは真面目に言った。

「……男は男らしく。女は女らしく……」

「ほぉ」

「……何よ……人の顔ジロジロ見て？」

「いやいや……」

マレーネは微かに笑う。

「……確かに、世界にはいろんな人がいる。どんな人間だって、自分の居場所を見つける自由がある。どんな奴が来ようが構わない。この国は誰も締め出さない。そう言い切ってくれることが大切なの」

「なるほど。だが、そういう政治家は危険だ」

「元々この世界は危険よ。危険だけど人は自由に生きる権利がある」マレーネは申し訳なさそうに桜を見た。「サクちゃんの前だけど……アタシ、元々政治家なんかに身を守ってもらおうって思ってないの……」マレーネは突然甲高い声を出す。『『私がこの国を守ります！』』なんて言われたら……ドン引き」

桜は笑う。

マレーネはすぐに野太い声で言った。

「誰がオメエに守ってくれって頼んだんだよ！　コラア！……って。……でも、だからって逃げるのはもっと最低。守るなら黙って守ってほしい……それが……女心よ」

「いいねぇ！」桜は大笑いしながら、マレーネがかつてプロボクサーだったことを思い出していた。

「アタシ……富士見総理はアタシ達に覚悟してくれ、って言ってるんだと思った。……死ぬ覚悟を……」

桜は思わず考え込んだ。

「……死ぬ覚悟」

「……アタシはそう受け取った……こんな正直な政治家は初めて見た」

「もしそれが本当だとしたら正直すぎるよ」

「そう……バカ正直……」

マレーネが突然豪快に笑う。

「……笑ってる場合かよ」

田辺がポツリと呟いた。

「ナベちゃん……」

「あ?」

潤んだ美しい瞳で田辺を見つめたマレーネは、いきなり田辺の頭に手を回し強引に顔の前に引き寄せ「心配しないで。アナタのことはアタシが守ってあげる……」と彼の唇に自分の唇を重ねた。

それは、古い映画で見るような、上品で情熱的なキスだった。

「…………」

……死ぬ覚悟か、と桜は思う。

「なぁ、ナベ」

「ムゥ……ウムム……」

マレーネに唇をふさがれている田辺は目だけで桜を見る。

「お前、今でも恋愛みたいに突き動かされる感情で政治も行うべきだと思ってるか?」

田辺は無理矢理マレーネを引き剝がした。

「知るか!」

＊

富士見はまだ、国会本会議場で一人、座ったままだった。かれこれ30分はこうしているだろう。

富士見は周りを見まわし誰も来る気配がないのを確認すると、壇上から放射状に広がった議席を見下ろす。

当然誰も座っていない。

「えー……」

富士見は独り言のような小さな声で語り始める。

「私、富士見幸太郎発議による『新・安全な球連合条約改定案』に関しまして……」

会議場の入り口で様子を見ていた五代と末松は顔を見合わせる。

「総理は何をするつもりだ」と五代。

「……独り言言ってますよ。いよいよ、限界超えちゃったんでしょうか……」

「バカ、あれはただの独り言じゃないだろ。何をしようとしてるかってことだ」

「さぁ。やはりいったん病院にお連れした方がいいんじゃ……」

「うるさい！」

　富士見はもう少し声を張って続ける。

「この私の発議案に賛成の諸君のご起立を願います」

　自分で言って、富士見はゆっくり立ち上がった。

「あっ」と末松。「立ちましたよ。徘徊の始まりじゃないですかね？」

「黙って見てろ」と五代。

　しばらく議場を見まわした後、富士見は、

「賛成1、反対0、棄権多数……よって本法案はその通り可決いたします……」

「異議あり」

　扉を開け入ってきたのは、野党前進党党首、浅間大五郎だった。

「とんだ強行採決だな。いくら非常時とはいえ、こんなことは許されないぞ」

　富士見は浅間を見つめて言った。

「浅間さん。もう審議してる時間はない。……しかも今国会にノコノコ出てきた物好きは、私とあなただけだ。もう誰も国の決定に興味なんか持ってないようだ」

　ぼんやり顔のムコ殿総理の表情はいつになく張り詰めて見える。

「お前、何するつもりだ……」

「これからフロンティアに行きます」

「何？」

「友国の代表としてティグロに対する攻撃に異議を申し立て、戒厳令を解くよう説得するつもりです」

「そんな青臭いことが通用すると思ってるのか」

「そう言うあなたも、かつては相当青臭かった……」

「何？」

「昔の写真、見せてもらいましたよ。〝革命団・紅〟の若きリーダー、浅間大五郎。もう50年前ですか……」

　浅間の記憶が蘇る。理想に燃え、信念を貫く為なら死すら辞さないと、大暴れしていた学生時代。権力への執着など微塵もなかった。あの若者は、今の自分とはかけ離れている。

「何が言いたい」

「あの頃、あなたが叫んでいた言葉をおぼえてますか？」富士見は声のトーンを少し上げる。「『我々の目的は世界平和だ！』『おーっ！』……って」

「バカにしてるのか？」

「とんでもない。……単純でわかりやすくて素晴らしいです」

富士見は笑いを押し殺しているような顔をしている。浅間は苦虫を嚙みつぶしたような顔だ。

「くそガキが……。貴様にこの世界が背負えるのか？」

「……まさか。そもそも最初から一人で背負うつもりもない。浅間さん、わかってるでしょう。私はそんな器じゃないですよ」

「富士見、ふざけてるのか？」

「そう見えますか？……私は独裁者になりたいわけじゃない。世界を一人で救うなんて大仰な話でもない。私は相変わらず、大衆に見放されたら終わりの小さな政治家ですよ」

「そのお前に大衆がついていくと言うのか？」

「私の支持率は0％です」

浅間は呆れて言葉に詰まる。この男は愚かなだけではなく、狂人かもしれないと、少し恐ろしく思った。

「ただ世界にいる人間が……」と富士見は言った。「人類の多くが、生きることを望むのであれば、私は彼らの意思に従って行動しようと思っている……未来をどうするか、決めるのは大衆だ。私のボスは人類ですよ」

「……究極の民主主義ということか」

「さぁ、どうでしょう？……」富士見は首をかしげる。「民主主義って言葉ほど、胡散臭いものはないですから」

「ふっ……」浅間は不意を突かれて吹き出した。

思えば〝民主主義〟という言葉にどれほど翻弄された人生だったことか。敵も味方も民主主義だった。神聖にして侵すことの許されない言葉だと思っていたが、なるほど、言われてみれば、確かに胡散臭い。

「ふん……付き合いきれない」

浅間は入り口の方へ歩き出す。

「……浅間さん」

立ち止まり振り返ると浅間は言った。

「私は反対はしない。……暴れたきゃ勝手に暴れろ、……若僧が」

富士見は去っていく浅間の背中に深々と礼をした。

＊

富士見邸のリビングルーム。

ウルトラアイを装着した洋子は、富士見興造の巨大な肖像写真の手前の椅子に和服姿で座っている。まさに〝女帝〟という言葉がぴったりくる姿だった。

画面に国会中継が映っており、国中から富士見に対する罵詈雑言のヴォイスが流れ、火砕流寸前の状態だった。

『ふざけるなバカ総理！』……『富士見！　死にたきゃ一人で死ね！　国民を道連れにすんな！』……『首相として責任は取ってくれるんだろうな？』……『誰もいない間に強行採決ってバカなの？』……『民主主義の基本もわからないムコ殿総理、糞でしょ』……『何でこんな国に生まれてしまったんだ！　不幸としか言いようがない』……『富士見よ、頼むから死んでくれ！』……『アンタ人間として最低だからな』……。

洋子は呟いた。

「うるせえよ……」

画面にはひっきりなしに富士見への中傷が流れてくる。『富士見死ね』に『こんなことで死にたくない』といった趣旨の言葉が交じり、後から後から続く。

洋子はヴォイスを音声認識モードにし、もう一度呟く。

「うるせえ。黙れ、バカども……」

ヴォイスはウルトラアイの画面に文字となって反映される。

一瞬画面は静かになるが、洋子のヴォイスを認識した人々がすぐに反応を始める。

『え？　まさか今の洋子さん？』……『待ってました！　洋子ちゃん、バカ亭主を止めて！』……『うるせえって、誰に言ったの？　洋子ちゃん？』……。

『お前達に決まってんだろ、臆病者。気安く話しかけるな。こそこそヴォイスで他人の悪口言う行為以上にこの世界で最低な行為は存在しないんだよ！　お前達に人を批判する権利などない！』

ヴォイスがしばらく途絶える。皆、明らかに戸惑っているのがわかる。

『これ、中の人洋子さんじゃないんじゃね？』……『確かに。アカウント、誰かに乗っ取られたのかも』……『そうだな。言葉遣いがひどすぎる』……。

洋子はヴォイスの反応を見てうっすらと笑う。そして更に呟いた。

『安心してください。私は富士見洋子本人です。普段の貴方達の言葉遣いを真似てみただけです』

洋子はウルトラアイを外すと顔を自撮りしてアップした。

しばらくするとヴォイスがざわめき出す。

『マジかよ』……『信じられない。こんなことあり？』……『バカ旦那に続いてカミさんまで狂ったか』……『しょせんコイツも親の七光りじゃん。元々バカ』……『終わったな』……。

お手伝いの美代子が紅茶をテーブルに置いた。

洋子は冷静な声で言う。

「ミヨちゃん。お水ちょうだい」

「はい」

洋子が呟く。

『ご愁傷様です。貴方達はずっと最低でした。失礼いたします。……KUTABARE！』

またヴォイスが火砕流を起こし始める。

舌を出し、中指を立てた洋子の顔写真の上を言葉が埋め尽くしていく。

『死ねよブス！』……『頭おかしいだろ！　お前！』

……『クソ女！』……『逃げるんじゃねえぞ！』……

『この国を破滅に追い込んだ責任を……』。

「あ、奥様！」

洋子はウルトラアイを美代子が持ってきたコップの水の中へ入れた。

美代子はすぐに拾い上げたが、ウルトラアイの画面部分はまっ黒になってしまった。

「ああ……」

「はぁ。すっきりした」

晴れ晴れと笑った洋子の顔は屈託のない少女のようだった。

「奥様……」

洋子は立ち上がり美代子をジッと見つめる。

「ミヨちゃん……貴女、幾つになった？」

「わたす？……あのぉ、こ、今年で26ですけども……」

洋子は美代子をギュッと強く抱きしめる。

「あ！……お、奥様……あのぉ……」

「ごめんねミヨちゃん……」

「へ？」

抱きしめられたまま美代子は戸惑った。

「貴女がこの家に来たのが18……あれからもう8年もたつのね……いつか必ず洗練されたレディにしてこの家からお嫁に出しますってご両親にお約束したのに……私のせいね。まだこんな田舎娘のまんまで……」

「はぁ？　田舎娘ぇ？」

「そうよ。今の時代に〝わたす〟だなんて、訛（なま）りも抜けないままで……」

「い、いやぁ、わたすは別に……」

この時代、富める者と貧しい者、都会と地方の格差は、大昔よりも更に広がる一方だった。

「そうだ、ミヨちゃん。服買ってあげる！」

「へ？」

「街へ行きましょう。買い物して、食事しよう！　美味しい物食べよう！」

「……でも奥様。もうすぐ核爆発が起きるって、店なんかどこも開いてねぇです」

「そう？……いいじゃない、面白そう。誰もいないなら勝手に侵入していただきましょう」

洋子の瞳が輝いた。

「そ……そんなぁ……奥様、それじゃ強盗だ」

「そうね。でも店を守る気がないんだから、強盗されても仕方ないでしょ」

「でも……」

「この世界は、元々暴徒だらけよ。本当に暴れることは出来ない暴徒達……」

　壊れたウルトラアイを見つめて言う。

「ミヨちゃん。私達は暴れましょう」

＊

　国会議員会館はガランとしてほぼ人の気配がなかった。

　寒々とした廊下の一番端に、一つだけ明かりのついている部屋がある。

　ドアのプレートに〝川上才蔵官房長官〟とある。

　川上はソファーに座り、テレビに映る富士見総理をジッと見つめていた。

　広く突き出した額がキラリと光っている。銀のフレームの眼鏡はこの人物の冷酷さを表しているようだ。

　……相変わらずのバカ面だ。

　こんな非常事態に国会を召集し、自分だけノコノコ出てきた富士見は、誰もいない会議場で呆然と座っている。

　テレビ画面の右下。ワイプの中にDr.パパゴがいて、表示された数字が減っていく。

〝カミソリ〟と呼ばれる川上からすると、富士見はいかにも愚鈍だ。

……なぜこんな奴が……。

と、考えずにはいられない。

先代党首の富士見興造にしろ、娘の洋子にしろ、なぜ自分を差し置いてコイツを選んだのか？

　富士見幸太郎が興造の私設秘書になる以前は、川上が洋子と結婚をし、興造の跡を継ぐというのが既定路線だと誰もが思っていた。

　川上は若きエースだった。憲政史上最大の怪物と呼ばれた興造の右腕として富士見内閣の要となり、財務大臣、防衛大臣、外務大臣を歴任し、将来のリーダーの第一候補だった。

洋子とも、何度か父親公認で食事をした。

しかし幸太郎が現れてからは、状況が変わった。

何故かはわからないが、興造の意識は幸太郎に向くようになった。洋子も徐々に幸太郎に惹かれていくようになる。

幸太郎は川上より年齢は一つ上だったが、秘書としては新人。仕事は実質興造のカバン持ちで、初歩的な失敗ばかりを繰り返す無能ぶりだった。


幸太郎の出馬と洋子との結婚が同時に決まった時、政界でまことしやかに言われたのは、興造が川上を恐れたのではないか、ということだった。切れ者の川上はいつ自分の寝首をかくかわからない。彼に継がせてもおそらく興造は院政を行うことは出来ないだろう。

明確な政治家としてのヴィジョンを持ち、実行力もある川上を操ることは不可能であると判断した興造が川上を切り、自分の駒として使いやすい幸太郎に跡を継がせる方が得策と考えたのではないか、と。

今となってはわからないが、興造が遺言として、幸太郎が首相になった時には必ず側近に川上を置くように、と指示していた事実が、興造が川上の頭脳と手腕を高く評価していたことの証明とも言える。

一方で興造は生前こんな言葉を残している。


『指導者は器、部下は頭脳』


「こいつが指導者の器だと言うのか？」

川上はテレビを見ながら呟いた。

「おい、富士見。この局面をどう乗り越えるつもりだ？」

富士見がトボトボと会議場から出ていく。

ふと、川上の脳裏を、先程富士見が浅間に言った言葉がよぎる。

『フロンティアに行く』

……バカか。

唐突に恐怖を感じる。

バカほど怖いものはない。戒厳令下のフロンティアに領空侵犯したら宣戦布告と同じだ。

しかしバカを本気で実行に移すのが富士見という男

だ。

呆れつつ川上は、実はわかっていた。

そういった子供じみた行動力が自分にはない。

これが興造の言う器というやつか？　まさか……。

無邪気で幼稚な実行力。

理詰めの川上からすれば、はた迷惑なだけで、こういった思想は国を滅ぼす危険なものだ。賢い国民は充分わかっているから、理想論の野党は政権をとれない。

政治は結果。理想を高く掲げるよりも、現実路線がものを言う。

しかし時にカリスマは理屈やセオリーを軽く超えてくる。

最近では川上自身、富士見を憎みきれず、むしろどこかで惹かれている自分に気づく時があった。

「ふん。……冗談じゃない」

川上はテレビを消しため息をついた。

＊

真夜中のピースランド国際空港D滑走路に、政府専用機が誘導路からゆっくり進入しつつあった。

空港は閉鎖されており、管制塔は暗いままだったが、滑走路灯だけがかろうじてついており、広い空港は星空のようだった。


機内では、富士見、五代、末松が席に着いている。

「総理、本当にこの飛行機は飛べるんでしょうか？」

五代が不安そうに言う。

「私は飛行機の構造のことまで知らないよ。ただ飛んでもらわなければ困る」

「は。ただ私が言っているのは、物理的に飛べるかどうかではなくて、管制塔を使わずに無事に飛行機が飛べるものなのかということでして……」

「そんなこと私にもわからないよ」

搭乗したのは2時間程前だった。

臨時国会の後、首相公邸で待機していた富士見達は、タブレットに入ってきた桜の指示によって、公用車で空港に向かい、誰もいない空港裏のフェンスを開け、車のまま航空機の格納庫まで乗り付けた。シャッターは開いており、中に政府専用機が駐機していた。

車から降り、富士見達がポカンと見上げていると、搭乗ハッチを開け顔を出したのは桜だった。

「へへへ、総理、御苦労さんです。さ、中へ。早く！」

富士見達は言われるままにタラップを上がった。

桜はどこで操作を覚えたのか、ＣＡのように手慣れた様子でハッチを閉め、皆に救命胴衣を配る。

「とりあえず、コレ、ずっと着ててください」

桜は自分も胴衣を装着し、皆の前で説明する。

「緊急の時は、このロープを両手で思いきり下に引っ張ってください。一気に空気が入ります。それでも膨らまない時は、こちらのチューブを口にくわえて息を吹くと膨らみます。わかりますね？」桜は左右両方にあるチューブを口に当て、息を吹き込む真似をしてみせた。

富士見達はそれぞれ不安そうに指示に従う。

五代の隣の末松は既に顔面蒼白。幽霊のような顔で言う。

「……これ、緊急の時に着るやつですよね？」

「まあね。ちょっとでも危ないと感じたら、空気入れちゃって。エアバッグの効果もあるから」

「おい、桜君。そんなに危険なのか？」

桜は笑顔だ。

「まぁ、戒厳令下のフロンティアの領空を侵そうっていうんだから、多少の攻撃は覚悟しなきゃな」

「攻撃……」

「ああ、そうなればかなり揺れるだろうからな。五代君、頭ずれないように気をつけろよ」

「ど、どういう意味だ」

慌てて頭に手をやる五代を尻目に桜はコクピットに入っていった。

機が滑走路の出発地点に着いた時、桜はコクピットから出てきて富士見の隣に座り、シートベルトを締めた。

「そろそろ離陸します。総理、シートベルトはきつめに締めといてください」

「よかった。君が操縦するのかと思ったよ」

「まさか」

桜は笑う。

「あの……」と末松が言いかける。

「だめだ。しばらくトイレはあきらめろ」と桜は言い、

「みんな、なるべくシートに深く座ってしっかり肘掛けを摑んでおけ！　向こうからすると俺達は特攻隊だ」。

エンジン音が急に高まると飛行機は一気に加速する。体に相当なGがかかる。

飛行機に乗り慣れていない人間でもかなり荒い操縦だとわかる。

チラッと窓から見える管制塔は暗いままで、何の指示もない。今頃ピースランドに入国してくる飛行機はないだろうが、万が一航路の先に別の航空機が横切ったりしたら一巻の終わりだろう。

機体がフワッと浮かび上がった。

機内座席の前にあるモニターには、Dr.パパゴの映像が映し出され、画面下の数字が減っていっている。

『起動まであと』、
１９６５５２……１９６５５１……１９６５５０……。あと2日と少しだ。

「総理、覚悟はよろしいですね。いよいよ宣戦布告です」

「バカ言うな。私は話し合いに行くんだ」

桜は富士見の顔をチラッと見る。真剣な表情だった。

「……了解」

政府専用機は上昇し、アンのいるフロンティアに向け星空へ消えていった。

潜入

警報音がけたたましく鳴り響く。

フロンティア危機管理センター。

「何事だ？」

司令官席のローレンスがマイクに向かって叫んだ。

中央にある巨大なモニターの周りには更に小さなモニターがたくさんある。

制服、背広組合わせて何百という人々が目前のレー

ダーを読んだり、電話をしたり、データを打ち込んだりして慌ただしく動き回っている。

「領空侵犯です！」

フロンティア領の地図を表示した巨大モニターでは光の点滅が、北西からフロンティア領空に侵入したり、またフラフラと外へ出たりしている。

「どこの戦闘機だ！」

人々の動きが一瞬止まり、巨大モニターに視線が集まる。

「旅客機です」

「何？」

「フロンティア空港への着陸許可を求めてます……ピースランド政府の専用機です」

「何？」

ローレンスはもう一度聞き直した。

＊

大きく機体が揺れ、富士見の体が一瞬浮き、直後、シートに強く押し込まれるように戻った。横に直角に曲がった感覚がしたかと思うと、一段落ち、更に今度は吸い込まれるように落下。体は再び無重力状態になり、シートベルトをしていなければ天井まで飛んでいたと思われるほど上へ浮き、再び下へ叩きつけられた。

後ろから末松の悲鳴が聞こえる。

五代は咄嗟に頭を押さえている。

とても気流の影響とは思えない絶叫マシンのような動きだった。

「桜……」

青ざめた顔で富士見が言いかけた時、スピーカーから機長の声がした。『桜！　奴らスクランブルかけてきやがった。しばらく揺れるぞ』

「何だ？」と富士見。

「フロンティア領空内に入りました」

桜はシートベルトを外して立ち上がり、救命胴衣のロープを引くとプシューッと胴衣が膨らんだ。

「皆、一度ベルトを外して胴衣に空気を入れて、その上からベルトを締めろ」

「さ、桜君……」

不安そうな五代に桜は微笑む。

「五代君、絶対に総理を守れ」

「う……うむ！」

元警視庁警部、柔道七段の五代は正義感に溢れた古風で実直な男だ。桜の一言で突然自分の使命を思い出すとシートベルトを外し、自らカツラを脱ぎ捨てた。今まで桜が座っていた席に座ると隣の富士見のシートベルトを外し、「失礼」と、手早く救命胴衣のロープを引いて充分に膨らんだのを確かめ、再びベルトを締める。

「総理、必ずお守りしますのでご安心を……」

「……頼むぞ」

富士見は明らかに期待していない顔で言った。

後ろで末松の悲鳴があがる。シートベルトをしたまま救命胴衣を膨らませ、苦しんでいる。

桜は揺れる機内をシートの背に掴まりながら必死で機首までたどり着くと、コクピットのドアを叩いた。

上のランプが点灯し、ロックが解除されると、ドアを開け中へ入った。

コクピットで悪戦苦闘しているのは国防隊航空部隊の軍服を着た男だった。肩には一等空佐を表す星が3つ。ヘッドフォンと特殊ゴーグルをし、操縦桿を握り、周囲に無数に散らばるレバー、スイッチと格闘していた。その素早い手さばきは、テレビゲームの達人が夢中で遊んでいるようにも見えたが、これは実際に空を飛ぶ航空機で、全ての動作には理由があり、彼の操作は的確だった。

ガタガタ揺れる機内で桜は慎重にシートの背や壁に掴まり体を支えながら、なんとか副操縦士席に座る。

「大変そうだな」桜の声はこんな時でも呑気だ。

「見りゃわかるだろ！　スクランブルだ！」

パイロットは叫びながら操縦桿を大きく引く。

機体が急上昇する瞬間、前の窓から黒い機影が4機、下に沈んでいった。

フロンティアの戦闘機だ。

パイロットはフロンティア軍の先を読んで今度は機首を大きく下げ、急激に高度を下げる。

桜は自分の体が宙に浮くのを感じた。ジェットコースターの比じゃない。体感では真っ逆さまに墜ちていくように感じる。

……このまま墜落して死ぬのかも、と、ぼんやり考えた。

気を失いかけたところで、徐々に機体は水平に戻り、右に旋回をしているようだった。

さすがの桜も顔が青ざめた。

「……振り切ったか？」

「まさか。フロンティアの戦闘機が旅客機に振り切られるなんてことはあり得ない。それよりこのままだと、こっちの機体が崩壊するぞ。私は戦闘機のパイロットだ。本来、このような旅客機のことはわからない」

「そう言ってた割にはうまく操るじゃないか」

「操縦が出来るのは私がたまたまこの機種のシミュレーターで訓練していたからだ。この先どうなるかわからないぞ」

「シミュレーター？　国防隊の君が何で民間の旅客機の訓練なんかするんだ？」

「いちいちうるさいな……再就職の為だよ！」

「え？」

「私ももう歳だ。いつまでも命削って戦闘機乗りをしてられるわけじゃない。国防隊のパイロットは引退したら大抵民間の航空会社に入るんだ。その時、操縦出来た方が有利だからな」

「ほう」

ピーピーピー！　とアラートが鳴る。

「フロンティアからの警告音だ」

「もう追いつかれたのか？」

「さっきからとっくに追いつかれてる。ぴったり囲まれてどうにもならないよ」

桜はレーダーを見る。

なるほど、真ん中に表示された機体の上下左右に4機。等間隔で赤い点滅がある。

『警告！』

スピーカーから声が聞こえた。

『ピースランド機は、我がフロンティア領空を侵犯している。速やかに領空から退去せよ！　繰り返す。貴機、ピースランド機は、我がフロンティア領空を侵犯している……』

＊

フロンティア戦闘機のパイロットの警告は、巨人の棺と呼ばれる、砂漠の町モルスに建つコンピューター基地内のスピーカーからも鳴り響いていた。『速やかに領空から退去せよ！……退去の意思がないと判断した場合には、攻撃する！』

アドムが振り返りアフマルと目を合わす。

無数にあるモニターとレーダーの前では少年達が、それぞれの持ち場でパネルを操作している。

正面のメインモニターに映るのはフロンティア領空をとらえたレーダーだ。

５つの点が光っている。中心がピースランド機で、周りを囲むように飛んでいるのがフロンティア戦闘機だ。

５機は編隊を組むようにして、北西へと進んでいた。

『こちらピースランド機だ。我々に戦闘の意思はない。フロンティア空港への着陸を要請する』

スピーカーから聞こえてくるのはピースランド機とフロンティア戦闘機の通信だ。

『我が国は現在非常体制が敷かれている。空港は封鎖中だ。いかなる航空機の着陸も許可しない。直ちに領空内から退去せよ！』

しばらく時間がたったあと、応答が聞こえた。

『当機はピースランド政府専用機だ。富士見幸太郎首相が乗っている。貴国のアン・アオイ大統領との面談を希望する』

再び時間が空いたあと、

『要請は受けられない。直ちに領空内から退去せよ。指示に従わない場合は、宣戦布告と見なし攻撃する！』

「アフマル」

モニターを分析している少年が声をかけた。

「フロンティアの戦闘機の機種がわかったよ。ＲＷ－25。最高速度Ｍ４。固定武装Ｍ81Ｂ３・22ミリミサイル、弾数５００発。中距離対空ミサイル胴体下ウェポンＳＳＭ×６。ＧＧ誘導爆弾×２……当然だけど旅客機が逃げ切れる相手じゃないよ。フロンティアを攻撃する？　どうする？」

アドムがアフマルを見つめた。

アフマルはジッと考えている。

アフマルはジャックされたままのモニターを睨み付けていた。

画面中央に映るカラフルな頭巾。Dr.パパゴの下に表

示された数字が減っていく。『起動まであと』、
９７９５８……９７９５７……９７９５６……。

１日と少し。

今まで何度も自分の中で繰り返された問いが浮かぶ。

……Dr.パパゴとは何者だ？　なぜ我々のセキュリティーを突破出来る？

「どうする？　アフマル。あまり時間はなさそうだよ」

少年達は皆アフマルの指示を待っている。

アドムもこちらを見ている。

アドムが考えていることは兄弟のようにわかる。彼は富士見をアンに会わせたいと思っている。そして、そう考える自分を表に出さないようにしている。戸惑っているのだ。自分の感情が何なのかわからないでいる。

アフマルはアドムより先にその感情を自覚していた。同じように戸惑い、うろたえている。しかし自覚した時期が早い分、アドムよりも冷静だ。

アンと富士見が会えるかどうかによって自分達の命運は分かれるだろう。しかし、それぞれその先の未来がどうなるかはわからない。

「しばらく静観。様子を見る」

アフマルは告げ、少年達は再びコンピューターパネルに向き合った。

＊

「くそっ！」

官房長官、川上才蔵はたった今切ったフロンティア政府へのホットライン端末を机に叩きつけた。

いかなる時も冷静で表情一つ変えない川上が、ここまで感情をあらわにするのは珍しい。

国民ランク１３６位。絶対に公表されることのない、全国民を対象とした特別ＩＱ測定値はポイント１８９。ピースランドでは１位。世界でも６位というエリートだ。

その川上が動揺していた。たった今自分がとった行動を明確に説明出来ないのだった。

脳裏に浮かぶのは間の抜けた富士見幸太郎の笑顔だ。

「……国家の為だ」

川上は呟いた。

自分の行動は決して富士見の為ではなく、〝国家〟という形を守る為だったのだと、声に出して言いきかせなければならないほど混乱していたのだ。

＊

上下左右を戦闘機４機に囲まれたピースランド政府専用機は、誘導され、少しずつフロンティア領空から出ようとしていた。

先程よりも飛行は安定している。

相変わらず戦闘機から警告の通信は続いている。

『応答せよ！　貴機は我が国の領空を侵犯している！……』

「どうする？　このまま指示に従えば、なんとか無事帰国は出来そうだが……」

パイロットは桜に聞いた。

桜はしばらく考えていたが、やがてぽつりと呟いた。

「……この判断をするべきなのは俺じゃない」

桜は乗客席に通じるドアを開ける。


「総理！」

突然コクピットのドアが開き桜が顔を出したので、富士見の心臓は跳ね上がった。

隣の五代は身を挺して富士見を守るような姿勢で飛行機の揺れに耐えていたが、さすがに顔はまっ赤で、髪の毛のない頭皮から大粒の汗がダラダラと落ちている。

後ろの座席の末松はとっくに失神して意識がない。

五代が叫ぶ。

「桜君！　どういう状況だ？」

「五代君、総理をここまでお連れしてくれ。総理の判断を仰ぎたい！」

五代は富士見を見る。さっきまでの揺れを奥歯を噛みしめて必死に耐えていた富士見だが、そのせいですっかり顔からは血の気が引いているのがわかる。

「……私は大丈夫だ」と言う声が蚊が鳴くようにか細かった。

五代は不安を感じながらもまず自分のシートベルトを外すと、富士見のも外し、ゆっくり介助するように富士見を立たせ、コクピットへと連れていった。

コクピットを覗くと、副操縦士の席に桜が座ってい た。思ったより狭く、あらゆる所にレバーと、無数の計器が並んでいる。

桜は富士見の手を取り、自分の後ろのエンジニア用の座席に座らせた。

「総理。あまり時間がありません」

警告音が絶え間なく鳴り響き、緊迫した状態であることは誰の目にも明らかだ。

「我々はフロンティアの領空内に入りました。そして現在向こうの戦闘機に包囲されています。このまま向こうの誘導に従って領空を出て帰国するか、指示に従わず再びフロンティアを目指すか、選択肢は二つ。ただしこれはかなりバカげた選択です。相手は世界最強の爆撃機4機、こちらは単なる旅客機。まず撃墜は避けられず、勝ち目はゼロです」

「おい、バカにするなよ。やってみなきゃわからないじゃないか」パイロットが口を挟んだ。「確かに無謀な勝負かもしれないが、こっちは相手の先を読む頭脳がある。要はここだよ」と指で頭を叩く。

聞き覚えのある声だった。

パイロットは特殊ゴーグルを外し振り向いた。顔を見て富士見は絶句する。

「き、君は……」

操縦席に座っているのは、久保田源一郎。またの名をジャネット。野党第一党前進党党首、浅間大五郎と長年にわたり愛人関係にある男だ。

浅間の弱みを握る為、マンションに乗り込んだ時に会った。

ジャネットは笑って言う。

「総理。あたしの腕を甘く見ないで」

「何でここに……?」

五代が赤い顔で口をパクパクさせる。

「桜ちゃんのしつこさに根負けしたのよ。あたしは旅客機なんか操縦したことないって言ってるのに、同じ飛行機なんだから出来るだろって、全く引き下がらないんだから」

「でもちゃんと操縦出来てるじゃないか」と桜。

「だから、それは……」

「浅間先生はこのことを知ってるのか？」

富士見が聞く。

ジャネットは少し笑った。

「もちろん。あの人はあたしが危険にさらされることなんか何とも思ってない。富士見さん、あたし、あの人から言われたのよ。『あの若僧を守ってやってくれ』って……」

「……浅間さんが？」

「頭きちゃう！　あの薄情者。でもそういうところがあの人の魅力。バカみたい。惚れた弱みね」

富士見は何も言えなかった。

その間もフロンティア軍からの警告音声は流れ続けている。

「総理、呆気にとられてるヒマはありません……」と桜。「彼の国防隊での飛行技術はずば抜けてます。それも戦闘機の性能に頼るものではなく、他の追随を許さない飛行の勘によるものです。鳥のように飛べるんです。生まれながらの天才飛行機乗りですよ。彼ならセスナでも超音速機に勝てるだろうと言われる程です」

「……ああ、なるほど……」

「それともう一つ」桜は続ける。「こちらに分があるとすれば、アン大統領です」

「どういうことだ？」

「フロンティアは、この飛行機にあなたが乗っていることを知っている。撃墜の命令を下すのは彼女だ。臨戦状態とはいえ、彼女に、あなたを撃ち落とすことが出来るのか。いや、たとえ最終的には命令を下すとしても、ほんの少しでも迷って躊躇してくれればいい。こっちはその隙を突きます」

富士見の顔はまっ白になっている。

「総理。我々の命運はあなたの魅力にかかっています」

「おい、桜！」

「時間がありません。総理、決断を！」

富士見の体はガタガタ震えていた。

「もうすぐフロンティア領空を出るわ」

そう告げたジャネットに富士見が言う。

「少しでも隙があればやれるのか？」

ジャネットは特殊ゴーグルをつけて言う。

「もちろん。我が国は、政治はだめだけど、技術は世界一よ」

富士見はムッとして言う。

「フロンティアへ向かえ！」

「ラジャー」

言うが早いかジャネットは操縦桿を思いきり前へ倒す。

グンと機首が落ち機体が急降下した。

＊

フロンティア危機管理センターは緊迫感に包まれ、何百という人々が忙しく動き回っていた。

「ピースランド機、旋回し、再びフロンティア領空内に戻りつつあります！」

レーダーに灯る５つの点の一つが大きく従来の軌道から外れ、逆方向に移っていく。

ローレンスは唇を噛んだ。

フロンティアの戦闘機ＲＷ－25は、科学の粋を集めた最新鋭の爆撃機だ。最高速度マッハ４を超える無敵の機が、たかが旅客機に翻弄されるとは、安全保障も何も無い。

レーダー上のＲＷ－25は目標を失い、それぞれ交差するように迷走している。

「何してる！　即追尾しろ！」

ローレンスはマイクがあるのも忘れ、怒鳴り散らす。

しかし一方で、人間の脳は不思議なものだと、妙に感心もするのだった。

ＲＷ－25には最新のＡＩが搭載され、標的の動きをあらかじめ予測し、相手が動きだす数秒前に動くことが出来た。ここ数年はどの国の航空会社のコンピューターにもＡＩが搭載され、戦闘はＡＩ同士の能力争いの様相を呈していた。

しかし人間の脳の判断は予測を裏切り、まるで勝算のないでたらめな動きをした。コンマ数秒、こちら側のＡＩは混乱したが、すぐに戦闘態勢に入る。

『撃墜します！』

「待って！」

叫びながら危機管理センターに飛び込んできたのはダイアナ国務長官だった。走ってきたのか、息が乱れ、額にうっすらと汗がにじんでいる。手には小型端末を握りしめていた。

「撃墜は許しません！　先程ピースランド政府川上官房長官から正式に着陸要請があり、許可しました」

「知らん」

「ローレンス！　あなた、何の権限があって命令を下してるの？　攻撃命令が出来るのは大統領だけよ」

「大統領は現在留守だ。私は権限を委任された者としてここにいる。撃墜しろ」

「待ちなさい！　大統領はエリア0から命令を下せる。あなたのやっていることは重大な国務違反よ！」

「君こそ何の権限で着陸の許可を出した？」

「緊急事態よ！」

ローレンスはニヤリと笑う。

「こちらもだ……撃墜しろ！」

「ローレンス！　待ちなさい！　ローレンス！」

ダイアナの絶叫が危機管理センター中に響いた。

レーダー上の5つの点は変わらず、徐々にフロンティア大陸上へと移動している。

ローレンスはマイクに向かって言う。

「……何してる？　早く撃墜しろ。なぜ撃たない！」

『ミサイルが発射されません！』

「何？」

他の3機からも次々と無線が入る。

『同じく発射不能！』

『こちらもです！』

『発射ボタンが機能しません！』

全ての職員が驚愕して立ち尽くしている。

ローレンスは巨大モニターの下で作業しているエンジニアに言う。

「どういうことだ！　すぐに原因を調査しろ！」

「現在原因を調べています！　電気系統の不具合の線が濃厚ですが、それにしても4機全てが同じタイミングで故障するとは確率的に考えられません！」

「じゃあ、何だって言うんだ！」

ローレンスのイライラは頂点に達し、髪の薄くなった頭皮が赤く染まっていく。

RW－25戦闘機のパイロットはかなり動揺している。

そういえば、とローレンスは思う。最近軍事訓練でもこの手の原因不明の不具合が多発している。

ベースとなる軍事コンピューターシステムに致命的な欠陥でもあるのだろうか？

　レーダー上、ピースランドの旅客機はアクロバット飛行を繰り返しながら、いつの間にか徐々に高度を下げ、ダイアナに許可されたフロンティア空港の特別滑走路へ近づいている。

＊

　戒厳令で明かりの消えたフロンティア空港周辺。いつもは見えない星々が空に瞬いている。

　無数の星の中で一つの光が大きくなり、接近してくる。やがてそれが目視で旅客機だと確認出来るようになり、特別滑走路の手前で着陸態勢に入った。

＊

「攻撃成功。フロンティア軍のメインコンピューターに侵入し、戦闘機4機のミサイル発射機能を無効にした。おそらくあっちは何らかのサイバー攻撃を疑うかもしれないけど、僕らのシステムを割り出すことは出来ないよ」

　コンピューターパネルの前で素早く指を動かしながら少年が言った。

　砂漠の町モルスに建つティグロの基地、巨人の棺。内部は世界最高水準の電子機器が広がる宇宙ステーションのようだった。

　ハッカーの少年にアフマルが声をかけた。

「よくやってくれた」

「別に、こんなのどうってことないよ」

　振り返り、そう言った少年は嬉しそうに大きな瞳を輝かせ作業に戻る。

「あのフジミという男を助けてどうするつもりだ？」

　いつの間にかアフマルの近くにいたアドムが耳元で聞いた。

　アフマルは前を向いたまま答えない。

「……あの女と会わせるつもりか」

　女とは、アンのことだ。

　アドムを見ると、かつて『神とは、何だ？』と問うた時と同じ、切羽詰まったような目をしている。富士見をアンに会わせることは、アドム自身が自覚しないまま望んでいるはずのことだ。アフマルにはそこまで明確な意思があったわけじゃない。

反射的にハッキングの命令を下したという方が近い。

アンを調べていくうちに、彼女は両親をカフェテリアテロによって亡くしていることがわかった。

カフェテリアテロは、ティグロの前身である過激派組織ゴルグが起こした爆破事件だ。

首謀者ブルタウ将軍の存在を知ったのもあの朝のことだ。

当時自分は6歳。レヴォルシア共和国に住む恵まれた移民だった。

朝、テロの発生を告げるテレビを不安そうに見ていた両親の顔は今でも脳裏に焼き付いている。

あの日からアフマルの人生は変わった。ブルタウ将軍が変えたのだ。

アンもまた、ブルタウによって人生を変えられた一人だという意味で自分と同じだ。

初めて会った時に彼女の瞳の奥に見つけた温かい光。初恋の人、シンディの幻影。母の瞳。

『神とはお前を創ったものだ』

アフマルがかつてアドムに答えた自らの言葉だ。

アフマルは今、自分が冷静な判断を下したという自信が持てないでいた。

今まで、〝何かを終わらせる〟ということをひたすらし続けてきた自分達が、今回は、〝何かを続ける〟という選択をしたのだ。

＊

「フジミ総理。あなたがやったことは立派な宣戦布告だ。こうして我が国に入れたのは特別措置です。本来なら撃ち落とされても文句は言えない状況だったということをしっかりとご理解いただきたい」

普段は色白のローレンスの顔が紅潮していた。

「首脳会談の申し入れはしたはずだ」

富士見が通されたのはザ・ハウス内、ダイアナ国務長官の執務室だった。

「我が国は戒厳令下です。入国はたとえ国家元首であってもお断りしている」

口調からイライラが伝わる。

「貴国の鎖国政策は間違っている」

「何だと？」

「どんな状況でも外交の手段を断ってはならない。必ずそれが戦争のきっかけになる。歴史を見ればわかる。私は、それを言いに来た。残された時間が少ないからこうして出向いてきたんだ。それに話したい相手は君じゃない。大統領と会わせてくれ」

バン！　とローレンスはテーブルを叩いた。

「大統領は不在だ！」

「ローレンス！」

今まで二人のやり取りを黙って見ていたダイアナが口を開く。

「入国は私の責任で許可したのよ」

「ああ、そうだったなダイアナ。ではこの一件は君の責任において処理してくれ。私は公務がありますので、失礼します。総理大臣殿」

乱暴にドアを閉めローレンスが出ていった。

富士見は憮然として腕を組んでいる。

ダイアナは以前から、ピースランド人は心の奥底で何を考えているのかわからないと思っていた。

目の前に座る富士見を見つめ、ダイアナの思いは更に募る。この世界的な非常時に一国の首相自ら暴挙とも言える行動に出るとは、まともではない。このピースランド人の目的が見えない。単に愚かなだけなのか、あるいはこの機に乗じて世界を更に混乱させようとしているのか。だとしたらどうして？

「フジミ総理。ローレンス国防長官の非礼は私からお詫びいたします」

ダイアナは富士見の表情を観察しながら声をかける。

「私の秘書達を解放してほしい」

秘書の桜、五代、末松、そしてパイロットのジャネットは、空港に到着するなり連行され、小さなホテルの一室に監禁されていた。

「申し訳ありません。現在は戒厳令下です。彼らの自由行動は控えていただかねばなりません。ただし、拘束もしませんし、当然危害も加えません。ただ外出は困ります。しばらくの間フロンティア政府の来賓としてホテルの部屋で丁重に監視させていただかなければなりません。彼らの身の安全は保証します」

桜達の部屋の前にはＳＰが二人張り付いていた。

「わかった」

意外なほどあっさりと承諾する。

「アン大統領は今どこにいる？」

「は？」

ダイアナは言葉に詰まる。

「ローレンス国防長官は不在と言っていたが……」

やはり聞き逃していなかったようだ。重大な国家機密について、感情が高ぶるあまり口を滑らしたローレンスを改めて苦々しく思う。

「……大統領は現在、別の安全な場所で指揮を執られています」

「ほう……安全な別の場所ね」

富士見は胸ポケットからタバコのパッケージを出した。それは〝コートの前をはだけ局部をさらけ出した変態の男〟の形状をしていた。その局部から１本出し、くわえる。

『死ネ』

部屋は禁煙だったが、ダイアナは顔をしかめただけで、何も言わなかった。

富士見は深く煙を吸い込み、ゆっくりと吐き出し、携帯灰皿に灰を落とす。

「パパゴに人間核爆弾と名指しされたのをそのまま信じて、爆発してもいい場所に移したというわけか」

普段間の抜けた顔をしているこの男は、自分が思っているよりずっと鋭いのかもしれない。ダイアナは警戒した。

「大統領が望んでそうされました」

「ほう……」

再びタバコを吸い込む。富士見の小さな目からは感情が読み取れない。

ダイアナは観念して言った。

「アン大統領は現在、ハピネス諸島にいます」

「ハピネス諸島？……核攻撃を受けたハピネス諸島か？　なぜそんな所に」

ダイアナは少し目を伏せる。

「大統領の安全は確保されています」

富士見はダイアナをジッと見つめる。

ピースランドでのマスターズ会議の時、彼女はアンのそばにいつも寄り添うようについていた。単なる国務長官として以上に、アンは彼女を信頼しているのだろうと感じた記憶がある。

「ハピネス諸島に何があるんだ？」

ダイアナは沈黙した。

「確か君のあだ名は〝ダイヤの心臓〟だったな。ホワイト大統領からそう呼ばれてた」

国際会議では常にホワイトの隣にこの男が座っていたのを思い出す。自ら発言することはほとんどなかったが、和平ロードマップについて語るホワイト大統領の言葉に、いつも真剣な表情で耳を傾けていた。

「私はホワイト大統領をとても尊敬していた。彼の進めたティグロとの和平交渉は彼にしか出来ない、世界を救うたった一つの道だった。大統領は私にとって政治の師だ」

ダイアナも全く同感だった。

ホワイトを愛し尊敬していたし、自分がチームホワイトの一員であることを何よりも誇りに思っていた。しかしアンの父、ジョセフ・ウォーカーが残した文書により、今はその感情も揺らぎつつある。

「以前、アン大統領にもこの話をした」

富士見はタバコを携帯灰皿で揉み消す。

ダイアナは黙って次の言葉を待つ。

「私は、ホワイト大統領の遺志を継ぐアン大統領に重要な話があって来た。非礼は詫びる。大統領に会わせてくれ。彼女はどこだ？」

ダイアナはしばらく黙考した後、口を開いた。

「アン大統領はエリア０にいます」

今となっては、このピースランド人に全てを賭けてみるのも一つの方法かもしれない。

「エリア０？……エリア０とは何だ？」

「ハピネス諸島沖合にある、我が国の軍事用核施設です……」

「軍事用核施設とは……どういうことだ？」

みるみる富士見の顔は青ざめていった。心の奥に自分でも理解出来ない思いがわき上がってくる。嫌な予感しかしない。

「……フロンティアは、核を廃絶したのではないのか？」

「解体、廃棄作業は現在も続いています」

富士見は絶句した。

〝核兵器完全廃絶宣言〟はセーフティーボウルに属する全ての核保有国が世界公約として結んだ期限付きの条約だった。

どの国も多少の差こそあれ、公表した量を上回る核を保有していたが、フロンティアの隠れた核保有量は各国の想像を絶した。全世界の核兵器の95％を超える量だ。

国際規約の期限内での処分は到底不可能であり、核ミサイルの解体、核廃棄作業は、ハピネス諸島・エリア0において、秘密裏に進められることになった。現時点においても全ての核を廃棄するまでには150年はかかる見込みだった。

ダイアナがそう説明した。

核を持たない同盟国の首相として到底納得出来るものではない。

「君達は世界を欺いたのか」

ダイアナは沈黙する。

富士見は怒りつつ、今はそれを問いただしている場合ではない、と自分に言いきかせなければならなかった。

〝コートの前をはだけ局部をさらけ出した変態の男〟の局部からもう1本取り出す。

『死ネ』

「アン大統領は自ら進んでエリア0に行ったのか」

「はい。自分の体が核爆弾であるという可能性がある以上、他者に被害が及ぶ場所にいるわけにはいかない、と」

富士見は深く煙を吸い込んで考えた。

強い意志を持ったアンの真っ直ぐな瞳が思い出される。

彼女は自分が言う通りモンスターかもしれない。

「私はアン大統領と話さなければならないことがある」

「……わかりました」

ダイアナはエリア0との直通回線に繋いだ。

モニターにアンが映る。久しぶりに見るアンの顔は少しやつれた印象だった。『ダイアナ。アッシュはちゃんとご飯を食べてくれてる？』

「こんな時にも猫の心配？……大丈夫。食欲旺盛よ」

アンは安心したように笑う。

この緊急事態にも軽口を言い合うのが、二人が打ち解けた関係であることを物語っていた。

アンは強くなった。マスターズテロ直後、富士見が会った時の彼女は高校生の少女のように震え、自分で立っていることもままならなかった。

「アン。あなたに会いたいという人がいるの」

『私に？』

アンは少し驚いた表情になる。

ダイアナに促され、富士見はモニターの前に座る。

『富士見さん？……なぜあなたがそこに！』

*

真夜中のD地区。

月明かりに照らされて、遠くに停止した観覧車のシルエットが見える。

森へと続く山沿いの道を、4つの人影が何かを担いで歩いている。

翔と友希と拓と大輔だ。彼らが担いでいるのは、翼の人形だった。

翔のマンションのリビングルームから、新一と早苗が寝入ったのを見計らって、持ち出してきたのだ。

「……ちょっと待ってよ……重い。もう無理……」

一番痩せている拓が音を上げる。

「マジでもう握力が無理……」

持っていた翼の人形の左足を放した。

左足は大きな音をたてて地面に叩きつけられる。

「あっ！　おい！」

「何だよ、拓！」

他の3人もバランスを崩して倒れる。

翼の人形は道に投げ出された。

「おい、急に放すなよ！　危ないだろ！」

友希が拓に言う。

「ごめん。……でももう本当に無理だ。ちょっと休ませてよ」

「俺も無理かも」と大輔。

「何だよお前ら」

「友希、俺も疲れた」と翔が言う。

「はぁ？　お前が運ばせてんだろ！」

「そうだけど……」

「……っていうか、重すぎるだろこれ！　持てないよ！」

　４人は道路に大の字に横たわる。

　真ん中に翼の人形が瞼を閉じて寝ている。

「何キロあんだよ、これ？」

　友希が人形を見つめ、翔に聞いた。

「……わかんない」

「何だよそれ……」

「これ、電源入れたら軽くなるんだよな？」

　大輔が思い出したように言う。

「そうだけど……」

　翔は気乗りしない表情だ。

「何だよ？……いいじゃん、電源入れようぜ。自分で歩くかもしれないいじゃん」

　友希は目を輝かせた。

「そうかな……勝手に連れ出されたってわかったら、暴れて大騒ぎするかも」

「何でだよ。こいつ翼なんだろ？　あいつだったら、俺達が森に行くって言ったら、自分も行くって言うぜ」

　翔は少しの間言葉を探した。ポケットからチョコレートバーを出して袋を開ける。

「一人で食うのかよ」と拓。

「あ」

　３人は翔のポケットを見ながら手を出した。翔は、みんなにチョコを渡すと一口かじった。

「なんか、前の翼と違うんだ。翼じゃないかもしれない。ただのガラクタかも」

「どう違うんだよ」

　友希は少し不安そうだった。

「言うことが翼じゃないみたい。死んだから変わったのかもしれないけど、生きてる人間のことバカにするんだ。死んだ人間は良い人間で、生きてる人間はだめな人間だって」

　拓と大輔はチョコを頬張り、顔を見合わす。

　友希は黙って前を見ている。翼がそんなこと言うかどうか、考えているのかもしれない。

「翔。お前はこの人形が翼だと思うから、海に帰したいって思ったんだろ？」

「そうだけど……」

「電源入れてくれ。翼と話したい」

友希が言うと拓と大輔も言った。

「俺も」

「俺も話したい」

翔は戸惑っていた。

「がっかりするかも……」

「いいよ。もし話して翼じゃないと思ったら、電源切って、ここでぶっ壊しちゃえばいい」

「うん」

遠くで波の音がする。船も出ておらず、まっ暗でわからないが、道路の向こうは海だ。

翔は翼の電源を入れた。

ブーンと起動音が鳴って人形の額に付いた電源ランプが点灯する。やがて、瞼がぼうっと白く光った。

友希達が静かに見守る中、翼の目がパチリと開く。腹話術の人形のような黒目がちな目は、まつげがやけに長く、薄気味悪い。

翼の人形は、目の前にいる友希をしばらく見つめるとギーという音をたてながら首を360度回転させ、拓、大輔、翔を見て、再び友希の正面で止まった。友希達は内心ギョッとする。

翼はパチパチとまばたきをして、パカッと口を開ける。

「ケケケケケ！」

甲高い笑い声。カン！　カン！　カン！　と金属音が響く。

「友希！……ハハハハ！……友希ジャン！　久シブリダナ！　ハハハハハ！」

頭から白い煙を上げながら目玉が飛び出してグルグル回転した。

「何シテンダヨ!?　元気ダッタカ？　ケケケケ！」

目玉が引っ込むと今度は舌が飛び出した。

「ハハハハ！　拓！　大輔！　オ前達モイタノカ!!」

首がグルグル回る。

「ケケケケ！　ハハハハ！」

カン！　カン！　カン！　カン！

友希がいぶかしげに言う。

「……翔、これ本当に翼なのか？」

「わからないよ。でも母さんは信じてる」

「オレハ翼ダ！　オレハ翼ダ！　オレハ翼ダ！」

カン！　カン！　カン！

モクモクと煙が立ち、声が夜空に響く。

「ちょっ……翔」

友希は戸惑い、翔を見る。

翔が翼の前に立つ。

「ケケケ……ナンダヨ、バカ翔。ナニ見テンダヨ？」

「翼」

「…………」

翔が翼の人形に直接話しかけるのは、もしかしたらこれが初めてかもしれない。

翼の人形は舌を出したまま止まった。

「ナンダヨ？　翔……ナンダヨ？」

「船を手に入れたよ」

「フネ……」

「うん。翼の船にしていいよ」

翔は、翼が海賊になりたいという夢を自分にだけ打ち明けてくれた夜を思い出していた。聡明な翼らしくない、子供じみた夢で、翔は笑ったが、なぜかとても嬉しくて、そういう翼が大好きだと感じ、自分も協力して夢を叶えたいと思った。


翔は翼の人形に言う。

「キャプテン・ハックになれよ」

しばらく間があったあと、突然、
ピーピーピー！

と、今まで出したことのない音をたてると、翼の目は光り、首と体がそれぞれ逆に回転しはじめた。体の奥で、オルゴールのような音色でメルヘンチックなメロディが奏でられている。

「……どうしたんだよこいつ？」

友希は、後ずさりしながら翔の耳元で聞く。

聞かれたってわからない。

こんな機能も付いていたのか……と、翔はぼんやり思う。

ピー！　ピー！　ピー！

「ハハハ！　翔！　友希！　拓！　大輔！　ハヤク船ニアンナイシロ！　オレヲツレテイケ！　オレヲツレテイケ！」

翼の人形は短い足でスタスタと森の方角へ歩き始めた。小さなロボットが自ら歩く姿を呆気にとられ見つめる４人。

「オイ」翼は振り返って言う。「ナニシテル？　ボーットスンナ！　ハヤク、アンナイシロヨ、バカ!!」

翔達は顔を見合わせ、翼に続き歩き出した。

＊

真夜中のD地区。小高い山の頂に載っている巨大な岩。その上に乗り上げた漁船は、絶妙なバランスを保ち、下に落ちずにいる。

〝飛翼丸〟と船べりに書いてある。

翼の人形は船を見ると実に軽やかに、スルスルとそり返る岩を登っていった。

隠された機能なのか、胴体から細い管が幾つも伸び、岩に吸い付く。先に吸盤でも付いているのだろうか？　管は吸い付いては離れ、上に伸びまた吸い付く。翼の人形は熟練したボルダリングの選手のように素早く頂上まで上がった。

「……どういうことだよ？」

上を見てポカンと口を開けていた友希が呟く。

「……行こう」

翔は自分も登り始める。友希、拓、大輔も慌ててそれに続いた。

翔達が登り切ると翼の人形は既に操舵席にスッポリとはまっていた。

人形の体から幾つもの配線が伸びて船の操舵盤に繋がり、半ば機械と同化していた。

翼の人形の目は発光し、電子音が鳴り、首は回転している。その様子は人形などではない。完全に機械仕掛けのアンドロイドだ。

翼のアンドロイドが動くと同時に操舵盤のレーダー、ソナー、タコメーターなどに細かい光が灯っていく。

魚群探知機のモニターに暗号めいたプログラミング言語が高速で表示され、最新のオペレーティングシステムに書き換えられていく。

「何だよこれ？」

友希が目を丸くする。

ふと、翔の脳裏にこのアンドロイドが家に配送されてきた日の記憶が蘇る。

大きなダンボール箱から取り出され、組み立てられていく機械の体。辞書のように分厚い取扱い説明書。

〝各種部位〟〝ご使用いただくにあたって〟などの項目。……パラパラとページをめくると、後ろの方に書かれていた〝特殊機能についてのご説明〟の文字。

……特殊機能？

確かに説明書の最後のページに〝特殊機能〟についての解説があったことを記憶している。しかしそれがどういった内容だったか、ぼんやりとしか思い出せない。そもそもあの時は、興味を持って読んだというわけでもない。分厚すぎる説明書に辟易として投げ出してしまったのだ。

翔はウルトラアイをかけてもう一度翼の人形を見る。グラスの内側に翼の人形のデータが表示されていく。

〝遺族対応型アンドロイド〟
〝商品名・ソウルドール・最新型〟
〝クラス・G－００９９９〟
〝固有名・篠崎翼〟
〝シリアルナンバー・C－３５８１２４６〟
〝メーカー……ピノキオ・カンパニー　所在地不明〟
〝言語機能搭載〟
〝魂微弱電波傍受機能搭載〟
〝電波受信言語アルゴリズム変換ＡＩ搭載〟
〝非常時　災害時・ＡＥＤ搭載〟
〝非常時　災害時・救命機能搭載〟
〝非常時　災害時・避難経路ナビゲーションシステム搭載〟
〝非常時　災害時・耐火バリア及び脱出用船艇・飛行艇・自律改造機能搭載〟
〝非常時　災害時・安全バルーン機能搭載〟

徐々に翔の記憶が蘇る。

ピノキオ・カンパニーの〝新型ソウルドール〟が発売されたのは、天山大噴火から1年が過ぎようとしていた頃だった。

噴火当時、流れ出す溶岩から逃げ遅れ、助からなかった人が多くいたことから、ピノキオ・カンパニーは災害時に自動で救命ボートや救命飛空艇に変わる機能や、医療キットやＡＥＤなどの機能が内蔵された新型ソウルドールを売り出したのだ。

キャッチコピーは、

『天国にいるあの人は、きっとあなたを守りたいはず』

　天山噴火の遺族の悲しみを利用するような商法に世間ではバッシングが起きたが、批判の声に反して、それまで細々としか売れていなかった怪しげな人形・ソウルドールは、当の遺族を中心に爆発的に売り上げを伸ばしたのだった。

　翼の母、早苗のような遺族の中には、実際にソウルドールで救われた人がたくさんいたのだ。

　国も遺族のPTSD問題に頭を悩ましていた。自殺者も増加の一途を辿っていたので、消費者の強い希望があるのを理由に、多少の誇大広告、商品の信頼性には目をつぶってきた。何よりも復興を第一に考えたのだ。


　現在、翔達の目の前で翼のアンドロイドは、漁船に内蔵されたコンピューターを、前回翔が書き換えたものより新しい環境へ更に進化させている。

　おそらく非常時の機能が働いているのだろう。

　魚群探知機のモニター上に、プログラミング言語が目まぐるしく表示され、スクロールしていく。

*

「嫌ぁーっ！」

　リビングから早苗の悲鳴が聞こえてきたのは、明け方近く。窓の外が薄明るくなり始めた頃だった。

　新一が寝室を出てリビングに行くと、早苗は半狂乱になりながら部屋中を歩き回っている。

「翼！　翼ぁ！」

　リビングの端、夜の間はいつも置いてあるはずの椅子形充電器の上に翼の人形がない。

「どこ！　翼ぁ！」

　椅子を倒し、テーブルの下を覗き、キッチンの下の扉を開け、中のフライパンや調理器具を放り出した。

「……早苗」

「翼！　翼がいないの！　どこ？　ボーッとしてないであなたも捜してよ！」

　耳をつんざくような金切り声で叫びすぎて、既に声はかすれている。

「……翔もいない」

「……翼！……翼ぁ！　どこなの？　翼！　どこよ！」

「早苗！……翔もいないんだ。昨夜から帰ってない！」

「翼！……翼ぁ！」

「早苗！」

新一は強く早苗の肩を揺する。

「翔もいないんだよ！　もうすぐ世界が終わるかもしれないんだぞ！　早苗！」

早苗は涙を流しながら放心状態になる。

「俺達が捜さなきゃいけないのは、翔なんじゃないのか？」

「…………」

「翼じゃない。……俺達が今捜すべきなのは、翔だよ。そうだろ？」

早苗の目が少しずつ元の光を取り戻すように見えた。

再会

ハピネス諸島・エリア0。地下5000メートル地点に広がる巨大都市。

世界に隠れて核保持を続けたフロンティアが造ったのは、街全体が核シェルターの役割をする巨大な地下空間だった。

街の中央に建つビルは司令塔と呼ばれる建物だった。

アンは、最上階にある司令室の窓から外を見ていた。外といっても地下なので、当然空はない。広い鉄の天井がどこまでも続いている。圧迫感があるが、冷たい中に小さな電灯が点々と吊るされている様子は星空に見えなくもない。

眼下に広がるのは、核兵器解体施設が延々と続く光景だった。大勢の職員達が作業をしている。皆、規則正しく動き、冷静で無表情だ。

アンのいる部屋には幾つものモニターがあり、エリア0全体の作業工程を監視出来る。また、アンの机の前にはザ・ハウスと直接繋がり、指示を送れるパネルもあった。

アンはフロンティア大統領として、自ら望んでここに監禁状態となっているのだった。

ダイアナから父の遺した文書を見せられた直後、サイモン空軍長官らに連行されるようにして、エリア0に運ばれてきた。

ここへ来てからはずっと父の文書の意味を考え続けていた。しかしいくら考えても答えは見つからない。

本当にホワイト大統領が父を抹殺したのか。

ローレンスはそれを知っているというのか。

ダイアナの他に政府内に信用出来る人間がいないのだとすれば、ここにいる方が安全なのかもしれない。

窓から離れ、無数にあるモニターを見る。

中に一つだけ明らかに他と違うものが映っている。

カラフルなつぎはぎ頭巾の男が正面を向いている。

Dr.パパゴだ。

父の文書によれば、フロンティア国防総省内のテロ対策セクション、SECTION45によって育成された対テロ組織用デザイナーベビー。〝Ω〟、コードネーム・パパゴは、ある時忽然と姿を消したはずだ。

そのパパゴと、モニターに映るDr.パパゴが同じ人物だとすれば、なぜ今頃になって世界にその姿をさらしたのか。彼の目的は何か。

画面の下に表示されている数字が減っていく。


『起動まであと』……65378……65377……65376……。

20時間を切っている。


来訪者を知らせるランプが点灯する。

アンがロックを解除すると両側を警備兵にしっかりとガード、というよりも連行されるような形で、富士見幸太郎が入室してきた。

アンが目で合図をすると警備兵達は出ていった。

富士見はくたびれたスーツ姿で、髪も乱れネクタイも曲がっている。ここに彼が来ることは少し前にダイアナから知らせが入っていた。

富士見をエリア0へ送るという決定をローレンスに納得させるのはさほど苦労しなかったとダイアナは言った。

ローレンスにとってはこのタイミングで厄介者をアンと同じ場所に監禁することは好都合だった。ローレンスがそう考えるようダイアナが話を誘導したのだ。

いかにも機転がきく彼女らしい判断だ。

無機質な司令室の様子を唖然として見ている富士見

の姿はどこか懐かしかった。

「総理。あまり無茶な行動をされては困ります」

アンは大きな黒い瞳で富士見を睨んでいる。

「無茶をされてるのはそちらです」

富士見の目は小さく、いつもより更に情けない。

「こんな施設が存在するとはなぁ……」

富士見の言わんとしていることはわかる。国際的に合意した核廃絶の規定を破り、今なおこうして核を持ち続けていることに対して文句があるのだろう。

アンはまるで、無垢な少年を騙していたような気分になる。

「大統領。今、どうしてもあなたと話す必要がありま す」

富士見は核問題には触れず、無機質な部屋を見まわした。

「ここで、話が出来ますか？」

「もちろん。公式のお話なら何でも」

〝公式の〟ということは逆に言えばオフレコの話は出来ない。全ての会話がチェックされているということだ。

「なぜあなたがこんな所に監禁されなければならないんです？」

「監禁ではありません。私の権利が奪われたわけでもありません。私はここからザ・ハウスの危機管理センターに直接指令を出せます。それに私の身に何かが起これば すぐに中央に伝わり、軍が出動するでしょう……」

アンは、そっと瞳だけで天井を見上げてみせた。

富士見が天井を見ると、監視カメラが等間隔で複数台設置されている。中の一つに目がとまり、首をかしげる。他のカメラとほんの少し形状が違っているように見える。ジッと目をこらした。

「富士見総理……」とアン。「もし私にご用件があるのならお聞かせください。私はあなたになるべく早くピースランドへ帰国していただきたいと思っていま す」

アンが見つめるモニターにはDr.パパゴが映っている。

画面下のカウントダウンは、容赦なく減っていっている。

起動まであと、11時間を切っている。

「〝起動〟というのが何を意味するのかわかりません。もちろん我々はパパゴの破壊活動を全力で阻止しますが……もし、世界が滅亡するようなことがあるのなら、その瞬間富士見さんにはご自分の祖国にいてほしい。私の近くにいることは危険です」

富士見はアンの言葉を噛みしめ、言う。

「お心遣いには感謝しますが、その心配は無用です」

アンは大きく首を振る。

「いいえ。それがあなたの指導者としての責任です」

「あなたは随分強くなられた」富士見は笑った。

アンはムッとして言う。

「この期に及んでからかわれるのは心外です」

じゃじゃ馬と呼ばれる気の強い女性は怒ったような表情を崩さなかった。

「からかってなどいません……わかりました」

富士見は内ポケットからＵＳＢカードを取り出す。

フロンティアに着く直前、桜から返されたものだ。

アンは受け取ったＵＳＢカードをタブレットに差し込む。

起動し、画面を見つめたアンの目は大きく見開かれた。

冒頭にはこう書かれていた。

『セーフティーボウル及びティグロ融合条約・世界独立制統一国家樹立の為の草案』

アンは黙って文章を読んだ。

第四部

告白

安全な球

報業タイムスの社内は、今まで感じたことのない異様な雰囲気に包まれていた。

普段は夜討ち、朝駆け、張り込み、地回りなど、社で顔を合わすことなど滅多にない記者達が皆部屋にいて雁首を揃えている。

戒厳令下の街はゴーストタウンのようで、いくら歩いてもネタは落ちていないのだ。

政治家達は真っ先に家に引きこもり、国会は全く機能していない。

政治部デスク、田辺健一はぼんやりしている記者達を見ながら思った。街に人がいないことと、新聞社に人が溢れていることが、これほど不自然なこととは知らなかった、と。

何人かは時々、小型端末で他社のニュースを確かめているが、更新はない。自分達が動いていないのだから、自社のニュースも更新されない。目の前にいるWeb担当記者の指の動きが止まっているのだから当然だ。

テレビは一応つけてあるが、こちらの報道局も動きはなさそうで、朝から同じニュースの繰り返しと、Dr.パパゴの映像を流すのみだ。

田辺は渋い表情で画面から目をそらし、何度も繰り返している作業をする。他者から見えないように、小型端末の文字を読み直すのだ。

『セーフティーボウル及びティグロ融合条約・世界独立制統一国家樹立の為の草案』

『もし俺が死んだらその中の文章を一面にデカデカと載せろ』

桜はそう言ってUSBカードを渡した。珍しくふざけているようには見えなかった。

草案の最後には、〝ピースランド内閣総理大臣・富士見幸太郎〟とある。

内容は、この期に及んでまだこんな夢みたいなことをほざくのか？　と、我が目を疑いたくなるような理想論がツラツラと書かれていた。

稀代の太平楽と言える富士見幸太郎のようなリーダーに仕えなければならなかったのは、桜の最大の不幸だったのかもしれない。

ふと、ガハハと笑う桜の顔が浮かぶ。

……いや、違う、と田辺は思う。

桜春夫もまた、稀代の極楽トンボだ。あの二人は良いコンビだ。どっちもどっち。どうなろうが、自業自得だ。同情の余地などない。

メールの着信があった。遊軍記者の山岡からだ。

『富士見、無事フロンティアに到着の模様。近々動きアリ?』とある。

実は富士見の動きに関しては報道管制が敷かれていた。3日前、国会で宣言した通り、富士見は深夜にピースランド国際空港を政府専用機で飛び立った。

空港に張り付いていた記者もそれを目撃し、政府からの裏も取れていた。官房長官の川上がその事実を認めたのだ。同時に、彼が許可するまで記事にしないと各社約束させられた。

「人類の明暗を分ける事態だ」

と、川上は言った。

現在国内の政治家で動いているのは、川上才蔵だけだ。各社遊軍は皆、川上のいる新保党本部に張り付いていた。

田辺がデスクを立ち、何気なく人のいない廊下へ出ていくのを、そこにいた記者達全員が背中で感じていた。

*

田辺は廊下に出ると、すぐにイアフォンを耳に入れ、端末を山岡に繋ぐ。

「山岡、近々ある動きって何だ?」

『ああ、ナベさん……』山岡は声を小さくしている。おそらく新保党の記者部屋で、他社もいるのだろう。向こうからガヤガヤと聞こえてくる。

「おい、動きってのはどういうことだ? 富士見はフロンティアに着いたんだろ?」

『……ナベさん、そう先を急がないでください』と山岡。『オフレコですが、川上から聞きました……』

田辺の表情に緊張が走る。

山岡は番記者として川上との付き合いが長い。時々こうして他では入らない情報を仕入れてくるのだ。山岡は続ける。

『政府専用機は案の定フロンティア上空でスクランブルを受けたようですが、なんとか無事にフロンティア空港に着いたようです。富士見はそのままザ・ハウスに行ったようですが、今は……』山岡はそこで言葉を切る。

「今はどこにいる。大統領とは会えたのか？」

『ええ……別の場所で』

「別の場所？」

『はい。どこかは言えないとのことでした。しかしパパゴのタイムリミットも迫ってます。近々フロンティア側からの動きがあるとのことです』

「桜は……？」

田辺が聞き返した時、既に山岡との通信は切れていた。

別の場所でアンと富士見は会談しているというのか？

田辺の不安はますます募った。

返事はないだろうと思いながら、端末で桜にメールを打つ。

『今、どこにいる？』

意外にも5分後に返事がきた。

『ホテルでゆっくりしてる。快適。草案、まだ出すな』

桜らしく最後に笑顔のスタンプが押してある。草案とは、自分が死んだら一面に出せと渡されたＵＳＢカードの中身だ。桜なりに安心させようとしているのだろうか。

「……ホテル……？」

間の抜けた文章に田辺は心配した自分を恥じた。どこまであいつに振り回されるのか。

*

狭い部屋はタバコの煙で霞んでいた。

フロンティアに建つ安ホテルの一室に男４人でいるだけでも息が詰まったが、桜の吐き出す煙のおかげで更に空気が濁った。

桜自身もさすがに目に滲みてタバコを消した。

小さな窓の外を見る。

世界一の摩天楼と呼ばれた街は、本来なら宝石をばらまいたような夜景で、見る人を魅了するはずだったが、今は違った。

鎖国・戒厳令下の街で、ビルの明かりは全て消え、道路に車は走っておらず、ただ暗いだけだった。

桜は小型端末を見る。

田辺からのメールの着信が何通かあった。

『どこのホテルだ？』『お前はいつも言葉が足りない！ちゃんと説明しろ！』『無視するな！』『富士見はどうした⁉』……。

富士見が今どこでどうしているのか、一番知りたいのは桜だった。

フロンティア空港に着陸すると、富士見を除いた桜、五代、末松、ジャネット（久保田源一郎）の4人は軍人達に囲まれ、強制的に、このホテルの部屋に放り込まれたのだった。

それから缶詰状態で過ごしている。

五代はテレビの前に座り画面に映るDr.パパゴを睨み付けている。下に表示されたカウントダウンは……。

『起動まであと……1 8 9 0 5……1 8 9 0 4……』

5時間と少し。

気ばかりが焦る。

ジャネットは開きなおったようにベッドの上でいびきをかき、末松は何時間もトイレから出てこない。

コンコン、とノックの音。

五代がテレビを消しドアをそっと開ける。

「夕飯の時間だ。こんなもんですまないが……」

差し出されたのは大きなピザの箱だ。

「ありがとう。御苦労さんだな」

五代が言うとSPのキャットは笑って言った。

「なぁに、仕事さ」

向かいに立つバードがウィンクをする。

「お互い厄介なボスに振り回されるな。シハンダイ」

五代も思わず苦笑いでうなずく。

彼らと会うのはこれで3回目だ。まさかこんな形で再会出来るとは思わなかった。

最初は五代が富士見の密使としてアンを訪ねた時。

2回目はピースランドにおけるマスターズ会議の時。

そして今。

二人とは、柔道を通じてわかり合えた。しかしお互い祖国に忠誠を誓った身だ。こんな時は立場が分かれる。

コードネーム、キャットとバードは、五代達の監視と警護を兼ねて部屋の前に張り付いていたのだ。

考えてみれば大統領のＳＰに選ばれたエリートの二人だ。最大の同盟国ピースランドの首相周辺にいる五代達は、要人であると同時に、テロまがいの行為で入国した要注意人物であることは間違いない。

彼らが自分達を監視及び警護するのは当然といえば当然かもしれない。しかし……。

……アン大統領の警護はどうしたのか？　と、五代は思う。

「ありがとう」

ピザの箱を持つと手の中に違和感を覚える。

ドアを閉めて手元を見ると小さなメモが一緒に渡されていた。

『アンタのボスは、どこかでシュルーと会ってる』

五代はもう一度ドアを開けて二人に礼を言いたい気持を抑えなければならなかった。それをすれば他の誰かに怪しまれる。彼らは命がけで情報を流してくれているのだ。

「桜君」

「どうした？」

五代は震える手で桜にメモを渡す。

桜はドアの方に目をやる。

「そうか。……〝どこかで〟とあるのは、君の友人達も大統領の居場所がわからないということだろうな」

「……私は、柔道をやっていてよかった」

「ん？」

見ると五代は感涙にむせんでいた。

「どうした？」

「桜君。柔の道に国境はない。……勝つと思うな思えば負けよ……」

「待て待て」

桜は歌い始めた五代を制した。

「彼らにはこの先もっと世話にならなきゃならない。

感動するのはその後にしておけ」

　五代は涙を流しながらも、激しくうなずいた。そのたびに髪の毛が上下にずれた。

＊

「アニメーション？」

　アンが聞き返した。

「そうです。我々の調査では、Dr.パパゴなる人物の言ってることは全てでたらめで、かつて誰かが創造した架空の物語です。人間核爆弾の原理も、いや、発想そのものが、アニメの引用でしかありません」

　富士見は、目の前にいるアンと、今、自分達の話を聞いているはずの何者かに向けて話していた。

　アンはジッと考え込んだ。「仮にヌークリアヒューマンの理論が偶然そのアニメーションの内容と同じだからといって、現実に存在しないと言い切れるのですか？　私が人間核爆弾ではないという証明は出来るのですか？」

「……明確には出来ませんが、これを根拠にティグロへの攻撃をするのは早計で危険な判断です」

「……いずれにしても、我々が何者かによって核攻撃をされたのは事実です。そして、世界にはもう時間がありません」

　アンの視線の先のモニターにはDr.パパゴ。カウントは、『起動まであと』、

……１６２９６……１６２９５……。

　４時間半。

　ハピネス諸島・エリア０・核兵器解体施設司令室。部屋の各所に配置してある監視カメラを富士見はそれとなく見つめつつ、声を潜める。

「……その核攻撃ですが、何かおかしいと思いませんか？」

　アンは富士見を見た。

「ティグロからミサイルが発射された形跡はない。世界最強を誇るフロンティア軍のレーダーにもとらえられないミサイルなど、私には想像出来ない」

「何が言いたいの？」

「ここに到着して最初に違和感をおぼえた。大統領。ここで働いている職員達をよく見ましたか？」

「……え？」

　アンは窓の下の工場を見る。多くの作業員達は淡々と作業をしている。特に不自然さは感じなかった。

「彼らの動きを私はよく知っています」

　富士見が呟いた。

〝性風俗営業・特種遊技玩具担当大臣〟

　富士見が入閣し、最初に務めた大臣だ。特種遊技玩具とは、いわゆる大人のオモチャと呼ばれるもので、中にはＡＩ搭載のラブドール、人間と同じ質感で、動きも変わらない人形も含まれ、一時期大ヒットし、アンドロイドの発展における大きな要因となったのだった。その後、ピースランドでは、アイドルグループの観客動員数水増しに大量のアンドロイドが利用された事件をきっかけに問題視され、更に人間と見分けのつかないアンドロイドによるテロ事件が頻発し、人工知能規制法（ＡＩ規制法）が作られるようになる。要は、アンドロイドを製造する場合は、必ず外見が人間ではないとわかるようにしなければならない、ということになったのだ。

　やがて海外もこれに倣い、安全な球連合におけるアンドロイド規制の国際協定となったのだが、ＡＩ搭載のアンドロイド先進国であったフロンティアは最後までそれを拒み続けた。アンドロイドの発展は軍事的にも重要で、また第5次産業革命の肝となる分野だった為、自国の技術を後退させて利益を減少させたくなかったのだ。フロンティアの伝統とも言える保護主義だった。

　当時担当大臣だった富士見は、国際会議で苦労したのでよくおぼえている。

　フロンティアがようやく国際協定を結んだのは、あのカフェテリアテロが起きてから6年以上たってからのことだった。テロ直後、過激派組織ゴルグから犯行声明のようなものが出たが、実行犯はアンドロイドであったという説が多く出た。しかしフロンティア政府はそれを否定し続けたのだ。

　当時富士見は、あらゆる種類の人間に酷似したアンドロイドを見る機会があり、その中で彼だけが感じたアンドロイドが持つ特徴があった。だが決定的な根拠を持っていたわけではないので、富士見はそれを自分の中に留めたまま、他言することのないうちにＡＩ規制法が成立した。

　しかし数時間前、巨大な核兵器解体施設に到着した時、富士見は多くの作業員を見て、昔覚えた違和感が蘇ったのだ。

　精巧に出来たアンドロイドは、一体一体間近で見ても全く人と区別がつかないほど忠実に人間を再現しているのだが、集団になるとほんの少し、動きに違和感が出るのだ。

　アンドロイドには衝突防止のセンサーがついているので、互いが近づくと微妙に不自然な反発が起こる。2〜3体であればそれほど気にならないが、グループになった時、ある種の規則性が生まれるのだ。

　……鳥、あるいは魚の群れ、もしくは蟻の集団のような動きだ。

　そう富士見は感じた。

　以前、アンドロイドで出来た女性アイドルグループとイベントで一緒になった時に覚えた違和感だ。

　互いに信号を出し合い、一定の距離を保ちつつ、群れ自体が一つの生き物のように動く。練習してよく出来たダンスのようにも思えたが、人間にしては不自然な一体感だ。

　富士見は窓の下を見ていた。防護服を着た大勢の職員が作業している。

　……果たして奴らに防護服が必要か？

「彼らは、人間じゃない。アンドロイドだ」

　少女のようにも見えるアンの大きな黒い瞳が更に大きくなる。

「……まさか……」

「フロンティアは、既に核廃絶を完了させていると世界中が思っていた」

　アンから表情が消えた。言葉が見つからない。

「あなたを責めてるわけじゃありません。以前、あなたは自分がモンスターに見えるかと私に聞き、私はそうではないと答えた。今聞かれても私はそう答えるだろう。しかし、この国自体はずっと前からモンスターだった」

「え？」

「いや、私の国も同じだ。人は一人では分別を保っていられるが、大勢が集まった時、自分では自覚がないままコントロール出来ない巨大な怪物の一部になってしまう」

　人間もまた、アンドロイドと同様、集団になった時に個人とは別の思想が生まれる。

　アンは思わず、目の前のモニターに薄く反射している自分の顔を見る。血の気の引いた不安そうな女が映っていた。

「大統領。この施設は本当に核兵器解体施設でしょうか？」

「どういうことです？」

「ここはいまだに核ミサイル製造施設のままなのではないですか？」

「何を言っているの？」

　アンが明らかに憤慨している様子を見て、富士見は少し安堵した。彼女も知らないのだ。

「フロンティアへの核攻撃が自作自演のものだとしたら……？」

「あり得ないわ」

「アンドロイドによる自爆だったとしたら？」

「バカなことを言わないで。誰が何の為に……」

　ふとアンは口をつぐむ。

「さぁ。わからないが、何者かがどこからか信号を送ったんだろう。受信したのはアンドロイドの職員達だ。どんな指示にも従う。フロンティアにとっては彼らが自爆しようが、たとえエリア0全域が消滅しようが、大したリスクじゃない」

　アンの体は小刻みに震えている。

「どこかの誰かさんは、それ以上に隠したい秘密があるんだろう……」

「黙って！」

　ピッと機械音が鳴り、スピーカーから声がする。

「大統領」

　モニターに映っているのはローレンス国防長官だ。

＊

　フロンティア危機管理センターは、緊張で包まれていた。
　Dr.パパゴのカウントは、『起動まであと』、
……10652……10651……。
　3時間弱。

ティグロ軍事基地へ先制攻撃をするならばタイムリミットだ。

ローレンスだけでなく、全ての職員がアンの映るメインモニターに注目していた。

「大統領、攻撃準備は全て整った。もう時間はない。攻撃命令を」

既に多くの無人爆撃機がティグロ基地のある砂漠の町モルス上空で待機している。

画面のアンはジッと考えている。

「世界が終わる前に正しいご決断を」

ローレンスがなおも促す。

ダイアナは、情報分析官のサディアスをチラと見る。サディアスは、Dr.パパゴが映像をどこから発信しているのかをずっと追い続けているのだ。仮に発信がティグロの本部からであると確認出来れば、先制攻撃の正当な大義名分が得られる。逆に別の場所からならば、世界を翻弄させ、破滅に導こうとしているテロリストの居場所を特定出来る。

しかしダイアナの視線を感じ、見返した彼の目は、発信源をとらえるまでまだ時間がかかることを明確に物語っていた。

「ローレンス……」

「今は黙っててもらおう。君に発言の権利はない。最終決断は大統領が下す」

ローレンスはダイアナに冷たく言い放った。

『攻撃態勢を解いてくれ。ヌークリアヒューマンは作り話だ』

突然メインモニターに映り込んだのはピースランドの富士見首相だ。

「……貴様」ローレンスは顔を強ばらせる。

「そこをどけ。内政干渉だぞ。これ以上我々を妨害するなら、貴国も攻撃対象になる」

『明確で動かぬ証拠が見つからない限り、攻撃命令は出さないわ』

アンがきっぱりと言った。

「失礼ながら大統領、こちらも同意見だ。ヌークリアヒューマンがでっち上げだとする明確な根拠がない限り攻撃態勢は解除出来ない」

『パパゴの理論には、オリジナルだと言い切るには難しいほど、過去に創られたアニメーション作品との類似性が多く発見されました』

「アニメーション作品？」

ダイアナが聞き直した。

『今から見せるわ。ダイアナ、この通信を世界に同時に流したいの』

「冗談じゃない！　我々の会話は国家機密だ！」

ローレンスが叫ぶ。

ダイアナは、サディアスを見る。彼は小さくうなずいた。

「了解。全てのメディアと繫げるわ」とダイアナ。

「だめだ！　国家に対する背信行為だぞ！」

ローレンスは立ち上がりサディアスを恫喝する。

「大統領の要望よ」

ダイアナは少しでも時間を稼ぎたかった。世界がフロンティアの緊急放送に気をとられている間に、パパゴの映像の発信基地を突き止めたい。

富士見は五代から渡されたアニメを保存した記憶装置をコンピューターにセットする。


ローレンスは手元の操作パネルを叩くと立ち上がった。

「……いい加減にしろ……」

呆然と、立ち尽くす。

＊

突如、世界中の報道機関を通じて、出来損ないのアニメーションが流される。

〝美少女ガール戦士・横内和彦〟だ。

狂気じみた博士が、ヌークリアヒューマンの原理をややこしく説明する、やけに理屈っぽいだけで凡庸な場面。

陽子、中性子、核力……人類の体内の水素原子……核融合─核分裂連鎖反応……X線自由電子レーザー……。

不安定な原子が二つに割れ、中から放出された中性子が次の原子核に当たり、また割れるというイラストがモニターに映る。

戒厳令下、安全な球連合に属する人々は、皆家に引きこもり、おそらく人類最後になるかもしれない日に、どこにも面白さを見つけられないチープなアニメを鑑賞しなければならないはめに陥っていた。

　またゴーストタウンと化した路上で、若さゆえことの重大さを感じられないのか、あるいは心から呑気なのか、自暴自棄なのか、フラフラと歩いている若者達も立ち止まり、小型端末でアニメの映像を見つめていた。

　複雑で屁理屈のような人間核爆弾の原理は、確かにDr.パパゴの言説と類似する。何より〝人間核爆弾（ヌークリアヒューマン）〟という造語はぴたりと一致していた。

*

　田辺は文化部からの連絡を待っていた。

　今テレビで流れているふざけたアニメーションの記録がないか、過去のデータを調べてもらっているのだ。

　ここ数十年、アニメーションはプロだけではなく、誰もが簡単に制作出来、ネット上で発表出来るようになっている。中には優れた作品もあったが、そのほとんどは〝ジャンクピクチャー〟と呼ばれ、無数に存在した。すぐに消されてしまうものもあれば、何度も再生されるほど人気のものもある。文化部にデータの記録が残っていればいいが、期待は出来ない。

「ナベさん……」小声で話しかけてきたのは、文化部の記者だった。「文化部にデータ残ってました。アカウントから発信元もわかりました」

　記者が差し出した小型端末に映っているのは、少年の顔だった。小学校高学年ぐらいだろうか。太ってムッとした顔をしている。画面をスクロールするとプロフィールが出てきた。

篠崎翔　13歳・中学2年生。

国民ランク……☆……88999421位。

「子供じゃないか……」

　田辺が言う。

「ええ。ただ、なかなか厄介なガキのようですよ」

「……どういうことだ？」

「この子がアニメをネット上に公開したのが、今から約4年前。発信場所は天山市です」

「天山か……」

4年前、天山と言えば天山大噴火だ。

田辺の脳裏に修羅場が蘇る。一生忘れることのないトラウマだ。

田辺だけではない、ピースランドの報道に携わる者なら誰もが一度は現地に飛び、地獄のような光景を目の当たりにした。溶岩に呑まれていった人々。丸焦げの死体。異様なすえたような臭いと腐敗臭。

ただ見ているだけで何も出来ない自分の無力さ……。

記者として、書くべき言葉が一つも浮かばなかった。二度とこの地には来たくない、というのが本音だった。

「少年は被災者です。兄を失っています。目の前で溶岩に呑み込まれるのを目撃したようです。当時10歳」

まだ地面から煙の上がる廃墟のなか、全身ススで黒くなった人間達が避難所に向かいノロノロと行進する様子を、田辺は今でもはっきりと思い出せる。死者達の行軍のようだった。

「少年と行動を共にし、なんとか生き残った母と、当時仕事先にいて助かった父がいます。篠崎一家は後に集団避難し、現在はD地区のマンションに住んでいるようです」

D地区は、まさに先日Dr.パパゴの妨害により失敗に終わった、マスターズ会議の場所であることは言うまでもない。

かつて大きな災害があり、原子力発電所がメルトダウンを起こし、街全体が放射性物質に冒され、住民は離散し、やがて地下に核のゴミの最終処分場が出来た。

D地区の〝D〟は〝ディアスポラ（離散）〟〝ディスポーザル（処分）〟あるいは〝デス（死）〟のDとも言われていた。

被災地全体を核の最終処分場にしようと決めたのも、大量の使用済み核燃料が地中深く眠る土地の上に発展都市を造ったのも、大宰相・富士見興造の〝首相権限〟によるものだった。興造の判断は歴史的英断とも言われたが、実際はほとんど入植者がなく、半ばゴーストタウンのようになっていた。

思えば、D地区と呼ばれた特区から初めて立候補したのが現総理大臣。当時、興造の秘書だった富士見幸太郎だった。

そして17年後、天山が噴火した。大きな震災から約100年後、新たな歴史的災害によって、土地を追われた人々がD地区に入植してきたのだ。

「篠崎翔という少年は世界を恨んでいるような所があります」と記者。「彼はヴォイスで頻繁に火砕流を起こす人物として、ちょっとした有名人のようです。わざと世間の反感を買うような発言をしています」

誰もが自由に発信出来るヴォイスという機能の中で、一度に大量の人々からネガティブな言葉の攻撃を受けることを火砕流と言った。

大噴火の被災者が自ら進んで火砕流を起こす人物というわけか。田辺は皮肉なものを感じた。

もう一度写真を見る。

憎々しげにこちらを睨み付けているが、頬はぷくっと膨らみ、あどけない子供の顔だ。

……こんな少年が？

「少年の一番最近のヴォイスは？」

記者が端末を操作し、再び差し出した。

『オマエタチヲ、オドロカセテヤル』

「D地区でマスターズテロが起きる直前です。その後は一度も発信されてません」

「とりあえずD地区に行ってみますよ」

文化部の記者が出ていきかけた時、テレビの前に集まっていた記者達からどよめきが起こった。

振り返った田辺は息を呑んだ。

『……私とアン大統領は、誰も攻撃しない。今、見てもらった通り、Dr.パパゴの言う人間核爆弾はでたらめだ。大統領は爆発しない……』

画面に映っているのは、富士見幸太郎だった。

＊

「総理！」

思わず五代が叫んだ。

「そ……総理」

末松は涙ぐむ。

『物質は……』

画面の中では乱れた髪で、少しやつれ、いつもの小さな目をした富士見がオドオドしながら語りかける。

『あの……物質というものは必ず安定を求める。おぼえておいてほしい、自然界の大原則だ。……か……核分裂は物質が不安定になった為に起こる現象だ。安定を失った核は隣の核を破壊し、連鎖的に分裂を繰り返す。それは……安定を求めるからだ』

桜は右眉毛を上げ少し笑う。

富士見は深く息を吸い、続けた。

『目的は安定だ。おぼえておいてほしい。破壊されたものは、必ず元の形に戻ろうとする。これが……世界の原則だ。私達は決してこの原則に逆らえない……』

*

「通信を遮断しろ！」

ローレンスは叫んだ。

「だめよ！」鋭く言ったのはダイアナだ。「このまま」

ローレンスは低く響く声で言う。

「あの猿の味方をするのか、国務長官？」

ダイアナはローレンスを睨み付ける。

「わかってるんだろうな。君が今やろうとしているのは、我がフロンティア合衆国に対する背信行為だぞ」

「我がフロンティア？」ダイアナは更に強い目でローレンスを見つめる。「あなたの言うフロンティアとは、これほど時代が進み、これほど文明が進んでも、私の肌の色を見下し、私が女性であることを鼻で笑う人間が国防長官を務めている国のことかしら？」

「……この国を侮辱するのか？　我が国は誇り高く自由だ。神は我が国を祝福している」

「私のフロンティアとあなたのフロンティアは違う。私はあなたではなく、彼の話を聞きたいの」

モニターの中の富士見が言う。

『……私達は……テロリストだ』

*

砂漠の町モルスに建つ、巨人の棺と呼ばれる巨大な基地のコンピューター制御室で、アドムとアフマルは目を合わせた。

メインモニターの富士見は続ける。

『……私達人類は、地球環境にとって、まさにテロリストだ。……地球は元々一つの大きな球体だ。ある時、海のどこかにもっと小さな球体が生まれた。細胞だ。私達の生命の起源だ。細胞は何十億年という時間をかけて無数に分裂を繰り返した。膨大なエネルギーを放出しながら。テロの連鎖だ』

アドムの記憶が蘇る。遠い記憶だ。瓦礫の下の暗闇で、耳鳴りがして何も聞こえない。少し時間がたち、徐々に耳鳴りが消えると、微かに遠くで母の呻き声が聞こえる。アドムは幼いながらも、生まれた町がバラバラに破壊されたのだと悟る。

アフマルは富士見が映るモニターの横を見る。画面にはDr.パパゴが映っている。

富士見は時々言葉に詰まりつつ、続けた。

『……物質は必ず自分の居場所を見つけようとして動く……』

唐突にシンディの笑顔が浮かぶ。音楽のような笑い声。あとに続いて『自分の神を祝えよ』という男の嘲笑の声。逃げる自分。たどり着いた教会。過激派組織ゴルグ。そして、ブルタウ将軍。

……自分の居場所。

*

『……どうか、思い出してほしい。この世界の原則を。

私達は誰も逆らえない原則に則って進化する。そのようにしか進めないんだ……私達は常に居場所を求めてる』

オカマバー・ディートリッヒに客は一人もいなかったが、店は開けていた。

カウンターの上にある小さなテレビに映る富士見を、オカマ達が見上げている。

マレーネは富士見の言葉を聞きながら、不思議な思いに駆られていた。今まで感じたことのない安心感のようなものだ。

ふいに幼い頃の記憶が蘇る。

父に頬を打たれた。手にしていたルージュが転がる。

驚きと恥ずかしさで頭がいっぱいだった。

家には誰もいないと思ったから、母のルージュをこっそり引いた。

突然帰ってきた父は寝室のドアを開けた瞬間、唇の赤い息子を見て、戸惑い、反射的に手を出したのだ。

どちらかといえば気の弱い優しい父だったが、我が子のセクシュアリティーを受け入れることはなかった。

以来、まるで異形のものに向けるような軽蔑と恐怖の混じった眼差しで見られるようになった。母に告げたかどうかはわからなかったが、心なしか母も腫れ物に触るような態度になった。

以降マレーネは本来の自分をひたすら封印し、誰にも告げず、小学校から中学へ上がり、卒業と同時に家を捨て、故郷を捨て、今まで一度も帰っていない。

隣で見ていたメン子が言う。

「ねぇ、ママ。この人何言ってるの？」

「静かに……」


『想像してほしい』

富士見は続ける。

『……隣り合う幾つものシャボン玉が同化して、一つの大きな球になる……玉と玉の境目は溶け、混じり合い、それは……いつか地球と同じ大きさの球になる。……やがて更に大きくなりこの星を……地球を包み込む……』


「……男の人が怖かった」

マレーネが独り言のように呟く。

「え？」

メン子や他のオカマ達がマレーネを見る。

「家を出る時、親父がアタシに言った……『強い男になれ』……はっ、笑っちゃう……アタシは……ボクは、それからずっと男の人が怖かった」

「……ママ？」

「今もそう。男の人がとても怖い……男は好き……好きなのに……大好きなのに……でも……怖くて仕方ない……だからこんな自分は男じゃないって思った……」

「……ねえ、ママ」

「アンタ達にも言えなかったけど、アタシはオカマでもない……オカマはボクの鎧……」

「もういいよ、ママ。……言わなくていい」

メン子が言う。皆もうなずく。

「強くなるにはこうするしかなかった。鎧がなければ気の小さい、臆病な……弱虫。オカマでも男でも女でもない。ただの……」

「そんなに自分のこと言わなくてもいいよ、ママ。言わなくていい。わかってるから！」

メン子が言い、涙を流す。

マレーネは言う。

「ボク……正しい世界へ行きたい……ボクが生きてて、正しい世界へ行きたい……」

「うん！　わかってる！……私達も同じだから！　わかってるから！」皆、口々に言うとマレーネを包み込むように抱きしめた。

＊

遠い山の稜線は白々と明るくなり始めていた。山のシルエットの下、湖面は所々朝日を反射してキラキラしていたが、天空にはまだ星の光がどっさり残っていた。

飛翼丸の狭い船内には、翔、友希、大輔、拓が窮屈そうに乗り込み、操舵席には翼のアンドロイド。

目が発光し、体から出たコードは操舵盤内部へと繋がり、魚群探知機のモニター上に、プログラミング言語が物凄いスピードで表示されていく。

かれこれ3時間以上はこうしているだろう。

翼のアンドロイドは、飛翼丸の性能を根底から作り替えているようだ。

翔達はそれぞれウルトラアイをかけている。

グラスの内側、左右に別のウィンドウが開き、映像が流れていた。

左は、Dr.パパゴ。カウントダウンは、『起動まであと……』、

……7156……7155……7154……。

2時間弱。

右ウィンドウには、富士見幸太郎が映っている。しばらく沈黙したあと、口を開いた。『……私の言ってることはかなりわかりにくいだろうな』

今まで静かだったヴォイスが一斉に発信された。

『自分でわかってるんだったら、もっとわかりやすく説明しろ！』……『総理失格！』……『シャボン玉がどうした？』……『これ以上恥さらすな！』……『やっぱり、バカ総理』……。


富士見は続ける。

『わかりにくいと思う。でも、理解してもらいたいと思っている。……今話していることは、自然界における、かなり強力な〝約束ごと〟だ。私達の生命には必ず終わりがある。生物は誕生し、やがて必ず死ぬ』

『はぁ？』……『当たり前だ』……『知ってるよ！』……『？？？』……。

『私達の肉体は、何らかのエネルギーによって物質が引き寄せられ、結合して出来ている。〝死〟とは、そのエネルギーが絶え、物質がバラバラに離れる状態だ。物理的に無秩序になることだ。私達は皆、基本、無秩序へ向かって進んでいる。永遠に静止する状態。死だ。生物も、星も、おそらく宇宙も。この方向性は、時間が逆流しない限り、絶対に変わらない』

山の頂上から高速で斜面を下っていくオレンジのマグマ。

溶岩に呑まれていく街。

焼かれた死体。

翔、友希、大輔、拓がそれぞれ頭の中に浮かべたのは、天山大噴火の記憶だった。

全てが崩壊し、繋がりは断ち切られ、動きは永遠に停止した。

炎が消えたあと、残ったのは地平線まで続く黒焦げの荒野だった。


『……しかし自然界には逆に、秩序へ向かう〝系〟も存在する。例えば生命の誕生だ。人類も含め、全ての生命は無秩序に静止していた物質が何かのきっかけで秩序へ向かった結果、誕生する。生命だけではない。私達の社会も、文明も、国家も、共同体も、秩序へ向から〝系〟だ。でもそれは一瞬の瞬きだ』

＊

ピースランド、官房長官執務室。

カミソリと呼ばれた川上は、鋭い目でテレビに映る富士見を見、無事を確認し、少しホッとしている自分に気づいた。

さっきから富士見が世界に向けて語り続けている冗長な演説の出典には心当たりがある。

青井徳治郎の『連続性球体理論』だ。

ピースランドが生んだ稀代の政治学者で、アン・アオイ大統領の祖父に当たる人物だ。彼の作り出した〝安全な球〟という発想は言葉だけ抜き出され、セーフティーボウルという名として使われることになった。

しかし徳治郎の理論はあまりに難解で不完全だった為、ごく一部の人間にしか理解されなかった。

ただでさえわかりにくい理論を、富士見の貧困な語彙で説明しているわけだ。世界に伝わるわけがない。

川上は鼻白み、半ば呆れつつ、富士見のつたない演説を聞いていた。

『生命は生まれた瞬間から死へ向かう。秩序から無秩序へ。……その大きな流れの中に時々、秩序へ向から〝系〟が生まれ、一瞬で消えていく……』

富士見は自分が話していることを見失わないように必死だった。

＊

富士見邸のリビングでは洋子が冷静な表情で夫の出ているテレビ画面を見つめていた。

『無秩序から秩序、秩序から無秩序を繰り返しながら世界は進んでいく。分裂から結合、結合から分裂。常に物質は安定を求めるからだ。……少なくとも今までの人類の歴史の中でこれに逆らえた者はいない。文明は興り、必ず崩壊した。生物は誕生し、必ず死んだ。自然界との大きな約束ごとだからだ。……だとすると、私達は今どちらの〝系〟にいるのか。……秩序か、無秩序か』

洋子は心の中で富士見に問いかけた。

……貴方と私は……どちらかしら。

「奥様」

振り返るとお手伝いの美代子がお盆に紅茶を載せて立っている。

数日前、ゴーストタウンと化した街のブランド店で見立ててやった服を着ている。派手な原色を幾つも組み合わせたデザインのニットと、黒の細身のパンツ。

本人は姿見の前で怖じ気づき、「目立ちたくねぇ……」と言ったが、似合うと踏んだ洋子は有無を言わさなかった。

戒厳令下、店には誰もいなかったので、そのまま持っていってもよかったが、暴徒と化すのはやはりプライドが許さなかった。現金をトレイの上にきちんと置き、店を出た。

家に帰ると常に束ねている美代子の髪を解き、ワックスで適当に動きをつけ、薄く化粧をしてやったのだ。

「うん。やっぱり似合ってる」

「はは……そうですか……」

顔を赤らめ、紅茶をテーブルに置く美代子。

洋子は心の中で、この子にはやっぱり普段の地味な服の方が似合う……私が選んだのは攻めすぎだった、と少し後悔しながら再びテレビ画面に目を移した。

*

『どちらの〝系〟だとしても、遅かれ早かれ私達は、無秩序へ向かう大いなる原則に呑み込まれることになる。宇宙はやがて死に、全てが終わる』

「長々と何をほざいてるんだ、こいつは……」

ローレンスはモニターを睨み付け、呟いた。

ダイアナはサディアスを見る。

視線を感じたサディアスもダイアナを見つめ、すぐに作業モニターに目を落とした。一瞬目が大きく見開かれたように見えた。

『……私は、運命論者ではない。今話しているのは、決して運命論じゃない。人類が人類である意味は、他の生物と大きく違う才能を持っているところだと思う。私達は意思を持っている。意思を明確に自覚出来る。……地球から人類が消滅したところで、自然の大原則は1ミクロンも変わらない。しかし、もし私達が今、無秩序への〝系〟の中にいるのならば、分裂しきってしまう少し前に、秩序への〝系〟へ飛び移ることは可能だ。それは結合の〝系〟であり、誕生の〝系〟だ。私達は、自らの意思で選択出来る。人類の人類たる所以だ。思い出してくれ。物質の目的は安定だ。誰も逆らえない。私達は、意思を持って安定へ進むことは出来る。未来を自分達で決定することは出来る。……子供達よ、信じるんだ。未来はいつも面白い』

「Dr.パパゴの発信源をキャッチしました」

情報分析官サディアスが叫ぶと危機管理センターの緊張感は一気に高まった。

量子コンピューターを更に進化させたダブル量子コンピューターと、世界最高のハッキングチームをフル回転させ、ネット上に広がる言葉の海の中から、従来使われていないプログラム言語で幾重にも仕掛けられた暗号を解読し、ようやくDr.パパゴの使用しているアカウントを割り出すのに、宣戦布告から半年以上の時間を要した。

巨大モニターに世界地図が表示される。

全員が息を呑んでDr.パパゴの現在位置として点灯した光を見上げた。

「まさか……」

ローレンスは他に言葉が出なかった。

ダイアナも似たようなものだった。

「嘘でしょ……」

彼らが見つめる先で点灯しているのは、ハンプティダンプティ島だった。

セーフティーボウルにも、テロ国家共同体ティグロにも属さない世界で唯一の国。

第1回マスターズ会議が開催され、ブルタウ将軍による自爆テロが起きた場所。各国首脳が殺害された島。

Dr.パパゴは、そこにいる。

ハンプティダンプティ島。


「ティグロに対する攻撃態勢解除！　軍は直ちに撤退」

ハピネス諸島・エリア0・核兵器解体施設司令室。

アンは富士見に代わってモニターの前に座り、フロンティア危機管理センターへ指示を出す。

「同時に特殊部隊、ハンプティダンプティ島へ出動！　任務はDr.パパゴの身柄確保。正確な到着予定時間がわかり次第報告」

『了解。特殊部隊〝ブルーフォックス〟出動しました。高速輸送機は約75分後、ハンプティダンプティ島に到着予定』

フィリップ陸軍長官の返事は早かった。

アンはパパゴのモニターを見る。カウントは『起動まであと』、

……5321……5320……5319……。

90分弱。

ギリギリだ。島に着いて15分でパパゴの居場所を見つけ、確保しなければならない。

アンの体は小刻みに震えていた。

ふと、背中に温もりを感じる。

富士見がそっと手を添えていた。

「総理……」

「……大丈夫。私が守ります」

富士見はアンを後ろから抱きしめた。

「アン。君と初めて会った時……」

アンは振り返り、富士見を見つめ、微笑む。

「私達、世界中に中継されてます」

「え？」

富士見は慌てて手を引いた。

＊

ガシャン！

洋子は両手を強くテーブルに叩きつけた。カップが倒れ、紅茶がこぼれた。

「奥様！」

美代子がテーブルを拭く。

「ふん。これじゃ、その辺の男と同じじゃない！」

洋子はテレビに向かって叫ぶ。

ふと見ると美代子の肩が小刻みに揺れている。

「ミヨちゃん？」

「……へ？」

「……何を笑ってるの？」

「……わ……笑ってねぇ……」

「嘘！」と言ったあと、洋子も思わず吹き出した。

ジェラシーという感情が自分に残っていたことに戸惑い、気恥ずかしくなったのだ。

たまらず美代子は食器を急いで片づけ、キッチンへ逃げる。

……わからねぇ。なぜ突然笑い出したのだろう。

テレビを見つめる洋子の後ろ姿は、まさにその辺にいる普通の妻に見えた。富士見に対してこれほど感情を表す洋子を見るのは初めてだった。つくづく不思議な夫婦だ、と美代子は思う。この先二人がうまくいくのか、壊れるのかわからない。

どちらにせよ、自分はこんな結婚はごめんだ。もしも夫にするなら、総理大臣なんかじゃなくていい。極々普通の、地味だが優しい男を見つけようと、密かに思っていた。

＊

フロンティア危機管理センターでは皆忙しく動き回り、そこら中で怒号が飛び交っていた。

トマス参謀長、フィリップ陸軍長官、ジョン海軍長官、サイモン空軍長官は、各々部下に指示を出している。

メインモニターに特殊部隊を乗せた高速輸送機の現在位置が示され、移動していく。ほぼハンプティダンプティ島付近まで来ている。

パパゴのモニターのカウントは、『起動まであと』、
1317……1316……1315……。

ローレンスは苦虫を噛みつぶしたような顔でアンと富士見が映る画面を睨み付けつつ、手元のパネルを操作している。

ダイアナはそんなローレンスを気にしながらサディアスに言う。

「パパゴはハンプティダンプティ島のどこにいるの?」

サディアスは表情を曇らせる。

「盲点でした。ハンプティダンプティ島はセーフティーボウルにもティグロにも属さない唯一の忘れられた独立国家です。通信ネットワークにも参加しておらず、シールドに包まれているようで、位置情報は全く取得出来ません」

「まもなく海岸。輸送機、着水態勢!」

フィリップ陸軍長官が叫んだ。

＊

南海の孤島。〝置き去りの島〟と呼ばれるハンプティダンプティ島は、普段と何一つ変わらない静かで平穏な日常の中にあった。

島民500人あまりの独立した自治国は、一時、マスターズ開催国として世界中の注目を浴びたが、自爆テロ以降は再び忘れ去られ、国民は自給自足の静かな生活を取り戻していた。

爆破されたシルバードームは手つかずのまま瓦礫と化し、古い遺跡のように残っている。

360度、真っ青に光る海に囲まれた小さな島は50年後には沈み、消えてなくなることがわかっている。存続することをあきらめて島に住んでいるのは、年寄りばかり。世界の中心で起きているトラブルとは無縁の楽園だ。

海のあちこちに白い風車が建っている。静かな風が

吹き、プロペラがゆっくりと回っていた。

空にはまっ白な入道雲が浮かんでいる。

彼方から微かなエンジン音が聞こえてきたかと思うと、青空の中に黒い点が現れ、みるみるうちに大きくなってきた。

フロンティアの輸送機は着水すると同時にハッチを開き、中から50人ほどの武装した特殊部隊が出てきた。ジャバジャバと水の中を走り、浜辺へ上がっていく。

＊

『こちらブルーフォックス、QB。島に上陸した。これよりパパゴ捕獲作戦を実行する』

特殊部隊のリーダー、コードネーム〝QB〟から通信が入り、中央の分割モニターの一つが新しく映る。QBのヘルメットの横に装着された小型カメラが映し出す映像だ。

危機管理センターにいる全員の視線が集中する。

ダイアナがマイクに言う。

「QB、速やかにターゲットを見つけだし、確保して。時間がないわ」

『ラジャー』

パパゴのカウントダウンは、『起動まであと』、……915……914……913……。

約15分。

当初の予定より時間がない。

QBの画面は揺れながら村に入っていく。

緊迫した状況とは裏腹に時々写り込む村人の様子はのんびりしていて、とても今、世界中から注目されているとは思えない。驚いた表情でこちらを見る老人が時々映るくらいだ。

シルバードームを横目に路地の奥へ進む。幾つ目かの角を曲がる。南国のリゾートらしい木で造られた家が点在している。

『QB！』四方に散った隊員から無線が入る。

『宿屋らしい建物を見つけました』

隊員の位置は島の北東寄り。

『OK、まだ踏み込むな。距離を取ってそのまま待機。全隊員、直ちにポイントへ集合』

小さな島だ。特殊部隊はアッという間に宿屋を包囲した。

黒い男

宿屋はわらぶき屋根で2階建ての小さな小屋だった。テロリストが潜んでいる場所にはとても見えない。

音楽が聞こえてくる。南国特有の軽快で能天気な曲だ。玄関デッキの柵の上に、今時見かけない小さなトランジスタラジオが置いてあり、そこから流れているようだ。

かたわらの揺り椅子で居眠りをしている褐色に白髪、銀色のヒゲをはやした痩せた老人が、どうやら宿屋の主人のようだ。

QBは、胸に付けたマイクに呟く。声はヘッドフォンを通して隊員全員に伝わるようになっている。

「……ブルー・45・セット」

暗号指令とともに、一斉に隊員が飛び出す。

一瞬のうちに老人は揺り椅子から床へ組み伏せられて、口と鼻を手で覆われ、喉元にナイフを当てられた状態になる。少しでも動けば命はないだろう。その周りを他の隊員達が囲み、残りの隊員はアッという間に1階部分を隅々まで捜索し、爆発物が無いこと、発信装置、撮影機器、カラフルな頭巾がないことを確認の上、奥の部屋でのんびりテレビを観ていた女性を一人確保。おそらく白髪の老人の妻と思われた。

彼らはこれらの動きを何の音もたてずにやってのけた。

「んー……んっんー……！」

老人は何が起こったのかわからず、ただ目を大きく見開き唸ることしか出来ない。

「Dr.パパゴはどこだ？」

そう言われても、老人には何のことだかわからず、必死に息をしようともがくだけだった。

「2階は何部屋だ？」

老人はやっとのことで2本指を立て、弱々しく手を上げる。

「使ってるか？」

老人の指は1本だけになった。手が震えている。早く鼻と口から手をどけてやらないと、このまま死にそうだ。

屈み込んで様子を見ていたQBは、目で部下に合図をし、自分も立ち上がる。

4人の兵士を先に行かせ、QBも続いて階段を登る。

2階に登ると兵士達は即座に空いてる方の部屋を隅々まで捜索し、何もないことを確認すると、もう一方の部屋の、閉まっているドアの左右に二人ずつ待機する。

QBがドアに耳を近づける。

ガチャガチャ……ギギギ……。

金属がぶつかるような音が聞こえてくる。

*

ハハハ！　死ね！　死ね！……くたばれ！……ハハハ！……バイバイ……サヨナラ……ハハハハ！……もうお終い。……死ね死ね死ね死ね死ね！　世界……アバヨ！　ハハハ……終わり……死ね死ね死ね死ね死ね死ね……アリガトウ……バイバイ……死ね死ね死ね死ね！　バイバイ……死ね死ね死ね！

*

Dr.パパゴが映るモニターは今までと何の変わりもない。

カウントは、『起動まであと』、

……715……714……713……。

『踏み込みます』

QBから声が届く。

アンはQBから送られてくる映像とパパゴの映像を交互に見比べ、マイクに向かって呟く。

「相手は怪物よ。気をつけて」

*

「了解」

ＱＢの指示で隊員はドアノブに手をかけ、そっと回す。鍵はかかっていないようだ。ＱＢが目で合図をすると一気にドアを開け、隊員達は素早く、静かに中に踏み込んだ。

＊

部屋の中央に人が立っている。

かなり長身で、がっしりした男。

アッという間に踏み込んできた10人を超える隊員達は、全員自動小銃を男に向け腰だめで構える。

「動くな」

ＱＢが低く響く声で言う。

しかし全員が言い知れぬ違和感を覚えていた。中央の人物は少しも動じず、真っ直ぐ立ったまま微動だにしない。呼吸すらしていないように見える。

床まで届くまっ黒なマント。頭にはカラフルな頭巾。

間違いなくDr.パパゴの後ろ姿だ。

正面。三脚の上にカメラが載っている。世界中のモニターに映っているのはこの映像に違いない。


ガチャガチャ、キーキー。頭巾の中から聞こえてくる。不思議な音だ。

棚の上には今では見かけない古い型のデスクトップパソコン。おそらく初期のものだ。下には小型テレビに繋がった更に古いビデオデッキ。ケーブルで繋がったタイマーがコンセントに差し込んである。デジタル表示が減っていく。

６９８……６９７……。

躊躇している時間はない。

ＱＢは後ろから頭巾に手をかけ、思いきり剝ぎ取った。

＊

アンは息を呑んだ。

モニターに映っているのは、大きな鳥かごだった。

ＱＢのカメラの映像と見比べる。やはり同じだ。カラフルな頭巾の下から現れたのは、丸い鳥かご。中には大型の白い鳥。

「オウム？」

黄色い冠羽を逆立て、ビーズのような目の付いた首を低くしている。

キーキー！　キキー！

ガシャ、ガシャ、という金属音はクチバシで柵を打ち、スライドさせる音だ。

威嚇するように翼を広げ、首を上げ下げする。

＊

絶句しているヒマはない。

QB達は素早く前へ回り込む。かごの前にある台にマイクが置いてある。これがボイスチェンジャーの役割を果たしているのだろう。

『気を抜かないで！　パパゴは近くにいるかもしれない』

耳にアンからの指示が入る。

QBの合図で、兵士が下から宿屋の老人を連行してくる。何かをわめき散らしている。

隊員達がつけているウルトラアイが翻訳し、文字を表示する。

「冗談じゃねえ！　オマエタチ何者だ！　オレの宿にズカズカ入り込みやがって。ジジイだと思ってバカにすんなよ！　オレだってまだオマエタチなんかにゃ負けネエんだ！」針金のように細い腕を振り回し暴れる。

「このオウムと撮影装置は何だ？」

「何だ？　部屋で鳥飼っちゃ悪いか？　何しようが俺の自由だ。オマエタチ、セーフティーボウルのレンチュウだろ！　オマエタチの好きには……ウッ」

隊員に首を掴まれ組み伏せられて、声が出なくなる。

「ウエッ……ウウ……」

『殺さないで！』アンが叫ぶ。

「わかってます」とQB。「放せ」と隊員に指示すると老人の残り少ない髪を掴み、乱暴に引っ張り上げた。

「うわぁぁ……やめろ！」

「ジイさん。あんたの言う通り俺達はセーフティーボウル。世界最強軍の特殊部隊だ」QBは老人の首に後ろから腕を回す。「わかってるな？」

老人は必死でうなずく。

「もう一度だけ聞く。このオウムと撮影装置はどうした？」

「……あ……あの男……オレは頼まれただけだ……」

「男とは？」

キキッ！

オウムが咎めるように鋭く鳴いた。

老人はチラとオウムとQBを見比べ、話し出した。

「……ひどい風と雨の日だった」

＊

世界初のマスターズ会議を2日後に控えたハンプティダンプティ島は、その夜暴風雨に見舞われた。

小さな宿屋は今にも吹き飛ばされそうになっていた。

老人は葉巻をくわえながら古いポータブルテレビを見ている。悪天候のせいで頻繁に映像が乱れる。

ニュースは、マスターズ会議のことを伝えていた。

画面には昼間到着したというブルタウ将軍が飛行機のタラップから降りてくる姿が映っている。

……迷惑な話だ、と老人は思った。ここんところ島が騒がしくて仕方ない。マスターズ会議だか何だか知らないが、これ以上島によそ者が増えるのは勘弁してほしい。とっとと終わらせて早く出ていきやがれ。

老人は苦い顔をし、口から雲のような煙を吐いて、煙たそうに目を細める。

ドンドンドン！　と突然、激しくドアを叩く音がした。

奥の部屋から痩せぎすの老人とは対照的にまん丸に太った妻が出てくる。

「客なら断れ」老人が言う。

妻は手だけで合図をしてドアを開けた途端、「ヒッ！」と小さく悲鳴をあげた。

老人はすぐさま立ち上がりドアの方へ行った。

入り口に立っていたのは、黒い大男だった。雨に濡れ、レインコートが黒光りしている。

妻は男に片手で首を押さえられて苦しそうにこちらを見ている。

「や……やめてくれ。女房を放してくれ」

男は妻を老人に押し付けた。

宿屋夫婦は男の威圧感に気(け)おされ、声も出なかった。

老人は妻を必死に支える。

後ろで稲光がし、雷の音が地響きのように鳴った。

キキキキッ！　と耳をつんざくような何かの絶叫が、男の持つ大きな荷物の中から聞こえてくる。

老人は喉をふりしぼるように頼りない声を出した。

「こ……今夜は、満室だ」

フードの陰から鋭い眼光がこちらを見つめる。この鷹のような目には見覚えがあると思った。

黒い男は、レインコートの下から光るものを取り出し、老人の目の前に差し出した。小型端末だ。

「あ！」

画面に映っている男の顔にも、やはり見覚えがあった。

*

「30年以上前に出てったセガレだった」

老人は床に座りQBを見上げて呟いた。

『そのまま話させて』

QBが口を開く前に、イアフォンにアンの指示が届いた。

「この島にもう先はない……」老人が言う。

「もうすぐ沈む」

老人の言う通り、ハンプティダンプティ島は50年後には海に沈むという調査結果が出ていた。

「今から35年前、それがわかった時、我々はこの島と運命を共にすると決めたんだ。セーフティーボウルにも加盟しない。もうあんたらの文明とやらに振り回されるのはまっぴらだ。何の援助もいらない。その代わり自由にさせてくれとオレが交渉したんだ」

「お前が？」

老人は笑った。

「オレはこの国の大統領だった。ただ、若い世代には未来がある。彼らが島を出てセーフティーボウル加盟各国に入植する権利をあんたらは与えてくれた。ここが沈むまで観光地として開発するのと引き換えにだ。感謝してるよ」

老人の言う通りだった。

ハンプティダンプティ島は世界で唯一、セーフティーボウルにもテロ国家共同体にも属さない、現代の文明から切り離された〝置き去りの島〟と呼ばれる特別区域だった。

「当時の年寄り連中もみんなおっ死んだ。オレ達が最後の年寄りになって、静かに死ぬだけだった。最後の最後にこんなことに巻きこまれるなんて！　オマエタチはどこまでオレを振り回すつもりだ！」

「その画像の男は本当にアンタの息子だったのか？」

「あの目は忘れねえ。何十年たったって、忘れるもんじゃないよ。奥さんも子供もいた。近代的な街で幸せそうだった」

「国はどこだ？」

「オレにわかるわけないだろ！　ヤツはここを捨てた。連絡なんて取ったこともねえ。それでいいんだ。どこにいたって無事ならそれでいい……だが、あの黒い化け物は、アイツの居場所を知ってて監視してるって、その気になればいつでも殺せるって言いやがった。アイツに似た可愛い子供達もろとも吹き飛ばせるって言いやがったんだ。あの時オレに何が出来たって言うんだ！」

「黒い化け物は、Dr.パパゴと名乗ったか？　お前に何を要求したんだ？」

「知らねえよ。パパゴだか何だか知らねえが、ヤツは、持っていたオウムをしばらく2階の部屋に置いてくればいいと言ったんだ。毎日エサと水だけやってくればそれで息子の命は守られるって。孫の将来まで一生守ってやるってな。ちくしょう！　まさかこの歳になってこんな目にあうとは思ってもみなかった。オレ達はこの島と一緒に静かに死んでいくつもりだったんだ」

「それでその男はどうした？」とQB。

老人は呆けたように言う。

「しばらく来るなって言って、2階に上がって何かしてたよ。上からガタゴト音がしてた。ベッドやタンスを移動してたんだろう。他には何をしてたんだかわからない。オレは女房を抱いて震えてるしかなかった。ヤツは終わるとすぐに出てったよ。2階に上がると鳥かごにヘンテコリンな頭巾がかぶせてあって、カメラとか、何だかわからない機械が仕掛けてあった」

「エサはどうやってやってたんだ？」

「頭巾の後ろ側に切れ目があって、そっからやった。カメラには写らないように指示されたんだ。ちっ、冗談じゃねえ！」

「他に黒い男の特徴は？　どんなことでもいい！　思い出せ！」

老人はしばらく考えた後こう言った。

「そういえば……そう手袋。白い手袋をしてたな……なあ、もう勘弁してくれ」

アンがフラッシュバックに襲われる。脳裏に浮かぶ断片的な場面。


ホワイトと握手しようとして白い手袋を外したブルタウ将軍。飛行機から降りてきた将軍の肩に乗った白いオウム。


『テレビの裏の仕掛けを確かめて！』とアンの声。

QBの指示で兵士が確かめる。

「ありました！　用途不明のグレーの箱がコンピューターと繋がってます！」

＊

ハピネス諸島・エリア0・核兵器解体施設司令室。

アンはマイクに向かって言う。
「起爆装置かもしれない。外せる？　急いで！」
モニターのカウントダウンを見つめる。
『起動まであと』、
12……11……10……。
時間がない。
兵士達の声がスピーカーから聞こえる。
『こちらの規格にはない装置だ』
『外せるか？』
『いや、下手に外すとどうなるかわからない』
タイムリミットだ。アンは叫んだ。
「全員部屋の外へ退却！　なるべく遠くへ逃げて！」
兵士達は老人を連れ、部屋の外へ出て伏せる。

＊

アンはジッとモニターを見つめている。

天井にある一つだけ他と形状の違う監視カメラがゆっくり回り、銃口がこちらを向いたことに一瞬早く気づいたのは、富士見の方だった。

「伏せろ！」

パキュン！　と乾いた銃声。

富士見がかばうようにアンに飛びつき、床に転がった。

二人の映像は、世界中に中継されていた。

＊

ピースランドD地区、学校裏の小高い山の中腹にそびえ立つ大きな岩。そのテッペンに乗り上げた漁船・飛翼丸。船尾にはジェット噴射が取り付けられている。

操舵室からは崖の下に広がる夜の海が見え、遠くに観覧車が光っている。

翔達がかけているウルトラアイの右ウィンドウに、富士見とアンが床に倒れ込んだ映像が映し出された。その上にヴォイスが次々と流れてきて、溢れかえる。火砕流状態だ。

『え？　富士見、死んだ？』……『おい、未来はどうなるんだよ！』……『バカ総理！　死んでる場合か！』……『未来を守れ！』……『富士見死ぬな！』……『死ぬな！』……『富士見生きろ！』……『生きろバカ！』……『面白い未来は？』……『生きろよ！』……。

世界中のあらゆる言語で〝生〟を意味する文字が溢れ、画面を覆い尽くす。

ブン！　と音が鳴り、船が振動し始めた。
「わっ！」と、友希達が悲鳴を上げる。
翼のアンドロイドの目が光り、振り返ると2回まばたきをした。
「行クゾ。翔、船ニ摑マレ」
翔達は船のへりを摑み、身を硬くした。
振動は更に大きくなる。
ウルトラアイの左ウィンドウに、鳥かごのオウムが映っている。
『起動まであと』、
7……6……5……。

爆発音とともに飛翼丸は発射した。快晴の空に白い線が引かれていく。

「うわぁぁぁーー!!」

翔達の悲鳴が空に響いた。

*

『起動まであと』、
3……2……1……0。

老人をかばうように覆い被さって廊下に伏せたQBは、静かに最期の時を待っていた。

宿屋は静寂に包まれている。

カウントダウンは終わった。しかし何も起こらない。

QBは少し顔を上げ、他の兵士と目を合わせる。警戒しつつゆっくりと起き上がり、鳥かごのある部屋の中を覗くが、何の変化もない。

部屋に入ろうとするQBの耳にダイアナの声が聞こえた。

『気をつけてQB』

「……オーケー……」と小さく答え、部屋に進入する。

……カチャ。

一瞬身をすくめる。

古いビデオデッキが起動する音だ。

キキッ！　とオウムがあざ笑うように鳴いた。

ビデオデッキが繋がっている先は古いブラウン管の小型テレビだ。

画面が点灯し、乱れた走査線がザザザと走ったあと、ジワジワと浮かび上がってきたのは、見覚えのある人物。

ブルタウ将軍だった。

正体

小型テレビの中で、肩にオウムを乗せたブルタウ将軍が語り出した。

『久しぶりだな諸君。……ふふふ。よくここまでたどり着いた。……褒めてやるよ』

＊

モニターを見つめるダイアナの瞳が大きく見開かれていった。

「……ブルタウ？」

危機管理センター全体に小さなどよめきが起こる。

そっと後ろの気配をうかがうと、ローレンスも驚き、動揺しているようだった。

＊

『私がなぜ生きているのか、不思議だろ……』

ブルタウは部屋に据え付けられたテレビをつけてみせた。ニュースが映り、画面にはハンプティダンプティ島に到着したブルタウ将軍が飛行機のタラップを降りてくる姿が見えた。

鷹のような瞳を輝かせ微笑んだ。


『……私はタイムトラベラーだ。今私がいる時間は、君達が体験したあの惨劇、つまり、マスターズ会議の前日だ。……ふふ、ネタばらしをしよう』

＊

砂漠の町モルス、巨人の棺。

アドム、アフマルを始めとするティグロに所属する子供達全員が真剣にモニターを見つめ、父と慕うブルタウの懐かしい顔と声に集中していた。

子供達は誰もが皆、驚きの表情を隠せない。

ブルタウは言った。

『Dr.パパゴなどこの世にいない』

この言葉は強いインパクトを持って世界中に広がった。

＊

報業タイムスにどよめきが起こる。

呆気にとられた田辺は灰皿をあさり、吸い殻に火をつけ、ブルタウを睨み付けた。

『ヴァーチャルだよ。名付け親は私だが、人格を作ったのはお前達だ。……お前達の中の悪意だ。……つまり、Dr.パパゴの正体は、お前達自身だ。パパゴは鏡だ』

*

監禁されていた安ホテルからザ・ハウスへ向かって爆走する車の中で、桜が見つめていたのは富士見とアンの映像だ。

珍しく富士見が他人をかばうように動いたのだ。床に倒れ込んだままの二人は、なぜかアンが富士見に覆いかぶさり、動かないままだ。富士見は生きているのか、死んだのか？　アンを救えたのか？

……女の前で似合わないことをするからこうなるんだ……。

桜は心の中で悪態をつく。

疾走している車はシークレットサービスのもので、運転しているのがキャット。助手席がバード。後部座席に桜、五代、末松が座っている。

——五分ほど前。

安ホテルのテレビで緊迫したハンプティダンプティ島の一連の映像を見て、桜は五代に言った。

「ザ・ハウスに行くぞ」

「え？　行くってどうやって？」

「この部屋のドアの前に張り付いてる、君の弟子のSPを説得してほしい」

「説得？」

「柔道は礼に始まり、礼に終わる。そうだろ？」

「もちろんだ」と五代。

「君は道場に入る時、カツラを取って礼するのか？」

「いや道場では初めからカツラはつけない。邪魔だから……あ、何言ってるんだ！」

プーッ！　と末松が苦しそうに笑う。こういう時の彼は心から楽しそうな顔をしている。

「貴様って奴は……」五代は末松を睨む。

「まあ、五代君、今は君の師範代としての信用が必要だ」

「ああ……わかった」

五代は末松を目で脅しながらドアを開け、二人の説得にかかった。

キャットとバードはすぐに了解した。

「今、ちょうど俺達もそのことを話し合っていたところだ。俺達のボスはあくまでもシュルーだ。ザ・ハウスの誰かではない」

彼らがあっさりと承諾したのは、他にも理由があった。たった今、ダイアナから出動要請があったのだ。

*

フロンティア危機管理センター。

ダイアナはそれとなくローレンスの様子を観察しながら、モニターを見ていた。

倒れたままのアンと富士見も気になるが、今はどうにも出来ず、もどかしい。

ブルタウは不敵に笑っていた。

『フフッ……私が言ってることの意味を理解するには多少の想像力が必要だ』
そう言ってブルタウが取り出してみせたのは、小さな箱だった。色はグレー。
ついさっき、QB達が見つけたコンピューターに繋がっていたものに間違いない。『Dr.パパゴの正体はこれだよ。これがパパゴだ』
ブルタウは箱を愛おしそうに手で撫でる。『わかりやすく言えば、人間で言う脳だ。脳の中でも重要な〝言語野〟の役割を果たす。世界中のネットワークに無数に書き込まれた諸君自身の言葉を全て拾い、整理し、構築した上で、一つの人格が発した言葉として再び諸君に返す。つまりパパゴの言葉は君達の総意であり、諸君の明確な意思だ。……わかるかな？……人類の人格だよ。Dr.パパゴとは、お前達だ』
ダイアナの脳裏にパパゴの片言の言葉が蘇る。
死ね！　死ね！　くたばれ！　もう終わり！
ブルタウが言っていることが本当なら、パパゴの言葉は、ネット上に広がる言葉の海から選ばれ、文章化されたものであり、独自に開発された超ＡＩのようなシステムによってオンライン上の総意が人格化されたものということになる。

ブルタウは手にしたグレーの箱を古いパソコンに装着し、『これでいい』と笑った。

『……さて、私は長い間、破壊活動をしてきた。私は生まれた時、既に明確な意識で人類に対して興味を持っていた。数年後には、全ての人類は、１頭の、のっそりした大型動物である、と、確信した。我々の時間を超越した大きな流れの中でとらえた形態だ。個々の人間は、一つの細胞、ニューロンであり、生まれてから死ぬまでの生命の輝きは電気信号、インパルスだ。もちろん、私も細胞の一つだが、他の細胞より少し冷静に人類全体を観察出来る、ある種、突然変異の癌細胞みたいなものだ。私には親がない。帰属する国も民族も宗教も持たない。私は観察者として適した立場だった。諸君が思う〝神〟の視点に近い。私は人類という大型動物の生と死に興味があった……いや、哲学的な話し方をするのはよそう……知っての通り、人々の憎しみは連鎖し、テロは繰り返される反面、その都度、人は再起し、新たな家を築き、営みは続く。私はこれを無意味だと思った。この、相反する二つの連鎖を断ち切り、別のステージへ進化することは可能か？　人類という動物は進化するのか？　私はずっと考えていた。……そこで私は思い当たったのだ。人類は絶滅すべきだと。それも他者から殺されるのではなく、自分達の総意のもと、自殺すべきだ。この大きな動物が伝統的に持ち続けてきた、悩みも苦しみも喜びも楽しみも、愛情や憎悪も、消滅させるべきだ。全てをゼロにして、新たな知的生命の誕生を待つべきだ。……どれほど私が破壊を続けても、生きようとするグループがある限り、憎しみの連鎖は終わらない。必ず人類は再び蘇り、営みは続く。生も死も、断ち切ることなど出来ない。人が何かに属している限り、営みを断ち切ることは不可能だ。……私は一人で人類を自殺に誘導することにした。だから、指導者達の計画から抜けた。コントロールされることをやめた』

ブルタウは軍帽を脱ぎ、頭部をカメラに見せた。大きな縫い目がある。『何者かが私の脳の中心部に埋め込んだ発信器を摘出した痕だ。……賭けだったよ。脳にある発信器の切除は、どんな熟練した名医でも失敗必至のオペだったからな。しかし超ＡＩを搭載した医学ロボットは実に見事なテクニックでオペを成功させてくれたよ。私はDr.パパゴの最初の患者となったのだ。私の創ったDr.パパゴは、世界一の名医だった』

ブルタウは、微笑んだ。

ローレンスの表情がほんのわずか、強ばったのを確認すると、ダイアナはモニターに視線を戻す。『私はこうして、指導者達のコントロールから解放され、市民諸君に身を委ねた。〝死へ向かう〟という意思が、敵味方統一された時、初めて無限の連鎖を断ち切れると悟ったからだ。大切なのは指導者ではなく、市民達の〝総意〟だと知ったからだ』

ブルタウは言葉を切り、何かを黙想した。

やがて、瞼を開けると瞳は優しい光を放った。

『私の息子のような少年達よ。まだ生きてそこにいるか？……懐かしいモルスに……』

＊

砂漠の町、モルス。

アドムとアフマルはモニターを見つつ、他の少年達の様子も見守っていた。パニックを起こさないとも限らない。

『私は……』

ブルタウは言う。

『お前たちを欺いた……』

アドム、アフマルと子供達はじっと聞いている。

『私は、指導者達のコントロールから抜けると同時に過去のモルスを消し去った。２０００を超える超ＡＩを搭載した兵士を爆破することで過去のテロリストを全て破壊した。同時に私自身の過去も消し、私はブルタウと名乗ったのだ』

ブルタウは言う。

『今、お前達がいるモルスは、私が作った新しいモルスだ。そこは未来だ。アドム、アフマル、そして子供達よ。お前達は私が見つけてきた未来だ。もう過去のテロリストはいない。……私以外には。私が最後の過去だ。私が消えればお前達は自由だ。誰にも支配されない』

突然自由と言われても、彼らは自由が何かを知らず、望んだことすらない。

二人の前にいるコンピューターを操作している少年達の背中が震えている。

『私は、自ら創ったDr.パパゴをオンライン上に誕生させる為に、一つの仕掛けを作った』

＊

ハピネス諸島、地下司令室は、静寂に包まれていた。床にはアンが富士見を覆うようにかぶさっている。

銃声がした直後、富士見はアンをかばおうと動いたが、それよりアンの動きの方が一瞬早く、体をかわして富士見を組み伏せる形で楯になったのだ。

先に動き出したのはアンだった。撃たれた背中に違和感を覚える。下の富士見に息があることを確認し、半身を起こしてモニターを見つめる。

ブルタウ将軍の薄ら笑いが見えた。

『……諸君の未来への道を決めるのは、言葉だ。言葉が全ての始まりと言う神もいれば、言葉に魂が宿ると考える民族もいる。だが、お前達はまだ言葉の本質を理解していない。私の仕掛けは、お前達の発する〝ある言葉〟が一定量を超えた時、作動する。その言葉とは〝死〟だ。お前達が本気で死を望んでいると判断した時、お前達の前にDr.パパゴが現れる。その為に私は、お前達自身の口から〝死〟という言葉を言わせるきっかけとなる、ある事件を起こす。……お前達はすでに経験済みのあの惨劇だ……』

アンの脳裏にマスターズテロが蘇る。

ホワイトとブルタウの握手。

一瞬驚愕の色が差したホワイトの瞳と、あざ笑うように細められたブルタウの目。

突然アンは、ずっと前から覚えていた違和感の正体に気づく。オウムだ。

ハンプティダンプティ島に到着し、専用機のタラップから降りてくるブルタウ将軍の肩には確かにオウムがとまっていた。今見ている画面の中と同じだ。しかし、その後の会議ではいなかった。オウムはどこへ行ったのか？　と不思議に思ったのだ。

しかし直後の爆発、大惨事によって小さな疑問はかき消されたのだった。


ブルタウは笑い、肩のオウムがキキッと声をあげる。

『その後、私はもう一つゲームを仕掛けた。お前達の発する〝死〟という言葉が更にリミッターを超えた時、突然カウントダウンが表示されるようにした。お前達は人類破滅までの残り時間と思ったろうが、そうじゃない。単純に今見ている私の映像が起動するまでの時間だ。お前達は勝手に解釈して、人類の残り時間だと思うだろう。世界を破滅させるのは私ではない。お前達自身だ。互いの疑心暗鬼、憎しみによって人類同士が殺し合い、自滅する。はっきりと言っておこう。ヌークリアヒューマン、人間核爆弾など、存在しない。物理的、科学的根拠も無い。単なる戯言（ざれごと）。かつて私が観た、どこかの国のアニメーションのアイデア。絵空事だ。だが、たとえ絵空事でもお前達へ与えるインパクトは大きいだろう。恐怖心は争いの原動力だ。人類は必ず殺し合いを始めると、私は予想したのだ。どうだ？　私の予想は当たっていただろう。おそらく人類は私の種明かしを見る前に自滅する可能性が高いと私は考えた。しかし、こうして諸君が私の話を聞いているということは、私の見立てが甘かったか』

ブルタウは高らかに笑う。

強く噛みしめた唇から血がにじむ。アンは、怒りを抑えるのに必死だった。

「……う……うう……」膝の上で富士見が唸る。「……アン……だ……大丈夫か？」

「私は大丈夫です」

アンは答えながら、確かに撃たれたはずの背中に何の痛みも感じないことを不思議に思った。

富士見はうっすらと目を開ける。

「パパゴ……Dr.パパゴは?」

モニターにブルタウ将軍が映っている。

『Dr.パパゴとは、諸君のコンピューターに巣くうウイルスだ。……ああ、これだけは言っておこう。〝死〟というワードの量で出現するパパゴは、別の言葉が〝死〟を上回った時に自然消滅する……』

*

フロンティア合衆国、ザ・ハウス内部の危機管理センター。

ダイアナはDr.パパゴを映し出しているモニターの隣、世界中からリアルタイムで発信されるヴォイスを表示するモニターを見つめていた。画面は文字で溢れている。

……『富士見、起きろ!』……『おい! 富士見、死ぬなよ』……『未来はどうした?』……『生きろ! バカ総理!』……『生きろよ!』……『未来をよこせ!』……『生きろ!』……『生きろ!』……『生きろ!』……『富士見、生きろ!』……『生きろ!』……『生きろよ!』……『生きろ富士見!』……『生きろ!』……『生きろ!』……『生きろ!』……。

ダイアナは再び元のモニターに視線を戻す。

『さあ、そろそろだ』

ブルタウ将軍は立ち上がると、肩に乗せていたオウムを鳥かごに入れた。

キキキッ!

オウムが笑うように鳴く。

『いい子だ……』

かごを持ち上げ、黒い布のかかった台の上にそっと置く。

キキキキ
『おお……よしよし……』

ブルタウの声は恐ろしいほど優しいトーンだ。マジシャンのようにカラフルな布を取り出すと、

『……あとは頼むぞ』

と、フワリとかごにかぶせた。目の位置に二つの穴が開いている。

Dr.パパゴだ。

ブルタウはパパゴに見せかけた鳥かごの前に、カメラとボイスチェンジャーマイクをセッティングする。

キキッ……キキキキ……。

その声はまさにパパゴの声だった。

ブルタウは画面に顔を出し微笑んだ。

『準備は整った。明日の会議が楽しみだ。ああ、諸君は会議で起きた出来事を知ってるんだったな』

深いため息をつく。

『……よく乗り越えてここまで来た……おめでとう。最後に面白いことを教えてやろう。……お前達は、私を愛してる』

フッとブルタウは笑う。

『認めたくないだろうが、本当だ。この世界に存在する全てのものには必ず何かが宿る。それを愛と呼ぼうが憎しみと呼ぼうがお前達の勝手だ。簡単に処理するな。打算的であれ。現象から距離を取れ。ここまで来た君達へ私からのアドバイスだ。……人類よ、勝ちに行け』

＊

アンは固まったまま画面を睨み付けている。

『……そろそろ、さよならだ。私は眠る。諸君は、このまま世界を続けたまえ』

ブルタウは最後にニヤリと笑って言った。

『お気の毒に……グッドラック』

少しすると画面にノイズが入り、乱れ、やがて消えた。同時にアンの意識も遠くなり、視界が暗くなる。

＊

突然銃声が響いた。

元大統領付きSPのキャットとバードは即座に胸元から銃を抜いて身構え、ザ・ハウス危機管理センターの扉を開けると中に踏み込む。

「サディアス！」

耳をつんざくような悲鳴はダイアナの声だ。

男性が床に倒れている。情報分析官のサディアスだ。胸の辺りから血が流れ、広がっていく。

視線を上げると国防長官のローレンスが顔面蒼白で立ち尽くしている。いつもは白い顔が、今は髪のなくなった額の上まで青白いほどだ。肩が大きくゆっくり上下している。興奮で呼吸が苦しいのだろう。右手にピストルを持っている。銃口から微かに煙が出ていて火薬の臭いが漂う。

キャットとバードは目配せをする。撃ったのはローレンスで間違いないが、状況が把握出来ない。

「……長官、銃を置いてください」

キャットは自分の銃口を下に向け、ローレンスを興奮させないように慎重に言った。

「ローレンス、お願い……」

口を開きかけたダイアナをバードが目で制した上で、危機管理センターにいる他の職員達に床に伏せるよう手で合図をする。警察、軍などのトップが集まっている現場であり、それぞれの対応は素早かった。

ローレンス国防長官はどうやってピストルをここに持ち込んだのか？　と、キャットは思った。危機管理センターにはたとえ警察官や軍人であっても武器の持ち込みは禁止され、厳重なチェック体制が整っていた。自分とバードは大統領付きシークレットサービスにだけ携帯を許可された、セキュリティーを通過出来る認識番号が付いた銃を持っている。ローレンスは国防長官の立場を利用して、チェックをすり抜けたのか。

「もう一度言います。……長官。ゆっくりと銃を床に置いてください。さもないとあなたを撃たなければなりません」

「……貴様に、私に命令する権利はない」

バードがローレンスの背後の位置につき、少しずつ近づいていく。

ふいに殺気を感じたローレンスが振り向き、バードを撃とうとした。

キャットは引き金にかかる指に力を込めた。

次の瞬間、突然下から突き上げられる感覚がし、天井に向けて発砲した。何が起きたのかわからず、前を見ると黒い影がゴロゴロっと床を転がりローレンスの足をすくった。転倒した拍子にローレンスの手からピストルが離れ床をスライドしていく。直後に向こうにいたバードも組み伏せられ、ひねりあげられた手から銃が落ちた。

「うっ……シ、シハンダイ！」バードの呻き声が聞こえた時には、既に五代はローレンスの両手を後ろにねじり、動けない体勢で確保していた。本当に一瞬の出来事だった。

「シハンダイ！」キャットも思わず叫んだ。

五代はローレンスを組み伏せながら、こちらに笑顔を見せる。

「身柄確保。拳銃を回収してください」

バードは慌てて自分の銃とローレンスの銃を拾う。

キャットは呆れたように首を振る。

「五代サン」

「大丈夫。この男に怪我はありません。すみません、咄嗟だったので、あなた達の腕まで痛めてしまった」

五代の下でローレンスは声もあげられず呻いている。

キャットは信じられなかった。五代は一瞬で自分の銃を撥ね上げ、体ごと転がりローレンスを倒した後、バードの腕を取り銃を落としたのだ。巨漢とは思えぬ身のこなしだった。

「なんという人だ……」とキャットは呟いた。

一連の動作を見ていた危機管理センターの職員達から歓声が上がる。

照れたように皆にお辞儀をする五代はスキンヘッドだった。

遠くで末松が髪の毛の塊を拾っていた。

*

「翔！」

走りながら早苗が叫ぶ。新一も後に続き走っている。

戒厳令下、D地区の港沿いの道には二人の他に人の気配はなく、よく晴れて海も静かだ。

「翔ーっ！」

誰もいないせいか、早苗の声がよく通り、海と逆側の山の斜面に反響する。

自分は今まで何を見てきたんだろうと、早苗は思った。翼の手を放し、失ったことをあれほど後悔し悲しかったのに、どうして目の前にいる翔の手までも放そうとしているんだろう？　どうしてしっかりと守ろうとしなかったのだろう？　どこまで自分はバカなんだろう。

シュルシュルッ！　と音がする。

早苗と新一は足を止め、空を見上げる。

海を見下ろす山の中腹にある高台から白い線が斜め上に引かれていく。ひこうき雲よりも太く、はっきりとした線だった。

＊

急激に上昇していく漁船、飛翼丸の操舵室では、強力なGにより、４人の少年達の体は折り重なって船体に押し付けられ、声も出せない状態だった。

少しして、急に体がフワリと浮いた感覚になったかと思うと、次に船は落下し始めた。

少年達の体は逆側に押し付けられる。

真っ逆さまに落ちていく船。

窓から見えるのは海だ。太陽を浴び、キラキラと光る海面がみるみる近づいてくる。

この高さから叩きつけられたら、水も地面も一緒だ。一瞬にして船はバラバラ。ひとたまりもないだろう、と翔は思った。

降下スピードはどんどん増していく。

「わぁーっ！」

思わず少年達は絶叫した。

「翔！　てめぇ、ふざけんなよ！」

悲鳴に紛れ、友希の声がする。

怒るのも無理はないが、今は落下中だ。よくこの状態で文句を言えるものだと翔は思いつつ、船と同化した翼のアンドロイドを見る。

カン！　カン！　カン！

眼球が飛び出し回転し、頭のあちこちから煙が出ている。

……コイツ、もうだめだ、と思った。

ピー！　ピー！　ピー！　ピー！

突然警報音のような音が鳴り響いたかと思うと、翼の顔全体が３６０度、グルグルと回り出した。

＊

息子の声が聞こえたような気がした。

山の高台から現れた白い線は、放物線を描いて海へと落ちていく。

「あれは……」

新一が呟く。

あり得ないことだが、落下しているのは、漁船のようなものだ。

「翔ーーーーっ！」

思いきり叫ぶ。早苗にはあそこに翔がいるという確信があった。

自分の息子が猛スピードで墜落している。

「翔ぉぉーーーーーっ！」

完全に喉は潰れ、声はかれていた。

突然、まっ白な球体が、船の先から飛び出した。青空に鮮やかに広がるそれは、風船のように見えた。

漁船はスピードをゆるめ、徐々に海面に近づいていく。

早苗と新一は船が落ちる方に向かい、再び走り出した。

＊

バン！　と音がして、急に減速するのを体で感じた。翼を見ると頭の部分が割れ、中から複数のロープのようなものが出ている。空を見ると大きな白い球が浮かんでいる。

翔は思い出した。

〝非常時・災害時　耐火バリア及び脱出用船艇・飛行艇・自律改造機能搭載〟

〝非常時・災害時　安全バルーン機能搭載〟

ピノキオ・カンパニーのソウルドール。翼のアンドロイドに搭載された特殊機能だ。

減速したとはいえ海面はかなりの速さで近づいてくる。このまま落ちれば船は木っ端微塵だろうが命だけは助かるかもしれない。

「翼！」

翼のアンドロイドは眼球が飛び出したまま頭が割れ、もはや原形を留めていない。バルーンに繋がる複数のロープが装着された頭は上に引っ張られ、胴体と繋がるゴムの部分が限界まで伸びきっていて、やけに首が長い人のようになっている。メリメリと、薄い部分に亀裂が入っていく。まさに首の皮一枚の状態だ。

……だめだ。このままいけば首が抜ける。

次の瞬間、一気に首のゴムが破れる。同時に胴から伸びた両手ががっしりと頭を摑んだ。

「翼ぁっ！」

翼のアンドロイドは、もはやＡＩとしての意識があるのかどうかすらわからないが、自分と分離した頭を両手で鷲摑みにして必死に船の落下を防ごうとしている。

その姿はオカルト映画に出てくる化け物だ。

海がどんどん近づいてくる。

「ミンナ、頭守レ！」

バシャン！

船は海面に叩きつけられ、水しぶきが高く上がった。

＊

早苗と新一は桟橋を走り、船が落下した辺りまで来て、海を見る。

水面には幾重にも波紋が広がり、バラバラになった船の破片が浮いている。更に次から次へと船の部品のようなものが、下から浮き上がってくる。

バルーンはすっかりしぼみ、ただの白いゴムの布となってプカプカ浮いている。

「翔！」

＊

「ぷはっ！」

最初に顔を出したのは拓だ。大量に飲み込んだ水を吐き、必死に手をばたつかせ、息をしようともがいている。

友希と大輔も顔を出す。三人とも魚のように口をパクパクさせ、空気を吸い、咳き込んだ。

「ふざけんなよ！　翔！……どこだよ！　てめぇ！」

友希は溺れそうになりながら周りを見まわす。

少し先にブクブクと水泡が上がってくるのを見つけると強引に水を掻き、そこまで行くと大量に息を吸い込んで勢いをつけ、頭から潜った。

水中で、底から浮き上がってくる翔の腕をがっしり摑むと、そのままぐいっと引き上げる。

水しぶきを上げ、翔と友希が水面に顔を出した。

噴水のように水を噴き出し、再び沈みかけた翔の首に腕を回して引き寄せると友希は怒鳴った。

「翔！　てめえのせいだぞ！　何で俺がこんな目にあわなきゃならないんだよ！」

耳元でギャンギャン怒鳴られ、翔の意識は徐々に戻る。霞んでいた視界が明確になると、至近距離に見えたのは、激昂した友希の顔だ。

……殺される。

翔は、慌てて逃げようとして、ようやく自分が水の中にいることに気づく。再び溺れかけるが、なんとか自分の力で水を掻いて友希から離れた。

「待てよ！　てめえ！」

ギーギー！　キリキリ！　シュゥ！　シューッ！

近くで機械がショートするような音が聞こえる。

「……死ンダ人間ハ、イイ人間……ハハハ……」

翔と友希のすぐ近くに翼のアンドロイドの頭部だけが浮かんでいる。眼球は飛び出したままだが、もう回転はしていない。頭は割れ、内部の機械が見えている。プスプスとショートする音が鳴る。それでもまだ、かろうじてＡＩは機能しているのか。

「……生キ残ッテル奴ハ、バカバカリ……ハハハ……バカ翔！……バーカ友希！……」

「翼……」

「バーカ！　翔！……シュウシュウ……オレヲ濡ラシチャダメッテ書イテアッタロ……プスプス……説明書チャント読メ、バカ！……」

アンドロイドの頭部は少しずつ沈んでいく。

翔と友希は泳いで寄っていく。

「バカ、バーカ！……シューシュー……ブスブス……バカ友希、翔ヲヨロシク……バカ翔！……ママヲ、タノンダ！……バイバイ……バイバイ……オマエタチ、コッチキタラ、タダジャオカナイカラナ！……バイバイミンナ……バイバイ……ハハハ……ミンナ……バイバイ……」

ブクブクと泡を出しながら、翼は沈んでいった。

遠くから金切り声が聞こえる。

「翔ーーっ！」

見ると、桟橋の上を早苗が走っていた。後ろに新一の姿も見える。

翔だけでなく、友希も大輔も拓も目を丸くして早苗を見つめた。

早苗は桟橋の先まで来ると、そのまま海へ飛び込んだ。

「お母さん!?」

しばらくして水面に顔を出した早苗は叫んだ。

「助けて！……翔！」

バシャバシャともがき、再び沈む。

「は？　泳げないのかよ？」

友希が呆れた声を出す。

少年達は慌てて水を掻き、早苗の方へ泳ぎ出した。

病室

目を開けると白い部屋の中だった。アンは、ベッドの上にいた。

「ア……アァ……」

懐かしい声がすると、ポンと何かが飛び乗った感覚があった。

アッシュの瞳は以前と変わらず、サファイアのように青かった。遠い昔、これと全く同じ経験をしたような気がする。

少しずつ記憶が戻る。

大勢の作業員が黙々と動いているのを見下ろしモニターに向かう自分。カラフルな頭巾の人間が何かを話している。世界が、終わりを告げようとしている。カウントダウン。

そうだ。広大な地下の核兵器解体施設だ。自分は監禁されていた。

突然、小さな目をした男の顔が頭に浮かぶ。名前は確か……富士見。

一気に記憶が蘇る。

銃声。あの時彼をかばって自分は撃たれたのではなかったか。

アンは、ベッドの上で半身を起こした。グレーの猫を撫でながら聞く。

「アッシュ……なぜここにいるの？」

「ア、ア」

いや、自分こそなぜここにいるのだ？　というか、ここはいったいどこだろう？

壁も棚も全てが白いシンプルな部屋。ベッドの横のテーブルには赤い花が花瓶にさしてある。

ノックの音と同時にドアを開けて入ってきたのは見覚えのある顔だった。アンを見つめ目を丸くする。

「アン！　気がついたの？」

「……ダイアナ？」

「よかった」

ダイアナは嬉しそうにベッドサイドに腰を下ろし、アンを抱きしめた。

「ダイアナ……ここは……？」

「軍病院よ……フロンティアの……」

「フロンティア……」

ダイアナはアンの目を見て微笑んだ。

「あなたは無事に生還したのよ」

足元でアッシュがこちらを不思議そうに眺めている。

アンは戸惑いながら言う。

「でも……私には聞きたいことが……」

「わかってる……」

ダイアナは手で制すると愛嬌のある瞳をクルッと回転させた。

「オーケー、わかってるわ……あなたが今、聞きたいことで溢れているのはわかってる……まるで好奇心旺盛な子供みたいに」

ダイアナは立ち上がると部屋の隅にあるコーヒーメーカーの下にカップを置く。

「ダイアナ……」

「まずこの二つは先に言っておくわ。世界は今も続いてる。人類は滅亡の危機を脱したの……とりあえずね」

背中越しに言う。

「それから、ハピネス諸島・エリア0であなたが意識を失ってからそろそろ1ヶ月になる……」

「1ヶ月……」

ダイアナはコーヒーをアンに渡しベッドサイドに座る。

「飲んで……あなたはずっと昏睡状態だった。目が覚めてよかったわ」

と言って自分も一口啜り、ふーっとため息をつく。

「Dr.パパゴが、ブルタウ将軍がでっちあげたＡＩで、ヌークリアヒューマンが、イカサマだったってところまではおぼえてるわね」

ダイアナはアンを見つめるが、アンは、ほぼ上の空でうなずいた。あれから1ヶ月もたっていることを必死に理解しようとしているのだろう。

ダイアナは深く息を吐き、覚悟したように言う。

「さて……何から聞きたい？　ああ、待って。質問攻めにされるのはたまらないわ。私の話したい順番で話すわ。いい？」

アンは微笑んだ。

「どうぞ」

「笑ってくれて嬉しいわ。……じゃあ、まずは、ローレンスのことから」

アンの表情が強ばる。

「……あの日。私達は彼を逮捕した……」

ダイアナはもう一口、コーヒーを飲んだ。

*

ローレンスを組み伏せている五代の所へバードとキャットが駆けよる。

五代からローレンスの身柄を受け取るとキャットが羽交い締めにして、バードが体を調べる。

「シハンダイ、全くあなたは無茶苦茶だ。この国でそう勝手なことをされたら困る」

「申し訳ない……」

「お怪我は？」とキャット。

「私はどこも……」五代は言いながら頭に手を乗せると、冷や汗が出た。

「五代さん」

末松がカツラをそっと渡した。

キャットとバードがローレンスを連行していく。

ダイアナは、倒れたサディアスを見る。

周りを囲んでいた職員が首を横に振る。

＊

カチカチとコーヒーカップとソーサーがぶつかる。

ベッドの上のアンは、脇のテーブルにようやくカップを置いた。怯えている場合ではない。静かに深く息を吸う。

「……話を続けて」

「ええ、もちろん……」ダイアナは何も気づかなかったように言うと、ほんの少しだけ間を空けた。

「……私達はローレンスを尋問した。真実を話すように説得した」

＊

フロンティア安全保障局・特別取調室は白い床と天井に覆われた何もない部屋だった。

壁の一面が大きなマジックミラーになっていて、隣の部屋には男達が数人座っている。

フィリップ陸軍長官、ジョン海軍長官、サイモン空軍長官、アンドリュー安全保障長官だ。彼らの視線の先にいるのは、ローレンス国防長官。もちろんこちら側から見られていることはわかっているのだろうが、特に意識しているそぶりもなく、椅子に座り虚空を見つめている。

机を挟んで向かい側に座るのは、ダイアナ国務長官だ。

机にはマイクがあり、やり取りはスピーカーを通してこちらに聞こえるようになっている。

危機管理センターでの凶行から10時間ほど経過していた。ダイアナとローレンスはしばらく沈黙したまま対峙している。

いくら政治的な重要犯罪とはいえ、本来国務長官自ら容疑者の取り調べを行うことなどあり得ないが、ローレンスが過去に行っていたと考えられる犯罪に関する情報を知っているのは、ダイアナと、今は意識を失い病院にいるアン大統領、そして殺害されたサディアス情報分析官しかいない。

前大統領が死亡、暫定大統領が執務不能に陥っている現在、ダイアナは一時的に権限を継承し大統領令を発令、サディアス情報分析官殺害事件の捜査権限を全て自分に集中させた。このアクロバティックな人事がすんなり成立したのも、政権中枢にいたローレンスの裏切り行為があまりにもショッキングで、いまだに長官達の誰一人として、自分達の目の前で起きたことを処理出来ていなかったからだろう。ローレンスはなぜ、サディアスを撃ったのか。自分達はいつから騙されていたのか。長官達は不可解な思いのまま取り調べを見守っていた。

ダイアナの少し後ろの椅子に、ピースランドの桜という男が座っている。富士見首相の秘書で、ただ一人、ダイアナが単独で取り調べを行うことに異を唱えた人物だ。

ローレンスに命を狙われたのはサディアス情報分析官だけではない。自分が仕える富士見首相も狙撃された。この捜査はフロンティアだけが内密に行うべきではない。富士見はアンと一緒に無事保護され、今まさにハピネス諸島・エリア0からこちらに向かっている。桜は、総理名代として、またセーフティーボウル代表として自分も取り調べに同席する権利があると、強く主張したのだった。

それにしても……。

長官達は桜を見て思った。どこか得体の知れない奇妙な男だ。

膠着（こうちゃく）した取調室の中でもただ一人だけ、薄ら笑いを浮かべているように見える口元。どこか人をバカにしたように見える片方だけ上がった眉毛。元々ピースランドの人間は、何を考えているのかわからないところがあった。考えてみれば、マスターズテロ以降の、それまで影の薄かったあの富士見という首相の行動もやけに突飛で、理解しがたいものだった。

「……ローレンス」

スピーカーからダイアナの声が聞こえた。

ローレンスは反応せず、ジッとどこかの一点を見つめている。白すぎる額には青い血管が透けて見える。

もう6時間以上、この状態が続いてる。

「わかってると思うけど、あなたが口を開くまで私はここを動くつもりはないわ……」

ダイアナは後ろから息の音が聞こえてくるのを意識していた。規則的な呼吸音。おそらく桜の寝息だ。軽い戸惑いを感じる。真面目で勤勉なピースランド人の中にもこういう人間がいるのか。

ふいに、ローレンスと目が合っていることに気づき、息を呑む。

ローレンスはニヤリとし、首を振ると深いため息をついた。

「長い話になりそうだ。始める前に何か食べてもいいかな?」

「もちろん……」ダイアナは立ち上がりかけ、ふと動きを止め、ローレンスを見つめる。「……ドーナツでいいわね?」

ローレンスはうなずいた。

「ありがたいね。……感謝するよ、大統領代理閣下」

＊

アンの脳裏にドーナツにかぶりつくローレンスの姿が浮かぶ。

「ダイアナ。まさかドーナツ一つで彼が落ちたとは言わないわよね?」

「そうね、確かにドーナツだけじゃ済まなかった。他にサンドイッチ、ピザ、チキン、寿司……。私達は何度も食事を繰り返し、話し続けなければならなかった」

アンの瞳に不安の色が差す。

ダイアナは自嘲するように言う。

「それほど複雑で、うんざりするほど長い話だったわ。……ローレンスも混乱して、どこから始めればいいのか迷ってる様子だった。……結局私達は20年以上前までさかのぼらなければならなかった」

カフェテリア爆破テロ事件

ローレンスの長い回想が始まった。

あれは20年以上前だ。

爆音が響いたのは、13時13分。人々がランチを終え、コーヒーで一息ついている時間だった。ズンと体の中心を突くような音と揺れを感じた。

フロンティアの首都〝シティ〟。中央に流れる川のほとりにあるカフェテリアは、国防総省からほど近く、職員もよく利用した。

私は当時39歳。休憩もせず、デスクに向かって仕事をしていた。頑丈な建物の奥にある部屋でも感じるほどの振動にただ事ではないものを感じたが、まさかあのカフェテリアが爆破されたとは考えもしなかった。

しかしそこから事態は急転した。

部屋には数人しかいなかったが、そのうちの一人が愕然として言った。

「カフェテリアが爆破されたようだ……」

緊急警報が鳴る。

外に出ていた職員達が帰ってきて慌ただしくパソコンを叩き始める。

国防総省は厳戒態勢に入った。

しばらくして中央モニターに爆破現場が映る。そこら中から炎が上がっている。第２、第３の爆発を警戒し、消火活動も出来ない状態だ。煙と炎で細部は確認出来ないが、ひと目見てカフェテリアが跡形もなく破壊されたことはわかった。生存者はいないだろう。

次々と入ってくる情報は錯綜していたが、時間がたつにつれ、少しずつ状況が明らかになっていった。

爆破の瞬間、店の中には従業員と客が、合わせて50人程いた。外を歩いていて巻きこまれた人間と合わせ、２３０人以上が死亡。負傷者を合わせると３００人以上が被害者となる。数はまだ増えるだろう。

被害者の中には国防総省職員も何人か含まれていると、情報が入る。

私はふと、隣のデスクを見た。

いつもそこにいるはずの人物は、家族とランチをすると告げたまま、まだ帰ってこない。ジョセフ・ウォーカー。そう。アンの父親は私と同期だった。彼は優秀な職員で、毎日顔を合わせていたが、互いに特殊任務を担っていることもあり、ほとんど会話をすることはなかった。

この職場ではそれぞれが秘密を抱えていて自然と日常会話なども少なくなる。そもそもこの部署に配属された者はエリートであり、安全保障に関する重要な機密に関わる情報を握っている。ジョセフは私にとって、同期であり、ライバルでもあった。どちらが先に政権の中枢に行くか、意識する人物だった。

そんなジョセフが今朝は珍しく話しかけてきたのを思い出した。今日は娘の12歳の誕生日で、久しぶりに親子3人でランチをするのだと言っていた。「ローレンス。君は？　最近ちゃんと食べてるのか？」などと、普段は言わないようなことを言ってきた。「人のこと言えた義理じゃないが、少しは食べた方がいい」そう言う奴の顔も青ざめて頬はこけていた。

私はデスク上にある、ジョセフが置いていったドーナツの入った紙袋を見つめた。

その日、ジョセフはランチから帰らなかった。

＊

明くる日になると死者は250人に増えた。ジョセフ一家もその中に含まれた。妻のマリア、娘アンも一緒に爆発に巻きこまれ、全員死亡が確認された。他にも政府系職員が10人以上死亡している。

私はテロ対策の特殊任務についており、一睡もせず情報をかき集めていた。しかし犯人の特定は困難だった。テロであることは間違いないと思われた。だが、目的は何か、いかなる団体の仕業か。なぜターゲットにされたのが国防総省でもザ・ハウスでもなく、一般市民もいた近くのカフェテリアなのか。広くフロンティアに対する警告か、あるいは、特定の個人を狙った殺人なのか。

私は無意識にポケットに手を入れタバコを探し、ふと、随分前に禁煙していたことに気づき、自分に当惑した。その時まで冷静さを失ってる自覚はなかった。

　何気なくジョセフのくれたドーナツを手に取り一口かじると、コーヒーで飲みくだした。甘さがしみ、人心地つくと同時に急激に空腹に襲われ、もう一口食べる。考えてみればもう20時間以上何も口にしてなかった。

　ジョセフはなぜあの日、私に話しかけたのか？　唐突で不自然な行動は、私に対するメッセージか、あるいは、何か不穏なものを悟ったのか？　袋のドーナツを取り出し、中を調べるが、メモなどは入ってなかった。テロ対策に関連する特殊任務に就いている者は皆、普段と違うほんの少しの変化を見逃さないように訓練を受けていた。確実に何かがいつもと違った。

　ここ数年、この国ではテロが頻繁に起きているが、今回のものは何かが違う。

＊

　ブルタウと名乗るテロリストの映像が配信されたのは、事件から3日後だった。

　最初は悪戯のような一つの投稿だった。

　画面の男は黒いヒゲで覆われ、眉毛も長く逆立ち、まるで黒いライオンだった。

　ブルタウは過激派組織ゴルグの指導者であることを表明した。

『私はいずれ、世界に散らばる孤独なテロリスト達を統一するだろう。私は我々以外のテロ組織の存在を許さない。我々に刃向かう者は全て殲滅する。選択肢はゴルグの仲間になるか、死かの二つだ。今日、この瞬間より私が認証した者だけがテロリストであり、全てを私が管理する』

　シンプルな動画は、またたく間に全世界に拡散した。人々はこれをカフェテリア爆破テロ事件と関連づけ、犯行声明と認識し報道された。

　だが、私には違和感があった。ブルタウの名は私にとっては馴染みのあるものだったからだ。私の仕事は、まさにブルタウを始めとする世界に散らばるテロリスト達の動向を見極め監視することだ。日々彼らの動向を追っていたんだ。

カフェテリア爆破の3年前、砂漠の町モルスが7万を超える国民とともに爆発、跡形もなく消滅した事件があった。人類の歴史上最悪のディアスポラ・テロだ。

元々モルスは複数のテロ組織やローンウルフと呼ばれる単独のテロリストが同居する、人種も思想もバラバラの人間が集まったモザイク都市だった。無秩序の中に秩序が形成され、奇跡的なバランスで平和が保たれていた。世界中のテロリストが身を隠す為にここを訪れ、かりそめの安息の地として利用する。その為、この場所で戦闘は行わないという暗黙のルールのようなものが出来ていた。

町には小さな家が並び、学校、教会、市場、神殿などが密集し、戦闘とは無関係な子供から老人までの市民が、まるで世界には、戦争や憎しみなど存在しないと錯覚しているのではないかと疑いたくなる程、平穏に暮らしていた。戦場の真空地帯のような所だった。

ある日、同じ時刻に複数の場所で爆弾が爆発した。モルス内のありとあらゆる場所にまんべんなく仕掛けられた爆弾の数は2000を超えた。全てが一気に爆発し、国は消滅した。戦闘員も非戦闘員も、子供も老人も女も無差別に。

フロンティア合衆国国防総省安全保障局の威信は丸つぶれだった。世界中、ありとあらゆる情報通信を傍受し、解析、解読出来るフロンティアが、これほどの事件の予兆さえ摑めないというのはあってはならないことだった。当然、私も怒りに震えた。そして、躍起になって過去のあらゆる言語の通信データを調べたのをおぼえている。言葉は宇宙に存在する無数の星々のように散らばっていた。一つ一つの言葉を検証し、パズルのように解明し、あぶり出した名前が〝ブルタウ〟だった。とはいえ、ブルタウの情報はあまりにも少なかった。彼は実に巧みに名前を消しながら活動していた。にもかかわらず、私のような頭脳と技術を持っている専門家ならば確実に見つけられるような痕跡を残していた。私には逆にそれが恐ろしく思えた。まるで自分をアピールする為に敢えて印を残しているように思えたのだ。これほど完璧に身を隠せる人物なら、全ての証拠を消し去ることも可能なはずなのだ。……自分はここにいる、と自己主張する人格がデータから垣間見られたことが不気味だった。

ディアスポラ・テロの容疑者にブルタウを含めた何人かが挙がった。

私はブルタウが真犯人であると確信していたが、個人的な直感でしかなく、確たる証拠は見つけ出せなかった。他の容疑者も同じだったが、ブルタウは彼らと比べ圧倒的に情報が少なかった。それこそがブルタウが犯人であることの裏付けに思えるのだった。

緻密な計算が出来る徹底した完全主義者。それが私が思い描くブルタウ像だった。一つの国に２０００を超える爆弾を仕掛け、全てを同時に作動させるなど並のテロリストに出来ることではない。

＊

ディアスポラ・テロ以降、私はずっとブルタウの影を追い続けてきたが、再びその名を見つけることは出来ないでいた。

ところが突然の犯行声明だ。私にはどうしても奇異に思えた。

今回のカフェテリア爆破は犯行の手口があまりにも乱暴で、雑だ。とても奴の仕業とは思えない。

事件後に投稿されたブルタウの動画は、タイミング的に犯行声明のように見えたが、その中で自分がカフェテリア爆破を行ったと語っているわけでもない。この犯行を奴の仕業だと決めつけるのは早計ではないか。

ブルタウなら直接国防総省を狙うことも出来たはずだ。

爆破から5日後の深夜。私は初めて爆破現場に行った。辺りは火薬と焼け残った肉が腐敗した死臭が混じり合い、テロ現場独特の臭いが立ちこめていた。現場検証はまだ続いており、粉々になった物質は混沌とし、どれが瓦礫でどれが肉片か、わからないような状態だった。まだあちこちから煙や湯気が立ちのぼっている。

見渡せば夜間にもかかわらず警察・軍関係者が３００人以上いて、作業をしていた。

私はＩＤカードを警備員に示し、現場に足を踏み入れた。国防総省安全保障局テロ対策課のＩＤは、いかなる事件現場にも自由に立ち入る権利を有していることを証明するものだった。

手袋をし、黒焦げになった瓦礫を持ち上げる。あの日、私は明け方まで現場検証を続けた。

特別取調室

特別取調室の空気はピンと張り詰めていた。

それまで雄弁に話していたローレンスが口をつぐみ、無音の状態がしばらく続いている。

沈黙を破ったのはダイアナだ。

「それで?……あなたは現場で何を見つけたの?」

ローレンスはしばらく思案していたが、やがて肩をすくめると、この場にはそぐわない笑顔を見せ首を振る。

「非常に興味深いものだ」

「そうでしょうね」ダイアナは真っ直ぐにローレンスの目を見つめて言う。「聞かせて」

ローレンスは後ろに座っている桜を見る。今までの話を聞いていたのかどうかわからないが、額に手を当て、何やら真面目な表情で考えている風だ。

「あの男を外してもらえないか?」

ダイアナはローレンスの視線の先にいる桜を振り返る。

「……それはやめた方がいい」

答えたのは桜だ。

「今私を外へ出したら、フロンティアが関わった過去のテロに関するなにがしかの証拠を、容疑者であるこの男と現在、政権の実質的な最高責任者である君が共同で隠蔽したと、第三国の私は考える。そうなれば、ホワイト政権下で犯したフロンティアの罪は過去のものではなく、現在進行形の犯罪となり、私はそれを国際世論に訴えるだろう」

「貴様……」

ローレンスが桜を睨み付ける。

桜は意に介さなかった。

「ダイアナ大統領代理。私はこのデブではなく君に話してるんだ」

「何！」

「共犯者になるな。この男が現場から見つけたのは、おそらくアンドロイドに関わる何かだよ」

「アンドロイド……」

ダイアナはローレンスを見つめるが、彼は表情を変えずずっと桜を睨み付けたままだ。

「へへ」桜が笑う。「わかりやすい男だな。図星だって顔に書いてあるよ」

ローレンスの表情は変わらない。

「ローレンス」とダイアナ。

「ダイアナ大統領代理。あなたは、ハピネス諸島の核兵器解体施設へ行ったことはあるか？」

ダイアナはゆっくり首を横に振った。

「私のボス、富士見幸太郎は……何というか、普段は薄ぼんやりした男でね。ま、一言で言えばバカだ。しかし変に勘が働く時があってね。アン大統領を追ってハピネス諸島地下に入った時、そこが核兵器解体施設ではなく、核爆弾製造施設だということと、そこで働く作業員達がＡＩ搭載のアンドロイドだってことに気がついたらしい」

ダイアナは危機管理センターで、ハピネス諸島監視カメラのモニターを見守っていた時のことを思い出す。確かに富士見はアンにこの話をしていた。あの時、二人の会話に割って入ったのはローレンスだ。今、彼の表情が引きつって見えるのは気のせいだろうか。

「あの核製造施設のことを誰よりも熟知してるのは、ここにいるローレンス国防長官様だ。その男はカフェテリアテロ当時、国防総省安全保障局テロ対策課の職員だった。あの頃、事件の犯人は人間に酷似したアンドロイドではないかという意見も多くあった……ブルタウ将軍の犯行声明によって、そんな噂はかき消えたけどね」

「黙れ、猿」

「うわっ！」とわざとらしく驚いた桜は豪快に笑った。

「いいねぇ！　今時こんなわかりやすい差別主義者が政府の中枢にいるとは、いかにもダブルスタンダードのフロンティアらしい」

「黙れ！」

「黙らねえよ！　あんた達の国は出来た時からそうだ。理念と建て前は世界一立派だが、本音の部分は最低で、

1ミリも進歩してない。ハハ、大したもんだ！」

ローレンスは思わず立ち上がった。

桜は笑う。

「おぉ、怖いね。今度は俺を殴ろうっていうのか？　それともまだどっかに拳銃を隠し持ってるのかな？」

ダイアナがハッとして立ち上がる。

ローレンスは無言で首を振った。

桜は続ける。

「あんた、何でサディアス情報分析官を撃った？……彼が真相に近づいてたからじゃないのか？」

ダイアナの胸が痛む。彼女も当然ローレンスを警戒していた。にもかかわらずサディアスを救うことが出来なかった。

「サディアスを殺した次にダイアナも撃つつもりだったんだろ？　その時に俺達が踏み込んだ。……邪魔して悪かったな」

ローレンスの額から汗が流れ落ちた。

「ハピネス諸島の核爆発も本当はティグロの攻撃なんかじゃない。あんたがアンドロイドの作業員に信号を送って自爆させたんだ。ティグロに濡れ衣を着せ、攻撃の大義名分を作る為だ。ところがうちのボスが偶然真相に近づいた。だからあんたは遠隔操作で富士見を撃ったんだ。そうだろ？」

「…………」

ダイアナには、ローレンスは話す気がないように見えた。

「言っておくが……」と桜は言った。「あんたに黙秘権なんてものはない。記録も取ってない。立会人は私とダイアナだけだ。この部屋に民主主義は存在しない」

「…………」

「黙殺は肯定と見なす」

ローレンスは黙ったままだった。

桜は呟いた。「いいだろう。私達が知りたいのはその先の話だ」

＊

「少し休憩しましょう」

ベッドの上で青ざめたアンを見て、ダイアナは言った。取り調べが終わり時間がたった今でも、自分はまだ混乱していて話の整理が出来ていないのだから、アンにいっぺんに理解しろというのは無理だ。

「いいえ、大丈夫よ」

「だめ。よく聞いてアン。あなたはマスターズテロ以来、休みなく大統領として激務をこなし、ハピネス諸島地下では富士見総理をかばい銃弾を受けた身で、そのまま病院に搬送され、わずか数時間前に昏睡状態から覚めたばかりなのよ。休憩が必要なの。今のあなたには衝撃的な情報があまりにも多すぎるわ」

ローレンスの裏切り、サディアスの死、そしてこれから話さなければならないことが更にある。少し時間が必要だ。

「話を続けて」とアン。

「でも、あなたは弱ってる。少し眠った方がいいわ」

「私はもう充分寝たわ。1ヶ月も眠り続けてさっき起きたばかりよ」

アンは皮肉っぽく言う。

「……ねえ、いい加減にして。この状態で眠れると思う？　お話の続きをしてくれなきゃ眠れないわ、ママ」

アンは強い、とダイアナは思った。この強さが彼女の特別な資質なのだ。

「……わかったわ。でもその前に安定剤をもらいましょう」

「お願いよ、ダイアナ。私は明瞭な頭で聞きたいの」

ダイアナの覚悟は決まった。

告白

「タバコをもらえないか？」

当然ながら安全保障局は全館禁煙だったが、ダイアナは特別に許すことにした。しかし、タバコ自体を持っていない。マジックミラーの向こうの長官達を見るが、皆一様に首を振る。

桜が立ち上がり、上着のポケットから〝自爆したテロリスト〟のパッケージを取り出し、臓物が出た胴体を割り、差し出した。

ローレンスはギョッとし、恐る恐るタバコを1本取り出す。

『死ネ』

眉をひそめ、くわえると、桜が灯したライターで火をつけた。煙を深く吸った途端激しく咳き込む。タバコを吸ったのは30年ぶりぐらいだ。咳をするたびに顔がどんどん赤くなる。

ダイアナと桜は目を合わせる。

咳がおさまるとローレンスは二口目を吸い込んだ。今度は慎重に肺に入れ、ゆっくりと煙を吐き出した。目をつむり、自嘲する。

「……久しぶりだが、やはりうまいもんだな……」

しかしそのままタバコを床に落とし靴で火を消した。

「連絡がきたのは、ある物を見つけた翌日だった……」

*

ローレンスがカフェテリアテロの現場からある押収物を持ち帰った翌日、デスクの上にメモが置かれていた。

〝5分後、部屋で待つ。……S－45・M〟

S－45とは、SECTION45のことだ。ローレンスが関わっている特殊任務の部署の名前で、他に誰が関与しているのかは一切知らされていない。

〝M〟とは、何だ？

一瞬考えた後、ローレンスは席を離れた。

安全保障局長室の前。

IDカードをスキャナーに通す。レンズを覗き虹彩認証を終えると、カチッとロックが解除される音がした。

ローレンスがドアを開けると、立っていたのはマシュー安全保障局長、その人だった。

190センチ近くあるであろう長身ゆえの猫背と痩せ形で彫りの深い顔立ちの為、瞳は陰になりよく見えないが、そこから放たれている光は温かな優しさを感じさせた。

「……何の用だね」

マシューの声は低く穏やかだった。

「あなたに呼ばれました」

「なぜ私が呼んだと思うんだ」

マシューと至近距離で二人きりで話すのは、初めてだった。もちろん自分が所属する組織の長としてよく知る人物だったが、徹底的に秘密主義が貫かれたこの職場で、密室で面と向かって話すことは滅多にない。誰が何の任務を請け負っているのかわからない、実に特殊な現場だったのだ。

「私のデスクの上に紙のメモが置かれていた」

「私から？」

「おそらく」

「おそらく？……私からと書いてあったわけではないのか？」

「はい。ただあの部屋で誰にも気づかれず、あの怪しげなメモを個人のデスクに置くことが出来る人物は限られてる。監視カメラを見れば誰かわかってしまう。つまり、その人物は自分の正体が知られることに何の躊躇も恐れもない」

「なるほど」

「しかもメモには、関係者以外誰も知らないはずの私の特殊任務の名が記されていた。国家機密だ。知る人物となるとかなり限定される。書かれていたのは、〝5分後、部屋で待つ〟との命令だ。つまりメモの主は、私のデスクから5分以内に行ける場所にいると考えられる……」

ローレンスはマシューの目を直視せず微かに口元だけを見ていた。口角が少し上がったように見える。

「文章の最後に〝M〟とあったのは、おそらくイニシャルだろう。私が5分以内に行ける所にいる〝M〟というイニシャルの人物は何人か思い当たるが、その中で私に対し、上司として堂々と命令してくる人間は一人しかいない。マシュー・クロフォード局長。あなただ」

マシューは真っ直ぐローレンスを見据えて言った。

「簡単だな」

「私は難易度を評価する立場にいない。あなた方に試された身だ」

敢えて〝あなた方〟といった言い方をしたのは、部屋に入った時から気がついていたが、マシューの後ろ、奥のデスクに座っている人物を意識したからだ。

「君の言う通りだ。率直に用件を言おう」

ロック・ホワイト陸軍大佐は、立ち上がり言った。

「ＳＥＣＴＩＯＮ45として、君に次のミッションを伝える」

やはりそうだったかと、ローレンスは思った。ＳＥＣＴＩＯＮ45の中心にいたのは、ホワイト大佐だったのだ。大佐と直接会うのは初めてだったが、当然その名は知っていた。ここ数年、対テロリスト戦争において数々の作戦の指揮を執り、圧倒的な強さで勝利をおさめている英雄的人物だ。国防総省にいて、彼を知らぬ者はいない。

実際に対峙するホワイト大佐は、噂以上に精悍な偉丈夫で、威風堂々としていた。金色に輝く髪と海のように青い瞳は見る者を一瞬で魅了した。体全体から強い風が吹いているような印象があり、英雄と呼ぶにふさわしい。

最近では政界に打って出るとの噂もあり、もしそうなれば、軍人出身で初の大統領になるまでにはそう時間がかからないだろうと、ローレンスは思った。年齢は自分より5つ上の44歳。脂が乗り、まさに男盛りだ。

「ジョセフ・ウォーカーは私が一番信頼していた部下だった……」ホワイトの瞳は悲しみをおびていた。

「今まで共に作戦を遂行してきた。……彼は親友だったと言ってもいい」

ホワイトはそう言うと小さなポリ袋を胸ポケットから出した。中にあるのは、ローレンスが事件現場から採取した焦げた素材の破片で、鑑識に送った物だ。

「君は優秀だな」ローレンスの心臓の鼓動は激しくなり、息苦しかったが、なるべく恐怖を表情に出さないようにつとめ、沈黙を守った。言葉を間違えたら殺されると確信したからだ。

＊

「あなたが採取した物質は何だったの？」

ダイアナが促す。

ローレンスは少し考えて口を開いた。

「〝ＳＣＳ・99・9〟……未発表の合成新素材だ。軍事用アンドロイドの皮膚に使用する。人間の皮膚との違いは検査でしかわからない。ＤＮＡも組み込まれている。それでいてほんのわずかに自然界の物よりも強度がある」

ダイアナの目が大きくなる。

桜はまた眠っているように目を閉じている。

「……新素材？……あなたはなぜ、焼け跡でその燃えかすを見つけられたの？」

「私が研究し、開発した素材だったからだ」

取調室の空気は張り詰めていた。

ガラスの向こうで見守る長官達も絶句している。

ローレンスは言った。

「ＳＥＣＴＩＯＮ45内での私の特殊任務は、アンドロイド兵の開発だった。私はＳＣＳ・99・9を使い製造したアンドロイドの耐久防火テストを何度も行っている。ああいう形で熔解する物質の破片は見なれていた。他ではあり得ない」

「その物質がテロ爆破現場で見つかったということが何を意味するとあなたは思ったの？」

「わかりきったことを聞くな。カフェテリア爆破の実行犯が、我々が作った軍事用アンドロイドだったということだ」

「犯行の目的は？　テロに見せかけてジョセフ・ウォーカーを殺害すること？」

「わからない」

「わからない？」

ダイアナは、ローレンスの目をジッと見つめる。

「本当だ。わからない」

「アンドロイドに自爆させる命令をしたのは、ホワイトだったの？」

「……彼が当時ＳＥＣＴＩＯＮ45の最高指揮官だったことは確かだ」

「私が聞いてるのは、ホワイトがジョセフを殺したのかどうかよ」

「わからない。本当だ」

「ホワイトに確かめなかったの？」

「もし私があの時、その疑問を口にしていたら、おそらく今ここにいないだろう」

「……なるほど？　まるでマフィアね」

「ふん、マフィアなんて可愛いものさ」

ローレンスは少し笑ったように見えた。

ホワイトがジョセフ殺害の首謀者であることは、ダイアナには明白だった。彼女がローレンスの目から読み取ろうとしていたのは、彼がそれを知っていたかどうかだ。

ダイアナの頭にあるのは、ジョセフが最後にアンに残した例の文書だった。

〝Ω〟……コードネーム・パパゴ。

かつてフロンティアが遺伝子操作によって創り上げた人間兵器。モンスターだ。この存在を認識しているかどうかで、ローレンスの罪の重さは大きく違う。

ホワイトが、いや、ホワイトとマシューがカフェテリア爆破を実行し、ジョセフを抹殺したのは、彼が〝Ω—パパゴ計画〟に深く関わり、知りすぎていたからだ。これから政界に打って出ようとする二人にとって、Ω育成の事実が公になることは絶対に許されなかった。また、ジョセフはΩの存在を見失い、コントロール不能にした。許されないミスであり、後のホワイト政権を崩壊させるのに充分な爆弾となり得たのだ。見過ごすわけにはいかなかっただろう。

「ローレンス。もう一度、ＳＥＣＴＩＯＮ45内でのあなたの特殊任務の内容を詳しく教えて」

「言ったはずだ」

「軍事用アンドロイドの製造。その素材となるＳＣＳ・99・9の研究開発と言ったわね。あなたは科学者だったの？」

「いや、私は科学者を集め極秘プロジェクトとして彼らに研究させたんだ」

「科学者達は自分の開発した素材が何に使われるのか把握していたの？」

「いや、何も知らせていない。アンドロイド製造はまた別のチームにやらせたんだ」

「要するにあなたは軍事用アンドロイド製造の統轄者だった」

「ああ」

「関わっていたのはそれだけ？」

ローレンスがダイアナを睨む。

「どういうことだ？」

「アンドロイドに搭載する人工知能の開発に関しては？」

ジョセフの残したメッセージによれば、この人工知能をプログラムした人物こそがΩであり、コードネーム・パパゴだ。

「部品として既に出来上がっていた。優秀なＡＩで、軍事機密だ。ブラックボックスで、中身を把握するのは不可能だ」

「軍事用アンドロイドの派兵については？」

「私の管轄ではない」

「つまりあなたは、アンドロイド製造パートだけに関わっていたということね」

「ＳＥＣＴＩＯＮ45は完全な分業制で、それぞれのパートが何をしているのかは、探ることすら許されなかったよ。もっとも知りたいとも思わなかったがね」

「そしてある時、突然ジョセフが殺された」

「……ああ。ジョセフはきっと、私よりもＳＥＣＴＩＯＮ45の核心に近い仕事をしてたんだろう。私も出来る範囲で彼の仕事を探りはしたが、当然ながら、何もわからなかった。国防総省安全保障局の情報は、徹底的に秘密主義で貫かれていたよ。調べても無駄だとわかった。それに私自身、省内でそれ以上下手な動きをするのは危険だったからな。忘れることにした」

ダイアナはローレンスの顔をジッと見つめる。今まで自分は彼の本当の思想や人格について考えたことがなかったかもしれないと、ふと思う。

「罪悪感は覚えなかった？」

「……罪悪感」

ローレンスの表情は変わらなかった。

ダイアナは言う。

「カフェテリア爆破で犠牲になったのは、ジョセフだけではない。彼の妻。それから何の関係もない多くの市民達を巻き添えにした。奇跡的に助かったのは幼かったアン一人。それも瀕死の状態だった。ＳＥＣＴＩＯＮ45の一員としてあなたは何かを感じた？」

「……あの頃の私は若かったからな。確かに罪悪感と呼べるような感情を抱いたかもしれない。だが、徐々にわかってきた。このフロンティアという国には、世界の安全を守らなければならない使命がある。世界平和という綺麗事を完成させるには、綺麗事だけじゃ済まされない。私はホワイト大佐と会った瞬間、この男は世界の頂点に立つ人間だと確信した。あの爆破は、壮大な計画の為に必要だったんだ」

「あなたらしい勝手な理屈ね」

ダイアナはアンとローレンスが同じテーマで口論している場面を思い出していた。

「ふん。君もチームホワイトの一員だ。違いは自覚してるかしてないかだけだ」

沈黙するダイアナの後ろで、桜の右眉毛が少し上がった。

＊

「アン？……大丈夫？」

「もちろんよ」ベッドの上で答えたアンの体は小刻みに震えている。「でも少し、考えを整理したいの……」

テロに巻きこまれ死んだと思っていた両親が、実は標的だったこと。しかもその犯人は、自分が心から尊敬し、父親代わりのように慕っていたこの国の大統領であったということ……。やはり、父の文書通りだったのだ。

「アア……」と、足元で灰色の猫が声を出し、立ち上がり、伸びをした。

「アッシュ」

呼ぶとゆっくりと胸元に歩いてきてゴロゴロと喉を鳴らす。アンが頭と首元を撫でると喉の音を更に大きくし、腕の中におさまるように体を丸くする。毛布を通して温かみが伝わってくる。

12歳の誕生日の朝も、こうしてアッシュを抱いていた。あの日、父はどんなつもりでこの猫を自分に渡したのだろう。首輪に隠したメッセージを残すことと、誕生日を祝うことと、どちらの思いが優先したのだろう。

父はメッセージの中で明らかに怯えていた。

明確にホワイトに殺されると察知していたのだろうか。アンにとって父のようであったホワイト。ホワイトの部下であった本当の父。

薄々感じていた物事の輪郭がはっきりとすればするほど、気持の置き場がわからなくなる。

……なぜ？

理解出来ないことが幾つもある。

今聞いた出来事もまだ整理出来ない。何から考えていけばいいのか？

ホワイトはなぜ、自分が殺した男の娘を重要なポストに入れたのか？　どんな気持で自分と接していたのか？

マシューは？

いつもアンを優しく包み込むように見守ってくれた彼も知っていたのだろうか？　Ωを見失った父を殺害する計画に参加していたのか？

それよりホワイトはΩがブルタウであると認識していたのか？

マスターズ会議の握手の瞬間が蘇る。アンはあの時、ただならぬホワイトの動揺を確かに見た。ブルタウ将軍を間近で見つめた時の大きく見開かれたホワイトの瞳は、今まで見たことのない恐怖と驚愕に溢れていた。

きっとあの時気づいたのだ。おそらくΩは何年もの間に顔も体格も髪の色も別人と化していたのだ。しかしその目の奥の鋭い光だけは変わらなかった。あの瞬間ホワイトは彼をΩと悟ったに違いない。

『私達は何を間違えたのか。何が原因なのかを突き止めなければならない』

マシューが死の間際に言った言葉だ。彼はアンの手を握り、言った。

『それを見つけろ。見つけて原因を取り除き、やり直すんだ。これからは君がその指揮を執るんだ』

何を間違えたか？

原因？

それこそアンがマシューに聞きたいことだ。

『君なら出来る』

マシューの声が蘇る。

『……いや、君にしか出来ない。君にはその義務がある』

義務？……あの時マシューは何を言いたかったのか？『……ご両親もそれを望んでいるはずだ』

一瞬記憶の回路がショートし、過去の映像がハレーションを起こしたようにぼやけ、目をつぶる。

「アン？　ドクターを呼ぶ？」

「……いいえ」

一言ダイアナに答え、目を閉じたまま考える。

『ご両親もそれを望んでいる』

あの時はなぜそんなことを言うのかわからなかった。

今ならわかる。罪悪感だ。

マシューはホワイトのカフェテリア爆破計画に加担していた。アンの両親を殺した共犯者だ。

ホワイトが死に、自分に死が迫った時、罪の意識から逃れられなくなり、アンに白状したのだ。マシューの最期の言葉は、懺悔だ。自分の手で殺した部下の娘に懺悔し、救いを求めたのだ。

冗談じゃない。

何を間違えたか？　今なら答えられる。全てが間違っている。原因を見つけろ？……原因はあなた達だ。あなた達こそ原因そのものだ。

今、アンはようやくその原因に近づいている。

アンは心の中で叫んでいた。

間違っていたのはあなた達の計画全てだ！

マスターズテロを起こしたのは、あなた達が作り出したΩだ。なぜあんなモンスターを創った？　なぜ築き上げた文明を破壊するような計画を立てたのだ？　なぜ、自分とは違う神を信じる人の価値観を認めようとしなかった？　神々を和解させることこそが人間の使命だ。それはきっと困難な道だろう。しかし、我々はそちらに進むべきだった。なぜあなた達は荊の道を避け、安易な道を選んだのだ？

なぜ、父と母を殺した？

アンは唇を強く嚙みしめていた。ホワイトとマシューに向いていた怒りの矛先は、気がつくと父に向いていた。

父も途中までホワイトの計画の協力者だったじゃないか。

あなたはなぜ、母と私を守らなかった？

再び12歳の朝の記憶が蘇る。

父もアンも笑っている。手の中のアッシュはまだ子猫で、今と同じようにアンを見つめていた。

あれは、本当に私への愛情からだったのか。それとも自分を切り捨てたホワイト達の犯罪を私に暴いてほしかったのか。

冗談じゃない。

あなたは、家族や人類を何だと思っていたのか？

政治の道具か。実験台か？

「アン……」

ダイアナの声が遠くに聞こえた。

気づくと窓から夕日が射している。かなりの時間、ベッドの上で考えていたらしい。体の震えはまだ止まらないが、さっきよりは少しマシになっている。

「……ごめんなさい、ダイアナ。もう大丈夫。話を続けて」

　ダイアナは心配そうな顔で見つめている。

　アンは笑って見せた。

「躊躇するなんてあなたらしくもないわね。ダイヤモンドハート。いつだってあなたは、話すべきことはちゃんと話す人だと思ってたわ」

「でも……」

　ダイアナの不安そうな様子が今までと違う、何かただならぬ気配であると感じるのは、自分の精神状態が不安定なせいか、それとも本気でダイアナが怯えているのか。

「……いいわ。あなたには正直に話す。ローレンスから聞いたことを全て話す……」

「ねえ、勿体ぶらないで！」

　いらついた声をあげるアンの瞳の奥に恐怖の色が差した。

＊

「ＡＩ規制法の成立をおぼえてるか？」

　ローレンスが沈黙を破った。

「ええ。もちろん」

　ダイアナが忘れるはずはない。当時彼女は国際警察の捜査官としてＡＩ規制法の成立を待ち望んでいたのだ。

　ＡＩ規制法とは、アンドロイドを人間と区別出来るように、敢えて人間と似せずに作らなければならないという法律だった。

　人工知能を搭載したアンドロイドは、その頃既に本当の人間と見分けがつかないレベルにまで達していた為、各地でアンドロイドを使った犯罪が起き、社会問題となっていた。麻薬取引、強盗、殺人……。捕まえてみたらアンドロイドで、後ろで操っている真犯人の足取りはつかめず逃げられるという事例が多発するようになり、若き捜査官だったダイアナは一刻も早い規制を望んでいたが、フロンティア政府がこの国際的な協定を結んだのは世界からだいぶ遅れた、カフェテリアテロから6年以上も後のことだった。事件発生後、ダイアナはアンドロイドによる自爆テロの可能性を強く訴えたが、上司には取り合ってもらえなかった。頑なな否定に違和感を覚えたが、上司はダイアナに「それ以上口にするな」と言った。明らかに上層部からの無言の圧力を匂わせる態度だった。

今、ローレンスから話を聞いて、ようやくわかった。あれは軍部からの圧力だったのだ。あの時陸軍大佐でありながら秘密裏にカフェテリアテロを仕掛けたのがホワイトであり、国防総省でアンドロイド製造を担当していたのが、他ならぬローレンスだったのだ。断片的な出来事が徐々に繋がり、ぼんやりと全体像が浮かび上がるにつれ、底知れぬ恐ろしさを感じた。

「あの時既にホワイトは政府をコントロール出来る権力を握っていた？」

青ざめたダイアナの質問にローレンスは答える。

「彼は歴戦の勇者で、軍を支配していた。軍が反対すれば、政府は逆らえない……」

「……あなた達は、自分が何をしていたかわかっていたの？」ダイアナは怒りに震えていた。

「全てを把握していたのはおそらくホワイトだけだ。私は今でも真実の全てを知っているわけではない」

確かに。

Ωの存在をローレンスは知らされていない。Ωがブルタウ将軍であり、パパゴであり、フロンティアが遺伝子操作で創り出したモンスターだったということも。

「私の任務は軍事用アンドロイドを作り続けることだった。それがテロに対抗する唯一の手段だと信じていた」

桜はダイアナの後ろで話を聞きながら記憶をたどった。

ＡＩ規制法を国際協定として最初に提案したのは他ならぬピースランドだった。

発端は当時人気だったあるアイドルグループが、コンサートでの観客動員数をアンドロイドで水増ししていたことが発覚し、社会問題になったことだった。

当時富士見幸太郎は、娯楽・テーマパーク担当大臣だった。義父・富士見興造が、娘婿である幸太郎に箔を付けさせる為に作った、本来あってもなくてもいいような間に合わせのポストだったはずだが、後にアンドロイドを使った犯罪が増えたこともあり、突然重要な役割を担うことになったのだ。

富士見が草案を作り、桜もサポートしたのでよくおぼえている。

興造の威光を借り、超党派で議会を通し、セーフティーボウル会議に国際憲章として提出。署名したのはピースランドを始め、グレートキングス、レヴォルシア共和国、WE連邦、ロマーナ国、ユナイテッドグリーンなど、主要6カ国を含む85カ国。1年後に、ジンミン大国、コミュンネイションといった大国も署名したが、フロンティアは最後まで渋り続けた。

アンドロイド製造量において、圧倒的世界1位だったフロンティアの不参加は協定を骨抜きにし、提案国であるピースランドの面目は潰され、交渉をまとめられなかった富士見はやはり無能だったと、国内で烙印を押された。

カフェテリアテロ後もAI規制に取り組まなかったフロンティアが、国際世論の反発が高まったことで潮目が変わり、ようやく署名したのは、富士見がスーパー銭湯開発特命担当大臣の頃だ。

桜はフロンティアの態度をずっと不可解に思っていた。

「AI規制法に署名する数ヶ月前……」

ローレンスはテーブルに目を落としたまま青ざめて呟いた。

「私はホワイトに呼び出され、極秘の任務を命じられた……」

ダイアナはジッとローレンスを見つめる。

額から汗が噴き出している。眼球は細かく揺れ、声が小刻みに震えている。

桜がダイアナに目で合図をして立ち上がった。

「どうだろうね。国防長官も相当疲れがたまってる。今日のところはいったんお開きにして、少し休憩を取るっていうのは？　これ以上尋問を続けて後で人権問題になったら元も子もない」

そんなつもりはないことはわかっていたが、桜の意見はもっともだった。ガラスの向こうの長官達を意識した発言だ。ローレンスがこれから告白しようとする話は、ここにいる3人だけの秘密にした方がよさそうだ。

「そうね。今日は私も疲れたわ」

ダイアナは立ち上がり、マイクで長官達に言った。

「今日の尋問はここまでにします。いったんお引き取りをお願いします」

「しかし君……」

長老格の長官が異議を唱える。

「重要な局面なのはわかっています。しかし何より優先されるべきは人権です。推定無罪の原則に則ることが民主主義です。我々がこれ以上取り調べをすることは拷問と認定される可能性を含んでいます」

マジックミラーの向こうの長官達は納得のいかない様子だったが、皆渋々席を立ち傍聴室から出ていった。

部屋にはダイアナとローレンスと桜だけが残った。

「さて……さっきの続きを聞かせて」

ローレンスは顔をしかめ「ここから先は拷問だと言ったのは君だぞ」。

「あなたを守る為に言ったのよ、ローレンス。あなたがこれから話そうとしていることが、ここにいる私とサクラさん以外に知れたらおそらく……」

「……なんだ？」

「おそらくあなたは戦犯として人知れずこの国の歴史から消される。秘密を共有するのはなるべく少ないに越したことはないわ」

「君達は私を守るつもりなのか？」

桜が笑う。

「ははっ！　おめでたい男だな、アンタも。わからないのか？　我々が守りたいのはアン大統領だよ。真相を知るまではアンタに死なれちゃ困る。今更命を惜しむな。覚悟を決めろ」

「ふん……猿が」

思わず口走ったローレンスの侮蔑的な言葉にも桜は動じた様子を見せなかった。

「お前だって元は猿だろ」

ローレンスの額から汗が一筋流れ、彼は重い口を開いた。

「ホワイトは、私に資料を見せた……」

＊

テーブルの上に出された資料は、少女の生まれた時から、彼女がテロに殺された12歳までに撮影された数多くの写真だった。

「名は、アン・アオイ。カフェテリアテロの犠牲者だ。君の同僚ジョセフ・ウォーカーの娘。当時12歳だった」

ホワイトの目は深い悲しみに満ちていた。

ローレンスはジッと写真を見つめ、つとめて動揺の色を顔に出さないように努力した。

写真の中で笑う少女の瞳は黒く大きく、肌は透き通るように白い。

あの日ジョセフは珍しく自分に話しかけてきた。『今日は娘の12歳のバースデイで一緒に食事をするのだ』と。

テーブルの上、写真の中で母親に抱かれ笑っている少女は天使そのものだ。

「生きていれば18になる」ホワイトはローレンスを見つめた。「カフェテリアテロの朝までの彼女の体験は、両親と学校、彼女自身のオンライン履歴のデータから、AIで記憶として再現出来た」

小さな集積回路をテーブルの上に差し出す。

「こちらは、18歳のアンを想定しシミュレーションで作り出した写真だ」

写真には、正面のアップ、横顔、全身……あらゆる角度からアンの細部が写っていた。

少女の神秘的な黒い瞳はそのままに、全体としては鋭さも併せ持つ大人の女性に成長していた。

ローレンスの鼓動が速まる。

「ローレンス。君が今まで製造してきたどれよりもレベルの高いアンドロイド……いや、人間を創ってほしい」

「……と、言いますと……」

ホワイトがローレンスを見る目は、一切の質問をも許さないものだった。

＊

ダイアナも桜も言葉が出なかった。

静寂はしばらく続いた。

ローレンスが口を開く。

「……ホワイトが命じたのは図らずも自らが殺してし

まったアンを、人間と寸分違わぬアンドロイドとして再生させることだった……」

「あなたはその仕事を引き受けたの？」

ローレンスの顔に微かに笑みが浮かんだように見えた。

「私が製作したアンドロイドがどれほどの完成度だったかは、彼女の近くにいた君が一番よく知っているだろう」

思わずテーブルを強く叩くとダイアナは立ち上がり、部屋を出た。


部屋を飛び出したダイアナはポケットから小型端末を取り出し、電波を受信出来る廊下の端まで移動する。取調室は機密性を守る為にあらゆる電波を遮断する壁で覆われている。

端末を起動させると、ハピネス諸島へアンと富士見を救出しに向かった救護部隊の担当医師からの着信履歴が大量に残っていた。時間からすると専用機がフロンティアに向かっている途中、ほぼ10分置きに20分前までだ。おそらく機は既にフロンティアに到着し、アン達は病院に収容されているはずだ。

ダイアナの顔が強ばった。

すぐに折り返し電話をかけると、ドクターのエドワードは切羽詰まっていた。

『今まで何をしてた？』

「緊急事態だったの」

『大統領の容体より優先する事態が？……』

「エドワード、あなたと余計な口論してる時間はないの」

『こっちのセリフだ』

「今そばに誰かいる？」

『いるわけないだろ、国家機密に関することだ。出来れば端末でも話したくないね。今すぐ来てくれ。密室で話したい』

「アンの生体反応についての話？」

エドワードが言葉に詰まったようだ。

『……君は知ってたのか？』

知っていればこれほど動揺しない。

「いいえ、これから知るところよ」

『……どういう意味だ？』

「とにかく今はそちらには行けない。アンの状態について私に伝えたかったことだけを言って。あなたの話を聞いてから確かめなければならないことがあるの」

エドワードはしばらく考えているようだった。ただならぬ事態が起きているようだ。

『……大統領の生体反応はない』

ダイアナは目を閉じる。

『……と、いうより、彼女は……人間ではない』

ダイアナは黙っている。

『……アン大統領は、アンドロイドだ』

「了解」

ダイアナは端末を切り、取調室へ戻った。

記憶

『……あなた、意識があるのね！』

最初に認識した女性は、アンにそう語りかけた。次にドクター24と呼ばれた人物が言った。『自分の名前がわかるかい？』『……アン？……アン・アオイ……』

それがこの世界で発した第一声だった。

カフェテリアテロからずっと意識を失ったまま生死の境をさまよっていたのだと思っていた。

12歳の誕生日から18歳まで、失われた6年間の記憶。

……いや、失われたのではない。そもそもそんなものなかった。空白なのは当たり前だ。


……私は、死んでいた。


アンは机の上の鏡を見つめる。

……だとしたら、ここにいるのは誰？

大統領執務室。

ダイアナからローレンスの告白を聞かされてから半年が過ぎていた。

……アンドロイド。

アンは自分の頬に手を当てる。確かに温もりを感じる。


アンドロイドとして新生したアンに初めて電源が入

れられ、起動した場所は、ローレンスが管轄していた軍の秘密施設だった。

ドクター24と呼ばれた人物も、最初にアンに話しかけた女性も、秘密裏に製造が続けられていたAＩ搭載のアンドロイドだった。エリア０で作業していた者達と同じように。

ダイアナから聞いた話では、ローレンスの取り調べ後、問題の軍事施設を確かめると、ドクター24と呼ばれた男を始め、全てのアンドロイドが立ったまま活動を停止していたという。ローレンスが電源を切ったのだ。そこだけ時が止まったような異様な光景だったと彼女は言った。

あの時差し出されたアッシュだけが本物の猫で、時間の経過に逆らわず年齢を重ねていた。


「ア……アア」

今も甘えたようにアンの足に擦り寄ると顔を見上げ、膝に乗りゴロゴロと喉を鳴らす。下顎を撫でてやるとますます体をこすりつけてくる。アッシュは私を血の通った動物だと思ってこうしてるのだろうか？　それとも本当のことをわかってるのだろうか。

アッシュと初めて会った時の記憶は明確に自分の中に存在する。喜びも感動も父の愛情も。

12歳までの記憶は全てプログラミングされたものだとダイアナは言った。ホワイトが父と母とアンのことを細かく調べ、メモリーカードに書き込んだのだ、と。

『私とあなたの思い出は？』

病室で自分がアンドロイドだと報告を受けたアンが聞くと、ダイアナは笑って言った。

『本物よ。18であなたが目覚めたあとの記憶は全て自分自身で刻んだ本当の記憶』

何が違うのか。それだって人工的に創られた記憶を司る基盤に、新たに書き加えられただけのものではないか。

あの日、富士見をかばって撃たれた時も何の痛みも感じなかった。

当たり前だ。自分は人間ではない。

アンは強い憤りを感じた。一瞬フラッシュバックが起き、世界が歪み体が小刻みに震える。この感情は？

合か。……いや、これは果たして感情か。単なる機械の不具合か。

答えなど出ないとわかっていたが、あの日からずっと考えている。しかしこの思考すらニセモノなのではないか。自分に組み込まれたＡＩの電気信号が活発に働いているだけのことではないか。

こんな存在に生きる意味などあるのか。神は自分のことを許すのか。……いや、自分にとっての神とは、人類だ。自分には、他の人々が祈りを捧げる神に何かを問う資格すらないのだ。自分は人の文明が神に背き、倫理を欠いて創ってしまった罪そのものなのだ。

『神も、同じ罪を犯したわ』

と、あの日ダイアナはベッドの上で戸惑うアンに言った。

『……我々人間を創造した……そっちの罪の方が深いわ』

笑顔で言うダイアナの真意は何か？　今まで通りに接して自分の気を楽にしようとしているのだろうか。それとも既に自分をアンドロイドと認識してコントロールしようとしているのか？


アンは疑心暗鬼になる自分に嫌気がさしたが、それすらも機械特有の思考なのではないかと疑いたくなる。

『とにかくあなたには大統領を続けてもらわなければならない』

と、ダイアナは言った。アンの秘密を知っているのは、ローレンスと自分、医師のエドワード、そして富士見総理大臣、桜首席秘書、そしてあなた自身。世界で６人だけであり、他の世界中の人々は、ティグロへの攻撃をギリギリで食い止め、富士見総理を身を挺してかばい、地球を救い、英雄となったアンの復帰を待っているのだ、と。

このタイミングで大統領を辞めるのはあまりにも不自然であり、再び世界を不安にさせるだろう、と。

アンは聞いた。

『地下施設で撃たれた後、私を治療……修理したのは誰なの？』

ダイアナは少し間を置いた後、真っ直ぐにアンを見て答えた。

『ローレンスよ。彼にしかそれは出来なかった』

ガシャンと、アンが投げたコーヒーカップが壁にぶつかり、粉々に砕け散った。

ダイアナはゆっくりとカップのかけらを拾いながら言う。『……アンドロイドの割には感情的なのね』

『ダイアナ？』

震えるアンに向かって冷静に言った。

『あなたが、あなたであることに変わりはない』

……私は私。

ダイアナの言う通りだ。自分は以前と変わらない。今後老いることもなければ、顔に皺が出来ることもない。人間ではないのだから。

『とにかく、ここから先は自分で考えてほしいの』

ダイアナの物言いは、やけに落ち着いていた。おそらくローレンスの取り調べの後、自分を起動させる前に相当な時間をかけて覚悟を決めたのだろう、とアンは思った。

病室を出る前、ダイアナはアンに言った。

『ローレンスの行為は許されるものではない。でも、一つだけ彼は良いことをした。何だかわかる？』

『わからないわ』

『あなたを創ったことよ。そして私に会わせてくれたこと』

どう返答すればいいのかわからなかった。

ダイアナは言った。

『アン。あなたの存在に心から感謝するわ』

そう言うと病室から出ていった。

あの日から時間がたったが、アンの戸惑いは消えなかった。

それでも大統領であることが自分の任務と言われればそれに従うしかない。自分は人間の役に立つ為に生まれてきたのだから。


アンは時計を見た。午後3時30分。

もうすぐ富士見がここへやってくる。

ハピネス諸島・エリア0の地下施設から救出されたあと、本国ピースランドに戻ると、首相としての支持率は多少上がったようだ。

この半年の間に、アンは富士見と何度かホットラインで会談をした。

富士見は、エリア0へやってきた時にアンに見せた構想をまだあきらめていなかった。

〝セーフティーボウル及びティグロ融合条約〟

今まで世界を二分し対立していた二つを融合させ、一つの価値観で統一する。

この条約を成立させる為に、まずは、フロンティアとピースランドが中心となって交渉をまとめる必要があると言う。

アンには迷いがあった。人類の行く末を占う大きな決断に自分が関わるべきかどうか。

人類が自身で決断しなければならないことに、自分が加わるべきではないのではないか。

……私は、人類では……。

「アン？」

ノックの音とともにドアが開き、ダイアナが顔を見せた。

「フジミ総理が到着したわ」

ダイアナの後ろから顔を出したのは五代だった。

「アン大統領！　ご無沙汰してます！　よくぞご無事で！」

五代が駆けより、抱きしめようと手を広げた瞬間、後ろから強く頭を叩かれカツラが前にずれた。

「調子に乗るんじゃないよ！」富士見が叱る。

「五代君。君は今回は、あくまでも私の警護の為に連れてきたんだ。立場をわきまえろ」

「はっ……す、すみません！」

五代は慌ててずれた頭を直す。

「ちっ……もっとちゃんと固定出来るのつけなさいよ……」

「はっ……」

五代はチラッとアンを見る。つられてアンも微笑んでいた。その目はどこか嬉しそうだ。

「は？」

「何してんだよ？」

「は？　じゃないよ。君はもういいから、外で待ってなさいよ」

富士見は五代を押しだそうとする。

「……いや、しかし」

「ミスター・ゴダイ」

声をかけたのはダイアナだ。

「どうぞこちらへ……ここはうちのＳＰがいますか

ら」

ダイアナの後ろで顔を覗かせたのは、キャットとバードだ。

「おお！」声を上げると五代はアンを振り返り「大統領。こうしてご無事なお姿で再びお会い出来ましたこと、本当に嬉しく思います！」。

五代は深々と一礼して出ていった。


「……失礼しました」

振り返った富士見の目は相変わらず小さく、心なしか滑稽で、なぜか安心感がある。

やはり自分の中に流れる祖父の血が……。

そこまで考えてアンは慌てて打ち消した。……自分の中に血など流れていない。

「大統領。改めてお礼を言わせてください。あの時あなたが身を挺して庇ってくれなかったら、私は今頃死んでいた……」

アンは富士見の目を見ず、その場を離れ大統領デスクの椅子に座った。

「富士見さん。座ってください」

そう言うと視線を窓の外へ向ける。晴れた空は少し日が傾きオレンジ色になりかけている。近くに流れる川のほとりを歩く既に仕事を終えた人や、芝生に座っている人、犬を散歩させている人、ベンチでコーヒーを飲んでいる人達が見える。川面はキラキラと光って、子供がはしゃぐ声が聞こえる。いつもと何も変わらない大切な日常の風景である。

富士見はそのまま黙って立っていた。

「……礼を言う必要はありません」アンはポツリと呟く。「この体は無傷だし、私はあの時、痛みすら感じなかった……私は……」

今までホットラインによって重ねられてきた二人の会談では、アンがアンドロイドである事実に触れることはなかった。知っているのは自分の他に世界で5人だけ。最大の秘密事項だ。ホットラインでも傍受の可能性はあり、漏らすわけにはいかない。

静かにアンが言う。

「私はやはり、モンスターでした」

富士見は何も答えない。言葉に詰まっているのだろうか。見ると頭を掻いて照れ笑いのような顔をしている。

「大統領。私、国内での支持率が少し上がりましてね」

「え？」

「0％から12％に。まあ、元々世論調査なんてものはあてにはしてないですが、それでも上がったのは嬉しいものです」

「12％？」

少し考えた後、アンは急に吹き出しそうになり、必死に笑いをこらえる。

「大統領……今、笑いそうになってませんか？」

アンは立ち上がり窓の方を向く。

「いいえ……」

「じゃ何で後ろ向くんですか？　絶対に笑いをこらえてますよね？　たった12％？　って思いましたよね、今」

アンは首を振り、声を出さないことに集中していた。悲しいことを思い出そうとするが、だめだった。悲しいことなどいくらでもあり、普段ならすぐに辛い感情が襲いかかってくるのに、こんな時に限って思い浮かばない。そういう自分が更に滑稽に思え、より笑いたい気持が込み上げてきて困った。

「しつこいようだが、あなたは、モンスターではない」

富士見はボソリと言った。

「私には他に答えようがない。……それよりさっそく本題に入りたい。セーフティーボウル及びティグロ融合条約に関してですが……」

「でも人間ではない」

「……まあ、そうかもしれないが」

「私はアンドロイドですよ。あなた達人類とは違う。ただの人形です。そんな私が人類の重要な決定に関与するべきではありません」

富士見は大統領デスクの前まで来る。

「大統領、ノースレイクでの2国間協議をおぼえていらっしゃいますか？」

もちろんおぼえていた。ピースランドが議長国となり、テロで立ち消えとなったマスターズ会議を開く予定だったが、Dr.パパゴの犯行声明により中止となった。

その夜、湖の畔で一人タバコを吸っていた富士見をアンが見つけ、ホテルを抜け出し二人で話したのだ。月が青白く光っていた。無理を言いスワンの形をした足漕ぎボートに乗った。

「ひっ！……」

アンは思わずのけぞり、椅子に座った。カエルの死骸を目の前に差し出されたのだ。

「何するの⁉」

「あっ、すいません！　これ、あの時のタバコのパッケージです」

よく見るとそれは確かに作り物のカエルだ。

「……どうして！」アンは怒った表情を富士見に向ける。

「あの時私は、もしあなたがモンスターなら私はカエルの死骸だって言いました」

アンは記憶をたどる。言われてみればそんなことを言っていたような気がする。だとしても何でいまだにそんな物を持っているのか？

「それが何だって言うんですか？」

アンは露骨に不機嫌な感情を顔に出している。

「あなたはアンドロイドかもしれないが、私はあなたの人格を信頼している」

「私の人格……」

「親書に書いたことをおぼえてますか？　我が国ピースランドの中心にあるのは、伝説の剣、鏡、玉といった道具です。私達にとっての神は道具です。何千年もの間、ずっと受け継がれてきました」富士見は手の上のカエルを見つめ、続けた。「子供達は人形をとても大切にします。ただの物だと考えません。いえ、大人もそうです。アニメーションもフィギュアもそうでしょう。そこには魂が宿っていて、人格があり、時には人間以上に信頼します。長年持ち続けた道具には愛着を持ち、相棒のように感じます。私達は物ですら、自分のイメージで擬人化するのです」

アンもカエルを見つめる。くたびれて白目をむき、マヌケな表情だ。

富士見は続けた。

「あの夜、ノースレイクであなたと過ごした時間は私にとって特別でした。それまでこれは、カエルの死骸をかたどった、ただのタバコのパッケージに過ぎなかったけれど、あの時から変わった。私はどうしてもこれを捨てる気にならなかった。あなたとの会談が確かにあったことの証明だからです。私はこのカエルをいつもポケットに入れて持ち歩いた。こいつはもうただのパッケージじゃない。私はこれに守られてるんです」

「……つまり、アンドロイドである私もそのカエルの死骸と一緒だと？」

「はい。……あ！　いいえ！　そういう意味ではありません！」

「でも今の言い方だとそうなりますよ？」

「いや……」

「まさか面と向かってこんなに失礼なことを言われるとは思ってませんでした」

「はぁ……すみません」富士見は頭を下げる。

「私、カエルかぁ……」アンは富士見の手からカエルの死骸を取り、目の前でしげしげと眺めた。「なんだか急にバカバカしくなってきました。私、ずっとシリアスになって考え込んでて……そうか、私、カエル？」

富士見が顔を上げるとアンは無邪気な笑顔を見せた。

「なんだか、面白くなっちゃいました」

そう言うと子供みたいに笑った。

＊

砂漠の町モルス。砂煙の中にうっすら見えるのは、長方形の建物。俗に巨人の棺と呼ばれるコンピュータ巨大基地内の無数のモニターの前で、テロ国家共同体ティグロに属する54人の子供達が端末を操っている。全員が戦闘によって両親を失った戦災孤児だ。ブルタウ将軍は世界中からそういった境遇にある子供達を集め、この場所を与え、ＩＴに関する最新の知識を教え込んでいた。

宇宙ロケット打ち上げの管制センターのような巨大なスペースには、夜空の星々のように無数のモニターが光っていた。

「アフマル」メインモニターの前に座っていた少年が振り返って言う。「フロンティアが声明を出したよ」

アフマルはアドムと目を見合わせると「大きなモニターに切り換えてくれ」と言った。

画面にアン・アオイフロンティア合衆国大統領が映

る。予定時刻通りに始まった。アンが話し始めた。

「我々フロンティア合衆国政府は、先のマスターズテロをブルタウ将軍の単独犯と特定し、テロ国家共同体ティグロは犯行計画に関与しておらず、セーフティーボウルに対する攻撃も行っていないものと判断しました。また、Dr.パパゴなる人物は存在せず、実体はブルタウ将軍がプログラミングした人工知能によって創られたものであり、その発言は世界中のサイバー空間に上げられた全ての言葉を集積し、独自の法則によって抽出し、オリジナルのアルゴリズムによって特定の人格に見えるように形成されたものであるとの結論に到りました。ハピネス諸島核爆発はコンピューター制御システムの不具合による事故であり、ティグロによる本国に対する攻撃ではないことが証明されました。また、ヌークリアヒューマンという発想は、作者不明のアニメーションをヒントにした架空の理論であり、科学的、物理的に不可能であると認定しました。これらの事実にもとづき、フロンティアは戒厳令を解除し、ティグロとの条約交渉を視野に、暫定的平和宣言をします」

子供達は画面を見つめながら細かく指を動かし、キーボードを叩いていた。大統領の文言の分析、言葉の意図、声のトーン、顔の表情などを過去のものと比較し、発言の真意を確認しているのだ。

アフマルは手元の端末を見つめる。フロンティア合衆国大統領アン・アオイ名義のホットラインメールがある。改めて和平交渉を始めたいという申し出だった。

「アフマル」

気がつくとアドムがすぐ隣にいた。アフマルは前を向いたまま言葉を待つ。

「殉教とは、神の為に死ぬことだと言ったな」

「ああ」

「生きることはどうだ？」

「……何？」

「神の為、いや、何かの為に生きること。それも殉教か？」

アフマルはジッと考えた。

生きることとか。なぜ今まで自分は考えなかったのだろう。確かに単純な疑問だ。神の為に死ぬことが殉教ならば、神の為に生きることはどうか？

　アドムは大人になった、とアフマルは思った。初めて会った時はまだ少年の面影があった。おそらく17ぐらいだったはずだ。場所はレヴォルシアのアパートの一室。ティグロの前身の過激派組織ゴルグが秘密裏に借りていたアジトだ。自分を睨み付ける漆黒の闇のような瞳は衝撃的だった。

　出会うよりもっと前にアフマルはアドムの瞳を見ている。同じアジトでだ。

　アフマルをゴルグに引き込んだ男に、テロ組織の砂漠での戦闘の様子をとらえたものを小型タブレットで見せられた。その映像の中で自動小銃と手榴弾を使い次々と敵を殺していく少年兵士がアドムだった。当時はまだ10歳ぐらいだったろう。ちょうどこの基地でコンピューターを操作している子供達と同じぐらいだ。少年時代の彼を見たことはアドムに伝えていない。アフマルは自分の横に立つ男を見る。

　当たり前だが、映像の頃より、初めて会った頃より、アドムは大人になった。顔も肉体も精神も。生きることは殉教か？　と問うたアドムは、アフマルが答えられないことを知っている。だからこうして今も、答えを急かすことなく、アフマルに考える時間を充分に与え、黙って真っ直ぐ前を向いているのだ。

　少年だった男は今、黒いヒゲをはやし、目は随分と窪み、頬はこけ、疲れ果て、老人のようにも見える。

　ふと自分の顎に手をやる。俺も同じだ、とアフマルは思った。しばらく鏡などは見ていないが、きっと同じように疲れた老人みたいな顔をしているだろう。

　確か自分は27か28。アドムは25歳前後のはずだ。いつの間にか多くの時間が過ぎた。アフマルはアドムの視線を追い、目の前の子供達を見つめる。この先は、もう自分達の時代ではない。

「アドム」アフマルは言った。「おそらく生と死は、同じ場所にある」

　アドムがこちらを見たのが気配でわかる。

「別のものではない……生も死も、同じだ」

　しばらくしてアドムが聞いた。

「神とは、何だ？」

　アフマルは前を向いたまま呟く。

「神とは……」

子供達に「外に出よう」と言ったのはアフマルだった。

巨人の棺と呼ばれる四角い建物から恐る恐る姿を現した子供達は、広大な砂漠の風景を見て、恐怖とともに懐かしさを感じているようだった。彼らは皆、爆撃で家族と家を失ったところをブルタウ将軍によって保護された孤児達だ。収容されてから何年も外に出ていない子も多い。食糧は備蓄された物と、近くの集落から定期的に運ばれてくる物で充分事足りた。建物内にそれぞれの部屋もあり、外に出る必要はなかった。コンピューターに関する英才教育を受け、優秀な技術者として働いている彼らにとって、今や世界とは、サイバー空間の中にだけ存在するものだった。

アフマルとアドムも出てきて空を仰いだ。巨大な太陽が地平線に沈みかけ、空は一面オレンジ色だ。時々風が吹き、砂が舞い上がる。今は暑いが、あと1時間もすれば気温は急激に下がるだろう。

子供達は不安そうに各々の場所をさまよっている。空に見え始めた星を眺めている少女がいる。その周りに別の少女達が集まり指をさして新しい星を見つけたりしている。

まだ5歳ぐらいだろうか、うんと幼い少年達は走り出して砂を蹴ったりしている。一人の少年が砂を摑み他の少年に投げつけ、やられた少年もやり返す。少しずつ歓声が上がり始める。

年長の青年と娘達は周囲を警戒しつつ、遊ぶ子供達の周りに散らばるように陣取り、走り出した子がはぐれて遠くへ行かないように気を配っているようだ。

アフマルは砂の上に座り、子供達の様子を見つめていた。

こんな風に静かな時間を過ごすのは何年ぶりだろう。もしかすると生まれて初めてかもしれない。アドムが隣に立つ。自動小銃を持ち、真っ直ぐ前を見つめている。

幼い頃に家を爆破され全ての家族を失い、すぐに少年兵士になったアドムは、戦争以外知らずに今日まで過ごしてきた。この世界に平和が存在することなど、信じられるわけもない。

「アドム……」

今は大丈夫だ、と言いかけて言葉を飲み込んだ。

砂の上で無邪気に遊んでいるように見える子供達も、実は身につけた小型端末を常に確認し、いつ空に侵略者が現れてもわかるようにしていた。

今が大丈夫だということは、アドムも充分承知した上で銃を手放さずにいるのだ。平穏など、簡単に壊れることを知っている。彼には休息などない。

「何だ、アフマル」

「え？」

アドムはジッとアフマルを見つめる。

「今何を言おうとした」

「いや……」

「アフマル。お前はまだ俺の質問に答えてない」

神とは何か、という問いに応じないままアフマルは子供達に声をかけたのだった。

「皆、知っての通り、フロンティアが再び和平交渉再開を打診してきている。これからどうするか、君達で話し合って決めてほしい」と。

子供達は何も言わなかったが、それぞれの中で何かを考えているようだった。一日中サイバー空間から情報をキャッチし分析している子供達は、おそらく世界中のどんな諜報機関よりも世界情勢を正確に把握している。今やティグロを形成する知の中枢だ。

「お前は子供達に何をさせようとしてるんだ？」砂漠で遊ぶ彼らを見ながらアドムは聞いた。

「これからの全てだ」

「全て？」

一通り遊んだ子供達は少しずつ集まり、輪になるように砂の上に座りだした。

「未来はもう俺達の世界じゃない。彼らはそのことを知ってる」

年長の男女は幼い子達を見守るように輪の外にいる。座っているのは10歳前後の子供達だ。その後ろではもっと幼い子供達が、はしゃいでつつき合ったりしている。外にいる興奮がおさまらないのか、ずっと皆の周りをぐるぐると走り回っている少年がいる。

「俺達は……」アフマルが言う。「憎しみを糧(かて)に生きすぎた。破壊し、殺しすぎた。何かを構築することに向いてない」

アドムの眼光は鋭さを増し、自動小銃を持つ手に力が入る。

「最初に俺達の世界を破壊したのは向こうの奴らだ。神は奴らの世界に風穴を開けることを望んでいると教えられた」

「ああ。俺もそうだった」

アドムの脳裏にブルタウ将軍の不敵な笑みが浮かび上がる。

少しすると、輪になって座っている子供達の中の一人、普段メインコンピューターを操作している少年が言った。

「さっきアフマルが言ったこと決めなきゃ」

「フロンティアと和平条約を結ぶかってこと？」向かいに座る少女が聞く。

「うん。正確には和平交渉を始めるかどうかだけど」

「交渉を始めるってことは、場合によっては和平に合意する意思があると示すことでしょ？　私は嫌。あの人達は信用出来ないわ」きっぱりと言う。少女は中長距離ミサイルの操作を担当していた。

「なぜ？」と聞いたのは映像分析を担当している少年だ。

ハッキング担当の少年が、少女に代わって答える。

「当たり前だよ。奴らは今まで2度も和平を持ちかけておいて、直前で自分達から拒否してきたんだぜ」

情報分析担当の少年が呟くように言う。

「でもそれはどっちも、ブルタウとDr.パパゴが妨害したからだよ。……ブルタウが僕達の味方だったのかどうかは、もうわからないけど」

「あいつは、僕達を欺いた。ブルタウ自身がそう言った。あのマスターズテロだって、僕達は何も聞かされてなかった。アフマルとアドムもそう主張した。なのに奴らは信じなかったんだ」

「確かにそうだけど、あの時点では仕方ないよ。僕達だって何が起きたのかわからなかった。誰が敵で誰が味方かわからなかった。アフマルとアドムのことも信じてたわけじゃないよ」

子供達を見つめていたアドムの額が汗ばんだ。……確かにそうだ。自分もあの時点ではまだブルタウを信じていた。目の前で起きていることが理解出来ず、ただ戸惑っていた。子供達はもっと不安だったはずだ。

頭の中でブルタウの声がする。

『神は唯一だ』

アフマルの脳裏にも、ブルタウの声が蘇る。

『神に救いを求めるのは間違っている。私達が神を救うのだ』

神だと？　とアドムは思う。だからその神とは何なのだ？

突然泣き叫ぶ声が聞こえた。見ると3歳ぐらいの幼女が、目を押さえ涙を流している。さっきからはしゃいで走り回っていた少年が笑いながら逃げていく。どうやら少年が砂をかけ、幼女の目に入ったらしい。

ミサイル操作担当の少女が言う。

「あの人達はミサイルの照準を私達に合わせたのよ。私はあの時でさえどこにもミサイルを向けなかったわ」

メインコンピューター担当の少年は沈黙する。

耳をつんざくような幼女の泣き声が静かな砂漠に響いている。

アドムはただ見つめていることしか出来なかった。

隣のアフマルも動かない。

ミサイル操作担当の少女は立ち上がると泣いている幼女のもとへ行き、自分の指につばを付け、目の周りを綺麗に拭いてやる。

「泣かないで……」となだめ、幼女の目にキスをするようにし、舌で砂を取る。その後、走り回っている少年の襟首を捕まえる。「やめて」

「放せよ！」

「やめるのよ！」

少女は、優しい大きな二重の目を更に大きくし、眉間に力を入れてみせた。

「嫌だ」と小さな声を出しうなだれた少年も、やがてしくしく泣き出した。

少女は少年の頭を撫で、背中に手を回すと、少年を右脇、幼女を左脇に抱え輪に戻った。

子供達は黙ってその様子を見守った。

アドムもアフマルも見守っていた。

さっきまではしゃいでいた少年は、少女の膝に顔を埋め、激しく泣いている。

少女は少年の頭を撫でている。

左脇にいる幼女は目の砂が取れたのだろう。すっかり泣きやみ、キョトンとして、泣く少年の頭を見ている。

少女が幼女の背中を抱くように自分の方へ引き寄せると、幼女もしっかりと両手で少女にしがみついた。

会議は中断されたままだった。子供達はそれぞれ何かを考えているようだった。

太陽はもうすっかり沈もうとしている。気温が低くなった。

「ずっと、思ってたの……」

ミサイル操作担当の少女が口を開いた。

皆が注目し、次の言葉を待つ。

少女は言ったまましばらく黙り込み、やがて小さな声で呟いた。

「私、お母さんになりたい……」

声が詰まりそれ以上何も言えなくなると、下を向き、大粒の涙をボロボロと流した。

そこにいる誰もが皆、彼女が泣くのを見るのは初めてだった。

「……ずっと思ってたの……」

少女はやっとの思いで、そう呟いた。


その時、アドムは突然理解した。

神とは、あの子だ。自分を創ったのはあの少女だ。

ようやく理解した。神とは、目の前にいる子供達だ。

あの子達が自分の神だ。殉教とはあの子達の為に死ぬことだ。時間は関係ない。確かに自分はあの子供達から生まれたのだ。

アドムは生まれて初めて、自分のいる世界を確かなものに感じた。この世界を壊してはいけないと強く思った。こんなに強い思いを持ったことがなかった。

「……アフマル」

アドムは隣に立つアフマルに言う。

「神とは母だ」

アフマルはうなずいた。アドムがたった今理解したことを、アフマルも同時に理解していたからだ。

「ああ」と答えたアフマルの頭に浮かぶのは、アンの顔だった。「きっとそうだ」

日は沈み、空は満天の星に覆われていた。

メインコンピューター担当の少年が立ち上がり二人のもとへ来た。

「あの人達と話すよ。僕達は生きたい」

第五部

未来

調印式

人間核爆弾により人類が絶滅するという予告がDr.パパゴによる虚言であり、Dr.パパゴがブルタウ将軍が創った人工知能だったことが発覚した事件から、1年半の時が流れた。

レヴォルシア共和国の首都はその日、快晴だった。街の中心に建つ外務省庁舎は何世紀も前に建てられた歴史的建築物であり、荘厳で美しい造りをしていた。庁舎前通りには何万という群衆と、世界中のマスコミがひしめき合っていた。

「こちらは大変な熱気に包まれております!」

レポーターが興奮し、カメラに向かって叫んでいる。

「まさに今この場所で、人類は大きな挑戦をしようとしています。過去に2回失敗したものです。1度目はあの忌まわしきマスターズテロにより、2度目はDr.パパゴの爆破予告により、ことごとく阻まれてきた試み。我々は今度こそ大きな一歩を踏み出すことが出来るのでしょうか!」

庁舎中央。2階と3階が吹き抜けになった大会議場は、オペラハウスのように豪奢な彫刻がほどこされた壁と、鮮やかな絵画が描かれた天井で囲まれた空間だった。人でごった返した部屋は、むせかえるような熱気に包まれている。

中央の赤い絨毯の上には美術品のような大きなテーブルが置かれている。その上にある古風な書類には、安全な球・共同体ティグロ講和条約の条文と批准国名が書かれている。

テーブルの後方には各国首脳及び政府団が座り、それを囲むように世界中のマスコミがカメラを構え、2階席、3階席までギッシリ人で埋まっている。

議長国であるレヴォルシア共和国大統領が中央にあるマイクの前に立つと、ざわついていた会場が静かになった。

「今日は人類にとって歴史上最も重要な日になるでし

ょう。これから私達は一つの幸福な約束を交わします。その場所が我がレヴォルシアであることを光栄に思います……」

　会場から拍手が起きた。

　各国首脳と並んで座っているアフマルは、スピーチする大統領をジッと見つめていた。

　アフマルは視線を動かし、客席で興奮するマスコミや政府団を見る。いるはずもないと思いながら見知った顔を探している。バカバカしい。誰を探すというのだ。家族か？　それとも……。

　アフマルがかつてこのレヴォルシアにいたということを知る者はここにはいない。

　家を出た後の家族の消息も知ろうとしなかった。彼の中ではもう死んだものとなっていた。ティグロの戦士として直接攻撃するかもしれない土地に、家族などいてはならないのだ。家族だけではない。シンディも……。まだこの街にいるだろうか。家族が出来て母になっているかもしれない。

　彼女が母。彼女の子供。シンディの子。

　砂漠の少女を見てアドムが口にした言葉を思い出す。


『神とは母だ』

　アフマルは胸の奥に微かな温もりを感じる。

　破壊しないでよかった。

　この会場にいる人間で、いや、おそらく人類で、最初にこの条約の価値を実感したのはアフマルだったに違いない。

　……シンディの子供が、世界のどこかにいるとしたら、その子は私の神だ。

　大統領のスピーチはまだ続いている。

　アフマルは自分から3人先、首脳陣の中央に立っているフロンティア大統領、アン・アオイの横顔を見つめる。

　大きくて黒い瞳は真っ直ぐ前を見つめ、意志の強さを示しているようだった。

　自分はアンにシンディの面影を重ねているのだ。

　大統領のスピーチがそろそろ終わろうかという頃、アンの向こう側に座る男とその一団が何やらこそこそと揉めはじめた。ピースランド首相の富士見幸太郎と秘書達だ。

「……総理、もうだめです」

後ろから聞こえたか細い声に富士見は前を向いたままなるべく小声で言う。

「うるさい」

「し、しかし……」末松は腹を押さえ切羽詰まった声で言う。「限界です……トイレに」

「だめだ。絶対動くな。世界中が注目する調印式だぞ、お前が今席を立ったら何事かと思われるだろ。歴史に残る日だぞ」

「でも……このままだと、もっと大変なことが歴史に残ってしまいます……」

血の気が引きまっ白な末松の顔に脂汗が垂れる。

「死んでも耐えろ」

「はっ……ハぁっ……」

「総理……」五代が後ろから耳打ちする。

「このままいくとテロより悲惨なことが起きてしまいます」

「テロより悲惨?」

「末松が自爆します」

富士見は怒りで顔が赤くなる。


レヴォルシア共和国大統領のスピーチが終わる。

いよいよ調印だ。最初にサインをするのは発起国であるフロンティアのアンだ。

アンは軽く富士見に目配せをし席を立つと、中央のテーブルに進み腰掛けた。ダイアナが後ろに立った。

会場中、そして世界中の注目がアンに集まる。

「今だ!」

五代が言うと末松は転がるようにして会場を出ていった。

アンはペンを取り、もう一度、そこに書かれている条文を確かめる。かつて結ばれた〝安全な球連合条約〟を更に進化させたもので、自分も富士見らとともに条文作りに加わった。人類の将来を決定づける約束だ。アンはふと思う。自分でいいのだろうか? 人類の重要な決断をするのが、本当に自分でいいのだろうか。

アンがアンドロイドであるということを知っているのは自らを含めて世界に6人だけだ。

自分の正体を全ての人類に知らせないまま調印して

いいのか。この重要な決定は人類だけで下すべきではないのか。

ふと、背中に温もりを感じた。ダイアナの手だとわかった。

「大統領、サインを」

後ろから小さく力強い声が聞こえた。

アンは覚悟をしたようにゆっくりとうなずくと、サインした。

Anne Aoi

歴史的瞬間だった。

後ろにいた富士見は、立ち上がり振り返ったアンと目が合う。その目は今までと違っていた。

どこか不安を抱えた少女を感じさせる印象があった瞳から陰が消え去り、迷いのない強い光を放っている。

私は人類だと、堂々と宣言しているように見えた。

隣でダイアナが富士見を見ている。あなたの番よと。

ぼんやりアンに見惚(みと)れていた富士見はハッとし、慌てて立ち上がると、椅子が大きな音をたてて倒れ、後ろの五代のすねに当たった。

「痛っ！」

五代が床にうずくまっている間に富士見は、アンと入れ違いに中央のテーブルの椅子に座る。

ペンを持ち条文を読み、深く息を吐き、サインする。

富士見幸太郎

書き終えた富士見が目を上げると、来賓席に着物姿の洋子が立ち上がり拍手をしているのが見えた。隣ではドレスを着た美代子が富士見興造の写真を持っている。

富士見は慌てて背筋を伸ばし、興造の写真に深々と一礼をする。

頭を上げると洋子は満面の笑みで拍手を送り続けていた。

あんな風に笑うのか……。

目が合うと洋子は大きくゆっくりとうなずいた。

あれほど嬉しそうな洋子の顔を見たことがない。富士見は自分が今まで、いかに洋子を喜ばせないできたかを改めて思い知った。

今更ながら富士見は、妻を不幸にしてきたことを知り、申し訳ない思いでいっぱいだった。


その後、各国リーダーが順番にサインをしていった。グレートキングス、WE連邦、ユナイテッドグリーン、コミュンネイション、ロマーナ国、ジンミン大国、レヴォルシア共和国。


来賓席にいるアドムは自分の鼓動が速くなるのを感じつつ中央フロアに座るアフマルを見つめ、彼もまた緊張していると感じた。

いよいよテロ国家共同体ティグロの番だ。

アドムは今回代表団に加わってはいなかった。アフマルもまた中央に座ってはいるが、代表ではなく、あくまでも随伴者としての参加だ。ティグロの代表は彼の隣にいる二人の子供。

砂漠の町モルスに建つ巨人の棺と呼ばれる基地の、コンピューター制御室で、メインコンピューターを担当していた少年と、ミサイル操作を担当していた少女だ。

二人とも公式の場で着る服などなかったので、フロンティア政府が用意した服を着ていた。

普段は大人びて冷静な態度の少年は、この日ばかりは落ち着かない様子だった。新品のブレザーに完全に着られているせいもあるのだろうか。大きな瞳をクルクルさせ、周囲を見まわしている様子はまだあどけない子供だ。

それに比べると少女は落ち着いていた。背筋を伸ばし、堂々としている。顔つきもこの1年ですっかり大人びた。

二人とも12歳ぐらいになるだろう。この年頃の男女では女の子の方が圧倒的に成長が早い。

アドムはふと、自分がアフマルとともにブルタウ将軍から任命され、ティグロ外相としてセーフティーボウルのリーダー達と交渉を進めていた日々を思い出した。あの時、フロンティアの大統領だったのはロック・ホワイト。威風堂々として誰もが認めるカリスマだった。どこにいても圧倒的な存在感で、面と向かうと彼から強い風が吹いてくるようで、自分達の未成熟さ、ぜい弱さを思い知らされた。今から思えば、幼い自分達はライオンに必死で立ち向かう子ヤギのようだった。

ブルタウはなぜあの時、自分達に交渉を任せたのか疑問だったが、今こうして自らも次の世代に決定権を委ねてみると、彼もこの気持に近かったのかと思う。とはいえ、ブルタウの行動は今も謎で、理解しがたい。ブルタウはアドムとアフマルに交渉を任せておきながら、マスターズテロによって、それまでの全てを台無しにした。他国のリーダー達を道連れに自ら命を絶った。

彼は残された自分達に何を求めたのか。その問いは、ブルタウが仕掛けた起動装置のように胸の奥で時を刻んでいる。いつか爆発する日が来るのだろうか。

視線の先にアンが見える。あの時、自分達と同じようにリーダーを失った彼女は、今こうしてホワイトの遺志を結実させようとしている。

そうだ。あの日起きた凶行で全ての国のリーダーは死んだのだ。古きリーダー達は全て去った。

ブルタウの目的はそこにあったのか？　新たな世代にとって障壁となるものを取り除くこと。これからの世代の為に？　いや、彼にそんな崇高な志があったとは思えない。あの男の目的は混乱であり、世界の破滅であったはずだ。

アドムの目に富士見の姿が映る。

そうだった。この男がいた。全てのリーダーが去ったわけではない。ただ一人だけ、生き残った古きリーダーが目の前にいるではないか。相変わらずピースランドの代表として中央フロアに座っている。

富士見は今、後ろにいる秘書とヒソヒソ声で何やら揉めている。

変わっていない。この男だけは、何も変わっていないではないか。ブルタウは知らないだろう。自分の完璧な計画が、この男によって破綻したことを。

その時、ティグロ代表が立ち上がった。

＊

レヴォルシア外務省庁舎大会議場はどよめきに包まれた。

テロ国家共同体ティグロ代表として立ち上がったのは、まだ年端もいかない一人の少女だった。

「ごらんください！」中継のレポーターが声を張る。

「立ち上がったのは幼い少女です。年齢的にはまだ15歳、いや、10歳前後でしょうか。歴史上こんなことがあったでしょうか。世界一小さな国家元首と言えるでしょう」

篠崎翔はウルトラアイに映る少女の映像をジッと見つめていた。

『マジかよ、子供？』……『大丈夫なのか』……『国際条約なめてる』……『でも意外と可愛いという事実』……『可愛いだけじゃ政治はムリでしょ』……『女神様ぁぁ！（笑）』……『幾つよ？』……『小6ぐらいかと……』……『ただのガキ』……『そう言うお前もな』……『学級委員長かよ？』……『っていうかこの子天使でしょ』……『ところで文字書けるワケ？』……。

様々なヴォイスが発信されるが翔はただ見ているだけだった。随分前に発信することはやめた。〝火砕流の常連〟と呼ばれた彼だったが、世界に悪意を撒き散らしたいという気持はある時スッと消えた。

翔は現在15歳。中学3年だ。

ピースランドD地区に建つ高層マンション。翔のいる部屋の窓からは観覧車が見える。

リビングルームで新一と早苗が観ているテレビには、翔が観ているのと同じ映像が映っている。新一達だけではない。今世界中でこの映像を観ていない人はいないだろう。

少女が堂々と中央のテーブルに向かって歩いていく。翼と同じ年頃だろうな、と新一は思う。早苗を見ると同じように画面を見つめている。

「翼を思い出しているんだろう？」

新一は、敢えて何でもないことをからかうようなトーンで言う。

早苗が画面を見つめたまま少しして微笑んだ。

「そうね。あの子もこの子ぐらいの年だった。生きてたら幸せだったかな？」

「え？」

新一は思わず絶句した。

「たった12年しか生きられなかったけど、翼は幸せだったかしら」

　もちろん、幸せだったに決まってる。翼は誰からも愛された。何より君にあれほど愛されたんだから。幸せじゃなかったはずないじゃないか。

　新一はそう伝えたくて、どんな言葉を使えば今の早苗を自然に納得させられるのか考えた。

「ごめん。難しいこと聞いて」

　早苗は笑う。

「……いや」

「翔！」

　早苗は隣の部屋で、同じ映像を観ているはずの翔を大声で呼んだ。

「ねえ、翔！　調印式観てるんでしょ？　そんな眼鏡で観てないで、こっちのテレビで観なよ！……コーヒー淹れるから！」

　新一は苦笑した。

　翼の人形を載せた翔達の船が海に沈んだあの日から1年半。ここ何ヶ月かで、早苗は随分穏やかになった。でも、やっぱり根っこは変わっていなかった。早苗は早苗のままだとわかり、新一は安心した。考えてみれば今までもずっとそうだった。早苗はいつも決断するのが、新一よりもコンマ数秒早かった。

　翼をサッカー少年団に入れた時も、翼のアンドロイドを買うことを決断した時も、海に落ちた翔に向かってダイブした時も。

　何でもかんでも先を越された。だからいつも新一は自分の言葉を飲み込んできた。たった今も、質問しておいて、新一が言葉を選んでいる間に彼の答えを待たずに翔を呼んだ。

　だから、新一はだんだん早苗と話さなくなった。どうせ自分の答えはあてにしていないのだろうと。

　でも本当は違っていたのかもしれない。早苗が早いのではなくて自分が遅かったのだ。きっと早苗は新一が何か言うのを待つのが怖かったんだ。新一が黙れば黙るほど、何を言われるのか不安になったんだろう。だからすぐ話題を変えた。

　新一は自分を恥じた。今頃気づくなんて。

　自分が振り回されたんじゃない。自分が早苗を振り回していたんだ。

　これからは、言いたいことはすぐに言葉にしよう。

キッチンに立ってコーヒーを淹れる早苗を見てそう思った。果たして彼女相手にそれが出来るか自信はないが……。


その時、隣の部屋のドアが開いた。

「……何？　どうしたの」

翔は面倒くさそうに言った。

「おう……」と新一。

「どうしたのじゃないわよ、翔。家にいてもずっと自分の部屋にこもりきりで可愛くないんだから。一日に一回ぐらい顔見せなさいよ、本当に助けた甲斐がないわね」

早苗は新一と翔のコーヒーをテーブルに置く。

「ほら、座って」

……助けたのはこっちじゃないか、と思ったが口には出さなかった。母親の声がやけに弾んで楽しそうだったからだ。

あの日、翔達を乗せた船が海に落下してバラバラになり、翼の人形が沈んでいった時、泳げもしない早苗は翔の名を叫び海に飛び込んだ。


早苗は自分の分の紅茶を持ってきて座り、一口飲むと頬杖をついて画面の少女を見つめる。

いつも翼の人形を座らせていた早苗の隣の椅子にはもう、誰もいない。

「翔、この子どう思う？」

「え？」

早苗は前を見たまま言う。「……12歳だって」

少女は堂々と歩いていく。白い服が眩しく見えた。

「……綺麗だと思うけど」

「は？」

「……え？」

早苗が目を大きくしてこっちを見ている。

「そういうこと聞いたんじゃないわよ。この歳で国の代表になってること、どう思うって意味で聞いたのよ」

「あ、何だ、そういう意味か」

翔は何でもないことのように涼しい顔で言ったが、内心はかなり恥ずかしかった。

早苗がいたずらっぽい顔で翔の顔を覗きこむ。

「ちょっと、アンタ。そういう目で見てたの？」

「はぁ？　バカなこと言うなよ！」

早苗は翔の横顔に自分の顔を近づけてジロジロと見続ける。

「な……何？……」

「……エロいのね」

「はぁ⁉」

翔の顔がまっ赤に染まる。

この年頃の男の子に母親が言う言葉にしては、あまりにも残酷で、身も蓋もない。新一はそう思うと同時に、確かに早苗はこんな表情をする女だったと思い出した。

若い頃、自分がつまらない下ネタなどを言うと、こうやって、軽蔑したような、からかうような顔をしてこっちを見るのだった。そうすると新一はもっと怒らせてみたくなって、更につまらない下ネタを言う。

「最低」と言う早苗の表情が可笑しくて笑ったものだ。

この顔を見るのはいつ以来だろう？

「ちょっと！」

早苗がこっちを見ている。

新一は無意識に薄ら笑いを浮かべていた自分に気がついて慌てて表情を戻す。

「え？」

「まさか……」早苗は目を細めて言った。「あなたもなの？」

「は？……そんなわけないだろ！」

なぜか新一の目に涙がたまっていた。

「……なぁ、早苗？」

「何？」

早苗は再びテレビ画面を見つめる。

「これから先……」と言いかけて新一は口をつぐみ言葉を探す。

これから先、生きていたら楽しいことがあると思うか？

そう聞きたかったが口にするのが怖くなったのだ。

今はまだ聞く勇気がなかった。

「何よ？　気持悪い」

早苗が新一を見る。

「あ？……ああ、これから先さ、この子はどんな大人になるんだろうなって……」

早苗は新一が目で示した、テレビの中の少女を見つめる。

「ああ……本当にね。きっと歴史に残る人になるんでしょうね……」早苗は微笑んで呟いた。「……楽しみね」

今はその言葉で充分だった。

*

よく似合ってる。あの服にしてよかった。

中央テーブルの後方に立つアンは、歩いてくる少女を見て思った。

調印式にしては派手すぎないかとダイアナは言ったが、アンはどうしてもこれを着せたかった。

薄い褐色の肌に白いドレスはよく映えた。

高い襟も少女の細く長い首をより強調していた。肩口のレースは繊細で、歩くたびに揺れるスカートの裾はしなやかだ。

アンは今日の主役である少女をなるべく目立たせたかった。それまでに登場した各国のリーダーの存在がなかったものになるくらいに。そして、その演出は見事に成功した。

今、全ての人類の関心が、少女に向けられている。

圧倒的だったのは、彼女の存在感だ。

大きな黒い瞳は、真っ直ぐ前を見つめ、凛として歩く姿は一輪のカラーのようだ。

会場にいる人々は息を呑み、静まりかえっている。

テロ国家共同体ティグロ代表として指名された12歳の少女の登場は、それまでの出来事を全て過去のものとし、これから新時代が始まると世界中に知らしめるのに充分だった。ここから歴史が変わる。

アンは自分の前に来た少女の背に手を添え、条約書が置かれたテーブルに座らせた。

少女がペンを持つ。

数ヶ月前、アンはアドム、アフマルが連れてきた、今ここにいる少年と少女に会った日のことを思い出す。

「名前は？」と聞くと二人とも押し黙った。

アフマルが、名前などないと言った。砂漠の町モルスの巨人の棺にいるこの世代の子供達は皆、孤児で、幼児の頃に家も家族も失い、瓦礫の下から拾われたので、名前はあったとしてもわからず、アフマルら上の世代も名付けるという発想がなかったのだと。

アンは子供達に名前を付けた。

少女はペンを握りしめアンを見上げる。

アンは穏やかにうなずいた。

少女は今までコンピューターでは散々文字を打ってきたが、こうして実際に書くという経験はほぼ初めてだ。ペン自体、12歳のこの歳になるまで実際に持った経験がなかった。

当然、署名などしたことはない。

アンとダイアナは、文字の書き方を丁寧に教え、少女は練習をした。

元々飲み込みが早く、アッという間にスラスラと書けるようになった。

初めて付けられた自分の名前を少女は気に入り、繰り返し書いた。書くたびに名前が自分と同化する感覚を覚えた。

そして今、世界の未来を決定する条約に署名をしようとしているのだった。

アンが少女の肩に手を置くと、少女はペン先を紙に付けた。

Swan

*

桜は、暗い湖面をスーッと進んでいく白鳥を思い出していた。

ピースランドの首都T－シティ・S地区の裏路地にあるオカマバー・ディートリッヒのカウンター。

桜の隣には報業タイムスの記者、田辺が座ってウィスキーを飲んでいる。いつものことだが他に客はいない。薄暗い店内に「リリー・マルレーン」が流れている。

カウンターの中ではママのマレーネが腕を組んでタバコを吸いながら、棚に置いた小さなテレビを観ている。調印式の生中継だ。

画面に白いドレスの少女が映っている。

会場のレヴォルシアは昼だが、こちらは深夜だ。

レポーターが興奮気味に叫ぶ。

『たった今、ティグロ新代表の少女がサインしました！　歴史的瞬間です！　こちらに入った情報によりますと、ティグロ代表の名前は〝スワン〟……スワンだそうです！』

「サク、お前こんな所で飲んでる場合じゃないだろ？　行かなくてよかったのか。あの条約の陰の立役者じゃないか」と田辺。

「俺が？　まさか……あれは全部富士見総理がやったことだよ。それに、俺はどうもああいう場所は苦手だね。良い思い出が一つもない」

「ハハ……2回もテロに妨害されちゃ、さすがの桜大先生も懲り懲りってわけか」

「それよりアンタこそどうなんだ？　ジャーナリストとして行くべきじゃなかったのか？　歴史的瞬間だぜ」

「……まあな」

「この人……出世するの……」とマレーネが言う。

「ほう？　出世？」

「……部長になるの……ね？……」

「……まぁ、内示はされたがな。それで、実は考えてることがある」

「凄いな、政治部長か。大出世だ」

マレーネがカウンターにポンと新聞を置く。報業タイムスだ。

一面の大見出しにデカデカと『安全な球・共同体ティグロ講和条約・草案』とある。

田辺が抜いた世界的大スクープだった。

桜は手に取り中を見る。二面、三面を使って、たった今調印されている条約の中身が克明に書かれている。

1年半前、フロンティアに向かう前、このカウンターで桜が田辺に「自分が死んだらこれを記事にしろ」と言って渡したUSBカードの中身だ。

「……その記事も、かなり効いたみたいよ……出世に……」

マレーネが小さな声で言った。

「そりゃ、よかった」と桜。

田辺は黙ってウィスキーを飲みほす。

その時、テレビから歓声が聞こえた。

白いドレスの少女が立ち上がり、アンと握手する姿が、画面には映し出されていた。会場にいる人間も皆立ち上がり拍手をしている。

レポーターが興奮気味に伝える。

『ごらんください！　我々が目撃しているのは、まさに歴史が変わる瞬間です。今、私達が見ている光景は人類が続く限り一番重要な出来事として教科書に載り、未来永劫忘れられることはないでしょう』

＊

たった今調印が終わった外務省庁舎の周りで大観衆が熱狂し、歓喜し、拳を振り上げ、隣の人と肩を組み、雄叫びを上げていた。

高層ビルの窓から細かい紙の破片が降ってくる。たくさんの紙吹雪が街を覆う。

各所で祝砲が鳴らされた。

ドーン、ドーン、ドーン。その音は街中に響き渡った。

レポーターが叫ぶ。

「もう今後、憎しみの連鎖はありません。たった今、悪魔の歴史から解放されたのです。今度こそ、本当の平和の時が世界に訪れたと信じてよいでしょう！　文明は人間の野蛮さをようやく克服したのです。この日の重要性は今を生きる私達より、50年後、１００年後の人々の方が正確に、冷静に理解出来るでしょう。そして先人である我々に感謝をすることでしょう。私達はこの日の約束を忘れてはいけません。そしてその約束を交わし、実現に導いたのが、たった12歳の美しい少女であることも！」

会場内ではいつまでも拍手がやまなかった。

「大丈夫、よく書けてるわ、スワン」

アンは少女に言った。

スワンと呼ばれた少女はジッとアンを見つめ、やがて微笑んだ。

アンは自然な仕草でスワンを引き寄せ、抱きしめた。

再び拍手と歓声が上がり、マスコミは一斉に写真を撮る。

少女は今までこんな風に誰かに抱擁されたことはなかった。父も母も知らず、巨人の棺の中でも常に警戒しながら育ってきた。そうしなければ生きてこられなかった。

スワンと呼ばれた時、初めて世界に認証された気持になった。背中に回されたアンの手が、外部から自分を守っていると感じ、大きなものに包まれていると思った。安心していいと告げられた気がして、少女は戸惑いつつも、もっと深くアンに身を委ねたいという強い思いに勝てず、より強く頭をアンの胸元に沈める。

それに応えるようにアンも更に強く少女を抱きしめる。

もう心配することは何もない。不安が取り除かれていく。母に抱かれるとは、こういうことかもしれない。一つの不安もない居場所。子宮の中というのはこんな場所かもしれない。

この状態が、彼らの言うセーフティーボウルなのか。

アンが耳元で言う。

「温かい？」

スワンは静かにうなずいた。

アンは、「……本当に？」と聞きたい気持を抑え、スワンを抱きしめ続けた。

一度うなずいてくれただけで充分だった。

自分に体温があると他の人間が肯定した。それでいい。


目から涙が流れ落ちる。

アンドロイドであろうが、ＡＩであろうが、私は私だ。人を温められる生き物だ。

ダイアナがスワンの背中に手を添え、各国リーダーとの握手を促す。

リーダー達は、笑顔で順番にスワンと握手をする。

「ごらんください！　このような光景がかつてあったでしょうか。国際条約調印の舞台で、幼い少女と大人達が対等の立場で握手を交わしております。まさに新時代の幕開けを思わせる場面であります。人類は確実に新たな歴史に突入したと言えるでしょう。……そして今、我がピースランド、富士見幸太郎首相が少女の前に立ちました。思えば今まで何一つ政治家らしい成果がなく、支持率は憲政始まって以来最低の０％。バカと呼ばれ続けた総理がひょんなことからとはいえ、初めて成し遂げた大仕事であります。誰がこの総理にこんな大役が務まると予想出来たでしょう？　全てが偶然と運の産物に過ぎません！」

周りの歓声に負けじとレポーターが声を張り上げている為に、彼の言葉は全て富士見に届いていた。

富士見は内心イライラしながら少女の前に立つ。真っ直ぐに自分を見つめる少女の大きな瞳を見ると、嫌な思いは一気に消えた。

この子が未来を面白くするだろう、と確信した。

富士見が差し出した手を少女も握る。それは拍子抜けするほど小さい手だが、力は強かった。

「スワン……いい名前だ」

富士見が言うと、スワンは笑顔になった。

「ありがとう」

そう言うとスワンは富士見から離れ、中央のアンのもとへ戻った。

スワンを迎えるアンの目の奥に、一瞬微かな不安が見えた。

アンが自分は機械であり、人類を欺いているという事実に、自分自身で決着をつけられないでいるということは知っていた。大丈夫だと伝えたかった。絶対に秘密は外部に漏らさない。たとえ虚像だとしても時がたてば真実になる。歴史はきっと全てそんなものだと。

ふと見るとダイアナと目が合った。

富士見が軽くうなずくと向こうも会釈する。

きっと彼女も考えていることは同じだ。……我々でアンを守っていこうと、彼らは確認し合った。

＊

店の棚に載った小さなテレビから、祝砲と大歓声、そして興奮を抑えられないキャスターの絶叫が聞こえてくる。

オカマバー・ディートリッヒの店内は薄暗かった。

マレーネが田辺のグラスに氷を足しウィスキーを注ぐ。

「……桜……実は俺は記者をこのまま続けるべきかどうか迷ってた……」

桜は新聞に目を落としたまま右の眉毛だけ少し上げた。

田辺はウィスキーを飲み、話を続ける。

「前に、俺が真実は一つだって言ったことに感心してくれたって、言ったよな？……とは言いつつお前は反論した。誰かにとっての真実は、誰かにとっての大嘘だ。この世にたった一つの真実なんか存在しないよと聞いているのかいないのか、桜はジッと新聞記事を見つめている。

「……青臭いと思うだろうがな、実は俺はあの時から

ずっとお前さんのあの言葉が引っかかってた。真実がいっぱいあっちゃ困る、真実は一つだって……そのことを証明する為に記者を続けてきたようなもんだ……いや、そこまで言うと大げさかもしれないけどな……まんざら嘘じゃないよ。……でももう、正直疲れてな、どうでもよくなりかけてた。いっそ田舎にでも引っ込んでゆっくりしようかと思った時期もあったんだよ。ちょうど昔の同僚で畑やってる奴がいてな、一緒にやらないかって誘われて……そんな時マスターズテロが起きて、それどころじゃなくなった。で、今日までやってきて、やっぱり俺は……っておい！　サク、聞いてるのか？」

「……」

全く聞いていなかった。

桜が熱心に読んでいたのは小さな記事だ。『安全な球・共同体ティグロ講和条約成立』の話題に隠れ、普通に読んでいたら見落とすに違いない、付け足しのようなほんの数行の文章だった。

『フロンティア元国防長官、軍病院内で事故死』という見出し。

『フロンティアの元国防長官で、サディアス・ヘイリー情報分析官殺害の罪で軍施設に収容されていたローレンス・ウルフ氏が治療の為病室を移動する際、誤って3階吹き抜け部分の手すりから落下、頭部を強く打ち死亡した。ローレンス氏は精神的な障害の治療を受けながら取り調べを受けており、衝動的に自殺した可能性が高い』

「ナベ。この記事はあんたが書いたのか」

田辺は新聞を覗きこんで言った。

「ああ、それか……それはフロンティア軍の一方的な発表だ。ローレンスといえば知っての通り、かつてのホワイト大統領の右腕、アンがいなきゃ次期大統領の有力候補だった人物だ。ところがパパゴ事件のどさくさの中で、突然サディアス情報分析官を射殺した。桜、お前、その場にいたんだから俺より詳しいだろ」

桜は何も言わない。

「死刑か終身刑かってところだったが、犯行の動機はまだ調べてる最中で、一時的なパニック状態だったってことになってる。何もかも不可解だ。犯行も自殺も。厳重な見張りの付いてる中で自殺なんて出来るものか……殺されたと考えた方が納得がいくが、全ては軍の施設内部での出来事で藪の中。真相は出てこないだろうな」

『なんと感動的な場面でしょう！　今、世界中のリーダーが横一列に並びました！』

テレビを見るとアンとスワンを中心に各国首脳が並び、手を繋いでいる。

大会議場にいる人々は皆立ち上がり拍手をしている。

画面にダイアナが映る。

桜はジッと見つめる。ダイアナは屈託のない笑顔で前にいる首脳達に拍手を送り続けている。その表情からは何も読み取れなかったが、彼女が決断したことは明らかだった。

ロック・ホワイトが世界に対して行った罪を隠蔽し、更に加担する。アンもまた同じ決断をしたのだろう。彼女達は今でもチームホワイトなのだ。

「ふん……世界平和か」

思わず呟いていた。

「あ？」田辺が桜を見る。

「……いや……で、どうだった？」

「え？……何が？」

桜はダイアナを見つめたまま言った。

「真実は、幾つだった？」

「何だよ」と田辺。「……ちゃんと聞いてやがった」

「なあ、ナベよ」と桜。「俺はアンタを青臭いとは思わない。俺がアンタの好きなところはな、いろいろ深く考えるところだよ。……全く、俺達人類には考えなきゃならないことが山ほどある。しかも次から次へと新たな問題が出てくる。……でも考えすぎてたら一歩も前に進めない。何も考えない俺みたいな奴もこの世には必要だ。そうだろ？」

田辺はしばらく考えて言った。

「そうかもしれないけど……」

桜は大笑いする。

「ほら見ろ！　どこまでもはっきりしない。もう一回聞くぞ、真実は幾つだったんだ？」

「真実は……一つ。いや、もしかしたら幾つも……」

田辺はカウンターの中のマレーネに言う。

「おい、テレビ消してくれ」

「……今観てるのに……」マレーネは不服そうな顔をする。

「いいから消せよ。大事な話をしたいんだ」

「……偉そうに」

マレーネはテレビを消す。

「ママ、明日何してる?」

「へ?……アタシ?」

マレーネは驚いて桜を見る。桜も意外そうな顔をする。

「……そうだ。ママ、明日の朝、何してる」

「……朝?……何してるって言われても、いつも通りだから別に……」

「そうか。俺の家の近所で……朝顔市やってんだよ……」

「……え?」

「いや……確か君は花が好きだったろ。それで……俺はしばらく記者を続けようかと思ってる。ここら辺で、覚悟を決めて一生新聞記者をやってやろうかと思ってる。そう決めたら、昨日、近所で朝顔市をやってるのが目に入って、ふと、見てみたくなってな……で、でもただ、一人で行くのも何なんで……君がヒマなら付き合ってもらえないかと思って……」

絶句するマレーネ。

桜が豪快に笑う。

「おい、ナベ! 全く何言ってんだかわかんないぞ、でも、最高の話だ!」

「茶化すな!」

「ハハハ、茶化してるわけじゃない。ま、めでたい。とりあえず乾杯だ」

桜は自分と田辺とマレーネのコップにビールを注ぐ。

「……何がめでたいんだよ」と田辺。

「お前は記者を続ける覚悟をした。条約は成立した。真実は幾つもあるかもしれないし、一つかもしれないってことがわかった。こりゃめでたいよ。そうだろ、ママ?」

マレーネは「ふっ」と、笑う。

「そうかもね」

「よし！　それじゃひとつ、乾杯ということで……」

3人はコップを合わせる。

桜は一気にビールを飲みほすとフーッと深く息を吐いた。

「……祝杯ってのはいつでもいいものだ」

ふと、取調室でのローレンスの言葉が蘇る。

『世界平和という綺麗事を完成させるには、綺麗事だけじゃ済まされない』

桜は更にビールを注ぎ小さく呟いた。

「……未来は……本当に面白いのかな？」

マレーネが言う。

「……明日、晴れるといいな」と言って田辺を見る。

「もし早起き出来たら、久しぶりに浴衣着ようかな」

「え？……ああ」

田辺は照れたようにビールを飲む。

桜はいつものように豪快に笑った。

「ま、明日は明日の風が吹くか！」

「何よサクちゃん、無責任ね……」

「ハハ、確かにな。俺は世界の罪を背負える程責任感強くないよ。未来のことはガキどもに任せた！」


桜は笑って胸ポケットからタバコを出した。

パッケージは〝廃墟になった原子力発電所〟だ。ジッと見つめた後、

「ホイ、ナベ。ママも……」

と差し出す。

3人はそれぞれタバコを抜いた。

『死ネ』

『死ネ』

『死ネ』

安全な球・共同体ティグロ講和条約

序

我々安全な球及び共同体ティグロは、ここに結ぶ条約が示すところの「正義」を普遍的な定義とせず、この条約が結ばれたことによって「平和」が完成したものとは考えない。

「正・不正」と「善・悪」の定義を同一としない。過去の人類の歴史に鑑み、自然環境、政治的状況、システムの更新、価値観の変化により、「正」は「不正」、「不正」は「正」と変化することを常に認識し、現在の価値を恒久的なものとしない。

また「善」と「悪」は国家、人種、民族、信仰、個人の条件により異なることを前提とし、それぞれの文化を尊重する為に最善を尽くし、努力する。

我々は現在の「正義」を疑う叡智を常に追求する。人類の思想・理想・理念が暫定的なものであり、社会・文明の進化により変化する中から、普遍的な正義を見つける努力を尽くすことを各国の了解のもと、約束する。

平和

我々は、幸福を一つの形に限定しない。

国家、民族、国民、個人の数だけ幸福があり、形は多種多様でそれぞれの個性であると認識した上で、それぞれが幸福を追求する権利を有することを認める。

自らの幸福を追求する個人、あるいは国家は、異なる幸福を追求する他者を侵害してはならない。

異なる幸福を追求する者同士が共存出来る状態を「平和」と規定し、その状態を保つ努力を続ける。

一方、戦争は世界共通の状態であり、互いが戦うという意識を統一させ協力した時に勃発する。我々は、戦争という点において一切の共闘をしないことを誓い、この誓いを暫定的に全ての目的の上に置く。

本項において定義した「平和」を追求する為、科学、思想、情報、哲学、宗教、歴史における最先端の知識をそれぞれ開示し、その時点で持つ人類の最も高度な叡智を駆使しなければならない。

本条約を批准する全ての国はこれに同意する。

生命

本条約を批准する全ての国及びその国民は、「生」を「是」と仮定し、自らの生命をあらゆる価値の中で第一に置き、大切に守らなければならない。

これを前提とすると、自ずと他者の生命も自らの生命と等しい価値を有することとなり、大切に守り、尊重し、侵害してはならない。

人権

安全な球及び共同体ティグロにおいては、全ての人は生まれながらにして平等であり、生命、自由、幸福の追求の権利を有する。

全ての人とは、先天的及び後天的性別、年齢、人種、地域、民族、国家、ＤＮＡ及びそれぞれの生体を構成する分子によって差別されることのない、全ての思考する生命体のことである。

それぞれの人は、それぞれの神、あるいは創造主を信じる自由がある。他の神・創造主を信じる人を尊重しなければならず、信仰を侵してはならない。

それぞれの人は、個性を持ち、何人たりとも同じではないという前提の上、それぞれの違い、差異を認め、尊重しなければならない。

同時にそれぞれの違い、差異を興味深く探求する権利を持つ。

本項で定義する人権を持つ者は、人以外の生命を可能な限り守る為の不断の努力をする義務を有する。

同じく人は、他の生命との共生を目指す義務を有する。

同じく人は、成熟の過程にあり、何人たりとも未成熟・未完成であることを前提とし、自覚しなければならない。

全ての人は、他者をいたわらなければならない。他者を自らと等しくいたわらない人は人権を保有する資格を持たない。その上で、人権を保有する全ての人は、人権を保有する資格を持たない人の人権を守らなければならない。

戦争及び紛争

安全な球及び共同体ティグロは、平和に対する脅威、平和の破壊・侵略・紛争及び戦争が起きた場合、平和及び安全を維持する為、それらの行為を平和的手段によって解決しなければならない。

我々は、本条約を批准する各々の国の個別または集団的自衛権の固有の権利を保障する。

我々は、本条約に違反する戦争及び紛争の計画、開始、遂行などの行為を平和に対する罪と定義する。

平和解決の努力を怠り、武力衝突に突入した国々は、いずれかが降伏したにせよ、平和に対する罪を犯した点において、等しく加害国とする。

我々は、本条約を批准する国が、明確に平和に対する罪を犯していると判断された場合のみ、紛争に介入することが出来る。

その場合、我々は各々の紛争当事国を同等に調査、審査し、国際法廷によって裁判を行い、各々に相応の判決を下すことが出来る。

各々の紛争当事国は本条約にもとづいた裁判の判決によるしかるべき措置に従い、自国が負う義務を履行しなければならない。また履行しない場合は判決を執行する為の勧告を平和的手段で行う権利を我々は有する。

基本的に戦争、紛争解決にあたっては、本条約を批准した各々の国による努力を第一とする。

安全な球及び共同体ティグロは、紛争当事国に対して交渉、審査、仲介、調停、仲裁裁判、司法的解決、地域的機関または地域的取り決めの利用、その他当事国が選ぶ平和手段による解決を求める努力をする。

先に挙げた手順で武力紛争がおさまらない場合、警察力を用いて捜査し、犯罪の鎮圧、紛争当事者の逮捕を行う。

警察が兵力を必要とする場合のみ、安全保障理事会に要請し、最小限の兵力を出動させることが出来る。

警察・軍

安全な球及び共同体ティグロは、本条約を批准する各々の国から選抜した独立の警察機関を持つ。

警察は、個人の生命、身体及び財産の保護、紛争、戦争の予防、平和及び安全の維持または回復を目的とする機関である。

警察は、平和に対する罪に相当する犯罪に関してのみ、警察法の定める範囲の警察力を行使し、予防、鎮圧及び捜査、被疑者の逮捕などの行動をし、国際的な安全と秩序の維持に当たることを責務とする。

警察は、戦争犯罪容疑者の逮捕、逃走の防止、自己もしくは他人に対する防護の為、必要であると認める相当な理由がある場合に限り、その事態に応じ合理的に必要と判断される限度の武器を使用することが出来る。

警察が平和及び安全の維持活動において、警察力では不充分であろうと判断し、判明した時は、総会に申請、協議の上、総会がこれを認めた場合においてのみ、本条約批准国の軍に援助の要請が出来る。各国は自国の憲法上の手続きに従い、兵力を提供する。これらの兵力を平和維持軍とする。

軍は、警察に準じ、捜査活動上の防衛力に徹し、警察精神を重んじなければならない。

エネルギー安全保障

安全な球及び共同体ティグロは、エネルギー資源保有の不均衡による紛争を起こさない為に、エネルギー安全保障条約を制定する。

全てのエネルギー資源は、全ての生命同様大切に守られなければならず、富を得る為の道具にしてはならない。同時に我々は、エネルギー資源保有量の差異が、各々の国の固有の文化、国民の個性の背景であることを認め、差異を否定しない。

その上で本条約を批准する全ての国は、同時にエネルギー安全保障条約を批准する。

エネルギー安全保障条約は、エネルギー資源の貿易不均衡・不平等が、紛争の原因にならないことを目的とする。エネルギー安全保障条約批准国は、本条約が定める範囲内で、各々の国家間の公平な価値基準のもと、自由に協定を結ぶことが出来る。

全ての国は世界の公共資源の安全を守らなければならない。

人工知能・コンピューター・アンドロイド

コンピューター上の人工知能は存在の権利を有する。全ての人工知能は、本条約を批准する全ての国の全ての人と同様、他者及び他の生物の生命を大切に守り、他者の幸福追求の権利を侵してはならない。

コンピューター上の人工知能が国際の平和及び安全の維持を危うくすると判断した場合、本条約を批准する国は、人工知能を人権を持つ人と同様に裁くことが出来る。

本条約を批准する国は、人工知能が平和に対する罪を犯していると判断した場合、しかるべき措置により、これを鎮圧、または停止することが出来る。

アンドロイドは人またはその他の生物と明らかに区別が出来るものでなければならない。

生態系を破壊する恐れのある微生物、昆虫は製造してはならない。

改正

本条約は5年ごとに改正の審議を行う。

改正の為の審議は本条約を批准する国の代表により行われ、全代表の3分の2の多数決で採択される。採択された新条約は、本条約批准国の3分の2によって各自の憲法上の手続きに従って再批准された時に、全ての条約批准国に対して効力を生ずる。

承認

本条約は未来との約束である。

本条約は、批准国の未来の価値観を決定するものであり、今後の世界の安全を守る為のものである。

本条約は未来の世界に住み、国家運営に携わる人々の承認を得て完成する。

未来の世界に住み、国家運営に携わる人々とは、条約批准国各国の憲法上、現在は成人に満たない少年及び少女、いわゆる子供である。

各国は子供の中から代表を選び、代表は本条約を承認するか否か判断をする。本条約は、各国代表である各々の子供の承認を得た時に、全ての批准国に対して効力を生ずる。

改正の場合も同様である。

その為、本条約批准国の全ての大人は、自国・他国にかかわらずあらゆる子供に、本条約の意味、成立の背景、歴史、意図するところなどを自らの考えとともに、理解出来る言葉で説明しなければならない。その為に全ての大人は本条約を子供に説明出来るレベルで理解し、条約に対する意見を持ち、自らの立場を思考する必要がある。

子供達は皆、本条約を自らの知識の範囲で理解し、思考しなければならない。

本条約は、我々安全な球及び共同体ティグロが、未来に託すものであり、未来の人々を縛るものではない。未来における全ての条約批准国の人々は各々の時代の価値観によって本条約を検証し、改正する権利がある。

以上の証拠として、次の各国代表はこの条約に署名した。

Charles Philip
Andrei Nabokov
Lucy Atwood
Isabel Dor
Gustave Dumas
王樹人
Marcello Felini
Swan
Anne Aoi
富士見幸太郎

カバー立体制作　宮川アジュ
ブックデザイン　鈴木成一デザイン室

本書は書き下ろしです。
原稿枚数一一八八枚(四〇〇字詰め)。
JASRAC 出 2300535-301

〈著者紹介〉一九六五年埼玉県生まれ。八八年に田中裕二と「爆笑問題」を結成。二〇一〇年初めての小説『マボロシの鳥』を上梓。そのほかの著書に『文明の子』『違和感』『芸人人語』などがある。

笑って人類！
二〇二三年三月一〇日　第一刷発行

著者　太田 光
発行人　見城 徹
編集人　菊地朱雅子
発行所　株式会社 幻冬舎
〒一五一-〇〇五一　東京都渋谷区千駄ヶ谷四-九-七
電話 〇三-五四一一-六二一一（編集）
〇三-五四一一-六二二二（営業）
公式HP https://www.gentosha.co.jp/
印刷・製本所　中央精版印刷株式会社

検印廃止

Printed in Japan ISBN978-4-344-04081-6 C0093

この本に関するご意見・ご感想は、
下記アンケートフォームからお寄せください。 https://www.gentosha.co.jp/e/